一个人，遇见一本书　　饕书客

TopBook

叶舒宪学术文集

高唐神女与维纳斯
中西文化中的爱与美

GAOTANGSHENNÜ YU
WEINASI

叶舒宪 著

陕西新华出版传媒集团
陕西人民出版社

图书在版编目（CIP）数据

高唐神女与维纳斯/叶舒宪著.—西安：陕西人民出版社，2018

ISBN 978-7-224-12879-6

Ⅰ.①高… Ⅱ.①叶… Ⅲ.①文艺美学—对比研究—中国、西方国家 Ⅳ.①I01

中国版本图书馆CIP数据核字（2018）第183590号

出 品 人	宋亚萍
出版统筹	关 宁 韩 琳
策划编辑	王 倩 晏 藜
责任编辑	王 凌 袁 刚
整体设计	开朗文化

高唐神女与维纳斯——中西文化中的爱与美

作　　者	叶舒宪
出版发行	陕西新华出版传媒集团　陕西人民出版社
	（西安北大街147号　邮编：710003）
印　　刷	中煤地西安地图制印有限公司
开　　本	787mm×1092mm　1/16
印　　张	35.25
字　　数	450千字
版　　次	2020年1月第1版
印　　次	2020年1月第1次印刷
书　　号	ISBN 978-7-224-12879-6
定　　价	138.00元

如有印装质量问题，请与本社联系调换。电话：029-87205094

叶舒宪

北京人，文学博士。

现任上海交通大学资深教授。

曾任中国社会科学院比较文学中心主任、研究员。

兼任中国民间文艺家协会副主席、文学人类学研究会会长、中国比较文学学会副会长。

1999—2000 年美国耶鲁大学客座教授；

2001 年英国学术院、剑桥大学访问教授；

2003 年、2010 年荷兰皇家学院访问教授；

2009 年台湾中兴大学客座教授。

著作有《玉石神话信仰与华夏精神》《图说中华文明发生史》等 50 种，译著 7 种。

丛书总序
GENERAL PREFACE

1966年夏,我挥泪作别生活了12个年头的首都北京,独自登上绿皮火车,观望着"西去列车的窗口",转学来到陕西西安。这便是个人命运中与陕西这个省份结缘的开端。当时根本无法预料的是,1971年从西安市第四十一中学毕业时,本应随应届毕业生去安康修三线铁路,但因为体重不足80斤,没有去成安康,阴差阳错地被分配到昆仑机械厂当工人。1977年侥幸通过十年空缺后刚恢复的高考,1978年春季步入大雁塔南侧高校;1982年毕业留校任教。直到1993年"自我流放"海南岛,我连续在陕西生活了27个年头,其间只有一年在北京师范大学学习,半年在北京语言大学修英语,还有半年在澳大利亚访学。

这里的个人学术文集,是我早年写的十部书汇总,其中多为学术著作,有六部在上世纪90年代出过第一版,2005年由陕西人民出版社再版,作为"新世纪学术文存"的个人著作选粹。当时再版的六部书是:

1.《英雄与太阳:中国上古史诗原型重构》,上海:上海社会科学院出版社,1991年。

2.《中国神话哲学》,北京:中国社会科学出版社,1992年。第二版,社会科学文库版,1997年。

3.《〈诗经〉的文化阐释——中国诗歌发生研究》，武汉：湖北人民出版社，1994年。

4.《高唐神女与维纳斯——中西文化中的爱与美主题》，北京：中国社会科学出版社，1997年。

5.《〈庄子〉的文化解析——前古典与后现代的视界融合》，武汉：湖北人民出版社，1997年。

6.《老子的文化解读》，与萧兵合著，武汉：湖北人民出版社，1994年。

以上六书，除了合著的《老子的文化解读》一书，将本人单独写的部分提取出来，改名《老子与神话》再版之外，其他五部书都是原样再版的。此次承蒙陕西人民出版社的厚意，再度给我的学术著作结集出版，并在以上六书之外，又增加了21世纪初出版的四部书：

7.《两种旅行的足迹》，上海：上海文艺出版社，2000年。

8.《耶鲁笔记》，厦门：鹭江出版社，2002年。

9.《千面女神——性别神话的象征史》，上海：上海社会科学院出版社，2004年。

10.《现代性危机与文化寻根》，济南：山东教育出版社，2008年。

其中两部是学术随笔：《两种旅行的足迹》是讲述20世纪90年代访学澳大利亚、加拿大和美国的见闻和札记。这次再版又补充了21世纪初年访学英伦的若干则笔记。《耶鲁笔记》是1999年笔者调入中国社会科学院后在美国耶鲁大学短期任教时的学术随笔集。另外两部则是学术专题著作：《千面女神——性别神话的象征史》，是笔者第一次尝试出版的图文并茂之书，根据在耶鲁大学期间收集到的资料，用数百幅彩图呈现世界各地女神的风采，并从学术上描述当代风起云涌的女神复兴运动。《现代性危机与文化寻根》则是我从海南大学调入中国社会科学院后，与文学研究所所长杨义先生共同主持的第一个院重大项目中，由本人撰写的当代文化理论专题著作。

这十部书，从1980年代最早写出的《英雄与太阳》和《中国神话哲学》，到2008年的《现代性危机与文化寻根》，前后历时约20年，总体上可以呈现出个人所经历的学术成长之路：从早年学习马克思主义原著（本人在1983年发表的学士学位论文是《马克思主义人学初探》），转向全面关注和译介当代西方文学理论，曾经特别关注的三大文学理论流派是神话—原型批评、结构主义、精神分析。本人早年的学术起步期，除了马克思、恩格斯的原著之外，也深受这三大理论流派的影响。如《英雄与太阳》和《中国神话哲学》两书，表现出神话—原型理论和结构主义理论相互融合的深刻印记；而《高唐神女与维纳斯》《〈诗经〉的文化阐释》等，则带有浓重的精神分析理论的色彩。直到同时期或稍后写的《太阳女神的沉浮——日本文学中的女性原型》《阉割与狂狷》，以及在海南大学时主编的《文学与治疗》《性别诗学》等，仍然透露出相当强烈的精神分析、女性主义或性别研究加文化分析的治学倾向。

正是由于常年沉浸在多种理论与方法思路的训练和运用实践中，因此个人在问学道路上能有某种博采众长的经验积累，给后来的文学人类学一派跨学科研究，并努力创建中国版的文化理论体系，带来某种必要的前提条件。如今回头看，要总结归纳出以上十部书的共同旨趣，那就是为2009年正式提出"神话中国"理论命题，做出的前期铺垫和理论准备。从新兴交叉学科的意义看，则是给具有中国本土特色的人文新学科——文学人类学——的问世，所做的问题探索和个案研究尝试。

2010年夏，笔者在上海交通大学创建文学人类学研究中心。2017年冬，在文学人类学研究中心基础上，又组建起神话学研究院。2019年4月，神话学研究院协同中国社会科学院比较文学研究中心主办的学术专刊《神话中国》在北京的三联书店问世。其宗旨是拓展并完善文学人类学派独家倡导的"神话中国"理论：神话并不是归属于文学的一个子类；神话是文史哲、宗教、政治、艺术等意识形态的共同源头。神话讲述活动大大早于文字的起源,它先是伴随着人类语言叙述能力的口传文化传统,在文字起源后衍生为书面记录的最早的重要内容。驱动神话发生发展的是初民的信仰观念和想象。

"神话中国"论旨在突显中国文化的上古时期并没有经历类似古希腊文明的哲学—科学突破为标志的"轴心时代",中国文化的特征是自古及今都被神话思维、神话观念和神话信仰所笼罩,包括"中"的神话地理观和"国"的神话政治观。主体民族"汉"的命名则起源于"天汉"的神话天文观。如果说中国有哲学,那一定是某种大大有别于西方哲学形而上思维传统的"神话哲学";中国的正史则是一部名副其实的不断延续的"神话历史"。"神话中国"的第一神山昆仑,充分体现着华夏文明独有的万年玉石神话信仰驱动的国家级的资源依赖现象,其原型是盛产全球最优质透闪石玉即和田玉的新疆南疆"于阗南山"。从于阗南山即昆仑地区向中原文明输送和田玉的历史,便成为一部"玉成华夏"的4000年国史,其运输路径则成为德国人命名的"丝路"之中国本土原型。

回到对"丝路"的学术认知方面,正是在30年前陕西西安举办的一次学术会议(1989年6月,陕西师范大学中外文化研究交流中心举办的"长安、东亚、环太平洋国际学术研讨会")上,笔者提交的论文《文化研究中的模式构拟方法——以传统思维定向模式为例》,基于对传统思维"东向而望"的定向模式的反思与超越意识,倡导一种向中国西部开放的反潮流新理念,并正式提出"重开丝绸之路"的理论设想。就连精神分析学的顶级释梦专家也不会预料到,30年前一个西部书生的斗胆梦想,竟然变成如今举世瞩目的现实景观。

如果说"神话中国"论要开启对中国文化的深度认知新境界,那么这种深度认知的模型,一定是始于30多年译介神话—原型理论和结构主义方法时摸索出的"模式构拟"研究范式。所不同的是,如今的"模式构拟"已经完全依据本土文化传统的现实，升格为前文字时代"大传统"与文字书写时代"小传统"对接的文化理论体系。

以上对这十部书的来龙去脉的简要回顾，或已引出某种学术发展的前瞻意识。窃以为，在如今这个文化变迁速率大大超常的时代，治学者十分需要的就是这种基于学术史自觉的前瞻能力。

是为序。

作　者
2019 年 4 月 25 日于上海

目录
CONTENTS

上篇　美神由来
——爱与美主题的原型发生史

THE FIRST PART
第一章　原母

　　一、原母神：史前维纳斯之谜　003

　　二、猪龙崇拜：女性、肥硕与生命力的原始隐喻　010

　　三、周期变化：女性圣化的神秘类比　014

　　四、马牛二元编码：雌性为先的原始分类逻辑　016

　　五、母系社会：女神宗教的现实基础　022

　　六、"男耕女织"以前的"女耕女织"　032

　　七、父权制文明中的原母回忆　040

THE SECOND PART
第二章　地母

　　一、引论　053

　　二、"土"·"也"·"地"　056

　　三、卜辞中的分身地母：东母西母　061

　　四、申·坤·神·身　070

　　五、女性·躯体·容器·世界　079

　　六、母与墓　086

　　七、生之忧惧和死之迷恋　090

八、地母之乳与人体陶器　093

九、反者道之动　100

THE THIRD PART
第三章　爱神

一、引论　115

二、地母的非神话化——社　117

三、礼仪中潜隐的神话观：社与天阳　122

四、圣洁与肮脏　126

五、圣婚仪式与"禓祭"源流　129

六、从地母分身看北欧的婚神与爱神　141

七、过滤性升华：希腊悲剧的仪式起源　143

八、非过滤性升华：印度艺术的性力之美　153

THE FOURTH PART
第四章　爱神及其配偶（上）

一、引论　163

二、莎士比亚笔下的爱神与配偶　164

三、罗马神话中的爱神与配偶　174

四、古希腊神话中的爱神与配偶　180

五、追索爱神的东方起源　190

六、巴比伦的易士塔与阿都尼斯　197

七、苏美尔的印南娜与杜姆兹　201

THE FIFTH PART
第五章　爱神及其配偶（下）

　　一、社稷的配偶关系　211

　　二、"稷"的破译：大头谷灵与阳性生殖力　214

　　三、刑天与大头人断首之谜　224

　　四、道的破译：祭首的宗教哲学　234

　　五、"儿子与情人"　239

THE SIXTH PART
第六章　美神

　　一、引论　251

　　二、美始于色：古希腊的性美学　252

　　三、美始于色：印度的性美学　259

　　四、美始于食：中国的食美学　266

　　五、由食到色："艳"的文化蕴涵　274

　　六、美学的感性根基　282

下篇　美神幻形
　　——爱与美主题的文化置换

THE SEVENTH PART
第七章　神女

　　一、中国有没有爱与美女神？　287

二、高唐神女：中国的维纳斯　291

三、从爱神到美神：高唐神女的文学分身　295

四、中国维纳斯的升华形式　300

THE EIGHTH PART
第八章　云雨

一、引论　307

二、古典文学中的"云雨家族"　307

三、云雨原型的跨文化发生机制　314

四、宋玉与欲望的诗化　319

五、道德质疑：希腊的"过多"与中国的"淫"　322

六、"淫"的隐喻与宙斯神话　325

七、淫诗说与云雨原型的对立统一　331

八、"恶"与"假"的发现　335

THE NINTH PART
第九章　昼寝

一、昼寝与白日梦：儒道分野　343

二、宋玉的幻想治疗术　350

三、发蒙：性梦的精神启悟功能　355

四、神妓与巫女　361

五、瑶姬、巫儿与处女祭司　367

六、萧统《文选》与《高唐赋》的历史命运　373

THE TENTH PART
第十章　幻梦

　　一、引论　381

　　二、中国文学中的"美人幻梦"　384

　　三、从《高唐赋》到《洛神赋》　387

　　四、圣王与圣婚仪式　391

　　五、帝王性爱与凡人情恋　397

　　六、隔水伊人与异女荐枕　404

　　七、《辽阳海神传》：美人幻梦的后期标本　412

　　八、《红楼梦》：美人幻梦的消解　416

　　九、文化与心理的阐释　418

THE ELEVENTH PART
第十一章　补偿

　　一、狐鬼与性爱：原型的改造　423

　　二、"爱情三部曲"中的性别偏见　433

　　三、幻想与现实的象征投射机制　442

　　四、秋虫自热：一颗寒心的疗救本能　446

　　五、穷而后幻：蒲松龄的自我确证术　451

THE TWELFTH PART
第十二章　色与美

　　一、掩耳盗铃　461

二、系铃解铃：笑笑生的自我解构与性主题变奏　468

三、结语：文化精神分析的阐释　490

THE THIRTEENTH PART
第十三章　孝与鞋

一、引论　499

二、代际冲突与人伦观念的起源　502

三、"孝"与教：孝的宗教化　509

四、"孝"的法律化：中国文明中的乱伦禁忌　515

五、"孝"的政治化：由孝到忠的隐喻类比　520

六、咒骂与宣泄：夸大的乱伦幻相　524

七、鞋喻：俄狄浦斯主题的中国编码　529

插图目录
CONTENTS

图 1　满族神话里的御日女神驾鲸鱼而升

图 2　墨西哥出土带翼母神造像

图 3　威林多夫的维纳斯

图 4　孟通的维纳斯

图 5　列斯朴格的维纳斯

图 6　色雷斯出土的新石器时代原母陶像

图 7　地中海撒丁岛出土的史前母子神铜像

图 8　爱琴海岛屿出土的女性造像

图 9　土耳其出土的圆球形女神像

图 10　马耳他出土的新石器时代女性睡像

图 11　满族始祖母神木雕像

图 12　埃及的繁殖女神伊西丝与猪的造像

图 13　内蒙古翁牛特旗三星他拉村出土的猪龙玉像

图 14　秘鲁印第安文化母子雕刻容器

图 15　洛塞尔的维纳斯

图 16　金文中的牛头符号

图 17　米诺斯文化中的宝石雕刻：女性、月亮与生命树

图 18　金文中的天马地猪符号

图 19　前迈锡尼时代女神立像和坐像

图 20　印度母神陶俑

图 21　阿尔忒弥斯女神作为群兽主宰者

图 22　乌尔城邦遗址出土的女神泥塑像

图 23　古代秘鲁印第安文化女神陶像

图 24　迈锡尼指环图案：圣树与女神之舞

图 25　辽宁红山文化出土的女性陶塑

图 26　南美阿兹忒克文化女神偶像

图 27　阿兹忒克文化地母神考特丽科石雕像

图 28　北方萨满教的蘑菇女神森车妈妈

图 29　南斯拉夫的青铜时代地母神陶像

图 30　埃及女神努特"吞吐太阳"图

图 31　古埃及纸草书中的日落西山图：太阳舟、女神与牛角、母猴

图 32　中世纪法国教堂木雕：阴间之口

图 33　五千年前西亚原始护符：大阳足迹与蛇

图 34　埃及史前女神陶像

图 35　头顶日盘的古埃及狮头女神 Sekhmet

图 36　捷克出土的新石器时代象牙孕神像

图 37　巴厘岛拉蒂女神木雕像

图 38　吉林四平叶赫故城的重修寺庙里供奉的地母佛

图 39　古埃及河马女神 Taweret 巨大的腹部表明其保佑生育的职能

图 40　女性躯体与容器的象征系统示意图

图 41　中国新石器时代的类葫芦容器

图 42　巴勒斯坦出土的瓮棺

图 43　四川巫山大溪文化屈肢葬式

图 44　仰韶文化的带孔瓮棺

图 45　11 世纪的《罗得圣经》洗礼图

图 46　特洛伊出土的人面陶罐

图 47　特洛伊出土的红陶人面容器

图 48　特洛伊出土的母体型陶器

图 49　克里特出土的多乳房陶器

图 50　秘鲁出土的四乳容器

图 51　以弗斯的狄安娜多乳像

图 52　马耳他的维纳斯

图 53　秘鲁母子同体陶器

图 54　意大利史前女性墓石像

图 55　意大利卡西诺教堂藏画——地母哺育图

图 56　大地湾出土的仰韶文化人头形陶器

图 57　青海柳湾三坪台出土的人形彩陶壶

图 58　埃及女神像

图 59　帕提亚古国的雪花石膏女神像

图 60　云南沧源岩画中的太阳崇拜图

图 61　阿尔及利亚旧石器时代石刻画中射箭的隐喻

图 62　瑞典青铜时代岩画中的性交与射箭的对应关系

图 63　新疆呼图壁县生殖崇拜岩画

图 64　四川成都出土的东汉画像砖上的交合图

图 65　巴比伦印章上的交合仪式图

图 66　希腊化时期神婚浮雕

图 67　云南江川区李家山古墓地出土的交合铜饰

图 68　内蒙古阴山岩画中交合会意图

图 69　欧洲旧石器时代洞穴壁画中交合的象征符号

图 70　法国史前岩刻中的性别符号

图 71　古埃及的阳具祭坛

图 72　古希腊得墨忒耳女神浮雕

图 73　迈锡尼出土戒指上祭繁殖女神图

图 74　古希腊瓶画上的酒神节游行图

图 75　印度河流域出土印章上的阳物崇拜图

图 76　印度寺庙雕刻中的性爱场景

图 77　南印度的迦利女神铜像

图 78　树神药叉女雕像残部

图 79　维纳斯的诞生

图 80　公元 1 世纪罗马壁画

图 81　维纳斯的诞生

图 82　爱的寓意

图 83　腓尼基的易士塔女神象牙雕像

图 84　阿卡德印章上易士塔和阿都尼斯

图 85　公元前 2000 年代的苏美尔鸽头女神偶像

图 86　古埃及爱神哈托尔石刻像

图 87　阿提刻瓶画中得墨忒耳和她的祭司

图 88　中国年画中的老寿星

图 89　江苏连云港将军崖岩画"大头禾人"

图 90　埃及铜器铭刻大头植物人

图 91　断首之神形天

图 92　新疆呼图壁岩画中的生殖崇拜图

图 93　云南晋宁石寨山出土铜斧上的人头祭形象

图 94　印度三眼黑面女神加梨彩绘像

图 95　金文中的断首会意图形

图 96　双生形态的哈托尔生殖女神帮助一下蹲的产妇生育

图 97　伊西丝与荷鲁斯红铜像

图 98　公元前 2000 年代苏美尔女神像

图 99　古罗马维纳斯头像

图 100　克里特壁画中的女性人体像

图 101　印度《爱经》中的理想美女

图 102　印度《爱经》中的末等女子

图 103　印度药叉女与鹦鹉雕像

图 104　阴山岩画中的羊

图 105　金文中的羊形符号

图 106　甲骨文中的羊字

图 107　唐乾陵壁画中持盘宫女图

图 108　古埃及石棺画中的努特女神

图 109　唐安元寿墓妇人陶俑

图 110　唐永泰公主墓石椁内壁美人花鸟图

图 111　印度《爱经》中第二类女性形象

图 112　埃及女神易西丝-哈托尔哺乳荷鲁斯像

图 113　古希腊宙斯头像

图 114　塞浦路斯女神陶像

图 115　中国古代小脚崇拜图

上篇

美神由来
——爱与美主题的原型发生史

THE FIRST PART

第一章
原母

> 天下有始,以为天下母。
>
> ——老子《道德经》
>
> 食母,生之本也。
>
> ——王弼《道德真经注》
>
> 从意识到无意识,母亲化作祖母,祖母化作原母神。
>
> ——荣格《母亲原型的心理学方面》

高唐神女与维纳斯

一、原母神：史前维纳斯之谜

大凡提到女神，现代人心目中自然会联想到古希腊神话中多姿多彩的女性神灵群像，因为只有在古希腊神话体系中，女神们才留下了关于她们品性、职能和生活的详细记载；也只有在古希腊艺术中，女神们才被赋予了最切近人间女性的造型形象。除了最美的阿弗洛狄忒之外，那威严而善妒的天后赫拉，从宙斯头颅中生出的战争和智慧女神雅典娜，处女和贞洁的守护者、月亮与狩猎女神阿尔忒弥斯，土地、丰产与婚姻保护神得墨忒耳及其女儿珀尔塞福涅等，都成为后世西方文学艺术中反复出现的形象。透过发展得最为充分的古希腊神话向历史的纵深看去，我们发现较早产生的神话体系中，女神的数量和功能有逐渐缩小的趋势，关于她们的故事也显得较为简朴和单一了，如埃及神话、巴比伦神话和苏美尔神话中的女神。再往上溯，当我们把探究的目光射向史前的石器时代时，丰富多彩的女神群像便完全隐没到唯一的女神形象之后了，那便是这里要论述的原母神。

人类学家和宗教史家们确信，原母神是后代一切女神的终极原型，甚至可能是一切神的原始雏形。换句话说，原母神是女神崇拜的最初形态，正是从这单一的母神原型中逐渐分化和派生出职能各异的众女神。因而，对女神的发生的深入认识，必然要追溯到原母神信仰在史前宗教中的产生、发展及其作用；对爱与美女

图1 满族神话里的御日女神驾鲸鱼而升。摄于吉林师范大学满族民俗博物馆

神维纳斯、阿弗洛狄忒的溯源性考察尤其是这样，因为考古学界为原始母神的命名——史前维纳斯（prehistoric Venus）——本身已经暗示了二者之间的渊源关系。

原母神是笔者对英文中的 the Great Mother（直译当为"大母"）的意译[1]，又称"大女神"（the Great Goddess），这两个词在当今的神话学和宗教史领域是通用的，特指起源于父系社会之前的最大神灵，是狩猎的史前社会的意识形态核心，原始信仰中最早出现的神。西方学者对原母神的研究已经积累了相当丰富的著述，但在有些问题上迄今尚未达成一致的结论。21世纪以来，考古学家们在西起西班牙东至西伯利亚的整个欧洲大陆区域连续发现二三万年以前的女性雕像，大多数学者确信这些人类最早制作的偶像神灵就是原母神的对象化表现。这些女神像长度5—25厘米，大多用石头、兽骨或象牙制成。其中最著名的是奥地利的威林多夫（Willendorf）维纳斯和孟通（Menton）维纳斯，分别用石灰石和滑石雕刻而成，全裸体，二者均表现出极度夸张的女性肉体特征：巨腹、丰乳和突出刻画的生殖部位；法国列斯朴格（Lespuge）维纳斯，用象牙雕成，全裸体，女性身体的表现特征是：颀长、无乳房、夸张的细长颈部、鼓腹、丰臀、双腿合一为锥状。学者们据此区分出两种截然相异的女性裸体像造型风格：一种矮短而浑圆肥硕，另一种则细高颀长。[2] 不过，凸

图2 墨西哥出土带翼母神造像

---

[1] 在《探索非理性的世界》和《中国神话哲学》两书中，我曾把这个术语直译作"大母神"，现改译为"原母神"，似更贴近其本义。

[2] 纽曼（Erich Neumann）：《原母神：一个原型的分析》（The Great Mother: An Analysis of Archetype），拉尔夫·曼海姆（Ralph Manheim）译，普林斯顿大学出版社1972年版，第95页。

图3 威林多夫的维纳斯。奥地利出土，石灰石像

图4 孟通的维纳斯。奥地利出土，滑石像

图5 列斯朴格的维纳斯。法国出土，象牙雕像

起的腹部和突出刻画的阴部则是这两种类型共有的特点。

尽管史前维纳斯像的造型特征与文明社会中的爱与美女神相距甚远，与著名的米洛的维纳斯像相比甚至显得丑陋不堪和粗糙低劣，早期的学者们还是用了爱与美之神的芳名"维纳斯"来称呼她们，这主要是由于史前女裸体像突出表现的生殖部位使她们一度被认为是旧石器时代的狩猎人类所崇奉的性爱女神，也就是维纳斯女神的雏形。随着进一步的发现与多角度的研究的展开，人们逐渐对史前维纳斯的性质和功用提出了质疑：她们真是性爱女神吗？旧石器时期的人类究竟有没有关于男女两性结合同生育之间的因果关系的知识呢？

法国史前宗教和艺术的研究家安德烈·勒鲁瓦-古昂在收集和分析了所有的考古材料之后断言，在整个旧石器时代的造型艺术中，直到目前为止尚未发现过任何一种或人或动物的交媾场面。[1]

---

[1] 安德烈·勒鲁瓦-古昂（André Leroi-Gaurhan）：《史前宗教》，俞灏敏译，上海译文出版社1990年版，第105页。

这也就意味着，性爱还没有成为旧石器时代艺术的表现主题，当时的人之所以热衷于制作女性裸像，完全是出于另外的原因。德国学者玛克斯·德索在讨论性爱与艺术起源的关系时写道：

当代的研究在最早的艺术中并未发现什么性爱表现。我们曾经认为，是爱欲的作用促使第一个艺术家在石壁上画出他的女伴的含混轮廓。曾几何时，这种梦想已经消逝。虽然迄今为止所发现的最早的全身像是女性小雕像，但是这一事实并不明显隐含着性爱的根源。这些偶像被赋予女性形貌或许是出于其他原因。[1]

如果从年代方面判断，女性裸像出现在二三万年前的氏族社会，当时还远远没有形成一种以男性为中心的父权制文化。假使当时真有性爱神的话，那么其性别应当男女均有，不会只表现为女性偶像。除了性爱之外，还会有哪些原因导致女神像的出现呢？有学者提出了宗教祭祀方面的解释，认为女性偶像代表的是主持当时家庭——部落祭祀仪式的女祭司。这就意味着，她们是人的形象，而不是神。苏联学者彼·彼·叶菲缅科在20世纪50年代曾提出，由于众多的女像均被发现于家庭火塘附近，其身份显然是家神，即家族的始祖母。但是民族学方面的报告却对此种见解提出了怀疑。因为在现存原始民族中，女始祖崇拜的证据

图6 色雷斯出土的新石器时代原母陶像，突出表现了肥硕与生命力的关系

---

[1] 玛克斯·德索（Max Dessoir）：《美学与艺术理论》（Aesthetics and Theory of Arts），底特律出版社1970年版，第256页。

并不常见。即使有个别的例外情况，如某些母系社会的亲属关系以母计，但对始祖母的崇拜似不明显，很难以此为据上推到史前社会。对此，苏联宗教史学家托卡列夫又提出一种修正了的解释。他在1961年发表的《论旧石器时代女像的意义》一文中论证说，女偶像是神的形象，但不是性爱女神，而是火的主宰神即所谓"女火塘主"。至今在西伯利亚等地少数民族中还可看到类似的情况，即女火神充当家庭—氏族的崇拜对象。[1] 不过，托卡列夫的这种观点显然也未能赢得多数学者的赞同。

相对而言，生殖崇拜说要比女始祖说和女火神说拥有更多的支持者。持这种观点的学者首先强调了一个事实，人类最早制作的雕像是以丰乳巨腹为特征的女性为中心的，男性雕像的出现不但晚于女像，而且在数量上和质量上都不能与女像相提并论。纽曼在20世纪50年代就意识到这一点，他写道：

在我所见到的石器时代雕像之中，有55个女性像，而男性雕像只有5个。这些早期的男像制作粗陋，刻画得马马虎虎，由此可以断定它们并不具有崇拜的意义。这一点与男性神格的次生特征相吻合，他们在宗教史上出现较晚，他们的神圣性质也是从他们的母亲——女神那里承袭下来的。[2]

纽曼的这一看法已为迄今为止的考古发现所证实。自旧石器时代到新石器时代，女神雕像的发展遍布欧亚大陆，数以百计的女像在造型特征上多有变异，但巨腹特点似乎始终如一。随着新石器时代以来的制陶技术的产生，女神像的制作工艺也逐渐从石、骨雕刻发展为黏土烧制的陶塑（类似于我国的"兵马俑"）。制作技术上的革新使女像的生产更为普及，到了文明发生的前夜，在中欧、南欧、地中海区域和近东地区，崇拜女神像的原始村社遗

---

[1] C·T·托卡列夫：《论旧石器时代女像的意义》，《苏联考古学》1961年第2期。
[2] 纽曼：《原母神：一个原型的分析》，英译本，第95页。

址已成为考古史上屡见不鲜的发现了。在罗马尼亚的古美尔尼塔（Gumelnita）新石器文化中，发现有宗教祭祀的两层遗迹。第一期遗址中有大量的精制陶塑像，全部为女性。第二期遗址中女陶像继续存在，但男性塑像同陶制阳具也在这时出现了。在古美尔尼塔文化之上还覆盖着一个后起的文化层，以燧石箭头和战斧为其典型特征，女神塑像在这里已无影无踪了。[1] 在希腊中部的塞萨利（Thessaly）新石器遗址中可以看到类似的男、女神崇拜消长变化的迹象。考古学家汉森写道：

> 一般来说，所有的较早的塑像均由加工后的黏土精制而成，经过打磨，有些还涂上红白相间的色彩。大多数雕像均为女性，男像很少。多数的早期女像的造型特点是肥胖异常，某些部位极度夸张……姿势或站或坐，有时身下只有单腿。双臂或伸长过臀，或环抱上体，或手持双乳。[2]

图7 地中海撒丁岛出土的史前母子神铜像

在第二期的塞萨利文化即狄米尼（Dimini）文化中，仍可看到石制和陶制神像，其中出现了两种新的类型：一种是手抱婴孩的女性坐像，另一种是显露阳具的（ithyphallic）男性坐像，双手置于膝上。这一时期神像在数量上比前一期减少了，刻画也显粗劣。到了第三期塞萨利文化中，神像持续衰微，此后就消失不见了。[3] 在这里值得注意的是，双手持乳类型的女神

---

[1] 柴尔德（V.G.Childe）：《欧洲文明的曙光》（The Dawn of European Civilization），伦敦，1939年版，第126—129页。

[2] 汉森（H.D.Hansen）：《塞萨利早期文明》（Early Civilization in Thessaly），巴尔的摩，1933年版，第43—44页。

[3] 汉森（H.D.Hansen）：《塞萨利早期文明》（Early Civilization in Thessaly），巴尔的摩，1933年版，第71页。

像和抱婴类型的女神像随旧石器时代的巨腹丰乳女像而相继出现，似乎表明从生殖崇拜的主题中派生出哺育或哺养的主题，这是史前原母神信仰所产生的主要原因所在，即所谓人类生命的再生产。把握住这一线索，史前维纳斯与西亚及地中海文明中所崇拜的丰产母神之间的实质性联系也就一目了然了。

伊文斯曾致力于探讨此种联系。他在收集了米诺斯（克里特）文明的早期资料后论证说，尽管米诺斯文明中不乏男性偶像的残片，但大多数偶像仍为女性，其最常见类型为短而粗，臀部肥硕（steatopygous），与阿那托利亚（Anatolia）的女像十分近似。伊文斯认为，这些女像表明了一个自新石器时代沿袭而来的母神家族，其分布从欧洲延展到两河流域广大的闪米特族（Semitic）地区，乃至南部土耳其斯坦的安诺（Anau）文化。在已知最早的东方偶像中，有在尼普尔城发现的公元前 2700 年的陶像群，这些女像已被确认为巴比伦人的母神，就连克里特和希腊人神殿中供奉的原母神也同这一源远流长的母神家族有着传承关系。[1]

那么，在时空分布上如此广泛和持久的母神信仰究竟意味着什么呢？

图 8　爱琴海岛屿出土的女性形体造像（前 2500），注意左像突出刻画的双乳和生殖三角区

---

[1] 伊文斯（A.J.Evans）：《米诺斯宫殿》（*The Palace of Minos*），伦敦，1935 年版，第 51—52 页。

二、猪龙崇拜：女性、肥硕与生命力的原始隐喻

在对史前维纳斯的各种理论解释中，生殖崇拜说虽然占有明显优势，但也不是公认的定论。某些权威学者对此一直持保留态度，如安德烈·勒鲁瓦-古昂和米尔希·艾利亚德。前者承认造型特征各异的旧石器时代女像是同出一源的，但对所谓"生殖"（fertility，又译"丰产"）说的解释提出明确的批评：

> 至于丰产女神的解释，严格地说是平庸肤浅、一无所得，因为一切宗教，或者说几乎一切宗教都将丰产视为一种祈愿之事，以妇女作为丰产的象征毫无独特新颖之处。将旧石器时代的形象与美索不达米亚或尼加拉瓜的小雕像作一比较，有助于证明在地球空间上，这三处皆存在的妇女的形象。事实上，对于旧石器时代的人赋予其"维纳斯"的深奥意义，我们一无所知，这些"维纳斯"可能是"朱诺"（天后——引者），也可能是"普罗塞比娜"（地狱女神——引者）。[1]

图9 土耳其出土的圆球形女神像。"以肥硕为美"是史前母神像的特征之一。这是突出表现女性肥硕与生殖力旺盛的最富夸张性的形象——圆球母亲

---

[1] 安德烈·勒鲁瓦-古昂：《史前宗教》，第141页。

这种类似不可知论的观点代表了某些以严谨著称的史前学家的态度，他们只相信考古材料所能提供的信息，反对用民族学的或后代宗教文献方面的旁证去做演绎类推的解释。而这种旁证和演绎方法却是人类学研究的基本方法。如果我们承认史前维纳斯同文明初期的母神崇拜有渊源关系，那么生命的生育和哺养作为母神崇拜的核心内容也应当是一脉相承的，尽管其发展历程中会有变化和差异，那沿袭数万年而未改的孕妇般隆起的女神腹部的造型特征，足以默默无言地透露出史前人类对生命孕育这一神秘现象的极大关注。这一项事实也能够说明，为什么人类祖先所崇拜的女性神灵总是母亲，而不是少女。后代人所激赏的女性美特征——婀娜与苗条，在我们的原始祖先眼中也许毫无意义，甚至是美的反面，因为按照原始信仰，肥胖丰硕才是生命力旺盛的标志、生殖和丰产的表征。瘦与弱是同义词，是病态的、不美的。

图10　马耳他出土的新石器时代女性睡像。这个女性造型典型地体现了原始人关于肥硕、女性与生命力的隐喻关联的观念

无怪乎汉字中的"瘦""瘠"等字都从"疒"旁会意，造字祖先们的价值观念明显保留着原始思想的原型。诚如韦斯顿·拉·巴尔所敏锐指出的那样，西文中的词汇"fecund"（多产的、肥沃的）"fetus"（胎儿）"femina"（阴性的、女性的）"femur"（大腿骨）"feminis"（雌性的）都认同于一个共同的词根"fe"，这表明在肥硕、孕育、女性这些不同事物之间有着信仰

图 11 满族始祖母神木雕像

上的联系。巴尔还指出，肥猪之所以在史前社会受到崇拜，是因为在原始信仰中，猪的多产能力和它的肥胖多脂其实是一回事。[1]

巴尔的这一深刻洞见对于我们重新认识中国新石器时代考古学的若干重大发现有着重要的启发意义。1983年以来，辽宁牛河梁红山文化"女神庙"与积石冢群的发现曾引起人们极大兴趣。在这里不仅出土了迄今为止发现的最早的中国石器时代雕像，而且这些泥制雕像也分明体现出裸体、丰乳和肥硕的史前维纳斯特征。值得特殊关注的是，与女性神像同时被发现的还有玉制"猪龙"造型。[2] 随后又在附近的大石冢中发现一头猪的雕像，猪舌用矿石粉染得鲜红。对于这些珍稀的石器时代遗物，目前尚没有合理的解释，除了认定裸体女像为生殖丰产女神，

图 12 埃及的繁殖女神伊西丝与猪的造像。泥塑，注意女性与肥硕之间的类比关系

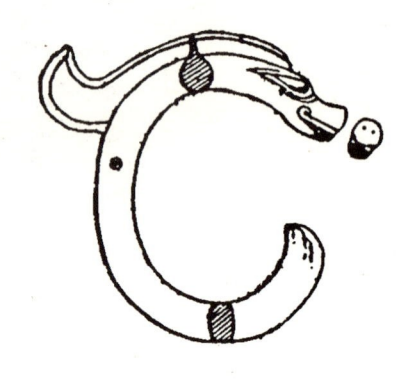

图 13 内蒙古翁牛特旗三星他拉村出土的猪龙玉像。属新石器时代红山文化

---

[1] 维斯顿·拉·巴尔（Weston La Barre）：《骨髓：一种石器时代的性迷信》（*Muelos: A Stone Age Superstition About Sexuality*），哥伦比亚大学出版社1984年版，第86页。

[2] 辽宁省文物考古研究所：《辽宁牛河梁红山文化女神庙与积石冢群发掘简报》，《文物》1986年第8期。

将猪龙与猪像解释为史前图腾崇拜之外,研究者们似乎提不出什么新颖且确切的观点。至于为什么肥硕女像与肥猪造像同时并存,更是无人问津。现在,借鉴西方学者的研究成果,这些五千年前的疑案似可获得完满的解答:肥猪以其丰厚的脂肪代表着原始人心目中生命力最强盛、生育力最兴旺的动物,它同人类中执行生养功能的女性——母亲本来就有着神话思维的认同关系。所以,猪龙玉器也好,猪形雕像也好,都不是图腾符号,而是生命和生育的象征。联系到我国南北方新石器文化中普遍发现的家猪饲养以及用猪头、猪骨作为陪葬品的情形,结合汉字中千古未得确解的"家"(从"宀"从"豕")的概念,可以推论,在红山文化和仰韶文化时期出现的母系家庭确实曾把肥头大耳的猪看成是"家神",即主管大自然的生与养之功能的原母神的动物化身。[1]

图14 秘鲁印第安文化母子雕刻容器。突出表现了肥硕、女性与生命哺育的主题

　　红山文化中肥猪像与女神像的并存,意味着一组史前象征密码的破译,借助于此,还可以反过来解释几乎遍布世界各地的原母神像和史前维纳斯像以肥硕为美的原始审美观的形成。那种浑圆突出的大腹和肥硕下垂的乳房造型,曾经使某些学者怀疑,史前维纳斯也许并不是对怀孕母亲的表现,而是对当时女性体形的真实反映。现在可以明确的是,史前女神的肉体夸张是以肥硕多脂肪为美的原始信念为造型标准的,

---

[1] 巴丹特尔说:"女神并不总是目光恐怖的威严妇女,她也化身为植物和动物,为了孕育每个种类,'伟大的母亲'(即原母神——引者)要具有相应的动物形体,并与其交配。她创造一切,她的支配权延及一切生物。"(《男女论》,陈伏保等译,湖南文艺出版社1988年版,第41页。)

是一种理想化的、有意味的创作变形，其中不乏某种仿生学的因素，即仿效肥硕而垂乳的动物形体。至于此种以肥大为美的原始观念怎样在后来的中国文明中派生出"羊大为美"和"硕人为美"的传统审美观，我将在论述"食美学"的章节（第六章）中论及。这里需要说明的是，汉字"肥"的概念同英文中的 fertile 相比，既可用于形容动物和人体的多脂肪状态，又可用于形容土地的肥沃和多产，这也是肥与多产之间的原始联系的旁证。

三、周期变化：女性圣化的神秘类比

对史前维纳斯的生殖崇拜解说持保留态度的另一位权威学者是宗教史专家艾利亚德。他在近著《宗教思想史》第1卷讨论旧石器时代宗教观念时专列一节题为《女性的表现》。在概述了史前维纳斯像的年代与分布情况之后，艾利亚德写道："要确定这些形象的宗教作用尚不可能。可以假定这些偶像用某种形式表达了女性的圣化（feminine sacrality），也就是女神所拥有的法术——宗教力量。由女人的特殊存在方式所构成的'神秘性'在众多的宗教中——不论是原始的，还是历史上的——扮演了重要的作用。"[1]

这里所说的"女人的特殊存在方式"对于说明女神先于男神成为崇拜对象大有助益。对于细心观察现象世界但尚未掌握抽象推理思维的史前人来说，在人类的男和女两大性别中更值得注意的不是男人而是女人。亨利·德尔波尔特曾就旧石器时代艺术中的动物和人的形象提出过二元论的说明："动物作品代表人类外部有生命的世界，与之相反，女性形象表现人、部落及整个人类。既然女性能保证传宗接代和人类永存，女性形象代表人类就是合乎情

---

[1] 艾利亚德（Mircea Eliade）：《宗教思想史》（*A History of Religious Ideas*）第1卷，芝加哥大学出版社1978年版，第21页。

理的。'人类——女性'和'生命世界——动物'两个假说的对比可以解释在女性像（面部特征看不太清）和动物像（写实、形态精确）之间所观察到的区别，同时也可解释旧石器艺术中为什么缺少男性作品。"[1]需要补充的是，女性独特的存在方式有两个突出特点为男性所无，一是经血的规律性出现，另一是怀孕时的体形改变。这两者造成了关于女性神秘的种种神话和禁忌，使原始人确信女性异于男性的根本特点便在于周期性的变化，而此种周期性的变化与变形正是原始生命观的核心。[2]原始思维的朴素类比曾把一切周期性变化的现象视为不死，即生命永恒的表征。经血的去而复来，生育之后母体的复原，都会被理解为生命本身的韵律，因为循环变形正是生命改换存在形态的迹象。正好比后人将循环变化的月亮、能够蜕皮变形的动物（如蛇、蜥蜴等）视为生命不死的象征一样，人类中的女性曾最早地充当神话思维中生命不死或死而再生的象征符号。

上述见解可以同勒鲁瓦-古昂在研究欧洲旧石器时代洞穴壁画中的动物形象中所提出的性别符号论相互印证。他统计了70多处洞穴壁画中动物形象的种类，发现牛和马的形象占动物总数的半数以上。经过细致的地形分析和统计分析，古昂又发现了牛和马两种动物总是配对地出现在画面上，分别代表着雌性和雄性这两种性别。他据此归纳出旧石器时代人类所特有的性别观念及表达这种性别划分的动物象征系统。按照这种性别观，野牛和古野牛不论雌雄都被划入雌性一类，而且总是被绘在画面中最好的位置上。马的形象不论雌雄都被视为雄性一类，在画面中总是处在与野牛一类相对应的位置上。作为辅助性的象征符号，妇女和伤口（往往用几何图形表示）也是与野牛同类的雌性象征，而山羊和长毛象则是与马同类的雄性

---

[1] 转引自巴丹特尔：《男女论》，湖南文艺出版社1988年版，第32页。
[2] 参看维格尔（M.Weigle）编：《蜘蛛与织女——女性与神话》（*Spiders and Spinsters*），第4部分：《月亮、月经与绝经：神话及礼仪》，新墨西哥大学出版社1982年版，第155—196页。

象征。古昂的分析结果为我们展示了两万年前人类关于性别对立的象征编码系统，但是他并没有解释这种二元对立系统的意义和产生原因，一个万古之谜就这样留给了后人。

四、马牛二元编码：雌性为先的原始分类逻辑

朱狄先生在评述古昂的性别符号论时指出，也许古昂的假设会被人们斥为荒诞，不过最令人难以置信的是他关于"牛—马"的二元论体系也可以在中国古代文献中找到，而且内涵也完全相同，即牛代表雌性，马代表雄性。他还引述了钱钟书先生《管锥编》论及《周易·说卦》关于乾为天、为父、为马，坤为地、为母、为牛的段落，认为这是一种不堪设想的巧合，希望有朝一日能为它找到一个合理的解释：

……为什么马为男性，牛为女性，《周易》并没有做任何解释，因此也是一种"先验的体系"。但这两种世界上最古老的文化何以会有如此巧合，实在令人费解。假如勒鲁伊-古朗（即勒鲁瓦-古昂——引者）的解释基本正确，那么中国殷周之际的《周易》将与欧洲旧石器时代的艺术就在"马—牛"二元论上相遇了，这是最早的中西文化的相遇，也是在构成世界始基这样一个重要问题上的相遇，所以的确很值得"好事者傍通直贯，广讨参稽"。[1]

我认为，二元对立作为人类思维的基本法则已由以列维-施特劳斯为代表的结构主义学派所确定，因而在各不同文化中出现二元对立的模式是理所当然的。至于为什么牛和马在中西文化中分别充当了阴与阳的象征符号，这绝不是什么"先验的体系"，而恰恰相反，是神话思维的类比经验的产物，把这说成是"最早的中西文化的相遇"似乎言过其实。我曾在《符号：语言

---

[1] 朱狄：《原始文化研究》，三联书店1988年版，第375页。

与艺术》一书论述神话思维规律时指出，天地拟象的产生不是无规则的幻想任意所为，而是原始类比分类的结果：

所谓"物以类聚"的原始形态大约就是这样的：从现象的普遍联系出发加以分类，并不考虑事物的本质和规律。这样，可由经验观察所提供的事物外表、性状上某一方面的共同点，就成了前科学的分类根据。[1]

在各不同文化中普遍出现的"女人—母牛—新月"的三联象征（the triple symbol of woman, cow and crescent moon）便是原始分类模式的典型实例。美国哲学家威尔赖特指出，三联象征中的每一形象都由某种特征而同另外的两个形象发生联系。如果以 A、B、C 分别代表女人、母牛和新月，那么三者互为象征的逻辑关系可以罗列如下：

A 和 B 都产奶。
A 和 C 都有以月为周期的变化。
B 和 C 都长着角。（西文中的 horn 一词，既有牛角的意义，又有新月之钩尖的意义）[2]

这里的问题是，《周易》将"子母牛"即"多蕃育"之母牛（《周易正义》）同"母"一起作为阴性的"坤"即雌性大地的象征，完全符合"三联象征"的逻辑；但是欧洲史前洞穴壁画所显示的"马—牛"二元分类体系却把公牛和母牛都纳入了雌性符号一类，这显然是比三联象征更为原始的一种分类模

---

[1] 俞建章、叶舒宪：《符号：语言与艺术》，上海人民出版社 1988 年版，第 138 页。
[2] 威尔赖特（Philip Wheelwright）：《隐喻和现实》（*Metaphor and Reality*），印第安纳大学出版社 1962 年版，第 138 页。

式，其分类依据似乎是这样的：

1. 公牛母牛皆有牛角，其形状类似于新月，故可划为同类。

2. 女人有周期性变化——月经，月亮亦有类似的周期性变化——圆缺，故可划为同类。

3. 牛角亦有脱落与再生的周期性变化，故凡牛不论公母均当归入女人与月亮所代表的雌类。

事实上，野牛与女人之间的原始类比中项——牛角，早在最古老的艺术作品中就表现为中心主题了。那享誉已久的"洛塞尔的维纳斯"（Venus of Laussel）——法国旧石器时代浮雕"持牛角的妇女"似乎已经把雌性象征编码的基本奥秘和盘托出了。浮雕中一肥硕丰乳的女性伸出右臂，手中持一只弯弯的牛角，形似新月，似乎在用无声的图像语言向人们诉说着牛角所特有的法术力量。这种由形状的相似性和循环变化为标准的象征编码分类方式，还可以从如下事实获得进一步的破解：在洞穴艺术中，由于动物身上的伤口形状类似于女性生殖器——二者均为肉体上可出血的"裂缝"，所以伤口自然被编码为雌性符号；[1] 更加令人惊异的是，由于洞穴本身的形状类似于女性的阴道，所以常与雄性的象征符号相配合，"这

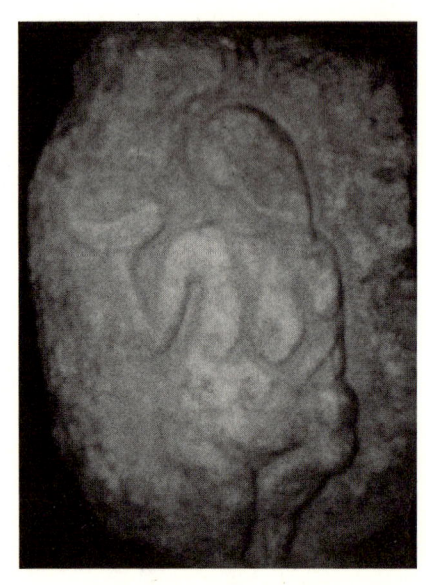

图15 洛塞尔的维纳斯。旧石器时代法国石刻像，是迄今人类发现的最早的原母神造型之一，母神右手所持"牛角"象征着神秘的周期变化

---

[1] 勒鲁瓦-古昂：《史前宗教》："看来雌性符号与伤口确实是可以互换的象征，如刻在贝尔尼法洞穴岩壁上的小野牛，其肩部带有一个椭圆形符号……视为外阴或伤口均可，并无多大区别。"第113页。

些实例十分显豁地突出了洞穴本身作为雌性象征的重要价值"[1]。这些情况充分表明，表面相似的事物在史前人的思维和想象中如何具有本质的相同性。以类比为逻辑的原始分类编码系统又是如何依据这些相似特征为宇宙万物划分出阴阳相对的二元论秩序的。

苏联考古学家格拉西莫夫在西伯利亚的马耳他（Mal'ta）所发现的史前村舍的内部结构布局，也许是对原始雌雄二元分类模式的最好图解。该村社由一些长方形房屋构成，房内空间被分割为两半，右半边为男人空间，在那里只能看到一些男性的物品；左半边为女人空间，只有在这一半才可看到女性小雕像。与此相对，在男性空间只发现了鸟像。格拉西莫夫把这些鸟类形象译解为阳具的象征，恰好同女性空间的妇女小雕像相配。[2] 格拉西莫夫的这一发现引起史前学家和宗教史家的共同关注，它一方面可以佐证列维-施特劳斯的结构主义基本命题：二元分类是人类精神进化过程中的一项最古老、最基本的遗产；另一方面又可修正列维-施特劳斯关于二元论世界观发源于社会的交换（reciprocity）关系的偏颇之论。[3] 我们已经看到，二元分类的模式并不像后人所想象的那样直接来自人与动物的性别划分，即不是从男与女、雄与雌两种性别的存在中直接抽象出来的（将公野牛归入雌类，将母野马归入雄类），而是以周期性的变化（变形）为基本特征，先从宇宙万物中区分出以改换形态的方式超越死亡的生命一类——经血来而复去，牛角脱落而复生，月亮缺而又圆，伤口开而愈合——并以原母神作为此类事物的中心象征；然后再将不具有此种循环变化特征的事物一律划入与此相对的另外一类之中。这才是以史前维纳斯像为普遍象征的二元分类法的由来。换句话说，二元分类的原始标准不是雄与雌的性别之特征，而是循环的变形生命（即再生

---

[1] 勒鲁瓦-古昂：《史前宗教》，第173页。
[2] 参看艾利亚德：《宗教思想史》第1卷，第20页。
[3] 列维-施特劳斯：《亲属关系的基本结构》（*The Elementary Structures of Kinship*），贝尔（J.H.Bell）英译本，比科恩出版社1969年版，第83—84页。

与永生）与非循环变形的生命（即从生到死）的划分。只是在后来的进一步发展中，前一类才被认同为雌类，后一类才被认同为非雌类。再后来，非雌类终于同雄性这一性别彼此认同。

霍尔佩克《原始思维的基础》一书中有关二元分类起源的论述可以为上述假说提供理论佐证。霍尔佩克指出，幼儿思维中分类系统的发生是从"区别"（differentiation）开始的：

> 第一个阶段是区别的阶段，它或者表现为一种认知，或者表现为一种感受的行为。区别只是将某事物同其他事物相区分，让它成为基本的形象或与它类事物不同的一类。区别可以是划界限的，也可以不划界限，但是划界限必须依赖于区别。
>
> 然而，区别本身并不构成那些相异的事物之间的关系，除了矛盾的意义关系之外，也就是那种A与非A的矛盾关系。[1]

既然任何一种二元论思想、任何一种矛盾观念和对立面统一的观念均始于A与非A之间区别的意识，那么史前的二元分类宇宙观始于雌类和非雌类的基本区别，也就是不难理解的了。史前人类为了用永恒的对象化客体形式把他们当时原始智力所达到的这一最新认知成果固定下来，首先创制的空间表象便是以人类中的女性——母亲为原型的。正是女性所特有的周期性变化特征使之成为雌类事物的典型代表。而史前维纳斯形象虽然并无男性神像作为对立面，却用一元的形式蕴涵着二元分类的思想，并随后将这种分类表现在洞穴壁画中的马—牛对应关系中。

以雌类为先为主，以区别为开始的二元分类的模式，对于文化和文明的

---

[1] 霍尔佩克（C.R.Hallpike）：《原始思维的基础》（*The Foundations of Primitive Thought*），牛津，克拉伦敦出版社1979年版，第225页。

研究很有启示，兹条述如下：

其一，以雌类为先为主的二元分类使史前宗教中崇拜女神为主神的现象获得了世界观方面的说明，史前艺术中女性偶像的普遍出现也同样变得易于理解了。

其二，在父权制文明的语汇中，男先于女的现象屡见不鲜，如"男女""夫妇""父母""祖妣"等；但在反映二元分类体系原初真相的一些古老措辞中，依然保留着以雌为先为主的史前习惯次序，如"阴阳""雌雄"等。

其三，作为二元分类体系之基础的史前人类特有的生命观把循环变异现象视为生命不死的表征，由此派生出的某些宗教—神话主题如"永恒回归""重返母体"（子宫）等成为人类思想史上的普遍原型，影响异常深远。对此，我将在下一章中以中国上古的老子哲学为例进行较详细的探讨。

其四，所谓"马—牛"二元论用较晚产生的雌雄性别观去解释原始的二元分类模式，自然难得其解。对此，下文探讨天父地母观念时还将对马、太阳、雄性的神话认同再做阐发。

图16 金文中的牛头符号，突出刻画了新月形的牛角

图17 米诺斯文化中的宝石雕刻：女性、月亮与生命树

其五，从原母神及其所代表的雌类所特有的生、养和生命循环等特征着

眼，便于把握女神宗教和神话发展、分化的轨迹，说明诸如地母神、丰产女神、阴间女神、月神和爱与美女神等发生的根源。而这些由不同女神所执掌的功能有时也常常综合体现在某一位女神身上，这正是史前维纳斯集多种信念和力量于一身的母神神格的后代遗存。

图 18 金文中的天马地猪符号

五、母系社会：女神宗教的现实基础

史前维纳斯所引发的各种问题之中有一个重要的尚有争议的问题：产生出这样一种分布广阔、历时久远的女神宗教的社会基础或文化背景是什么样的？与此相关的另一问题是：为什么在文明社会中产生的世界五大宗教体系中几乎都没有女神的地位，而在史前社会的漫长历史中，人们对女神的崇拜远远超过了男性神灵？

问题的提法本身已暗示了这样一个事实，由原始到文明的转化是女神宗教衰落的同步过程。与史前维纳斯崇拜的广泛和持久性相比，文明社会中爱与美女神维纳斯只不过是原始的母神宗教在衰亡之后所遗留在古希腊罗马神话中的微弱回声而已。同样道理，类似的回声也或强或弱地回响在包括中国文明在内的各个古典文明之中，使我们可以通过横向的比较去辨析母神（爱神）在华夏民族所遇到的特殊命运和遭际。

　　世界上所有的文明国家，不论大小，都是父权统治的社会，亦即以男性为中心的社会。男性神灵在文明时代的宗教中占据统治地位，这是同父权制的社会现实相对应的。可以说，一部文明史就是男性中心的历史，无怪乎当代激进的女权主义者呼吁将西文中体现男性中心的概念如"历史"（history，直译"他的故事"）改为 herstory（她的故事）。如果说意识形态是社会现实的产物，男神宗教反映的是父权制文明的现实，那么是否可以据此推论，以史前原母神崇拜为核心的女神宗教必然是以一种母权统治的社会现实为其基础和土壤的呢？从史前的女神宗教到文明史中的男神宗教的转变，是不是以现实社会中两性地位的消长更替为原因的呢？

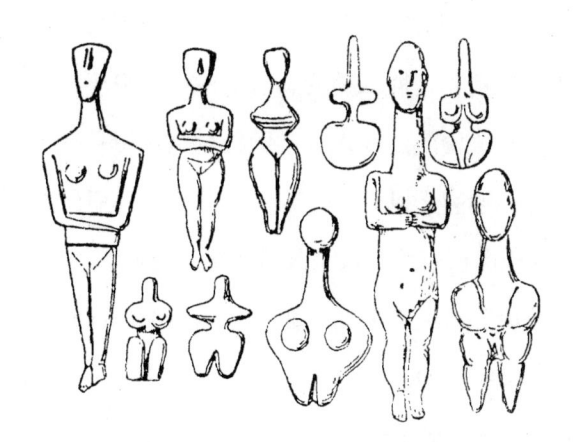

图 19　前迈锡尼时代女神立像和坐像

　　提出上述问题并且给予肯定的答案的人首推瑞士学者巴霍芬。他在 19 世纪所提出的母权社会假说曾经引起学界的极大反响，形成学术热潮。恩格斯认为，巴霍芬于 1861 年出版的《母权论》一书对于研究婚姻家庭的历史具有划时代意义，因为作者明确地论述了他所提出的几个具有开创性的论点：

　　（1）最初在人们之间存在着毫无限制的性关系，他把这种性关系用了一个不恰当的名词"杂婚"来表示；（2）这种关系排除了确切认知父亲的任何可能性，因此，世系只能依女系——母权制——来算，古代的一切民族，起初都是如此；（3）因此，妇女作为母亲，作为年轻一代的唯一确切知道的亲长，享有高度的尊敬和威望，据巴霍芬的意见，这种尊敬和威望竟达到了完全的妇女统治（Gynaikokratie）的程度；（4）向一个女子专属于一个男子的个体婚制的过渡，含有对远古宗教戒律的侵犯（实际上就是侵犯其余男子自古享有的可以占有这位女子的权利），这种侵犯要求由女子在一定时期内献身于他人来赎罪或赎买对这种行为的容忍。[1]

　　从以上引述来看，巴霍芬所说的"母权制"具有双重含义，一是指世系继嗣关系上的女系制，二是指由这种世系制所派生出的政治上的女性统治权。由于巴霍芬对于母权制的这种二重含义没有做出严格界定，导致了后人对这个问题的误解和长期争论。当代人类学已经划清了母系制和母权制这两个概念之间的界限，并且倾向于抛弃"母权制"这个不精确的术语。但是在国内学术界，母系社会和母权制仍然被不加区分地当作同义词而使用。在本书中，我只采用母系制或母系社会的概念，以免造成含混和误解。只是在某些必要的引述中才会出现母权制的说法。

　　当巴霍芬提出母权制先于父权制而普遍存在的模式时，他所凭据的资料主要限于古代文献中的神话和文学。正如恩格斯所说："巴霍芬认为他非常认真地从古代经典著作中搜集来的许多段落，可以作为这些论点的证据。由'杂婚'到一夫一妻制的发展，以及由母权制到父权制的发展，据他的意见——特别是在希腊人中间——是由于宗教观念的进一步发展，由于代表新观念的新神侵入体现旧观念的传统神，因此，旧神就越来越被新

---

[1] 恩格斯：《家庭、私有制和国家的起源·第四版序言》，《马克思恩格斯选集》第4卷，人民出版社1972年版，第5—6页。

神排挤到后边去了。所以,照巴霍芬看来,并不是人们的现实生活条件的发展,而是这些条件在这些人头脑中的宗教反映,引起了男女两性相互的社会地位的历史性的变化。"[1]

可见巴霍芬的方法论的实质在于用神话去论证母权制社会,而不是用社会现实去论证神话。他的假说在很大程度上还只是一种推测。在他的著作发表后几年,一些英国学者如麦克伦南、拉伯克、赫伯特·斯宾塞、泰勒等都把眼光转向处于世界边远地区的少数民族和原始民族,并发现了一些母系家庭的现实标本。美国民族学家亨利·摩尔根综合利用了史学家从文献中搜集到的古代材料和人类学家、民俗学家和旅行家们报告的当代原始人的材料,在《古代社会》一书中系统论证了原始的母系社会的婚姻和家庭结构,确认母权制氏族是一切文明民族的父权制氏族以前的阶段。曾几何时,巴霍芬在19世纪60年代初作为假说而提出的母权制理论到了19世纪80年代已经成为无须证明的公理了。以至于拉法格先生在1886年发表的论著中能以充分的自信按照这一公理去研究民间文学和礼俗:

我们现在知道,在文明国家里,父权家庭已经达到了它的演变过程上的最后阶段,而在这父权家庭之先,曾经有过另一个形式的家庭。在那时,家长是母亲,不是父亲;只有母亲将她的姓和家产传授给她的孩子们。妇女不离开家和国,不跟她丈夫走;相反,男子是女方的客人,她随时可以打发男人走,如果认为他不再讨人欢心,或不再能完成家庭的供应人的职务。[2]

在恩格斯和拉法格的笔下,母权制一词的内涵已偏重于母系继嗣的方面。

---

[1] 恩格斯:《家庭、私有制和国家的起源·第四版序言》,《马克思恩格斯选集》第4卷,第6页。
[2] 拉法格:《关于婚姻的民间歌谣和礼俗》,《拉法格文学论文选》,罗大冈译,人民文学出版社1962年版,第47—48页。

就在摩尔根的《古代社会》出版十年之后，对母系社会普遍存在于父系社会之前的观点就受到了新的挑战。康拉德·斯塔克于1888年发表的《原始家庭及其产生和发展》、爱德华·韦斯特马克于1891年出版的《人类婚姻史》[1]等著作都认为，母系世系的存在不是普遍现象，也未必先于父系世系。至于所谓妇女在家庭和社会占统治地位的母权政治，也是缺乏充分证据的假说。20世纪以降，随着人类学研究的发展，人类学家们对散居于世界各地的原始民族做了大量调查和研究，摩尔根的模式受到空前的挑战："现代科学既没有证明人类从前存在过血缘家庭的资料，也没有证明人类从前存在过普那路亚家庭的资料。不仅如此，而且可以十分肯定地认为，这些家庭形式从来就没有存在过。因此，在摩尔根所创立的全部家庭婚姻关系进化的模式中只剩下两个发展阶段是唯一可靠的，那就是对偶家庭和一夫一妻制家庭。"[2] 与此同时，巴霍芬和摩尔根所描绘的原始母权制图景也被否定了。美国人类学家罗伯特·罗维（R.H.Lowie）著书指出："纵览世界各地的现象，我们不会不注意：虽然确实的从父系嗣往往阙如，偏重父方势力之倾向是极其普通的。和这个倾向相比较，母系因子的过度扩张好像是一种非常特殊的事情。"[3] 关于母系制与母权制的混淆，罗维更提出尖锐的批评："从前有一时期，把从母系嗣解释成女权统治，说是女子不独统治家族，并且统治与现代国家相当的初民社会。在一切的理论问题之中，现代的人类学者能一致同意认为无聊者，恐怕要数这个女权统治说。民族志上的资料太明显了，绝非先验的空想所能抹杀。"[4] 现存原始社会中看不到母权制统治的存在，那么史前人类是否曾经历过这种统治阶段呢？由于没有足够的证据，这个问题至今仍是悬案。美国当代人类学家罗杰·M·基辛在他撰写的人类学教科书中认为，研

---

[1] 爱德华·韦斯特马克：《人类婚姻史》，王亚南译，神州国光社1930年版；上海文艺出版社1988年影印版。
[2] 谢苗诺夫：《婚姻和家庭的起源》，蔡俊生译，中国社会科学出版社1983年版，第51页。
[3] 罗伯特·罗维：《初民社会》，吕叔湘译，商务印书馆1987年版，第220页，226页。
[4] 罗伯特·罗维：《初民社会》，吕叔湘译，商务印书馆1987年版，第220页，226页。

究部落社会的继嗣制度应该从父系制开始，理由有三个。一是演化的优先性问题。虽然古代母系社会的说法很流行，但没有丝毫证据支持母系制先于父系制之说。部落世界的母系社会全都是对定居农业的适应，因此是相当晚近的发展。建立在父系基础上的某些组织，其历史几乎都已相当久远。二是出现频率的高低问题。父系社会组织出现的频率更为普遍，大约是母系的三倍。三是母系制在结构上受到相当严厉的限制，因此组织上可能性的范围就很狭窄，如果把它当作父系制度的一种广泛的变异来认识，研究起来就方便多了。[1] 这种把母系制看成是父系制发展中的变异形式的看法代表了当今人类学家的主要倾向。至于母权的概念，则已被基本否定。

港台的人类学家谢剑、芮逸夫在为《云五社会科学大辞典·人类学分册》所撰写的"母权政治"（Matriarchy）条目下指出："母权政治一词，在19世纪下期的人文、社会科学界流行甚广，是指一种假设的社会形式，以妇女为社会的统治者。现在的人类学家因其并无事实上的证据，都不支持此一假说。有少数人类学家对此一术语曾重加界说，但还没有一种说法能获得普遍的接受。"[2] 布里福特（R.Briffault）便是坚持母权说最出名的学者。他于1927年发表的多卷巨著《母亲》，被20世纪70年代以来勃兴的女权主义者视为对抗父权制理论的法宝。布里福特在这部书中另辟蹊径，不再局限于为母权制假说寻找现实的证据，而是从人类进化的过程着眼对女性（母亲）在史前社会中的中心地位和作用进行全面的理论阐发。他指出，人类从动物界中分化而出的一个重要因素乃是生长期的延长，在此期间幼童得以接受连续的培养。这一传授过程是由女性承担的，女性所具有的母亲功能使她们必然处于部落中的统治地位。在此阶段男性的唯一独特功能是生殖。

---

[1] 基辛（Roger M.Keesing）：《当代文化人类学》（*Cultural Anthropology—A Contemporary Perspective*），中译本，台北巨流图书公司1981年版，第357页。

[2]《云五社会科学大辞典》第10册，台湾商务印书馆1986年版，第106页。

图 20　印度母神陶俑（前 1000—前 300）

图 21　阿尔忒弥斯女神作为群兽主宰者。公元前 7 世纪古希腊金牌浮雕

　　部落的习俗、行为规范、传统——所有那些总合起来构成人类文化核心的东西，都是由妇女所形成和传授的。[1] 继布里福特之后对母权制概念重新界说，使之在一片否定之声中继续存活的还有一位相当著名的马克思主义学者乔治·汤姆森。这位以研究古希腊社会的发生而蜚声学界的英国学者在其《古希腊社会研究：史前爱琴》一书中专辟一部分题为"母权制"（Matriarchy），

---

[1] 布里福特：《母亲》（The Mothers）第 1 卷，伦敦，麦克米兰公司 1927 年版，第 96—110、195—267 页。

并用三章的篇幅分别论述爱琴海地区的母权制民族［包括雷奇安人（the Lycians）、卡瑞安人（the Carians）、利利吉人（the Leleges）、佩拉斯吉人（the Pelasgoi）、迈诺斯人（the Minoans）、赫梯人（the Hittites）、迈尼埃人（the Minyai）］、母权社会的宗教信仰和某些属于母权时代的神灵。

与巴霍芬那种以神话论证母权社会的方式恰恰相反，汤姆森试图先确认爱琴海地区远古母权社会的普遍存在，然后以此为基础去论证女神宗教的发生，再从已被父权制意识形态改造了的希腊神谱中辨析出属于母权时代的神，其中包括丰产和农业女神得墨忒耳（Demeter）、智慧女神雅典娜（Athena）、天后赫拉（Hera）、以弗所人的阿尔忒弥斯（The Ephesian Artemis）和布劳罗人的阿尔忒弥斯（The Brauronian Artemis），还有太阳神阿波罗（Apollo）。汤姆森关于女神信仰同母权社会关系的研究虽然深受布里福特《母亲》一书的影响，但他同时也接受了人类学家们对摩尔根模式的纠正意见，即母系继嗣关系的存在并不意味着女人统治着社会。他写道：

在我们已知的许多——也许是大多数——母系制部落中，实际的统治权都掌握在男性手中。继嗣法则本身常常被明显的权宜之计所超过，比如一个男人把他的儿子们命名到他自己的家族之中，或在他死前把他所获得的财富作为礼物传给儿子。[1]

由此看来，汤姆森所使用的母权制一词已不是指女性统治，而是母系制的同义词了。汤姆森认为，农业的发明在进化历史上有重要意义，它使男性原有的优越性在新崛起的女性能力的挑战之下相形见绌。同那种以游动为生存方式的狩猎和游牧生活相对，农耕在人类演化历程之中开辟了一个最重要

---

[1] 汤姆森（G.Thomson）：《史前爱琴》（*The Prehistoric Aegean*），麦克米兰公司1954年版，第149页。

的新方向——定居的生存方式。只有当人学会了耕种土地之后，他才变为真正意义上的"政治动物"（political animal）——一种居住在村镇之中的动物。摩尔根曾集中考察过的美洲印第安人易洛魁族（Iroquois）就正处在从游猎到定居农耕的转变过程中。在欧亚大陆上，两种生存方式的对比更为强烈。有些地区直到我们当今的时代才开始耕作土地，而在尼罗河、幼发拉底河和印度河流域发展起来的城市文明，无一不是公元前4000年农业文化发展的产物；但是围绕这些文明古国的荒漠地区至今仍保留着居住在帐篷中、逐水草而迁居的游牧民。看来已经无须再强调农业的极端重要性。"关键之点在于这种生产方式是由妇女首创的，这样她们就在文明的起源方面发挥了决定性的作用。"[1]汤姆森就是这样从生产方式的变革所带来的两性社会地位的变化这一角度对巴霍芬从神话学角度提出的母权制概念进行了改造。事实上，在汤姆森之前的传播学派的人类学家们就已经尝试着把父权制与母权制分别和不同的社会生产方式相联系，从而提出"文化圈"理论（德文为Kulturkreislehre，英文为culture circle theory）。

文化圈理论的创始人施密特（W. Schmidt）将历史眼光应用于文化研究，主张把文化划分为三个演进阶段，即原始的（primitive）、初期的（primary）和二期的（secondary）。一切处在原始阶段的种族，都是所谓采集食物者——男人打猎以获取肉食，女人采集植物以为素食。当时的人类尚不能改变自然以增加自然的生产，只能依赖大自然所能提供的东西维持生存。到了初期阶段的文化圈，人类开始开辟自然界：女人从采集植物进而为栽培植物，创立了原始的园艺文化（horticulture），也就是外婚制的母系文化圈。在以大家庭和父系组织为特征的文化圈中，男人由打猎进而为畜养；而在另一种外婚制的父系文化圈中，则产生了图腾崇拜。最后，在二期的阶段中，又有新的

---

[1] 汤姆森（G. Thomson）：《史前爱琴》（*The Prehistoric Aegean*），麦克米兰公司1954年版，第150页。

文化圈出现。它们是新旧混合的产物，其中尤其显著的是自由的母系文化与自由的父系文化。前者是大家庭的父系文化与外婚的母系文化相混的结果；后者是外婚制的父系文化与大家庭的父系文化相混的产物。[1]经过一番不无牵强的推论，施密特终于用他所构拟的文化圈体系套在了人类文化的时空分布上：

（一）原始文化圈（采集阶段）

（1）中央原始文化：外婚制的一夫一妻制（俾格米人）

（2）南方原始文化：外婚制的性图腾（澳大利亚东南部土著等）

（3）北极原始文化：外婚制的男女平权（北亚和东北亚各族，因纽特人）

（4）飞去来器文化：原始文化与最古母权制文化的混合（澳大利亚、尼罗河上游、南非各部落）

（二）初期文化圈（生产阶段）

（1）外婚制父权文化圈：崇拜图腾的高级猎人（几乎遍布世界各地）

（2）外婚制母权文化圈：低级农艺文化、乡村文化（几乎遍布世界各地）

（3）大家庭父权文化圈：游牧民和掠夺者（乌拉尔—阿尔泰人、印欧人、闪含人）

（三）二期文化圈

（1）自由父权文化圈（波利尼西亚、苏丹、印度、西亚、南欧等）

（2）自由母权文化圈（华南、印度支那、美拉尼西亚、南美东北部等）

（四）三期文化圈：亚、欧、美的古代高级文化[2]

对于施密特的文化圈理论，人类学家提出了许多批评。[3]仅就其神话学意义而言，施密特从不同的生产、生活方式着眼考察宗教与神话的特征问题，

---

[1] 施密特：《原始宗教与神话》，萧师毅等译，上海文艺出版社1987年影印版，第293—294页。

[2] 施密特：《原始宗教与神话》，第297—298页。

[3] 参看《云五社会科学大辞典》第10卷，第39页："文化圈理论与文化圈观念"；托卡列夫：《外国民族学史》，汤正文译，中国社会科学出版社1983年版，第156—165页。

确实影响深远，他的某些结论至今仍为人们普遍采纳。例如他的下述观点：

  现在我们根据文化史学的研究的结果，知道在原始文化以后，有三个独立的、平行的发展，就是三种初期文化圈：母系农业文化、父系图腾文化及父系游牧文化。每一文化圈中，各自发展了自己的思想、习惯，与宇宙观；这三种文化圈所产生的影响，各不相同，因此高级神的宗教的形式也就各有不同。[1]

在论述高级神在母系农业文化圈中的表现时，施密特的如下观点在当今的女权主义神话学发展中具有经典意义：因为女子是首先从事种植的人，所以在母系农业文化中，女子的社会与经济地位提高了，反映在宗教意识方面，有了地母崇拜和月亮神崇拜，两者均为女性，混同合一便有可能演化为至高无上的女神——女上帝，"或者把她认作是至上神的女儿，姊妹，或妻。月妇人（Moon-Woman）有一对孪生子，就是明月与暗月，明月代表一切善美的事物，在所谓飞去来器文化之中，就与至上神相颉颃，或在其他地方与至上神相混合，或者取而代之。暗月代表一切愚笨的、丑陋的与邪恶的事物；它成为冥府与死者的主宰。"[2] 在这里，施密特明确提出了地母神、月神、死神与女性至上神之间的关联，以及女神宗教体系形成的基础——由女性开创的农耕生产方式。这一点将在下文中结合考古学和神话学再做探讨。

六、"男耕女织"以前的"女耕女织"

在文明人的传统观念中，"男耕女织"似乎是天经地义的性别分工，因

---

[1] 施密特：《原始宗教与神话》，第359页。
[2] 施密特：《原始宗教与神话》，第360页。

而把耕作视为男人自古以来的专职，妇女充其量只是农耕生产方式中的辅助性角色，其特有的专职是纺织。且看《吕氏春秋·上农》对男耕女织合法性的论证：

图22 乌尔城邦遗址出土的女神泥塑像（约前3000年）。

  后稷曰：所以务耕织者，以为本教也。是故天子亲率诸侯耕地籍田，大夫士皆有功业。……后妃率九嫔蚕于郊，桑于公田，是以春秋冬夏皆有麻枲丝茧之功，以力妇教也。是故丈夫不织而衣，妇人不耕而食，男女贸功以长生，此圣人之制也。[1]

  考古发现表明，在黄河流域，男耕女织的两性分工模式不是什么"圣人之制"，而是新石器时代农业文化发展后的产物。纺织业的出现是在农业之后，即母系氏族社会趋向于解体的时候。那时，耕种的工作已经转移到男性手中。在甘肃马家窑新石器时期的墓葬中，农具与纺具似乎已经成了两性分工的象

---

[1]《吕氏春秋》，毕沅校本。

征物——

据柳湾马厂类型墓葬统计：五十三个男性墓主，有四十五个随葬斧、锛、凿，只有八个随葬纺轮；三十一个女性墓主有二十八个随葬纺轮，可见当时男耕女织的分工更为明显了。[1]

据测定，马厂类型文化约在公元前2200—公元前2000年，相当于史书上所说的夏代，也就是新石器时代后期向文明时期转化的过程中，与农业的原始起源相比还有很大一段时间跨度。

如果说在人们熟知已久的"男耕女织"模式背后还潜藏着一个更为古老的"女耕女织"模式，对于不明真相的人来说或许会以为是危言耸听。然而，人类学研究不断表明，施密特、汤姆森等人坚持的女性发明农耕说是不无道理的。对于女性为什么成为农耕文化的开辟者，学者们也有了较为一致的意见，伊·巴丹特尔写道："今天，大家一致认为农业是女性的发明。男子要追捕猎物，后来又忙于放牧，几乎顾不上农业，反之，女性有丰富的采集经验，有机会观察播种和发芽的自然现象，她们想方设法人工栽培植物就很正常了。刘易斯·芒福德观察到新石器文明早期和晚期又有区别，这种区别与园艺和农业的区别，也就是说种植花木、果树、蔬菜和种植种子的区别大致吻合。园艺是绝对的女性劳动，是农业的最早起源。"[2] 还有一种推测说，园艺之所以区别于田野中的大面积播种，就在于它是由妇女先在小块地里随意种植、采摘最初的植物食物，这类食物当初只是作为男子狩猎所获肉食的补充。一旦妇女懂得了保存植物种子以便来年再度种植，并且逐渐扩大种植规模，园艺活动也就向农业生产转化了。

---

[1] 中国社会科学院考古研究所编：《新中国的考古发现与研究》，文物出版社1984年版，第114页。
[2] 伊·巴丹特尔：《男女论》，第38页。

最初，农业生产只是妇女的专职，随着农作物收成的增加和稳定化，这才吸引着越来越多的男子也转向农业生产方面来。即使在男女共同参加农业生产的社会里，对于妇女发明育种技术从而使耕种成为可能的功绩还是记忆犹新的。我国西南少数民族珞巴族的农耕祭祀便可作为一个例子：

庄稼收完后，举行称为"昂德林"的丰收节。丰收节的时间约二天，全村男女共饮丰收酒，晚上喝酒对歌至通宵。男女对唱的内容是关于农业的起源及男女在农业生产中的作用。如名叫《虾依·亚李波》的歌中唱道："我们男子不帮忙开辟天地，你们女子到哪里去找地种庄稼？""我们女子不育成种子，学会种庄稼，你们男子怎么能喝上这样甜蜜的美酒？没有花蜜蜂蜜自然不会甜，没有我们女子育成种子，人类也不会有像今天这样多的粮食吃！"[1]

在这首农耕礼仪歌中，女性尚能以充分的自信和自豪向男人们夸耀她们学会育种并开始种庄稼的伟大业绩。相比之下，男性在农业生产中的作用远没有女性那样突出，这或许是由于他们一直到锄耕或犁耕农业发展起来时，才逐渐取代了女性的缘故。人类学家指出："农业的发明是妇女的功绩，不仅因为妇女是主要的采集者，其后又成为初期农业的发明者；还因为初期农业主要是由妇女们承担和领导的。北美印第安人如易洛魁人、祖尼人、亥达沙人，非洲东南部的许多部落，以及新几内亚的巴拿罗人等，在农业活动上就是以妇女为中心的，由妇女们选出一个年长而精力充沛的管理人领导农耕工作，而这个管理人还可以选择一两个人做自己的助手。随着锄耕农业的发

---

[1] 刘芳贤、李坚尚：《珞巴族的原始宗教》，宋恩常编：《中国少数民族宗教初编》，云南人民出版社1985年版，第126—127页。

展，特别是发展到犁耕农业阶段，男子就成为农业方面的主要劳动者了。"[1] 于此不难推知，在妇女发明农耕技术之后，男子取代妇女成为农业的主要劳力之前，一定存在一个相当长的主要由妇女从事的农业生产阶段。女性的社会地位正是在这一阶段显示出空前而绝后的特殊性。

伴随着园艺活动向农业生产转化的过程，由妇女耕种所获的植物食物能够在相对稳定的条件下不断地生产出来，这就显示出了农耕优于狩猎的稳定性，社会供给系统的重心也就从男性转移到最初从事农耕的女性，而女性在社会中的地位也随之大大提高。在女性开始农业的最初尝试时，男性并没有立即停止狩猎，而是迫于经济和生态方面的原因，出于保护某些作为主要肉食来源的动物种类的目的，开始了驯养野生动物的尝试。"在中东出现农业的地区恰好不仅有野生状态的小麦、大麦、豌豆和扁豆，也有绵羊、山羊、猪和牛的老祖宗。……人们不让这些野绵羊和野山羊走进野谷地，只许它们吃些残梗剩叶而不许它们吃成熟的果实。换言之，猎人们无须再去找野兽了，倒是野兽为谷物茂盛之地所吸引，走到猎人身边来了。……这给了猎人们双重的动力和机会去获取肉类食物，这就使绵羊和山羊面临过度捕杀和灭绝的危险。如果不是因为产生了历史上最大的动物保护运动——动物人工畜养的话，这些动物种类很可能和以前的许多动物一样走入绝境"[2]。就这样，畜牧业伴随着农业发展起来，农作物的种植一方面为人类开辟了新的稳定食物来源，另一方面也为非游牧式的畜养提供了部分饲料——牛、羊、猪等均可靠吃农作物的残梗而生长繁衍。饲养替代狩猎，肉食的重要性和比重均有所下降。"另外，饲养代替狩猎，不用像以前那样去冒生命危险，男子的威望也就低于狩猎时代。……离狩猎时代越远，距农业时代越近，女性权威也就越明显。在几千年的时间里，生的价值超过了死的蛊惑，母亲成为新石器社

---

[1] 林耀华主编：《原始社会史》，中华书局 1984 年版，第 233 页。
[2] 马文·哈里斯（Marvin Harris）：《文化的起源》，黄晴译，华夏出版社 1988 年版，第 23 页。

会的中心人物。"[1] 在中国，以仰韶文化为代表的新石器时代早期，谷物的种植与母系氏族社会大约在同一个时期出现。考古学家们在属于这一时期的墓葬中屡屡发现女性厚葬的现象，这绝不是出于偶然。著名的西安半坡仰韶文化遗址中，几处都发现了粟（小米）的痕迹，在一座房子下面发现了一个小陶罐，罐中保存着完好的种子皮壳，颗粒虽已腐朽而粟粒的皮壳却清晰可辨。

另外一个小地窖里，发现了储存的粟米堆积，腐朽的皮壳就有数斗之多。这就充分说明了当时粟的生产有一定数量，不仅供生活食用，而且还为死者作随葬。[2] 半坡的152号女孩墓，挖掘时有木质葬具的痕迹。随葬有陶器、石球、石珠、耳坠、骨珠七十九件，在一个陶钵中还可以看到为死者留用的粟米的颗粒。"这样的厚葬正是女性地位崇高的反映"[3]。在马家窑文化半山类型的墓葬发掘中，同样显示出对女性墓实行厚葬的习俗。

图23 古代秘鲁印第安文化女神陶像

如地巴坪M58，系中年女性，它是该墓地随葬品最多的一座。除彩壶、彩罐、彩瓮等十七件陶器外，还有石纺轮和骨珠等二百零五颗。又如花寨子M23，为成年女性，十五至二十岁，随葬有彩壶、盆、单耳罐、双耳罐等十八件陶器，还有石纺轮一件，骨珠四百四十八颗。这种对女性实行厚葬，

---

[1] 伊·巴丹特尔：《男女论》，第39页。
[2] 西安半坡博物馆编：《西安半坡》，文物出版社1982年版，第2页。
[3] 西安半坡博物馆编：《西安半坡》图版第130页及说明。

图 24　迈锡尼指环图案：圣树与女神之舞

是女性在社会上普遍受到尊敬的反映，也是当时尚处于母系氏族公社阶段的实际例证。[1]

　　与黄河上游、中游地区的母系氏族社会遥遥相望，在北方及东北地区的红山文化也显示出女性优于男性的社会地位。关于在我国首次发现的女神像的意义，早已引起各方面学者的注意。考古学界倾向于把妇女陶塑像认定为农神和地母神。俞伟超先生说："在母权制的农业部落中，把妇女像作为崇拜的神像，还可能具有另一种意义，即作为农神的象征。美洲的一些印第安人，当年曾把对生活有重要关系的三种农作物——玉米、豆子和南瓜，作为农神，祭祀时则以妇女代表之。从东山嘴陶塑像的形态看，能够直接表现出的含义是生育神，但联系到红山文化的生产状况看，也许是农神，还可能兼有两种意义。……长方形的祭坛，应是祭祀地母的场所。在原始的农业部落中，人们依靠农业来维持生活，因为见到农作物是从土地中生长出来的，便以为农业收成的好坏，在于土地神的赐予，于是，普遍信仰土地神。"[2]殷玮璋先生也对农神和地母神之说表示赞同："有的同志提出这是祭祀农神或

---
[1]《新中国的考古发现与研究》，第111页。
[2] 俞伟超等：《座谈东山嘴遗址》，《文物》1984年第11期，第12—13页。

地母的场所，这是很有道理的。因为从红山文化出土的遗迹、遗物看，当时的先民们已从事农耕，社会经济以农业为主，过的是定居的生活。由于农业生产在社会生活中的重要性，农神或地母在众神之中有它特定的地位是可以理解的。"[1]

女性作为农业的发明者，在神话中亦有所反映。我国珞巴族的创世神话《斯金金巴巴娜达明和金尼麦包》叙述大地所生的最初的人类只有姐弟两人，姐姐叫达明，弟弟叫麦包。开始，他们既不会种庄稼，也不知道使用火，像他们的野兽同胞们一样，全靠采拾草实野果度日，生活十分艰辛。后来，姐姐达明请风魔取来火种，从此他们学会了火食。尔后，

冬去春来。秋天，草实落地，野果入土，经过寒冬，待到春天，又都发芽萌生了。达明是个细心人，她看在眼里，记在心上。以后，她也把采集来的野果实收存了一些，播到地下，不多一些时候，也发芽萌生了。夏去秋来，他们有了收获了。就这样，他们学会了种庄稼，发明了农业。[2]

这则神话之所以值得注意，就在于它不像《圣经·创世记》那样，把人类耕作之始解释为上帝对偷食禁果的亚当、夏娃的惩罚，而是非常客观地、具体地描述了人类中的女性如何从细心观察中获知种植原理，又进而利用自然的启示发明了园艺，然后再发展为耕作农业。神话把火的使用和农耕起源均归属于女性的功绩，这就相当准确地保留了原始的真实，使我们可以透过质朴的叙述去窥探女性在文化演进中的重大贡献，重构早已淹没在男耕女织传统模式背后的女耕女织的史前图景。

应当特别说明的是，无论是女性厚葬所反映的母系社会，还是女神宗教

---

[1] 俞伟超等：《座谈东山嘴遗址》，《文物》1984年第11期，第19页。
[2] 谷德明编：《中国少数民族神话》，中国民间文艺出版社1987年版，第255页。

所体现的史前女性的较优越地位,都并不意味着女性在社会政治方面享有统治权力。换言之,母系农业文化的存在是不容置疑的事实,但这同母权制完全是两码事。过去的西方学者如巴霍芬、施密特、汤姆森等混淆了这两个概念,而现在的国内学者也大都对此不加区分,交替使用。[1] 有鉴于此,有必要引述当代人类学的一般结论,对于这个母权制问题加以澄清:

> 人们现在可以知道,为什么母权制从未取代过父权制,一妻多夫制从未取代过一夫多妻制,新郎身价从未取代过新娘身价。只要男人继续垄断拼杀争斗的技能和技术,就不可能出现母权制。……在母系继承社会中一妻多夫的情况之所以不如一夫多妻的情况多,就是因为性继续作为对男性勇武的褒奖。没有一个久经战斗的人头猎手愿意在一个女人的管制下和四五好友同享婚姻之乐(尽管几人共有一妻或轮奸的情况颇多)。[2]

考虑到人类学界对"母权制"这一提法的质疑和废弃,我以为在讨论这一问题时最好按照当今通例,只使用较少争议的"母系社会"或"母系氏族"这样的术语。

七、父权制文明中的原母回忆

在中国的父权制文明国家确立和发展的历史上,对已经一去不返的母系社会及其意识形态产品——女神宗教的怀恋、追忆和向往始终未曾止息。这种追忆,一方面表现为史书中对那种"知母不知父"的生存状态的津津乐道,

---

[1] 中国社会科学院考古研究所编:《新中国的考古发现和研究》,第117页;朱狄:《原始文化研究》,三联书店1988年版,第754—755页。此外,荷兰汉学家高罗佩(R.H.Van Gulik)的《中国古代房内考》和法国学者克里斯蒂娃(Julia Kristeva)的《关于中国妇女》,也都把周代以前的中国社会视为"母权制"。

[2] 马文·哈里斯:《文化的起源》,第57页。

另一方面表现为与父权制社会的正统意识——儒家思想相对立的道家哲学的原型语汇。

卫聚贤先生《古史研究·虞夏》把夏代确认为中国的母系时代，并引用了七种古籍中不约而同的追忆之词：

《吕氏春秋·恃君》："昔太古尝无君矣，其民聚生群处，知母不知父，无亲戚兄弟夫妇男女之别。"

《白虎通·德论》："民人但知其母，不知其父。"

《论衡·齐世》："知其母而不识其父。"

《亢仓子》："人唯知其母，不知其父。"

《通鉴外纪》："民人但知其母，不知其父。"

《路史》："唯知其母，不知其父。"

《通典·边防》："尾濮……唯识母而不识父。"

卫先生说："这是承认中国人类曾经过母系时代的。因为在婚姻未确定时代，女性有怀孕与生产的关系，故曰'知其母'；男性于性交过即离去，而且女子不是只与一个男子性交，其所受孕，不能确知是哪一个男子，故'不知其父'。"[1] 这是现代史学家借鉴西方人类学思想确认中国母系时代存在的较早尝试。几乎同时，还有任达荣先生的《关于中国古代母系社会的考证》一文[2]。他们二人的主要论据有以下几方面：

1. 上古神话中的帝王多有母而无父。
2. 彩陶器上常见崇拜女性性器的符号△。
3. 甲骨文中的"多母"与"妣"。
4. 俘房多称"奴"。
5. 春秋战国时的乱婚制遗俗。

---

[1] 卫聚贤：《古史研究》第3集，商务印书馆1936年版，第166页。
[2] 见《东方杂志》第32卷第1期，1935年1月。

6. 姓以女子为基准。

7. 兄终弟及制。

此外，郭沫若《中国古代社会研究》[1]和李玄伯《中国古代社会新研》[2]二书也涉及商代的母系制问题。牟逊《春秋时代母系遗俗公羊证义》一文[3]则主要依据《公羊》所述春秋史事，找出有关母系遗俗的证据共六个方面：

1. 妇人尊重。

2. 女子不嫁与婚姻自主。

3. 重舅权。（此点李玄伯书中亦论及）

4. 同母为兄弟。

5. 婚姻为兄弟。

6.《春秋》因母系遗俗而发。

陈登原《中国文化史》第二章第十节题为"女性中心与男系社会"[4]，对这一问题做了更为广泛的探讨。看来，如何参照当代人类学的新进展和新成果，系统论证和描述中国上古母系社会的全貌，还是一个有待于将来的重大任务。在这里，我想集中论述一下体现在道家哲学中的对母系社会意识形态的留恋和回忆。

在把道家的天堂乐园理想同外域的类似神话相比较时，不难发现这样一个重要差异：一般的神话叙述总是把创世后的第一个时期作为黄金时代或天堂时期，初始之完美体现于宇宙万物的创造本身；而老庄则把宇宙开辟之前玄同混一状态视为理想范本，让闭目塞聪、无知无欲的混沌充当初始之完美的化身。这究竟是为什么呢？

我以为老子哲学的这种特殊的价值取向植根于史前宗教的原母崇拜，或

---

[1] 开明书店1949年版。
[2] 上海文艺出版社1988年影印版。
[3] 见《新亚学报》第1卷第1期，1955年8月。
[4] 台北世界书局1985年版，第94—100页。

者说反映了保留在父权制文明中的女神宗教的原型观念。神话学家认为，作为哲学宇宙论之基础和前身的创世神话有多种不同的叙述类型，其中最为常见的两大母题是"造"与"生"。前者讲述某一至高的造物主——常为男性——用其全知全能的智慧和力量创造出世界万物及其秩序。后者则将宇宙的产生描述为生物性的生育过程。按照生育的方式，"生"的母题又表现为三种形式：

①双性生殖：由世界父母交合后产生世界；②单性生殖：由大母神独立生育世界；③无性生殖：世界的创始被象征为宇宙蛋（卵）的破裂、分化，或从蛋中化出一对孪生子，由他们完成创世工作。[1]在"造"和"生"两类创世神话中，由男性主神造世和由世界父母生殖世界的神话都显然是父系社会以后的产物，而由大母神单性生育世界的神话则无疑产生于那种"知母不知父"的母系社会。

在《老子》一书中，原母原型发挥着至关重要的作用。她有时被确认为是"天地之根"即"玄牝"，有时被用为"道"和创生的隐喻："有物混成……可以为天下母"；"无名，天地始，有名，万物母"（第一章）[2]；"天下有始，以为天下母"（第五十二章）；有时又被用作生命力持久的隐喻："有国之母，可以长久"（第五十九章）；"我独异于人，而贵食母"（第二十章）；"既知其子，复守其母，没身不殆"（第五十二章）。宇宙万物的出现不是男性神"造"的结果，而恰恰是作为"道"的原母神的"生"的结果。"生"这一母题弥漫在整个老子哲学中：

道生一，一生二，二生三，三生万物。（第四十二章）
道生之，德畜之，长之育之，成之熟之，养之覆之。（第五十一章）

---

[1] 参看《新大英百科全书》（*The New Encyclopaedia Britannica*）第5卷，大百科全书出版社1974年版，第239—241页。
[2] 据朱谦之《老子校释》，中华书局"新编诸子集成"本，1984年版，下同。

大道氾，其可左右。万物恃之以生而不辞，成功不名有。爱养万物不为主，可名于大。（第三十四章）

天门开阖，能为雌？……生之畜之，生而不有，为而不恃，长而不宰，是谓玄德。（第十章）

在老子关于道的创生功能的各种表述和象征语汇的背后似乎潜伏着某种单一雌性生殖观念。追溯此种原始观念的发生，将把我们的视线引向人类最古老的宗教崇拜形式——原母神崇拜。

学者们推测，在遍布欧亚大陆的史前女神像的背后，有一种盛行了两万多年的女神宗教。默林·斯通在《上帝为女性时》这本轰动西方的著作中，对女神宗教发生、分布、意义及其衰落过程做了系统论述，她认为女神宗教的崇拜中心是原母神，女神宗教发展的最高形态是女性创世主的神话观念，母神作为一切生物乃至无机物之母，是她创生了天地万物和人类。

这样的女创世主观念可见于苏美尔、巴比伦、埃及、非洲、澳大利亚土著和中国的神话。[1] 至于女神宗教在石器时代产生的原因，学者们认为主要在于母亲的生育能力和人类的永恒延续。史前维纳斯像不约而同地突出表现女性的生育器官，特别是那些凸起的腹部，显然是对孕育现象的特殊关注。"勒鲁瓦-古昂常提醒我们注意，当时的艺术中缺少表现性行为的作品，没有起码的生育交配。这是不是说生育权为女性严格把持着呢？也许男人也猜想自己参与了生育，但当时生物意义上的父亲概念毕竟十分模糊，不像母亲那样显而易见。

因此，不能排除当时的人们认为人类的生育是一种孤雌繁殖，从而承

---

[1] 默林·斯通（Merlin Stone）：《上帝为女性时》（*When God Was A Woman*），伦敦，朱文纳维克出版公司1976年版，第18—19页。

认女性有创造生命的神奇力量"[1]。由于女性成为生命的赋予者，到了农耕社会中，女性自然地与大地有了象征性认同关系，这便导致了遍布世界各地的"地母"观念（详见下章）。原母神同土地的生养特征相混同，而植物的周期性荣枯也被认为是死而复生，母神又兼有了掌管死亡与再生的权力。这样，从单一的生命赋予者，到"生—死—再生"这样一种生命循环运动过程的主宰者，原母观念的发展同那循环运动的神秘的"道"的观念也就相距不远了。保存在老子哲学中的神话原型与象征语汇使我们可以窥视早已被中国父权文明的意识形态所吞没的远古女神宗教的蛛丝马迹。而近年来在辽宁喀左县东山嘴红山文化祭祀场出土的女性神像和辽宁牛河梁红山文化"女神庙"与积石冢群的发现，都以五千年前的实物证据证明了在中国境内同样存在史前女神崇拜的时代。看来无论是西方还是东方，在石器时代曾盛行女神宗教，而父权制文明国家的建立最终导致了最高主神的性别转变。

图 25　辽宁红山文化出土的女性陶塑

---

[1] 伊·巴丹特尔：《男女论》，第31页。

基于上述认识，本节开头提出的问题似可找到答案：老、庄生于父权制文明之世，却坚持远古女神宗教的信仰，他们让"可以为天下母"的混沌充当宇宙发生论的主角，这样就有效地排斥了男神创世主的观念。又由于宇宙万物是原始母神"生"的结果，而不是男神"造"的产物，所以道家理想的黄金时代就落实到"生"之前的孕育状态，而不是"造"之后的伊甸园。从象征意义上看，宇宙创生前的混沌状态同婴儿诞生前的母胎状态是一致的，"贵食母"与"复归于婴儿"，同重返混沌一样，其价值指向本

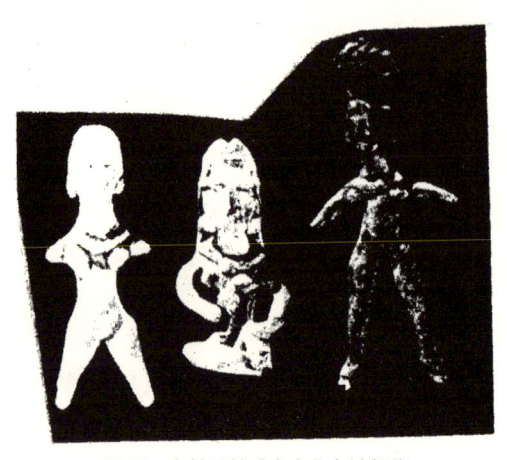

图26 南美阿兹忒克文化女神偶像

来就是互为隐喻的。正如西蒙娜·德·波伏瓦所述：母亲即是混沌（chaos），因为"混沌既是一切生命所由出之源，又是一切生命所当归之处；她乃是无（Nothingness）"[1]。利亚德在《生与再生》一书中亦指出，与复归混沌的神话观念相对应，在原始部落中流行一种叫作"复归子宫"（regressus ad uterum）的启蒙仪式，使成年者通过象征性地回返母体（地母）——即神话意义上的"回归初始"（return to the origin），获得新生的准备。不过这种新生同第一次的肉体诞生不同，而是精神性质的"生"，获得一种新的存在方式，更确切地说，是神话的再生。[2] 毫无疑问，这种通过回归母体而获再生的原始观念，正是史前原母信仰的重要遗产，它以不同的形式保留在东西方文明之中，转化为集体无意识及行为。荣格所说的双重母亲的原型在基督

---

[1] 波伏瓦（Simone de Beauvoir）：《第二性》（The Second Sex），帕什利（H.M.Parshley）英译本，精选丛书，纽约，1974年版，第166页。

[2] 艾利亚德（M.Eliade）：《生与再生》（Birth and Rebirth），哈波兄弟出版公司1958年版，第51—54页。

教的再生信仰中的表现便是典型的例子。此外，回归母体的原型还突出表现为世俗文学的常见主题。尼采写道："无生物就是母亲的胸怀。从生活中解脱意味着再度变得真实，意味着臻于完美。谁都应懂得：复归于无情感的尘土是件乐事。"乔叟通过一个不能死去的老人之口说："日日夜夜，我拿着拐杖，敲着母亲的门说：'噢，亲爱的母亲，让我进来吧！'"[1]

相形之下，回归母体的原型通过老子哲学的"抱一"理想，发展为闭目塞听的东方修道实践：谁说那"无知无欲"和"无为"状态不是对母腹和子宫中的胎儿状态的无意识模仿呢？"玄牝"之喻是否透露了老子对于混沌与子宫的象征性认同关系的感知呢？"我愚人之心，纯纯。俗人昭昭，我独若昏。俗人察察，我独闷闷"[2]（第二十章）。只有基于对混沌天堂信仰的理解，方可洞悉老子倡导的胎儿战略同原始仪式的复归子宫训练之间的一致性。而庄子那种以生为丧，以死为归的超然态度，也只有同母腹即再生之源的信念相联系，才能从根源上获得明确的解释。

由于混沌作为孕育宇宙万物的母体具有阴性特征，所以它在神话思维中总是人格化为女性。在父权文明确立之前，混沌化身为女性创世主，用"生"的方式创化万有与人类。《说文》释"娲"字，"古之神圣女，化万物者也"，透露了原母神信仰的遗音。在父权文明确立之后，创世神的性别由女变男，阴性的混沌也难免发生价值逆转，成为创造的对立面，男神的敌人。根据默林·斯通的看法，古代西亚地区女神宗教的衰微是来自北方的印欧语系民族的父权文化入侵的结果。男性神马杜克在神话中杀死了创世女神蒂阿马特，从而确立了他作为众神之王和创造主的地位。[3]后来的巴比伦创世史诗《艾努玛·艾利什》把女神蒂阿马特描绘为与创世主马杜克为敌的混沌女妖，她

---

[1] 转引自波伏瓦：《第二性》，英文本，1974年版，第167页。
[2] 朱谦之：《老子校释》，第82—83页。
[3] 默林·斯通：《上帝为女性时》，第59页。

的形象则被丑化为凶恶的龙蛇状海中怪兽。这种由创世神话所奠定的父权制性别价值模式——以男性创世主为代表的创造与秩序；以女性混沌为代表的黑暗与无秩序——成为《圣经》神话所遵循的叙述准则：《创世记》中上帝与混沌的对立在《诗篇》第七十四篇中表现为上帝与海中怪兽的对立，在《以赛亚书》第二十七章中表现为上帝与蛇的对立。[1]女性神灵就这样在极端的父权宗教中演化为罪恶的化身——蛇与魔鬼，成了由上帝所代表的光明与善的永恒对立面。

相形之下，老子为了照应混沌理想，使用了一整套与父权制价值观念截然相反的象征语汇，把"德"同"玄"即黑暗相联系，称为"玄德"，把创世前的玄同状态视为天堂时代，把儒家倡导的仁义道德视为人类堕落的表征。这些都说明他试图借早已逝去的女神宗教的信念和语汇来批判西周以来确立的父权制意识形态，他是那个把女人视为小人与祸水的时代的叛逆者。这使他的哲理充满性别政治（Sexual Politics）的色彩。

老子生于父权文化鼎盛之初，却高擎起母神的旗帜，这自然使我们想到人类历史上第一位政治改革家——四千二百年前的苏美尔王乌鲁卡基那（Urukagina），这位生于父权文明曙光之际的改革者所标举的口号"amargi"有二重语义：自由解放与复归母体。

从理论上看，改革者或叛逆者为超越他们所处的父权文化而倡导复归混沌或复归子宫，这并不只是出于政治上对母系社会的留恋向往，更深层的原因在于化为集体无意识的母神原型的作用。父权制社会把远古女神宗教从正统意识形态中驱除，这并不意味着女神宗教的彻底灭绝，它必然因意识的压抑而潜化为集体无意识。纽曼指出，原母神原型在作为儿童心理基础的原型世界中占有决定性的地位。个人在发展其自我人格的过程中，原母神原型必

---

[1] 叶舒宪：《中国神话哲学》第2章第5节《龙凤与鲲鹏》，中国社会科学出版社1992年版，第48—58页。

然要同以男性、父亲为中心的现实世界发生冲突，同整个男权文化的价值常规和集体意识发生冲突。普通人在接受文化教育的过程中逐渐放弃母性原型世界，同父亲原型相认同，变成循规蹈矩的父权社会的成员。但是创造性的人往往不会放弃原始的母性原型世界，不会同现实环境相妥协。他们就像神话中的英雄，站在父亲的世界的对立面，成为敏感而痛苦的异己者。这样，孤独就成了天才思想家和艺术家与生俱来的不幸。

从老、庄的阴性哲学到李汝珍和曹雪芹笔下的冰清玉洁的女儿国，这种执着于母系社会的原始理想并借以反叛父权制的封建男性文化的不懈努力，在中国古代思想史和文学史上同样催生出伟大的作品。

下面举出的一例，非常典型地体现着不愿与父权社会的价值规范相妥协而执着于母性原型世界的异己思想。《晋书》卷四十九《阮籍传》：

有司言有子杀母者，籍曰："嘻，杀父乃可，至杀母乎？"坐者怪其失言。帝曰："杀父，天下之极恶，而以为可乎？"籍曰："禽兽知母而不知父，杀父，禽兽之类也。杀母，禽兽之不若！"众乃悦服。

第二章
地母

THE SECOND PART

> 至哉坤元，万物资生。
> ——《周易》
>
> 天地者，万物之父母也，合则成体，散则成始。
> ——《庄子·达生》
>
> 她对他敞开广阔的衣裙。向他微笑，为他准备筵席，向他献出自己的宝物。使他逐渐变得富裕。她收获。怀孕。生命从她黑暗的内部出生。她为他的需要所做的东西对他是一个谜。他把她的收获当作奇迹。他认为她的劳作是轻而易举的。她无论生产什么他都称为自己的。他使她怀孕。他的土地是一位母亲。
> ——苏珊·格里芬《自然女性》

高唐神女与维纳斯

一、引论

　　人类的生存方式从游移到定居，生产方式从狩猎和采集到农耕的伟大转变，势必给以原母神信仰为核心的宗教意识形态带来重要的新内容。一方面。妇女作为农业生产的发明者，取代了男性而成为社会经济供养方面的主力，这种女性社会地位的增值势必给崇奉女性神灵的史前宗教带来更为充实的动力和支持，使新石器时代的女神塑像以前所未有的频率出现在更为广阔的领域。另一方面，由耕种土地的生产实践所派生的关于大地与女性、母亲相认同的神话类比，使原母神的神格和掌管的功能均有所发展，使女神宗教获得了狩猎采集时代所未曾有过的新面貌。这便是本章所要展开讨论的地母神（Mother earth）观念。

　　近代以来，一些著名的西方汉学家曾先后探讨古代东方宗教的特点，一致以为土地崇拜是中国乃至整个远东地区流行的自然宗教形式。法国的沙畹（Chavannes）便是此说的首倡者之一。其高足葛兰言（Granet，又译"格拉耐"）进而从地母祭礼出发考察中国思想和诗歌的发生背景，著有《中国人的宗教》[1]和《中国古代的祭礼与歌谣》[2]等大著。另一位汉学家魏莱士（Quaritch Wales）则把土地崇拜看成是一种"古亚洲宗教"（Old Asiatic Religion），其发源地在两河流域，后向四面传播开来。台湾人类学家凌纯声根据台湾和东南亚土著方面的材料，将古亚洲宗教再扩充范围，称之为"分布在整个太平洋区的宗教"[3]。现在，根据人类学家和宗教史学家们的新的视野和不断问世的新成果，可以说上述这些看法都不免过于狭隘和片面了。大量实证材

---

[1]《支那人的宗教》（日译本），津田逸夫译，东亚研究丛书第21卷，东京，昭和十八年版。
[2]《中国古代祭礼与歌谣》，张铭远译，上海文艺出版社1989年版。
[3] 凌纯声：《台湾土著族的宗庙与社稷》，收入《中国边疆民族与环太平洋文化》，台北联经出版公司1979年版，第1160页。

料表明，土地崇拜同地母观念一样，并非单一的、地域性的宗教现象，在世界各地先后出现的农耕文化之中都可以看到此类崇拜的表现，因为这是同农业生产方式相应的人类普遍经验的宗教性投射。把此种土地崇拜视为发源极古的原始自然宗教倒是有道理的。宗教史权威艾利亚德新著《宗教思想史》第1卷在继狩猎宗教的叙述之后，便在第2章中追溯了土地崇拜的起源上限，认为那是伴随着中石器时代末期新石器时代初期而出现的人类进化史上最漫长的一次革命——农业革命而产生的宗教形式。[1] 美国比较神话学的泰斗坎贝尔在其《神之面具》第1卷《原始神话学》中认为，把土地视为能孕育又能哺养的母亲，这一观念不仅限于农耕文化，也见于狩猎文化之中。

对于原始猎人们来说，动物是从她（地母）的子宫中生出的，地下则是动物们的永恒的原型世界……来到地上的这些只不过是为人的营养而被临时显现出的。相对的，对于耕种者来说，作物是播种到地母身体中的：耕地是一种性交，作物的生长则是生育。[2]

按照坎贝尔的这种看法，地母观念始于狩猎时代，至农耕时代发展出新的、以耕种为性交和授孕的新形式。准此，地母观念可以说是最古老的史前宗教观念之一，它对于文明社会意识形态的早期形成产生了非常重要的作用，留下了难以磨灭的印记。

中国文明的建立虽然是以男性统治的父权制社会为基础，在意识形态中突出男性天神的至上权威，但也有种种迹象表明，原始的地母观念依然保存下来，并同后起的"天父"观念相结合，形成天地父母的类比信念。

---

[1] 艾利亚德（M.Eliade）：《宗教思想史》第1卷第2章《农业在中石器时代和新石器时代的发现》，美国芝加哥大学出版社1978年版，第29页以下。

[2] 坎贝尔（J.Campbell）：《神之面具：原始神话学》，纽约，海盗出版公司1959年版，第66页。

《周易·说卦传》云："乾，天也，故称乎父。坤，地也，故称乎母。"《尚书》伪《泰誓》云："唯天地万物父母，唯人万物之灵。"《淮南子·精神训》云："圣人……以天为父，以地为母。阴阳为纲，四时为纪。"《春秋感精符》云："人主与日月同明，四时合信，故父天母地，兄日姊月。"

图27　阿兹忒克文化地母神考特丽科（Coatlicue）石雕像。神像头顶和胸部伸出的众多人头象征着生命孕育的神圣能量

图28　北方萨满教的蘑菇女神森车妈妈

在所有这些将天父与地母并列，先天而后地的措辞背后，潜藏着早已被父权制文化所吞没的推崇至上女神——地母的信仰和观念。在中国的男性统治建立以后逐渐失传和被遗忘的一部古《易》便鲜明地体现着这种女神宗教的信仰和观念。这部相传为《周易》前身的古《易》又名《归藏》，它的卦以象征地母的纯坤为首，而不像《周易》以象征天父的乾卦凌驾于坤卦之上。清人马国翰《玉函山房辑佚书》中辑有《归藏》一卷，虽未必都是可信的原本词句，但从东晋郭璞书中已引用《归藏》这一事实看，这部以坤卦为首的古占卜书自古流行于民间。从"万物莫不归藏于其中"的说法中依稀可见的正是地母信仰所派生的回归大地母腹（子宫）的神话主题，对此，我将在本

章中从符号学分析的角度入手，结合古文字表象和其他非文献性资料，做一番钩沉发隐的重构尝试。

二、"土"·"也"·"地"
——汉字表象中的地母神话

西方的神话学家和民俗学家们早就注意到大地与女性、母亲的神话式类比认同，以及这种神话观念在人类意识发展中所留下的深刻印迹。宗教史学家艾利亚德对此论述最为精详，他在几部不同的著作中多次开列专门章节讨论这一问题。然而令人遗憾的是，这位眼界开阔、引证渊博而著称的大师，对于中国方面的材料并未给予应有的重视。尤其是以直观表象的形式保留在汉字原始形态（无异于神话观念的活化石）中的活化石材料，却被西方学者们完全忽略了。有鉴于此，我在全面引述艾利亚德的观点之前，特别提出从汉字的象形特征入手考察中国古代地母观念发生的课题。希望通过跨文化的观照，重新认识和估价这一世界上唯一保存至今的表意符号系统对于人类学研究所应有的独到贡献。

姑且不论在中国传统文化中妇孺皆知的乾坤阴阳的性别类比，仅仅从汉语中有关土地的几个概念的原初表象即可判明，先民意识中的大地是同女性和母亲的生育特征联系在一起的。下面先就"土"与"地"两个概念做一分析。

"土"在甲骨文中写作Ω（《殷契粹编》一七），Δ（《殷契粹编》一八），Ω'（《殷墟书契前编》七·三六·一），后期甲骨文和金文中通作土·土·土等形。许慎《说文》卷十三下："土，地之吐生物者也。二，象地之下地之中物出形也。"对于《说文》的这个解释，后人有不同看法。孙诒让《文字学》说："像土堆积地上之形。然土并非自然堆积之土之形也。卜文之土，作在一之上，将土建成细长之锤形之状，其上时或加二三小点，此盖为土主之形也。小点乃示对之行灌礼者也。是则字为社之初文。"[1]郭沫若先生《释祖妣》一文中则把土字解释为男根之象形，与士字和且字相类同，是男性祖先的化身。[2]相比之下，土主之形说与男根象形说似不如许慎旧说更为确凿。理由之一是，许慎去古未远，对于神话思维的地生万物观念并不陌生，他的解释与其说是个人独创，不如说是对神话观念传统的自觉承袭。理由之二，与《说文》同时代的其他记载也同样透露了大地生物的观念。《尚书·禹贡》开篇曰："禹敷土。"郑玄注："能吐生万物者曰土。"可知在汉代人心目中，土地仍然是生育万物的母亲，她生育的方式是"吐生"。这个"吐"字从口从土，读音又同土，显然是以土地中生长出植物这一自然现象为表意基础的。植物发芽又叫"吐芽"，这其实是把土地想象成地母之口。神话学方面可以提供许多类似的表象，大地母神口中或生殖器中"吐"生出谷物来。如古代印度的大地和植物女神湿雅（Shiya），"在马歇尔刊印的哈拉巴护符上，我们看到女神仰卧，植物从她的子宫中长出来"[3]。日本神话中的食物女神保食神的"吐生"功能尤为显著：当她把头转向大地，口中吐出熟食；把头转向海洋，口中吐出各种鱼类；她把头转向山峦，则又吐出各种野兽。[4]看来神话思维中的女神之口同生殖器具有功能上的互换关系。基于此种功能转换，所谓"吐生"的观念方可以成立。这自然使我们联想到基于同样的口（生殖器）转换关系的感生神话：由口部的"吞卵"或其他吞食活动可以导致像生殖器受精那样的结果——怀孕和生育。理解了这种口（生殖器）的互换和隐喻关系，那么大地母亲究竟是用口还是用生殖器去生出植物乃至人类，已经显得无关紧要了。

与"土"的生育功能相类似，"地"的概念也同女性的生殖机能密切相

---

[1] 周法高编：《金文诂林补》第13卷引。
[2] 郭沫若：《甲骨文字研究》，《郭沫若全集·考古编》第1卷，科学出版社1982年版，第11页。
[3] 赫罗兹尼：《西亚细亚、印度和克里特上古史》，谢德风等译，三联书店1958年版，第244页。
[4] 克雷默：《世界古代神话》，魏庆征译，华夏出版社1989年版，第395—396页。

关。差异在于，"地"的概念从造字结构上便可断定，它同女性生殖器而不是同口相关联。陈梦家先生说，卜辞中有"东受禾""东土受年""东方受禾"一类说法，可证东、东土、东方之为一。而"《商颂》'禹敷下土方'，《天问》'降省下土方'，《舜典》'帝厘下土方'，凡此在下的'土方'对上帝上天而言，乃是今语的'地方'，'土'和'地'是一字的分化"[1]。更确切地说，土和地均是地母观念的表现，而土字在先，见于甲骨文；地字不见于甲骨文，且从土从也，显然是后起字。为什么先民在有了土字之后还要另造一个同义的"地"字呢？或许土字在流传过程中向宗教的抽象观念方向发展，[2] 逐渐丧失了地母吐生万物的神话本义，为了强调大地的母性及生育特征，用代表女性生殖器的"也"字同土字组合而成新的概念，表示不忘本吧。

《说文》卷十三下释地字云："坔，元气初分，轻清阳为天，重浊阴为地，万物所陈列也。从土，也声。"这是用传统的阴阳哲学从宇宙发生论的角度对地的概念所作的经典性阐释，确认了大地是与阳性的"天"相对的阴性存在，又是万物赖以生存的基础。不过这里把地字作为纯粹的形声字，忽略了"也"原有的意义，不能不说是一个缺憾。《说文》卷十二下训"也"字：

图29 南斯拉夫的青铜时代地母神陶像。张开的大口象征着"吐生"万物的功能

---

[1] 陈梦家：《殷墟卜辞综述》，科学出版社1956年版，第585页。
[2] 王国维认为卜辞中的土字皆假借为社或杜，见《殷卜辞中所见先公先王考》，《观堂集林》卷九。还可参看戴家祥《社·杜·土古本一字考》，《王国维学术研究论集》第2辑，华东师大出版社1987年版，第89—95页。

〇，女阴也，象形。

据此解释，也字乃独体象形字，它直接来源于古人意识中女性生殖器官的表象。林义光先生曾对《说文》的这个解释提出异议，认为也字不是女阴象形，当为"首施"之"施"本字。

施从也得声，古与也同音。施又训尾，所谓"首施两端"又可作"首尾两端"。[1] 其实，尾字本身便隐喻着性器官，所谓"交尾""孳尾"[2]，无非是性交的委婉表达法。而"首尾"一词更常见于通俗文学，隐喻男女性关系。《京本通俗小说·错斩崔宁》："你既与那妇人没甚首尾，却如何与她同行同宿？"可见"施""尾"与象征女阴的"也"字本来就有意义上的联系。这一事实启示我们，如能从象征意义系统着眼，汉字发生孳乳的某些逻辑线索或许可以得到揭示。

图30 埃及女神努特"吞吐太阳"图。埃及哈托尔女神庙天花板壁画，属于罗马时期。注意她的口部和阴部各有一太阳，象征着"东母"和"西母"的双重职能

首施或首尾都有始终、始末的意义，而"也"字本身也兼具始与终二义，因此这个字在古汉语中既可用做语终助词，又可作发语词或起下文之词。《玉篇》云："也，所以穷上成文也。"《颜氏家训·书证》云："也，是语已及助句之词。"王引之《经传释词》卷四又云："也，有起下文者。"《礼记·檀弓》"古也墓而不坟"即是其例。为何本义为女性生殖器的"也"字会兼具此种始与终的语法功能呢？这个问题从文字学本身是无法解答的，或者说是无道理可讲的。但是若从象征系统着眼，又似乎可以做出解释：女阴与子宫在象

---

[1] 林义光：《文源》，《金文诂林》卷十二，第6898页。
[2]《尚书·尧典》"鸟兽孳尾"孔安国传："乳化曰孳，交接曰尾。"

征意义上认同于土地,大地母亲即是万物所由生之处,又是万物所归之处,人死亦终究归土,所以女性性器也就成了生命循环运动的起点和终点的象征。这一层隐喻意义在《老子》等同"古始"与"玄牝"的做法中已经暗示了答案,到了兰陵笑笑生著《金瓶梅》干脆把这一层意思点破了,称女阴为"生我之门死我户"。至如把认同为女阴的大地再比喻为能张能闭、能吞亦能吐的口,也就无异于为万物的生死变化和终始循环找到了合理的说明。晋人杨泉《物理论》云:"炎气郁蒸,景风荡物,地之张也;秋风荡生,凉气肃然,地之闭也。"[1]这段话背后的神话观念似乎是:春夏之季的暖风使万物生长,其根源是大地母亲张开口放出了体热;秋冬之季的冷风凉气使万物凋零,其原因在于地母把自身的体热完全封闭起来了。与地母之口的开闭相对应,神话思维还可以把地母神投射为两个对立的形象:她用"玄牝"创造生命,又用大口吞噬生命。前者化为善神、生命女神,后者则化为恶神、刑杀或死亡女神。

在印度《吠陀》神话中,善女神和恶女神的对立极为突出。她们都有许多不同的名称。如无限之母阿地底(Aditi),她兼有两种性别,是母亲、父亲、儿子、诸神,存在及非存在,是一切已生和将生的事物。她还是礼仪技巧之母,在祭师化的吠陀宗教中占有重要地位。与她相关的另一女神是瓦克(Vak),她作为语言之母,无须男性相助便怀了孕,并生育了创造者。她被奉为"宇宙秩序的子宫似的根源"和神启的永恒不灭的话语——《吠陀》经的作者。

关于《吠陀》女神的两面性及其同地母崇拜的关系,一位西方学者这样写道:

> 作为地母神,她生育了一切创造物。作为莲花女神(Lotus)、室利(Sri)

---
[1]《渊鉴类函》卷二十三引。

和拉克希米（Laksmi），她拥有美丽、力量和财富并可以将这些东西恩赐于人。实际上，地母已经变成了一对女神：尼尔蒂（Nirrti）和普里特维（Prthvi）。作为尼尔蒂，她掌管着朽坏、死亡，并导致秩序的破坏，她是一张吞噬一切的大口，耗尽了万有，而作为普里特维，她是这万有之母。[1]

类似的地母神变成一对女神的情况，在殷商时代的中国表现为空间上的对立母神。卜辞中常见有祭母神之记录，其中的"东母"和"西母"就构成这样一种方位性的象征对立。

三、卜辞中的分身地母：东母西母
——女娲与西王母的原型

在甲骨卜辞中记载着一种比较费解的祭祀仪式——对"东母""西母"的燎祭与屮祭：

燎于东母三牛。（上23·7）

燎于东母九牛。（续1·53·2）

燎于东母豕三犬三。（铁142·2）

屮于东母、西母，若。（上28·5）

屮于东母。（前7·11·1，粹77）

所祭东母和西母是什么神呢？丁山《中国古代宗教与神话考》与陈梦家《殷墟卜辞综述》都主要依据《礼记·祭义》"祭日于东，祭月于西"的说

---
[1] 卡莫迪（D.L.Carmody）：《妇女与世界宗教》，徐钧尧等译，四川人民出版社1989年版，第38页。

法把二母解为日月之神。晚近学者曾对此提出质疑，[1]但并没有进一步的解释。笔者以为，根据《山海经》中的羲和生日与常羲生月神话，应把东母和西母看成是生育出十日十二月的地母神，而不是日月神本身。

已知商人历法为太阳太阴合历，即以十日一旬为单位记日，以十二月一年为单位记岁。[2]这种历法显然是以下述神话观念为基础的：宇宙中有十个太阳和十二个月亮，它们依次轮流从东方地底升出，照耀世界，又从西方地平线沉入，如此循环往复，便有了昼夜交替的宇宙运行现象。在神话意识中，这十个太阳和十二个月亮又被类比认同为出自同一母亲身体的孩子，于是便有了《山海经·大荒东经》的如下说法：

旸谷上有扶木。一日方至，一日方出，皆载于乌。[3]

又《山海经·海外东经》：

旸谷上有扶桑，十日所浴，在黑齿北。居水中，有大木，九日居下枝，一日居上枝。

又《山海经·大荒南经》郭璞注引《归藏·启筮》云：

空桑之苍苍，八极之既张，乃有夫羲和，是主日月，职出入，以为晦明。瞻彼上天，一明一晦，有夫羲和之子，出于旸谷。

---

[1] 朱天顺：《中国古代宗教初探》，上海人民出版社1982年版，第16页。
[2] 陈梦家：《殷墟卜辞综述》第7章第1节，科学出版社1956年版。
[3] 袁珂：《山海经校注》，上海古籍出版社1980年版，第354页。下引此书不另注。

如果脱离了商人以十日为一旬的循环观念，把上述神话放到西周以后的文化背景中，其真相就很难理解了。由此可知，《山海经·大荒南经》把十日说成是天帝帝俊之妻羲和的十个儿子，也是商代神话的产物。到了《楚辞》《尚书》以下，羲和作为日月之母亲的身份才转化成了"日御"或占日月的天文官。既然学者们已经同意《山海经》中之帝俊就是甲骨文中的帝或上帝、天帝，那么他的配偶羲和（又名常羲），按照"天父地母"的神话意识通则，不就是地母神么？这样，日月从地平线上升沉的视觉表象，在神话意识中自然又被类比为儿女从地母身体中诞生，以及回归母体的往返运动。于是，其诞生之处东方就成了"东母"，其回归之处西方就成了"西母"。一个地母的不同身体部位在神话中人格化为两个母亲，但实际的祭祀却偏重于东母一神，因为她是主管依次吐生日月，"使无相间出没"的宇宙秩序维护者。

图31 古埃及纸草书中的日落西山图：太阳舟、女神与牛角、母猴

作为上述推论的旁证，可以举出古埃及神话的例子。按照该神话，生出太阳儿子的是天母努特（Nut），她由母牛女神的四条腿从地父吉布（Geb）

的身躯上架起。每天清晨太阳从天母的子宫中生出，黄昏回复于天母之口腔。[1]相比之下，可以说甲骨文中的东母是主管生育日月的性器象征神，西母是主管接纳日月（孕育）的口部的象征神。二者之间的关系恰恰统一在商人的一个流传久远的神话观念之中：由口部的吞食便可导致怀孕和生育。这个观念借简狄吞卵而生商人始祖契的神话一直保留至今。[2]

如果考虑到商人的日神崇拜与鸟图腾崇拜之间的内在联系，考虑到商王皆以日（十干）为名的事实，那就不难看出，所谓简狄吞玄鸟卵而生商祖的说法，原来正是以地母神吐纳十日的原始神话观念为其发生基型的。

与埃及神话相异的是，中国人没有天母地父的神话观念，而是同世界上绝大多数民族的神话相一致，把在上的天认同为男性（阳），把在下的地认同为女性（阴）。《庄子·大宗师》所言"彼特以天为父"，《春秋感精符》所言"父天母地"，以及后世常说的"皇天后土"，都可视为商代神话观念的余响。考察卜辞东母西母观念的起源，使我们不得不上溯到史前时代去。理由是，甲骨文中有四方神名和四方风（凤）名，表明商人已有较为抽象的四方位空间意识。但东母却仅和西母对应，未发现有南北二母。可知东母西母观念是比四方位空间意识更为原始的二方位空间意识的遗留物。人类学方面的材料表明，许多前文明民族都是先从日出日落现象中认识到东西两个方位，后来才逐渐认识到南北方位的。[3]据此事实推测，东母西母的神话观念很可能早在"日出而作，日入而息"的新石器文化中便已发生了。

卜辞中之所以祭东母的记载远远多于西母，无疑因为东母是日月的生育神，在原始心理中被看作是光明与生命的母亲，是"生生不息"的本源。商亡之后，周因商礼而损益之，东母被同化为主管生殖繁衍的高禖神，而儒家

---

[1] 尼尔森（N.G.Nielsen）：《世界上的宗教》（Religions of the World），圣马丁出版社1983年版，第36页。
[2] 参看《史记·殷本纪》《诗经·商颂·玄鸟》等。
[3] 宋兆麟等：《中国原始社会史》，文物出版社1983年版，第431页。

重生不重死的思想传统亦可溯源于东母祭礼。与此相对，对西周和宗周的儒家礼乐文化抱敌对态度的殷人后裔则以老庄的"西母哲学"为价值标准，衍生出以重返母腹中的混沌状态（老子所言"玄牝之门，是谓天地根"）为最高理想的道家传统。由是观之，中国文化的所谓儒道互补，实为殷商古礼中东母西母之礼在后世思想中的分化、对立与互补。

卜辞中的分身地母不仅为后世的儒道两家思想提供了神话原型，而且作为二元对立的神话思维模式，给后世民俗文化提供了具有时空定位和价值意义的"元语言"。上古神话中两种截然不同的母神形象——女娲与西王母，便可视为东母西母的直传或变形。

与东母主管生育的特征相应，女娲不仅用土造人，而且自己也是"地出"的，这正是地母生育功能最形象的自我确证。在《太平御览》卷七八引《风俗通》那个众所周知的女娲"抟黄土做人"的传说中，隐蔽在晚出的富贵人与贫贱人的阶级偏见之后的是较原始的地母神话三要素：地母为人类之母；土的生命再造功能；母神的单性繁殖。可以推知的是，造人神话的原初形态应为生人神话，其表现形式是"化"的母题。

《楚辞·天问》"女娲有体，孰制匠之"句王逸注："传言女娲人头蛇身，一日七十化。"女娲所"化"，除了宇宙万有，还有作为万物之灵的人与神。《山海经·大荒西经》中有这样的记载：

有神十人，名曰女娲之肠，化为神，处栗广之野，横道而处。

郭璞注："女娲，古神女而帝者，人面蛇身，一日中七十变，其腹化为此神。"从神话思维的象征性看，"肠化"也好，"腹化"也好，其实都是地母单性生育观念的隐喻表现，而女娲作为"古神女而帝者"，正反映着父性天神权威尚未盛行以前的时代中地母特有的至上神地位。至于葛洪

《抱朴子·释滞》中说到的"女娲地出",虽然文辞极简略,却透露女娲与"地"的暗中对应关系以及她作为地母神所特有的生育方式。由于上古神话的散佚失传,女娲究竟怎样以"地出"方式生养万物及人类,已无法直接考察了,不过太平洋彼岸与东亚蒙古人种同血缘的美洲印第安人神话中却依然保留着非常原始的记忆[1]。在纳伐霍印第安人语言中,土地被称为"纳参"(Naestsan),其字面意义是"地平线"或"横卧者"(recumbent),这前一名号使我们想到吐生日月的东方地平线女神"东母"及羲和;后一名号则与"横道而处"于栗广之野的"女娲之肠"暗中巧合了。在纳伐霍神话中,地平线以下有四层世界,一层比一层深。祖尼人则把这四层世界直接命名为地母的四个子宫。人类最初是住在最深一个子宫中的,后来通过一个湖泊或泉水来到地面上生活。还有的传说则认为是通过芦秆而上升到地面来的[2]。芦秆作为地母输送人类的通道,同时又可为人类做成芦笛、笙簧之类的乐器。这后一方面的作用分明体现在中国的女娲神话中:

女娲氏命娥陵氏制都良管,以一天下之音;命圣氏为斑管,合月星辰,名曰充乐。既成,天下无不得理。[3]

女娲作笙簧。[4]

其实,连女娲化生出十神的"肠",也是一种中空的"管",女娲神话与"管"的母题的这种特殊联系可以对照印第安神话得到溯源性理解:"管出"正是"地出"的一种表现方式。

除了管道之外,人类上升到地面还可通过地母肠道的其他象征形式。一

---

[1] 参看叶舒宪:《中国神话哲学》第8章第5节《史前亚美文化》。
[2] 卡辛(F.H.Cushing):《祖尼民间传说》(Zuni Folk tales),纽约,1901年版,第409页。
[3]《世本·帝系篇》。
[4]《世本·作篇》。

则易洛魁神话说，最初一个时代人住在地下，那里暗无天日。有一位幸运者偶然发现一个通向外界的"缺口"（opening），通过缺口爬上了地面，地上美丽的景色使他陶醉。他遇到一只鹿，杀而食之，并将鹿肉带了一些回到地下。人们对他的这一发现欣喜若狂，于是决定全体通过"缺口"爬上地面。[1] 更为原始的印第安神话处理同一主题时突出地母的主动生育，而不是子民们主动爬出。如撒里瓦斯（Salivas）人的神话说，在遥远的古昔之时，地母生出人类就像现在生出草木和芦苇一样。[2] 对于这类地母生人神话，艾利亚德的看法是：我们可以从中看到个体发生（the ontogenetic）和种系发生（the phylogenetic）之间怎样发生联系。新生婴儿的状态被类比为神话中人类出自大地母体的状态。每一个婴儿在出生以前都重新体验着人类最初的那种暗无天日的存在状态。这就把人类的母亲完全同化到大地母亲的信念之中了。[3] 更值得注意的是，这种地母生人神话观并非美洲土著的独创，而是真正具有全球性的。艾利亚德为此取出的例证有：许多语言中都把人称做"土生"或"地生"者；民间迷信中关于婴儿来自大地深处、洞窟、岩穴、地缝、沼泽和溪流的说法极为普遍。还有许多派生的隐喻现象存在于欧洲的每一个地区和几乎每一个村镇：认为一块石头或一眼泉水能够带来婴孩[4]。把这种遍及欧洲的民俗信仰解释为地母生人神话的后代遗存，这有助于我们回过头来透视亚洲的类似信仰。

四川省盐源县前所崖石上有一石洞，名叫"打儿窝"，相传为巴丁拉木女神的生殖器。不育妇女多去拜"打儿窝"，向洞中投石块，进者为怀孕之兆。凉山喜德县观音岩上有一"摸儿洞"，洞内有石块和沙子。前来求育的

---

[1] 引自弗雷泽（J.G.Frazer）：《自然崇拜》（The Worship of Nature），伦敦，1926年版，第428、432页。
[2] 引自弗雷泽（J.G.Frazer）：《自然崇拜》（The Worship of Nature），伦敦，1926年版，第428、432页。
[3] 艾利亚德：《神话、梦与神秘》（Myths, Dreams and Mysteries），迈瑞特（P.Mairet）英译本，伦敦，1960年版，第158页。
[4] 艾利亚德：《神话、梦与神秘》（Myths, Dreams and Mysteries），迈瑞特（P.Mairet）英译本，伦敦，1960年版，第163—164页。

妇女将手伸入洞内，摸得石块为育子之兆，摸得沙子为育女之兆。云南剑川石宝山有一个"阿央白"，彝族人认为"阿央"为女祖先，"白"为生殖器，不育妇女必向阿央白叩头，以求生育。宋兆麟先生将这类生育信仰解释为女始祖和图腾崇拜的产物，[1] 似不如溯源于地母生人神话观更能说明问题。参照古文献中关于女娲为皋禖神的说法，可以进一步认识"地母→东母→女娲→高禖"的演化进程。《路史·后纪二》说："以其（女娲）载媒，是以后世有国，是祀为皋禖之神。"皋禖又称郊禖、高禖[2]，它同上述"打儿窝""摸儿洞"之类有同样功能。《诗·大雅·生民》"以弗无子"句毛传"弗，去也。去无子求有子，古者必立郊禖焉。"这里的"禖"字值得深究，因为它同地母单性生殖的古老观念有关。《说文》释"禖"为祭名，似语焉未详，但在释与"禖"相关的"腜"字时却透露了一些消息："腜，妇始孕腜兆也。"尽管后人为适应父权制国家意识形态的需要，为女娲配上了丈夫伏羲，由此而遮蔽了原始地母信仰的真相，但正如闻一多先生所考释，伏羲这个名字本为"密戏"，是交合的隐语。把他放在女娲之前，只不过反映着双性生殖观对原始的单性生殖观的改造。在女娲这位高禖和婚姻神（见《路史·后纪二》罗苹注引《风俗通》）的背后，依稀可见的是拥有"帝"的至上权威的地母大神。在充分体现先周古《易》精神的《归藏·启筮》篇中，女娲独自创造和管理世界的原始权威仍然清晰可见：

昔女娲筮张云幕，而枚占神明，占之，曰："吉。"昭昭九州，日月代极，平均土地，和合万国。

这个记载虽已经修饰，但毕竟反映了"天父"产生之前地母神女娲独当

---

[1] 宋兆麟：《巫与巫术》，四川民族出版社1989年版，第116页。
[2] 朱芳圃：《中国古代神话与史实》，中州书画社1982年版，第79页。

天下的情形。

上古神话中与卜辞中"西母"相对应的是西王母，不论从空间定位上看，还是从所行使的职能上看，西王母都是"东母"和她的后继者女娲的对立面。《尔雅·释地》曾把西王母作为西极的地名。清人郝懿行《尔雅义疏》云：

西王母亦国名也。《竹书》帝舜九年，西王母来朝。《大戴礼·少闲篇》云：西王母来献其白琯。《淮南·坠形篇》云：西王母在流沙之濒。……是西王母乃西海远荒之国，从未有人至其地者也。[1]

根据我的归纳，中国上古神话宇宙观中的西方模式与秋天相应，代表着生命的衰败和死亡。人死叫归西（天），这同人死归土的古训彼此相应，正是地母的西方分身所执掌的死亡功能的反映。"由于西方属阴、配秋的神话认同，西王母又是太阴之神即月神，同时还是主刑杀的秋神、凶神"。[2]这当然指的是上古神话中的西王母，特别是《山海经·西山经》中那位"司天之厉及五残"的可怕母神。现在看来，"主知灾厉五刑残杀之气"[3]的西王母，正相当于印度吠陀神话中地母的分身之一尼尔蒂，张着吞噬一切的大口，收回由地母的东方分身所生育的所有生命。只

图32 中世纪法国教堂木雕：阴间之口

---
[1] 郝懿行：《尔雅义疏》中之五，释地第九。
[2] 叶舒宪：《中国神话哲学》，第84页。
[3] 《山海经·西山经》郭璞注。

是到了道教发达以后，主刑杀的西王母才逐渐改变了原有的面貌——虎齿豹尾，蓬发善啸，转化为掌管瑶池仙桃的美丽道姑了。[1] 下面用图示总结本节所论母神演化过程：

$$原母神 \longrightarrow 地母神 \longrightarrow \begin{cases} 东母 \rightarrow 女娲 \rightarrow 高禖（生育） \\ 西母 \longrightarrow 西王母（刑杀） \end{cases}$$

四、申·坤·神·身
——从地母象征系统看"神"概念的发生

前节从土、也、地的语源分析重构中国上古地母观念，本节继续这种探讨，从保存象征表象最丰富的古书《周易》入手，重构地母观念的象征系统，并从中窥测汉语中"神"概念的语义发生及原初表象。

《周易·坤卦》彖曰："至哉坤元，万物资生，乃顺承天。坤厚载物，德合无疆；含弘光大，品物咸亨。牝马地类，行地无疆，柔顺利贞。君子攸行，先迷失道，后顺得常。西南得朋，乃与类行；东北丧朋，乃终有庆。安贞之吉，应地无疆。"这一大段话可以视为中国式地母观念的衍生思想，已有学者译为白话："美德至极啊，配合天开创万物的大地！万物依靠它成长，它顺从禀承天的志向。地体深厚而能普载万物，德性广合而能久远无疆；它含有一切使之发扬光大，万物亨通畅达遍受滋养。雌马是地面动物，永久驰骋在无边的大地上。它柔和温顺利于守持正固。君子有所前往，要是抢先居首必然迷入歧途偏失正道，要是随从人后、温和柔顺就能使福庆久长。往西南将得到友朋，可以和朋类共赴前方；往东北将丧失友朋，但最终也仍有喜庆福祥。

---

[1] 参看施芳雅：《西王母故事的衍变》，陈鹏翔编：《主题学研究论文集》，台北东大图书公司1983年版，第215—244页。

安顺守持正固的吉祥，正应合大地的美德永保无疆。"[1]

这里地母的"生""藏""含""载"等象征特性中抽象出来的柔和温顺的道德价值，同《老子》中那种以玄牝为基型的柔弱谦让的被动哲学遥相对应，显示出原始的地母信仰通过象征抽象向典型的伦理哲学转化过渡的迹象。由此还可以看出，地母观念及象征系统如何作为过渡的中介，将史前母系社会的意识形态内容传输和保留在中国父权制封建社会的思想传统中。

从《周易·说卦传》中还可看到地母象征系统中一些古老的类比形象：

乾为马，坤为牛。
乾为首，坤为腹。
乾，天也，故称乎父；坤，地也，故称乎母。

坤为地，为母，为布，为釜，为吝啬，为均，为子母牛，为大舆，为文，为众，为柄，其于地也为黑。

在这些意象中有几个是世界性的：如牛、锅釜、腹等，值得从更广阔的跨文化背景中去辨析和破译。关于地与牛的象征性认同已在前面（第一章第四节）论述"马牛二元论"时涉及了。这里仅就《周易》"子母牛"说略做讨论。《周易尚氏学》对此的解说是，坤为牛，是由于二者均有生生不已的特性。大地母亲的生育周期年年重复，永无止境；今之童牛，"不日又生子而为母矣，故为子母牛"。这种基于"生生不已"的类比所做的解释显然把生命循环变异的观念同生物的生殖和绵续现象混同一体了。这使我们又进而悟出了《周易》把土地命名为"坤"的缘由。坤从土从申，土代表土地，而申又通

---

[1] 黄寿祺、张善文：《周易译注》，上海古籍出版社1989年版，第25—26页。

神。《说文》:"申,神也。七月阴气成,体自申束,从臼,自持也。"《六书正伪》亦云:"申,象七月阴气自屈而申。"把阴气的屈申看作生命孕育的周期性年度变化,由此种无休止的循环变化引申出"神"即永恒生命的观念,再加上土旁确认神的属性,于是有了汉字中象征大地母亲的"坤"字。

毫无疑问,汉字中的申字的出现早于神字与坤字。对申字所由发生的原始表象的追踪可以使我们找到中国古人关于神的概念产生的象征根源。申字在甲骨文中作:

℃(《铁云藏龟》一六三·四)。

在金文中作:

ѕ ⺊ ⺊ (《金文诂林》卷十四下)。

这种表象的原始蕴涵似乎并不只是阴气的自屈而申,因为它使我们立即联想到西方考古学家在西亚发现的5000年前的原始生命符号[1]:两个恰恰相

图33　五千年前西亚原始护符:太阳足迹与蛇

---

[1] 赫罗兹尼:《西亚细亚、印度和克里特上古史》,中译本,第236页,图96。

反的足印象征着宇宙运动的循环节奏：昼夜交替，寒来暑往，而贯穿于循环运动之中的蛇则以其蜕皮更新的功能成为生命不死的象征。对照之下，申字原始表象的真实蕴涵不是同样一种生命崇拜的循环模式吗？

申字加上表示宗教崇拜祭祀的"礻"旁，汉语中的神的概念就从原始生命崇拜中引申出来了。如果说申所代表的生命循环模式原以地母的一岁一枯荣为象征基础，那么可以说中国人所崇拜的最早的神明之一便是地母神。这一点已经在新石器时代红山文化女神像及祭坛遗址的发现中得到了充分证明。给代表地母的申字加上"礻"旁之后，申字本义逐渐模糊，其原有的地母阴性特征变得不再明确，于是加"土"旁的坤字又应运而生，以便同阳性的天神"乾"相对应，成为哲学化的地母观念。

综上所述，古汉语中与地母崇拜相关的三个概念"土""地""坤"，前二者突出的是大地母亲的孕育生养功能，后者突出的是生命的循环过程：生→死→再生。这双重价值的结合，最终衍化为中国古代宗教政治的核心范畴——社稷。表示生命循环过程的申字历来没有得到确解，其原始形象一直被多数文字学家误认为是雷电之状，这就使中国宗教中的"神"概念的由来笼罩在迷雾之中。

自从王筠提出古电字借用申字，二者通用的观点，学者们附和者甚多。如高田忠周说，《说文》以神训申是许慎的"大谬"，他认为：

……则引申之申，亦雷电之电，亦神祇之神也。故许书训神也。实亦以近字释古字者也。神电一理，最初之文必当同一……又《易·系辞》"阴阳不测之谓神"，即与电下所谓阴阳激耀也同意。然则神电同意可知也。其有形可见者谓之电，其无形而不可见者谓之神，亦其声者谓之雷，统言则皆谓申也。[1]

高田忠周氏敏锐地把握住了申字原型所蕴涵的阴阳相对相激的意思，但却忽略了阴阳对立转化从而获得永恒生命的循环变易之理。换句话说，他猜到了两个相反的脚印的象征价值，却忽视了贯穿于两脚印之间并使之成为一个整体的蛇形曲线的象征意义。简言之，他对申字原始字形的解释仅着眼于局部而未能把握整体，使神电同意说沦为不知其所以然的老生常谈。商承祚、叶玉森、田倩君等也都以电光闪耀解释申字；唯张与仁、黄韦俞二位着眼于两足印之间的曲线，将申字原始表象视为龙形，[2] 同样有见木不见林之嫌。现在，从地母循环变易，生生不已的特征出发，可以确认申字初形为原始生命崇拜的符号，其整体意义与西亚史前生命符号别无二致。生命不息的奥秘在于循环往复的运动，而这种重复发生的运动的动力源则是两种相互依存相互转化的宇宙力量。另外从宗教学常识可知，神作为有别于人类及其他一切存在物的特殊存在，其最根本的特征便是生命不死。关于"神"概念的此种质的规定性，中外文化无一例外，由此亦可推论，由申字加"礻"旁所构成的汉字"神"，正是神圣的不死的生命之表征。至于申字本有的循环往复之义，在众多先秦文献中尚可考索。

图34 埃及史前女神陶像。向上伸扬的双臂是地母神生育力的象征，意指着作物从土地中向上生长的生命力量

《尚书·尧典》"申命羲叔"句传曰："申，重也。"《诗经·小雅·采菽》"福禄申之"句传曰："申，重也。"《荀子·富国》"爵服庆赏，以申重之"

---
[1]《金文诂林》，香港中文大学出版，第十四卷下，第8347页。
[2]《金文诂林》，香港中文大学出版，第十四卷下，第8350—8351页。

句注云："申亦重也，再令曰申。"可知申有重复、反复之义。故《尔雅·释诂》《广韵》等均以重释申。这一层意思，绝非电光闪耀所能包摄。生命的重复最明显地表现于地母之孕育生产，所以"神"概念的早期解说总不离创生万物这个功能的内涵。《说文》卷一释"神"云："天神，引出万物者也。"把神作为宇宙万物的创造者，古今中外皆然；但把神认同为天神，则是天尊地卑、男尊女卑的父权制文化的产物，反映了许慎所处时代的意识形态特点。事实上，最早的神只是女神，天父的观念发生晚于地母观念，[1] 创造万物之神，最初时不是天父而是地母神。如我国侗族所崇拜的至上神萨天巴，同时又是创生宇宙万有的圣祖母[2]；满族萨满教所供奉的至上女神阿布卡赫赫，其名称"赫赫"在满语中意指女人，系由女阴"佛佛"之音义转引而来。这位由女性生殖功能人格化而产生的女神，后来被男性天神阿布卡恩都里所取代。女神原有的生育万物的功能自然就变成了男性创世主的"创造"万物的功能。这些实例均表明，原始心理把生育现象视为生命的重复，也就是生命循环不死的保证。生命的重复本身就这样与女性、母亲的形象结合为永生的象征，成为不死之神的原型，

图35 头顶日盘的古埃及狮头女神 Sekhmet

"神"的概念由是而生。古人以"重"训"申"正是因袭了以生育为生命之重复的原始信仰，保留了远古中国人"神"概念得以抽象化之前的原始表象。

---

[1] 默林·斯通指出，父权制社会所崇奉的男性至上神，如希伯来民族的耶和华，是从更早的母神信仰中脱胎演化而来的（《上帝为女性时》，第15页）。又：郭沫若、朱天顺等认为，我国古代宗教最初没有天神，具有至上神神格的天是周代的产物（郭沫若：《先秦天道观之进展》；朱天顺：《中国古代宗教初探》第3章第1节）。

[2] 参看侗族史诗《嘎茫莽道时嘉》，中国民间文艺出版社1986年版。

《论衡·论死篇》云：

> 神者，伸也。申复无已，终而复始。[1]

这种解释依然十分切近由"神"概念所发生的原始表象的象征蕴涵：神乃是生命的引申和延伸；生命借生育的无限重复而获得终而复始的无限延伸——永生。

从现象上看，生命的重复直接表现为妇女怀孕，我国造字祖先特创一个与"申"同音的字"娠"来代表怀胎现象。怀孕又叫"身"，其读音与"申""娠"完全一致。《诗经·大雅·大明》："大任有身，生此文王。"毛传："身，重也。"郑笺："重谓怀孕也。"孔疏："以身中复有一身，故言重。"通过这三层解释，"身"字原义终于可以理解了。所谓"身中复有一身"正是对生命重复现象的概括，许慎《说文》训身为躳，显然未得其本。

朱熹《诗集传》以"怀孕"训身，[2]可谓一针见血。今考金文中的"身"字，我们似乎看到了怀孕妇女的原始表象：

𧖣（《鄦伯簋》）

𧗉（《弔向簋》）

图36 捷克出土的新石器时代象牙孕神像。它用抽象表现法突出了女性的孕育和生养特征，体现了原始所认识的"神"与"身"（孕）之间的认同关系

---

[1] 曹聚仁氏云："中国哲学中所谓神，非鬼神之神，而是能变化妙用之义。如因中国哲人多讲所谓神，遂认为有神论，便大谬了。"见《中国学术思想史随笔》，三联书店1986年版，第202页。

[2] 朱熹：《诗集传》卷十六。

㠱（《士父钟》）

㠯（《邾公华钟》）

古文字学家几乎一致认为，这些古文代表孕妇之形，特别突出表现的是那隆起的肚子，肚中的一短画代表新的生命体——胎儿。[1] 略有争议的是肚子下面那一横的意义。林义光先生认为那一横代表大地。[2] 这使我们想到欧洲史前维纳斯孕妇像在突出表现隆起的腹部的同时，还将下肢刻画为锥状以便插入地中。这种把孕妇同地母相联系的做法是以下述信仰为基础的：大地母亲是一切生命的本源，人类妇女的怀孕同样是依赖于地母的无限生育能力，或者是直接从地母那里获取生命再生产之神秘功能的。如果把地母的无限生育能力看做是神力的本源，那么妇女的怀孕则是在较小的规模上重现了地母特有的神力。因此，怀孕乃是神力的表现形式之一，生育是通神的结果。这正是古汉语中申、神、身、侸等概念音义兼通的奥秘所在。清代训诂学大师郝懿行在《尔雅义疏》中指出：

图37 巴厘岛拉蒂（Lati）女神木雕像。用极度夸张的形式表现了女性特征

　　申与神同，故《说文》："申，神也。"可知神亦申矣。神与伸、身并音同字通。《释名》云："申，身也。"申训身与申训神义亦同，故

---
[1] 李孝定：《甲骨文字集释》卷八，第2719—2720页。周法高主编：《金文诂林》卷八，第5198—5201页。
[2] 林义光：《文源》，《金文诂林》，第5198页引。

《说文》:"倗,神也。"倗即身也。《诗》"大任有身",毛传:"身,重也。"郑笺:"重谓怀孕也。"然则身中复有一身,因训为重,故《素问·奇病论》云:"人有重身,九月而瘖。"是其义也。身训重,故《广雅》云:"重,倗也。"义本毛传。是身即倗,身亦神,并古字通借。毛盖借身为神,故训为重,义本《尔雅》。……神与伸俱从申声,其义又同,故古微书引《礼含文嘉》云:"神者,信也。"信即伸字,亦借为身,《周礼》信圭即身圭。可知身、伸、神三字古皆假借通用。《尔雅》申、神并训为重,无可疑矣。[1]

图38 吉林四平叶赫故城的重修寺庙里供奉的地母佛

图39 古埃及河马女神 Taweret 巨大的腹部表明其保佑生育的职能

从申、神、身三字同训重并可通假换用的语言现象中,已经清楚地透露出原始的生命观以及由这种生命观派生出的神鬼观念的基本要素:生命通过自身的再生产而得以无限延伸。初民从土地与植物的关系中构想出大地母亲作为一切生命本源的生育功能,又从植物岁岁枯荣的循环变异中抽象出地母

---

[1] 郝懿行:《尔雅义疏》上之一,《释诂》第一上。

生育功能的"重复"特征,用"申"或"坤"作为象征符号,进而再抽象出泛指生命不死的神圣存在的"神"概念。与此一过程同时,初民将大地母亲的生育功能同人类妇女的孕育现象相联系,在神话思维的类比作用下,一方面把土地类比为神圣的女性生殖器——女阴或子宫,创制出基于此种类比的象征符号"土"或"地";另一方面又将人类女性的孕育能力归因于地母,并且将人类个体生命的再生产也看作是地母重复生育功能的一种特殊的小规模表现形式,创制出一个与地母符号"申"或"坤"音义兼通的符号"身"来指代怀孕。[1] 与此相应,还产生了"坤为腹"的《易》象类比。

五、女性·躯体·容器·世界

从象征学上看,把地母比拟为"腹",实际上遵循的是一种以局部代表全体的换喻(metonymy)逻辑,即以孕育时隆起的腹部代表地母及其生育功能。同样,当造字祖先用代表女性性器的"也"加上土旁表示大地和用特指怀胎现象的"身"字表示整个人体时,所遵循的思维逻辑也是这种部分象征全体的换喻逻辑。

当代语言学家罗曼·雅各布逊在研究失语症时曾发现,人类象征符号的运用大致遵循着两种不同的模式:隐喻模式和换喻模式。他在《隐喻和换喻的两极》这篇论文中写道:

话语的展开会沿着两条不同的语义线进行:一个话题或是通过类似关系、或是通过邻接关系而导向另一个话题。由于这两种关系分别在隐喻和换喻中得到最集中的体现,所以可以用"隐喻方式"这个术语来指代前一种情形,

---

[1] 参看俞建章、叶舒宪:《符号:语言与艺术》第4章第1节《神话思维的基本逻辑——类比》,上海人民出版社1988年版。

用"换喻方式"来指代后一种情形。

……这里所讨论的语言的两极结构对于理解言语行为和一般意义上的人类行为都具有根本性的意义和影响。[1]

根据雅各布逊的这一提示,我们可以在地母象征系统中看到两极模式作用的结果,破解汉字中某些神秘的通假符号现象。如《说卦传》中"坤……为釜"的拟象,便是隐喻模式作用的结果。与换喻模式不同的是,喻体(釜)与被喻事物(坤地)之间的关系不是部分与全体的邻接关系,而是类似关系。在锅釜这种器具与大地之间究竟有什么相似性呢?如前所述,神话思维常常把土地拟象为一个生育不息的巨大子宫,又惯用种种中空容器形象作为地母子宫的隐喻表现,神话学家对此已有大量论述。精神分析学家亦发现,此种隐喻因历史悠久,已内化为集体无意识中的象征原型,表现在人的梦幻、儿童幻想和艺术创作中。纽曼则指出,原母神象征系统正是以隐喻女性躯体的巨大容器(the great vessel of the female body)为中心意象而建立起来的(如图 39)。[2]

纽曼认为,"女性=躯体=容器"这个基本的象征等式产生于人类对女性的最初的认知经验。因而早在《意识的起源与历史》一书中,纽曼便将"躯体/容器"的原始类比称为一种"元象征"(metabolic symbolism)[3],并把此种元象征视为人类认识史上最早的、最根本的原型语汇。在以上纽曼所绘制的"躯体/容器"图式之中,这一元象征所蕴涵的各种类比意义和功能都得到了清晰的表现。"它的内部是未知数。它的入口处和出口处具有特殊的

---

[1] 雅各布逊(R. Jakobson):《隐喻和换喻的两极》(The Metaphoric and Metonymic Poles),亚当斯编:《柏拉图以来的批评理论》,第 1113—1114 页。

[2] 纽曼:《原母神:一个原型的分析》第 4 章《女性的中心象征》。

[3] 纽曼:《意识的起源与历史》(The Origins and History of Consciousness),英译本,纽约·伦敦,1954 年版,第 28 页。

意义。食物和饮料被放入这未知的容器中;而在创造性功能中,从废弃物的排出和种子的播散到呼吸和语词的发出,都好像'某种东西'从中被'生育'了出来。所有的躯体开口处——眼、耳、鼻、口、肛门、生殖器——甚至皮肤,作为容器内部与外部交换之处,对于史前人类都是至关重要的所在"[1]。从"躯体／容器"的元象征出发,原始初民进而遵循着象征逻辑构建起他们整个的世界观:

躯体／容器的原型等式对于理解神话和象征具有根本的意义,它也是打开初民世界观的一把钥匙。[2]

为了便于从跨文化的象征学方面理解"坤为腹""为釜"的类比起源,我想进一步引述纽曼的分析是很能说明问题的。为什么说"躯体／容器"的象征构成了初民世界观呢?原来这同尸体化生宇宙的创世神话有关。在

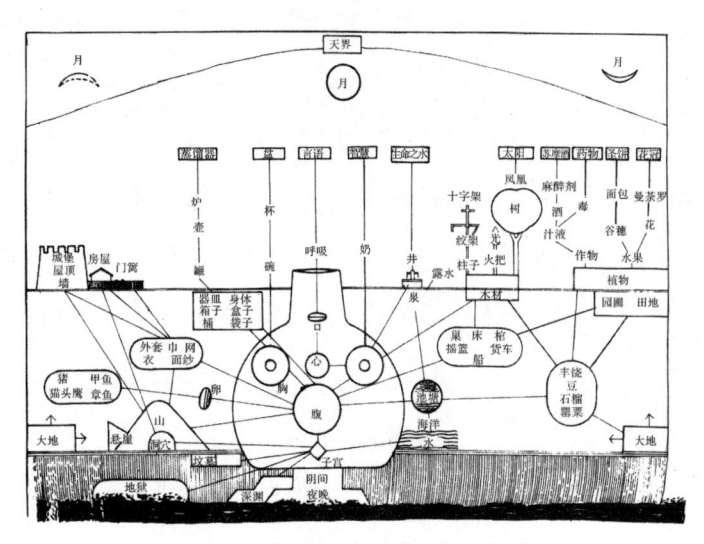

图 40　女性躯体与容器的象征系统示意图

---

[1] 纽曼:《原母神:一个原型的分析》,第 39 页。
[2] 纽曼:《原母神:一个原型的分析》,第 40 页。

埃及、墨西哥、印度、中国、北欧的神话中，都有关于一个原始巨人的躯体化生出宇宙空间的叙述，这种尸体化生型的创世神话基于又一类比，即把世界类比为人的躯体。"假如我们把初民关于躯体＝世界的类比同其最初的元象征等式即女性＝躯体＝容器的类比结合起来，便可获得人类史前期的普遍象征公式：

女人＝躯体＝容器＝世界

这是一个母系社会时期的基本公式，那时女性（the Feminine）优于男性（the Masculine），无意识胜过自我和意识"[1]。

参照纽曼概括出的这个原始公式，我们可以对中国神话研究中一些难题做出合理的阐释。如盘古与槃瓠及葫芦化生世界的多种叙述，在字面意义上显然各不相同，但在象征意义上却是相关或相通的。盘古或槃瓠神话是尸体化生型创世神话的中国样本，二者都遵循着躯体＝世界的象征类比逻辑而展开表层叙述。而在二者的名称中则又隐伏着第三层象征意义：容器。

盘古之"盘"，作为盛物之容器不证自明；槃瓠之"槃"与盘字通用，而"瓠"字本义指瓜瓢，亦用为中空之容器，也就是葫芦。闻一多先生在其著名论文《伏羲考》第五部分《伏羲与葫芦》中指出，上古神话中作为人类始祖的伏羲、女娲均为葫芦的化身，或者说是一对葫芦精。他所举出的论据是语音学方面的：

伏字《易·系辞传下》作包，包匏音近古通，《易·姤》九五"以杞包瓜"，《释文》引《子夏传》及《正义》包并作匏。……匏瓠《说文》互训，

---

[1] 纽曼：《原母神：一个原型的分析》，第43页。

古书亦或通用，今语谓之葫芦。

女娲之娲，《大荒西经》注、《汉书古今人名表》注、《列子黄帝篇》释文、《广韵》《集韵》皆音瓜。《路史后纪二》注引《唐文集》称女娲为"庖娲"，以音求之，实即庖瓜。包戏与庖娲，庖瓝与庖瓜皆一语之转。然则伏羲与女娲，名虽有二，义实只一。二人本皆谓葫芦的化身，所不同者，仅性别而已。[1]

闻先生从语音学方面考证的结论如果再做象征学方面的说明，似乎可以深入到"所以然"的层次。纽曼提出的躯体＝容器＝世界的公式在这里完全适用。盘古、槃瓠、伏羲、女娲这样一些与开天辟地有关的神话人物，从象征意义上看，原来都隐喻着葫芦这样一种自然的容器。溯本求源，葫芦作为容器的中空特征使它在神话思维中自然成为母腹、子宫、女性的象征。根据植物栽培学者中尾佐助氏的说法，葫芦的原产地是非洲西部的尼日尔河流域和印度南部。在我国，七千年以前的浙江河姆渡文化遗址中已出土人工种植的葫芦；六千年前的西安半坡遗址中也发现有葫芦形状的陶器。刘尧汉先生曾据此提出"中华葫芦文化"的概念，以为早在陶器时代到来之前，曾有一个使用天然容器——葫芦的时代。葫芦能成为原始人简单易制而又轻便的容器，这是它的形状和性能决定了的，而葫芦容器也就是陶容器的现成模型。"我国中原、东北、西北、东南和南方各地出土的新石器时代的陶容器如：壶、瓶、盂、缸、豆、盆、尊、罐、杯、碗、钵、瓮等等形状，皆类似葫芦容器。其中，有些为便于提携或放置稳当，只是再加耳（单耳、双耳）、添足（鼎、鬲三足）、置底（如圆底瓶等）而已。"[2] 神话学家坎贝尔亦指出，在南美秘鲁海岸一带发现的公元前1000年代的人工培植葫芦，可以作为农耕

---

[1]《闻一多全集》第1卷，三联书店1982年版，第59—60页。
[2] 刘尧汉：《论中华葫芦文化》，《民间文学论坛》1987年第3期。

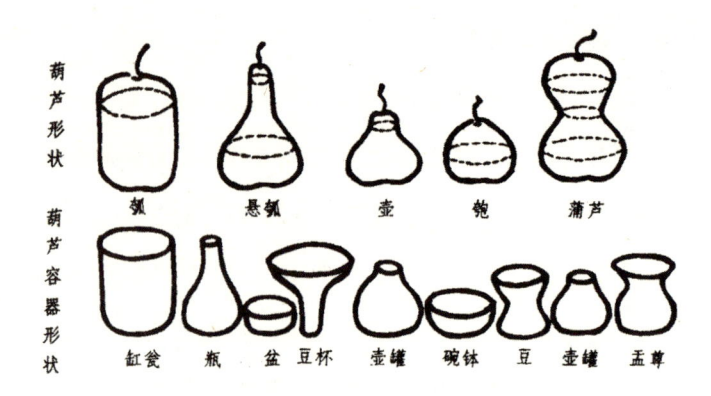

图 41 中国新石器时代的类葫芦容器

文化自亚洲大陆经过太平洋远播美洲的重要证据之一[1]。至于葫芦在原始神话中所具有的象征意蕴,可以追溯到作为葫芦原产地的非洲。"研究非洲土著居民中的葫芦神话的多里兹·波鲁姆说:在非洲,葫芦被认为是女性的象征。例如在普洛芒切族里,葫芦被说成子宫。其他的种族也用'割下的葫芦'来比喻失去贞操的女人"[2]。由于葫芦是子宫的象征,所以派生出种种由葫芦中生育出人类的神话。季羡林先生认为,最早见诸记载的葫芦生人神话可在印度史诗《罗摩衍那》第一篇第三十七章中看到:

须摩底呢,虎般的人!
生出来一个长葫芦,
人们把葫芦一打破,
六万个儿子从里面跳出。[3]

季先生指出,这里提到的葫芦原文为 garbhatumba,意思是"葫芦胎",

---

[1] 坎贝尔:《神之面具:原始神话学》,纽约,1959年版,第206—207页。
[2] 伊藤清司:《神话中的性——被视为妇女和母体的葫芦》,陈晓林译,《民间文艺季刊》1987年第4期。
[3]《罗摩衍那》卷1,《童年篇》,季羡林译,人民文学出版社1980年版,第210页。

胎儿在子宫中好像子在葫芦之中，胎的形状从外表上看也与葫芦形相似。[1]李子贤先生结合中国少数民族的葫芦生人神话的探讨，逐渐趋近了葫芦的象征本义："在西方，妊娠期的妇女被尊为巨腹豪乳的女神；在我国的汉、傣等二十几个民族中，巨腹豪乳的妊娠期妇女，被外化为葫芦。巨腹豪乳的女神雕像，与葫芦的形状正好吻合！在弥漫着原始宗教气氛的原始母系氏族社会里，葫芦具有供人食用、可做天然器皿及初期制陶业的模具等多种功用，以及易繁殖、多子的外部特征，有可能早在采集时期就是原始先民植物崇拜的对象。到了各族先民在探索人类起源这个深奥的问题时，葫芦所具有的神秘力量又被人们搬进了生殖崇拜、母体崇拜的领域，做了生育和多产这一神秘力量的寓体，成了各族先民共同母体的象征。"[2]

至此，我们可以看出，人类认识史上的元象征公式"女性＝躯体＝容器"如何在最早种植葫芦的印度洋、太平洋地区派生出以天然容器葫芦为中心的象征系统和神话传说，又经过"躯体＝世界"的原始类比，由葫芦生人神话发展到葫芦生世界的创世神话，衍生出盘古、槃瓠、伏羲、女娲等隐喻葫芦容器的创造大神。纽曼指出，女性＝容器的元象征在农业社会中毫无例外地同大地相联系，地母被设想为孕育和生出宇宙万物的巨大容器，它不仅是生之门户，也是死之门户，隐喻着阴间地狱——死者的归宿之处。《周易》用"坤为釜"来比喻这大容器，这同葫芦生万物的神话观念是相互呼应的。锅釜只不过是以葫芦为模型的人工容器的一种形式。台湾布农族创世神话说，太初时有一葫芦和一土制砂锅，葫芦中生出一男子，土锅中生出一女子，此二人即是布农族的始祖。[3]这里的葫芦与锅釜完全是象征对应的关系。细考大地为锅釜的类比起源，很可能是把天空设想为大锅盖的象征的一种对应产物。

---

[1] 季羡林：《关于葫芦神话》，《民间文艺集刊》第5集，上海文艺出版社1984年版。
[2] 李子贤：《傣族葫芦神话溯源》，《民间文艺集刊》第3集，上海文艺出版社1982年版。
[3] 引自王孝廉：《中国神话诸相》，第708页。

这种把天与地类比为容器盖和容器的神话观念是十分常见的，如阿昌族神话《遮帕麻和遮米麻》说：

天像一个大锅盖，地像一个大托盘。[1]

把这象征地的托盘（盘）与自然容器葫芦（瓠）类比在一起，不就有了人格神盘瓠么？可见从象征类比入手是译解神话的重要途径。

六、母与墓
——回归神话的人类学意义

容器意象的中央部位是母腹的象征，因为容器和母腹均有容纳的特征。作为进入母腹的入口的象征是子宫。母腹的下部是包含在母腹中的地下世界或"大地子宫"（womb of the earth），与此相联系的象征有深坑、洞穴、山渊、峡谷、深涧等等。所有这些象征都具有天然容器的形状，正是模仿了这类天然容器，人类又制造出一种人工的大地子宫——坟墓，让死者之灵能够重新回到万物的生命本源——地母腹中。人工制造的地母子宫的典型形态是考古学上所说的"瓮棺"，与此相应的葬俗又称"屈肢葬"。下面是人类学家利普斯所描绘的一例：

美国新英格兰的阿尔衮琴部落，杀死死者珍爱的狗，这样它们可以在他之前到达另外的世界。……当最后死去时，他们把死者包裹起来，"膝靠着胃，头靠着膝，像在母亲子宫中一样"地捆扎在皮革中，并且就这样把他埋掉。

---
[1] 中央民族学院：《中国少数民族神话汇编·人类起源篇》，1984年内刊本，第237页。

与屈肢葬密切联系的是使用大瓮、篮子或其他类似物作为棺具。[1]

一位名叫斯塔尔的探险家甚至目睹了婆罗洲的杜孙人把死者弯曲置入瓮棺的场景。他追忆说："第三天,尸体要放入罐内了。当看到这罐子时,人们会惊诧于世界上如何可能把成人放入其中。罐的顶部在最大径处以锋利的刀子切开,先把足放入,膝弯曲着,把身体压下去。头弯曲到膝上或两腿之间,再把罐的顶部放上去,并用树脂之类和黏土密封。女祭师在这棺具上摇晃一块燃烧的冒着烟的木头,念着她那难懂的隐语。这是为了防止任何旁观者的灵魂进入死者的容器。"[2]

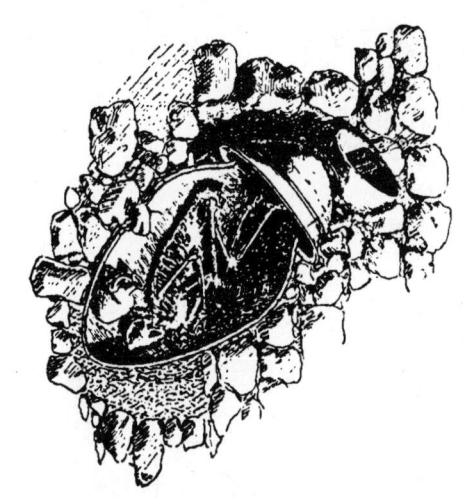

图 42 巴勒斯坦出土的瓮棺

在这里,作为地母子宫象征的容器,不论其为瓮、罐、篮子或其他器物,它所蕴涵的价值是双重的:既是生命的终结和归宿处,又是生命孕育和再生的起点。因为尸体曲折成团的形状正是模拟胎儿在子宫中的形态。由此种生命终而复始的神话观念中,我们看到了"女性＝躯体＝容器"象征系列的二重性。对此,纽曼运用心理学的解释范畴,称之为原母神原型的肯定性特征(the positive elementary character)和否定性特征(the negative elementary character)。这种二分法对于说明由原母神原型置换出来的女神系列十分有益,并对下述问题提供理论答案:为什么后世的女神中有掌管生殖与丰产的神,也有掌管毁灭与死亡的神;还有的女神身兼二任,同时表现出"可爱的

---

[1] 利普斯:《事物的起源》,汪宁生译,四川民族出版社 1982 年版,第 398—399 页。
[2] 利普斯:《事物的起源》,汪宁生译,四川民族出版社 1982 年版,第 399 页。

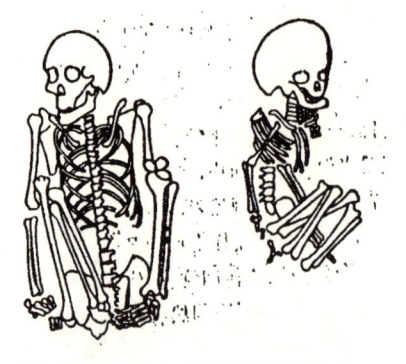

图43 四川巫山大溪文化屈肢葬式。模拟母腹中的胎儿状态

母亲"和"可怕的母亲"（荣格语）的双重面目。

从"女性＝躯体＝容器"象征模式的二重性出发，还可以对诸多文化现象和神秘的意识形态现象做出理性透视。

宗教史学家发现，重返母体子宫的观念在人类宗教意识发展中起着十分重要的作用。艾利亚德在《生与再生》一书中系统研究了此种观念如何从原始部落的启蒙仪式发展到基督教的神秘信念。荣格早就注意到，重返子宫的象征意义在于为再生做准备。而基督教的再生思想又将重返子宫的意义扩展到精神上的再生或复活，由此引出了"洗礼"这样一种象征性的行为：

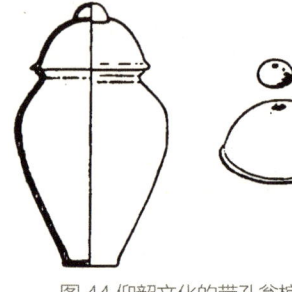

图44 仰韶文化的带孔瓮棺

图45 11世纪的《罗得圣经》（the Roda Bible）洗礼图。洗礼与回归子宫型容器之间的象征对应关系，在11世纪的《罗得圣经》洗礼图上得到明确揭示，图中的带翼圣者使人想到有翼母神的传统形象

圣子基督本人便是"再生的"，通过在约旦河的洗礼，他从水中和精神上再生和复活了。所以，在罗马天主教礼拜仪式中，圣水盆被称为"子宫堂"，而且，正如你们在天主教祈祷书中可以读到的，在复活节前的圣星期六举行的圣水盆祝祷中，它甚至今天也仍被这样称呼。[1]

---

[1] 荣格：《集体无意识的概念》，叶舒宪编：《神话—原型批评》，陕西师范大学出版社1987年版，第107页。

艾利亚德进一步指出，耶稣死而复生的信仰只不过是以人为宗教的形式重复着远古社会启蒙仪式所具有的回归子宫的主题。这一点可以从原始基督教所沿用的语汇和象征中清楚地看到。就洗礼而言，早期教父们强调其启蒙功能时总是运用具有死亡与复活双重意义的意象：洗礼盆这样一种神圣容器被同时比拟为坟墓和子宫。它是坟墓，因为受礼者将在其中埋葬他的世俗生命；它是子宫，因为永恒的生命将从中诞生。这种双重价值的象征类比正是以原始地母信仰的二重特征为原型的。一种流行于叙利亚的基督教礼拜词明确表达了这种源远流长的类比：

噢，圣父！凭借您的意志和圣灵的意志，耶稣曾在三种世俗住所生存，那便是肉体的子宫、洗礼之水的子宫和阴间的黑暗洞穴。[1]

与原母神崇拜相联系的回归子宫的象征性礼仪活动，在日本社会的民间宗教习俗中也表现得十分鲜明。如卡莫迪（D.L.Carmody）博士所述："好些世纪之后，直到神道教与佛教合流之时，寺院苦修者仍要在山中经历具有萨满色彩的考验，其中最高一道仪式便是进入一个大子宫。这是一间挂满了红白两色布条的大厅，它象征着大母神那血淋淋的胎室。仪式结束时，被认可的苦修者要拼命往山下狂奔，并大喊大叫，后者象征着刚出世的新生儿的啼哭。"[2]

由这一实例中不难看出，归返子宫礼仪所强调的不是生命之终止，恰恰相反，是生命的再造。子宫母体在这里充分显示着生命源头的意义。无怪乎老子那样看重玄牝与婴儿，那样强调生命力与"母"的内在联系。

---

[1] 艾利亚德：《生与再生》（*Birth and Rebirth*），纽约，1958年版，第120页。
[2] 卡莫迪：《妇女与世界宗教》，中译本，第84页。

七、生之忧惧和死之迷恋
——回归神话的心理学意义

回归子宫的主题在原始宗教和仪式行为中的重要性和持久性，必然在文明人类的精神世界中留下难以磨灭的印记。而人类个体自身经历的脱离母胎的无意识体验，也会在某种程度上反映和强化这一原型主题。比较生理学研究表明，与大多数动物相比，人类胚胎在子宫内生长发育的时间较长；但在脱离母体之后，人类婴儿却比其他动物更加依赖母亲，更加软弱无能，无法自立。莫瑞斯写道："与其他灵长目动物相比，人类女性的哺乳活动更加烦琐。婴儿不能自助，母亲在哺乳中须采取主动措施，将婴儿抱在胸前，引导哺乳。""与其他灵长目物种不同，他的肌肉组织不发达。小猴出世时，就能紧紧吊住母猴的身体。甚至尚未完全落地时，它就能用前爪抓住母猴的毛皮。与之相比，我们这一物种的初生儿不能自助，只是手和腿能做出些轻微的动作。直到满月时，婴儿才能自己趴着把头扬起来。两个月时，婴儿能趴着抬起前胸。"[1] 直到15个月时，名副其实的两足动物——直立行走的人方能出现。即使到了这时，孩子还是离不开母亲的抚育。在孩子生命具有决定意义的最初几年，他感到母亲是他生命的源泉，是一种无所不包的生命力量。母亲就是食物，是爱与温暖，是大地，是安全所在。当孩子长大成人，他不得不逐渐地离开母亲的抚育和庇护。然而，在成人的无意识深处，对母亲的依恋之情绝未泯灭，对母亲曾给予的生命和安全的追忆化为深切的渴望。一旦现实的创伤或挫折打破了意识的外壳，这种无意识的渴望便显露出来。心理学家报告说：

---
[1] 莫瑞斯（D.Morris）：《裸猿》，周兴亚等译，光明日报出版社1988年版，第63—68页。

在精神病症中，这种要求得到母亲无限关怀的现象俯拾皆是。其中，最极端的表现是渴望回到母亲的子宫。一个人如果完全被这种欲望控制，他就可能患精神分裂症。他会像母亲子宫里的胎儿一样感觉和行动，而不能进行幼儿最起码的活动。许多严重的神经病症表现了这一欲望；但作为一种被压抑的欲望，它只是表现在睡梦、病症、神经质的行为中。这些举动，都是留在母亲子宫里的深层欲望与向往正常生活的成年人格倾向之间相互冲突的表现。睡梦中，留在母亲子宫里的欲望以象征的形式呈现出来，例如梦见在一个黑洞里，梦见在一艘潜入深水中的单人潜艇里等等。神经病人的行为表现出对生命的恐惧和对死亡的迷恋（幻想中的死亡就是回到了子宫和大地）。[1]

个人心理中这种回到子宫和大地的欲望，一方面反映了对现实苦难的逃避，另一方面反映了对庇护和安全感的寻求。俄罗斯短篇小说家契诃夫所塑造的"套中人"形象可以视为此种人格的绝妙概括。弗洛伊德曾从性的角度解释这种回归母体的欲望，并且不很恰当地称之为"俄狄浦斯情结"，视之为每个人与生俱来的乱伦冲动。荣格则从更为深广的意义上理解子宫的象征，从而把回归子宫的欲望从弗洛伊德的泛性论中提升出来，赋予人类学的价值和超个人的原型色彩。他在《变形的象征》一书中写道："母亲的智慧深藏在底层；与母亲合为一体就意味着具有认识深层事物、原始意象以及原始力量的远见；而这些东西乃是一切生命之基础，也是滋养、维持和创造的源泉。"[2]与弗洛伊德把恋母情结追溯于古希腊的俄狄浦斯神话不同，荣格试图从生物进化史的视野上对回归母体的向往做更为宏观的透视："如果进一步回归，

---

[1] 弗洛姆（E.Fromm）：《健全的社会》，欧阳谦译，中国文联出版公司1988年版，第38页。
[2] 引自 L·弗雷·罗恩：《从弗洛伊德到荣格——无意识心理学的比较研究》，陈恢钦译，中国国际广播出版社1989年版，第173页。

超越童年而进入前意识的胎儿阶段，那么出现的原型意象就不再与个体记忆相关，而是属于遗传表象的可能性贮存，它在每一个体中得以新生。正是从这些原型意象中产生了那些部分是动物、部分是人的'神圣'物的意象。"[1] 由此看来，回归母体只不过是人类永恒不灭的归根渴望的一种表现形式，而神话中半人半兽的形象或半人半物的形象才是归根心态的更为深沉的表现形式。这自然就引发出了纽曼作为母体和子宫之象征而列举出的一系列半人半容器的原始意象：

图46是在特洛伊（Troy）发现的新石器遗址第三地层中出土的人面陶罐；图47则是在同一地点第四地层中发掘出的容器形母神像：

图46 特洛伊出土的人面陶罐　　图47 特洛伊出土的红陶人面容器

这些陶制容器的造型特征表明它们不是单纯实用的器皿，而是具有神圣象征性的符号客体。女性躯体的容纳和孕育特征常常用双重容器的形式加以突出表现。这里的大罐持小罐的陶器造型是最典型的女性标志，有的学者认为是欧洲旧石器时代巨腹豪乳型女神像由写实到象征的变体形式。女性的容

---

[1] 引自L·弗雷·罗恩：《从弗洛伊德到荣格——无意识心理学的比较研究》，陈恢钦译，中国国际广播出版社1989年版，第174页。

器特征有时表现为没有任何其他象征（如人面、乳房造型等）的陶罐，只有一个小罐伴随在它旁边作为标记。还有些作为女神像的陶罐或陶壶呈现为无嘴无开口的形状，似乎是在模拟创世之前的母性混沌。那无面目无开口的混然一体的形象充分暗示出归根返本的强烈意向。

图 48 特洛伊出土的母体型陶器。抽象表现的上扬手臂对应着扬臂型地母造像的特征

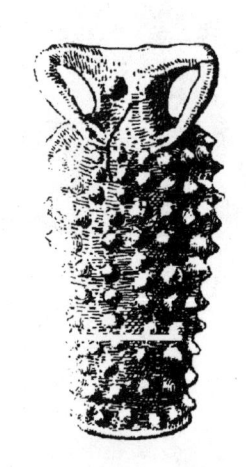

图 49 克里特出土的多乳房陶器

还有的有头或无头女性容器像突出表现的是母神的生养哺育特征，如前图中以乳房的象征造型为主题的陶器形象：前者发现于特洛伊遗址第四地层，以鲜明的女性特征修饰罐状容器，乳房造型为对称的两个圆锥体；后者发现于克里特文化米诺第三时期，与其说是容器，不如说是无头女偶像，下半部分把女神腹腔以下的身体表现为长满乳房的瓶状容器，这类圆锥形常常是为了便于直接插入地中，因而这类母神被确认为是地母崇拜的对象。

八、地母之乳与人体陶器

多乳作为地母的象征特点具有一定的普遍性。下图是在南美秘鲁发现的前哥伦比亚时期的四乳容器陶像。

图 50 秘鲁出土的四乳容器　　图 51 以弗斯的狄安娜多乳像

更为夸张的多乳房造型见于古罗马时期的以弗斯（Ephesus）狄安娜女神铜石像。这位不知名的艺术家在女神的胸腹部塑造了 24 个凸起的乳头，这显然同狄安娜女神的希腊前身阿耳忒弥斯（Artemis）的传说有关。神话学家指出："把阿耳忒弥斯作为司草木禾谷的女神来崇拜，起源于远古时代。关于这一点，她的一些画像和她的别名俄耳提亚（直立者）可以为证。她既然是植物女神，也就是丰产女神。这种崇拜在厄斐索斯特别盛行……在那里以阿耳忒弥斯的名字受到敬奉的丰产女神的形象是一个多乳头的乳母。在希腊大陆的多里亚地区和大希腊的殖民地，阿耳忒弥斯也同丰产祭祀有关，而在祭祀她的时候表演生殖器崇拜的舞蹈。"[1] 把丰产女神设想为多乳头的乳母，此种神话类比仍是以地母为原型的。神话思维用子宫的象征表现地母的孕育特征，又用大地乳房的象征表现地母的滋养特征。于是，地上高耸的山峰便被称为"地乳"，而地上流淌着的水流自然就被当成了地母的乳汁。印度古诗《梨俱吠陀》第五卷第八十四首《大地》写道：

---

[1] M・H・鲍特文尼克等编：《神话辞典》，黄鸿森等译，商务印书馆 1985 年版，第 11 页。

真的，你就这样承受了

山峰的重压，大地啊！

有丰富水流的你啊！用大力

润泽了土地。伟大的你啊！

颂歌辉煌地鸣响着，

向你前去，宽广无限的女人啊！

像嘶鸣着的奔马，

你发出丰满的云，洁白的女人啊！

你还坚定地用威力，

使草木紧系于土地；

同时从闪烁的云中，

由天上降下纷纷的雨滴。[1]

这首诗把大地隐喻为"宽广无限的女人"，并用丰富的水流润泽土壤，她还同时掌管着天上的云与雨，这观念与下述思想有关：地下的水与天上的云雨同出一源，二者通过循环运动而相互转化。[2] 右图中的乳母容器像出土于克里特遗址的早期米诺文化，其造型突出表现的是两个巨大的乳洞，作为地母滋养哺育万物的源泉。

图 52 马耳他的维纳斯。公元前 5000 年出土的巨腹豪乳女神像

在我国纳西族宗教圣典《祭天古歌》中同样可以看到对大地乳房哺育功能的颂赞：

---

[1] 金克木选译：《印度古诗选》，湖南人民出版社 1984 年版，第 10 页。
[2] 参看叶舒宪：《中国神话哲学》第 4 章，中国社会科学出版社 1992 年版，第 130—133 页。

> 这地是能让牛羊成群爬行的地，
> 这地是有着金仓与银库的地，
> 这地是肩头披戴墨玉的地，
> 这地是额上垂挂绿松石的地，
> 这地是用金银玉石作卧榻的地，
> 这地是乳房丰满而充实的地，
> 这地是善于生育哺乳的地，
> ……
> 我们这一群普督人能生儿育女，
> 我们能变得富有与充实，
> 我们出征取胜，凡事遂心，
> 我们变得有才干并行动敏捷，
> 我们的人能延年益寿
> 一切全由地神所恩赐。[1]

这首诗把地乳的哺养功能从植物推及动物与人类，这是地母神主管世间一切生命的繁殖的原始观念的反映。"就像荷马的《大地赞歌》一般，把维纳斯歌颂成'万物之母，值得崇拜的始祖，因为她养育了大地上的一切动植物'，而被信仰为象征大地生产力的地母神"[2]。在此我们可以弄清的是，爱与美女神的前身是地母神，因为地母作为原母神在农耕文化中的普遍形式，是后代多种多样的女神的基型（prototype）。

地母之乳不仅哺育植物而且哺育动物这一观念，从农耕文化开始，一直

---

[1]《纳西族东巴文学集成·祭天古歌》，中国民间文艺出版社1988年版，第7—8页。
[2] 日本放送协会编：《艺术与文明》第2卷，冯作民译，台北林白出版社1979年版，第253页。

延续到文明时代的纵深处,数千年不绝如缕。与此相应,大地母亲又被想象为"万物之母"。《周易·说卦传》说"坤为地,为母,为布……",这里的"布"指流行古代之货币。《周易尚氏学》:"坤德遍布万物以致养,故为布。"这种解说仍然因循着地为万物之原母的古老信念。公元2世纪古罗马作家阿普列乌斯的小说《金驴记》卷十一,有一段对女月神的看法表达了同样信念:

我也知道,高尚的女神正在行使无上权力,以其真知灼见主宰着世上万物;我知道不仅动物,无论是家养的还是野生的,而且就连无生命的物体,皆靠她的光明与意志的神圣影响而演化,以致在地上、空中和海里存在着的一切创造物,时而依附她的圆满繁衍着,时而遵循她的亏缺消亡着。[1]

这位主宰世间万物的女神相当于父权制神话与宗教所创造出的至上神,反映着父权制文明确立之前的原始意识形态特征。而女月神同地母神的认同也是农耕社会神话的常见特征。在这里,地母神的肯定性特征如孕育、生养等同月亮的圆满外形相联系,而否定性特征如毁灭、死亡等则同月亮的亏缺相联系。这同初民视月满为生、月亏为死的神话观念是表里一致的。[2]

图 53 秘鲁母子同体陶器

地母之乳的哺育功能在造型艺术中的表现有抽象与写实两种形式。前者如意大利北部博洛尼亚(Bologna)发现的史前女形墓石像:面部上端两个

---

[1] 阿普列乌斯:《金驴记》,刘黎亭译,上海译文出版社1988年版,第291页。
[2] 参看王国维:《生霸死霸考》,《观堂集林》卷一。

相异的圆环形代表眼睛，眼下一道横线把面孔一分为二，线下是一动物形象代表了嘴。身体中央有一梅花状圆环似乎代表肚脐，上面刻着两个悬垂的双螺旋状标记，两边各有两个朝向中间的动物。据考古学家解释，这块人形墓石代表母亲，她的腹部即"生命之中心"恰恰露出地面，腹部以上的两对动物分别由两对乳房哺育，而乳房则抽象表现为螺旋状花饰。[1]

抽象表现的四个乳房的母亲使人想到中国上古传说中的周文王。《帝王世纪》说文王"身长十尺，胸有四乳"[2]，这或许反映了华夏初民关于四乳母神的某种神话观念。据史本斯等学者的研究，在太平洋彼岸的墨西哥古代玛雅文明中亦流行四乳女神传说，而大女神玛约尔（Mayauel）的别名竟是"长着四百个乳房的女人"[3]。与号称世界七大奇迹之一的、长着24个乳房的狄安娜雕像相比，这个数目似乎已无以复加了。

图54 意大利史前女性墓石像

地母之乳哺育功能的写实表现的标本，可以举出意大利卡西诺大教堂的一幅11世纪的地母画稿。画面中地母神上半身露出地面，双手伸开，左右两侧各有一棵树代表植物世界的生长，两臂下各有一动物

图55 意大利卡西诺教堂藏画——地母哺育图（11世纪）

---

[1] 参看纽曼：《原母神：一个原型的分析》，第126页。
[2]《史记·周本纪》张守节《正义》引。
[3] 史本斯（Lewis Spence）：《古代墨西哥宗教》，伦敦，1945年版，第116页。

图 56　大地湾出土的仰韶文化人头形陶器　　　　图 57　青海柳湾三坪台出土的人形彩陶壶

在吮吸地母之乳：一头牛伸长脖颈吮吸右乳，一只蟒蛇吮吸着左乳。从这幅地母图中可以看出神话时代的信念如何在文明时代延续和流传。

在同西方石器时代的女人体陶器相比较的意义上看，中国新石器时代出土的女性陶器虽发现较晚，但在种类和特征方面表现出许多相似处。如人体容器往往塑造为象征母腹和子宫的壶、罐、瓶等形状，这说明女性原型的象征变形是有着某种人类普遍性的。可惜的是，中国考古学界对于这些象征母神的陶器尚未有充分的重视，对其象征蕴涵也认识不足，一般只当作早期的雕塑艺术品而加以技术上的说明而已。[1] 一个值得注意的问题是，这些人形陶器的性别尚未得到确认。因为中国的人形陶器往往不突出表现女性的双乳和生殖器，这就使人们误以为是男性的或无性别的人形雕塑了。其实，圆形中空的容器本身便是女性生养孕育功能的象征，再在容器上端饰以人头，其区别于一般实用陶器的价值就不言自明了。所以作为新石器时代母神信仰的物化符号，这些人头陶器再合适不过，根本无须另外标示乳房与女阴，其女

---

[1] 参看张朋川：《甘肃出土的几件仰韶文化人像陶塑》，《文物》1979 年第 11 期。

性意义至少在当时的象征思维中是不难理解的。

这件彩陶瓶于1973年在甘肃省秦安县邵店大地湾仰韶文化遗址出土。陶瓶为细泥红陶，表面打磨光滑，自腹部以上施有淡红色陶衣，陶器形为中部凸起两头收缩的长圆柱体，腹的下部向内略收曲。该陶瓶上腹有粘接过的痕迹，可知是破裂后修复的。可以由此推测这是一件受到重视的史前礼器。瓶口雕成人头像，眼和鼻雕空成孔洞，嘴微张，显得生动活现。头发是披发，前额上垂着整齐的刘海，呈现出鲜明的女性特征。

与此相类，在甘肃东乡区东塬林家出土的仰韶文化晚期的马家窑类型彩陶上的人面纹的发式也是披发；青海柳湾出土的人形彩陶壶的发式亦为披发（参看图57）。有人以为这种延续一致的披发风格反映着活动在甘青地区的羌人先民的习俗，我却认为是母神信仰的特殊标记。这种以发式而不以性器官为性别表现特征的风格，正反映了中西史前文化的一项差异。就连牛河梁女神庙出土女性裸像也只是略微刻画出双乳，与欧洲的豪乳、多乳型女像判然有别。由此还可以理解，为什么裸体雕像常见于希腊、印度文明，而在后代中国文明中甚为罕见。唯一的例外是1991年12月在陕西扶风发掘出的"史前维纳斯偶像"（参看本书卷首图1），其裸体造型特征与西方的史前母神大体相同。

九、反者道之动
——回归神话的哲学意义

在中国古代思想史上，对后世影响最大的莫过于儒道两家思想。它们分别以春秋时期的孔子哲学和老子哲学为核心和源头，并且自从一开始就表现为截然相反、彼此对立的两派，营垒分明，旨趣大异。尽管后人一再做出努力，试图调解中和，使儒道两家并存互补，但就实质而言，两家思想始终是按照不同的方向发展，形成传统文化中泾渭分明的两极，也为中国知识分子提供了进退出处的两种价值标准和精神归宿。那么，究竟是什么原因造成这种延续数千年而不变的思想对立呢？我觉得如果能从哲学史前史的角度去考虑问题，将会获得有益的启示。在《探索非理性的世界》一书中我曾提出，哲学理性的发生当溯源于被人视为非理性的神话思维，从远古神话宇宙观中可以找到儒道思想对立的基础和原型。"作为中国哲学第一本体论范畴的'道'，其原型乃是以原始混沌大水为起点和终点的太阳循环运行之道。据此可以理解，老庄哲学为什么以道之'返'即重归混沌状态为最高价值目标，以归真返朴为其社会理想。原来道家的基本思想是从神话循环观念中引申出来的，……可以说是一种以北方、黑色、冬天、藏伏为旨归的玄冥哲学，同以春天、生命、东方为原型的儒家乐生文化适成对照"[1]。限于题旨，该书未能就此一论题展开论述，这里拟从地母信仰所派生的"永恒回归"的神话主题出发，按照比较宗教学提供的模式和参照材料，对老庄哲学的发生和特质做新的探讨。

（一）永恒回归

贯穿于《老子》全书的一个基本思想乃是"返"。所谓"大曰逝，逝曰远，远曰返"（第二十五章）[2]，说的是道的运动规律，所以又称"反者道之动，弱者道之用"（第四十章）。这个"反"又写作"返"。《说文》训返为"还"；《广雅·释诂》二："返，归也。"《尔雅·释言》上二："还、复，返也。"返又作仮。《仪礼》注："反，还也。"《说文》训反为"复"。还与环音义兼通，又通作旋，周旋亦反复之义。从以上训诂学材料看，老子所标榜的作为道的运动规律的"返"，就是归返、回复、循环、回归的意思。那么，这种循环的界点或者说回归的目标是什么呢？老子说：

---

[1] 叶舒宪：《探索非理性的世界》，四川人民出版社1988年版，第194—195页。
[2] 本章引用《老子》的文字，据朱谦之《老子校释》，中华书局"新编诸子集成"本，1984年版。

绳绳不可名，复归于无物。（第十四章）

　　致虚极，守静笃。万物并作，吾以观其复。夫物云云，各归其根。归根曰静，静曰复命，复命曰常，知常曰明。（第十六章）

　　古之所谓"曲则全"，岂虚语？故成全而归之。（第二十二章）

　　知其雄，守其雌，为天下谿。为天下谿，常德不离，复归于婴儿。知其白，守其黑，为天下式。常得不忒，复归于无极。知其荣，守其辱，为天下谷。为天下谷，常得乃足，复归于朴。（第二十八章）

　　在以上几段引文中，老子反复强调了回归的必要性及其目标，一曰归于无物；二曰归根；三曰归之；四曰归于婴儿；五曰归于无极；六曰归于朴。除了"归之"未点明目标外，其余五种回归的目标看似差异，其实一也，也就是事物发生的根，宇宙运动的本源。所谓"无物"和"无极"，指的是世界创始之前的状态，亦即万物产生的总根源，正所谓"天下万物生于有，有生于无"（第四十章）。据此可推知，老子的"贵无"思想还是从归根意识中引申而来的。至于所谓"归于朴"和"归于婴儿"，从象征意义上讲，也都是归根返本，即回归事物的初始状态的意思。除了许多象征语言外，老子还运用了一个抽象词来指代这种初始状态，那就是"古始"（第十四章）。

　　从比较宗教学立场上看，老子的回归初始思想不是他个人的发明，而是脱胎于史前宗教中"永恒回归"的信仰。"古始"的原型乃是神话思维的核心范畴——神圣开端（the Sacred Beginning）。在澳洲原住民的神话中，儿子脱离母体之后经过漫游重新走进母亲的阴户，子宫便是"古始"，兼指开端与归宿[1]。

---

[1] 吉泽·若海姆（Géza Róheim）：《梦幻的永恒者》（*The Eternal Ones of the Dream*），国际大学出版社1969年版，第206—208页。

著名宗教史学家艾利亚德在他的《永恒回归的神话》《神话与现实》《生与再生》《比较宗教学模式》等著作中多次指出，以原始人的创世神话为基础的时间观和生命观有一个根本特征，那就是循环往复的运动。宇宙间的一切生命和一切运动都始于创世神话所讲述（或是象征性表达）的"神圣开端"，也就是老子所说的"古始"和"无极"状态，人类社会只有通过神话和仪式行为周期性地回归"神圣开端"，象征性地重述和重演创世活动——时间和空间的开辟，才能确保生命（包括自然与人类社会）的延续和更新，并不断获取运动的动力。这种不断加以重复的周期性回归开端的努力，便是"永恒回归"（eternal return），它在原始社会和远古社会中常常表现为一年一度的新年礼仪。新年礼仪作为对创世神话的象征性重演，其功能在于使整个社会共同体回归初始，重新经历宇宙时空的开辟，从而带来生命的更新。"在这里我们又看到了一种原型运动的重复母题，它投射到所有方面——宇宙的、生物的、历史的和人类的。但我们也看到了周期性的时间结构，它在任何一个方面的新的'诞生'中获得周而复始。此种永恒回归揭示出某种不受时间和变化制约的本体论。正像古希腊人在其永恒回归的神话中寻求他们对'变'与'不变'的形而上渴求的满足，原始人则通过赋予时间以循环方向的办法来消除时间的不可逆性。一切事物均可在任何瞬间周而复始。过去只不过是未来的预示。没有什么事件是不可逆的，没有什么变化是终极的变化。在某种意义上甚至可以说世界上没有什么事物是新发生的，因为一切事物都只是同一些初始原型的重复，这种重复，通过实现原初运动所显现的那个神话时刻，不断地将世界带回那神圣开端的光辉瞬间"[1]。在周而复始的原始时间观作用下，一切试图改变循环进程的努力都是徒劳的。生命的高峰也就是死亡的前奏，而死亡则又是生命（复生）的准备。因而，永恒回归的神话同生

---

[1] 艾利亚德：《永恒回归的神话》（*The Myth of the Etenal Return*），伦敦，1954年版，第89—90页。

与再生的神话是互为表里的。老子所孜孜以求的"归根",实际上是对生之本源的向往,是遵循原始时间观循环运动规律的表现。

由于原型运动的重复体现在宇宙的、生物的、历史的、人类的等一切方面,这也就为我们理解老子的宇宙论与社会观之间的联系提供了线索。在老子看来,宇宙是有始有终、终而复始的,故曰"反者道之动";生物的生命也是终而复始、循环往复的。"万物并作,吾以观其复",说的是在生命的发生发展之际就已预示到死亡与再生。"夫物云云,各归其根。归根曰静,静曰复命,复命曰常",这里的"复命"一词正相当于西文中的再生(rebirth)[1]。老子把再生视为"常",亦即事物的规律,这无疑是对原始的再生信仰的哲学化。将这种物极则返的原始宇宙论推广至历史领域,自然导致了老子的社会退化观:"大道废有仁义,智慧出有大伪,六亲不和有孝慈,国家昏乱有忠臣。"(第十八章)历史的发展在老子看来就是社会的退步,从原始的古朴状态逐步向不道德的方向滑去,拯救的办法在于取法天道自然,归根返本,以原始之"朴"为理想目标,彻底放弃一切人为的礼法与道德标准:"绝圣弃智,民利百倍;绝仁弃义,民复孝慈;绝巧弃利,盗贼无有。此三者,为文不足,故令有所属:见素抱朴,少私寡欲。"(第十九章)这种绝圣弃智的人生哲学不能不说是永恒回归的神话在政治和伦理方面的应用与引申。因为在老子心目中,自然与人生本来就基于同样一种生命原则,由"物"的运动原理中自然可以悟出治理社会和国家的原理:"玄德深远,与物反,然后乃至大顺。"(第六十五章)

综上所论,老子哲学脱胎于永恒回归的神话,并将回归扩展到宇宙、生物、社会及人类个体。就宇宙而言,回归的目标是无极,也就是创世之前的混沌

---

[1] 英雄神话常用太阳朝出夕落的规则运动来表现此种"复命"原理,参看艾利亚德《圣与俗:宗教的本质》(*The Sacred & the Profane*),特拉斯克英译本,朱纹纳维克公司1959年版,第157页;叶舒宪:《英雄与太阳》,上海社科院出版社1991年版。

状态——原始的"一"。就生物而言，回归的目标是"根"，即生命之本源。就社会而言，回归的目标是原初的古朴状态，那里没有阶级划分，没有智愚之别，没有利害冲突。就个体而言，回归的目标是母体中的婴儿状态，那也是人类生命的孕育本源。以上四种回归在象征意义上是可以统一的，那就是顺乎生命的循环过程，从而获得永恒。

永恒回归的神话通过老子哲学的中介作用从原始信仰传承到道家思想，并同《周易》哲学一起，开启了中国哲学中宇宙循环论的先河。如果说宇宙循环论在老子那里尚未脱尽神话信仰的色彩，那么到了朱熹那里则发展成纯理性的思辨。朱子说："问自开辟以来，至今未万年，不知以前如何？曰：以前亦须如此一番明白来。又问天地会坏否？曰：不会坏，只是相将人无道极了，便一齐打合混沌一番，人物都尽，又重新起。"[1] 旧世界的终结便是新世界的开始，"混沌一番"既然是"又重新起"的条件，回归混沌又何所惧。

在这种永恒回归神话中引申出的哲学主题，同上一章讨论"原母"信仰中派生出的思想倾向，不仅是完全相通的，而且是一脉相承的。因为在父权制文明中所提出的"回归"，常常就是以母系社会的意识形态为理想目标的。下面对道家创世观中混沌主题的再分析，将有助于把握回归"古始"要求中所体现的道家理想。

（二）初始之完美

老子哲学同后世宇宙循环论的明显差异在于，老子在表达通过循环达到永恒这一思想时，表现出对"古始"这一神话原型的异常偏爱，并试图在返根归无的努力中重新趋近"古始"原型。《老子》第二十五章对"古始"原型做了经典性描述："有物混成，先天地生。寂寥！独立不改，周行不殆，可以为天下母。吾不知其名字之曰道，吾强为之名曰大。"在这段话中，老

---

[1]《朱子语类》卷一。

子把"道"描述为宇宙发生论的初始范畴,一方面突出表明了道的循环运动与永恒性(周行不殆),另一方面强调了道的始源性(先天地生)和创生能力(为天下母)。这种作为"古始"的"道"在《庄子》中得到一脉相承的强调:

夫道……自本自根,未有天地,自古之固存;神鬼神帝,生天生地,在太极之先而不为高,在六极之下而不为深,先天地生而不为久,长于上古而不为老。[1]

老庄把他们理论建筑的焦点都集中到由神话所提供的"古始"原型,也就是创世神话所涉及的作为先于宇宙万物而存在的原始混沌。《老子》的早期译者哈列兹(de Harlez)于1891年就提出,"有物混成"的"混"一般指"混沌"(名词)或"混成的"(形容词),约相当于西文中的chaos。不过,西方哲学中的混沌(chaos)是一件事物,而老子的"混"同时兼指其他事物,尤其当用做形容词时。"成"这个词跟在"混"之后作为同义词,其独特意义为"完成,成全",意指着所有事物都将从中获得完美的东西。蒋锡昌《老子校诂》也指出,在《老子》中,"道"与"混"有特殊关系。他在注解第二十章"我愚人之心也哉,沌沌兮!俗人昭昭,我独昏昏"等句时,引用司马光注本,说明老子描绘道家圣人的这种"沌沌"和"昏昏"的状态对应《庄子》所提到的神话的浑沌君。蒋锡昌还认为,第四十九章所说"圣人在天下,怵怵,为天下浑其心"同第二十章的用词"沌沌""昏昏""闷闷"有题旨上的对应关系。而且"浑"与"混"通用,"昏"与"混"音同意近,这些用语都是基于混沌观念、用来描述道家所向往的"无知无欲"(第三章)的理想状

---

[1]《庄子·大宗师》,中华书局"新编诸子集成"本,1961年版。

态的同义词。[1]美国学者吉拉道特（N.T.Girardot）在《早期道家的神话与意义》一书中亦指出：

  （老庄）专门把"混"加以突出强调，或把它等同于"道"，或作为初始的根源、原则，或作为"道"的神秘状态——"物"，由之主宰、控制普遍现象世界的生物——宇宙的"生"或"创造"。这样，我们看到一种关于前宇宙生成阶段的描述，那时尚没有现象世界的分化的存在物。那是一种完美的、整体的或所有事物融合为一的（"成"）阶段。[2]

  以上引述表明，中外学者将老子的初始之道认同为混沌，这样就把握住了遗留在哲学之中的神话原型。深入理解这一原型在神话思维中的作用，有助于从根本上洞悉老子乃至整个道家思想的发生及实质。需要说明的是，混沌作为神话所描述天地开辟之前状态的原型母题，具有跨文化的普遍性。许多不同地区和民族的创世神话均不约而同地表现了这一原型（如古希腊创世神话，巴比伦创世史诗《艾努玛·艾利什》，印度的《梨俱吠陀》等）。希腊文"混沌"（chaos）一词本指"无秩序状态"，是秩序的对立面，哲学家又用它指称宇宙初始物质的那种混而为一、到处均等分布的状态。[3]在中国上古文献中，混沌又作浑沌，除了老庄之外，又见于《淮南子》等书，其蕴涵与老庄所述十分接近。如《淮南子·诠言》："洞同天地，浑沌为朴，未造而成物，谓之太一。"《论衡·谈天篇》："说易者曰：'元气未分，浑沌为一。'"不过，似乎只有在老子和庄子那里，混沌才作为一种理想范本、

---

[1] 参看蒋锡昌：《老子校诂》，商务印书馆1937年版，第二十、四十九章注释。
[2] 吉拉道特：《早期道家的神话与意义》（Myth and Meaning in Early Taoism），加州大学出版社1983年版，第49—50页。
[3] 阿尔赫尼乌斯（S.August Arrhenius）：《历史上所见科学宇宙观的变迁》，寺田寅彦日译本，岩波书店昭和十九年版，第23—24页。

作为一种回归的目标而得到最突出的强调，这究竟是什么原因呢？

我以为，神话学所证实的关于"初始之完美"（Perfection of the Beginnings）的信仰是解答老庄的混沌之恋的线索。艾利亚德指出，初始之完美是由"失去的天堂"（Lost Paradise）的想像性追忆所滋生出的神话观念，也是一种深刻的宗教性体验。所谓失去的天堂，指那种先于现存人类状况的一种至福状态，一种理想化的和谐完美状态。[1] 由于人类祖先的过失或堕落，或者由于宇宙发展的循环法则，现在人类已远离这种逝去了的初始天堂状态，处在社会衰败和道德沦丧之中。从人类学家的报告中可知，完美曾于初始期存在这种观念是非常古老的，又是分布极广的。这种观念能够被各种各样的宗教思想所吸收改造，被赋予新的价值。在澳洲土著信仰中，初始之完美表现为祖先曾经历过的"梦幻"时代，那是世界创始、英雄祖先创立文化基业的时代，一切光荣和伟大的事件均在那时发生：水和火如何被窃，丢失又重新获得；风俗和禁忌制度如何确立，部族和氏族怎样划分出来，等等。土著的神话是对梦幻时代的追忆和沟通，土著的仪式行为在于重演梦幻时代，以便重新获得那个时代所特有的超自然神力。[2] 在希腊神话中，初始之完美表现为宇宙循环四时代的第一时代——黄金时代。

据赫西俄德的《工作与时日》所述，在黄金时代之后依次为白银时代、青铜时代和黑铁时代，但只有黄金时代是完美无缺的，人类不用劳作便有收成，一生享受盛宴，死亡犹如入睡。自白银时代以后每况愈下，至黑铁时代已堕落到极点，邪恶与暴力充斥人间，儿童生下即衰老，生命甚为短暂。艾利亚德认为，在柏拉图哲学中得到系统化的有关重返黄金时代的神话在西方影响深远，但其起源却受到巴比伦和古伊朗的天堂神话的影响。[3] 初始之完

---

[1] 艾利亚德：《神话与现实》，英译本，哈波兄弟出版公司1963年版，第50页。
[2] 参看列维-布留尔：《原始神话》（Primitive Mythology），昆士兰大学出版社1983年版，第14—15页。
[3] 艾利亚德：《永恒回归的神话》，第120页。

美同样表现在印度、埃及和希伯来神话中。《圣经·创世记》所描绘的伊甸乐园和人类堕落是以上帝的拯救为补偿的。重返初始之完美并非不可能。《以赛亚书》明言："看那，我造新天新地，从前的事不再被纪念，也不再追想。你们当因我所造的永远欢喜快乐。"[1]到了基督教的《新约》中，回归天堂时代的希望完全落实在死后复活的救世主基督身上。相比之下，老庄在表示对他们所处的时代的不满时也同样暗示出一个标志着初始之完美的理想状态——混沌。

在《庄子·应帝王》中，混沌作为人格化的神出现，被称为"中央之帝"。他的特征是没有面目七窍，无知无欲无劳苦地安享着生命。由于象征着时间和空间之始的倏忽二神对混沌的开窍行为，混沌于七日内死去。在这里，我们看到中国式的黄金时代和天堂状态原来是以混沌为表现形式的。《老子》第十五章描述的天堂时代之人称做"古之善为士者"，他们的特征是"敦若朴，混若浊，旷若谷"，显然具有混沌的性质。所谓"微妙玄通"，指的是那种与道为一的神秘体验状态。第五十六章说："塞其兑，闭其门，挫其锐，解其忿，和其光，同其尘，是谓玄同。"这里的"塞"与"闭"行为正是同"开窍"行为相对的，是人类回归混沌状态、重返天堂时代的手段。后世作为修道技术之一的所谓"收视返听"，原来也是滥觞于老子的塞闭战略。至于老子一再倡导的"玄通""玄同"，就语义上看，是相当于"大同"即黄金时代的。《庄子·胠箧》再次描述"玄同"境界说："故绝圣弃知，大盗乃止，擿玉毁珠，小盗不起；……塞瞽旷之耳，而天下始人含其聪矣；灭文章，散五采，胶离朱之目，而天下始人含其明矣；……削、曾、史之行，钳杨、墨之口，攘弃仁义，而天下之德始玄同矣。"[2]

庄子所说的"塞耳""胶目""钳口"同老子的塞闭战略一脉相承，而

---

[1]《旧约·以赛亚书》第65章第17节。
[2]《庄子集释》第二册，中华书局"新编诸子集成"本，1961年版，第353页。

玄同混沌的极乐世界理想也别无二致。"同"与"通"音近意通,是道家描述黄金时代的惯用语,意指那种混而为一的无差别状态。《淮南子·诠言》:"洞同天地,浑沌为朴,未造而成物,谓之太一。"《淮南子·览冥》:"天下混而为一";"大通混冥,解意释神,漠然若无魂魄,使万物各复归其根"。这无疑是以"混"和"同"为至高理想的道家天堂乐世神话的再现。而"使万物各复归其根"的说法再次透露出对"初始之完美"的眷恋和由此派生的回归意识。就此意义而言,混冥玄同乃是中国式极乐世界的写照,而重归混沌或实现大同则是中国式复乐园神话的核心精神。

初始之完美的原始信仰通过老子哲学的承上启下作用在传统文化中留下了深深的印记。从老庄的"玄同""大同"说所派生出的中国式乌托邦理想,自先秦至现代不绝如缕,发展为众人所向往的目标。《吕氏春秋·有始览》首先对"大同"做了明确注解:"天地万物,一人之身也,此之谓大同。"《礼记·礼运》则进一步吸收了儒家思想的成分,对"大同"做了全面具体的描述:"大道之行也,天下为公,选贤与能,讲信修睦。……是故谋闭而不兴,盗窃乱贼而不作,故外户而不闭,是谓大同。"就这样,始源于老子,完成于儒家的"大同",成为历代进步思想家的号召,至康有为、孙中山仍沿用之。随着理想世界的具体化,其原初的神秘色彩逐渐剥落,"玄同"一词便让位于更为明晰的"大同"了。

除了在意识形态中保存下来的初始之完美信仰,还有以无意识行为方式保存在民俗礼仪方面的回归玄同的实践,那便是中华饮食文化最为独特的一面——新年之际礼仪性地同食饺子。

如果我们了解到饺子在古代的别名是"馄饨"[1],那么新年吃馄饨的风俗同道家复归混沌理想世界之间的潜在联系也就不难了然了。方以智《通雅》

---

[1] 馄饨即饺饵别名,参看厉荃:《事物异名录》卷十五"饮食部";傅朝阳编:《方言小词典》,山东教育出版社1987年版,第312页。

三十九云："馄饨，'本浑沌之转，鹘突亦混沌之转。程大昌言：'馄饨出于浑氏屯氏。'智按乃混沌之转。……凡浑沌、馄饨、糊涂、鹘突、楇拙，皆声转。"[1]

艾利亚德已论证过部落社会的新年礼俗乃是创世神话的象征性表演，一年一度的集体庆典标志着宇宙周期性的自我更新。重返混沌也自然成了再现创世的条件。"很可能新年的神话礼仪在人类历史上具有这样重要的作用，因为通过宇宙更新的确认，新年提供了希望：初始的极乐世界是可以复兴的。"[2] 在大年初一吃馄饨（饺子）不正是这样一种全民性复归混沌玄同状态的象征性行为吗？而馄饨本身那"有物混成"而无面目的"塞闭"特征，不正是老庄所向往的初始之完美的象征物吗？至于"馄饨"的命名是如何取法于道家的混沌理想，仅从字形结构上便可不证自明了。在这里，我们看到了中国食俗中与地母信仰及回归母体主题相关的有趣文化现象。

---

[1] 方以智：《方以智全书》第一册，上海古籍出版社 1988 年版，第 1186—1187 页。
[2] 艾利亚德：《神话与现实》，第 50—51 页。

第三章
爱神

THE THIRD PART

> 天地不合，万物不生。
>
> ——孔子
>
> 唯天下至诚，为能尽其性，能尽其性，则能尽人之性，能尽人之性，则能尽物之性，能尽物之性，则可以赞天地之化育，可以赞天地之化育，则可以与天地参矣。
>
> ——《中庸》
>
> 没有黄金的阿弗洛狄忒，哪有生活和欢乐？
>
> ——米姆奈尔摩斯

高唐神女与维纳斯

一、引论

　　史前母神宗教经农业社会的改造而发展为地母崇拜，随着农业社会向城市文明的进化过程，地母崇拜同解体之中的原始宗教一起，又一次蜕变和分化出新的形式——人为宗教。在中国，地母神崇拜的分化表现为极为复杂的情形，在不同的地域派生出实质相似却有不同名称的人为礼仪及风俗，这就给古代礼制的研究带来了许多错综难解的谜团，如社、郊社、社稷、高禖、郊禖等等。自为古代礼书作注解的汉代学者开始，对这些具有国家宗教性质的礼俗的起源、沿革、名目、程式、时间地点和所祀之神等问题，就一直存在着不同见解。分歧和争论延续了两千年，到了清代考据学大盛之时，又有不少学者投入这方面的研究，试图重新梳理古文献记载和先儒注疏，为错综的问题整理出一些头绪。像秦蕙田的《五礼通考》、金鹗的《求古录礼说》、万斯大的《学礼质疑》、毛奇龄的《郊社禘祫问》等，都是这方面的代表之作。通观这些考据著作，虽用功之勤几乎无以复加，但都拘泥于文献本身，跳不出汉儒注经时设置的纯文献训诂圈子。

　　这种情况到了20世纪终于有了改变。先是王国维1925年讲《古史新证》，提出文献与地下新资料并用的"二重证据"法。接着，1931年问世的郭沫若著《甲骨文字研究》中有《释祖妣》一文，首倡从婚姻社会进化史角度研究古礼，提出了祖、社、高禖、高唐之祭同源于生殖崇拜的观点。随后，闻一多著《高唐神女传说之分析》，陈梦家著《高禖郊社祖庙通考》，皆从生殖崇拜的角度，结合民俗学、人类学的材料研究阐发社、郊、高禖、高唐诸礼俗，并根据古音通转规则，确认所有这些名称都是异名同实的。这些学者的论著在古史研究中产生了很大反响，至今仍被视为研究这一课题的经典之作，常为后人称引。半个多世纪以来，在这方面的论述间或有之，但大体上未超出郭、闻、陈三氏的生殖崇拜说。至于社与高禖、高唐之间的差别，也还有待于进一步的辨析。在以下的讨论中，我将按照地母神信仰所暗示的线索，从原始母神宗教解体与分化的角度重新考察这一课题，以期从跨文化的视野上获得对此古老谜团的某种新认识。

图58　埃及女神像。在突出乳房和生育三角区的同时，也注意对腰部曲线的表现

图59　帕提亚古国的雪花石膏女神像。注意其写实特征已接近真实女性人体

　　从北欧、日耳曼、希腊和印度等地所观察到的地母向性爱神的演变规则中，可以说明中国的社和高禖祭礼，山鬼和高唐神女传说等都是地母信仰的派生形式，它们分别是史前母神功能在文明社会中分化发展的产物，彼此之间虽有同源关系，但又有功能上的不同侧重，性质上的微妙差异。简言之，社与高禖是地母神发展到文明社会中的非人格化形态；社祭礼仪的核心是祈求土地丰产，而高禖之祀主要用于祈求生育。从发生时间上看，社在先，高禖在后，高禖是社祭礼仪功能分化的结果。高唐神女是地母神向性爱女神方向发展的产物，是地母神在文明社会中的一个人格化替身，其神格相当于巴

比伦宗教中的性爱女神易士塔和希腊神话中的爱与美女神阿弗洛狄忒。

二、地母的非神话化——社

社是上古意识形态的核心概念，是了解中国古代宗教、政治与社会的第一个重要范畴。闻一多说："余尝谓治我国古代文化史者，当以'社'为核心。大抵人类生活中最基本者不过二事，自个人言之，曰男女，曰饮食，自社会言之，则曰庶，曰富，故先民礼俗之重要者莫如求子与求雨，而二事又皆寓于社。"[1] 这段话点明了社祭功能与人类生活基本需求之间的对应关系。从人类普遍需求发展到中国文化中的特有范畴"社"，这其间的过程是怎样的呢？兑之先生的如下概括可谓简明扼要：

先民资地之利以遂其生。所至之处，必求其地之神而祀之。奠居之初，宫室未立，或封土焉，或立石焉，或树木焉，以为神灵所寄托。此盖社之所由始也。土之所生，五谷为大，故祀谷神为稷以配之。土地之权属于一姓，故建国左宗庙而右社稷。及其后也，礼文繁备，他祀非士庶所获与，唯社为遍及人群。于是社为人民结合之所，为饮食宴乐之资。则宗教性渐移入政治性，又渐移入社会性矣。汉氏以来，社为人民活动最有力之表现。始为社交团体，继为文艺结合，为乡里自卫组织，为自治机关。而其宗教性之本身则演变而为土地神，为城隍神。斯亦三千年中人民生活演化中一大案也。[2]

这一段论述说明了社从宗教崇拜的对象发展为政治、社会范畴的轨迹。

---

[1] 闻一多：《〈高禖郊社祖庙通考〉跋》，《清华学报》第12卷第3期。
[2] 兑之：《述社》，《东方杂志》第28卷5号。

至如所论社之起源，则未免过简。我认为社起源于史前地母崇拜，[1] 与文献记载相印证，即有《管子·轻重戊篇》和《淮南子·齐俗训》所言之"有虞氏之社"，其时间当在夏代以前的原始社会。按照《史记·封禅书》的说法，"自禹兴而修社祀"，把社的发生归属于夏代开国君王禹，这显然太晚了些。从造字结构本身判断，"社"之本义就是土地之神圣化。《说文》卷一上社字："地主也，从示土。"《礼记·郊特牲》："社祭土而主阴气也。"又《礼运》："祀社于国，所以列地利也。"把社同土地、大地的生养能力联系起来，并视之为阴气的主宰，这些都表明了社与地母观念的渊源关系。只是由于父权制封建社会的确立，原始地母神已经不能再以人格化的女神形式而存在了，[2] 经过非人格化的抽象，它演变为男性帝王所统治的国家政治权力的象征，成为与男性天神相匹配的崇拜对象，所谓"皇天后土"之说，同前章所述《周易》"乾坤"说一样，表明晚出的男性天神已经取代了原始原母神在史前宗教中的独尊地位，凌驾于地母之上了。尽管如此，地母崇拜因其源远流长，作为农耕社会宗教的核心内容并不因文明的到来而断然消失，而是以"社"的新形式代代相沿，在同样以农业立国的夏、商、周三代，始终占据着意识形态的中心位置。所不同的是，立社的标志和祭祀的细节。

《淮南子·齐俗训》在列举上古礼俗的时代差异时说，有虞氏之祀，其社用土；夏后氏，其社用松；殷人之礼，其社用石；周人之礼，其社用栗。于此可见，作为地母象征物的土、松、石、栗，随着时间的推移而越来越远离了女神偶像及各种象征性的容器造型，变得难以理解了。地母的非人格化同时也是非神话化，社祭土地虽然保留着地母的原始特征如生、养、载、归等，却是以抽象的议论而非形象化的叙述加以表述的。在非人格化、非神话化的

---

[1] 日本学者池田末利已有类似见解，见所著《关于古代中国地母神的考察》，载《中国古代宗教史研究》，东海大学出版会昭和五十六年版，第89—107页。

[2] 丘光庭：《兼明书》："或问曰：社既土神，不言祇而云社者何也？答曰：社以神地之道。盖以土地人所践履而无崇敬之心，合其字从示，其音为社，皆所以神明之也。"见秦蕙田：《五礼通考》卷四十一。

过程中，地母的性别特征也变得日益模糊不清，似乎趋向于某种中性的存在，只有在同天神相配的意义上，才显示出其原有的阴性和母性。这种情况和古希伯来人的上帝先由母神转化为中性，后再变为男性父神的情况颇为相似。

考察阿拉伯宗教中女神地位变化的学者罗伯逊·史密斯（Robertson Smith）也曾注意到，神谱中的性别变化是以现实社会中亲属关系的变化为基础的。随着母系继嗣制的衰落和男性中心的亲属关系的确立，原先独立的母神必然转变为从属于某男性神的配偶；或者，如果该母神的至高无上地位已经根深蒂固，无法更改，她便会改变性别。例如在南阿拉伯地区，女神易士塔变性为男神阿士塔（Athtar）。[1] 女神在父权制文明中的这两种变化模式对于考察华夏文明中社神的演变都同样适用。首先，社在周代成为"郊"祭的对应礼仪，故有所谓"郊社"之称，这便是把地神当成了天神的配偶而加以祭祀。《尚书·泰誓》中最早出现"郊社"并称的现象，先郊而后社。《礼记》中有一篇专讲郊祭规则的《郊特牲》，篇中云：

郊之祭也，迎长日之至也，大报天而主日也。兆于南郊，就阳位也。扫地而祭，于其质也。器用陶匏，以象天地之性也。于郊，故谓之郊。

又云：

万物本乎天，人本乎祖。此所以配上帝也。郊之祭也，大报本反始也。[2]

这里把天尊奉为万物本源，具有上帝之神格。并说明郊祭的目的在于"大报天而主日"，"大报本反始"。值得注意的是，阳性天神在这里取代原始

---

[1] 默林·斯通：《上帝为女性时》，1976年英文版，第45页引。
[2] 据《十三经注疏》本，以下凡引经未注明者，均出自此书。

母神而成为至上神，原母神创生万物的功能也转移给了天，而用来说明郊祭的语言却完全借自于说明社祭的语言。同篇论社一节已经说过"所以报本反始也"的话，实际上是在重复原母神信仰中的永恒回归神话。孔颖达疏引皇氏云："上文社稷下直云报本反始，此文天神尊，故加大字。"就这样，社祭土成为郊祭天的配偶，主阴气的社在位格上低于主阳气的天。天尊地卑的价值公式从此成为男尊女卑的父权制社会的不证自明之公理。《礼记·郊特牲》云："男子亲迎，男先于女，刚柔之义也。天先乎地，君先乎臣，其义一也。"《乐记》云："天尊地卑，君臣定矣。卑高已陈，贵贱位矣。动静有常，小大殊矣。方以类聚，物以群分，则性命不同矣。在天成象，在地成形，如此，则礼者天地之别也。"换句话说，所谓"礼者天地之别也"，就是把礼当成父权文化中判断一切的价值尺度，按照先天后地、天尊地卑的类比推及君臣、男女、长幼、亲疏、贵贱，成为封建秩序的神话证明。方俊吉先生说：先儒以天先地后，天尊地卑，因而时以单称"天"以概"地"，而不见称"地"以概"天"，盖明乎尊足以概卑，上足以概下也。[1]

由此可知，至上天神观念的出现是导致意识形态领域中母神衰微的直接原因。不过，更为根本的原因当然要在社会现实中去寻找。意识形态中"以天概地"现象的出现，恰恰是以社会关系中"以男概女"现象为背景的。前已述及，远古所传诸姓以女子为基准，故许多著名姓字皆从女，如姬、姜、嬴、姒、妫、妘、嫚、姞、妤、嫪之类，这隐约反映着一个知母不知父的时代。到了父权制文明发展盛大的周秦之际，情况发生了根本性的逆转，开始了知男而不知女的漫长历史。一部二十五史完全是男人编写的给男人看的历史，女性只有作为帝王的后妃，作为男子所赞赏的父权制道德的殉葬者——烈女，或作为尤物或祸水才能在历史上留下名字。更为确切地说，她们大多是作为

---

[1] 方俊吉：《礼记之天地鬼神观探究》，台北文史哲出版社 1985 年版，第 57 页。

男人的附庸而留下名字的。因为"在中国古代，女子是没有名字的。《战国策》中记载了儿子称呼母名而母亲感到窘迫的事。对于这个记载，人们多认为是刘向编纂之际混入的汉代之事。汉代以前的女性，或以字配姓（伯姬、仲子、孟姜、季嬴之类），或以姓搭在夫氏上（卫孔姬、晋赵姬之类），或以姓连在夫爵上（楚息妫、齐棠姜、鲁秦姬之类），或以姓与子连（陈夏姬、宋景曹之类）。这些情况都可以看作是女子没有自己的人格，只是依靠男子才获得人格的证据"[1]。

"以天概地"的另一方面原因是现实中的男性统治者装扮成天意代表的需要，这一点在郊祭礼仪中得到充分的表演。《礼记·郊特牲》又云："祭之日，王被衮以象天，戴冕璪十有二旒，则天数也。乘素车，贵其质也。旂十有二旒，龙章而设日月，以象天也。天垂象，圣人则之，郊所以明天道也。"看来郊祭成为国家大礼，是"非天子不敢举焉"[2]了。天神在祭礼上的重要性凌驾于百神之上，这是因为天子本人已实际凌驾于万民之上了。被模仿者由于模仿者而获得至上地位，宗教神坛上的变化反映着父权制国家对于意识形态的特别要求。与社祭成为郊祭之陪衬、地母成为天父之配偶的变化几乎同时或稍晚，另一种变化模式也在起作用，其结果便是原始女神的变性，地母转化为地公，东母转化为东王公，等等。《后汉书·方术·费长房传》："能医疗众病，鞭笞百鬼，及驱使社公。"《礼记·郊特牲》孔疏引《五经异义》："今民谓社神为公。"可见，至少在汉代，社神的性别已由女变男了。后世民间流行的土地爷崇拜延续至今，显而易见是以汉代的"社公"为其前身的。正如罗伯逊·史密斯所说，地母变为男性神，是由于她原有的至高无上地位已经根深蒂固和无法更改了。变性则是在父权制文化中保存其原初功能的切实可行的选择。

---

[1] 山川丽：《中国女性史》，高大伦等译，三秦出版社1987年版，第15页。
[2] 毛奇龄：《郊社禘袷问》，《四库全书·经部礼类四》。

有了人格化的社公，自然又衍生出了人格化的社母，二者成为夫妇对偶之神。丁山先生说：

"社母、社公，合并一祠祭祀，不知始于何时。《提要录》社翁雨条云：'社公社母，不食旧水，故社日必有雨，俗谓之社翁雨。'可见以前民间的土地祠，一例的左社公，右社母，硬将他们配成夫妇，当两口子并祀，其来久矣！说者以为始于汉平帝元始五年……此似是而非之说也。社神，民间常称为'后土祠'。后字最原始的涵谊，像母亲育子形，社母，才是真正的'后土'，社公则男性中心社会以后的产物，按照其发生先后定其亲属关系，应该是母子，决非夫妇。"[1] 按照这种看法，社公在后，社母在先，社公乃社母之儿子。我却以为，社母是作为社公之配偶而晚出的名称，社公则是社神即地母神改变性别后的产物。理由很简单，社这个单音词本身就兼有"母"的意思。《淮南子·说山训》："东家母死，其子哭之，不哀。西家之子见之，归，谓其母曰：社何爱速死，吾必悲哭社。"高诱注云："江淮谓母为社。"只有当原始地母神转化为土地公之后，社训母的古义逐渐湮没无闻，才会出现"社母"这样同义反复的合成词。

三、礼仪中潜隐的神话观：社与天阳

社崇拜作为地母生养功能崇拜的非人格化形态，多少还保留着某些原始痕迹。二十世纪五六十年代在江苏徐州以北17公里的铜山区丘湾遗址的商文化层，考古学家首次发现了商代社祀遗址。这是迄今所见我国文明史以来第一个地母崇拜的活标本。这个社祀遗址与葬地相连，中心由四块下端呈楔形插入地中的石块组成。中间一块石块最大，略呈方柱形。南、北、西三面各

---

[1] 丁山：《中国古代宗教与神话考》，龙门联合书局1961年版，第43页。

一石块围绕起三面，只有东面空缺着。[1]这种有意识布置出的石块造型究竟意味着什么？对于这问题似乎还没有人去探究。

我以为这个造型表现了地母崇拜与太阳崇拜相融合后所产生的拟人化天地观，以及天父地母交合的神秘思想。解释如下：自新石器时代向文明时代过渡期间，人类逐渐明确了双性生殖的原理，认识到男女性交与生育之间的因果关系。此种朴素的认识反过来投射到原始信仰上，使以孤雌繁殖观念为基础的原母神崇拜和地母崇拜变化出新的形式，地母作为阴性的神需从阳性天神受孕方可生育万物，确保大自然生命的无限循环。而充当使地母受精的阳性角色的天神往往就是太阳神，太阳代表了天，也代表了宇宙间一切阳性力量。丘湾商代石社三面环石，而东面空缺，正是为了让东方日出之光直接照射到中央立石之上，而这块直插地中的大石则是把"天阳"与"地阴"相接合，行使给地母授精功能的象征物，或者说是阳性天父的阳具之象征。与此相对应，环绕着天之阳具而三面围立、东面空缺的三块石头则成了大地女阴的象征。这种利用自然物体形状来象征女阴的做法，按照前章所述勒鲁瓦-古昂的看法，是完全符合自旧石器时代末期便开始存在的性别象征编码原则的，那时的人们曾把某些地形断层的形状当成女性生殖器象征，使之具有雌性的意义。[2]若再举出中国古书《淮南子·坠形训》中的一个说法，那就可以证明这种用性别化、拟人化的眼光观照世界的做法并不限于欧洲石器时代的原始猎人，而是具有某种人类联想的普遍性的：

凡地形……丘陵为牡，谿谷为牝。

高诱注："丘陵高敞，阳也，故为牡；谿谷污下，阴也，故为牝。"这

---

[1] 南京博物院：《江苏铜山丘湾古遗址的发掘》，《考古》1973年第2期。
[2] 勒鲁瓦-古昂：《史前宗教》，中译本，第116、173页。

就把雌雄阴阳的性别划分完全落实到地形的外貌特征上了。同书中还说到"昼生者类父,夜生者似母;至阴生牝,至阳生牡"。显然把性别类比推广到宇宙时空中了。《坠形训》篇末还有一句隐喻地母与天阳之间性关系的话,历来为注家所忽略,那就是"牝土之气御于玄天"。我们知道,"御"是古汉语中常用的美化性行为的词,所以这句话的隐义当为牝土与玄天的"合气"[1],即交合。类似的文雅化的措辞在古书中十分流行,似乎都是要借人类语言的作用使不登大雅之堂的性事获得某种冠冕堂皇的抽象表达方式。如本章篇首所引孔子的话"天地不合,万物不生";又如《礼记·月令》所说:

……天气下降,地气上腾。天地和同,草木萌动。

孔疏云:"乾为天,坤为地。天居地上,故云天气下降,地气上腾。"这些措辞都体现了儒者风度。而老子却不像儒者那么文雅,他常用的性别类比更接近神话的隐喻。如"知其雄,守其雌,为天下溪。"并没有把谿谷当成脏污之处的意思;又如"大邦者下流,天下之牝,天下之交也",更体现出地母神圣的意味。

商代丘湾社祀的造型特征和《淮南子》关于谿谷为牝的类比还使人想到古代祭社的地名"三户"。钱宾四、陈梦家认为楚都故地有三户山,亦为祭社即高禖之处。屈原当年被称"三闾大夫",正在丹析之三户,可知三闾大夫正是三户大夫,掌管男女高禖,乃古之禖巫也。[2] 莫非这些被称为"三闾""三户"的社祭之处,也是因象征女阴的三面合围而中空的凹形地形而得名的?

尽管前代学者举出了许多旁证试图说明郊、社、祖、庙都是一回事,但

---

[1] 关于"合气"或"混气",参看李约瑟(Joseph Needham):《中国科学技术史》第2卷,何兆武等译,科学出版社、上海古籍出版社1990年版,第164页。
[2] 陈梦家:《高郊社祖庙通考》,《清华学报》第12卷第3期。

我仍以为："值得注意的是，社的建筑结构总是露天的，不像其他庙宇、神殿。为什么是露天的呢？原来就是为了便利阴性生育元素（地母）同阳性生育元素的结合，使大自然保持旺盛的生产繁殖力。只有当国家灭亡之际，才在亡国的露天之社上面盖起房屋，阻隔它同阳性元素的进一步结合。"[1]这就是《礼记·郊特牲》中一段话的道理：

天子之大社，必受霜露风雨，以达天地之气也。是故丧国之社屋之，不受天阳也。

如果能理解神话思维中的霜露风雨常可作为天父的精液，那么所谓"达天地之气"的委婉措辞背后所潜藏的"男女构精，万物化生"的意义也就不言自明了。用盖屋的办法处理亡国之社，"天阳"便无法再使地母受精受孕了。"既然一个国家已经灭亡，它的社会生命也即宣告终结，阻断其自然生命力的来源，看来也是理所当然的了。"[2]所以《春秋公羊传·哀公四年》也说：

社者，封也。……亡国之社盖掩之，掩其上而柴其下。

注云："故火得烧之。掩柴之者，绝不得使通天地四方，以为有国者戒。"《春秋穀梁传》中还保留着与此类似的说法："亳社者，亳之社也。亳，亡国也。亡国之社，以为庙屏，戒也。其屋亡国之社，不得达上也。"范注："亳即殷也，殷都于亳，故因谓之亳社。立亳之社于庙之外，以为屏蔽，取其不得通天，人君瞻之而致戒心。必为之作屋，不使上通天也。"

---

[1] 叶舒宪：《中国神话哲学》，第63—64页。
[2] 叶舒宪：《中国神话哲学》，第64页。

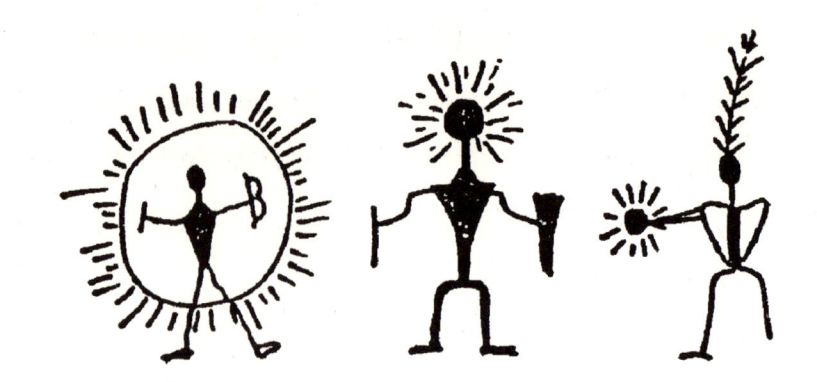

图60　云南沧源岩画中的太阳崇拜图

从以上引证及注疏中可以清楚地看到，以天父地母的两性结合的神话观念为原型的有关社的礼俗，是如何从人格化的天父地母神话脱胎而来，又经过阴阳哲学的抽象化，蜕变为非人格化的封建神学。

四、圣洁与肮脏
——性爱观的两极分化

亡国之后的殷人之社被视为"诫社"，以显示善恶得失兴衰存亡的道理（《白虎通》），这只是丧国之社的功能之一。它的另一功能涉及男女中冓之事，比起劝诫人君的道德功能，显然更接近殷代社原有的神话意义。《周礼·春官·丧祝》："掌胜国邑之社稷之祝号，以祭祀祷祠焉。"疏云："胜国邑，所诛讨者，据武王伐纣，取其社稷而事之，故云，若亳社是也。……君自无道被诛，社稷无罪故存之，是重神也。《公羊》曰掩其上，即屋之也；栈其下者，非直不受天阳，亦不通地阴。"这段话告诉我们，周人灭商后仍然敬畏商代社稷之神，所以将其保留下来，命丧祝之官专管祭祀祷祠之事。但所谓掩上栈下，不受天阳，不通地阴，意谓着周人已给商代地母做了"绝育手术"，使之丧失了原有的生育功能。尽管如此，有些涉及天阳地阴交互作用的事，还需到此来处理。《周礼·地官·媒氏》："凡男女之阴讼，听之于胜国之社。"注云："阴讼事，中冓之事以触法者。胜国，亡国也。亡国之社，奄其上而栈其下，使无所通，就之以听阴讼之情，明不当宣露其罪。"这里明确透露了周代礼教大兴之后，人们对待男女之间性行为的隐晦暧昧态度。所谓"中冓之事"指的是什么呢？《诗经·墙有茨》云：

墙有茨，不可扫也。
中冓之言，不可道也。
所可道也，言之丑也。

传："中冓，内冓也。"笺："谓宫中所冓成淫昏之语。"疏："冓合淫昏之事。"皆读"冓"为"交媾"之"媾"[1]。又据《墙有茨》毛序："卫人刺其上也。公子顽通乎君母，国人疾之而不可道也。"可知"中冓之言"指的是男女性事，这类事情在东周时已经成为"不可道"的隐私。这也就是说，随着礼法而确立的性禁忌不仅针对性行为本身，而且也针对一切有关性行为的言论，使之成为不可见人的事物，并同脏秽丑恶等负价值发生联系。《汉书·文三王传》："不窥人闺门之私，听闻中冓之言。"反映了自周至汉，社会舆论对于有关性的话语的排斥态度。考察这种态度并与西方相对照，是解答中国性爱女神隐没无闻之谜的重要线索。

对西方文化传统中性问题做出周密考察的法国思想家福柯指出，在古希腊的医学、哲学或伦理学中，关于人类的性活动并不存在严守缄默的禁区。"总之，性活动被视为自然之事（自然而不可或缺的），因为正是通过这种活动，生灵才得以繁衍，作为一个整体的物种才得以免于灭绝，城市、家庭、

---

[1] 参看王先谦：《诗三家义集疏》，中华书局1987年版，第220页。

家族及宗教也才得以比个人存在得更持久，因为个人必死无疑"[1]。这种情况同中国古代有类同之处，即在抽象的大道理上承认"饮食男女，人之大欲存焉"[2]，承认"天地不交，而万物不兴"[3]，甚至公开强调"君子之道，造端于夫妇，及其至也，察乎天地"[4]。但一涉及男女个人之间具体的性行为，便立即出现"中冓之言，不可道也"的现象。至于有关性方面的违法犯罪行为，也只能当成见不得人的"阴讼"，拿到早已亡国的殷商之社（即丧国之社，胜国之社）去，由媒官做私下处理，为的是"不当宣露其罪"。

殷代的地母神到了周代以后仍然是官方听讼"中冓之事"的招牌，这说明地母神当初可能兼有性爱神的神格，职掌男女之事。古人把性爱视为自然与人类生命繁衍的条件，所以象征生育与多产的地母神（社）同时也是爱神，就不足为奇了。荷兰汉学家高罗佩已注意到："古老的神话传说认为妇女具有特别的法术力量。更为重要的是，中国的房中著作（handbooks of sex）把妇女表现为房中术的掌守者和所有性方面知识的拥有者。一切论述性关系的文献都会引出一个女性作为伟大的启蒙导师，而男人则充当无知的弟子。"[5]周王朝以后实行严格的父权制，女子的社会地位一落千丈，原始的母亲意象在儒家重男轻女意识的压抑之下潜入了民族的集体无意识，通过民间的特别是道家的秘传宗教而不绝如缕地传至后世。另一位英国学者张乔蓝（Jolan Chang）在所著《性与爱之道：古代中国的迷狂术》中进一步指出，根据新发现的马王堆汉墓帛书，可以看出早期的性文献强调女性的满足，而且不叫房中术，叫阴阳之道。这些文献中女性的地位赫然可观，如黄帝的导师素女等皆为女性。至汉代以降，男性特权侵入房中著述，女性的平等地位不复存

---

[1] 福柯（M.Foucault）：《性欲史》第2卷《快感的享用》（The Use of Pleasure），赫尔利（R.Hurley）英译本，Viking，1986年版，第48页。
[2]《礼记·礼运》。
[3]《周易·归妹》。
[4]《中庸》。
[5] 高罗佩：《中国古代房内考》（Sexual Life in Ancient China），伦敦，1974年版，第8页。

在。"房术"这一名称出现,强调的是利用性活动达到养生目的的"技术"方面,强调男人如何操纵利用女人或"阴",因此房术又称为"阴道"(如《汉书·艺文志》著录之《容成阴道》等),女性成了男人取乐养生的工具。[1]正是在这样的背景下,地母兼性爱神的功能发生了根本性的分化,官方的"社"作为地母的非人格化形式发展为行政单位,日益排除了性的色彩而趋向于政治化;地母原有的性爱神功能,一方面作为官方的生育神——高禖而存在,性行为被作为法术手段旨在促进自然与人类社会本身的生命繁衍,另一方面通过前代的亡国之社而遗留下来,大凡与生育目的无关的性行为皆被视为"不可道"的阴私或"中冓之事",成为应当禁戒和受到道德谴责的肮脏丑恶之事。

从地母兼性爱神的这种功能分化可以推知,中国自周代以下已将性行为划分为公私两大类,公类是所谓公众集体的、官方的、公开的、抽象化的;私类是个人性的、民间的、不可告人的、具体的。前者表现为官方高禖祀典,隆重而神圣,后者表现为丧国之社所听之"中冓之事",猥琐而肮脏。

五、圣婚仪式与"遘祭"源流
——文学中性与爱主题的起源

殷卜辞中有冓字,写为 🐟🐟,罗振玉说"卜辞借为遘遇字"。李孝定认为《说文》解冓字形为"交积材也,象对交之形"是臆断,因为许慎是对小篆冓字做的解释,他并未看到卜辞中的冓字,后者像二鱼相遇之形,为遘遇之本字。从辵作遘者其繁文也。[2] 叶玉森氏指出,遘在卜辞中是一种祭礼的名称,"殷人于上甲大乙小甲亦致遘祭"[3]。那么遘祭是一种什么样的祭礼呢?朱骏声

---

[1] 张乔蓝:《性与爱之道》(*The Tao of Love and Sex*),Wildwood House,1977年版,第70—72页。
[2] 李孝定:《甲骨文字集释》卷四,第1401页。
[3] 李孝定:《甲骨文集释》卷二,第523页。

说遘与逅音义兼通，逅作《周易》卦名，"以媾为之，字作姤，郑本正作遘。"[1]周名辉《古籀考》卷中云：

> 金文婚媾字作遘者，盖古文字少，假遘遇之遘，为婚媾之媾也。《说文》女部云：媾，重婚也，从女冓声。《易》曰：匪寇，婚媾。

从女的媾字出现较晚，在此之前表示男女交媾的假借字是遘或冓。那么，作为祭名的遘是否与男女婚媾之事有关呢？白川静先生认为答案应该是肯定的，尽管他在解释甲骨文冓字字形时不同意李孝定的"二鱼相合"说。其《说文新义》卷四下提出甲文冓字形似为纺锤之纺具，即梭之形，"盖为表示某种意义之礼仪者也。盖与婚媾之媾有关"[2]。如果我们跳出就字论字的小圈子，从比较宗教学的视野上看问题，就不难发现，以男女交媾为主要程式的宗教礼仪曾普遍流行于史前和远古社会。在仪式上公开进行交媾的或是酋长或是君王本人，或是参加仪式活动的民众集体。就连号称礼仪之邦的中国也莫能例外。《礼记·月令》"仲春之月"下云：

> 是月也，玄鸟至，至之日以太牢祠于高禖，天子亲往，后妃率九嫔御，乃礼天子所御，带以弓韣，授以弓矢于高禖之前。

陈梦家先生说："蔡邕《章句》曰'妃妾接于寝，皆曰御'，是礼天子所御者，祀高禖时天子与妃相交，其交或为媚神之意，故他人礼之，授以弓矢，祝其得男也。"[3] 陈氏突破旧注窠臼，用国君与后妃交媾解释高禖祀典，可

---

[1] 周法高主编：《金文诂林》卷二，第909页。
[2] 周法高编：《金文诂林补》卷四，第1076页。
[3] 陈梦家：《高禖郊社祖庙通考》，《清华学报》第12卷3期。

谓别开生面。[1]但他将"授以弓矢于高禖之前"的行为之目的解为"祝其得男"，未免又重蹈了旧注覆辙。我曾在另一部著作中论述道，弓箭作为男性生殖器的象征在神话思维时代具有普遍性；与此对应，射箭则成为性行为的隐喻。[2]希罗多德曾记载了公元前5世纪的玛撒该塔伊人的性风俗的某些细节，似可表明弓矢的象征意蕴。

图61 阿尔及利亚旧石器时代石刻画中射箭的隐喻。画中左侧为扬臂女神，中央射者为男神，从其阳具有一曲线直通女神阴部，形象地表示了"射"的二重意蕴之间的对应关系

图62 瑞典青铜时代岩画中的性交与射箭的对应关系

[1] 陈炳良：《神话·礼仪·文学》（台北，1985）、杰克·波德：《中国古代风俗》（普林斯顿，1975）也都认为高禖祠典是一种交合仪式。
[2] 叶舒宪：《英雄与太阳：中国上古史诗的原型重构》，上海社科院出版社1991年版，第106页。

至于他们的风俗习惯，则他们是每人娶一个妻子，不过他们的妻子却是随便和别人交媾的。……玛撒该塔伊男子感到有性交需要时在妇女乘坐的车前挂上一个箭袋，他就可以不怕任何人在中间干涉而为所欲为了。[1]

钱钟书先生尝议《楚辞·招魂》用"射"隐喻性交的例子说：

……至曰"二八侍宿，射递代些！"几如"妓围""肉阵"，皇甫湜《出世篇》所写"天姝当御，百千为番"，屈子而然，"善淫"之"诼"，不为无因矣！[2]

图63 新疆呼图壁县生殖崇拜岩画。逼真地再现了远古禖祭礼仪的壮观场面。众多围观者说明了禖祭礼仪的社会性和公开性

由以上事例来看，高禖祀礼上的"授弓矢"行为显然是帝王代表天阳同地阴进行象征性的交媾的表现。按照陈梦家、闻一多等人意见，高禖即是社，也就是地母神，而古代的天子又向来是被看作人间小太阳神的。[3]

明确了周代的高禖礼仪是由实际的性交行为和象征性的性交行为所构成

---

[1] 希罗多德：《历史》，王以铸译，商务印书馆1959年版，第107页。
[2] 钱钟书：《管锥编》第2册，中华书局1979年版，第631页。
[3] 参看叶舒宪：《中国神话哲学》第5章第5节。

的，那么我们可以把它看作是殷代遘祭礼仪的逻辑发展了。在卜辞中就记述了由王者本人做出"遘"的行为的仪式：

祭于且乙，其遘，又伐，王受□。
（京都一七九〇）
□□卜，魯日酻于上甲，王其遘。
（邺三下四一·四）

图64 四川成都出土的东汉画像砖上的交合图。注意其背景为室外之"野"

图65 巴比伦印章上的交合仪式图

为什么由国王亲自充当遘祭仪式的主角呢？参照人类学和比较宗教学所说的"圣婚仪式"（the sacred marriage rite），可以为此一问题找到圆满的解答。美国的苏美尔学家克拉莫尔所著《圣婚仪式》一书指出，在古代西亚的苏美尔和巴比伦文明中，城邦或国家宗教生活中最重要的礼仪活动之一，便是新春之际举行的圣婚仪式。仪式上的男主角总是由国王自己扮演的，他化装成地母—爱神的男性配偶神，在仪式上同代表地母—爱神的女祭司进行实际的或象征性的交合。[1]根据当时人的信仰，国王便是天神太阳神在人间的代表，因而也是宇宙间阳性生命力、生殖力的人间代表，他同地母神的性

---

[1] 克拉莫尔（S.N.Kramer）：《圣婚仪式》，伦敦，1969年版，第63页。

结合确保世界上生命力的旺盛，包括农作物的丰产和动物与人类的繁殖。英国剑桥学派的学者胡克在所编《神话、仪式和王权》一书中论证说，圣婚仪式作为确证国王的神圣身份的必要礼仪，不仅流行在整个两河流域民族中，而且在古代希伯来文化、埃及文化、希腊文化、罗马文化中均有所反映。[1] 纽曼还特别指出，古希腊的秘传宗教 Eleusis 教派的礼俗便直接承袭着上古圣婚仪式。[2] 柴尔德氏所著《远古文化史》亦接受了人类学家的这一观点，其中论及东方古国的圣婚礼一节写道："在这种场合中，'王'和'后'便代表了神。他们的结合，不仅象征了，而且也魔术地保证了和逼成了土地的生产作用，使其到了适当的季节，就能把果实结出来。"[3] 现在根据殷卜辞中关于禷祭的官方记载，特别是国王充任祭礼主角这一事实，我们可以把这种商代宗教仪式看作圣婚仪式在华夏文明中最早的反映。而前文所论高禖祭典则是它的后来形式，其中实际的交合已被象征性的符号行为所替代。

除了高禖祭典之外，中国上古官方礼俗中，还有一个由国王充当男主角的神圣仪式，也可视为远古圣婚仪式在后代的象征变体，那就是所谓"籍田"。对于这一圣王仪式的象征意义，我曾做过如下解释：帝王每年新春到田地里去"躬耕帝籍"，绝不像后人理解的是出于勤勉或为农人们做表率，而是身为天子者代表阳性天父同地母结合，促进大自然生殖力的旺盛。

"在这种春天的仪式行为中又潜藏着一个十分普遍的原型。如果以古希腊的狄俄尼索斯祭仪和古埃及的奥西里斯祭仪为参照系（详见本章第六节），中国的籍田礼可以说是同一原型的不同表现形式。在这里虽然没有直接抬出阳性元素的象征——男性生殖器或男神像加以赞美和膜拜，但天子本人便充

---

[1] 胡克（S.H.Hooke）：《神话、仪式和王权》（*Myth, Ritual and Kingship*），牛津，1958年版，第32、42、50、65—67、176—180页。

[2] 纽曼：《原母神：一个原型的分析》，第311—312页。

[3] 柴尔德：《远古文化史》，周进楷译，中华书局1958年版，第94—95页。

图66 希腊化时期神婚浮雕

当了阳性元素代理者,籍田礼的核心行为'躬耕',则是与地母交配的象征。"[1] 现在可以补充说,籍田礼仪同高禖祭典的象征性内容表明了它们同圣婚仪式的渊源关系。至今在我国西南的某些少数民族中依然可以看到类似籍田礼的农耕礼仪活动,例如黎族的亩头初耕礼:

开始犁田时"亩头"夫妻便到河里洗澡、换衣戴饰,然后回到家里静坐"起矛"。等到太阳西下(即阴阳相交的昏时——引者),亩头方牵牛去"犁第一路田"。在途中他反复念所谓呼风唤雨的咒语:"大雨降临如倾盆,点点滴滴落田中……"在播种那一天,亩头独自先去秧地做一些象征性的播种动作……[2]

---
[1] 叶舒宪:《中国神话哲学》,第64页。
[2] 詹慈:《黎族的原始宗教及其演变》,宋恩常编:《中国少数民族宗教初编》,云南人民出版社1985年版,第63—64页。

在这个几乎是活化石般的籍田礼的变体标本中，我们还能看出宙头与地母象征性婚媾的具体场面。而在古希腊文献中记载的天神宙斯与地母得墨忒耳的秋季圣婚礼中，所表演的是更为露骨的"遘祭"场面，似可从中略知殷商古礼的概貌吧：两个男女大祭司分别代表天父地母，"他们的交媾仅仅是戏剧性的或象征性的，因为神秘仪式的祭司服用了一种用毒芹提炼的毒药而暂时失去了性行为的能力"[1]。在孟加拉国的奥昂人那里，每年春季举行全民性庆典，庆祝地母与太阳神的结婚。仪式开始时，男男女女分别沐浴、吃喝，然后重新在村中会合，载歌载舞地来到祭司家里，祭司和妻子举行婚礼，象征太阳和大地的结合。仪式结束时，全村人尽情欢乐，跳着狂舞，唱着猥亵的歌曲，接下来便是最荒唐的纵情淫欲。[2]

结合以上跨文化材料，不难解释中国上古种种与圣婚仪式相关的宗教民俗现象，从而为考察上古文学中性爱主题的发生提供宏观的文化背景。"从这种神话和礼仪背景出发，重新考察《诗经》《楚辞》中的恋爱与祭祀的双重变奏主题，想必会有更多的新发现"[3]。在本书以后的章节中，将从圣婚仪式出发透视《离骚》的"求佚女"母题、《高唐赋》《洛神赋》的王会神女母题、《诗经·汉广》等的求游女母题的共同起源。

对遘祭源流的探讨有助于揭示早期文学中性爱主题发生的背景和土壤，这一点从日本文学方面可以看得更加分明，因为在日本神话中至今保留着关于圣婚仪式的生动具体的描述，同时还显示了宗教祭仪与文学发生的特殊关联。

日本历史学家井上清描述了在近代日本地方民俗中尚可观察到的"燿

---

[1] 弗雷泽：《金枝》上册，徐育新等译，中国民间文艺出版社1987年版，第216页。
[2] 弗雷泽：《金枝》上册，徐育新等译，中国民间文艺出版社1987年版，第219—220页。
[3] 叶舒宪：《探索非理性的世界》，四川人民出版社1988年版，第34页。

歌"欢会，这是了解与圣婚仪式相关的诗歌起源的宝贵线索：

在常陆的筑波山，在每年春秋二季都有四面八方的男女聚拢来，一块快乐地唱歌和跳舞，虽然主要是未婚的青年男女，而已婚的女子也有参加的。在举行"嬥歌"的时候，已婚和未婚的女子都可以同任何自己喜爱的人交合，实在是临时的性解放。[1]

据井上清的调查，类似的嬥歌会风俗"留存在日本全国各地"。关于嬥歌会的起源，他的解释是："如果不认为它是太古时候普遍存在的集团婚的遗迹，就没有别的法子说明了。"[2] 在我看来，这种解释未免过于简单化。[3] 其实在日本上古神话中就可以找到嬥歌会的直接源头——神婚仪式。据《古事记》一书所述，日本列岛的开辟是由名叫伊邪那岐和伊邪那美的兄妹二神婚配后生育的结果。二神举行圣婚礼的过程是个富有戏剧性的场面：

二神降到岛上，竖起"天之御柱"，建立起八寻殿。于是，伊邪那岐问他的妹子伊邪那美："你的身体是怎样长成的？"她回答说："我的身体已经完全长成了，只有一处没有合在一起。"伊邪那岐说道："我的身体也都长成了，但有一处多余。我想把我的多余处，塞进你的未合处，产生国土，你看怎样？"伊邪那美回答说："这样做很好。"伊邪那岐接着说道："我

图 67 云南江川区李家山古墓地出土的交合铜饰

---

[1] 井上清：《日本妇女史》，周锡卿译，三联书店 1958 年版，第 14 页。
[2] 井上清：《日本妇女史》，周锡卿译，三联书店 1958 年版，第 15 页。
[3] 叶舒宪：《神话·仪式·风俗·文学》，《广州师范学院学报》1985 年第 1 期。

和你围绕这个天之御柱走，在相遇的地方结合。"[1]

这一段描写被认为是《古事记》全书中反映原始淳朴性观念的"最为天真无邪的部分"[2]。如果同《圣经·旧约·创世记》中关于亚当夏娃性爱意识觉醒的含糊表现相比较，这种未受宗教伦理浸染的天真性便更加一目了然了。实际上，在世界各民族文化的早期都可能出现过类似的神婚神话，只是在后世被遮掩改制或象征化，变得较为隐晦了。如印度上古宗教圣典《梨俱吠陀》第十卷第十首所述阎摩与阎蜜兄妹二神的对话，同日本的兄妹神婚故事有异曲同工之妙；不过其措辞稍经文饰：

（阎蜜：）"你的不死的（神）都要这个，要一个应死的（人）有其后代。请将你的心意放在我这心意里，请丈夫进入妻子的身体来。"[3]

在此可以看到文学中的"爱"主题如何从"性"主题中蜕变而生出——从"身体的进入"到"心意的进入"。这自然使人想到汉语中"爱"的概念，最初也是指性爱即"身体的进入"的。《战国策·齐策三》："孟尝君舍人有与君之夫人相爱者。"高诱注："爱，犹通也。"可见"相爱"在上古曾指私通行为，只是到后来才引申出爱情——心意的相通——的意思。

《梨俱吠陀》的这个例子还表明，非功利考虑的性（身体的进入）和爱（心意的进入）脱胎于功利的目的——"有其后代"。只有当生殖的目的被扬弃之后，才可能有真正意义上的性爱主题。类似于《古事记》和《梨俱吠陀》的婚配起源故事，又见于中国明代佚名小说《痴婆子传》中引述的古传说：

---

[1] 安万侣：《古事记》，邹有恒等译，人民文学出版社1979年版，第4—5页。
[2] 哲郎：《日本古代文化》，岩波书店昭和二十六年版，第254页。
[3] 用金克木译文，见所著《论〈梨俱吠陀〉的阎摩和阎蜜对话诗》，《比较文化论集》，三联书店1987年版，第97页。

上古鸿蒙之世，虽男女两分而并生，营窟巢穴之间，木叶为衣而蔽严寒，然炎暑，料亦并木叶而去之，裸体往来，恬无愧怍。见此凹彼凸，宛然异形。而男之凸者从阳气转旋时，当不觉血足神旺，而凸者刚劲，或妇以其凹者过其前相值，而凸投其凹，彼实讶此之独无凸，而不知此一凹也，实开万古生生不息之门。无边造化，情欲之根，恩爱之萌也。[1]

这一传说把日本的"多余""未合"和印度的"进入身体"换成了更为简明的"凸凹"之说，并由此一生理差异引发出最初的性意识，明确表述了生殖（生生不息）、性（情欲之根）和爱（恩爱之萌）三个主题的依次发生顺序及渊源关系。可以说中、日、印三大文化在这一问题上不谋而合了。作为神话思维的类比普遍性的又一旁证，还可举出中国白族的兄妹婚神话。故事说大洪水之后人类被灭绝，只有阿布帖和阿约帖兄妹二人躲在葫芦中逃生。兄妹二人在已无人烟的大地上分别寻找人种，三年无结果。为了繁衍人类，哥哥约妹妹成婚，妹妹说要问神意才能决定。哥哥在河西放了一个贝壳，妹妹拿银棍子从河东丢过去，刚好打在贝壳的正中间。天神也同意了，兄妹就结为夫妻，生下五个女儿，分别嫁给熊、虎、蛇、鼠等动物，繁衍出新的氏族。[2] 这个故事突出表达的是性爱的功利目的——繁衍人种，所以性爱本身只被作为手段。故事中既没有关于"多余""未合"或"凸凹"的性别自觉的描写，也没有从中引发出爱情的双向交流主题，只

图68　内蒙古阴山岩画中交合会意图

---
[1] 芙蓉主人辑、情痴子批校：《痴婆子传》卷上。
[2] 转引自王孝廉：《中国神话诸相》，第540页。

图 69　欧洲旧石器时代洞穴壁画中交合的象征符号

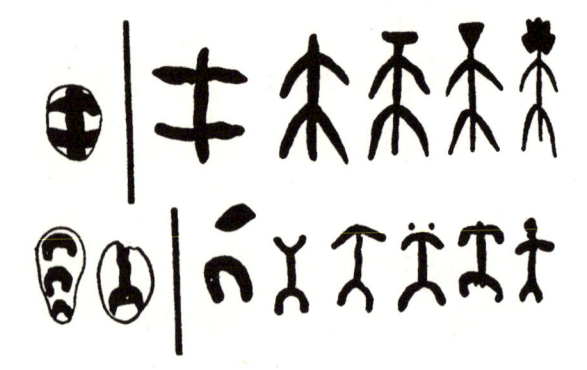

图 70　法国史前岩刻中的性别符号

图 71　古埃及的阳具祭坛

是用了一对象征物——贝壳和银棍子，对"多余"和"未合"加以隐喻性的暗示而已。如艾利亚德所指出的，贝壳作为女阴的象征物具有世界性[1]，而棍子象征阳物更是不言而喻的。

白族人祖神话的例子再次证明，文学中的性与爱主题只有在生殖繁衍的

---

[1] 艾利亚德：《意象与象征》（*Images and Symbols*），迈瑞特（P.Mairet）英译本，伦敦，1961年版，第4章《贝壳象征系统考察》，第125页以下。

功利目的退隐时才可能出现在前台。

六、从地母分身看北欧的婚神与爱神

从主管性爱、生殖与丰产的地母信仰到神话文学中的风流女爱神，其间的渊源关系是一目了然的。以象征性的或实际的男女交媾为特征的地母祭仪与性爱神话之间的两相对应关系也是无须证明的。确认这一事实，对于理解文明社会中的爱与美女神的原初本质，洞悉神话叙述所由形成的宗教信仰及仪式基础都大有帮助。

北欧神话中，性爱与婚姻是由两个女神分别掌管的。这也就是说，维纳斯的职能被一分为二了：主宰婚姻的女神佛利茄（Frigg）自己便是婚姻的楷模，她被视为众神之后，常年住在自己的芬萨利尔宫中操作织机。佛利茄在宫内邀请世上的忠实的丈夫和妻子去共享欢乐，这些忠贞夫妻因此可以虽死而不分离。

研究北欧神话的专家艾利斯·大卫德逊认为佛利茄女神与地母有关。尽管托尔的母亲乔盖因（Fjorgynn）的名称在诗人笔下用为"大地"的同义词，但关于这位母神除了名字之外，什么记述也没有留传下来。取代她的地位的正是佛利茄，相传她作为主神奥丁之妻生下了雷神托尔，还生下了巴尔德尔。[1]

北欧神谱中掌管美与恋爱的女神佛利夏（Freyja）从身份和职能上看均与维纳斯相当。"在日耳曼，她和佛利茄混为一人，在挪威、瑞典、丹麦及冰岛，她是独立的神"[2]。传说夏天的太阳奥度尔是她的丈夫，除奥度尔之外，佛利夏还和许多男神发生过恋爱关系。自神们以至巨人、侏儒都渴望能获得

---

[1] 大卫德逊（H.R.Ellis Davidson）：《北欧的神与神话》，企鹅丛书，1964年版，第111页。
[2] 茅盾：《神话研究》，百花文艺出版社1981年版，第295页。

佛利夏为妻。值得注意的是，北欧的爱与美之神也与地母神有相互认同的关系，如茅盾先生所述："佛利夏也被视为大地之人格化（北欧神话是用了许多女神以代表大地之各方面现象的，现在这里又是一例）。"[1]这一事实表明，司婚姻生育之神和司性爱恋情之神都是从地母神信仰中派生出来的，她们的功能也是地母原有功能在神话中的分化。参照其他文化中的类似现象，似可把地母与爱神的兼容与转换关系视为某种规律性特征。

大卫德逊指出，佛利茄和佛利夏是两位有紧密关联的女神。北欧神谱中的这两个主要的女神似乎只是同一神灵的两个方面的代表——

就像近东地区的生殖女神的两重面目那样：显现为母亲，也显现为爱人。有时这两种功能会组合到一位女神身上，但是更为常见的是两个不同方面均被人格化，表现为不同名称的女神。甚至还可以看到一些三联女神，诸如叙利亚的阿什拉（Asherah）、阿什塔特（Astarte）和安娜特（Anat），古希腊的赫拉、阿弗洛狄忒和阿尔忒弥斯。在这种情况下，女性的三重面目并列出现：母亲、爱人或情妇、贞洁美丽的处女。佛利茄和佛利夏在北欧神话中的身份相当于三联女神中的前二种，而后一种的处女身份可以由女猎神斯卡迪（Skadi）为代表。[2]

这里提供的线索对于考察由母神崇拜所分化出的众多女神的神话具有借鉴意义。如果将史前原母神和农耕文明中的地母神看作是各种各样的后代女神的总根源和始祖母，那么以二重面目或三联女神为核心的众女神群体的发生就可以看成是一个主次分明的规律性过程。假如女神中的哪一位仍然身兼地神或与地神有关，这只不过更加明确了其间的渊源关系，也同时暗示出神

---

[1] 茅盾：《神话研究》，百花文艺出版社1981年版，第296页。
[2] 大卫德逊：《北欧的神与神话》，第123页。

话脱胎于原始宗教的痕迹。

地母作为原始宗教所崇拜的重要对象，即使到了文明社会中，有时也不因为功能的分化或其他女神的出现而完全隐退或消失，她常常保留在与神话世界并行不悖的民间信仰和习俗之中。古罗马历史学家塔西佗《日耳曼尼亚志》曾描述过日耳曼民族中流行的民间地母崇拜的情形："……他们共同崇奉大地之母纳尔士斯（Nerthus），他们相信她乘着神车巡行于各部落之间，过问凡间之事。在大洋中的一个岛上，有一丛神林，神林之中，有一辆供献给神的犊车，覆盖着一件长袍。只有一个祭司可以接触这辆车子。当女神下降到这隐僻的地方时，只有这个祭司能够感觉出来，于是牝犊拉着车上的女神前进，而他则以兢兢业业的敬畏心情随侍车后。女神光临到哪里，哪里就设酒宴庆贺，女神降临的时期是欢乐的时期。在这个时期中，他们不打仗，不带兵器，所有的兵器都收藏起来，只有在这个时候，他们才知道和欢迎和平与安宁。"[1] 从记载中可知，这位半人格化的地母神尚未被神话所分化改造，也未沦为某一父性主神的配偶。她依然保持着原始的神圣性。祭拜她的地方风俗中突出表现的欢乐喜庆色彩，正是对地母神所代表的大自然新生的仪式性情感。这种情感在古希腊的秘传民间宗教——得墨忒耳崇拜和狄俄尼索斯崇拜中表现得更为狂放和热烈。

七、过滤性升华：希腊悲剧的仪式起源

关于得墨忒耳女神的由来和职能，神话学家们是这样描述的：

丰产和农业女神，职司谷物的成熟。克洛诺斯和瑞亚的女儿，宙斯的姐

---

[1] 塔西佗：《阿古利可拉传·日耳曼尼亚志》，马雍译，商务印书馆1959年版，第75页。

姐，珀耳塞福涅的母亲。敬奉土地是古代从事农业的各族人民的共同特点。在希腊，大地崇拜早在迈锡尼时代就已经存在。大地被认为是生命的根基，万物的母亲，万物最终又都要回归大地的怀抱。最初，地女神是无所不管的神祇，执行各式各样的职能。随着宗教的发展，后又分出一个专管丰产的神祇——得墨忒耳。看来，她原来只管土地的丰饶，后来才成为农业的保护神……她还成为婚姻和家庭的保护神。[1]

得墨忒耳神格的演变过程是地母信仰在神话中分化的典型例证。这个原初的土地丰饶之神后又兼司婚姻家庭，这就多少有些近似于北欧的准爱神佛利茄了。得墨忒耳的原始职能——生殖，在农耕社会中演化为丰产或丰饶，于是她也从地母转变为谷神。在古代造型艺术中表现的得墨忒耳是一位从地表中探出上半身的卷发女子，她的双手上举；手中握着结穗的谷物，两臂间还各环绕着一条象征生命与再生的蛇。

这个谷物女神的造型可以上溯到迈锡尼时期。考古学家在一个迈锡尼古墓中发掘出的克里特头饰显示了一位由装饰性的谷物环绕着的女神。在一个更早的迈锡尼出土的金戒指上，人们看到一幅祭祀生殖与丰产女神的完整图景：四位女祭司手持不同的作物在祈祷，其中坐着的一位还用左手持着自己裸露的乳房，似乎暗示着女神的养育功能。另外一位女祭司站在结满硕果的"生命树"下做采撷状，象征着母神的多产丰饶。画面上方有日月图像，半空中生殖女神似乎从天而降。

汤姆森把这个图景解释为母权制宗教的生动场面：崇拜对象和司祭的神职人员均为女性。可见当时尚未出现凌驾于世界之上的男性至上神。女性，特别是母亲，因其特有的生殖力而获得神圣性。按照神话思维的类比逻辑，

---

[1] M·H·鲍特文尼克等编：《神话辞典》，中译本，第75页。

生命的生殖、作物的生长和人类的生育都是由同一种母性原则所支配的，这正是地母神分化为职掌婚姻和性爱之女神的信仰根据。

图 72　古希腊得墨忒耳女神浮雕[1]

图 73　迈锡尼出土戒指上祭繁殖女神图[2]

一旦父权制文明的因素渗透和改造了远古的母神宗教，男性生殖力的象征也就出现在原来只为女性所独享的神圣仪式活动中。与得墨忒耳秘密崇拜类似的狄俄尼索斯崇拜便是这样的例子。狄俄尼索斯是死而复活的男性神。据传他还是婴儿时，被提坦诸神肢解吞食。只因他的生殖器未被吞吃，所以

---

[1] 见汤姆森：《史前爱琴》，伦敦，1954 年版，第 253 页。
[2] 见汤姆森：《史前爱琴》，伦敦，1954 年版，第 252 页。

他又复活了。与神话相对应,在狄俄尼索斯崇拜仪式中,大母神的女祭司列队执着一个男性生殖器的偶像。崇拜者们在狂欢的歌舞活动中使自己进入迷狂境界,在迷狂之中把一只用做牺牲的动物设想为神,将这动物撕成碎片后吞食掉,让神力进入自己的身体,使自己获得再生。

尽管有关狄俄尼索斯来源的问题尚处在众说纷纭的状态中,但从原母神的女祭司主持仪式以及参加者皆为妇女这一事实便可推知,这种神秘仪式是远古的母神崇拜与男性生殖力象征结合以后的产物。又根据"吕底亚人确是每年春天都庆祝狄俄尼索斯的复生,认为神狄俄尼索斯偕同春天一起降临的事实"[1],可以推断这一祭仪同得墨忒耳以及古代中东的母神祭典具有类似的性质。苏联民族学家谢苗诺夫用"放荡进犯"说解释这种妇女典礼的起源,他写道:"这些典礼和节庆都只有妇女可以参加,它们都不同程度地带有色情的特征:妇女们常常把衣服脱光,做一些猥亵的动作,跳一些淫秽的舞蹈,唱一些有失体面的歌曲,彼此开些这类性质的玩笑,等等。而任何一个有意无意地碰见了这种庆典的男子,都会遭到疯狂的妇女们最残酷的对待。像这类习俗和庆典在欧洲的许多民族中间都有记载,更不用说亚洲、非洲、美洲、澳洲和大洋洲了。古代雅典的地母节期间,出身显贵的妇女们就是集合到一所独特的建筑物里,严禁男子进入。在那里,她们彼此开一些淫秽的玩笑,说一些无耻的下流话。不过,昔日的放荡进犯的一些特征表现得最明显的,还是古希腊的酒神节,那是最原始的只有妇女参加的节日。"[2]

参照迈锡尼出土的妇女祭仪图景,酒神节显然不是最原始的妇女节庆了。在那祈祷丰饶与多产的原始仪式上,虽然表现出了性的因素,但丝毫看不出"放荡进犯"的影子。也许正是父权制文化战胜并压抑母系文化之后才导致了专为妇女报复男性而提供宣泄渠道的"进犯"性节日庆典吧。又由于父权

---

[1] 弗雷泽:《金枝》上册,中译本,第566页。
[2] 谢苗诺夫:《婚姻和家庭的起源》,中译本,第156页。

制的统治随着文明的延续而延续，妇女"进犯"的习俗也就随着她们日渐淡化的女神宗教之梦而残存到当代：

在俄罗斯的某些地方，这种习俗甚至到了苏维埃政权的头几年还可以见到。妇女们深夜背着男子神秘地围着村子犁地。所有参加犁地的妇女都披头散发，只穿一条衬裤，有时则全部脱光。然后整个行列都喊叫着绕村飞跑。任何一个男人如被看到，则没有一个是可以免遭这些狂暴女人的痛打的。[1]

在此种骇人听闻的场景之中，似乎折射出一种异常悲壮的历史悲剧：在男耕女织的性别分工已经固定了几千年之后，这些深夜秘密耕地的妇女好像在用仪式性的象征行为去追忆那个早已被父权制文明抛入史前深渊的"女耕女织"的时代，纪念妇女发明农耕和种植技术的那个女性的黄金时代（参看本书第一章第六节）。尽管这种追忆和纪念对于那些妇女来说根本是无意识的，但是仪式行为延续千年而不改的强大生命力却足以把这种妇女习俗同远古乃至史前联系起来。又因为这种悲壮的仪式性纪念活动具有宣泄和补偿的双重心理作用，凡是有意无意干扰了这种神圣活动的男子当然要受到超乎寻常的攻击了。

与一般的人类学家民俗学家不同，性学家费尔南多·亨利科斯从狄俄尼索斯祭仪中看到的是异乎寻常的性的因素。除了认为该仪式的主要特征在于女性的同性恋倾向[2]之外，他还强调了这一狂欢节庆潜在的性象征意义：

在希腊和前希腊的世界中的狄俄尼索斯崇拜秘仪可以作为允许和鼓励性放纵的宗教习俗的一个实例。用两性的结合或女性同性恋的结合象征大自然

---

[1] 谢苗诺夫：《婚姻和家庭的起源》，中译本，第157页。
[2] 亨利科斯（Fernando Heriques）：《爱的活动：性社会学》，美洲虎丛书，1964年版，第416页。

图 74　古希腊瓶画上的酒神节游行图。注意众人所抬的阳物杆（phallic pole）

的力量与植物生命的结合，这是非常明显的。[1]

按照这种解释，酒神祭的狂欢与越轨行为都是旨在激发地母的生育力，人为的性放纵是促进以地母为代表的大自然的"性能力"的象征性手段。

另一位古希腊性文化研究者汉斯·利希特发表了类似的看法。他在谈到狄俄尼索斯祭仪中的男性生殖器时说："如果狄俄尼索斯的器官最初只是对丰产神有效力的话，那么它后来逐渐成了具有更高意义的象征，尤其是与人们所期望的、通过迷狂而获得的神力的结合的象征。

这种神力被认为是深深埋藏在人的心底的那种冲动，它有待于狄俄尼索斯那遍布希腊世界的庆典游行去激发。"[2] 既然仪式性的性活动象征着与神力的结合，那么这种庆典活动本身的宗教性质也就显而易见了。在史前母神宗教中，最大的神力莫过于原母神的生育力，而到了希腊父权制文明中，这种神力已经内化到了人的心中，而且是有待于用男性生育力的象征——阳具

---

[1] 亨利科斯（Fernando Heriques）：《爱的活动：性社会学》，美洲虎丛书，1964年版，第417页。
[2] 利希特（Hans Licht）：《古希腊的性生活》（*Sexual Life in Ancient Greece*），弗里斯（J.H.Freese）英译本，美洲虎丛书，1969年版，第117页。

去激发和复原的。[1]可以说狄俄尼索斯祭仪体现的是那种以男性为主的两性生育观念，它既不同于日耳曼地母神纳尔吐斯祭仪所代表的那种最古老的孤雌繁殖观，也有别于得墨忒耳和阿弗洛狄忒崇拜所体现的以女性为中心的两性生育观。在这种差异的辨别中，似乎可以理出某种发展的顺序：在反映孤雌繁殖观的地母祭仪中尚未出现性活动，在反映两性生育观的地母祭仪中，性爱活动先是以实际的行为出现，后来随着文明伦理的确立而转化为象征性的行为，象征的重心也从地母原有的神力转化到使地母受孕的阳性神力。

从孤雌繁殖观到两性生育观的转变是地母兼任或升华为爱神的重要契机。地母祭仪中出现的实际的或象征的两性交媾行为给爱神神话的发生提供了背景和基础。从严格意义上说，爱神最初都是性神，她们掌管的与其说是男女之间的恋情，不如说是男女间的性结合，因为只有这种实际的或象征性的两性交合才具有激发大自然繁殖力的宗教意义。[2]只是伴随着宗教意识的衰微，

图 75 印度河流域出土印章上的阳物崇拜图（约前 2000）

性神或性爱神才开始向爱情女神的方向发展。这样，我们在从地母到爱神的演进过程中足以划出一个过渡的中介阶段——性神阶段。

地母神并不是在所有的文明中都发展到了爱神阶段，但是在所有的文明中都确实可以找到发展到性神阶段的地母。从籍田礼仪和高禖祀典中的象征性的性行为着眼，可以判定二者都有了性神礼仪的性质，而一年一度临时性

---

[1] 在祭献阿尔忒弥斯女神的仪式活动中，男性生殖器也作为主要的仪式道具而出现。参看伯克特（W.Burkert）：《希腊宗教：远古和古典时期》，英译本，英国布拉克威尔出版公司1985年版，第223页。
[2] 参看弗雷泽：《金枝》第11章《两性关系对于植物的影响》。

的"奔者不禁"的性放纵习俗,更是性神庆典活动中实际的性交行为的真实反映,它上承商代的媾祭礼俗,下启汉代求雨巫术和道教房中派的实践活动,[1]可谓源远流长,一直潜存在礼教文化的底层,又为文学创作不断提供着母题和原型,自高唐春梦、巫山云雨以降,成为中国文学史延续数千载的性爱主题的渊薮。

在西方,性神礼仪活动对文学创作的影响是双重的。一方面,同高唐神女一样,阿弗洛狄忒、维纳斯女神为后代作家们表现性爱主题奠定了原型的程式、人物和母题、象征,使之在欧洲文学史上历二千年而不衰;另一方面,狄俄尼索斯祭仪也成为西方文学最主要的体裁之一——悲剧和喜剧发生的基础和原型。如果把前一种方式的影响主要看做是内容方面的影响,那么这后一种方式的影响则是形式上的。

有关狄俄尼索斯的神话,甚至在文化的黄金时代仍然是古希腊神话中的核心要素。伯利克里斯时代的雅典还举办了规模巨大的戏剧节,既是为了纪念狄俄尼索斯,同时也希望他给城邦带来繁荣昌盛。学者们已经说明,这一时期的戏剧具有载歌载舞的仪式成分,还有对英雄的献祭;以及突出表现的最终复活的内容,所有这些都是从古老的崇拜仪式直接发展而来的。[2]

希腊戏剧脱胎于地母、性神祭仪,它逐渐扬弃了原有仪式过于外露的性的因素,把生殖器从舞台上清除了出去,但同时也继承了仪式活动的迷狂精神,用尼采的话说,便是构成西方文学灵魂的那种"酒神精神"。他在《悲剧的诞生》中写道:"这是一个无可争辩的传统:希腊悲剧在其最古老的形态中仅仅以酒神的受苦为题材,而长时期内唯一登场的舞台主角就是酒神。

---

[1] 参看李约瑟:《中国科学技术史》第2卷,中译本,第164—165页。
[2] 大卫·李明(D.Leeming):《神话学》(*Mythology*),纽约,1976年版,第13页。

但是，可以以同样的把握断言，在欧里庇得斯之前，酒神一直是悲剧的主角，相反，希腊舞台上一切著名角色普罗米修斯、俄狄浦斯等等，都只是这位最初主角酒神的面具。在所有这些面具下藏着一个神，这就是这些著名角色之所以具有往往如此惊人的、典型的'理想'性的主要原因。"[1]

酒神祭仪演变为希腊悲剧的过程也正是希腊哲学与科学思想取代神话的过程。在思想史上，这场变革是以早期哲学家们对以荷马为代表的神话诗人的否定和批判为特征的；[2]而在文学史上，这场变革并未直接表现为对神话世界的否定和扬弃，而是表现为往昔的神话世界的价值观与现实的城邦政治的价值观之间的冲突。正是这种新与旧之间的时代冲突构成希腊戏剧繁荣的基础，为戏剧这种艺术体裁提供了最根本的戏剧冲突和张力。如法国希腊学专家维尔南特所述，悲剧诞生于用城邦公民的观点看待神话的时候，悲剧意识乃是新旧冲突尚未得到解决方案的一种产物。这种冲突"在悲剧舞台上表现为两种因素之间的张力。一方面是合唱队——公民官方代表的集体的、匿名的体现者，其作用在于通过他们的恐惧、希望、问题和判断去传达构成城邦共同体的观众的情感。另一方面是职业演员扮演的个性化的人物，他的行动构成戏剧的核心，他的作用是代表那个已逝去的时代的英雄。"[3]

从这一意义上说，希腊戏剧对于神话与仪式具有一种过滤作用，它将性爱神的祭仪与精神加以过滤，使之适合于文明城邦的观众，它用承上启下的方式把原始的主题及其表达形式输入西方文明的传统之中。

大卫·李明曾以索福克勒斯的名剧《俄狄浦斯王》为例，解说此种原始与文明之间的联系纽带。他认为，俄狄浦斯杀父娶母的情节几乎没有多少可信性，该剧的意图并非表现这一事实，而在于体现生殖崇拜的仪式精神："俄

---

[1] 尼采：《悲剧的诞生》，周国平译，三联书店1986年版，第40—41页。
[2] 参看俞建章、叶舒宪：《符号：语言与艺术》，上海人民出版社1988年版，第154页。
[3] 维尔南特（Jean Pierre Vernant）：《古希腊的悲剧与神话》，英译本，收获者出版公司1981年版，第10页。

狄浦斯身为国王，却犯了十恶不赦的滔天大罪，这足以准确无误地向观众表明他是个神圣的国王，因为神圣国王总是承担全社会的罪恶，他必须为大众的利益而受难。此外还有一个明显的事实，他不是自觉自愿地去犯罪，而是众神选定他来承当祭仪中的角色。因此在普通人的观念中，他并不该受谴责。况且一个年轻的国王与比他年长许多的王后婚配，这本身就是古老的母权制仪式的遗风。在这类仪式上，一个又一个国王作为牺牲定期祭献给永生的月亮王后。"[1]

尽管祭仪的内容对于雅典城邦观众来说已是遥远的神话时代的产物，但是这种古老仪式所提供的表演程式及其特有的情感宣泄与净化功能却依然行之有效，仪式所要解决的问题也仍会以新的形式出现在文明社会之中。"人总是喜欢以人的关系去思考诸神，因此我们看到的每一重要神话，都有由父母和非同寻常的儿子组成的家庭，也就不足为奇了。自文明伊始，繁衍与生殖力，显然对西方人一直具有至关重要的意义。人们也总是把宇宙看作一个按照人的方式构成的放大了的家庭。"[2] 与李明的这种看法近似但更为深刻的是尼采的下述见解：酒神仪式所体现的生殖力与神力不是直接传输到西方文明传统中的，它升华而为对生命力即所谓"强力意志"的推崇。由生命力高涨洋溢的酒神状态（即迷狂）中派生出种种审美状态。性爱神的狂欢祭典成了培育人类更高级的精神产品——美与崇高的温床。按照这种见解，古希腊戏剧作为性爱神庆典与西方美学传统之间的中介和转换，其特有的过滤作用应该从更深一层的意义上去理解，而绝不仅限于艺术体裁的形式方面了。

在从性爱到美神的升华过程中，狄俄尼索斯与得墨忒耳以及阿尔忒弥斯的崇拜仪式都有相似之处，但是没有一种仪式比性爱女神阿弗洛狄忒的崇拜活动更为直接、更为具体，也更为确凿地展示了从地母到爱神再到美神的全

---

[1]《神话学》，第13页。
[2]《神话学》，第15页。

部演进过程。理由似乎不言自明，这位象征性爱活动及其快感体验的风流女神自己为自己赢得了美神的资格。对于美神从性爱女神派生而出的问题，我将在后文中做较详细的探讨，这里只想说明一点，作为美神前身的爱神或性神，其由来与地母信仰及相关的崇拜活动有着不可分割的联系。无论是爱神还是美神，都不是突然从天宇降生到奥林匹斯山上的，而是经历了一个极为漫长的发展演变过程到达文明社会中以后的最终结果。现今人类作为装饰品的维纳斯美神半裸雕像同两三万年以前的原母神信仰及其物化形式——史前维纳斯神像之间，确实存在着一脉相承的血缘关系。

以上的讨论似可说明，考古学家们把旧石器时代末期出现的巨腹丰乳女性造像称作"史前维纳斯"，这本来是为了表示某种讽刺意义的，旨在强调人类审美趣味的自我否定与自我更新，然而他们未曾料到，这种命名却在无意中点出了美神发生的最深远的根基和背景。至此已可得出如下论断：从史前维纳斯到爱与美女神维纳斯，其间的中介环节就是地母神信仰及其崇拜仪式。大地母亲的丰产这一农耕社会意识形态的核心问题，成为联结史前母神崇拜与后代生命生殖力崇拜的宗教思想媒介。大凡有性爱神祭礼活动的地方，都可以找到作为其基础和根源的地母神信仰的踪迹。反过来也一样，大凡有地母崇拜的地方，都可以发现母神向性神或爱神发展过渡的迹象。

八、非过滤性升华：印度艺术的性力之美

除了上面列举的北欧神话和日耳曼、古希腊文化方面的事例，在欧亚大陆的另一端，古代印度也可看到同样的发展程序。所不同的地方是，地母—性爱神的崇奉没有像希腊那样升华为戏剧艺术与美和崇高的精神，而是转换成为一种以性爱活动为实践手段的宗教流派——性力派，还派生出以男欢女爱的赤裸场景为表现中心的造型艺术传统。其影响所及，不仅通

过佛教东传而引申出了同样强调性力的西藏密宗教派[1]，甚至在北京雍和宫的佛教艺术品欢喜佛造像上也得到真实的反映。不过，这件以交媾为题材的欢喜佛像在性爱女神过早退隐的华夏文化传统中，自然难免被视为异端，因而在今天仍不能公开见之于世。像维纳斯女神像这样的西方裸体艺术，现在已在中国成了司空见惯的东西，然而欢喜佛这样的东方艺术品，依然默默无闻地被闭锁在冷宫之中。这一事实似可用来解说不同文化价值观对待性爱主题的不同态度。

艺术史家们已经证实，美神阿弗洛狄忒的雕像开始时是着衣像，在公元前5世纪的后半叶发展为半裸体，到了公元前4世纪以后又发展成了全裸体。"希腊化时期，尤其在后期，对女神的雕琢已是千姿百态、不拘成法了。女神的动作变得非常自由，神情也更趋世俗，人物形象全裸半裸都有。除了个别精品外，总体上都看得出在明显地追求官能美的刺激。如叙拉古博物馆的《叙拉古的阿弗洛狄忒》就是一个富于肉感的少妇。女神的腰布已滑落到腿部，着意刻画一个丰满的臀部；那不勒斯博物馆的《加利匹奇的维纳斯》又称《美臀的维纳斯》，因赞赏其臀部极为丰满而得此美名。人物上身着一短衣，但右肩部滑落，露出右乳房。右手撩起短衣衣脚，腹部和整个下半身裸裎……纽约大都会博物馆藏的《维纳斯立像》……人物饱满的乳房，纤细的腰身和美艳的肉体等等，都雕琢得极其细腻"[2]。在西方人心目中，以裸体雕像形式表现美女莫过于维纳斯题材的古典艺术。然而自近代以来，古代印度的裸体艺术被欧洲人发现之后，他们才意识到与印度人的裸女雕像相比，维纳斯女神竟退居为大巫面前的小巫了。

无论是在刻画女性躯体丰满之美的外观方面，还是通过裸像传达性爱主题方面，印度人都显得更为豁达和大胆。

---
[1] 李约瑟认为，"印度密宗可能部分地起源于中国"。见《中国科学技术史》第2卷，中译本，第161页注7。
[2] 陈醉、李成贵：《维纳斯面面观》，上海文艺出版社1988年版，第65页。

在众多的印度寺庙艺术中，以官能性裸体女像而闻名于世的乃是中印度高原的卡鸠拉荷寺院群（Khajuraho）。在这里的寺庙外墙上刻满了一系列裸体群像，被称作"密图那的男女拥抱交合像"最为著名。

卡鸠拉荷寺庙是印度教的一处圣地，曾为旃陀螺王朝繁华的宗教中心。寺群分东、西、南三区，其中西区最大，由十多座寺院组成。康达利亚寺院的高塔有 31 米高。塔中央部分刻了许多极具官能性的裸体浮雕，多为女性，呈两三条带状环绕塔身。这些造像制作精细，女神们面带醉意，展现出婀娜多姿的性爱歌舞，其乳房之饱满丰盈，腰肢之纤细柔软，均可使著名的米洛的维纳斯相形见绌。同狄俄尼索斯祭仪用阳具表现神力一样，印度教则用夸张的肉体代表神力的显现。"具有这种肉体思想的印度教，尤其是其中的夏克塔派（性力派），更特别重视男女的肉体结合。就性力派而言，男女之间的性结合，超越单纯生理上与官能上的享乐，而是现象的人与实体的神结为一体时所感受的宗教性喜悦。因此圣域寺院墙上所刻的黄色裸体浮雕像，就显示了一切神力都普遍到整个宇宙。因此性爱永远是从死亡中复活，而和繁殖的观念结合在一起"[1]。值得进一步辨析的是，印度教涉及许多充满性爱内容的仪式与象征，但因其来源出处有早晚远近之别，实际上包括两种不同的性崇拜观念：

图 76 印度寺庙雕刻中的性爱场景

---

[1] 日本 NHK 协会编：《艺术与文明》第 2 卷，冯作民译，台北林白出版社 1979 年版，第 238—239 页。

Sheyveh—Lingayuts 派崇拜的是"灵根—玄牝"（男性力与女性力的结合），而 Veysheh—Shuktehs 派崇拜的只是"玄牝"（女阴，母性力）。[1]

这两种不同的性力崇拜同前文归纳出的两种类型的地母祭仪遥相对应：一种是以日耳曼地母纳尔吐斯祭典为代表的孤雌繁殖观，另一种是以狄俄尼索斯、阿佛洛狄忒祭仪为代表的两性生殖观。可见这两种性力崇拜在印度教内部都形成了独立的派别。按照前文总结出的规律，性爱的崇拜自然可以溯源于地母信仰，那么古代印度的情形又是怎样的呢？

在以《吠陀》为代表的印欧人的父权制神话体系中，女神多以男性大神的配偶面目出现，但她们的起源却可上溯到考古学家发现的先于印欧文明的哈拉巴文化。在这个公元前两千年代的农耕文化中，考古学家们发掘出了大量的女性雕像，根据其外观类似妊娠妇女的特征，她们被确认为至尊之母或地母的造像。据考与西亚和欧洲的史前维纳斯崇拜一样，印度河流域的农耕文化也发展出了毫无二致的信仰系统。宗教史学家尼尔森写道：

在那些几乎于每座房屋中都能见到的陶像中，最常见的是一种女性形象。其硕大的乳房和臀部象征着繁殖力。许多这类形象都没有下肢，这显然是有意让她们呈现为部分埋入土地中的形式。有一个女像头顶上有一个用来焚油或香的盘子。由此看来，这种寓居于土地之中的丰产形象是一种崇拜对象。

在一枚表现粮食作物的种植和发芽的印章上，丰产的大地也是注意的中心。这枚印章的一面刻着一个颠倒的裸体，从其生殖器向上长出一颗有芒刺的谷穗的谷茎——或者也许是一棵树。这个颠倒的形象很可能是被认同为多

---

[1] 艾伦·爱德华兹（Allen Edwardes）：《莲花中的宝石：东方性文化历史概观》，伦敦，1965年版，第47页。引文中的括弧为原著者所加。

产的女性人体的土地。[1]

回顾前章的讨论,对于这种把土地类比为生育植物的母体的神话模式,我们已经不感到陌生了。这里的问题是,印度远古的地母信仰究竟在何种程度上、按照什么方式在后代文明中留下不灭的痕迹的?与西方相比,从母性崇拜到性爱崇拜的过渡表现出哪些特点?

解答上述疑问,首先值得注意是印欧人最早的宗教遗产《吠陀》经中所透露的女神的信息。学者们发现,与在中国、北欧和南欧的情形极为类似的是,"大部分女神都同大地的繁殖力有明显的联系。印度教神学家们给女神的神格中注入了某些统治农业世界的力量。在对这些女神的崇拜中,印度教徒希望同丰产母体的生殖力建立起更好的关系"[2]。由于原母神自始至终都具有肯定和否定两方面的特点,所以印度人信仰中的女神也有可敬与可畏的双重面貌。崇拜者的双重心理投射到女神世界中,女神便呈现为两类形象,一位是温和慈爱的悉多(Sita)或庄重典雅的雪山神女,另一位是可怕的迦利(Kāli,又译时母),意为黑色女神,主管残杀与毁灭。据说这两种面目的母神象征着农业生产方式中最常见的两极效应——丰产与灾荒。

在诸女神中地位最突出的也许是获得至尊之母称誉的雪山神女,她在印度文明中受到的礼遇足以使古希腊罗马的任何一位女神感到嫉妒。她也是从地母崇拜到性爱哲学之间的中介环节。但同希腊悲剧那种过滤式的升华不同,印度人的哲学和美学思想与其宗教信仰基础是连在一起的。李明等学者认为,雪山神女作为母神,同苏美尔的印南娜、埃及的伊西斯、希腊的得墨忒耳是孪生姐妹,反映着早期的母权制神话。[3] 美国学者布朗则将印度教性力派思

---

[1] 尼尔森(N.C.Nielsen)编:《世界上的宗教》,圣马丁出版社1983年版,第98页。
[2] 尼尔森编:《世界上的宗教》,第93页。
[3] 大卫·李明:《神话学》,第16页。

想同母神信仰联系起来考察，认定雪山神女在印度宗教哲学史上占有重要的位置。理由是：

时至今日，对至尊母神、地母的崇拜，仍然在印度非雅利安人居民中广为传布。印度南方农村，均有对所谓"阿姆"或种种"母神"结集体崇拜之风。对诸如此类形象的崇拜，构成农村公社宗教实践的基石。印度北方同样盛行崇拜母神之风。早在中世纪，印度就已有母神雕塑像发现。伴随时光的推移，上述神祇，首先是母神，渐渐纳入婆罗门的印度教，并深深植根于《呾多罗》典籍。不仅如此，同对上述女神以及作为至尊母神的雪山神女的崇拜有关的圣典，被视为"阿含"，即非"吠陀"本集，同"吠陀"本集（即"尼含"本集）相抗衡。[1]

图77 南印度的迦利女神铜像（19世纪）

从地母神信仰中发展出来的雪山神女神话，虽然受到入侵的印欧人的父权制意识的改造，但毕竟以其独特的面貌和强大生命力保持着女神宗教时代的思想遗产，成为父权制文明中罕见的异己之声："有关雪山神女的神话演化之最后阶段，其特点在于：信者将这一女神同无所不能的女性本原相提并论，亦奉之为宇宙创造中确属本原的、凌驾一切的要素。综观其形象演化的这一阶段，赋予该女神的'提毗'（女神）这一称谓尤为习见。不仅如此，这一女神并附以众多与'母亲'字义有关的称号，诸如：'摩陀哩''阇纳尼''安婆'等等。女性的本原称为'沙格蒂'。将此奉为至高无上的本原者，称为'性

---

[1] W·N·布朗：《印度神话》，克雷默（S.N.Kramer，即克拉莫尔）编：《世界古代神话》，中译本，第295页。

力派'。"[1] 作为在父权制文化中保留下来的母性崇拜遗产，性力派发展为印度教的三大派别之一。与信奉男性至上神的所有宗教体系相对，性力派则以诸女神为主要崇拜对象，包括作为湿婆之妻的难近母、时母，爱与美女神吉祥天女，文艺女神辩才天女（即娑罗室伐底）等等。后者为大乘佛教吸收作为菩萨，又称"妙音佛母"。

性力派把母神信仰的基本思想抽象化为关于最高神力"沙格蒂"（即"性力"）的概念，认为每一神祇不论男女都因拥有沙格蒂而获得神性。赞美女神的诗集《美之流》中写着如下诗句：

唯有与沙格蒂同一，湿婆始可施展他那作为万物主宰的神威；如无沙格蒂，湿婆亦无力稍事动作。

男神只有博得女神垂青，才具有超自然之力。这是对女性本原支配作用的推崇。据信，倘若提毗做刹那间的闭目小憩，诸神连同宇宙便顷刻化为乌有。

图78 树神药叉女雕像残部

沙格蒂不仅是神界的力量所在，也是凡间男女的生命所需。研究印度神话的另一专家奥弗拉赫蒂在《往事书中的女性优势》一文中解释说：根据Tamilnadu，男人的沙格蒂是通过食物进入身体，而后储备在精液中。为了扩大他的沙格蒂并使之保存住，男人应过禁欲苦修式生活。女人比男人拥有更多的沙格蒂，但仍需通过性交从男性精液中获至沙格蒂，以使她的储备更

---

[1] 布朗：《印度神话》，克雷默编：《世界古代神话》，中译本，第297页。

丰厚。男人被鼓励去过禁欲生活，然而妇女只要做一个贞洁妻子就可以以更高的效率增加她的沙格蒂。贞洁妻子是奶液充沛的母亲，她只需让自己的奶液自由流淌就可增强她的性力"[1]。

由此看来，对"性力"的不同解说可以导致两种相反的性态度：禁欲与纵欲。这正像马克思所形容的印度宗教特征：一个淫乐世界和一个悲苦世界；既是和尚的宗教，又是舞女的宗教。[2]性力派的教义与仪式对于印度美学亦有深远影响。性爱活动本身既是体验神性又是体现美的实践。这种从性到美的非过滤性升华与古希腊形成鲜明对照。比较美学家拉加万写道：

"人类的情感象征着个人对至高灵魂的寻觅，这在性交绘画与雕塑中得到了表现。印度教通过这种将肉体做爱快感与宗教狂热情绪协调起来并融为一体的方法，极大地避免了曾骚扰希伯来人和基督教徒的良心上千年犯罪感的这种肉体与灵魂间的冲突。比较开明的人即使在肉欲享乐的中途，也能意识到精神的意义；而其他则是以某种较为肉感的方式去经验后者的。"[3]他还指出："印度美学用享乐或感知泰然自若或心满意足的平静状态来解释美的哲学。"这一点似乎与希腊酒神精神相对的日神精神有相通之处。可见骚动与平静、癫狂与理智这些希腊精神中的对立因素，在印度都被统合到由性快感到美感的直接转化之中了。

至此，我对地母崇拜所派生出的性爱女神的规律性过程及其在不同文化中的表现形态的考察可暂告一段落了。希腊和印度的性爱女神雕像之所以在华夏文明中找不到对应物，主要是因为从地母到性爱女神的转换过程发生了变异——政治性升华（社稷），这种由文化因素导致的微妙的变异，只有进一步研究爱神及其配偶的神话，方可得到清楚的认识。

---

[1] 参看奥弗拉赫蒂（W.D.O'Flaherty）：《女人，双性同体和其他神话动物》，芝加哥大学出版社1980年版，第45页。

[2] 马克思：《不列颠在印度的统治》，《马克思恩格斯选集》第2卷，第62—63页。

[3] 转引自托马斯·芒罗（Thomas Munro）：《东方美学》，欧建平译，中国人民大学出版社1990年版，第29页。

第四章

爱神及其配偶（上）
——维纳斯与阿都尼斯神话考源

> 一阴一阳之谓道。
> ——《易·系辞上传》
>
> 人与自然的关系是通过人与人、人与社会的关系反映出来的。
> ——恩格斯

高唐神女与维纳斯

一、引论

从比较神话学的视野上看，由地母信仰转换出来的性爱女神一旦获得充分的人格化表现，关于这位女神的神话叙述中往往会出现一位男性配偶神，二者之间的相互关系构成一类神话的原型模式，该模式向文学化的方向发展，则演变为爱与死两大永恒主题交织呈现的经典性作品。详细考察这类神话模式的发生、发展和演变过程，对于从宏观上理解文学中爱情主题以及与之密切相关的死亡主题的起源，透析某些叙述模式的由来及规律性转换将是大有帮助的。

从跨文化比较的立场上看，性爱女神与配偶的规律性对应模式，足以成为破解中国古代意识形态中的核心范畴"社稷"的一把钥匙，从这一对范畴的本义的发掘和辨析之中，性爱女神在华夏文明中的特殊遭遇也将得到清晰的历史观照与横向透视，爱与死的永恒主题在中国文学中的表现方式问题亦由此而提到议事日程上来。

图 79 维纳斯的诞生。波提切利作

在本章中我将采用逆向的历时性考察方式，从莎士比亚作品表现的爱神与配偶的模式入手展开分析，进而回溯这一模式的古罗马原型、古希腊原型、塞浦路斯原型和巴比伦、苏美尔原型，再根据该模式跨文化发生的规律性，在下章中破解中国上古性爱女神及其配偶神——"社稷"的原型。说明同一神话模式是怎样被礼教文化加以抽象和升华，转变为兼具政治和宗教蕴涵的神圣范畴的。

二、莎士比亚笔下的爱神与配偶
——《维纳斯与阿董尼》

在文艺复兴时期的英国诗坛上，有一部以爱与美为主题的长诗获得了普遍欢迎，短短几十年间先后再版了15次之多。这部长诗并非出自哪位著名诗人之手，而是后来成了大戏剧家的莎士比亚初出茅庐的处女作，诗题为《维纳斯与阿董尼》（Venus And Adonis）。这部长诗被同时代人提到或引用的次数超过莎翁一生中任何一部戏剧作品。一部由剑桥大学学生编的剧本《归自仙乡》（The Return from Parnassus，约1599年）中有对该诗作的如下赞赏之辞：

> 让这个愚蠢的世界景仰斯宾塞吧，我却要崇拜甜蜜的莎士比亚先生；为了尊敬他，要把他的《维纳斯与阿董尼》放在我的枕头底下，就像我们在书中读到的，有一个国王，他睡觉时把荷马放在他的床头。[1]

由引文中可见，当时已有人把莎士比亚的这部爱情诗同西方文学最权威的经典《荷马史诗》相提并论了。虽然从今天的立场上看，这部诗的地位远非当时那样显赫，但该诗突出表达的爱与美主题，在西方文学史上确实具有承前启后的作用，同样取材于爱与美女神恋情故事的作品，从那时至今一直不绝如缕，这一事实本身就暗示着用原型眼光对此诗进行溯源性考察的必要性。

如题所示，《维纳斯与阿董尼》是以古代神话中的爱神维纳斯及其配偶

---

[1] 转引自方平：《年青的莎士比亚和他的第一篇长诗》，方平译：《维纳斯与阿董尼》，上海译文出版社1985年版，第6页。

阿董尼为主人公的。不过,莎士比亚对这个古老的题材做了改造,阿董尼不再是严格意义上的配偶,而是爱神苦苦追求的对象——一个光彩照人的美少年。作品所要突出表现的是女神对这种美的迷恋以及由此引发的爱欲的追求。

本来,爱神维纳斯本人又是美神,即世间最美者。关于她的美,古人已写下了无数的赞词,塑造了不知多少女性形象。这一切都代表着父权制的男性中心文化所特有的女性美观念,反映着以女性人体外观为欣赏对象的性别偏见的传统。现在,美神自己化成了美的追求者和崇拜者,而男性角色反过来成了为女性所欣赏、所追逐的对象,这不能不说是莎士比亚的主要用心之一。诗篇一开始便写维纳斯对在打猎途中的阿董尼"献她的媚言":

美男儿,你的美胜过我三倍;
好一朵芬芳的鲜花,人间少见;
嬉水的仙女,见了你也将自惭形秽;
你比鸽子白,比那玫瑰更鲜艳。
大自然孕育你,就在跟自己拼命,
说是你死了,世界跟你同归于尽。[1]

值得注意的是,作者通过维纳斯的嘴赞誉的阿董尼之美完全是一种女性化的美,什么玫瑰的鲜艳、鸽子的白、鲜花的芬芳,自古以来都是形容女性外貌的惯用比喻,现在却堆在一个男子身上,总让人觉得不伦不类。仔细追究,可发现维纳斯眼中的男性美并不体现于雄健阳刚之中,因为阿董尼尚是个未完全成熟的男童:

---

[1]《维纳斯与阿董尼》,中译本,第42页。

> 你诱人的唇上，柔嫩的春意显示
> 你还没成熟，却已很可以尝味。[1]

维纳斯还不止一次称他为"我的好孩子""温文的孩子"。这些都表明作者虽然意在突出女性对男性的爱可以达到何种程度，但是实际上却无意中再度陷入了男性中心文化的"语言牢房"，把成年男子对美少年的那种同性恋的目光和语汇转移到爱神维纳斯身上了。这使我们想到古希腊时期曾流行一时的"娈童风"，以及希腊文中最初只适用于形容女人和孩童的"美"的概念（参看本书第六章第二节）。

同长诗体现出的这种特异的审美趣味相比，作品中表现的爱欲主题也许更为引人注目。爱是由异性的美所引发的，因而爱情中自然包含着性吸引和性占有的成分，这一古希腊时代的爱情遗产在莎士比亚笔下获得了真正的弘扬和"复兴"。与中世纪基督教伦理所标榜的女性典范——禁欲苦修的贞女相反，莎士比亚特意抬出在中世纪被视为异教女妖的维纳斯作为女主人公，用充满激情的艳丽辞藻去描绘她的欲望和恋情，把女神表现为一个害了单相思病的、主动向异性求爱的女人，一个失恋而落魄的、对死去的恋人依然一往情深的痴女子。阿董尼因年少而不解风情，他毫不动心地拒绝了爱神，后来被一野猪刺伤而死。维纳斯面对逝去的美少年所发出的悲愤的感叹之中，充分表露了爱情的魔力和二律背反性，这乃成为莎翁后来剧作中一再重现的主题：

> 爱情又是孟浪，又是拘谨，
> 叫龙钟的步履去跟随舞曲的节奏；

---

[1]《维纳斯与阿董尼》，中译本，第49页。

叫招摇的无赖学会羞怯的文静；
把财主推倒，却叫穷人富有；
叫姥姥变年少，少年反像姥姥，
既神魂颠倒了，却又天真痴娇。
……
爱情将造成战争和悲惨的灾祸，
父子亲骨肉就为了爱情而反目；
它的天性，有如干柴之就烈火，
听凭种种无情的烦恼来任意摆布。[1]

爱情虽然是苦乐参半、悲喜兼容的东西，但它毕竟是自然的产物，是一种无法抹杀也无法抗拒的力。作者一方面通过阿董尼拒绝的话语区别爱情与性欲，另一方面也不得不承认爱以性为基础和本源，这正是文艺复兴时代从基督教的千年迷雾中重新确认的一个真理。法国思想家帕斯卡尔对此有一句总结性的话：

肉欲对我们已经变成天然的了，并形成了我们的第二天性。因此，我们身上就有两种天性——一种是善良的，另一种是邪恶的。[2]

在这里，帕斯卡尔先确认了一个事实：性欲是人的第二天性；然后又对这个事实做了道德评价：性欲是邪恶的。这种价值判断显然是以宗教伦理为标准的。当代法国女学者苏珊妮·利拉在《西方社会中的爱》一书中指出，西方人对待性行为的态度可分为三类：对一类人来说，性是邪恶的、可耻的、

---
[1]《维纳斯与阿董尼》，中译本，第106页。
[2] 帕斯卡尔：《思想录》，转引自《西方思想宝库》，吉林人民出版社1989年版，第306页。

肮脏的，没有任何东西能把性从这种污浊境地中提升起来；对另一类人而言，性行为需要用一种圣礼使之神圣化，这样就可将低微卑贱的性事获得提升；对第三类人而言，性行为无须提升，也不用任何圣礼的帮助，它本身便是神圣的，而且它还能帮助人通往神圣境界。[1] 在这三种态度中，前二者在不同程度上与基督教伦理密切相关；前者代表绝对禁欲主义的神学道德，后者则同宗教改革者的较开明的观念相对应。第三种态度属于反基督教的或无神论的激进世界观和人生观，现代英国哲人罗素和文学家 D.H·劳伦斯可视为这一派的代表。在莎士比亚时代的英国，这后一派的性观念尚未产生，我们在作品中看到的只是前两种观念的冲突和较量。维纳斯表面上为性爱与美高唱赞歌，但实际上却是用性爱之外的理由为性爱争取某种神圣性，这种试图提升性爱的努力恰恰说明莎翁笔下的性爱女神已不是古希腊时代的性爱女神了。那位大名远扬的阿弗洛狄忒作为性爱的象征，根本用不着提升，她生来就具有神圣性。也正是从性爱本身的神圣性之中派生出了希腊人的美的概念——爱神又兼任了美神。

相形之下，由于性爱在中古以降的持续贬值和神爱的无限膨胀，"爱"这个词早已剥落了原有的性方面的内涵，成了与性欲相对立的新的伦理范畴。维纳斯不能像当年的阿弗洛狄忒那样堂而皇之地从事性爱冒险了，她不得不用三种具有神圣性的理由为自己的狂热激情进行辩护。

第一个理由是美。如上所述，在古希腊，美的概念直接源出于性爱，爱神在先，美神在后。现在，二者的次序颠倒了过来，美成了爱的原因，爱乃是感受美的结果。在维纳斯心目中并不存在与黑暗的混沌相对立的光明上帝，却存在着与黑暗的混沌相对立的美：

---

[1] 苏珊妮·利拉（Suzanne Lilar）：《西方社会中的爱》，英译本，美洲虎丛书，1967年版，第173页。

要是他死了，随着他，"美"被杀害了；

"美"死了，黑暗的混沌随之而来了。[1]

阿董尼的死意味着"美"的死，而"美"的死又意味着宇宙重返洪荒状态。在这里，维纳斯将美的神圣性推至极端，这也就使她对美少年的性爱渴求多少蒙上了一层神秘而又神圣的光彩。

第二个理由是爱，即扬弃了性而具有了伦理价值的爱。维纳斯把她的性需求解说为对神圣的美的挚爱，这就使爱也多少沾上了神圣的边。事实上，将男女之爱引申向非性化的方向，使之接近那种宗教的神爱，这是文艺复兴前期上流社会的标准爱情观。当时人们关心的问题便可显示这种类似柏拉图式的恋爱观：

不占有所爱的人的肉体，这样的爱情是最高贵的吗？如果这样的话，亲吻可以吗？下列哪种方式更合适呢？与亲爱的人说话但不去看她，还是只看她而不跟她说话？（到1566年，一位法国作者已经用了满满16页纸探讨了后面这个问题）。[2]

这种纯精神性的爱并不绝对排斥肉体的美，而是把肉体的美看成是通往神性美的起点，对美的外貌的爱应该是对美德的外在显现的爱。与莎士比亚大约同时代的意大利作家鲍达萨尔·卡斯提格里奥所著《宫臣》一书，最典型地反映了文艺复兴时期绅士阶层的恋爱观。书中写道：身体之美只是神圣美德的外部表现，美即善良。对美的爱应是神圣的，谁要是以占有肉体来享受美感那他就欺骗了自己。只有两种最不具有肉欲的感官享受——视觉和听

---

[1]《维纳斯与阿董尼》，中译本，第98页。

[2] 莫尔顿·亨特（Morden Hender）：《情爱自然史》，赵跃等译，作家出版社1988年版，第233页。

觉是可接受的。目睹恋人的美貌、聆听甜美的话语便可实现爱的享受。"让我们抛弃那些在我们跌倒时占据我们全身的欲望和激情；肉体美的阴影徘徊在阶梯的最底层台阶上，让我们攀登上那座巍峨的大厦上去，那里居住着神圣的、可爱的、真正的美。这美深藏在上帝最隐秘的幽深之处。"[1] 维纳斯似乎并不仅仅满足于从视觉和听觉上去感受恋人的美，她向阿董尼恳求的是"一个甜吻"，这已经比精神的爱大进了一步，但阿董尼却像一个圣人，连这一个吻都不愿给爱神作为她爱恋之情的"报偿"。

维纳斯的第三个理由与前两个相关，即让"美"通过"爱"得到"繁育"，这个理由听起来更为充分也更为自然：

火炬用以照耀，珠宝取来佩戴，

珍馐供尝味，娇红嫩绿为了悦意，

果树贵乎结实，花草取其芳菲；

生存只为自己，就歪曲了生之真谛。

　　种子爆出了种子，丽质传下丽质，

　　你出生了又把孩子生出，那是天职。

为什么你该取滋养于天地的繁育——

要不是天地以你的繁育为滋养？

按照大自然的法则你就该生育，

那你死了，属于你的却继续成长；

　　那么虽然是死亡，你依旧是不灭，

　　因为你的形象，在世间代代不绝。[2]

---

[1] 莫尔顿·亨特（Morden Hender）：《情爱自然史》，赵跃等译，作家出版社1988年版，第237页。
[2]《维纳斯与阿董尼》，中译本，第51页。

维纳斯在这里变成了一个摇唇鼓舌的说客,用"繁育"美作为号召,鼓动阿董尼与她相爱,实际上等于倒退回史前生殖崇拜了。这简直可以说是爱神的退化和异化。原因似乎不难找,在中世纪基督教文化中,如同在礼教文化中那样,性行为的唯一合法目的即在于生育或传宗接代。即便如此,神学家还想象出天国之中更为理想的非性交的繁衍方式。托马斯·阿奎那《神学大全》中说:

早些年中,有些医生认为现阶段的性欲仅与繁衍后代有关,并因此得出结论,在无罪状态下,生殖不受性欲影响。因此,尼撒的哥里高里说,在天堂,人类用其他方式繁衍,正如天使是通过神祇的力量而非交媾就增多一样。上帝在原罪之前造就了男人和女人,因为他预知在原罪后会出现生殖方式。[1]

把性爱同原罪联系起来,乃是基督教禁欲主义的主要口实。其影响所及,使非性化的繁衍理想流行一时。布朗《宗教沉思》亦云:"如果我们能像树木一样,不经交配即可繁衍,或者不用这种卑微粗俗的交媾方式世界便得以永存,那么我将感到满意。"由此看来,维纳斯以繁殖美为理由,为自己的性爱追求鸣锣开道,充分体现了基督教禁欲主义文化对古希腊性爱女神的歪曲和改造。而阿董尼对维纳斯的理由的反驳更说明以爱为善以性为恶的宗教两端论模式如何主宰着文艺复兴时期的文人头脑:

凡你怂恿的,哪一桩我不能驳倒?
平滑的道路,把人引入了险境;

---

[1]《神学大全》I,转引自《西方思想宝库》,第302页。

爱，我并不恨，恨的是你这一套：
面不相识，也拉在怀中搂得紧。
　　说是为了"繁殖"，嘿，少见的托词！
　　那是理智做鸨母，淫欲在放肆！

别称它爱吧，爱已逃到天边，
下界淌汗的淫欲，强占它名义——
假借着皮毛的相似，只顾在吞咽
那稚嫩的美丽，叫它蒙上羞耻；
　　那暴君把美糟蹋了，又把它毁灭，
　　像害虫吞噬那柔嫩的花瓣新叶。

爱给予安慰，像雨过天晴的丽日；
肉欲的终局：艳阳天卷来了暴风。
爱情的春泉常葆清新，源源不止；
肉欲的夏还没过半，已来了严冬。
　　爱情不会饱餍，肉欲从不享尽天年；
　　爱情是一片真理，肉欲是谎话一篇。[1]

在阿董尼的眼中，维纳斯其实不是什么爱神（the Godess of Love），而是地地道道的肉欲女神或性女神（the Godess of sexuality），二者泾渭分明，高下判然，优劣互见。爱神应是非性化的，她的爱与上帝之爱相通；性神是寄居在人体内的魔鬼，是上帝的敌人，原罪的遗传。这种将性与爱完全割裂

---

[1]《维纳斯与阿董尼》，中译本，第86页。

并加以对立的观念至今仍然有众多的信奉者。精神分析学家西奥多·瑞克的《论爱与淫欲》一书可以视为阿董尼观点的现代改进版：爱与性截然不同，是两个研究领域的对象。爱是情感心理学的课题，性是生物化学的课题。爱是一种愿望（desire），性是一种冲动（urge）。性不依赖爱而存在，爱也不依赖性而存在。[1]

莎士比亚的《维纳斯与阿董尼》是他用非戏剧的形式表达性与爱之冲突的戏剧，剧中男女主人公虽直接取自古典神话，却被作者改造为道德和淫欲的化身，以便于表现中世纪文学最常见的灵肉之争的主题。只是在长诗结尾，性女神痛悼逝去的恋人时，她的"淫欲"才升格为绵绵无绝的情爱：美少年的血泊化作红花后，维纳斯将它珍藏在怀中，携回故乡珮府。

从此没一时一刻，没一分一刹那，
我不是在吻着我情人变成的香花。

情人之死竟然使维纳斯的神格得到提升：开场时寻欢作乐的性爱女神到终场时变成为恋人守贞终身的爱神。从原型的观点来看，莎士比亚笔下维纳斯神的转变乃是性爱女神历史演变过程的简单化的缩影。

英国现代著名诗人兼神话学家罗伯特·格雷福斯在其《白色女神——神话诗的历史法则》一书中提出，判断西方诗人可以采用一个永恒的标准，那就是他们表现由古典时代留传下来的女神形象的精确性。格雷福斯用"白色女神"（the White Goddess）这个词组指代与统治西方思想一千六百多年的基督教文化相对的古典文化精神，并以此为尺度重新考察自文艺复兴以来的英国诗人。[2]他发现，"莎士比亚熟悉和惧怕这位女神"。《维纳斯与阿董

---

[1] 西奥多·瑞克（Theodor Reik）：《论爱与淫欲》，矮脚鸡丛书，纽约，1957年，第19页。
[2] 罗伯特·格雷福斯（Robert Graves）：《白色女神》（*The White Goddess*），美国八角书屋1972年版，第1章。

尼》将爱情表现为一种"有趣的愚蠢"（playfull silliness）[1]；《仲夏夜之梦》则把希腊神话英雄忒修斯改造为一位诙谐的伊丽莎白时代的骑士；白色女神还置换为女巫，控制了麦克白夫人，促使她犯下弑君罪行。白色女神在莎士比亚戏剧中的最后出现是在《暴风雨》中，作为"该死的女巫塞克拉克斯"，莎翁化作剧中人普洛斯彼罗宣称他已用魔法书制服了她，粉碎了她的神力并且役使了她的丑怪儿子凯列班。格雷福斯的上述见解可以有助于理解古代的爱与美女神维纳斯为什么会在莎翁的长诗中改变原有的面目，同时更为历史地去看待基督教文化的爱情观与古希腊罗马文化的爱情观之间的重要差异所在。

三、罗马神话中的爱神与配偶
——奥维德与罗马人的性爱观

莎翁的《维纳斯与阿董尼》被认为是英语文学中运用这一神话题材的众多作品之中最为华丽的一部。[2] 它直接取材于古罗马诗人奥维德《变形记》中第十章所叙述的《维纳斯和阿董尼的故事》。两相对照后不难看出，奥维德的故事与莎士比亚的诗在基本情节上是一致的，但作品中体现的思想观念却大不相同。由于尚未受到基督教伦理的浸染，《变形记》没有用善恶二元价值模式对性与爱做截然区分，维纳斯既是爱情之神又是性欲之神，因为这两种东西是浑然一体的，而不是彼此冲突的。阿董尼也不是光明磊落的正人君子，他与维纳斯之间并不存在什么不可调和的冲突。

---

[1] 罗伯特·格雷福斯：《白色女神》，第 426 页。
[2] 诺顿（Dan S.Norton）与拉什顿（P.Rushton）：《英语文学中的古典神话》（Classical Myths in English Literature），格林伍德出版公司 1969 年版，第 31 页。

她见到这位凡世的美少年之后,便如着迷一样……她甚至远避天堂,情愿和阿董尼在一起,厮守着他,形影不离。[1]

这一对形影不离的情侣一旦被死神拆散,维纳斯便一反美神常态,"撕破衣裳,扯散头发,捶胸大恸"。她还发誓用永远的悲痛纪念情人,并且让世人每年举行一次阿董尼节,以纪念他的死。如果说奥维德改编的这个古希腊神话主要表现的是爱神的生死之恋,那么他在《爱的艺术》中则揭示了维纳斯的风流一面。作者同样没有用道德的价值判断去衡量评价女神的行为。那是火神伏尔甘(希腊名为赫淮斯托斯)设计捉奸的故事。被捉的是其妻维纳斯与战神玛斯(希腊名为阿瑞斯)——

图80 公元1世纪罗马壁画:维纳斯在一个巨贝上休息,旁边是丘比特

伏尔甘在床的四周和上边布着些穿不透的网罗;这是眼睛所不能看见的;然后他假装动身到兰诺斯去。这一双情人便来幽会了;于是双双地,赤条条地被捕在网中了。伏尔甘召请诸神,将这一双捉住的情人给他们看。这两个情人既不能遮他们的脸,又不能用手蔽住那不可见人的地方。[2]

这样的场景在现代是应该用所谓"桃色事件"或"丑闻"来形容的。

---

[1] 奥维德:《变形记》,杨周翰译,人民文学出版社1984年版,第135页。
[2] 奥维德:《爱经》(即《爱的艺术》),戴望舒译,漓江出版社1988年版,第80页。

可是奥维德引用这个故事并不是要告诫纵欲偷情者，恰恰相反，他是要劝诫那些出于道德义愤去破坏他人幽欢的捉奸者："伏尔甘，依你说这于你有什么好处呢？不久之前他们还掩藏着他们的爱情，现在却公开出来了，因为他们已打破一切羞耻了。你常常承认你的行为是愚笨而鲁莽，而且别人说你是正忏悔着你自己的谋划。我不许你设计陷人，那被丈夫当场拿获的狄俄涅（维纳斯之母，此处引申作维纳斯解——原注）也禁止你设那种她曾受过苦来的陷阱。"[1]

图81 维纳斯的诞生。古罗马浮雕像

在奥维德的概念中，"爱情"一词几乎与"性爱"是同义语。它既包括情感方面的心理学意义，也包括作为这种情感之基础的性吸引、性冲动与性行为。这种意义上的爱，是他用做书名的概念。《爱的艺术》开篇便申明："假如在我们国人中有人不懂得爱术，他只要读了这篇诗，读时他便理会，他便会爱了。用帆和桨使船儿航行得很快的是艺术，使车儿驰行得很轻捷的是艺术；艺术亦应得统治阿谟尔。"[2]

这里说的阿谟尔即丘比特，是维纳斯之子，号称小爱神，其希腊原型为厄洛斯（Eros），这个词的本义即是性爱或性欲。法兰克福学派的马尔库塞的名著《爱欲与文明》便是借小爱神之名构成书名的。奥维德所倡导的"爱术"，显然旨在把性爱、性吸引作为一种技艺来加以总结和传授。所以他借用阿莫尔和维纳斯之名去代表他心目中的"爱术"——

---

[1] 奥维德：《爱经》，中译本，第80—81页。

[2] 奥维德：《爱经》，中译本，第3页。

愿意投到维纳斯旗帜下的学习兵，第一，你当留心去寻找你的恋爱的对象；其次，你当留心去吸引那你所心爱的女子；其三，要使这爱情维持久长。这就是我的范围；这就是我的马车要跑的跑场；这就是那应当达到的目的。[1]

上述三个目的分别构成《爱的艺术》第一、二、三卷的内容。前两卷是针对男人的教诲，第三卷是针对女人的教诲。这部教人"爱术"之书，到了基督教统治的时代自然被视为坏人心术的妖言惑众之书，屡遭禁止，但仍然顽强地留传下来。直到西方性爱观发生根本变革的现代，它的学术价值才首次得到性学家们的承认和公众的赞叹。德国史学家杜菲尔和许华勃说："《爱的艺术》是一本幽默的教育诗，辞藻和内容是非常淫艳的，但它表现了作者对这个问题的渊博的知识和精细的心理学。"[2] 英国学者佩克则认为，奥维德作品中表现出的性爱观是具有超前性的现代观点。这位两千年前的作者处理爱欲的主题的方式也具有惊人的现代性：

他在字里行间写到爱就像在写某种是——而且应该是——愉悦体验的东西，没有任何值得害羞的东西。他使性行为通过自身得到澄清：尽管在自私的纵欲、暴力和权力失控等情形中会有特异现象，但性行为本身却是清白的、可以探究的。更重要的是，奥维德明确提出性快感的最高级形式是那种女性同她的男性伙伴同等分享的快感。这些都是现代的态度，但却不是现代的发现。这应归功于奥维德和两千多年以前的古典世界中的其他作者，不过只是在过去半世纪中才被重新发现并且被输入当代性学的总体中。[3]

---

[1] 奥维德：《爱经》，中译本，第5页。
[2] 奥维德：《爱经》，中译本，第9页。
[3] 佩克（E.Royston Pike）：《古代罗马的爱》（*Love in Ancient Roma*），伦敦，穆勒有限公司1965年版，第56页。

上述评价如果不是有些拔高古人的话，那么至少是与奥维德所处的时代有些脱离了。奥维德对爱神的推崇其实并不完全是诗人的个人审美趣味的问题，其中多多少少反映着罗马人的性爱观。中世纪以降的西方诗人在抨击基督教文化的禁欲主义倾向时，常常不自觉地流露出回到罗马时代的内心渴望。"那时充满感观享乐和旺盛精力的性爱生活不因罪恶感而丝毫减弱；维纳斯在帝国境内所有主要城市的庙宇里得到人们欢快的膜拜；世俗爱情不受宗教锁链的束缚，人们可以尽情享受爱情的甜蜜。作为人类旧有爱情的翻版，现代爱情相形之下已失去了原有的魅力。它受到各种规范的约束，变得循规蹈矩。人们可以想象，生活在斯卡斯达尔森林公园或帕萨德那的只会是一对恩恩爱爱的老夫妻，而不是安东尼和克丽奥佩特拉"[1]。尽管罗马人并不是爱神的最早崇拜者，但是在后来的西方文明中通用的爱神之名却不是希腊的阿弗洛狄忒而是罗马的维纳斯，这一事实似乎已经暗示了后人怀恋罗马时代的某种理由。

在中国，爱神的引进曾经在现代文坛上引起过小小的误会，问题出在对罗马爱神之名的不同理解。1924年由张竞子君创办的一份报纸取名《维纳丝报》，其发刊词云：

罗马神话上说，Venus是司美与爱之神，我们把Venus译音写作维纳丝，就作为报的名字，并没有什么神秘的意味，不过表示尊重美术，使人们得到喜悦，健康，美与爱，种种可宝贵的珍物，以期人类生活之美化。

这段话大致反映着迄今为止中国人对维纳斯女神的一般理解。从阐释学的立场上看，这种理解与西方人固有的爱神观念有相当的差距，这种差距主

---

[1] 莫尔顿·亨特：《情爱自然史》，中译本，第69—70页。

要是由于中国文化固有的禁欲倾向所预设的一种"前理解"所造成的：在一个并无崇拜性爱女神的公开传统的国度，爱神自然会被按照非性欲化的方向译解为一般意义上的"爱"（love）之象征。然而，这种误解在一开始就受到某些"好事者"的批评指正。如周作人先生当时写专文指出："查神话学维纳丝的确是爱与美的女神，但是，这爱乃是两性的爱，美亦是引起爱情的美。自从大神死后，基督教把旧神招安的招安，贬斥的贬斥，维纳丝就变成了摩登伽似的'淫女'，中古的'维纳丝山'的故事即是最好的证据。（诃华德著《性的崇拜》）在人的身上也有同样的名称。手相学里的维纳丝山系是拇指根的隆起，还没有什么，其他的一个拉丁文的'维纳丝山'却是道学先生所不道的字了。色欲事称作'维纳丝事'，花柳病也叫作'维纳丝的病'，这位司美与爱的女神的名誉真是扫地尽了。即使我们不管西欧这些传统的说话，替她恢复昔日的光荣，她也与'提倡美术促进文化'无缘，不能做张寥子君这报的商标——倘若要用这个名称，那么这须是主张完全而善美的性生活的报才行，不然必须是一种普通的'花报'，这才名副其实。"[1]周作人的这一批评可谓一针见血，不过由文化因素所造成的"前理解"具有巨大的惯性力量，并不因个别的见解而改变其固有的理解结构，所以维纳斯至今在国人心目中仍是非性化的或艺术美的化身。

在古罗马，维纳斯的真实形象也还是较为复杂的，关于她的职司也有多种不同说法，似乎并不限于性爱与美。妲娜希尔说，在克里特以前的时代，维纳斯是罗马民族的农业女神——这确实很近似于中国古代的"社"——因受希腊女神阿弗洛狄忒影响，二者混同为一体，变成国家的母神，又演变为婚姻女神和娼妓的保护神。这后两种职司之间构成了明显的价值对立，同前章所述中国上古性观念向圣洁和肮脏两个方向分化发展大致相似。与这种职

---

[1] 周作人：《神话的典故》，《知堂书话》，岳麓书社1986年版，第89页。

能分化相应，在古罗马每年要举行两个祭祀维纳斯的盛大节日典礼：已婚妇女在4月1日举行祭礼，而娼妓们则在4月23日祭拜这位春神。[1] 这两种不同的春季祭祀维纳斯活动正好像中国的高禖祭礼和丧国之社，前者为已婚者保佑生育，后者听讼见不得人的"中冓之言"。

古罗马的娼妓业之发达同当时人的性爱观不无关系。西方历史学界向来有这样一种看法，认为罗马帝国的衰亡原因主要在于罗马人过度放纵情欲和追求感官享受。即使在当时，像奥维德这样公开传授"爱术"的诗人也还是招来了官方道德的强烈反对，以至于被奥古斯都流放到遥远的黑海东岸。

"如果说罗马的酒色之徒们不加置疑地就接受了奥维德的爱情观念，那么一些道德学家对此则惊慌不已。他们认为奥维德的思想是帝国众多社会弊病的罪魁祸首。此外，在2世纪开始占据优势的基督教对这些道德学家的说法不但赞同，而且反应相当强烈。到了公元5世纪，圣·奥古斯丁和其他一些基督教文人直截了当地宣布，性生活中的罪恶是导致罗马帝国分崩离析的直接原因，由此而带给人们的苦难是愤怒的上帝对人类的惩罚。"[2] 这种情形使人很容易联想到中国古代的类似观点，即把"郑卫桑间"的性爱艺术指责为败坏社会和风俗的"亡国之音"。尽管中国没有公开庇护性爱的女神与严厉的上帝之间的这种对立，但福柯所说的性与权力之间的对立却是大抵相同的。

四、古希腊神话中的爱神与配偶
——阿弗洛狄忒和她的情人们

对奥维德性爱观的较为中肯的评价也许只有结合在他之前的古希腊人的

---
[1] 周作人：《神话的典故》，《知堂书话》，岳麓书社1986年版，第89页。
[2] 莫尔顿·亨特：《情爱自然史》，中译本，第120页。

观点（而不仅仅是在他之后的基督教的观点）才能够有效地做出吧。由两位美国学者撰写的《人类性文化史》一书便是这样展开比较的。他们认为，在表现性爱方面希腊人与罗马人有相似处也有相异处，如希腊人善于采用文雅细腻的方式，而罗马人惯用粗犷淳朴的方式。造成这一差别的原因是，罗马人"对性中的美感以至自然的美感都不敏感，所以美在他们的性表现中没有什么地位。快乐是罗马人从性中得到的最强烈体验。生理的快感是最重要的快感。这种淳朴的原始的性观念反映在罗马诗人奥维德的《爱》与《爱的艺术》这两本重要著作中，他在书中细致地描述了爱的技巧，却忽略了性的情感体验。情感体验被诱惑技巧取而代之"[1]。这种对强调性技巧而忽略美和情感体验的性态度的批评同样适用于中国古代的房中著述。相对而言，古希腊人以其特有的敏感和爱美天性弥补了罗马人和中国人这方面的缺憾。

　　在敬慕和崇拜人的身体之美方面，确实没有哪种文化像古希腊文化那样虔诚和入迷。这一点只要关心一下希腊的造型艺术就会获得直观的领悟。不过，正如我在前章中所论，希腊艺术中体现出的崇高和美的精神在一定程度上是性爱能量的过滤性升华的产物。换句话说，美神的出现还是以性爱之神为其前身的。大致说来，阿弗洛狄忒女神在古希腊文明中的象征价值可以划归三个主要方面：

图82 爱的寓意，意大利布隆齐诺作，伦敦国家美术馆藏。画中的爱神右手执爱情箭，左手执金苹果

性快感、爱情和美。后一个方面的意义将留待第六章中再做探讨，这里先考察前两个方面。

---

[1] L.H.詹达、K.E.哈梅尔：《人类性文化史》，张铭译，中国妇女出版社1988年版，第34页。

从词源学上看，阿弗洛狄忒（Aphrodite）这个词在希腊语中的本义为性快感，由此派生出的形容词是 aphrodisia。福柯《性欲史》法文原版和英译本中都保留了这个未翻译的希腊词（中译本也没有译这个词），但作者引用了古希腊人自己对 aphrodisia 的释义：

aphrodisia 是阿弗洛狄忒的所作所为（"the works, the acts of Aphrodite"）。[1]

那么，阿弗洛狄忒的所作所为究竟指的是什么呢？希腊神话对此提供了权威的解答。主神宙斯为爱神安排了一个跛足丈夫——火神和锻冶之神赫淮斯托斯。爱神如何对丈夫不忠并且因私通战神阿瑞斯而被丈夫特制的金属网抓获，前引奥维德著作已做了描述。现代考古学家为美神与火神结为极不相称的配偶关系找到了一种现实原因：在基申（Kition）的晚期迈锡尼文化圣地遗址，神庙与锻冶作坊是相连的。[2]

除了丈夫赫淮斯托斯和情人阿瑞斯外，阿弗洛狄忒还有众多的非正式配偶或情人，其中较著名的有神使赫尔墨斯、海神波塞冬、酒神狄俄尼索斯、美男子安基塞斯（Anchises）等等。她同赫尔墨斯生下的私生子赫尔玛弗洛狄托斯（Hermaphroditus）是以双性同体而闻名的；她与波塞冬的欢会结果是以残忍著称的拳手厄律克斯（Eryx）；她与狄俄尼索斯私通后生下了繁殖神普里阿波斯（Priapus），乔叟、雪莱、史文朋、T·S·艾略特和 D·H·劳伦斯都写过有关这位繁殖神的作品；她同安基塞斯生下的埃涅阿斯虽然只是肉体凡胎，却有幸充当了罗马国家的创建英雄。也许在希腊诸神之中除了宙

---

[1] 福柯：《性欲史》第 2 卷《快感的享用》，赫尔利英译本，Viking 出版社 1986 年版，第 38 页。
[2] 瓦尔特·伯克特（Walter Burkert）：《希腊宗教：远古和古典时期》，约翰·拉凡（John Raffan）英译本，英国布拉克威尔出版公司 1985 年版，第 153 页。

斯之外，没有另外的神像阿弗洛狄忒那样有如此之多的风流韵事和私生子。[1]无怪乎她被称作"爱欲之母""欢笑女王""美丽而快活的情妇"，同她的所作所为相联系，这些绰号的确非常合适。更为尖刻的说法，干脆把她讥讽为"一个淫妇"（a bitch）[2]。

以上从爱神的所作所为不难看出，她是人类的性欲和快感在神话中的拟人化投影。按照德国的古希腊学家汉斯·利希特的说法："她不仅仅唤醒爱的欲望，而且使这些欲望得以实现。古希腊人并不羞于接受'阿弗洛狄忒的甜美礼物'，正像希腊诗人所吟诵的那样；而爱欲的感官享受也通过他们对这位女神的性质的看法和对她的崇拜得到持续不断地表达。只有当我们意识到性爱享受对希腊人来说是一种由神庇佑的义务，那种起初使我们感到无法理解的风俗——宗教圣妓制度，才变得可以理解了。"[3]同罗马的维纳斯一样，阿弗洛狄忒也分别充当着婚姻的守护神和娼妓的守护神，这两种看似截然相反的职能却在一点之上统一为一体，那就是性爱。[4]关于这种作为神圣义务的性爱观，苏联学者留里科夫曾举出神话中诸多实例加以说明：

希腊人认为，阿弗洛狄忒的德性要比阿尔忒弥斯（处女保护神）的德性好得多。对希腊人来说，爱情乃是最大的善德，谁要是拒绝爱情，谁就注定要灭亡。那尔喀索斯因为拒绝了厄科女神的爱情并爱上了自己的影像而死去。安娜克萨瑞忒由于不愿爱伊菲斯而灭亡。阿董尼由于拒绝了维纳斯的爱情也死掉了。谁不接受爱情之箭，谁就会被死亡之箭射死。[5]

---

[1] 参看罗伯特·格雷福斯（R.Graves）：《希腊神话》（The Greek Myths）第1卷，企鹅丛书，1960年版，第68—69页。
[2] 妲娜希尔：《历史中的性》，中译本，第101页。
[3] 汉斯·利希特（Hans Licht）：《古希腊的性生活》，弗里斯（J.H.Freese）英译本，美洲虎丛书，1969年版，第188—189页。
[4] 参看魏勒（O.A.Wall）：《性崇拜》，史频译，中国文联出版公司1988年版，第281页。
[5] 留里科夫：《爱的三种魅力》，徐泾元等译，工人出版社1988年版，第56—57页。神之译名略有改动。

不仅对爱情的拒绝会导致死神的降临,对爱神的不恭敬还会带来意想不到的灾难。希腊历史学家希罗多德就记述过一桩这样的事件,一支斯奇提亚人(Scythia,又译斯基泰人或西徐亚人)军队在叙利亚的阿斯卡隆洗劫了祭祀阿弗洛狄忒的神殿,结果受到女神的惩罚,他们及其后代都患上了女性病。"他们自己认为他们是为了这个原因才得了这种病的,而来到斯奇提亚的人则能够看到这是怎样的一种病。得了这种病的人被称为埃那列埃斯(Enareis)"[1]。

与此相对应的是,希罗多德在《历史》第4卷中再次谈到埃那列埃斯,把这些人称作"半男半女的"人,他们似乎从爱神的惩罚中吸取了教训,改而向阿弗洛狄忒求教占卜术了。[2]上述事件表明,在希腊人心目中,亵渎爱神的异族人将被罚失去性别特征,变得非男非女,因而永远丧失了享受性快感的能力。相反的是,敬奉爱神的人能够祛病回春,重新获得性爱的神圣权利与欢乐。埃及国王阿玛西斯便是一个典型的实例。阿玛西斯为了同希腊的库列涅人缔结友好同盟协定,从那个城市娶了一位名叫拉狄凯的希腊妇女。"当阿玛西斯与她将要合卺之时,他却不能与她交媾;虽然他和其他妇女并不是无能为力的。在这种情况继续下去的时候,阿玛西斯就向这个名叫拉狄凯的妇女说:'女人啊,你一定对我使用了魔法。告诉你,你一定要死得比任何一个妇女都惨的。'不管拉狄凯如何否认这件事都不能平息阿玛西斯的怒气。于是她便在内心向阿弗洛狄忒许下了一个愿:如果在那一夜里能使她与他交配上,从而使她免遭灾祸的话,她便要献一座女神的像给库列涅的阿弗洛狄忒神殿。结果,她竟如愿以偿,国王每次都能与她交媾了。阿玛西斯自此以后非常爱她。拉狄凯向女神还了愿。她制作了一座神像送到库列涅

---

[1] 希罗多德:《历史》,中译本,第54—55页。原文阿弗洛狄忒译作阿普洛狄铁。
[2] 希罗多德:《历史》,中译本,290—291页。

去，这座神像到我的时候还安全无恙地立在那里，从城里向外望着。"[1]西方的历史学之父希罗多德就这样以自身的见闻印证着关于爱神法力的神秘传说，并不惜大量篇幅把这种传说写入自己撰著的首部国家正史之中。这充分表明，阿弗洛狄忒女神崇拜在公元前6至前5世纪的古希腊文明中占据着怎样的位置。

从希腊神话到早期历史，关于阿弗洛狄忒的种种记载似乎间接构成了希腊人的性爱思想史。如果把上引埃及王阿玛西斯的传说同荷马史诗《伊利亚特》所述特洛伊战争的起因对照起来读，不难看出，爱欲不仅可以导致战争，也可以带来和平。恩格斯在论述"恶"的问题时曾说道"贪欲"作为历史发展的杠杆和动力；而在早期希腊人的观念中，似乎只有性欲才是主宰着人与神的活动，从而也是主宰着历史事件的深层动力吧。

然而，伴随着神话、史诗的时代逝去的过程，希腊人从阿弗洛狄忒崇拜中逐渐引出了一种新的观念——爱情。需要特别注意的是，从情欲到爱情之间的转化是一个很难做机械划分的混合过程，因而不应用现代人对爱情的理解作为判断古人爱情的标准。"在希腊人的通常认识中，精神和肉体不像现在那样分得清，精神和肉体的和谐不像现在那样是某些表面上互相独立的力量的平衡。这些力量互相混合在一起成了混淆不清的、不可分离的混合物了。肉体和精神的和谐就是它们的完全融合，并且在这种融合中精神和肉体已难辨彼此了"[2]。这种精神中有肉体、肉体中有精神的爱的感情一直到后代都很难加以理性的界说。而充分理解爱情的早期特征，对于历史地看待包括中国《诗经》情诗和古希腊抒情诗在内的早期文学的爱情主题来说，都是至关重要的。18世纪法国哲学家伏尔泰在把"爱情"（Amour）作为词条收入自己编的《哲学辞典》时，依然碰到界说的困难：

---

[1] 希罗多德：《历史》，中译本，190—191页。
[2] 留里科夫：《爱的三种魅力》，中译本，第58—59页。

有种种爱情，为了给爱情下个定义，简直不知从何说起。人们冒冒失失地把几天的虚情假意、有心无意的结合、缺乏尊敬的感情、登徒子的恣情纵欲、一种冷淡的习惯、一种浪漫的逢场作戏的举动、一种一试即罢的兴趣，都叫做爱情。人们把这个名称加在千万种荒谬的行为上。[1]

伏尔泰在解说爱情时一方面陈述了困难，另一方面也承认了爱情的基础离不开性欲，这可以说是西方性爱观始终坚持的一点，对于只讲情而厌恶性的中国文化传统来说，这是需要长期争论或斗争才可能勉强接受的。伏尔泰举出中世纪著名的牧师与修女之间的恋爱事件为例，试图说明爱与性之间的必然联系："研究爱情的哲学家们曾经争论过阿伯拉尔做了修士并且去了势以后，爱洛绮丝是否还能真爱他？恋爱与去势出家这两种事是彼此水火不相容的。"[2]

这一尖刻的措辞使我们联想到恩格斯对德国小市民虚伪的羞怯心的批判：一读弗莱里格拉特的诗，的确让人感到，"人们是完全没有生殖器官的"。回到古希腊文学中，人们确实很难找到脱离情欲的纯粹爱情，尤其是涉及阿弗洛狄忒女神的时候。下面这首诗便是以爱神命名的——《没有爱情（阿弗洛狄忒）便没有欢乐》，作者是公元前7世纪的米姆奈尔摩斯：

没有黄金的爱情，哪有生活和欢乐？
　　死去吧，既然我已无缘享受
暗结的爱情，交心的礼品，床帏的欢好，
　　这一切都是青春的花朵，青年男女

---

[1] 伏尔泰：《哲学辞典》，王燕生译，商务印书馆1991年版，第86页。
[2] 伏尔泰：《哲学辞典》，王燕生译，商务印书馆1991年版，第87页。

心爱的东西。一旦痛苦的老年来到,
　　人的形体变丑,情怀变恶,
种种不幸的忧虑永远萦绕心头,
　　虽然还看见阳光心情也不舒畅,
总是受到孩子们嫌恶,妇女们轻贱,
　　这是神给老年人所做的痛苦安排。[1]

诗人把爱情与青春相联系,认为失去青春和爱情的老年生活已经毫无意义,还不如去死。这是西方文学中爱情至上主义观念的较早流露。下面一首萨福的《在我看来那人有如天神》突出表达了爱情的心理和生理作用:

……
我的舌头像断了,一股热火
立即在我周身流窜,
我的眼睛再看不见,
我的耳朵也在轰鸣,

我流汗,我浑身打战,
我比荒草显得更加苍白,
我恹恹的,眼看就要死去。[2]

萨福是最擅长描写爱情的希腊诗人,她在本诗中将心灵、体肤、听觉、视觉乃至全身的感觉都逼真地传达出来,活画出一个恋人的身心反应,充分

---

[1]《古希腊抒情诗选》,水建馥译,人民文学出版社1988年版,第65页。
[2]《古希腊抒情诗选》,水建馥译,人民文学出版社1988年版,第120—121页。

表现了肉体中有精神、精神中有肉体的希腊爱情观。朗吉努斯《论崇高》引用此诗，使之留传至今。到了公元前 5 世纪的希腊悲剧中，对爱情的感性描绘发展为哲理性概括，人们把它奉为不可捉摸又无法抗拒的主宰力量。如索福克勒斯在《安提戈涅》中宣称：

> 战无不胜的爱情呀，
> 爱情呀，你袭向富人，
> 你在少女柔润的脸上
> 度过漫漫长夜。
> 你还常常渡过大海
> 在荒野中的田舍出没。
> 永生的神也罢，短命的人也罢，
> 谁也逃不出你的掌心，
> 你使恋人都患癫狂病。

关于爱情制约人，甚至毁灭人的力量，索福克勒斯继续写道：

> 好端端一个正直人
> 你害得他心术不正，身败名裂。
> 在血统最亲的人，
> 你挑唆出这场纠纷。
> 美丽的新娘眼中流露出的
> 热情压倒一切。
> 爱情从来就是神律座旁
> 大权在握的统治者。

> 战无不胜的爱神总在捉弄凡人类。[1]

与文学艺术家们描绘爱情的症状、总结爱情的特质几乎同时，哲学家和道德家们也开始思考爱情的分类和产生原因。这种思考的最明确结果之一，就是从理性上确认爱与美之间的因果关系。这种理性确认在柏拉图关于"美即可爱"的著名判断中表现得简明扼要。

然而，坚持从神话到哲学的发生学观点，可以说类似的认识早已由非理性形式的神话表达过多次了。最能说明问题的也许还是美神自己的恋爱故事，也就是被奥维德和莎士比亚一再重复的那个生死恋故事。不过，这个故事的希腊原本在情节和人物上有所不同：这是发生在两位女神和一位美少年之间的三角恋神话。阿董尼的诞生是一次父女乱伦的结果，为了保护这个婴儿免遭他的生父兼祖父的狂暴处置，阿弗洛狄忒把他装在一个盒子里交给冥后珀尔塞福涅照管。冥后出于好奇打开盒子，被阿董尼的美貌所打动，便放他出来，收养在自己的宫中。美神闻讯当即赶到冥府要求收回阿董尼，遭到珀尔塞福涅的拒绝。官司打到主神宙斯那里，宙斯让九位文艺女神缪斯之一的卡利奥珀（Calliope）去裁决。卡利奥珀认为冥后和美神有均等的理由让阿董尼做自己的情人，因为美神促使他问世，冥后则从盒子中把他救出，而美少年自己也应有独立的权利，于是判定把一年划为三等分，三分之一时间归美神，三分之一归冥后，另外三分之一让他自由活动。[2]

在这个著名的三角恋故事中，两位女神之所以都爱上阿董尼，只有一个不可抗拒的原因，那就是他的美。在希腊神话中，由于对异性之美的迷恋而导致争端和战争的故事十分突出，可以说爱与美的主题具有不可分割的性质。对此，了解到生死恋神话的东方起源之后会有更清楚的认识。

---

[1] 转引自《古希腊抒情诗选》，第235—236页。
[2] 参看格雷福斯：《希腊神话》第1卷，第69—70页。

五、追索爱神的东方起源

被西方文明作为美和爱的理想形象的阿弗洛狄忒，其实并不是西方世界原有的女神，而是从东方、从地中海中传播到希腊本土的亚洲神。这位名副其实的舶来女神在奥林帕斯山上落脚以后，随着时间的推移，竟逐渐被西方人忘记了她的本来故乡，最终被误认为是希腊神话中固有的西方女神了。

这可真是一场历史性的大误会。细心的读者或许能够注意到，即使是希腊神话的讲述者们，也没有在阿弗洛狄忒的故事中确认她是希腊本土之神。在著名的阿弗洛狄忒与阿董尼故事的传诵中，连罗马人奥维德和英国人莎士比亚都还忠实地按照原有神话暗示出女神的家乡在东方。莎翁的长诗最后一段写道：

此时她已厌倦人世，就匆匆离去，
驾起银鸽；借它们敏捷的帮助，
乘上了轻车；穿过空旷的天宇，
迎着疾风，那轻车一路飞向珮府——
　　碧海环绕的仙岛，在那儿，那仙后
　　不再把本相显露：将从此隐休。[1]

这里所说的维纳斯的归宿之地"珮府"（Paphos），通译为"帕福斯"[2]，是小亚细亚岛国塞浦路斯西南部城市。在奥维德《变形记》中，讲到维纳斯爱上阿董尼的偶然因素，有如下一段描写：

---
[1]《维纳斯与阿董尼》，中译本，第120页。
[2] 参看《世界地名词典》，上海辞书出版社1981年版，第812页。

原来维纳斯的儿子,背着弓箭,正在吻他母亲,无意之中他的箭头在母亲的胸上划了一道。女神受伤,就把孩子推到一边,但是伤痕比她想象的要深,最初她自己也不觉得。她见到这位凡世的美少年(阿董尼)后,便如着迷一样,心目中早没有了库忒拉岛、大海围绕的帕福斯、渔港克尼多斯、矿产丰富的阿玛托斯。[1]

奥维德在此提到的四个地名,都是东地中海上的岛屿或城市,也是希腊人心目中的阿弗洛狄忒的崇拜起源地,因为那里都有闻名的阿弗洛狄忒神庙,并盛行一年一度的爱神节庆典。早期的希腊人曾把阿弗洛狄忒当作女海神,认为她能庇护港湾和航行。人们给她起了一些流传后世的别名,如帕福斯女神、库忒拉女神或塞浦路斯神,凡此种种,都明确透露了她的东方起源。

阿弗洛狄忒真是起源于塞浦路斯吗?现在的神话学家们已经不满意古代流传的说法,他们把女爱神的真正故乡追溯下去,跨越了地中海,登上了西亚海岸,一直找到她的真正故乡——两河流域的苏美尔和巴比伦。阿弗洛狄忒女神的前身就是西亚地区普遍崇拜的大女神、爱与丰产(生殖)神印南娜(Inanna)—易士塔(Ishtar)—阿斯塔忒(Astarte)。

德国学者瓦尔特·伯克特在《希腊宗教:远古和古典时期》一书中曾把希腊爱神同西亚大女神加以比较,确认她的原型来自西亚。他说:"希腊人并不是最先为这类爱神命名并以崇敬心情祭拜她的人。在阿弗洛狄忒的形象背后可以明显地看到古代闪米特人的女爱神、皇后及天后易士塔—阿斯塔忒。阿弗洛狄忒的这一闪米特的,或者更确切地说是腓尼基的起源已经由希罗多德所确认。不过,决定性的证据来自崇拜方面的那些对应特征和在性

---

[1] 奥维德:《变形记》,中译本,第135页。

欲之外的偶像特点：这个神具有两性同体的性质——有一个长胡须的易士塔，在阿斯塔忒的偶像旁边还有一位男性的阿斯塔尔（Ashtar）。正好像有一位长胡须的阿弗洛狄忒，还有一位在阿弗洛狄忒身旁的男性阿弗洛狄多斯（Aphroditos）。阿斯塔忒被称为天后，正如阿弗洛狄忒被称为属于天的乌拉尼亚（Urania）。阿斯塔忒崇拜仪式有烧香祭坛和鸽子祭品，阿弗洛狄忒崇拜也是如此。易士塔还兼任武士的保佑女神；阿弗洛狄忒也有戎装之时并保佑战争的胜利。更为接近的一点在于，阿弗洛狄忒崇拜涉及神庙卖淫，而这也正是易士塔—阿斯塔忒崇拜的最受世人非议的一大特征。"[1] 伯克特的这段比较指出了几个重要的相似特征，在此值得做进一步探讨。

首先是爱神的阴阳合体特性，这在塞浦路斯的阿弗洛狄忒崇拜中表现尤为明显。吉泽·若海姆著有《阿弗洛狄忒，或带阳具的女性》一文，对此做了深入探考。他指出，阿弗洛狄忒的这种特征与她的神秘诞生有关。据赫西俄德的《神谱》，阿弗洛狄忒不是两性结合后正常孕育所生，而是天神乌拉诺斯被其子克洛诺斯用大镰刀割掉的生殖器被抛入海中所化的泡沫生育而成的。她的名字便是由希腊文"泡沫"一词派生出的。这一神话意味着，阿弗洛狄忒只能产生在天父被杀之后，性爱女神源于男性生殖器。这便是女神兼具阳性特征的原因吧。她在塞浦路斯的形象是长着胡须的，但却身着女装，手持王杖。当地人认为她既是男又是女。希腊喜剧作家阿里斯托芬曾用一个中性词"阿弗洛狄申"（Aphrodition）称呼她。[2] 确认爱神具有阴阳两性的表现特征，也就等于间接确定了她的古老来源——原母神。在前文的讨论中已经表明，代表宇宙生殖力的神大都具有双性同体的特点，尤其是神话体系

---

[1] 瓦尔特·伯克特（Walter Burkert）：《希腊宗教：远古和古典时期》，约翰·拉凡（John Raffan）英译本，英国布拉克威尔出版公司1985年版，第152—153页。
[2] 吉泽·若海姆（Geza Róheim）：《阿弗洛狄忒，或带阳具的女性》，《精神分析季刊》1945年7月号，第350页。

中的原始之神和大母神。[1]现在看来，作为性欲的神话人格化，阿弗洛狄忒兼有两性的特征，这完全是同原始的大母神崇拜一脉相承的。这一事实还可从语源学方面得到旁证。在印欧语系的各族语言中，表示性欲的词汇，如希腊语中的Aphrodisia，拉丁语中的Venus（维纳斯），梵语中的Vānas（瓦纳斯），原本都是介于阴阳两性之间的中性词。[2]尽管Aphrodite和Venus后来都成了神话中女爱神之名，但是这并不能有效地阻止双性同体观念的继续流行。希腊人又将男神赫尔墨斯（Hermes）和女神阿弗洛狄忒的名字组合为一体，再度创制出一个新的双性同体之象征——赫尔玛弗洛狄托斯（Hermaphroditus）。关于这位美少年如何与神女萨尔玛喀斯（Salmacis）结合为一位男女同体人的故事，在奥维德《变形记》第四章中有最为详尽的描述。而阿弗洛狄忒另一位儿子厄洛斯，有时也被希腊艺术家表现为男女两性人的形象。[3]这位小爱神厄洛斯也曾被说成是起源最古老之神，似乎同阿弗洛狄忒一样，暗示着某种两性结合为一的原始理想状态。直到柏拉图的哲学讨论，这种理想观念仍然在起作用。下面便是《会饮篇》中斐德若的见解：

  爱神（指小爱神厄洛斯——引者）是一个伟大的神，在人与神之中都是最神奇的。这表现在许多方面，尤其在他的出身。他是一位最古老的神，这就是一个光荣。他的古老有一个凭证，就是他没有父母，从来的诗或散文都没有提到爱神的父母。赫西俄德说：首先存在的是混沌，"然后宽胸的大地，一切事物的永恒的安稳的基础，随之而起，随后就是爱神。"阿库什劳斯也和赫西俄德一样，说继混沌而生的是大地和爱神。根据帕墨尼得斯，世界主宰"所生的第一个神就是爱神"。从此可知许多权威方面都公认爱神在诸神

---

[1] 艾利亚德（M.Eliade）：《比较宗教学模式》，英译本，第421页。
[2] 鲍威尔（Jaan Puhvell）：《比较神话学》（Comparative Mythology），约翰·霍普金斯大学出版社1987年版，第151页。
[3] 汉斯·利希特：《古希腊的性生活》，英译本，第121页。

中是最古老的。[1]

这里既说爱神没有生身父母,又引经据典说爱神是"世界主宰"所生的第一个神,看起来有些自相矛盾。注解家们认为"世界主宰"的原文意思为"统治世界的女神"或"生殖的大原则"[2],这不正透露着原始原母神的形象吗?我们已经知道原母神在创世神话中常化作混沌,而在农耕文化中又自然演化为地母,比较赫西俄德和阿库什劳斯的三阶段模式也就不难理解了:

混沌——→大地——→爱神
史前原母神——→地母兼爱神——→小爱神

希腊人之所以奉阿弗洛狄忒为小爱神之母,看来正由于她所象征的性爱功能足以使两性重新合一,回归原初的双性同体理想状态。而在先于希腊人崇拜阿弗洛狄忒的塞浦路斯所反映出的阴阳合体的爱神形象,也正是上承古代西亚的原母神信仰,下启古希腊神话中与性爱主题互为表里的双性同体理想的一个转换中介点。这样看来,希腊人关于"爱神最古老"的信念,一方面透露了阿弗洛狄忒的东方起源之古老,远在希腊文明产生以前;另一方面也暗示着与原母神独自创生世界的原始信仰的潜在关联。如苏珊妮·利拉所言:"在各种神话文本中,两性合体都属于那种原始的、非历史的时间。人类历史开始之际,也就是由两性合体所代表的合一状态让位于两种性别分立的二元状态之时。在所有的伟大思想体系中,合一状态都是生命的开端和本源,万物由此而来又回归于此。这种原始未分化状态的分裂和二元性的产生,

---

[1]《柏拉图文艺对话集》,朱光潜译,人民文学出版社1959年版,第206页。
[2]《柏拉图文艺对话集》,朱光潜译,人民文学出版社1959年版,第206页注4。

同时也是一种堕落。与人们始终怀念和渴求的原始合一相比，这种分化才显示出堕落性。实际上，人们还要回归原始合一状态，这种回归的象征表现便是两性之间的相互欲求和结合。"[1]

在这种永恒回归的哲学主题照耀之下，希腊、塞浦路斯和西亚宗教中的色情成分也就易于理解了。当历史学家希罗多德追述巴比伦女神庙盛行的宗教性卖淫习俗时，他特别附加上一句说，同样的习俗在塞浦路斯尚可见到[2]。根据其他古典作家的记载，我们知道在那岛屿上的大多数春季礼仪和庆典都要用阿弗洛狄忒的名义。那是伴随着盛开的春花的芳香而举行的全民性庆祝活动。仪式行为的核心在于模拟阿弗洛狄忒从海中泡沫的诞生和在帕福斯的登岸。人民欢聚在一起，迎接爱神的来临。妇女和姑娘们将爱神的造像放在圣海水中洗浴，然后饰以美丽的花卉。接着她们自己裸身跳进桃金娘树丛掩映下的河水中洗浴，为随后即将到来的性爱狂欢做准备。[3] 在阿诺比乌斯（Arnobius）等人的不无偏见的记述中，对爱神的崇拜方式就在于性爱活动本身，这种神圣的性活动根本不考虑什么关于守贞的结婚誓约。类似的性狂欢节日从塞浦路斯传至希腊本土，甚至渗透到对处女神阿尔忒弥斯及地母神库柏勒的祭典活动中。[4]

在这里，把古希腊文化中以性爱方式所举行的新春庆典同中国文化中以饮食方式为主的春节狂欢活动加以对比是十分有趣的。在讨论老子的混沌之恋时我已提到，新年来临之际，全民性的吃饺子（馄饨）礼仪具有回归创世之初的混沌状态的象征意义；现在看来，古希腊人从西亚学得的是另一种回归术：通过两性间的性爱结合去重新体验原初的混沌合一理想状态。虽然两

---

[1] 苏珊妮·利拉：《西方社会中的爱》，英译本，美洲虎丛书，1967年版，第132页。
[2] 希罗多德：《历史》，中译本，第100页。
[3] 参看汉斯·利希特：《古希腊的性生活》，英译本，第183页。
[4] 费尔南多·亨利科斯（Fernando Henriques）：《爱的活动：性社会学》（*Love in Action: The Sociology of Sex*），美洲虎丛书，1964年版，第418页。

种文化采用的技术手段有食与色的差别，但其潜在的神圣回归主题却是完全一致的。

从两性的合与分的周期性运动的循环特征着眼，爱神及其配偶阿董尼神话的本质蕴涵亦将得到新的理解。艾利亚德指出，神话中的阴阳合体神有时也会表现为一年为阳一年为阴的循环变异，如爱沙尼亚人的植物神便是一年为女神，另一年为男神；而与阿弗洛狄忒一样起源于东方的阿董尼也具有双性同体的特征。[1] 伯克特指出，对周期性死而复活的神阿董尼的崇拜见于公元前6世纪女诗人萨福诵唱来兹波斯岛（Lesbos）少女的诗中时，已经发展得相当成熟了。实际上人们会发问，阿董尼是否并没有随同阿弗洛狄忒在一开始就传入希腊世界。希腊人十分清楚的是，阿董尼是来自闪米特文化的外来移民。他的起源地被追溯到拜布勒斯和塞浦路斯。[2] 如果有人发问，为什么希腊人明知阿董尼是舶来的外国神，仍然把他同阿弗洛狄忒的信仰结合在一起，创作出如此缠绵悱恻的浪漫爱情故事呢？借用默林·斯通的一段话，似可间接回答这一疑问：

虽然古希腊总是被视为我们西方文化的基础，但是认识到下述事实是十分有趣的：古希腊文明实际上是在文字发明之后2500年才出现的，它本身的形成深受在它之前数千年之久的近东文化的影响。[3]

也只有在吸收和改造了近东多民族神话的基础之上，希腊人才创造出以完整和系统化著称于世的古希腊神谱。有鉴于此，我们追寻爱神及其配偶神话的历史旅程还将延展到古老的近东文明。

---

[1] 艾利亚德：《比较宗教学模式》，英译本，第421页。
[2] 伯克特：《希腊宗教：远古和古典时期》，英译本，第176—177页。
[3] 默林·斯通：《上帝为女性时》，英译本，第67页。

六、巴比伦的易士塔与阿都尼斯

当我们把追索爱神由来的目光转向地中海东岸的西亚古文明时，所看到的是与古希腊性爱女神阿弗洛狄忒不尽相同的形象。但可以确认无疑的是，塞浦路斯与希腊罗马世界中流行的爱神及其配偶阿董尼生死恋的故事，其真正的发源地便是西亚的两河流域。在自东向西的传播过程中，女神的名字发生了变化，但男神阿董尼或阿都尼斯的名字却几乎没有什么变化。在古典人类学家中，对阿都尼斯神话与相关礼仪做出了经典性研究的是乔治·弗雷泽。他收集和对比了当时所能见到的所有类似的信仰和习俗的材料，从差异中看到了一个共同的神话核心：神的婚配、死亡和复活。

在弗雷泽看来，神的生死循环起源于有关季节变化的巫术理论。初民们把一年一度的自然变化归因于神祇自身的变化，并且相信通过举行周期性的宗教礼仪活动，可以有助于生命主宰神同死亡主宰神的斗争，使死去的阿都尼斯（即阿董尼的原型）获得起死回生的活力。人们为了这一目的所举行的仪式，大体上是对自然进程的戏剧化表演，用神的性爱结合、死亡与复活来解释自然界的生长与衰败、诞生与死亡的交替循环，同时希望借助于象征性模仿的力量，促进自然的循环进程。这可以说是一种尚未脱离巫术信仰的人为宗教。

就经验观察而言，四季的变迁最明显地体现为植物世界的变化。因此，在那些表示驱走寒冬、春回大地的巫术戏剧中，所强调的重点也自然是植物神的命运。尽管莎士比亚笔下的阿董尼已经变成一位少年猎手，而奥维德也早已将他描绘为职业猎人，但他在巴比伦的本来面目却是植物的化身。在那里，"人们常常在同一时间内用同一行动把植物再生的戏剧表演同真实的或戏剧性的两性交媾结合在一起，以便促进农产品的多产、动物和人类的繁衍。

对他们来说，生命和繁殖的原则，不论就动物而言还是就植物而言，都只是一个不可分割的原则。"[1]

从比较的意义上看，世界上没有别的地方比地中海东岸地区更为广泛地流行这类仪式庆典。"埃及和西亚的人民在奥息里斯、塔穆斯、阿都尼斯和阿提斯的名下，表演一年一度的生命兴衰，特别是被人格化为一位年年都要死去并从死中复活的神的植物生命循环。在名称和细节方面，这种仪式在不同的地点不尽相同，然而其实质却是相同的。"[2]

阿都尼斯崇拜在巴比伦和叙利亚的闪族人民中最为流行。他的真实名字叫塔穆斯（Tammuz）。"阿都尼斯这个名字出自闪族语中的'阿顿'（Adon），意思是'主'，这是塔穆斯的崇拜者们对他的尊称。在希伯来文的《旧约》中，同一个名称'阿都奈'（Adonai），原先可能就是'阿都尼'（Adoni），意为'我主'，常常用于对耶和华的称呼。但是希腊人出于误解把这种尊称当成了真名。塔穆斯或他的等同者阿都尼斯虽然在闪族人民中享有着广泛而持久的声誉，但有理由认为这一崇拜来源于另一个具有不同血缘和语言的民族——苏美尔人。"[3] 近半个多世纪以来的考古发现充分证实了弗雷泽的这一推测，塔穆斯的前身正是苏美尔神话中的牧神杜姆兹（Dumuzi），他同他的配偶神印南娜的故事乃是在欧亚大陆流传久远的爱神故事的总根源。对此，我将在下一节中加以评述，这里先看一下巴比伦的易士塔和塔穆斯的生死恋神话。

易士塔是巴比伦人最大的女神，被尊为"生命之母"，"种子的产生者"。这些雅号足以证实她具有着原母神的神格。不过她同时还是爱神和战神，在有些地方还被奉为解梦之神。关于她的品格，显然要比阿弗洛狄忒复

---

[1] 弗雷泽（J.G.Frazer）：《阿都尼斯的神话与仪式》，叶舒宪译，《神话—原型批评》，第50页。
[2] 弗雷泽（J.G.Frazer）：《阿都尼斯的神话与仪式》，叶舒宪译，《神话—原型批评》，第50—51页。
[3] 弗雷泽（J.G.Frazer）：《阿都尼斯的神话与仪式》，叶舒宪译，《神话—原型批评》，第50页。

杂一些。巴比伦人相信她是慈爱和智慧的化身；亚述人却以为她是专横而残暴的。在有些传说中，她是爱情纯笃的好女子，另一些传说则把她刻画为逢场作戏的荡妇。关于她的较完整的神话叙述保存在一部叫《易士塔下冥府》（The Descent of Ishtar into the Nether World）的作品中。著名的巴比伦史诗《吉尔伽美什》中也讲述了关于她的一段故事，并表明了她同她的父亲天神阿努之间的关系[1]。这一关系上承苏美尔神话中天神安（An）同印南娜的关系，下启希腊神话中天神乌拉诺斯同阿弗洛狄忒的关系。关于她的恋人或配偶，相传有许许多多，其中最著名的当然是塔穆斯。《易士塔下冥府》讲到男女二神的关系为"情侣"，但并不像希腊神话那样情节完整连贯。

爱神究竟为什么下阴间，并未做明确交代，只是在近结尾处提到易士塔的情人塔穆斯亦在这地府中被扣留。对于他的死因——如何来到阴间，也没有明文记述。不过结尾处似暗示了他将回返阳世[2]。作品突出表现了女神下阴间时如何闯过七重大门，一丝不挂地来到冥后面前。

这位爱神的离去使阳界一切生物停止了繁衍生长，动物不再交配，人类的男性也不再使女性怀孕，世界上弥漫着愁惨与死亡的气息。水神埃阿（Ea）

图83　腓尼基的易士塔女神象牙雕像

见状后担心生命灭绝，于是造出一个叫阿苏舍那莫（Asushunamir）的阉人，派他前往冥府去说服冥后，索取储藏"生命之水"的水袋。阉人不辱使命，冥后埃列什-吉加尔（Eresh-Kigal）让手下人为易士塔洒上生命之水。易士

---

[1] 参看《吉尔伽美什》第六块泥板。
[2] 参看胡克（S.H.Hooke）：《中东神话》，企鹅丛书，1963年版，第39页。艾利亚德：《宗教思想史》第1卷，特拉斯克（W.R.Trask）英译本，美国芝加哥大学出版社1978年版，第65—66页。

塔获释后重返阳世。随后提到了也将获释的爱神的情人塔穆斯。

弗雷泽等人根据现存完整的阿弗洛狄忒与阿董尼的神话，对记述未详的巴比伦神话做出了推测性的阐释和复原：

……人们确信塔穆斯每年都要死一次，离开欢乐的地上世界，进入到那阴暗的地下世界中去；而他的神圣配偶也要每年一次踏上寻找丈夫的旅程……在她离开阳界期间，爱的激情停止了运动，人和动物都忘却了自己种族的繁殖，所有的生命都濒于灭绝的边缘。与这位女神联系得极为密切的乃是动物王国中的性功能，女神不在的时候，动物的性功能就不再发挥作用了。面对这种情形，大神埃阿派出使者去地下解救那自然界赖之以生息繁衍的女神。……阴间女王勉强同意了使者的要求，给易士塔洒上生命之水，允许她离去，或许还让她带走了她的情侣塔穆斯。于是，二位神祇得以重返阳世，伴随着他们的归来，大自然又复苏了。[1]

图 84 阿卡德印章上易士塔和阿都尼斯

按照此种推测和补充，巴比伦神话与希腊神话几乎如出一辙。以自由创造为特征的希腊艺术家在此只不过充当着抄袭者的角色，这毕竟是让西方人感到难堪和遗憾的。谁知 20 世纪 50 年代以来的新发现使弗雷泽派学者们大

---

[1] 弗雷泽：《阿都尼斯的神话与仪式》，中译文见《神话—原型批评》，第 52 页。

吃一惊，上述推测性的解释也从根本上发生了动摇。一部题为《印南娜下冥府》（Inanna's Descent to the Nether World）的苏美尔长诗经过多年的搜寻、整理、拼合和译读，终于在1953年前后重现。人们在这个爱神与配偶的最古老的故事中看到，女神下阴间并不是像阿弗洛狄忒那样是为了营救死去的情人，恰恰相反，当她从地狱中逃出时却主动断送了情人的性命——把他交给地狱中的魔鬼作为自己的替身去死。这一重大差异自然导致了对巴比伦神话中缺失部分的重新思考和解释。一个新的疑问出现了：

西亚的爱神易士塔或印南娜难道真会像信奉性爱宗教的希腊人所构想的那样，为了爱情不惜牺牲自己宝贵的生命，去阴间拯救那不幸的情人吗？假如答案是否定的，那又该如何看待神的性爱、死亡与复活之间的思想关联呢？

作为古代巴比伦文明之前身的更为古老的一个文明——苏美尔，将为上述问题提供仅有的权威性解答。

七、苏美尔的印南娜与杜姆兹

苏美尔人，这个奇迹般出现在公元前三千年前的美索不达米亚平原并创造了人类最早的文明城邦的民族，关于它的来源、人种和语言系属，迄今为止仍然是学术界的难解之谜。仅从克拉莫尔教授的著作标题《历史始于苏美尔》（1959）便可看出这一古文明在人类文明发展史上所占据的首席地位了。而在19世纪中叶的人类知识中却根本没有这个民族的名称。只要看看以渊博著称的德国哲人黑格尔的《历史哲学》的目录，便可以发现苏美尔文明的缺如。

苏美尔创造了楔形文字，留下了迄今所知人类最早见诸记载的文学作品。《印南娜下冥府》的神话诗作便是这些五千年前的作品之一。印南娜作为人类文学中最早出现的爱神，毕竟与西方文化中的爱神形象相距甚远，她更多地体现出原始大母神的两面性特征。一些故事讲到她的软弱和虚荣，另一些故事则表现她的执拗和狠心。所有这些负面特征都被她的巴比伦后继者易士塔所继承。不过，她也具有一些颇为荣耀的头衔，苏美尔人视她为天后，司光明、爱情和生命的女神；与她形成对立面的是她姐姐埃列什-吉加尔，后者作为地下冥后，是司黑暗、悲伤与死亡的女神。这姐妹二神之间的敌对关系开启了巴比伦的爱神与冥神、希腊的阿弗洛狄忒与阴间女王珀尔塞福涅、得墨忒耳与冥王哈得斯之间对立的先河。美国学者海斯非常敏锐地指出，谷神和生育之神得墨忒耳到阴间所寻找的变为冥后的女儿珀尔塞福涅，其实就是她本人的另一个自我。[1] 与此相应的是，学者们也把苏美尔的爱神印南娜看作是冥后埃列什-吉加尔的另一自我。[2] 这样的观点显然是从两姐妹神之间表面的对立中看到了内在的统一，对于深入理解具有两面性特征的原母神和由此派生出的爱神很有帮助。原来"爱"与"死"这两大主题就是这样以对立统一的方式潜存在女神神话中的：爱神为了爱使配偶起死回生的母题同爱神因为爱而导致配偶死亡的母题看似截然对立，但从爱神与冥神乃同一神格的不同自我这一角度看，却又并不矛盾。这两种母题的共同之处在于，让爱去充当调节和促进生与死、死与生之间循环变异的内在动力。

基于这样一种辩证的理解，再具体考察印南娜下冥府的神话，也许就不会被那些看似反常的情节所迷惑了。关于这位天后为什么要下阴间去旅行，作品同样没有做明确交代，只是叙述了她预感到将在冥间被姐姐弄死，所以临行前嘱咐她的助手宁舒布尔：如果三天内她不能回返，宁舒布尔应通报天界诸神以便营救，而不能让她在冥间永驻，成为死者。吩咐完毕，印南娜便只身降下阴间，在冥府大门前被守门者阻拦。女神编造了一个理由蒙混过关，先后通过了冥界七重大门，每过一门都要从身上解下一件服饰作为入关礼，当她询问原因时，所得到的回答总是一样的："阴间的规矩完美无缺，你不

---

[1] 海斯（H.R.Hays）：《危险的性——女性邪恶的神话》，孙爱华等，上海人民出版社1989年版，第93页。
[2] 坎贝尔（J.Campbell）：《原始神话学》，海盗出版公司1959年版，第413页。

要对阴间礼仪有所怀疑。"就这样，当她来到冥后埃列什-吉加尔的宝座跟前时，已经是完全裸体了。

>　纯粹的埃列什-吉加尔端坐在宝座上，
>　七位判官阿努纳基当面宣读判词，
>　他们用那死亡之眼注视着印南娜，
>　他们的话语折磨着她的精魂，
>　这染疾的女性被化作一具尸体，
>　这尸体被悬挂在一根木桩上。[1]

然而，神话中的"死亡"从来都不是真正的结局，随之而来的总是起死回生的种种努力。三日期限过后，充当神使的宁舒布尔眼看天后未能回返，便遵嘱先后求告于风神恩利尔、月神南娜和智慧之神恩基。前二者拒不相救，唯后者心生一计：他造出两个无性的天使——正是巴比伦神话中前往冥府营救易士塔的阉人之原型——让他们分别携带生命之食与生命之水前往地狱，使印南娜的尸体复生。[2] 可怕的是，复活的印南娜并不能自由地离开阴间，因为按照苏美尔—巴比伦人的阴间观念，那是一个"有去无回"的"黑暗之家"。七位判官宣布，即使贵如天后，印南娜也只有在阳界找到一个替身送下阴间，她自己方能逍遥于世间。于是我们看到，爱神在严酷无情的众魔鬼押解之下，回到地上，倘若找不到替身去死，她将被再度押回阴间。在阳界迎接印南娜归来的是她忠实的宁舒布尔，众魔鬼要以他为替身带入地狱，印南娜坚决拒绝。随后他们来到两座苏美尔城市乌玛和巴德提比拉（Umma and

---

[1] 克拉莫尔（S.N.Kramer）：《苏美尔神话学》（Sumerian Mythology），美国哲学学会增刊等 XXI 卷，1944 年版，第 92—93 页。

[2] 参看《苏美尔神话学》，第 94—95 页。

Badtibira），众魔鬼又要求以这两城之神沙拉（Shara）和拉塔拉克（Latarak）作为替身，因印南娜的阻止，二神幸免于难。作品原文至此中断，多亏克拉莫尔根据新发现的泥板文书残片，对故事的结尾另做补充，我们才看到如此富有戏剧性的一幕：

印南娜同押解她的众魔鬼来到她自己的城邦乌鲁克，看到她的丈夫牧神杜姆兹，后者并未像以前三神那样对爱神的遭遇表示悲伤和同情，而是幸灾乐祸地坐在自己的王位上。印南娜一气之下，发了狠心让魔鬼将自己这位负心丈夫带回地狱做替身。杜姆兹见状吓得魂飞魄散，高举双臂向日神乌图呼救。[1] 泥板文书至此残损，杜姆兹的命运仍未明了。不过在另一位苏美尔学家雅科布森所破译的另一部作品中可以看到，爱神的丈夫虽百般乞求，乌图也曾三次干预，但杜姆兹终究未能逃脱下地狱的厄运：众魔鬼三度抓获潜逃的杜姆兹，用尖钉和牧杖把他打得奄奄一息，最终押送地下冥府。[2] 至于这可怜的牧神到阴间以后的遭遇，克拉莫尔推测说：

在所有的可能性之中，是冥后埃列什－吉加尔被杜姆兹的眼泪所感化，减轻了他的悲惨命运，决定让他每年只有六个月被拘于阴间，另外六个月由他的妹妹吉什提南娜代替他。[3]

在这个冥后与爱神平分秋色的有趣情节中，我们已经看到了希腊的爱神与冥神之争的原始形态，同时也被苏美尔神话中作为爱神配偶的杜姆兹的悲惨宿命所震撼：死亡的恐怖性在这里足以压倒生命、繁殖和爱。

对苏美尔爱神神话的现代破译，不仅动摇了弗雷泽学派对这一神话模式

---

[1] 胡克：《中东神话》，企鹅丛书，1963年版，第21—22页。
[2] 参看艾利亚德：《宗教思想史》第1卷，英译本，第65页。
[3] 克拉莫尔：《圣婚仪式：苏美尔的信仰、神话和礼仪的诸方面》，印第安纳大学出版社1969年版，第144页。

的单一性解释，而且也促使整个西方神话学界重新考虑爱神及其男性配偶神的原始关系。

苏联神话学家梅列金斯基在归纳所谓"时序神话"的普遍性时便指出，苏美尔神话有其自身的特异性。"在美索不达米亚地区，通常将易士塔与塔穆斯（印南娜与杜姆兹）视为节期神话中的配偶。诚然，通观苏美尔神话诸说，特别是关于印南娜下至地府的叙事诗，从未述及杜姆兹的复生，况且，杜姆兹并非农事神，而是畜牧神。"[1]

既然是畜牧神，便不用像植物神塔穆斯那样，一年一度地演出死而再生的神话剧，因而印南娜也无须拯救丈夫的生命，反倒因为她的爱转化为恨而断送了配偶的性命。这毕竟是有些过于残忍了。胡克解释说，早期神话的这种情节在苏美尔后期已有所改变，体现在塔穆斯礼拜仪式上，塔穆斯的逝去导致大地复归于混沌，易士塔下阴间救情人，使塔穆斯重返生命世界。神话的早期形式与后来形式之间的差异也许出于下述原因：苏美尔人来到两河流域时，正经历着自畜牧经济向农耕生活方式的转变。礼拜仪式上的男女二神常被表现在阴阳两性的冷杉

图85 公元前2000年代的苏美尔鸽头女神偶像。荷兰莱顿，国家考古博物馆

树下，但这种树在两河流域并不存在，而是生长在苏美尔人原住的山区。况且苏美尔人的神圣庙台建筑也朝向那一地区。可知该神话的原初形式产生于

---

[1] 梅列金斯基（E.Meletinsky）：《神话的诗学》，魏庆征译，商务印书馆1990年版，第248页。引用神名音译略有改动。

不同于农耕生活方式的畜牧文化土壤之中。[1] 从两河流域的文化更替特征上看，这种见解是合乎情理的。[2]

英国布里斯托大学古典学教授科克对比了三种苏美尔—阿卡德的"下冥府"神话（《印南娜下冥府》《恩启都下冥府》《易士塔下冥府》），从中抽绎出古代西亚神话的一个中心主题：自然和死亡世界的呈现。在表达这个主题时，两种爱神与配偶的神话在以下五个方面有明显差别：

（1）下冥府的理由。印南娜谎称去参加冥后的丧礼；易士塔威胁说要打破冥府解救死者。

（2）爱神如何被杀。印南娜因冥界七判官的死亡之眼注视而亡；易士塔被死之恶魔及60位女鬼所杀。

（3）为何被救。在苏美尔神话中是因为印南娜事先做了安排：嘱托助手三日后营救；在巴比伦(阿卡德)神话中是因为大神们担心地面上生命灭绝。

（4）怎样被救。苏美尔智慧神恩基造出两使者携带生命之食与水到阴间，向爱神尸身上洒了60次；巴比伦智慧神埃阿（等于恩基）造出一英俊阉人，后者从冥后处获得生命之水水袋，洒于易士塔的尸体。

（5）离开冥府的方式。印南娜由死亡和疾病之魔鬼押送而出；易士塔依次回到七座门前，重新收回她的衣饰。[3]

在上述五点差异中，第（1）点似并不很重要。它使人注意的是，易士塔威胁要解救冥界死者与她自己被救的原因相吻合，而她的被救也再度强调了不生育与死者之间的普遍联系。第（2）点差异的意义在于巴比伦神话把死因归于死亡与疾病之魔鬼，这些魔鬼在苏美尔文本中行使着押解爱神出冥府的职责。看来是两种文本的作者分别选取了有关魔鬼的一个叙述母题，而有

---

[1] 胡克：《中东神话》，第22—23页。

[2] 参看叶舒宪：《英雄与太阳》第一至二章关于"游牧文化的原型范式"与"定居文化的原型范式"的区分，上海社科院出版社1991年版。

[3] 科克（G.S.Kirk）：《神话：其意义和功能在古代及其他文化中》，剑桥大学出版社1971年版，第109页。

意略去了另一个。60个女鬼的说法同60次洒生命之水的细节在数量上又一次暗合。第（3）点差异相对重要一些，因为这关系到两种文本的叙述特征。苏美尔神话关于爱神获救原因的叙述——印南娜如何预先安排宁舒布尔拯救自己——是十分详尽的，其篇幅约占到现存300行诗句的四分之一。这里突出表现的是关于天才预见的民间故事主题，它同作品整体的中心主题相游离。巴比伦作者有意识地删节了这一节外生枝的段落，浓墨重彩地去表现与作品的中心思想相关的场景：生殖与不育、生命世界与死亡世界之间的平衡被打乱及其后果。

科克教授最感兴趣的差异是第（4）点。虽然关于拯救爱神的叙述核心是几乎完全一致的——智慧神造出奇特的使者为爱神之尸洒上生命水，但是巴比伦文本中的一个细微之处却意味深长，那就是英俊非凡的阉人形象。他的名字"阿苏舍那莫"（Asushunamir）意为"相貌惊人"或"容光焕发"。埃阿派这样一位美男子去向冥后索取生命水，显然是一个精心安排，目的在于使冥后对他一见钟情。冥后作为生殖女神天后的对立面，本来是不生育的；她所钟爱的这位俊男却也生来就是不育的阉人。因此她们之间的爱实际上只是被抽掉性爱实质的"不育"之爱，这就更加贴切地突出了作品的中心对比：生者与死者，

图86 古埃及爱神哈托尔石刻像

生殖与不育。由此看来，美貌的阉人和不育的冥后之间的爱欲关系就构成表现生死之间全部矛盾关系的罕见象征。[1] 经过这样一种理性的译解，非理性

---

[1] 科克：《神话：其意义和功能在古代及其他文化中》，第110页。

的神话终于显露出其深沉严肃的内在蕴涵。潜藏在爱神和配偶的神奇故事背后的，原来正是构成人类终极关怀对象的生命哲学的永恒主题。

至此，我们对阿弗洛狄忒神话的溯源考察可以暂告结束了，希腊神话中几个关键母题——爱神与冥后之争、美少年、性与死的关系——都已在西亚神话中找到了原型。伴随人类文明而来的生命哲学的觉醒在几种不同文明古国中演示出几乎相同的故事，那么在华夏文明中又是怎样一种情形呢？

第五章
爱神及其配偶（下）
——社稷本义发隐

社者土地之主；
稷者五谷之长。

——《孝经》

民为贵，社稷次之，君为轻。

——《孟子》

我的主要目的是建立一个便于进行相关的比较分析的形态学……只有对类似的宗教现象加以比较，才能同时把握其一般的结构及其特殊的意义。

——艾利亚德

高唐神女与维纳斯

上一章对维纳斯女神的溯源性考察在某种意义上构成了一部爱神及其配偶神话模式的发生发展史。我之所以用这样多的篇幅去探讨这一神话的发展历史，主要是为了从中揭示潜存于这一流传深远的神话故事背后的、具有全人类性质的生命哲学的重大主题，从而为探考中国上古文化中的对应现象提供跨文化的思想背景，确立一种基于文化通观的宏阔视野的研究思路。

从这一意义说，对西方文化中爱神及其配偶神话的纵向历时性考察，实际上是从比较文化高度破译中国文化密码"社稷"的导论或序曲。

图87　阿提刻瓶画中得墨忒耳和她的祭司。她把种植谷物的技术传给人类

一、社稷的配偶关系

社稷作为一个文化特色鲜明的政治范畴，在中国历史上向来是国家政权的代称。这一用法由来甚早，请看下面几例：

《左传·宣公十二年》："进思尽忠，退思补过，社稷之卫也。"

《左传·襄公二十一年》："叔向有焉，社稷之固也。"

《左传·定公十年》："叔孙谓工师驷赤曰：非唯叔孙氏之忧，社稷之患也。"

《老子》第七十八章引圣人云："受国之垢，是谓社稷主；受国之不祥，是谓天下王。"

　　以上四例中的"社稷"均指国家而言，其语义蕴涵庄严而神圣。《老子》将"社稷"与"国"和"天下"对言，更明确了三者之间的相互指涉关系。像这种把"社"和"稷"并称的措辞模式，在先秦时代已经十分流行。据统计，在《尚书》中出现了1次；在《论语》中出现了2次；《孟子》中出现了6次；《墨子》中出现了17次；《荀子》中出现了15次。可见是大致随着时间的推移而日益增多的。按照古人观念，"国之大事，在祀与戎。"宗教礼仪和军事防卫是国家政治生活中两项最主要的活动。相对而言，宗教与王权密切相关，而且担负着调节宇宙与社会、天道与人事之间关系的神圣职能，所以在地位和重要性上都比军事方面更为优先。因此用国家的最重要的活动来代表国家的存在，就产生了"社稷"并称指代整个国家政权的比喻措辞。更严格地说，这种以部分指称全体的措辞应当属于西方修辞学所划分出的"提喻"模式。类似的用法还有"宗庙"或"宗庙社稷"。

　　那么，在国家宗教活动的各种繁复礼仪之中，为什么偏偏是"社稷"（有时还加上"宗庙"）获得如此的幸运，上升为国家政权的代称呢？《礼记·祭义》云：

建国之神位，右社稷而左宗庙

同书还说：

君子返古复始，不忘其所由生也。是以致其敬发其情，竭力从事以报其亲。不敢弗敬也。是故昔者天子为籍千亩，冕而朱纮，躬秉耒。诸侯为籍百亩，冕而青纮，躬秉耒。以事天地山川，社稷先古；以为醴酪齐盛。于是乎取之，敬之至也。

这两段话表明，社稷与宗庙所分别代表的自然崇拜与祖先崇拜成为后世封建国家神权统治的主要支柱而存在，其由来久远。同时也表现着历代统治者效法先王，对农耕文化中作为产食经济主要来源的"社"与"稷"的无限虔敬的心情。所谓"返古复始，不忘所由生也"，正表明了这种以土地神和谷物神为生命本源的农业宗教特点[1]。

值得思索的是，作为地母神的"社"和作为谷物神的"稷"二者之间相互组合的逻辑联系。

尽管社稷二者合称之后成为一个象征国家政权的新范畴，但最初的时候，二者分明是两个相关的神话信仰的对象。前章的讨论已经证实，代表大自然生命繁殖本源和神力的爱神本身就是地母神，她的对偶总是一位年轻的男神。在畜牧生产方式为主的文化中，这位男神是牧神杜姆兹；在农耕生产方式为主的所有文化中，他都充当着植物——谷物之神的角色，如塔穆斯和阿都尼斯。因此，女性的爱神、地母神同男性的植物、谷物神之间的关系总是配偶、夫妻或情人的关系。更确切地说，是两性结合的关系。这种关系的建立和存在，确证着大自然生命繁殖功能的正常运作。如此看来，社与稷之间的关系，在自古以农业立国的华夏文明传统中也不会是例外，当为夫妇或配偶的关系。具体而言，中国古代国家宗教的核心范畴——社稷，分别相当于阿弗洛狄忒、易士塔、印南娜和阿董尼、阿都尼斯、塔穆斯、杜姆兹。

关于社及高禖如何在中国神话与宗教中行使着地母兼爱神的职能，前文已有说明。现在为进一步弄清稷与社的配偶关系，有必要对作为社神之配偶的稷神再做一番较深入的考察。

---

[1] 格拉奈、凌纯声等认为，宗庙与社稷最初是一件事，社坛是祀神祭祖的同一所在。参看凌著《台湾土著族的宗庙与社稷》，《民族学研究集刊》第6期，1958年。

二、"稷"的破译：大头谷灵与阳性生殖力

一般说来，稷作为五谷之神的身份是一目了然的。古籍中的说法也都大同小异地指明了这一点。《周礼·春官·大宗伯》："以血祭祭社稷。"注："社稷，土、谷之神。"《孝经纬》："社，土地之主也，土地阔不可尽敬，故封土为社，以报功也。稷，五谷之长也，谷众不可遍祭，故立稷神以祭之。"[1]《白虎通义》："王者所以有社稷何？为天下救福报功。人非土不立，非谷不食。土地广博，不可遍敬也；五谷众多，不可一一而祭也。故封土立社，示有土尊。稷，五谷之长，故封稷而祭之也。"除了这种最流行的谷神说，还有一种解释把稷说成是山林原隰之神，见于《礼记·郊特牲》孔疏引郑康成说，又见于《朱子语类》。这种解释同把阿都尼斯视为植物神的看法恰恰不谋而合。其实，谷物不也是人为耕种的植物代表么？可见，谷神说与山林原隰之神说其实不是对立的，而是种与属之间的差别，其实仍是相通的。古人祭地母神的同时又祭植物神，其间的关联是什么呢？兑之先生在《述社》中做了明确回答：

土之所生，五谷为大，故祀谷神为稷以配之。[2]

据此，则稷神是作为社神的匹配而得到祭祀的，这是否可以作为二者之间配偶关系的暗示呢？从初民经验看，谷物也好，植物也好，都是大地母亲所生养的生命形态，而使地母受孕的契机又正是谷种或植物种子，这正是植物神、谷神被当作地母神之丈夫或配偶、情人的联想基础。此种神话式的类比曾经普遍发生在初期的农耕社会之中，这就是爱神及其配偶植物神的二元

---
[1]《艺文类聚》卷三十九引。
[2]《东方杂志》第28卷第5期。

关联发生的幻想逻辑吧。

在古代，人与土地密切相关。土壤的生殖力似乎与人类的生殖力相联系着。因此出现了这样的信念：如果人把精子撒在土地上，那一定会有东西生长出来。这种信念在阿萨姆（Assam，印度东北地区的一个邦——引者）和其他东方的区域都很流行。几个世纪前的旅游者们在那些国家看到，男人和男孩们站在田地里，向着新耕过的土壤撒下精子。[1]

事实上，汉语中的"种子"这种说法本身，就起源于把植物的繁殖认同为人类的生殖的神话类比。我们把植物的生命延续叫作"播种"或"撒种"，把人类个体生命的延续叫作"传种"，这种措辞已表明了二者之间的关系。如果再对"稷"字做一番语源的和字形的分解剖析，对这一问题的理解将更加深入一步。

"稷"字从禾从畟，前者代表人工种植的作物，这个偏旁在造字中的作用是标明意义的类别和范围；后者代表种子或阳性生殖力，这一层隐义很少被人们识破。进一层的分解不难看出，畟是两个部分组成的：田与夊，二者都是最小的意义单位。如果把这位于上部的"田"当作是表示田地或田野，那就误会了，其实它同"男"字或"鬼"（鬼）字的上半边一致，在古文中写作一个特大的头颅的形象。对此，外籍的古文字专家白川静先生已经有所暗示：

"稷"的古字形大概就是"畟"吧！《说文》谓因农耕时其足进入土中而一步步向前进行之意，故合"田"与"人"前进之形。但是，纵有合"田"

---

[1] 艾伦·爱德华兹（A.Edwards）：《莲花中的宝石：东方性文化历史概观》，伦敦，坦顿公司1965年版，第48页。

与"土"为"里"的字形构造法,字的上部很明显的像神头之形,在其下添加了向左右垂开的手足之形,其全体可作表示稷神像之形。[1]

白先生在此说对了一半,畟字上部像神头,但下边的"夋"并非垂开手足之人,而是阳性生殖力的符号。至于许慎把"畟"字解说为农耕时在田土中行进,更是失之愈远了。

与"稷"或"畟"字具有意义上的联系的一个重要字是"俊"或"朘"。前者是至高男性主神帝俊(见《山海经》等)的本名,后者则专指男性生殖器。由此不难悟出"夋"这个造字结构素所蕴涵的男性(阳性)生殖力的意义。

《老子》第五十五章云:婴儿"未知牝牡之合而朘作,精之至也。"马王堆帛书《老子》作"未知牝牡之会而朘怒"。这里的"朘作"或"朘怒"均指阳具勃起。房中著作《玄女经》中说"玉茎不怒"即是旁证。《老子》河上公章句本作"峻"。王弼注本云"全作"。俞樾说,"全"字系"㑺"字之误。日本学者武内义雄对此的看法是:"果然,则㑺与峻同义。"[2]

《正字通》:"男子'势'曰'阴'。"《唐韵》说峻与朘都是"赤子阴"。闻一多先生指出,"朘"与"脽"相通,原字只写作"隹",就是短尾之鸟的总称。"俗正呼男阴为鸟也。《老子》以为赤子阴,则犹俗谓小儿阴曰鸡儿,曰麻雀。"[3] 民俗方面的旁证可以为"脽""朘"相通提供极为古老的背景。按照传统的食补养生理论,食用鸟类可以达到壮阳强精的效果。早在马王堆出土帛书《十问》中就有一篇题为《大成之起死食鸟精之道》,假托黄帝时养生大师名叫大成的,讲述一番以"食鸟精"治疗阳痿(起死)的诀窍,其信念之基础乃是以类相感的巫术原理:"如果将要多次与女子交合,就接着

---

[1] 白川静:《中国古代文化》,加地伸行、范月娇译,台湾文津出版社 1983 年版,第 82—83 页。
[2] 武内义雄:《老子原始》,江侠庵编译:《先秦经籍考》上册,商务印书馆 1928 年版,第 296 页。
[3] 闻一多:《古典新义》,《闻一多全集》第 2 卷,第 600 页。

再增加飞鸟为食,如春天的雀卵等。还提倡食用那打鸣的公鸡,公鸡有精子(睾丸),果真能服食这些,性功能就会恢复它的生机。"[1]读到这些两千年前的壮阳秘方,自然会使人想到古印度性学圣典《爱经》(Kama Sutra)第七卷中所开列的催欲偏方,其中照例有"麻雀卵"和"鸢"等鸟类生命。[2]而古希腊象征性欲的阿弗洛狄忒女神自己也有个形影不离的象征物——鸟或鸽子。所有这些现象似乎已经足以表明,鸟与夋作为阳性生命力的象征物,是起源极古,又具有相当普遍的意义的。可以确定的是,中国上古宗教中的男性至上天神帝俊,其实就是这种以鸟(夋)为象征的阳性生殖力的人格化表现,这从"俊"字从"亻"从"夋"的字形上已可一目了然。

《山海经·大荒西经》云:"帝俊生后稷。"古神话之所以把后稷说成是帝俊的儿子,其实正是由于体现于农作物方面(禾)的阳性生殖力本属于宇宙间阳性生殖力的本源和总代表——作为太阳神的上帝。[3]关于他们之间的父子关系问题,将在后文中讨论。这里让我们先回到"夒"字本身,看看这个古义早已失传的字上下两部分之间的关联。

既然这个字的下半部分"夋"作为阳具的隐喻意义已经明了,那么它与上半部分"田"所代表的大头有什么联系呢?

原来大头与阳具之间的关系是换喻的关系。换句话说,是互为象征的关系。这种头与阳具之间的换喻关系甚至可以追溯到旧石器时代的信仰,而其流传之广,早已渗透到文化的无意识底层了。举例而言,在民间故事的流传过程中,同一个故事情节会产生出一些不同的异文,而这种生成变异所遵循的逻辑规则往往就是无意识的象征类比。美国民俗学家阿兰·丹迪斯指出,民间故事中的头颅与阳具、砍头与阉割便是互为象征的关系。在关于牧兔人

---

[1] 马王堆帛书《十问》,宋书功语译,《中国古代房室养生集要》,中国医药科技出版社1991年版,第20页。
[2] 瓦茨雅纳(Vatsyayana):《爱经》,英译本,伯克利出版公司1966年版,第214页。
[3] 参看叶舒宪:《性与火:一个文学原型的跨文化研究札记》,《艺术广角》1989年第5期。

的故事的不同异文中，国王惩罚主人公有两种方式：砍下头或削掉阳具。"情节的进展在任何异文中都是完全同步的，这就说明砍下英雄的头被认为和削掉他的阳具是并无二致的。"[1] 民间故事中这种头与阳具的象征性认同关系在中国的文人创作中亦不乏其例。如李渔小说《十二楼》中的《萃雅楼》一篇第三回"权贵失便宜弃头颅而换卵，阉人图报复遗尿溺以酬涎"，仅从标题上已可看出此中消息了。所谓头颅换卵，指的是男主人公被权贵严世蕃施以宫刑，后砍下严头作为报复一事。所谓"尿溺酬涎"，说的是主人公用仇人之头骨制成溺器，以报当初被鸡奸之仇。这又与阿兰·丹迪斯所说的吐痰与射精之间的象征类同大致对应。李渔在篇末为主人公拟诗一首，有意点明了无意识的象征对应关系：

汝割我卵，我去汝头；
以上易下，死有余羞。
汝戏我臀，我溺汝口；
以净易秽，死多遗臭。
奉劝世间人，莫施刻毒心；
刻毒后来终有报，八两机谋换一斤。[2]

以上举例虽然在时代上看略嫌晚近，但这一象征类比的根源却是由来已久的。简言之，那就是头脑为精髓的储备之源的原始信仰。古人认为构成人类生命的本质要素是"精"，"精"的产生与阳具即朘的作用有关，所以马王堆出土竹简古书《十问》又称之为"朘精"。

---

[1] 阿兰·丹迪斯（Alan Dundes）：《相关主题的象征类同：分析民间故事的一种方法》，晓宋译，《民间文艺季刊》1989年第2期。
[2] 李渔：《十二楼》，人民文学出版社1986年版，第124页。

王子巧父问于彭祖曰:"人气何是为精虖(乎)?"彭祖合(答)曰:"人气莫如竣(朘)精。竣(朘)气宛闭,百脉生疾;竣(朘)气不成,不能繁生,故寿尽在竣(朘)。……实下闭精,气不屚(漏)泄。心制死生,孰为之败?慎守勿失,长生累迣(世)。累迣(世)安乐长寿,长寿生于蓄积。坡(彼)生之多,尚(上)察于天,下播于地,能者必神,故能刑(形)解。"[1]

这一段以积蓄朘精为手段的养生秘法实已开启了后世房中养生论之先河。其中特别强调了阳具产生气与精的道理,并认为"闭精少泄"将导致长寿和通神的效果。只是尚未明确由"朘"所生之精气究竟在何处"蓄积"。这一点正是房中"还精补脑"说给予明确答案的:精气沿体内脊柱上行,直至头顶。于是,人的脑袋就被确信是储藏生命和生殖能量的宝库了。这也正是阳具与头颅象征认同的信仰基础。[2]《灵枢·经脉篇》说:"人始生,先成精,精成而脑髓生,骨为干,脉为营,筋为刚,肉为墙,皮肤坚而毛发长。"说明了精与脑的因果关系及其对生命起源和发育的关键作用。在中国文化传统中流行至今的所谓"还精补脑"观念便由此而生发出来了。

《玉房指要》引《仙经》云:"还精补脑之道,交接,精大动欲出者,急以左手中央两指却抑阴囊后大孔前,壮事抑之,长吐气,并喙齿数十过,勿闭气也,便施其精,精亦不得出,但从玉茎复还,上入脑中也。"[3]

唐代名医孙思邈《千金要方·房中补益》也讲到了类似的原理,把"意在补脑以遣疾"看作是"房中之微旨"也。

---

[1] 周一谋主编:《马王堆医书考注》,天津科学技术出版社1990年版,第381—382页。

[2] 传统中医理论还认为肾是生精藏精的器官,但肾与脑也是相通相关的。"肾藏精,生髓,脑为髓海,肾与脑相通,共主人体生理活动,也包括精的生理活动。"见王琦主编:《中医男科学》,天津科学技术出版社1988年版,第10页。

[3] 据叶德辉编:《双梅影闇丛书》,1907年叶氏观古堂刊本。

了解到精、髓、脑三者在中国文化中的认同关系，可以说是破解中国性文化之奥秘的一个重要前提。借助于人类学方面提供的视野和材料，可以看出这是一个极为古老而又普遍的迷信观念。荷兰的汉学家高罗佩曾指出，中国的"还精"说与印度密教，特别是瑜伽术中的贡荼利尼极为相似。[1]但他却将这种相似归结为中国房术对印度佛教影响的产物。[2]在我看来，这其实是同一种原始迷信观念在不同文化中遗存结果，未必是文化传播或交流的产物。理由在于，古印度人从一开始就持有关于头脑是精液储存处的类似信念，而这却是高罗佩未能详察的一个重要线索。印度神话研究方面的专家奥弗拉赫蒂写道：

> 头颅和阳具的等同并不仅仅是弗洛伊德的观察（虽然这些观察是富有启示性的）的结果，而且也来自印度的文献。这些文献中说精液被提升和储存在头部。不仅如此，我们还将看到，尸体配偶的神话也提供了实例，表明了关于性的复活的观念。按照这一观念，阉割和斩首同样意味着神话中的性活动的终结。[3]

图88 中国年画中的老寿星

由于大量的精气不断在头骨中积聚，所以人的寿命也随着生命力的增多而延长，乃至达到房中著述所说的"长生累世"和"能者通神"的境界。这可真是一种一厢情愿的长寿理想，奇怪的是古人对此竟坚信不疑。《太平御览》卷三六三引《春秋

---

[1] 高罗佩（R.H.Van Gulik）：《中国古代房内考》，荷兰莱顿1974英文版，第200页。
[2] 高罗佩：《印度和中国的房中秘术》，收入同上书，附录一。
[3] 奥弗拉赫蒂（W.D.O'Flaherty）：《印度神婚中力的均衡及变化》，《女人，双性同体和其他神话动物》，美国芝加哥大学出版社1980年版，第84页。

元命苞》说:"头者神所居,上员象天气之府也。"看来积精通神的关键部位还是头,头顶的圆形也被看成对天的模仿,以便使人的生命力同宇宙的生命力——天气贯通一体。于是,头骨越大也就越表明生命力之充实饱满,难怪中国传统人物画中那些仙人或老寿星们都长着奇大无比的脑袋,尤其是他们的前额,总是被超量储藏的精气挤压得膨胀凸出,好像发育得变了形的南瓜呢。

再看看印度神话中的相关现象,我们可以确信找到了透视大头寿星们脑内存储物实质的 X 光射线。《大林间奥义书》第六部分第四婆罗门书第四至五节[1]教导男人将溢出的精液放置到两胸之间或眉心处,这两个部位被看做是传导精液上达头顶的枢纽区域。而眉心之上的前额则是精液上行的最高元府。这种观念的极致表现为印度神话人物额头正中的红点或第三只生命之眼,那正是无比强大的生命力的象征。[2] 后代中国神魔小说中那能够射出电光杀人的三只眼形象,只不过是对印度神话原型的拙劣模仿而已。

值得注意的是,作为生命力之源的精液储藏于头部的观念不只是东方民族才有的,我们在古希腊可以看到大致相同的情形。希腊神话中的普塞克(Psyche)象征生命的本质或人的灵魂。

在荷马史诗中,普塞克总是住在人头之中。"头部在古代希腊事实上被看成是人体唯一珍贵或神圣的部分,具有与整个的人相等的意义,相当于普塞克或生命原则。头部是生命或生命的位置,是普塞克的居所,精液和普塞克并存于头部。因此,点头具有神圣的意义,发誓和诅咒可以指头部为见证"[3]。其实,汉字中的"天"字,古文写作 ,像大头人形,也是这种头部神圣观念的产物。《说文》训天为巅,也就是人的头顶——人体唯一通天通

---

[1] 不幸的是,这两节在中译本中被删节了,参看《五十奥义书》,第 665 页。
[2] 奥弗拉赫蒂:《性体液在吠陀及吠陀以后的印度》,《女人,双性同体和其他神话动物》,第 45—46 页。
[3] 奥尼安(R.B.Onians):《欧洲思想的起源》,剑桥,1954 年版,第 95—122 页。

神灵的最神圣部位。所谓"天灵盖"的说法也可为这种信念提供旁证。汉字"天"的古文字形本身就表明了"巅"即头部"具有与整个的人相等的意义"。艾利亚德在《灵魂、光与种子》这篇专论中写道：

> 克罗多那（Crotona）和阿克米翁（Alcmaeon）认为，斯多噶的理论是种子在脑中的逻辑结果。这就是也认为种子与灵魂（Psyche）同居于一个器官中。如奥尼安所指出的，对柏拉图来说灵魂便是种子（Sperma）（见《对话录》73c），"或者干脆说是在种子之中，这种子包裹在头盖骨和脊椎骨中……它通过生殖器进行呼吸……种子本身就是呼吸或具有呼吸，而生殖活动本身就是这样的呼吸。这对亚里士多德是很明白的事"。[1]

关于人的种（精）子与灵魂相互关联的思想在中国传统观念中同样流行。《汉武内传》中的真元之母便曾告诫汉武帝说："淫则使精漏而魂疲，是故精竭而魂消。"中国的通俗小说中一再写到因纵欲而"魂消"亡身的例子，可谓是这一观念的派生情节模式。像《如意君传》和《金瓶梅》之类性小说所描写的男主人公"髓竭而亡"的命运，完全可以用古希腊的相关理论来阐释："不论精液是来自整个肌体，或源于灵与肉融成一体的地方，还是来自于漫长的体内食物加工处理过程，排泄精液的性行为都令生命付出了昂贵的代价。"[2] 所有这些中、希、印三大文化中共存的观念与思想，都可以相互参证和相互阐发，为我们确证头颅与生殖器、脑髓与精液和灵魂之间的微妙联系提供了深远的背景。

为了破解稷神的信仰内蕴及其生理基础，我们似乎绕得稍远了一些。不过，也只有在上述背景材料的佐证下，畟字的结构之谜才能得到有效的解释。

---

[1] 艾利亚德：《神秘主义、巫术与文化风尚》，芝加哥大学出版社 1976 年版，第 110 页。
[2] 福柯：《性欲史》第 2 卷《快感的享用》，英译本，1986 年版，第 132—133 页。

现在看来，田与夋的组合逻辑不用旁求，就在于头脑与胺精的内在联系上。代表大头的"田"既符合谷穗高高在上有如人头的空间位置，又可通过脑髓与种子的互喻关系，表明谷穗颗粒作为谷种谷灵的生命再造功能。而下部的"夋"既代表产生和传导精气使之上达谷穗的"茎"，同时又作为"玉茎"的隐喻，与古老的胺精观念相吻合。这样，"畟"作为阳性生命力的符号，再加上标明类属偏旁"禾"，一个象征谷灵即谷神的"稷"字就这样被神话思维创制出来了。这个男性的植物之神从诞生之日起，就与他赖以生长的地母神有着不解之缘，他们二者的配偶作用关系，正是使稷神像塔穆斯、阿都尼斯一样获致死而复生的永久生命力之源。

其实，畟字还有另一种写法作畯。这个畯字按传统解释是田官或农夫。这正同畟被解作在田中行进一样，是对字形所蕴涵的神话隐义完全不能理解后的臆测产物。白川静说，畯的本义应为农神：

以田畯为管理员的解释或许是因在《诗经·豳风·七月》有"田畯至喜"一句的缘故。此句虽可释作"农业管理员亲临现场检查而感到喜悦满足"之意，但"喜"字应读作"饎"，意谓"田神来享农耕开始的祭品"，故田畯并非管理员，而是田神这个东西。[1]

其实这里的田神就是谷神。畯也就是畟或稷。白川静虽然摆脱了畯字解诂的窠臼，但又把夋说为耜之拟人化，未免偏离了本义。说到稷神的起源，文献中所见的材料只承认周弃为周朝的稷神，商代以上不甚了了。我想若不仅仅拘泥于文献材料的话，稷神的原型表象可以一直上溯到连云港将军崖岩画中所见的"大头禾人"吧。在那些原始的谷神造型中，我们不

---

[1] 白川静：《中国古代文化》，中译本，第82—83页。

仅可以看到头颅高耸，顶天立地的"稷"，甚至还分明看到了大头旁落、身首异处的"畯"。

三、刑天与大头人断首之谜
——兼及头与阳具换喻的农耕神话基础

20世纪80年代初发表的关于连云港将军崖岩画的图片中，最引人注目的是突出表现大头人与禾苗主题的A3画面[1]，如图89。

图89 江苏连云港将军崖岩画"大头禾人"

俞伟超先生认为这里的大头人是农神象征，他分析说："西边一组的头像下普遍刻以禾苗和谷穗，似又暗示出这种头像同某种农作物的联系，这岂不很像是某种农神的象征物吗？"[2] 俞先生还把这些祭农神的岩画所在地称为"东夷社祀遗迹"，这对于追索社与稷作为配偶神的原始关系是不无启示的。

画面中那些长着特大头颅的禾人形象不正是稷的原型吗？许慎在《说文》中举出的稷字右半边的古写法作 ，其实也正是这样一种大头人的直观表象。不同处在于岩画中的大头人刻画出了面部特征，尤其是头顶前额部

---

[1]《文物》1981年第7期。
[2] 俞伟超：《连云港将军崖东夷社祀遗迹与孔望山东汉佛教摩崖造像》，江苏省《文博通讯》第24期，南京博物院，1980年。

位用X光透视法表现了头骨内藏的生命物质的胀满状态，那恰是种子——谷灵的所在；而古文字为了简略起见，略去了大头人的面部描绘，只用一个十字符号标明头内蕴藏的生命种子。萧兵先生认为，岩画中的大头人形象是"太阳人"的象征。他写道："'稷'字最初未见得就从'田'，那'十'字纹样可能表示此神头面以'割痕'为饰；将军崖岩画的'大头人'面部、头部都有复杂的'割纹'，拉拉碴碴的胡须可能是在模拟禾穗，跟西方古代描绘农神、谷神的办法暗合。那也可能是一种面具。

前面说，'禾中人'可能是冠日的东方太阳氏族的代表性成员，这跟他的庄稼神身份毫不抵触，因为他正可以兼为东方太阳族的稷神、自然神。而太阳神也往往被祀为农业神。台湾同胞阿美族太阳神（taidalu）正是司谷物之神，在他们的祖庙柱上也刻有太阳的图形。"[1]这一看法很中肯。其神话思维的依据似乎是将太阳神（天神）和谷神作为宇宙阳性生殖力的两种代表，均能使地母怀孕和生产，因而二者均可作为大地母亲的男性配偶。为了解决这种一妻多夫的矛盾，神话通常的处理办法是，让太阳神或天父充当地母的原配丈夫，谷神则是天父地母之子，又兼地母的情人。难怪后稷既是地母姜嫄之子，又是太阳神帝俊之子。谷神的这种儿子兼情人的微妙身份，将在后文中进一步研讨，这里还是先集中考察一下岩画中一个被人们忽略的问题：学者们虽然倾向于把将军崖岩画中的大头人视为农神、谷神，但似乎均未说明为什么画面上有的大头人身首完整，有的却身首

图90 埃及铜器铭刻大头植物人。约公元前600年

---

[1] 萧兵：《连云港将军崖岩画的民俗神话学研究》，《黑马——中国民俗神话学文集》，台湾时报文化企业有限公司1991年版，第258页。

异处呢？A3画面右上方有一大头人横卧形象，中央上方又有一颗大头脱离了身体，似乎是被斩首后的形象。从谷灵的生命再生产过程着眼，这一现象就不难理解了。农耕神话把谷物生命类比为人的生命，成熟的谷穗高高在上，自然被认为是谷物之大头，穗落后谷粒化为种子重新繁衍，这正是大头谷灵一年一度断首再生的必要过程。谷种神奇的繁殖再生能力，也许正是神话思维关注的一个焦点，以此为准才类推到人头上，认为那也是储备种子（精子）、再造生命的起点。我想由此不难找到世界各文化中普遍出现的头脑换喻生殖器的神话依据。人类将从农耕经验中观察和总结出的谷物生命循环规则反过来用在人类自己身上，于是有了后人难以理解的断头祭典和断头神话，派生出像形天和夏耕之尸这样的无头形象，甚至在文字体系中也相应地出现了两种谷神表象，那就是前面提到的身首完整的"稷"和断头之后的"畯"。现在看来，将军崖岩画中的两类大头人——身首完好的和身首异处的，正分别对应着"稷"和"畯"，反映着同质的谷灵在生命循环的不同程序中的形态。

关于形天的神话在古代流传甚广，这个形象一直被奉为一位断头后仍坚持反抗的斗争英雄。《山海经·海外西经》所记形天事迹是：

形天与帝至此争神，帝断其首，葬之常羊之山。乃以乳为目，以脐为口，操干戚以舞。

这个记载到了《淮南子·地形训》中只简化成了一句话：

西方有形残之尸。

高诱注引出的传说与《山海经》所记略有出入："形残之尸，于是以两乳为目，腹脐为口，操干戚以舞。天神断其手后，天帝断其首也。"两种记载都突出了形天被帝斩断首级的残酷情节,以及无头的躯体操干戚以舞的顽强景象。难怪自从陶渊明在《读山海经》诗中赞赏这位无头英雄"猛志固长在"后,历代文人大都随声附和,至今已被推举为举世罕见的奴隶反抗奴隶主阶级的革命战士的典型。[1]然而,如果不是用后人过于政治化的眼光,而是用神话思维的眼光去看的话,我们自然不必过于拘泥于形天"与帝争神"说的表层叙述,却能透过这种政治化的表层叙述窥见谷神断首的原始农耕礼仪真相。

弗雷泽曾把西亚和希腊哀悼阿都尼斯的礼仪活动解释为谷神祭,他说:"有理由认为在早先时代中阿都尼斯有时显现为一个活人,他扮演因暴力而死的神的角色。进一步说,有证据表明在地中海东部的农业民族中,谷物精灵,不论人们叫他什么名字,总是年复一年地由被杀死在田地中的人类牺牲者来代表的。果真如此的话,很可能向谷物精灵的赎罪同对死者的崇拜在一定程度上融合了。因为这些牺牲者的灵魂被想象为能在他们的血所浇灌的土地上重获生命,并在谷物收割之际去死第二次。"[2]这种以活人充当谷神并在田地中杀头的野蛮祭俗,在世界各地的农耕文化中分布甚广,并不限于一时一地。它的发生显然基于如下神话类比:谷物之头(穗)与人头一样,是种子所在、繁殖之源。因此,有些地方是以最先割下的谷穗充当谷神,加以祭祀的。古埃及人在开镰收割之际要集体哀哭,他们认为谷灵就住在头一把割下的谷子里。马来半岛人和爪哇人把头一把稻谷视为稻米的魂魄,称之为稻米新娘新郎。俄罗斯有些地方把头一把谷子和最后一把谷子敬若神明,放在室

图91 断首之神形天

---

[1] 刘城淮:《中国上古神话》,上海文艺出版社1988年版,第779页。
[2] 弗雷泽:《阿都尼斯的神话与仪式》,叶舒宪译,《神话—原型批评》,第65—66页。

中圣像旁边最尊贵之处,然后再将其中一些谷粒拌在来年的种子里。

可怕的是,一旦类比原理发生作用,头一把收割的谷子便要用被割下的人头和尸体去代替了。人的生命力和作物的生命力就这样被看成是交互感应,相互作用的。人类学家收集到的各地"杀死谷精"的做法虽然千差万别,但潜伏在这种仪式行为背后的神话信仰却是基本一致的。弗里吉亚地方流传一首题为《里提尔西斯》的悼谷灵之歌,关于歌中主人公还有相应的神话传说:里提尔西斯是弗里吉亚王米达斯的私生子,他是割谷能手,也是割头专家。他要是碰上偶然走进谷田的陌生人,便给他吃饱喝足,然后引到米安德河旁的谷田里,强迫陌生人和他一起割谷。最后他总把陌生人包在谷捆中,用镰刀砍掉头颅,将无头之尸包好带走。但是后来大英雄赫拉克勒斯来了,和里提尔西斯一起收割,也照样用镰刀割掉了里提尔西斯的头,把无头尸体扔进河里。[1]

与形天断首的神话相比,这个传说突出表现了割头与割谷之间的对应关系,更明确地显示了断头神话同割头以祭的农耕礼仪之间的渊源关系。这个传说的另一个后起异本将主人公说成是同他人竞赛割谷的竞争者,输给他的人均受他鞭打,但有一次碰到一个更强的对手,结果自己被杀了。这个异本中增加的竞争母题自然使人想到形天与帝争位的情节,由此可以推知《山海经》所记形天神话并非原本,而是被加以政治化改造增饰的后起故事。形天的原始身份当为与农耕祭祀密切相关的谷神或谷物精灵。与里提尔西斯被杀的传说一样,形天神话也是以割谷神之头的农耕礼仪为其原型的。其实,即使没有和天帝竞争的事件发生,形天也还是必然要断头的,这是由他的身份所决定的,正像谷穗必然要被割掉那样。这种必然性甚至早已由他的名字暗

---

[1] 参看弗雷泽:《金枝》下册,中译本,第616页。

示出来了。形天又称形夭[1]，取其"形体夭残"之义；又称刑天[2]，而"刑"与"形"二字自古通用[3]，"刑"字本身就有断头之义。《说文》："刑，剄也。"段注："刑者，剄颈也，横绝之也，此字本义少用。俗字乃用刑为荆罚、典荆、仪荆字。"说得再通俗些，刑字本义就是从脖颈处横切割头。这可真是刑天谷神与生俱来的宿命！

值得一提的是，由于割头与阉割之间的象征互换关系，被阉的宫人也可以称作"刑者"。如《淮南子·说林训》："刑者多寿，心无累也。"注云："刑者，宫人也，无情欲之累，精神不耗，故多寿也。"看来，"精神不耗"的阉人同"还精补脑"的正常人都同样可以安享长寿之福，这可真是殊途同归，各尽所能了。

形天神话与农耕祭祀的另一个相关之点是由断头英雄葬身之处暗示出来的。所谓形天葬身的"常羊之山"，按照《宋书·符瑞志》所说，正是炎帝神农的降生之处。而《路史·后纪三》更把刑天（形天）说成神农的下属之神了：

（神农）乃命刑天作《扶犁》之乐，制《丰年》之咏，以荐厘来，是曰《下谋》。

袁珂先生根据以上两点线索。断定"刑天神话必与炎帝神话有相当联系"[4]。不过在确定这种联系的性质时，袁先生未能从炎帝与农耕文化的相关性着眼，却推测刑天是为败于黄帝的炎帝去报仇的英勇斗士。现在结合杀谷神为祭的农耕礼仪，似可恢复形天作为断头谷神的本来面目。而《山海经·大荒西经》所记另一位断头英雄的事迹亦可作如是观：

---

[1] 段成式：《酉阳杂俎》；《太平御览》卷三七一、五七四。
[2] 鲁迅：《古小说钩沉》引《玄中记》。
[3] 参看《荀子·强国》"刑范正"句注。
[4] 袁珂：《古神话选释》，人民文学出版社 1979 年版，第145 页。

有人无首，操戈盾立，名曰夏耕之尸。

正像形天作《扶犁》之乐那样，夏耕的名字也透露了他与农耕的内在联系。如果有人要问为什么这些与农事相关的神灵都被割去了头颅，那么还是最好从猎头祭谷的现实礼俗中寻找答案。好在我国云南省的佤族便保存着这种起源极古的祭俗。直到 20 世纪 40 年代，在西盟县和沧源县部分佤族地区依然可以看到以猎头血祭为中心的农耕礼仪。

每年春耕播种时节，佤族各部落要举行以猎头、接头、祭头和送头为主要程式的祭谷神活动。被充当谷神替身的活人总是属于敌对的部落，因而猎头祭谷同血族复仇联系在一起。

猎到的人头先放于专设在木鼓房下的人头桩上，由头人代表大家对猎到的人头祈求，求其保佑村寨安全和庄稼丰收。然后在人头上放些火灰，让火灰同人头血融合后落到地上，每家分一点，等播种时同谷种一同撒到地面。[1]

对于这种血腥的割头祭谷礼俗，现代人已经难解其奥。只有从人头与谷种之间阳性生殖力的神话联系出发，才能对此做出溯源求本的合理阐释吧。西盟佤族人对他们过去流行的猎头祭俗的解说是，因为某年谷种不出，所以割人头献给神灵木依吉，请他保佑丰收。[2] 在这种略嫌转了弯的解说中，还分明保留着人头与谷种繁育之间的生命感应关系。说穿了，谷种能长出与否，除了地母特有的孕育力之外，主要取决于地母配偶——谷神的阳性生殖力的强弱。谷种不出或生长不旺，显然会被归因于谷种生殖力过弱，不足以使地

---

[1] 宋恩常：《佤族原始宗教窥探》，《中国少数民族宗教初编》，云南人民出版社 1985 年版，第 184 页。
[2] 云南民族调查组：《云南西盟大马散佤族社会调查报告》，1956 年，第 133 页。

母正常受孕。在这种情况下，借用储备阳性生殖力最丰富的人头来充当谷神之头，毫无疑问，旨在促进和加强谷种的生殖力，这乃是作物丰收的基本保证。

图 92　新疆呼图壁岩画中的生殖崇拜图。注意勃起的阳具与独立的人头之间的象征对应表现

外域某些原始民族中与猎头祭俗相应的口传神话，可以为上述推测性阐释提供确凿的旁证。正像人类学大师马林诺夫斯基所论述的，现存原始民族的口传神话正是为既定的宗教制度和社会习俗提供解释和证明的活标本。下面就是南太平洋群岛中婆罗洲的萨剌瓦克人追溯他们猎头祭俗起源的一个神话：

古时候人们并不知道割头祭的存在。一只青蛙对人们说，你们真是愚蠢呀！你们征战杀伐，只知道用战败者的头发做装饰，却不知道人头的神效。如果你们砍下对方的头带回去，不仅能确保丰收，还会免去疾病和各种痛苦呢。看来你们是不会割头吧，让我来教你们。青蛙说罢便捉起一只小青蛙，把它的头割掉了。人们对这件事并不注意，只有一位长者反复思虑青蛙的话和示范。夜间他得一梦，梦见田野中的谷物长出了沉甸甸的谷穗，此外还看到一大堆别的食物。他把梦讲给人们听，劝人们作战胜利后，割些人头带回去。后来这些人果然战胜了敌人，那位长者割下三个人头放在他的篮子里，回家途中便出现了奇迹：他们行走的速度大大加快了；他们走过的田地里谷物眼看着长高,并且突然间长出谷穗。回村后受到热烈欢迎,连病弱者都立刻强健起来。人们把人头悬挂起来,在下燃起火焰,使头温暖。从此心中快乐,终于悟出青蛙话中的神圣教益。[1]

这个猎头起源的神话非常逼真地再现了原始信仰中人头与谷头(穗)之间的生命力交感作用,在很大程度上保留着人头崇拜的本来意义,对于破解中外古今各种猎头习俗和头骨崇拜提供了有益的启示。人类学家看到,在现今仍然流行猎头习俗的部落社会中,人们对人头的看法已经发生了很大变化,人头作为阳性生殖力之源的原初意义被另外一些较笼统含混的价值所遮蔽或代替。例如在上引神话的故乡婆罗洲,土著人"猎取人头的主要动机之一是在取悦女人,这是少有疑义的"。获取人头成了获得身价和声望的前提:"妇女们对于曾经取得人头的男子汉所感觉到的得意,不限于这些婆罗洲人;从前在托列斯海峡的西方部落当中,一个已经取得头盖的青年男子,将立刻会从一个合格的年轻妇女处接收到一种结婚的提议。"[2] 又如在新几内亚,割头的动机或是作为战利品,或用于成年礼,或作为纯粹的装饰品,不一而足。相应的割头能手们甚至发展出一种类似于狩猎和屠宰的职业技巧,足以使稷畯形天夏耕之尸们不寒而栗。"喜好割人头之道者往往随身带着用于这一行径的专用器具。为了可靠地把人抓住,他们设计了一种抓钩,那是一根有尖钉头的长杆,一端带有一个套环。牺牲者逃跑时,追赶者就用套环套住他,猛地一拉,把他向后拉到长杆的尖钉上,尖钉便干净利索地从他的颈椎间刺了进去。为了把这个战利品带回去,他们还有用一

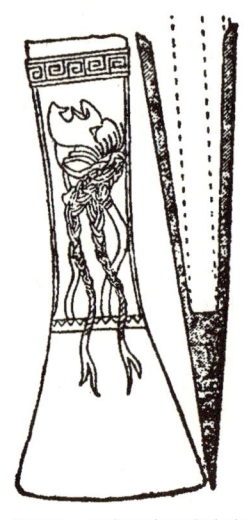

图 93 云南晋宁石寨山出土铜斧上的人头祭形象

---

[1] 海顿(A.C.Haddon):《南洋猎头民族考察记》,吕一舟译,商务印书馆1937年版,第356—359页。
[2] 海顿(A.C.Haddon):《南洋猎头民族考察记》,吕一舟译,商务印书馆1937年版,第351—352页。

种藤条做的另一个拎环，把藤条从这个战利品人头的嘴巴穿进去，从气管穿出来，然后就背在肩上。一回到村子里，通常就要把这人头摆出来展示，或许还套上用植物纤维做的假发，安上一对用白色种子做的假眼睛，或者由于搬移和干燥，这个人头脸部的皮肤起了皱，就要在头骨里换上干树皮纤维当填料，好使五官显得饱满些。"[1]

　　类似的人头制作加工现象在我国亦有所反映。云南石寨山出土的一把人头纹斧，描画着一个向上瞑目张口的人头，支立于一座架之上。那头显然经过装饰，有两条长长的假发辫子垂落下来。[2] 结合云南佤族保留人头骨所用的人头桩，台湾高山族阿美人的用人头于收获祭等现象，似乎可以勾勒出一个自南中国经东南亚[3]至南洋群岛间的祭头文化带。从南洋乃至澳洲土著部分来源于史前亚洲蒙古人种这一事实出发，有理由将猎头古俗的主要发源地落实到中国内陆。做出这种推论的依据是，连云港将军崖岩画中的断头禾人和云南佤族的猎头祭谷虽然都明显地表现了人头与谷物播种之间的联系，但这两处毕竟只是华夏农耕文化的周边地区，那里的农耕礼俗及神话信仰必然与农耕起源的中原地区有着潜在的渊源传播关系。虽然伴随着文明的生长，原始的猎头祭俗在中原地区逐渐绝迹并湮没不闻，只能残存在较为偏远隔绝的少数民族地区乃至原始民族之中，但考古与民俗、神话与文字等方面都有材料表明，祭头礼俗同中原农耕文化有着不解之缘。

图94 印度三眼黑面女神加梨彩绘像。头颅内藏的生命能量可用第三只眼来象征，19世纪

---

[1] 塞弗林（T.Severin）：《消亡中的原始人》，周水涛译，东方出版社1989年版，第261页。
[2] 云南省博物馆：《云南晋宁石寨山古遗址和墓葬》，《考古学报》1956年第1期。
[3] 关于菲律宾群岛的猎头习俗，参看《金枝》第47章第3节。

除了前文对"稷""畯"等汉字隐义的发掘和形天、夏耕之尸神话的重新阐释之外，在此还应求助于更具说服力的考古和民俗证据。

四、道的破译：祭首的宗教哲学

徐旭生先生在考察周代农神后稷教民稼穑的传说时，报告过一则宝贵的民俗资料："直到现在，陕西渭水附近一些地方还供事一种农神，一间小屋里面，塑一个高四五尺的大脑袋，仅有头，无身躯，俗称它为'大头爷'，也叫作'后稷头'，想是一种古代的流传。"[1] 这一材料之所以宝贵，因为它以活化石的形式证明了黄河中游的黄土高原地区也曾流行过祭谷神大头的礼俗，这种人工制造的"后稷头"想必是对真人头的一种置换了的、较为文明的形式吧。如果再参照一下曾盛行猎头祭的云南佤族某些部落的"大头人"播种习俗，问题就会显得更加明白了。宋恩常先生报告说：

> 除了以部落为中心的猎头祭谷外，在农业生产方面，还有一些对佤族说来是不可缺少的祭祀活动。特别是在已废除猎头血祭的佤族地区，一般的农业祭祀尤为重要。例如沧源地区佤族为了获得丰收，很重视播种的宗教仪式。沧源县拉勐佤族每年播种，要按村社头人的大小顺序进行，先由"结隆"（大头人）播种。播种所需的种子是在过年时，将一筒公谷放在寨心，举行过祭祀，然后拿到吉隆家分。[2]

这些被称作"吉隆"的大头人其实在扮演谷神的角色，虽然他们不再被割掉头颅，但由这些大头人主持的播种仪式和分种仪式，其目的不外是让大

---
[1] 徐旭生：《中国古史的传说时代》（增订本），文物出版社1985年版，第44页。
[2] 宋恩常：《佤族原始宗教窥探》，《中国少数民族宗教初探》，第186页。引文中的括号为原作者所加。

头中蕴藏的谷灵—阳性生殖力对谷种发生感应作用。在这里，陕西渭水流域农村中所祭的人造"后稷头"的实质及交感巫术作用，都可以在比较中得到揭示。不仅如此，佤族的大头人播种仪式是在废除了猎头古俗之后的替代形式，由此还可推知，华夏农耕文化的发源地——黄土高原区现存的祭"后稷头"礼俗背后，似乎也曾存在以真人头充当谷灵载体的血祭之风。历史的尘埃早已将这种血腥的农耕祭典完全埋没了，但是当年那些被斩的人头骨化石却并未完全消逝，它们对考古学家默默无言地讲述着那早已被文明忘却的残酷故事。20世纪60年代在江苏铜山县丘湾遗址发现了商代祭社故地，同时清理出的还有人骨20具，人头2个和狗架12具。头骨的面向和人架、狗架的分布都以"石社"为中心，显然是社祭中被作为人牲的享神祭品。[1] 面对这些为社神即地母去死的谷神替身们的白骨，使我们又想起了苏美尔神话中印南娜把她的配偶杜穆兹送下地狱的情形。

类似的活剧还可以在印度焦达讷格布尔高原的奥拉昂人那里看到。他们崇拜的丰产女神名叫安娜·库里。求得女神保佑的前提便是以活人献祭。每年四五月间是绑劫人牺的季节。

在此期间陌生人如单独在这一带走动，就有可能被捉住充当谷神的替身，祭献于丰产女神。几内亚的马里莫人选用矮胖的人献祭，将他灌醉后在田中杀掉，称之为"种子"。与中国的"还精补脑"信仰相应的是：人牺的前额骨、前额骨上的肉和脑髓被一起烧掉，然后把灰撒向大地母亲，[2] 这显然是把脑髓当作精子了。在新几内亚的巴布亚部落中，头与生殖部位的关系明确地表现在仪式活动中。如在入会仪式上，男孩把割下的人头放在两腿之间，以使睾丸触及头颅。盾牌上的人像两腿之间也画有头颅。"在这种文化中，他们通过割下敌人的头颅寻求力量，他们认为这样做就能把储藏在敌人头颅中的

---

[1] 参看王宇信：《建国以来甲骨文研究》第4章第2节，中国社会科学出版社1981年版。
[2] 弗雷泽：《金枝》下册，中译本，第626页。

性功能传递给胜利者和他们的孩子"[1]。巴布亚人的这种观念，说明了前农耕文化中的猎头礼俗发生的原因，同时也间接说明了头颅与阳性生殖力的关系是农耕文化中谷灵信仰与地母崇拜相结合的思维基础，是滋生出地母与谷神婚配神话及猎头祭谷习俗的思想根源。

商代社祭遗址的人头及骨架表明，至少在华夏文明奠基的殷商时代，头颅与阳性生殖力的认同关系依然体现在割头祭地母的原始祭俗中。不仅如此，甲骨文字中也残存着能反映此类祭俗的活化石材料。研究商代人祭问题的罗琨先生发现，甲骨文"伐"字的本义便专指割头祭礼，他分析说：

在后世文献中如《广雅·释诂》释"伐，杀也。"甲骨文则是以戈断人头的会意字𢦏（见《前》7.15.4），还有一种写法省戈，作𠂇，在人的头、身之间加一横画，表示身首异处的人（见《南明》66、《后上》22.7）。所以伐字的本义专指断人头，作为动词表示杀人以祭，引申为动名词，指一种特定的牺牲——砍去头颅的人体，奉献这种牺牲的祭典则称为伐祭。这样在伐字之后没有牲畜作为受词是很可以理解的了。[2]

以上所讨论的这些猎头、祭首的仪式行为和神话传说足以表明，谷神（灵）与人头之间阳性生命力的对应和交感关系曾经是农耕文化原始宗教所关注的中心问题之一，它不仅以各种变相的民俗形式保留到文明社会之中，而且对后世农耕文明的意识形态也必然产生重要影响。中国古代思想史上的最高范畴"道"，实际上也可以追溯于远古的祭首礼俗。换一种角度说，对于猎头、祭头的农耕信仰的阐释学研究，实际上已经为"道"这个神秘范畴的破译确立了基础。

---

[1] 海斯：《危险的性——女性邪恶的神话》，中译本，第78—79页。
[2] 罗琨：《商代人祭及相关问题》，胡厚宣等著：《甲骨探史录》，三联书店1982年版，第120—121页。

在论地母一章中，我曾结合神话中的永恒回归主题透析道家思想中"反者道之动"的命题由来，并把"道"的运动规则概括为周期性的循环往复。在《中国神话哲学》一书中我也尝试从神话学出发寻觅"道"的原型表象，认为儒道两家思想中的"道"概念分别源自两种不同的表象：

其一是现实取向的来源，"道"的本义指日常经验中的道路，这是儒家思想中"道"的来源；其二是神话取向的来源，"道"指的是由太阳和水的运动所体现出的一般法则或原理——循环往复，这是道家哲学中的"道"范畴的由来。[1]

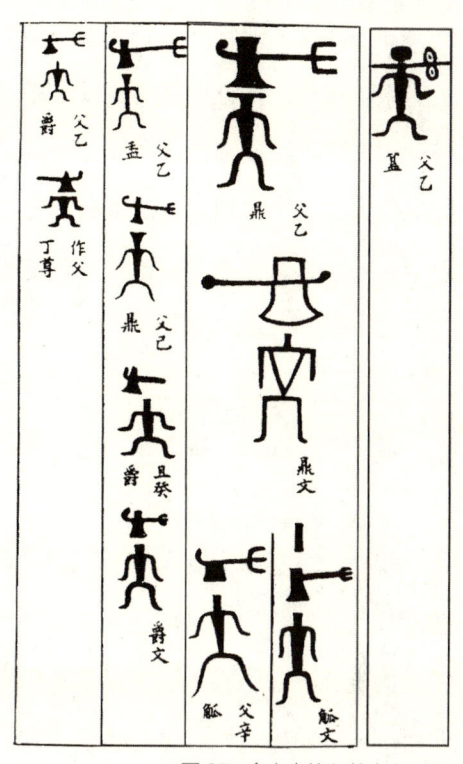

图95 金文中的断首会意图形

现在，在考察了谷灵信仰及相关的祭头礼俗之后，可以进一步补充说，无论是儒家以道路为原型的"道"，还是道家取法自然变化法则的"道"，都可以在猎头所蕴涵的宗教观念中找到直接的表象原型：体现生命力运动和永存的人头或骷髅乃是"道"这个汉字的造字本义。

迄今发现的殷墟甲骨文中尚未找到"道"字，但金文中这个字已经不止一次地出现。在《貉子卣》上写作：𧗟；在《寓鼎》上作：徲；《散盘》上作：䘝。

---

[1] 叶舒宪：《中国神话哲学》，第141页。

刘心源说，道字皆从行从止，合行疋二字为偏旁。[1] 这正是现今道字从辶的原始形态。行止代表着运动和静止的统一，用行和止作偏旁来表示循环运动的周期性和反复性，确实是一种具体中的抽象。金文和古文中的道字中央部分为"首"，也就是以人眼为象征的人头形象。人头与行止组合在一字之中，造字者是颇费了一番苦心的。可惜自许慎以降，这个字的造字本义已经无人可解了。《说文》：

道，所行道也，从辵首。一达谓之道。[2]

现代金文学家大都以"导"训金文中的"道"字，且以为这两个字古时音义互通。日本学者高田忠周的看法较为独特，并且有重要参考价值："阮氏（指阮元——引者）以下诸家皆释为导，云石鼓文数导字皆读为道。此说非是。……首者，始也，本也，直也；道者本道也，故一达，直通也。首盖亦兼声。

……要诱人入道，由道诱人，即导也，实道字转义。道导原同字，初有道无导，无疑矣。"[3] 导既然不是"道"的本义，那么许慎的"一达"和高田忠周的"直通"是否可以充当本义呢？看来离开了宗教礼俗的实际背景，"道"的本来面目是难以识破的。从已知谷神之头（谷种）同人头的对应交感信念出发，可以把"道"看成是对祭头礼俗的直接写照，道字所从之首乃是所猎所祭的人头，所从行止（辵）则表示人头中蕴藏的生命力的循环运动永不终结。

原因就在于，谷种（谷神之头）进入地母之体后必然会长出谷苗，这乃

---

[1] 刘心源：《奇觚》卷八二，转引自《金文诂林》卷二。
[2] 许慎：《说文解字》卷二下辵部。
[3] 高田忠周：《古籀篇》卷六十六，转引自《金文诂林》卷二。

是原始宗教所理解的生命循环不息的至上哲理，也是"道"的概念在农耕祭礼背景中得以产生的根源。

由以上分析可知，稷、叟、道这几个不同的概念，在以祭头古礼为原型表象这一点上却是彼此相同和相通的。所谓"谷神不死，是谓玄牝"，所谓"一阴一阳之谓道"，说的其实都是同一个道理，那就是谷神之头的阳性生命力在同地母的阴性生命力的周期性结合（播种）之中获得统一和永恒。

五、"儿子与情人"

考察地母——爱神及其男性配偶的神话时，人们往往无法回避一个意味深长的矛盾现象：充当地母——爱神之配偶的男性植物神或谷神，既是地母的性爱伴侣，又是她所生的儿子。这也就是说，爱神及其配偶神的关系不仅仅是情人关系，而且还有一层母子关系。这种双重关系的叠合表现在神话的表层叙述中，便是男性配偶神的年轻化或稚气化。怪不得莎士比亚笔下的维纳斯竟把她心爱的恋人看成一个尚不懂得风情的美少年，而中国神话中的后稷也首先被表现为被母亲三次遗弃而不死的"神童"。

尽管显而易见的是，在中西文化中，爱神及配偶的双重关系分别被突出其中的一种关系，如西方文学强调配偶之间的情爱关系，中国文学从《诗经·大雅·生民》开始便突出表现母子关系，但是未被放置到前台加以突出表现的另一种关系却是无法抹杀、挥之不去的，它必然要在背后发挥潜在的制约作用。考察这两重关系之间的微妙作用，不仅可以更好地理解中西文化的差异性，而且有助于从深层原因方面去透视神话表层叙述的所以然。

罗伯特·格雷福斯在其著名的《白色女神》一书中认为，欧洲诗歌在两千多年的发展过程中总是离不开一个单一的主题，那便是歌颂年岁的精灵（the spirit of the year）——大女神的儿子与情人，其生命、死亡与复活。在格雷福斯的神话视野中,塔穆斯、阿都尼斯、狄俄尼索斯、扎格柔斯(Zagerus)[1]、俄耳浦斯、赫拉克勒斯及奥西里斯等具有死而复活特征的人物都是"年岁的精灵"的扮演者,甚至基督教所崇奉的救世主耶稣也莫能例外。[2] 从弗莱关于原型的置换变形理论着眼,格雷福斯对上述诸多男主人公的归纳认识——年神,也许并不显得十分新奇。不过,他把这些体现生命循环过程的神话人物界定为大女神的儿子兼情人(the Goddess' [KG-'3]s Son and Lover),却是无形中点破了一种乱伦的关系。在西方文学中这种关系隐而不彰,但在古典神话中却已成为常见模式。

格斯里在《希腊人和他们的神》一书中指出:同一位年轻的、代表阳性生命力的形象常常充当母神的情人与儿子这样两种角色。[3] 就连阿弗洛狄忒与小爱神厄洛斯的关系也被看作与此种模式相吻合。至于阿弗洛狄忒与阿董尼,奥维德在《变形记》中突出表现他们之间的恋人关系,却让女神称对方为"我的孩子",并有意暗示这"孩子"与自己亲生儿子厄洛斯的象征对应关系:

……他简直就像画上画的赤裸裸的小爱神。假如你再给他一付弓箭,那么连装束也都一样了。[4]

艾斯纳便认为,厄洛斯在希腊神话中最初是爱神的儿子,后来成了爱神的情人,最后又变为爱神的孪生兄弟。阿波罗和阿尔忒弥斯的关系也是这样的一对。潘与大母神、狄俄尼索斯与得墨忒耳,均可做如是观。[5] 为了阐

---

[1] 扎格柔斯是俄耳浦斯教徒对狄俄尼索斯的另一种称呼。
[2] 罗伯特·格雷福斯:《白色女神》,第422—423页。
[3] 格斯里(W.C.K.Guthrie):《希腊人和他们的神》,美国灯塔出版公司1955年版,第211页注1。
[4] 奥维德:《变形记》,中译本,第135页。
[5] 艾斯纳(R.Eisner):《通向多丽斯之路:精神分析、心理学与古典神话》,美国希拉库斯大学出版社1987年版,第165页。

释这类现象，沃尔夫冈·赫尔克（Wolfgang Helck）甚至构想出一种关于大女神神话普遍范式的理论，认为这类神话的核心是：大女神必须匹配一位年轻的情人，这位少年情人因为女神的爱而在未成年以前死去。瓦尔特·伯克特进而为这一神话范式的发生提供了一种解释：古希腊传说中的女巨人族（Amazons）是产生这种神话的实际土壤，因为这些女巨人们抓捕青年男子，利用他们达到自己的目的后再杀死他们。[1]持女权主义观点的默林·斯通则有另外一种解释。她认为，在女神及其配偶的神话关系中，总是女神占据着更为显赫的地位，起着主导的作用。男性只是作为次要角色而出现，作为未成熟的少年或满足女性需求的情夫。这种性别方面的差异表明女神是更加古老的崇拜对象，后起的男神当然只能充当女神配偶的角色。作为女神宗教的后代遗存的一个方面，这反映着已逝去的母权制社会组织的特征。默林·斯通还引用神话学、考古学方面的新材料，突破欧洲中心的狭窄范围，从纵与横两种角度描述了女神及其配偶型神话的时空分布及发展演变：

这位青年被象征为一种男性角色，一年一度地与大女神进行性的结合。此类结合仪式在已知历史中便存在了，但其远源却一般被上溯至新石器时代的宗教。青年的名字在各种语言中有不同叫法，杜姆兹、塔穆斯、阿提斯、阿都尼斯、奥西里斯或巴尔（Baal）。这位配偶在年轻时死去，导致那些崇奉大女神的地区一年一度的哀伤与悲悼活动。凡是有这种作为儿子／配偶而出现的男神的地方，我们都可以找到大女神信仰的存在。关于他的传说与悲悼仪式在各不同文化中极为相似。女神同她的儿子——有时是象征儿子的美少年——的这种关系在公元前三千年的埃及已为人所知，并且出现在最初的苏美尔文学中，后来又出现在巴比伦、阿那托利亚和迦南，残存在希腊的阿

---

[1] 瓦尔特·伯克特（Walter Burkert）：《希腊神话和仪式中的结构与历史》，美国加州大学出版社1979年版，第102—103页。

弗洛狄忒与阿董尼的传说中，甚至也可在前基督教的罗马时代看到——表现为库柏勒和阿提斯的祭祀礼仪，还可能影响到早期基督教的象征和礼仪。这正是女神宗教跨越地理的和年代的界限的一个主要方面。[1]

当我们把视线转回到社与稷的关系，一个明显的差异便显现出来了：中国神话未能从他们的配偶关系中引发出情恋性爱的完整故事，只是把二者作为两个半抽象化的宗教范畴并列在一起。这样一来，从地母生养谷物的经验类比出发，更容易把社与稷看成是一种单纯的母子关系。

由此而引发出的人格化的地母姜嫄生育出农神后稷的神话，表现出与西亚和希腊农耕神话不尽相同的一面。

关于姜嫄的地母身份，现代学者多有论及。我在另一部著作中也曾就姜嫄生后稷的情节加以论证：《礼记·月令》所言"仲春之月地始坼"，指的是地母的生产。这个"坼"字也是《诗经·大雅·生民》讲到后稷诞生时所

图96 双生形态的哈托尔生殖女神帮助一下蹲的产妇生育。
北部 Thebes 的 Dendera 古埃及王朝浮雕

---

[1] 默林·斯通：《上帝为女性时》，第36—37页。

用的一个词:"不坼不副,无灾无害。"朱熹注解说坼、副都是裂开的意思:"凡人之生,必坼副灾害其母,而首生之子尤难。今姜嫄首生后稷,如羊子之易,无坼副灾害之苦"。

赵翼《陔余丛考·坼副条》云:"不坼不副,无灾无害。凡妇人易于产者,不过无灾害耳。而诗必以不坼不副形容之何也?盖古妇人生子,尝有坼副而生者。"妇女生产可以说"坼副",这同神话思维中地母生产以"坼"为喻遵循着同一种类比逻辑。正如怀孕是生产的前提,《礼记·月令》把"地始坼"的前提喻为"孟冬之月,地始冻"。这种"冻"与"坼"的交替变化在《春秋元命苞》中又类比为口的运动:含与吐。

地者,易也。言养物怀妊,交易变化,含吐应节,故立其字……[1]

现在可以补充的是,姜嫄作为地母的人格化形象,不仅在生育方式上与地母类似,而且她的名字"嫄"本身便是大地原野的一种女性人格化的符号。姜嫄本作姜原,如《史记·周本纪》所述:"后稷母,有邰氏女,曰姜原,为帝喾元妃。"《世本》也作"姜原"。帝喾乃殷商人所崇奉的天神太阳神,与帝俊实为一神二名。[2]姜原为帝喾元妃,是把天父地母相匹配的原始神话按照帝王婚配模式加以改造后的说法。姜原连同帝喾的次妃简狄,其实都是地母兼爱神(高禖、皋禖)的人格化,丁山先生对此早有推断。他说:"姜嫄,除了流传下来载生后稷的故事以外,

图97 伊西丝与荷鲁斯红铜像(前2040—前1700)

---
[1] 参看叶舒宪:《中国神话哲学》,第90—91页。
[2] 叶舒宪:《英雄与太阳》,上海社科院出版社1991年版,第208页。

不曾更有其他的韵事。若以配嫁天神帝喾为元妃的神话推测之，她可能就是周人所祀的社神，也即原始'地母'。"[1]他还指出：姜嫄之名最初应为嫄姜，因为周以前人，男子称氏，女子称姓，并且女子之姓必放在名字之后，如太姜、邑姜、文姜、哀姜等，并无例外。只有到汉代以后，女子之姓才可放到名字前面。那么，嫄姜的意思是什么呢？丁山认为就是"原羊"或"羱羊"，亦即墳羖羊，都是土地的隐喻。主要佐证见于《国语·鲁语下》孔子对季桓子所说一段话："丘闻之，木石之怪曰夔蝄蜽，水之怪曰龙罔象，土之怪曰羵羊。"高诱注《淮南子·氾论训》"井生羵羊"句云："土之精也。"《广雅·释天》也有"土神谓之羱羊"的说法。综合以上各方证据，丁山先生得出如下结论：

假定姜嫄得名于"羱羊"之说不为钜谬，那末，我现在可以论定："姜嫄，即是土神，也即是"土之怪曰羱羊"。土神，在古代希腊神话称为地母（Gais），到了农业发达时代变而为谷神（Seres），用以比较《大雅·生民》之诗，姜嫄恰符于地母，而后稷正相当于希腊神话的谷神。[2]

丁先生在20世纪50年代初所做的这种跨文化比较论证虽尚嫌简略，但毕竟是慧眼独具的。从姜嫄即社的确认之中，自然可以引申出社与稷的母子关系。现在依据西方神话学所提供的情人与母子的双重关系，我们还可以追索出社与稷的配偶关系在中国隐而不彰的原因。

从前文中归纳出的原母神信仰发生过程中看，在社与稷这对配偶中，社作为地母神直接源自史前原母神原型，而稷则只是农耕文化开始以后方才出

---

[1] 丁山：《中国古代宗教与神话考》，上海文艺出版社影印本，1988年版，第8页。
[2] 丁山：《中国古代宗教与神话考》，第9页。

现的谷神，二者在发生的先后和地位的轻重方面是有差别的[1]。这从"社"字从"示"而"稷"不从"示"这一点上也可体现出来。二者连称也总是先后尊卑次序分明，只能说"社稷"而不能说"稷社"。不过，在谷神稷有幸充任社的配偶之前，土地女神已经获得了一个法定的配偶，那就是作为男性中心文化在宗教意识形态方面代表的至上天神（或太阳神）。这正是商代的地母兼高禖神简狄和周代的姜嫄都被说成帝喾（俊）的配偶的类比根据。与天父地母神话相比，农神稷的出现较为晚近，作为阳性生殖力在植物、谷物方面的代表，他同原有天父地母二神的关系必然要适应业已定型的二元论模式。因而稷神不是化作天父地母二神的晚辈，便是同天神相混同——这种混同是有效地避免乱伦配偶关系的一条重要途径。其结果，后稷一方面被《山海经》《诗经》等说成是帝俊之子或姜嫄之子，另一方面又同天神有着潜在的认同关系。《史记·封禅书》说：

> 周公既相成王，郊祀后稷以配天，……自禹兴而修社祀。后稷稼穑，故有稷祠，郊社所从来尚矣。[2]

这段话透露古代祭祀制度上的一次改革，即自夏朝始祖禹以来一直相沿袭的"社祀"的礼制，到了周公时代又加上了"郊祀后稷"。理由是什么呢？让后稷祭仪同祭天的"郊"相结合，或许因为这两种祭礼的着眼点都在于宇宙间阳性生殖力的作用。儿子与老子相"配"的结果，晚辈庄稼神有幸同天父共享尊荣，同时也就自然拥有了充当母后"社"神之配偶的条件。于是乎，作为地母神的"社"无形中有了一先一后、一老一少两个男性配偶神，这一

---

[1] 丘光庭：《兼明书》已提出社始于上古穴居之时，而稷始于有粒食之时。参看秦蕙田：《五礼通考》卷四十一。

[2] 据《史记会注考证附校补》卷二十八，上海古籍出版社1986年版，第782页。

点虽然未能像西方神话那样敷演出父子相争的乱伦神话,却以鲜明的痕迹遗留在中国上古官方宗教的祭礼体系的结构之中,这便有了郊社祭祀系统与社稷祭祀系统的同时并存现象。

郊祭是对昊天上帝的祭礼,如《史记·封禅书》所释,"古者天子亲郊,祀上帝于郊,故曰郊"。郊社连言,乃是父事天、母事地的国家官方大礼。《礼记·曲礼》:"天子祭天地。"这里说的"祭天地",其实也就相当于"郊社"之礼。郊社之礼与社稷之礼有什么区别呢?从祭祀对象上看,郊社祭天地;社稷祭地母和谷神。从祭祀规格等级上看,郊社乃天子之大礼;社稷则为诸侯之礼。这两个系统的并存给古代礼制的研究者带来了争论不休的问题,直到清儒才理出个眉目。扬复说:"《礼》经:天子祭天地,诸侯祭社稷。莫重于天地,而社稷其次也。胡氏乃合祭地祭社二者而一之,何也?曰:社者五土之神,是亦祭地也。而有广狭之不同。曰里社,则所祭者一里之地而已。曰州社,则所祭者一州之地而已。诸侯有一国,其社曰侯社,则所祭者一国之地,一国之外不及也。天子有天下,其社曰王社,则所祭者天下之地,极其地之所至无界限也。故以祭社为祭地。唯天子可以言之。"[1] 秦蕙田氏反驳了扬复的观点,还更进一步详细辨别了两种祭祀系统的十三点差异,他写道:

祭地不同于祭社,经有明文。《曲礼》:"天子祭天地,诸侯祭社稷。"今考其礼之不同者十有三。《周礼·大司乐》:"夏日,至于泽中之方丘奏之。"又凡以神仕者以夏日至致地示。此祭非诸侯所得与,其不同一也。《诗·周颂·载芟》序:"春籍田而祈社稷。"《良耜》序:"秋报社稷。"《丰年》序:"秋冬报。"《月令》:"孟冬之月,大割,祠于公社。"或以春,或以秋冬,

---

[1] 转引自秦蕙田:《五礼通考》卷三十七。

从未有以夏至者。是祭之时不同二也。《月令》："仲春之月，择元日命民社。"《郊特牲》："日用甲，用日之始也。"夏日至阴生，日之甲，阳始。是祭之日不同三也。方丘在泽中，社稷在库门内，是祭之地不同四也。《仪礼》："祭地瘗。"《周礼》："以血祭祭社稷。"是祭之名不同五也。《礼器》："瘗埋于泰折。用骍犊。"《郊特牲》："社稷太牢。"是牲不同六也。《郊特牲》："器用陶匏。"《周礼》"鬯人社壝用大罍"，是祭器不同七也。祭地用衮衣；祭社稷希冕。是祭服不同八也。祭地七献；祭社三献。是献不同九也。祭地以后稷配祭；祭社以句龙配祭。是配不同十也。地为大祀；社为次祀。是秩不同十一也。《周礼》或言大示，或言地示，或言土示。……是祭之称示不同十二也。《周礼·大司乐》："五变而致土示，八变而致地示。"是乐之致示不同十三也。[1]

经过秦氏如此细致的区分，两种不同祭祀系统之间的差别是显而易见了的。若再从渊源方面加以辨析，似可将天子的郊社之礼看成是与天父地母神话观念相对应的国家宗教礼制，将诸侯的社稷之礼看成是民间地方宗教的产物。郊社之礼先郊后社，先天后地，反映着天尊地卑的父权制文化价值观；社稷之礼先社后稷，史前母神信仰的遗风犹存。从神话思维的类比程序上看，天（日）为阳，天阳使地母（社）受孕的类比在前；谷种亦为阳，谷种使地母受孕的类比在后。所以无论怎么说，稷神的晚出和次生性都决定了他在中国神话中不可能凌驾于天父之上，也不可能公开取代父神作为地母正宗配偶的法定地位，因而只能去充当儿子和潜在的配偶角色，不能像塔穆斯或阿都尼斯那样，获得女神的爱恋和不懈追求。

也许正因为如此，社稷在古代中国只能成为最富有影响力的一种宗教崇

---

[1] 秦蕙田：《五礼通考》卷三十七。

拜礼仪，而不能滋生出以男女二神的生死恋为主题的神话故事吧。

对西方文明中的爱欲主题做了系统探究的杜德利·杨还认为，从神话时代开始，爱的主题常常和战争、危险、死亡、疯狂等主题联系在一起，[1] 而所有这些爱神的伴生现象都是以中庸为本的华夏文明价值观所力图避免和排拒的，由爱而狂的题材当然要受"发乎情，止乎礼"的规范限制，而不得任其自由发展。

---

[1] 参看杜德利·杨（Dudley Young）：《圣之起源：爱情与战争的迷狂》（*Origins of the Sacred: The Ecstasies of Love and War*），哈泼出版公司 1992 年版，第 111—112、194、204—205 页。

第六章

美神

THE SIXTH PART

> 食必求饱,然后求美。
>
> ——墨子
>
> 美也就是物体中某种引起爱这一类感情的特质。
>
> ——博克
>
> 食、色,性也。
>
> ——告子

高唐神女与维纳斯

一、引论

西方文明有一位世所公认的爱神，这位爱神又兼任了美神。维纳斯成了古希腊罗马文化对人类的一大奉献。中国文明虽历史悠久，却没有一位世所公认的爱神，当然就更没有什么美神了。这毕竟是一件让人深思的憾事。

如果把神话看成是以非理性形式流传的人类早期理性的成果，那么神话将有助于我们追问人类认识发展过程中关于"美"的概念发生的前哲学和前美学的背景。理由很简单，神话中的美神作为以感性形象体现出来的美的理念，她的存在，从时间上看远远地先于哲学家和美学家所讨论的纯粹理念的"美"；她的意义，从重要性上看似乎并不亚于纯粹理念的"美"。可惜的是，没有一部美学史真正从神话开始，人们在思辨和争论美的理念时恰恰遗忘了作为直观形象而存在的美神，当然更不会意识到这种遗忘会使美的探讨脱离美赖以存在的感性根基，变成一种近乎无源之水、无本之木的符号游戏，最终导向理念的自我异化——不是人在趋近美的本真面目，而是抽象的美概念迫使人陷入永无休止的"主观""客观"的伪两端纷争。

研究美的本质的人变成了神话中的西绪福斯，等待着他的是无限重复而又劳而无功的苦役；美本身变成了那块大石头，它的存在注定了西绪福斯终生劳苦而毫无所获的可悲宿命。

也许两千年以前的希腊哲人柏拉图已经意识到抽象的美概念会有这种反过来控制人、奴役人的异化作用，所以为避免类似西绪福斯那样的命

图98 公元前2000年代苏美尔女神像。荷兰莱顿国家考古博物馆

运，柏拉图在讨论什么是美的对话录中似乎不无武断地冒出这样一句结论：漂亮姑娘就是美[1]！

然而，柏拉图的这个明智判断并未被后人所认可和接受，关于美的本质的争论与时推移，至今尚未有一个让众人心悦诚服的结果。美学家或有心研究美学的人都不可避免地面对着奴役西绪福斯的大石头。在这种困境之中回味柏拉图的判断，也许有助于迷途知返吧。其实，柏拉图的说法只是重述了神话时代的真理而已。神虽然是超自然的存在，但是毕竟是人格化的存在。因此美神也只不过是美人在天空中的投影罢了。这样理解之后，柏拉图的话似乎可以还原为神话式的表达：美神就是美。

经过这样的感性还原之后，对美的由来的追索就化为对美神由来的追索了。本章拟在前几章关于爱神起源的历时性观照的基础上，继续从语源学、神话学的角度对美的概念在希腊、印度和中国这三种不同文化中的发生基础做一比较考察，期望从语言、神话与文化的相互作用关系中透析"美"的本义及其文化价值，并从东西方审美意识传统的综合这一高度上重新审视美学即感觉学的感性根基的完整性，重估感性根基的整合在当代美学研究中应有的地位和意义。

二、美始于色：古希腊的性美学

在论述阿弗洛狄忒的神话主题时我们已经发现，爱与美总是交织在一起的。当我们把目光从爱神转向早期希腊美学，所看到的是十分相似的现象。

在古希腊，美的概念的发生同性爱密切相关。科林伍德正确地指出，现代美学家们试图把美的概念同艺术的概念相联系，美学理论不是关于美的理

---

[1] 参看柏拉图：《大希庇阿斯篇》，《柏拉图文艺对话集》，朱光潜译，人民文学出版社1959年版，第169页。

论，而是关于艺术的理论。这不能不说是一种偏颇。"如果回溯到希腊，我们将会发现，美和艺术之间毫无关系。关于美，柏拉图说了许多，他只是把我们在该词的希腊语日常用法中所看到的种种含义加以系统化而已。在他看来，任何事物的美，是存在于那个事物之中并迫使我们赞赏、向往那一事物的那种性质，'美'是'爱'的真正对象。因此，在柏拉图那里，美的理论并不涉及诗的理论或任何其他艺术的理论；它首先是涉及性爱的理论"[1]。

其实，美与性爱之间的这种逻辑联系，早在美学思想理论化之前就由神话所确定下来了。在希腊先民们的神话思维定向联想中，可以找到这种逻辑联系的许多证据。如汉斯·利希特所说：

> 爱与美对于古希腊人来说是不可分开的：阿弗洛狄忒因此而成为春天的女神、鲜花女神和开花女神，尤其是桃金娘和玫瑰女神。人们用这两种花抛向她，她也用这两种花做成的花冠装饰自己。每逢初春，爱在她心中并通过她而觉醒，伴着鲜花的芳香她穿过树林走向可爱的人。[2]

图99 古罗马维纳斯头像。德国科龙的罗马—日耳曼博物馆

在古希腊神话和史诗中，对以性爱为动力的那种异性之美的追求直接派生出对美本身的追求。美成为超乎一切之上的价值选择。这种情形在其他民族的神话中绝不像在希腊那样明确和突出。金苹果之争的故事就很能说明问题。一次人间婚宴忘了请纷争女神光临，她气恼之余，把一个写着"给最美者"的金苹果放在筵席上，引起了赫拉、雅典

---

[1] 罗宾·乔治·科林伍德：《艺术原理》，陈华中译，中国社会科学出版社1985年版，第38页。
[2] 汉斯·利希特：《古希腊的性生活》，英译本，第183页。

娜和阿弗洛狄忒"三位女神"的选美竞争。为了求得评判,她们找来了特洛伊王国的王子帕里斯,各自向他许诺说,如果他能判谁为最美者,谁就将以某种人生最高价值的实现作为回报。赫拉许愿让他当全世界的王,雅典娜说他可以成为不朽的大英雄,阿弗洛狄忒答应使他获得世上最美的女人。帕里斯毫不犹豫地选择了最后者,于是他得到海伦,而爱神则获得金苹果,成为人神之间的最美者。

这个神话以不自觉的方式表现了美在人的价值选择中如何获得至高无上地位。帕里斯王子宁愿舍弃世界之王的无上尊贵和万代景仰的英雄声誉,而去追求世间最美的人,他的取舍之间暗示着人类对美的发现和觉醒在希腊文明中的先兆。如果只把这位王子理解成一位登徒子,那么神话象征背面的蕴涵就荡然无存了。这个故事中的三女神也把美作为至高荣耀,爱美之心成了神的本能。竞争的结果,象征权力的赫拉和象征智慧的雅典娜都不幸落榜,唯有性感女神阿弗洛狄忒独获"最美"殊荣,这就用无可争辩的力量证实了希腊思想中一个反复闪现的主题:美始于性爱。用中国传统术语来说,就是"美始于色"。

难怪柏拉图在讨论美的问题时再三地用爱来做比喻说明,原来性爱活动正是希腊人乃至西方文明中美概念发生的温床。从神话转向语源,对这个问题也许能够看得更为透彻。

波兰美学史家符·塔答基维奇在其《西方美学概念史》一书中指出,西方语言中"美的"一词源出于希腊文中的"καλσζ",其拉丁文形式为"pulchrum"和"bellum",后者正是英语中"beautiful"、法语中"beau"、意大利语中"bello"的原型,这个词最早只用于妇女和儿童。[1] 不了解古希腊社会流行的性生活风俗,就不易理解为什么"美"概念最初仅局限用于女

---

[1] 符·塔答基维奇:《西方美学概念史》,学苑出版社1990年版。

人和少年。汉斯·利希特在《古希腊的性生活》一书中指出，同性恋的广泛流行是希腊人性生活的重要特征。作为对男女间异性性行为的补充，成年男子对少男的爱是当时同性恋行为的主要形式，这不同于后世的成年人之间的同性恋。[1] 希腊人甚至把恋童风视为"高等教育"——让成年男性负责 12—16 岁间男孩的身心及道德发育。柏拉图《会饮篇》就提到了苏格拉底和美少年阿西毕亚提之间特殊的师生关系。由此看来，"美"的本义是专用于性欲对象的，是男性中心文化（androcentrism）特有的观念。作为男性性欲对象的女性和少男，他们所具有的性感魅力就是"美"，他们所能带来的男性的性快感就是"美"。

或许有人会怀疑，古希腊的恋童风是否真的基于性爱活动，抑或仅仅是一种精神之恋。在读到 S. 伯纳德所著《希腊神话中的同性恋》一书之后，此种疑虑即可打消。该书从人种学材料出发探讨了恋童风的起源，提出原始社会流行的成年仪式乃是后世童男之恋的原型。在这种仪式上，主持仪式的成年男子采用鸡奸的方式给少男输入男性生命力，使之脱离童稚状态而转化为成人。[2] 这种仪式表明了一种原始信仰，精液为生命力之源，生命力可随精子从一人体转移到另一人体。只有当这种信仰不再流行的时候，与之相伴随的成年仪式才会脱去宗教性，演变为纯粹以性快感为目的的恋童风。只是成年式原有的启蒙教育意义仍然延续下来，以至于希腊人会将男童之恋视为"高等教育"。从恋童习俗的演变过程中可以看出，非功利的性爱活动脱离功利性的活动而趋于独立，这是以性为本源的"美"概念发生的契机。

自希腊神话时代以来形成的审美传统把人视为世间最美的存在，影响所及，西方文学艺术史上人的主题总是把美的外貌和美德表现为一种统一体。

---

[1] 汉斯·利希特：《古希腊的性生活》，英译本，第 365—369 页。
[2] 伯纳德（Sergent Bernard）：《希腊神话中的同性恋》（*Homosexuality in Greek Myth*），阿瑟隆出版公司 1987 年版，第 40—54 页。

坦娜希尔对此有如下见解："对于希腊人来说，美的这两个侧面是不可分割地联系在一起的。离开一个方面另一个方面就不可能存在。美丽的躯体必定蕴涵某种高贵、细腻的灵魂。这种新奇而经常又无法证明的信念的根源从来没有得到过令人满意的说明，但是，它也许是古希腊人的一种信念的延伸，即对称存在于所有事物之中，它不仅存在于道德世界之中、物质世界之中，而且也存在于形而上的世界之中。不论情况到底如何，美和对称是古希腊人世界观的基础。而且它也可以用于解释鸡奸这种流行的社会风俗。"[1]

古希腊的性爱美学为西方美学的理论建构提供了最基层的出发点。尽管西方美学作为哲学的附庸在后来走上了逻辑思辨的方向，但是回归美的感性根基的主张却从未止息过，历代的文人和学者在回归感性根基的要求中总是强调美与性爱之间的血缘联系。

在古罗马时期，奥维德的作品已表现出从性快感中体验美的致思方向。留里科夫说，"奥维德不是单纯地描写肉体爱情，他还使所有的肉体吸引表现出高尚的精神并大力加以美化。所有的肉体吸引都'被纳入了美学范畴'，而在这一范畴中存在着这些吸引的内心潜在的高尚精神"[2]。

伏尔泰《哲学辞典》"美"（Beau）条目是以回顾希腊人的论点开始的："既然是在谈论爱情问题的时候我们引述了柏拉图的意见，谈论美的时候为什么不可引证柏拉图的话呢，因为美就是惹人爱的呀。"[3] 这种说法与英国经验派美学家博克的看法如出一辙：

我所谓美，是指物体中能引起爱或类似爱的情欲的某一性质。我把这个定义只局限于事物的纯然感性的性质。[4]

---

[1] 坦娜希尔：《历史中的性》，中译本，第88页。
[2] 留里科夫：《爱的三种魅力》，中译本，第76页。
[3] 伏尔泰：《哲学辞典》，中译本，第210页。
[4] 转引自朱光潜：《西方美学史》，人民文学出版社1964年版，第666页。

这种强调美的纯感性方面的观点到了20世纪完成了根本性的回归。劳伦斯明确宣布：

其实，性和美是一回事，就像火焰和火是一回事一样。如果你憎恨性，你就是憎恨美。如果你爱上了有生命的美，你就是在敬重性。性和美是不可分隔的，就像生命和意识那样。那些随性和美而来，从性和美之中升华的智慧就是直觉。性是根基，直觉是茎叶，美则是花朵。[1]

劳伦斯的这种激进主张代表着现代人反叛美的概念异化，要求回归美的感性根基的最自觉的努力。在他看来，现代人主要的心理疾患就是感觉的迟钝和直觉的萎缩。那种单向发展的抽象思维能力不是使人更具有人性，而是割裂人性，使人失去往昔的丰富和完整，变得机械化、单一化。"世上有许多事物我们可以凭直觉，仅凭直觉就能感知和欣赏。但由于否定了性和美，这个直觉生活和宽松自如的根本，我们就被剥夺了这种享受。而这一切在自由的动植物世界里显得那么美好"[2]。我在《符号：语言与艺术》一书中论述"艺术的生态意义"[3]时曾举出列夫·托尔斯泰塑造的一组对立形象——安娜和卡列宁，说明丰

图100 克里特壁画中的女性人体像。已注意到人体美的抽象表现

---

[1] D·H·劳伦斯：《性与可爱》，姚暨荣译，花城出版社1988年版，第106页。
[2] D·H·劳伦斯：《性与可爱》，姚暨荣译，花城出版社1988年版，第106页。
[3] 参看俞建章、叶舒宪：《符号：语言与艺术》，上海人民出版社1988年版，第8章。

富完整的人性和单一化机械化的人性之间的强烈反差。不少现代思想家试图从不同角度对理性异化的此种严重后果提出警戒，同时求助于美神，把她视为拯救人类使之恢复完整的超然力量。

弗洛伊德在《论升华》中写道："美的享受具有一种感情的、特殊的、温和的陶醉性质。美没有明显的用处，也不需要刻意的修养。但文明不能没有它。美学科学考察了事物的美的条件，但是它不能对美的本质和起源作任何说明，像往常一样，失败在于层出不穷的、响亮的，却是空洞的语词。不幸，精神分析学对美几乎也说不出什么话来。看来，所有这些确实是性感领域的衍生物。对美的爱，好像是被抑制的冲动的最完美的例证。'美'和'魅力'是性对象的最原始的特征。"[1]

如果有人以为强调美与性的联系只是资产阶级理论家的专利行为，那就大错而特错了。

苏联无产阶级文学的大师高尔基，虽然一生坚持不懈地同资产阶级艺术观进行斗争，但在考虑美学基础的时候，仍然坚定不移地站在古希腊人为西方所奠定的性美学传统的基石之上。1931年他曾给"美学"下过一个定义：

> 美学是什么呢？美学——这是生物对形式的完美的追求。这种美学的基础是一种非常明确的、纯性欲的动机。美学的基础是性和性的本能。[2]

高尔基的这个定义虽然不很严格，但却突出了美学的生物基础问题。这个未能展开的观点在当代美学家乔治·桑塔耶纳的著作中得到进一步阐发。他认为，如果想制造一个对美极其敏感的生灵，你再也想不出比性更适合这个目的的工具了。性赋予人一种无声而有力的本能，驱使他的身心不断地向

---

[1] 弗洛伊德：《论升华》，《弗洛伊德论美文选》，知识出版社1987年版，第172页。
[2] 高尔基：《论文学》，孟昌等译，人民文学出版社1978年版，第306页。

往异性；性使得选择和追求伴侣成为生活中最可爱的事情之一。所谓堕入情网，实际是把对象完全美化的结果。如果这种兴趣不是集中在异性身上，而是分散到这世界上，我们就能从大自然中发现美和意义。[1] 桑塔耶纳从自然主义立场考虑美与性的联系，而法兰克福学派的美学家马尔库塞则从政治着眼，把这种联系提升为具有解放意义的"新感性"理论。其《论解放》一书第二章《论新感性》中写道，新感性已成为一个政治因素。新感性，表现着生命本能对攻击性和罪恶的超升，它将在社会的范围内，孕育出充满生命的需求，以消除不公正和苦难。审美的道德，和清教主义是对立的，它要求在地球上清除由资本主义精神造成的物质和精神垃圾，它坚信作为生物性必然性的自由，坚信在肉体上除了那种保护和改善生命所必需的压抑外，不应容忍任何其他形式的压抑。[2] 不言而喻，发轫于古希腊的性美学在马尔库塞这里已经演进为一种批判资本主义、倡导解放人性的革命理论。不过这种革命不是以阶级斗争的形式进行的，而是以对性本能的审美改造的方式进行的，"即把它从限于生殖器至上的性欲改造成对整个人格的爱欲化"[3]。

三、美始于色：印度的性美学

与古希腊十分接近的是，印度文明中"美"概念的发生也同性爱活动密切相关。与阿弗洛狄忒相当的女神有吉祥天女（Laksmi）。相传，阿弗洛狄忒诞生于海水中的泡沫，而这泡沫又是被阉割的乌刺诺斯的阳具所化成的，可知美神的构成始基便是性的器官。吉祥天女也是生于海中，不过那不是一般的海，而是乳海。相传天神和阿修罗搅动乳海而生吉祥天女，

---

[1] 乔治·桑塔耶纳（G.Santayana）：《美感——美学大纲》，缪灵珠译，中国社会科学出版社 1982 年版，第 40—41 页。

[2] 马尔库塞（H.Marcuse）：《审美之维》，李小兵译，三联书店 1989 年版，第 106、110—111 页。

[3] 马尔库塞：《爱欲与文明》（Eros and Civilization），灯塔出版社 1974 年版，第 201 页。

故又称她为"乳海之女"。如果了解到在印度神话中乳液同精液之间的象征性认同关系,[1]那么,构成吉祥天女的始基亦为性的力量也就不足为怪了。阿弗洛狄忒的象征物贝壳和吉祥天女的象征物莲花均以女性生殖器为原型也不是偶然的巧合。[2] 在印度教中,吉祥天女是命运、财富、美丽女神,同样是美的观念的具体的人格化形态,或者说是美的理念的感性显现。阿弗洛狄忒有一子厄洛斯,是为小爱神。厄洛斯的武器金弓箭,其威力无敌于天下,无论是神还是人都只能屈服。被金箭射中者必萌发爱欲,而爱欲则带来欢乐与痛苦、幸福与忧愁,甚至还有死亡。无独有偶,吉祥天女亦生有一子为印度小爱神,名叫 Kama(音译为伽摩)。Kama 这个词的本义就是"爱欲",与希腊文中的厄洛斯(Eroe)完全相符。[3] 古印度最著名的性学典籍《爱经》原名"Kama Sutra",便是以 Kama 命名的,直译为《爱神经》,也是最古老的印度美学文献。伽摩同厄洛斯一样,也以弓箭为武器。他的弓背由甘蔗制成,弓弦为蜜蜂,箭镞为花蕊。被他射中的人或神顿时在甜蜜的爱火中煎熬。从希腊和印度神话中共有的爱神之箭的母题可以推知,远古印欧民族的祖先雅利安人对爱情持有一种由来极其古远的原始观念:人间的爱情发生完全是天神意志和超自然力量作用的结果,人类个体男女之间萌生的相互吸引和爱慕的情感,不仅是不可抗拒的必然性所决定的,而且还是当事者不由自主的、具有某种神圣性的。这样一种神定爱情观,在雅利安民族经历了南北迁徙分化过程后,依然同时存在希腊半岛和印度次大陆,在希腊神话和印度神话中获得了突出表现。后来由于禁欲倾向的基督教文化在西方占据了统治地位,这种爱情观被抑压到文化底层,近代

---

[1] 参看奥弗拉赫蒂(W.D.O'Flaherty):《性的液体在吠陀及吠陀之后的印度》(*Sexual Fluids in Vedic and Post Vedic India*)第1部分第5节《奶与精液》,载《女人,双性同体和其他神话动物》,芝加哥大学出版社1980年版,第22—24页。

[2] 艾利亚德:《意象与象征》(*Image and Symbol*),哈维尔出版社1961年版,第125页。

[3] 坝贝尔(J.Campbell):《野鹅的飞翔:神话学探索》(*The Flight of the Wild Gander*),芝加哥,1972年版,第210页。

以后又获得复兴。在印度传统中，这种爱情观从神话到哲学和宗教一脉相承地沿袭下来，在古代和中古产生出《爱经》和《爱秘》这样一批世所罕见的性爱文化典籍。据《爱经》英译者理查德·伯顿（Richard Burton）和阿伯斯诺特（F.F.Arbuthnot）的序言可知，在印度古典文献中探讨同一主题的著作至少还有以下六种：

《拉蒂拉哈莎》（*The Ratirahasys*）或《爱秘》（*Secrets of Love*）；

《潘查莎卡》（*The Panchasakys*）或《五支箭》（*The Five Arrows*）；

《斯玛拉·普拉迪帕》（*The Smara Pradipa*）或《爱之光》（*The Light of Love*）；

《拉蒂曼加里》（*The Ratimanjari*）或《爱的花环》（*The Garland of Love*）；

《拉斯曼加里》（*The Rasmanjarl*）或《爱的萌芽》（*The Sprout of Love*）；

《阿南伽·阮伽》（*The Anunga Runga*）或《爱的舞台》（*The Stage of Love*），又称《卡玛雷迪普拉瓦》（*Kamaledhiplava*）或《爱海之舟》（*A Boat in the Ocean of Love*）。[1]

图101 印度《爱经》中的理想美女。此为第一类型的女性形象，代表着古代印度人的求偶理想

原始的神定爱情观不仅在后代派生出数量可观的性爱著述，而且奠定了印度传统人生观中性爱的法定地位。约公元前2世纪问世的婆罗门教律法圣

---

[1]瓦茨雅纳（Vatsyayana）：《爱经》（*The Kama Sutra*），英译本，纽约，伯克利出版公司1966年版，第53页。

典《摩奴法典》中便说到人生三件大事：法（宗教真理）、利（福利）、欲（性爱）。这三件大事在公元4世纪的《爱经》中构成了开篇导言：

创造主当初造了男人和女人，并且就圣法（Dharma）、利益（Artha，指财富）和性爱（Kama）三个方面传下了十万章的律则，以便调节人们的生活。现存的这部《爱经》便是第三方面的律则和知识经过多次简化后的结果。[1]

就这样，印度文化中关于性爱的知识就被推崇为创世主的圣旨，自然具有了不可怀疑的神圣性质。性爱作为人生追求的目的之一，并不同于基督教文化中作为生育手段的夫妇结合，这种自身的目的性使性爱获得了向审美方向提升的重要前提：非功利性。[2]如苏联学者留里科夫所评价的："在《爱经》和印度人的有关爱情的其他论著中，肉体爱情被提高到艺术的高度。它不是由2—3个环节组成的十分简单的小链子，而是一个完整的广大的世界，内容十分丰富。每一次爱抚，每一次接吻，每一次拥抱，都有十多种不同的方法。在《爱经》中均对它们分门别类逐一加以详述。爱情被分得很细很细。

图102 印度《爱经》中的末等女子。肥硕已成为一种女性之丑

它的每一个表现仿佛经过了放大镜的放大，于是，爱情所带来的欢乐便在数量上、强度上急剧地增加了。不管伪君子们如何说三道四，这一切都不是兽性发作，而正是人的欢乐。因而，也只有人才能享受这些欢乐，在精神上得

---

[1] 瓦茨雅纳：《爱经》，英译本，第61页。
[2] 参看斯托尔尼兹：《"审美无利害性"的起源》，《美与艺术批评杂志》1961年冬季号。

到满足。"[1]

从语源方面看，梵语中的"美"一词为Kalya，与希腊文中的καλoσζ相对应。该词词根为Kal，据《汉译对照梵和大辞典》第329页，Kal意为"创造""完成"。而专指性欲的Kama一词，据温特尼兹（Winterniz）解释，是导向创造和生命诞生的性欲望[2]。回顾《摩奴法典》第一卷所述创造神话，在"创造""性欲"和"美"这三种语义之间的潜在联系就和盘托出了：

> 无上主将自体一分为二，一半化为男，一半化为女，和女性部分结合而生原人毗罗止（Vir.dj）。[3]

正像基督教神学中有圣父圣子圣灵的三位一体那样，印度的性美学则是建立在创造、性爱和美的三位一体关系之上的。了解这种关系，对于重构原始印欧神话具有很大的启示性。美国学者魏勒写道：维纳斯的助手是美惠三女神（Charites）。Satyacravas是印度语的"太阳"一词，Charis是古代的形容词，意即"光明"的；美惠（博爱）女神实为光明的人格化。由于太阳产生光线、生命和万物，所以Charis成了印度神话中太阳神的辅

图103 印度药叉女与鹦鹉雕像。夸张表现女性躯体的丰满和曲线之美

---

[1] 留里科夫：《爱的三种魅力》，中译本，第111页。该中译文中，《爱经》译作《欲经》，这里由引者改动。
[2] 温特尼兹：《印度文学史》卷1，第90页。以上梵语材料系黑龙江社科院刘以焕先生提供，谨此致谢。
[3]《摩奴法典》，马香雪译（据迭朗善法译本转译），商务印书馆1982年版，第12页。

助女神，司掌生命的活力和万物的生成。这位印度女神在希腊分身为美惠三女神——阿格莱亚、欧弗洛叙涅和塔利亚。

她们是一切外表的可爱和优美、本性和精神气质上的吸引力的化身。作为爱神维纳斯的助手，增强了爱的王国的魅力[1]。这一神话人物上的对应再次证明希腊的性美学与印度的性美学是同源分化的产物。至于印度神话中创世主大梵天同太阳之间的象征对应关系，在《唱赞奥义书》等文献中有明确记述，不过这种太阳神创世主的观念已不限于印欧民族，它具有更广的普遍性。[2] 在中国的黄帝（光帝）神话中亦可看出太阳创世主的观念存在，不过，中国神话中的太阳之光似乎只同生命创造和美相联系，未能向性爱方面发展其意义。从各种感光而孕的始祖诞生神话中，与作为生命创造之源的光的意象相关的，是生殖主题而非性爱主题。而在印度，光与性的象征关系则十分明确。甚至在印度教经书和佛教密宗仪式中，这种象征关系依然发挥着十分重要的作用。在那些场合中，宗教体验的高峰既是美感的源泉，又是以性快感为体验手段的。艾利亚德说：

> 月称和宗喀巴在评论佛陀与相应的性力的结合时，证实说菩提心是露滴，它以五色之光从头顶注下，充满两种性器官：（在与性力结合）为一时，人必须观想金刚（男根）与莲花（子宫），想象白等五色光充溢其中。[3]

宗教史学家们还指出，性爱的象征意义体现在自《吠陀》时代以来的印度宗教生活中。作为圣礼行动的两性结合（maihuna）的目的在于将人类的夫妇与神性的模式（湿婆与性力、佛陀与佛母般若）视为同一，这是一些教

---

[1] 魏勒（O.A.Wall）：《性崇拜》，史频译，中国文联出版公司1988年版，第282页。
[2] 参看叶舒宪：《中国神话哲学》第6章第5节《太阳创世主》。
[3] 艾利亚德：《神秘主义、巫术和文化风尚》（Occultism, Witchcraft and Cultural Fashion），芝加哥大学出版社1976年版，第6章。

派修行方式的必不可少的前提。其中最引人注意之处在于提倡在圣礼性爱活动中体验五色的神秘之光。

《大林间奥义书》（Brhadaranyaka Upanisat）第六分第四婆罗门书中便记有一种性爱圣礼的全套程式，其开端为清晨之际向火神、爱神和太阳神献祭，然后授予男主人公一位行交合礼的妇女，男主人公边念《梨俱吠陀》中关于夫妇结合的祝词，边开始进入神秘体验状态。[1]

值得注意的是，印度美学的集大成者阿布希纳瓦古普塔在描述印度人审美活动和审美经验的极致时也用了神秘之光作为目标："最高层面上的审美经验就是将自我体验成某种满足。在这个层面上，主体与客体的二重性通过激烈的反省消失了，……普遍化了的'这个'在普遍化了的'自我'的辉映下闪闪发光……"[2] 诚如印度勒克瑙大学的潘迪教授所论，阿布希纳瓦古普塔所隶属的湿婆教传统否认感观快乐与精神满足间的对立，认定前者是后者的手段。换言之，性快感是产生美的体验的重要来源和手段。

《印度传统文献》在"爱欲卡马，人类的第三目的"的标题下包括了一个内容丰富的部分来专论"审美思辨哲学"。拉加万解释说，"这是于平衡的生活规律中对性爱与快感的追求"。快感要作为极为平衡的生活经验中的组成部分来加以控制。人类的情感象征着个人对于至高灵魂的寻觅，这在性交绘画与雕塑中得到了表现。印度教通过这种将肉体做爱快感与宗教狂热情绪协调起来并融的一体的办法，极大地避免了曾骚扰希伯来人和基督教徒的良心上千年犯罪感的这种肉体与灵魂间的冲突[3]。如果把印度的《爱经》看成是与中国古代房中术类似的著作那就大错而特错了。就实质而言，房术的目的是通过特殊性技巧的训练达到长寿乃至永生的理想，用现代科学分类

---

[1] 参看《五十奥义书》，徐梵澄译，中国社会科学出版社 1984 年版，第 666 页。
[2] 托马斯·芒罗（Thomas Munro）：《东方美学》，欧建平译，中国人民大学出版社 1990 年版，第 24 页。
[3] 托马斯·芒罗（Thomas Munro）：《东方美学》，欧建平译，中国人民大学出版社 1990 年版，第 29 页。

法应当划入医学健身或养生学范畴；而印度《爱经》围绕男女间的性行为提供全面的教喻和知识，目的在于让人们最充分地、最大限度地体验性爱所特有的美。这也就是说，《爱经》把性爱本身当作目的，并不宣扬在此之外的功利性目的（如传宗接代、长寿等），这就使它所阐述的种种技巧、环境气氛、性吸引的方式和措辞等等超出了纯技术的层面而上升为一种艺术。从这一意义上看，它是最接近美学的性学，或可称之为："性美学"（Sexual aesthetics）。

由《爱经》所奠定的性美学对后世印度美学的发展产生了决定性的作用。印度美学的核心范畴"味"便是以肉体感观美为审美体验之基础的典型例证。而在对"味"的各种艺术把握方式中，性爱总是首屈一指的。对"味"的重视和强调使印度美学深深地植根于尘世的实践性和感觉层面的日常经验，这同西方传统美学的形而上思辨特色形成鲜明对照。

四、美始于食：中国的食美学

中国神话中性爱与爱情母题匮乏，中国古神多为不食人间烟火的冰冷雕像。唯一以性爱和美见称的神话人物为高唐神女，她在中国文学史上的地位和影响与西方的阿弗洛狄忒相仿佛，但却未能获得公认的"美神"神格。探讨中国性爱与美之女神隐形的原因，使我们转向语源学方面提供的材料。

关于中国古代美的概念的语源学方面的探讨，近年来已积累了较丰富的资料。鉴于汉字的象形表意特征，使我们可以从古文字字形中直观地把握某些概念所产生的原初表象，摸索到从具体到抽象的语义演化过程。

汉代的许慎是最早对"美"这个字做出分析性解释的人。他的《说文解字》卷四羊部首先分析了羊字："祥也，从𦫳，象头角足尾之形。孔子曰：'牛羊之字以形举也。'凡羊之属皆从羊。"以下通释所有从羊的字共27个，这些字的意思全都与羊这种家畜有关，美字亦在其中。可见上古华夏民族关于美的观念不是来自艺术和哲学，而是来自动物学。许慎对美字的释义是："甘也，从羊从大。羊在六畜主给膳也，美与善同意。"甘是什么意思呢？它相当于现代汉语中的"甜"，是古人用来专门表示口舌之快感的词，所以又兼有泛指快乐的意思。《尚书·洪范》："稼穑作甘。"传曰："甘味生于百谷。"这里的"甘"不指甜，而指美味。《说文》卷五甘部释云："甘，美也，从口含一，一，道也，凡甘之属皆从甘。"[1]尽管有循环论证之嫌，许慎毕竟尊重了这样一个事实，美与甘是同义词，二者均指味觉快感而言。在甘之后《说文》又释"甜"字："甜，美也，从甘从舌，舌知甘者。"

这个"甜"字简直像个活化石，其造字结构把古代中国人对"美"的认识之起源揭示得如此清晰而又具体、形象。它不仅说明了美的本义是快感，而且标出产生美快感的人体感觉器官——舌。舌的存在及其与美的关联足以证实"羊大则美"（《说文》徐铉注）的古训是妥帖无误的。萧兵先生提出，美字下面的"大"最初的意思还不是"肥大"，而是"人"的意思。古文"大"字像人之形，故"羊大则美"应改为"羊人为美"。他对"羊人为美"的解释是原始社会中的羊图腾氏族首领扮演羊祖先时头戴羊角形象。[2]按照这种见解，美、甘、甜三字的认同关系便不复存在了，美与舌的渊源关系自然也就被遮蔽了。我以为许慎在用"甘"训美和用美训"甘"及"甜"时绝非异想天开，"羊大则美"正是基于舌的味觉感受而产生的观念，而以肥大为美味也完全符合上古人的饮食习俗。"大"像人形是事实，但并非所有从大的字都可从人形会意的角度去解释。萧兵认为《说文》释"羌"说"从大；大，人也"，于是美字所从之"大"也应指人。其实，美字在《说文》中的位置恰在"羌"字之前，许慎显然是区别对待这两个字的。假如他以为美字所从

---

[1] 段玉裁：《说文解字注》："食物不一，而道则一，所谓味道之腴也。"
[2] 萧兵：《从"羊人为美"到"羊大则美"》，《北方论丛》1980年第2期。

之大当指人的话,当然也会特别注明的,像后来训羌字时那样。

图 104 阴山岩画中的羊　　图 105 金文中的羊形符号

美的概念来自味觉感受,这表明中国古代美学的发生以食美学为其源头,而不像希腊和印度美学以性美学为源头。这一根源上的差异对中、希、印美学及其在各自文化传统中的作用都有重要影响,值得做深入的探讨。

《墨子》有云:"食必求饱,然后求美。"这里的"美"显然用其本义,指味觉快感而言。"食"求美是在求饱之后,也就是满足了口腹之欲的基本生存需要之后的较高级的味快感要求。这也表明了"食美学"也多少具备超功利的性质。以食美学为源头的美的概念,即使在今天仍然顽强地保留着它的最原始的用法,汉语中诸如"美味""美酒""美食""美餐""美吃"等习语便是证明。而西文中的"美"由于源自性美学,若用之形容吃的话会显得不伦不类。道理似乎很简单,随着文明发展的进程,性行为及与之相关的观念逐渐遭到正统意识形态的排斥,在不同程度上同罪恶、肮脏等负价值观念发生了联系,成为不登大雅之堂的东西。而与性欲并列的人类另一主要欲望食欲则要幸运得多,不论在"以食为天"的中国文化中还是其他文化中,对食欲的满足都不至于遭到过于强烈的压抑和谴责,与食相关的各种语汇可以堂而皇之地进入意识形态。于是形成了这样一种状况:西文中美的概念源于性美学而不适用于食;中文的美的概念源于食美学而又可推而广之用于性快感。马王堆汉墓帛书中有一最早的房中著述题为《合阴阳》,其中形容性

快感的用语显然直接取自食美学，如"甘甚也""至美也"[1]，即是其例。至于用堂而皇之的食方面的措辞隐喻不登大雅的性方面的行为，古今中外皆然，但尤以汉语中的应用为最，这恐怕与中华饮食文化在世界各民族中罕与伦比的发达情况有关。较古老的隐喻如《诗经·陈风·衡门》的"岂其食鱼，必河之鲂？岂其取妻，必齐之姜？"是以食鱼喻娶美妻。又如《周南·汝坟》中的"未见君子，惄如调饥"，《曹风·候人》中的"婉兮娈兮，季女斯饥"，均以食欲喻性欲。《天问》问到禹与涂山氏通于台桑时说："闵妃匹合，厥身是继，胡维嗜欲同味，而快朝饱？"这是用形容食的"味"与"饱"隐喻"通"的行为[2]。较为文雅的隐喻如"饱餐秀色"，较为通俗的隐喻如"癞蛤蟆想吃天鹅肉"

图 106　甲骨文中的羊字

等，都是以食喻性的习语。《金瓶梅》第十九回写李瓶儿痛骂蒋竹山的性无能，全用食美学的措辞，"把你当块肉儿，原来是个中看不中吃的蜡枪头，死王八！"同书第四回写西门庆与潘金莲偷欢，所选择的仍是味觉美的字汇，如"美甘甘""滋味美"等。

唐人冯贽《南部烟花录》所记隋炀帝故事也是建立在以食喻色的隐喻基础上的：

隋炀帝每视御女吴绛仙，谓内侍曰："古人谓'秀色可餐'，若绛仙者

---

[1]《马王堆医书考注》，第 404 页。
[2] 参看闻一多：《高唐神女传说之分析》，《闻一多全集》第 1 卷，三联书店 1982 年版。

可以疗饥矣。"[1]

　　以食喻性的修辞模式是文化的产物，其实质在于性器官的口舌化，以味觉快感包摄和涵盖性快感。[2]这正像骂人话中的污言秽语是口舌的性器官化，以语言行为代替实际的性行为一样。食与性之间的换喻基础乃是人类的两大本能，但在不同文化中对这两大本能的态度不一，常有厚此薄彼的情况发生。相对来说，在古希腊，食与性被看成是具有同样价值的东西，二者之间呈现出平衡状态。如福柯所言：

　　在古典时期的希腊思想中，看来饮食和性活动的道德所引发出的问题的方式极为相似。食物、酒类，与女人和男童的性关系，构成了类似的伦理材料；它们使本能自然地运作，但也总是倾向于过度；所有这些引发出同一个问题，人们可以和必须怎样利用这种快感、欲望和行为的动力？这是个恰当使用的问题。如亚里士多德所说，人人都以自己的方式享受美食、美酒和性交，但并不是人人的做法都恰到好处。[3]

　　与希腊文化相比希伯来文化以禁欲主义而著称。不过犹太教伦理对于食与性的禁制和压抑几乎齐头并进，这就使二者在同样的厄运中仍处于相对平衡的状态。对此，只需要翻阅一下《圣经·旧约·利未记》中对食与性的双重禁忌条文便可明了。按照人类学家埃德蒙·利奇的分析，伊甸园神话中的原罪本有两个层面：食禁果以及随后的乱伦婚配。这两个层面植根于食性二欲，所以欲望本身就是宗教罪恶的根源。后世基督教的禁欲主义自然也包括

---

[1]《渊鉴类函》卷二百五十五人部美妇人，"疗饥"条引。
[2] 汉语中本来专用于味觉快感的词在使用中可泛指快感，如"甘"就引申为快意、乐意。《左传·庄公九年》："管、召，仇也；请受而甘心焉。"
[3] 福柯：《性欲史》第 2 卷《快感的享用》，英译本，1986 年版，第 51—52 页。

两个方面。在印度文化中，宗教禁欲主义对食欲的压抑似乎超过了对性欲的压抑。"在今日的印度，只有贱民才能任意食用肉类。严守戒律的上层阶级则只吃蔬菜和乳制品。吃肉一向是件犯忌讳的事，而吃牛肉尤其犯大忌。"[1] 人类学家曾从生态角度对此提出解释，如马文·哈里斯《文化的起源》一书便认为："印度的素食主义不是精神对物质的胜利，而是生殖对生产力的胜利。这一物质进程促成了两手空空的宗教在西方的传播，促成了杀畜祭神和分食盛宴的终结，导致了禁食猪、马、驴之类家畜肉的戒律；也正是这同样的物质进程使印度不可避免地接受了禁食一切肉类的宗教。印度之所以形成这种情况，并不是因为印度的精神生活高于其他地区，而是因为印度的生产强化，自然资源的枯竭和人口的增长都远远超过了增长的限度。"[2] 看来尽管印度传统美学将得之于食的概念"味"奉为至高范畴，实际上印度人的口味远不如其邻邦中国人那般丰富和发达。

中国历史上虽然也曾有过梁武帝断肉敕[3]之类的事，但那毕竟是受了印度佛教戒杀生教义影响，且施行的范围亦有限。就一般而言，食肉自古就是人们的特别口福，连孟子描绘理想中的社会时也是以"衣帛食肉"为标准的。中国不仅不忌讳食用各种家畜之肉，就是动物的内脏器官包括生殖器都能制成各种美肴，且坚信食什么补什么的中医理论，这一点往往使西方人大为惊异。像猫和狗这样的宠物，蛇和猴这样的生命，也都能以"龙虎斗"之类的美名出现在中国人的宴席上，这在西方人眼中常被视为残忍或野蛮的表现，几近乎原始人的食人生番了。至于《水浒》等小说中的"人肉包子"就更显得野蛮了。

如果说是生态方面的供需矛盾造成了伊斯兰文化和印度文化中的食物禁忌，那么同样的因素在中国却导致了完全相反的开放性食物结构，旅居海外

---

[1] 马文·哈里斯：《文化的起源》，第134页。
[2] 马文·哈里斯：《文化的起源》，第147页。
[3] 参看俞正燮：《癸巳存稿》卷十三"佛教断肉述义"条。

的林语堂先生自述说:"你们吃什么?常常会有人提出这样的问题。我们答之,凡是地球上能吃的东西我们都吃。出于爱好,我们吃螃蟹;由于必要,我们又常吃草根。经济上的需要是我们发明新食品之母。我们的人口太多,而饥荒又过于普遍,不得不吃可以到手的任何东西。"[1]这种开放性的口味早自神农尝百谷的传说时代便已露端倪,由此而导致的民族性的味觉高度敏感发达又给食美学的发生提供了生理方面的先决条件。新石器时代以降,随着牧羊文化日渐扩张,从河西走廊的马家窑文化向东运动,形成了庞大的姜羌部落集团,并同黄土高原地区以食粟(即小米)为主的农耕文化相融合,羊这种在仰韶文化遗址中几乎看不到的家养动物[2]终于在中国文明初始之际成为最受人喜爱的食物,并通过语言文字而存留在上古意识形态中。像真、善、美这样三个重要观念,在中国竟有两个都是从食羊实践中派生出来的,这确实令人惊异。古文善与膳通用,善与美按许慎之说也"同意",二者均以羊作为造字结构素。而另外一个中国伦理范畴"义",原本也是从羊会意的。对中国人审美的意识起源做过详尽的语源学探讨的笠原仲二先生还指出,有许多被训成美的汉字,都源于官能的味觉性体验。如从"酉"的醋、醇、酡、醰,从"肉月"的臘、肵、臘、醰等字。这些事实说明:美字虽本义为肥大之羊肉具有的"甘"味,但已逐步从这种与羊肉的特殊关系上解放了。所有食物之味只要是"甘"味,不问这种食物的种类、性质如何,它都可以表示为"美"。[3]在此需补充的是,在各种食物中,肉食最贴近"美"。而在肉类之中,肥厚又比瘦瘠更切近美之本义。这可以从下述语言现象中略窥二三:"美"及其同义词"甘"往往同"肥"或"旨"构成词组。《孟子·梁惠王上》:"为肥甘不足于口与。"《尚书·大传略说》:"不如天地自然

---

[1] 林语堂:《中国人》,浙江人民出版社1989年版,第297页。
[2] 参看《新中国的考古发现与研究》第2章第6节《中国新石器时代的家畜》,文物出版社1984年版。
[3] 笠原仲二:《古代中国人的美意识》,魏常海译,北京大学出版社1987年版,第6页。

之性，逸豫肥美"。《韩诗外传》卷五："口欲嗜甘旨。"《史记·匈奴传》："壮者食肥美"。《韩非子·扬权》："夫香美脆味，厚酒肥肉，甘口而疾形。"《礼记·礼器》："牲不及肥大，荐不美多品。"《左传·桓公六年》："吾牲牷肥腯。"以上诸例均表明，古人饮食习惯以肉之肥大脂厚者为至美，这一习惯至今仍保留在民间，像贫困山乡也以过年大碗吃肥肉为俗[1]。脂和膏这类词汇本指动物脂肪，今人视为胆固醇之源，唯恐避之不及。但在古代却为人艳羡。所谓膏粱子弟，是能吃上肥肉的上等阶层。所谓身处脂膏，是指富贵荣华。今之俗语中的"油水"云云，正是远古食美学标准的现代遗迹。

这种语言活化石的意义绝不会因今人倾向于食瘦肉而有所改变，因为食美学早已弥漫渗透在整个中华文化之中，化作民族集体无意识了。

食美学同民族集体无意识的关系最明确地体现在语言活化石中，这方面的专门研究想必会大有可为的。以脂字为例，脂从肉从旨，后者也是古人专用于食之美的味觉词汇。黄侃《说文同文》指出"旨同美"，《说文》训旨为美，从匕声。匕与美同属唇音，古音又俱在灰韵，所以确定旨、美为同义。[2] 旨字古写法为㫖。《正字通》："㫖，从甘，旧本知从甘，不收甘部，谬附日部。"看来汉字字形的改动会直接有碍于人们对字义理解的直观性。旨与美同义的发现将再次证明"羊大为美"的观念的可信性。《诗经·邶风·谷风》："我有旨蓄，亦以御冬。"毛传："旨，美也。"《礼记·学记》："虽有佳肴，弗食不知其旨也。"注："旨，美也。"《论语·阳货》："食旨不甘。"集解："旨，美也。"所有这些实例均表明旨美可以通用，而这通用的范围甚至不仅仅限于指称味觉感受，也可以用于较抽象的场合。如《尚书·说命中》："王曰：旨哉！"传："旨，美也。"可见从食美学中得出

---

[1] 民间常用表示喜庆的"喜"字，原本与表示大吃酒肉的"饎"字通用。《诗经·七月》"田畯至喜"郑玄笺："饎，酒食也。"

[2] 参看黄侃：《说文笺识四种》，上海古籍出版社1983年版，第25页。

的判断标准是能够推广到味觉快感之外的抽象赞美。

恩格斯在《家庭、私有制和国家的起源》中曾谈到食物构成对于人种和文化的特殊制约作用，这对于理解华夏文明中食美学传统的形成不无启发性：

……十分可能，谷物的种植在这里首先是由牲畜饲料的需要所引起的，只是到了后来，才成为人类食物的重要来源。

雅利安人和闪米特人这两个人种的比较好的发展，或许应归功于他们的丰富的肉乳食物，特别是这种食物对于儿童发育的优良影响。的确，不得不差不多专以植物为食的新墨西哥的普韦布洛印第安人，他们的脑子比那些处于野蛮时代低级阶段而吃肉类和鱼类较多的印第安人的脑子要小些。[1]

由这一见解中得到的直接启示是，以智慧著称的中华民族实际上是自西向东运动的氐羌食羊文化（蚩尤、大禹、炎帝等均为其代表）与定居中原的食粟文化（黄帝族）长期融合的结晶，而不同的食物构成的交叉融合为铸塑统一的中华文明奠定了潜在的基础。原始农耕民族不仅接受了食羊文化的肉乳类食物，而且也培育起以羊大为美、以肥脂为美的观念。不过农耕区域的地理条件限制了畜牧业的发展，羊肉只能是食粟文化中较为稀少的上品享受，这就更加使食物构成中缺乏油水的农耕民众增加了对"脂膏"之美的艳羡与向往，从而给华夏意识形态留下以旨为美、以羊为祥的永恒印记。

五、由食到色："艳"的文化蕴涵

从《尚书·说命中》王曰"旨哉"以及更为常见的"美哉"这类措辞中

---

[1]《马克思恩格斯选集》第4卷，第21页。

不难看出，作为中国上古美学基础层次的食美学尺度——味觉快感标准，是可以推广应用到非味觉场合的。

味觉美的标准移注于视觉美，也就是从吃中得出的"羊大为美"推广到视觉感受上的"人大为美"。古人论人之美，尤其是评价女性美，大略在于身体的长大硕壮。《诗经》多咏硕人，硕女，《楚辞》则赞美"丰肉微骨"。《史记·田敬仲世家》云选齐国中女子长七尺以上为后宫；《史记·苏秦列传》云长姣美人。[1]此种审美风尚前贤多有所论，于此不赘。我只想再就一个与食美学标准相通的人体美概念略陈己见。"艳"可以说是汉字中与西方性美学最为接近的概念。这个字的古文写法多达28画：豔，《说文》释为："好而长也，从丰，丰，大也。"其实艳的本义是性感，古人不便明言，只隐约其词为好而长，因为古代美人标准便是长大而丰满，符合这一标准便具性感。扬雄《方言》卷二说得分明："美色为艳。"这正是古文豔与艷相通的原因。艳诗艳词是中国人对性文学的代称，艳事、艳遇、猎艳等说法都指性行为。古人所说的艳色、艳妓、艳姝、艳姬，译为现代语大致相当于性感女郎。美与艳两个概念用于人时十分接近，但因来源不同，还有细微差别。故《左传·桓公元年》叙宋华父督见孔父妻于路，目逆而送之曰："美而艳。"意思是既美丽又性感。

在"美色为艳"这句古训中潜藏着中国文化中食与性发展极不平衡的又一原因，这就是体现在美与色这两个概念中的价值倾向。如前所述，美字出于食快感而具有善意，因而成为体现正价值的褒义词；色字是古汉语中唯一接近西文中"性"（sex）概念的一个，在古代兼指性欲，性行为，但却通常用作贬义词，具有负价值，不仅与善无缘，而且与恶相去不远。诸如色情、色鬼、色荒、渔色、色狼、色胆包天、声色犬马等等词语，几无例外全带有

---

[1] 参看俞正燮：《癸巳存稿》卷十五"长白美人"条；钱钟书：《管锥编》第1册，第127页。

明显的道德谴责意味。由此可知，中国文化中的扬食抑色倾向是与汉语中味觉美方面的词汇极为发达、性快感和性行为方面的语汇极为贫乏的情形相互对应的，除了在通俗文学和民间亚文化中流行的一些隐喻和象征说法[1]之外，古汉语中没有关于性的科学术语或中性词汇，有的只是像"房事""房中"这样一些以地点替代行为的换喻（metonymy），以至于荷兰著名汉学家高罗佩所著《中国古代性生活》（*Sexual Life in Ancient China*）一书的汉语标题也只能勉强译为《中国古代房内考》，以符合于古汉语的表达习惯。无怪乎美国汉学家杰克·波德慨叹，在浩如烟海的中国古书文献中，似乎只有一位思想家敢于承认性欲在人类心理中是一种主导因素：

图107　唐乾陵壁画中持盘宫女图（8世纪）。丰盛的器皿与丰满的面形最符合"艳"字的双重喻义

"食、色，性也。"这是儒家思想家孟子引述告子的关于人性的论断。令人奇怪的是，孟子对这一句引文没有做出直接的反应，这就使人怀疑引文对性问题的意见是否完整。不过，这种把人类本性缩略为两大本能欲望却缺乏形而上内容的见解，无疑会被所有的儒家人物所彻底厌弃。[2]

波德先生未能注意到，即使这唯一肯定性欲的一句话也多少具有自我解

---

[1] 参看高罗佩（P.H.Van Gulik）：《秘戏图考》附录《汉语中的性语汇》（*Chinese Terminoloy of Sex*），第229—234页。

[2] 杰克·波德（Derk Bodde）：《中国文明中的性》（*Sex in Chinese Civilization*），《美国哲学学会专刊》第129卷2期，1985年。

构的性质。告子虽然试图把性欲（色）与食欲等量齐观，作为人的自然本性，但是由于没有表达性欲的中性词汇可以选择，只好沿用具有贬义的"色"来指代性（Sex），终未能跳出语言的牢房。要知道，孟子笔下的齐王因为"好色"而自称"有疾"，而孔子干脆明确要求青年人做到"戒之在色"，可见"色"作为性的代词，其中已经预先蕴涵着道德谴责的价值色彩。

古汉语中味觉词汇的异常发达与性学词汇的异常贫乏似乎是成反比例发展的。指出这一点，将有助于理解为什么以吃喻或由食到色的隐喻表达性在中国特别普遍。这种现象在某种程度上可以看作是一种原始类比的"蛮性遗留"，因为尚未达到文明阶段的原始民族的神话，便往往直接表达食与性这两大本能欲望的主题，而不关心具有形而上倾向的宇宙论问题。在这类原始神话中，食与色，甚吃喝与性交都是互为比喻的。

列维－施特劳斯在考察南美洲印第安人一组关于食物起源的神话时发现，这些作品都不约而同地表现了性的母题。他写道：

如在世界各地那样，南美洲的（土著）语汇也为食与性两方面的密切联系提供了见证。图帕里人（Tupari）人表达性交的惯用语，按照其字面意义，乃是"吃女阴""吃阳具"。满杜鲁库（Mundurucu）的说法也是如此。巴西南部地区的凯因刚方言中有一个兼指"交配"和"吃食"的动词，在某些语境中有必要在使用该动词时加上修饰状语"用性器官"，以避免意义上的含混不明。[1] 如卡什波（Cashibo）神话所述，男人刚被造出来便立刻要东西吃。太阳神教他怎样种植玉米、香蕉树和其他可食用植物。接着那男人问自己的生殖器："那么你想吃什么呢？"那阳具当即答道："想吃女性生殖器。"[2]

---

[1] 亨利（J.Henry）：《丛林住民：巴西高地的凯因刚部落》，纽约，1941年版，第146页。
[2] 列维－施特劳斯：《生食与熟食》（《神话学导论》第1卷），魏特曼英译本，美国八角书屋1979年版，第269页。

列维-施特劳斯所发现的这个例子揭示了食色互喻的生理根源，那就是口腔与生殖器之间的神话认同关系。在《野性的思维》中他还指出，世界上较流行的观念是把男性比做食者，把女人比做被食者。这同中国《诗经》中的"食鱼"喻娶妻是一致的。不过，神话故事中常常会看到相反的说法，如牙状阴户的故事主题。"非常重要的是，这个故事是用饮食，也就是用直接的方式来编码的（于是证实了这样一个神话思想的法则，即隐喻的转换是在换喻中完成的）。同样的情况是，牙状阴户主题……直接地对应着远东地区的性哲学中的一种观点。梵·高罗佩的研究确认，对于男人来说，房中术主要在于避免被女人吸干精力并能化险为夷。"[1] 维-施特劳斯在此所说的"牙状阴户"（vagina dentata）的主题在世界各地神话中较普遍地存在，它反映着男人对性交、从而对女人的一种原始恐惧。这种恐惧不仅催生了中国的房中术，而且派生出种种文学现象。英国现代小说家 D·H·劳伦斯的《恰特来夫人的情人》中的园工梅勒斯便曾抱怨前妻的阴户有牙齿撕咬他；而中国珞巴族人祖神话《斯金金巴巴娜达明和金尼麦包》则把这一主题表现为一段天真无邪的情节：人类先祖最初是大地母亲生出的一对姐弟：

姐弟俩降生以后，父母可就再没有管他们了，既没有教给他们做些什么，也没有教给他怎样做，他们感到茫茫然。

这时候，从天上掉下来一个鸡蛋。达明和麦包赶快拾了起来，放到火上去烧。姐弟俩面对面地张开腿坐在火边，看着放在火里的鸡蛋。鸡蛋烧裂迸开了。迸开的鸡蛋溅到了姐弟俩的下处，他们互相见到了，从此相爱了，成了夫妻。

---

[1] 列维-施特劳斯：《野性的思维》，李幼蒸译，商务印书馆1987年版，第121页。人名译名有改动。

姐弟俩初次交欢，金尼麦包觉得斯金金巴巴娜达明的下处像似有牙齿在咬他的，疼痛难忍，不理达明，生气地跑走了。达明在后面紧紧追赶，追上了麦包，告诉他要想办法搞掉自己下处的牙齿。达明骑在一个倒掉的树干上，磨掉了自己下处的牙齿，疼痛难忍，又不理麦包，生气地跑走了。金尼麦包又在后面紧紧地追赶，追上了达明，告诉她要想办法使她不再疼痛。麦包采来了"百枯巴邦"草，捣烂以后敷在达明下处，并向达明说了很多好话，从此他们才又和好了。[1]

珞巴人与藏族同源，他们的这个较原始的神话同前引列-施特劳斯所论印第安神话一样，也是直接把食与性的主题放置在人类生存开始的大背景之中加以表现。神话中的姐弟俩有如《圣经·创世记》中的夏娃亚当，首先面临食欲的觉醒，偷吃禁果与烧鸡蛋这两个表面上相异的细节其实都是暗示食欲要求的。而食欲的觉醒又必然直接导致性欲的觉醒，这种非常微妙的由食到性的因果联系，在印第安神话中表现为男主人自问生殖器"想吃什么"；在《圣经》故事中表现为兄妹偷食禁果后的智慧觉醒以及随羞耻心而来的遮掩下体；在珞巴神话中则让食欲对象（鸡蛋）直接作用于姐弟俩的下体，使他们意识到性别差异，从而导致性爱。这三个不同文化中的人祖神话虽然因产生的时代不同而有雅俗之别，但是在表达由食欲到性欲的因果关系方面却是完全一致的。可见告子所言"食、色，性也"其实是原始神话早已发现的真理，就连先食后色的顺序也是由神话所确定的。

珞巴神话中的牙状阴户主题还有一个表现上的特点：磨掉牙齿的行为意味着男人终于战胜了性交恐惧，从而开启了人类个体再生产的序幕。这个异常天真的情节同印第安神话向生殖器问口味的情节一样，隐伏了一个深层的

---

[1] 谷德明编：《中国少数民族神话》，中国民间文艺出版社1987年版，第254页。

神话类比：生殖器也是一种"口"，由此而引发出吃与性交之间的换喻。揭示这一深层的神话类比对于从根源上理解食色互喻现象至关重要，同时也有助于透析中国文化中食美学向性美学的符号转换现象。种种迹象表明，中国汉族神话中没有关于战胜原始性交恐惧的任何表现，这种恐惧一直延续到民族集体意识中，并因此而派生出以超越性恐惧为目的的房术实践。

迄今为止，潜藏在房中术背后的深层类比尚未得到理性的认识，因而导致了对这一性文化现象的种种神秘化印象。通过对神话中食与性的类比逻辑的研究，我们发现房中术的全部理论和实践都同这种类比密切相关：人们把男女之间的性行为看成是彼此之间互吃的一种表现，换句话说，是彼此之间通过相互吸食之战而谋求生命力的活动。房术的核心思想是让男性"多交少泄"，其目的不外乎从"多交"中吸食女性的精气（生命力），同时避免自己的精气被对方吸食。这实在是原始神话观念的文明化再版。所谓"采阴补阳""还精补脑"，房中术的各种原则无非是把食补原理换用到性行为上，使之变成一种"性补"。由于过度耽迷于这种假想的"采补"效果，性行为同吃食进补一样，本身成了长生手段而非目的，性爱中可能升华出的美也就自然被大大忽略了。

原始神话角度对房中思想的溯源性观照从另一侧面解答了下述问题：为什么上古华夏文明中食美学发达而性美学缺如。进一步思考的话，还可发现传统的人大为美的审美观念也同原始神话类比有内在关联。在本书第一章中关于《女性、肥硕与生命力的原始隐喻》一节中，我曾引用美国人类学家巴尔的见解，说明原始人以肥硕、多脂肪为生命力充沛之象征的情形。现在看来，中国古代以"艳"即丰满硕大为女性美的标准，实际上是期望从艳女身上吸食更多的生命能量，达到采补的功利目的。这种由来已久的原始性观念以异常明确的形式表达在房中著作中，甚至连著名的古医书《千金要方》也按照这种原始标准告诫男性应选择什么样的交合对象：

妇人不必颜色妍丽，但得少年未经生，乳多肥肉，益也。

若细发，目精黑白分明，体柔骨软，肌肤细滑，言语声音和调，四肢骨节皆欲足肉而骨不大，亦益也。[1]

以上所描述之女性恰符合"丰肌弱骨"即"艳"的标准，可见中国文化中性感之美的标准是取法于功利目的，其实质不过是有利于男性从对方有效地"食"（采补）。如果妇女很瘦，作为吸食的对象显然不够标准，故《千金要方》又说：

妇人蓬头蝇面……骨节高大，发黄少肉，与之交会，皆贼命损寿也！[2]

图 108　古埃及石棺画中的努特女神（前 11 世纪）。造型已开始突出女性人体的曲线之美，这种审美风尚影响到希腊和西方文明

图 109　唐安元寿墓妇人陶俑（永淳二年）。美人标准直到唐代仍以面部丰腴和身体硕壮为主，不注重人体曲线

---

[1] 周守忠：《养生类纂》卷上人事部引《千金要方》，第 53 页。
[2] 周守忠：《养生类纂》卷上人事部引《千金要方》，第 53 页。

由此看来，所谓"美色为艳"的女性美标准实际上是"羊大为美"的食美学标准的类比变相，其根源在于以性行为为吃食的神话观念。传统文化既然始终坚持着以性为吃的神话观念，那么这种文化中性学概念的贫乏和味觉词汇的异常发达也就不足为奇了吧。

六、美学的感性根基

从美的概念的起源追溯中、希、印审美意识发生的根基，使我们把目光集中到人类两种基本生存欲求方面。如上所论，食欲与性欲在原始意识中的连带关系决定了人类语言中食色换喻的表达现象。在相对超越了食欲与性欲之间的原始类比的希腊和印度，美的概念从功利的性行为中滋生出来，形成各自的性美学传统。中国文明在发展中始终未能超越食与性的类比认同，所以美的概念来自非功利的食的活动，而不是性的活动。中国房中术以功利目的为旨归，因而不利于培育性美学，只能作为养生学而存在。

从食色间的严重失衡这一角度考察中国人的审美心态，将会获得一些有益的启示。孙隆基先生曾借用弗洛伊德的人格发展理论来解释这种失衡现象，以为中国文化在自口腔性欲向性器官性欲的发展过程中受阻，因而滞留在口腔阶段。[1]这种看法颇为新颖，但未免有些生硬。弗氏仅从性欲一面论人格发展，

图 110 唐永泰公主墓石椁内壁美人花鸟图

---

[1] 孙隆基：《中国文化的深层结构》，香港壹山出版社 1983 年版。

其理论可信性已大打折扣，再套用此种个人心理发展模式去阐释全民族的文化现象，就更难以服人了。法兰克福学派的马尔库塞也曾从性爱（Eros）角度考察西方文明，但已对弗洛伊德的泛性论做了很大改正。后结构主义思想家福柯撰写《性欲史》已注意到在古希腊伦理思想中饮食问题与性问题同样重要且具有类似性。我想，既然从中、希、印三大文明的对比中已知"美"的产生介于食、色之间，那么从人的两大基本欲求出发考察审美意识同文化心态的关系将是一个大有可为的领域。既然食欲与性欲是构成人的自然本性的基础，那么不论是从单一的食或单一的性（马尔库塞的Eros，弗洛伊德的libido）出发，都不能完满地解释人类文化的复杂性。正是从满足食欲的产食经济模式（狩猎、采集、游牧、农耕）和满足性欲的社会关系模式（乱伦禁忌、族外婚、家庭）以及这两类模式的相互作用中，产生出包括美的

图 111 印度《爱经》中第二类女性形象

观念在内的人类意识形态。当D·H·劳伦斯不满足形而上的美学理论，声称美和性不可分隔，没有性就没有美时；当乔治·桑塔耶纳断言，"如果我们不探索性对于我们的审美敏感的关系，就会暴露出我们对人性的观点完全不切实际"[1]时，他们或许只说对了一半，而另一半无疑还有待于中国食美学的发掘和补充。

---

[1] 乔治·桑塔耶纳：《美感》，中译本，第38页。

从印度、希腊、中国三大文明中美概念发生的对比中可以获得如下启示：

（一）美概念的发生以人类两大欲望和满足两大欲望所产生的快感为基础和条件，这说明美作为感觉之学是以食之美和性之美为其源头的。"美"的原生形态乃是快感体验。

（二）从希腊发展出的西方美学传统日益背离了感觉学之根基而伴随思辨理性的异化走向了形而上的哲学方向；印度和中国的美学传统始终坚持着从"味"和体验为中心的感觉特色，因而是名副其实的美学即感觉学。

（三）中国美学的发展方向是否应抛弃东方特有的感性传统而认同于西方的思辨哲学，向抽象的形而上理论建构的方向发展，是一个值得深思的问题。

（四）从文化比较中可知中国审美意识源于饮食，而希腊、印度则源于性爱，这既表明了各自的特点又暗示了各自的偏颇和不足。当代美学的重新审视必然包括综合这两大体验传统的尝试，从而恢复美学的感性根基的完整。

下篇 美神幻形
——爱与美主题的文化置换

第七章
神女
——爱神在中国的隐形和置换

THE SEVENTH PART

> 夫何神女姣丽兮，
> 含阴阳之渥饰。
>
> ——宋玉《神女赋》
>
> 神女生涯元是梦。
>
> ——李商隐
>
> 女性没有自己的宗教或诗歌，她们仍然通过男人的梦想勾画自己的梦幻。
>
> ——西蒙娜·德·波伏瓦

高唐神女与维纳斯

一、中国有没有爱与美女神？

在上篇中我们从人类学视野考察了爱与美女神的原型发生史，试图归纳出女神信仰发展的规律过程和演变法则，从而确定了如下历时性程序的跨文化普遍性：

原母→地母→爱神→美神

当我们从这种规律性过程出发去看待各民族早期宗教意识形态时，已经看到了一些发展到爱神和美神阶段的女神形象，当然也有较古朴的文化尚停留在地母崇拜阶段，并未完成从地母神向爱与美女神的过渡和职能转变。除了已知的几位著名的爱与美女神——

1. 古希腊的阿弗洛狄忒
2. 古罗马的维纳斯
3. 巴比伦的易士塔
4. 苏美尔的印南娜
5. 印度的吉祥天女
6. 北欧的佛利夏
7. 阿卡德的阿斯塔忒或巴拉斯（Baoalth）

还可以举出另外三位不太著名的：

8. 埃及的哈托尔（Hathor）。她是荷鲁斯神和法老的庇护者，其形象特征是头上饰有象征生命力的牛角和日盘。这一女神后来同易西丝相混同。[1]

9. 波斯的阿娜希塔（Anahita）[2]。希罗多德称之为"米特拉"，认为她便是波斯的乌拉尼阿·阿弗洛狄忒，这是波斯人从阿拉伯人和亚述人那里学

---

[1] 参看肖特尔（A.W.Shorter）：《埃及神》（The Egyptian Gods），伦敦，1937年版，第130页。
[2] 加藤玄智：《世界宗教史》，铁铮译，台湾商务印书馆1986年版，第193页。

来的。[1]

美国学者德雷斯登综合波斯古经《阿维斯塔》中的有关记载，对阿娜希塔女神做了如下描述：

> 在《耶什特》中，她呈现为圣水女神，其居所在星辰之间。阿胡拉·玛兹达（主神）命她对创世予以关注。一切神祇吁求女神给以襄助，并赐以昌盛和财富。她佑助自然界和生物丰饶繁盛，佑护畜群和牧场……她是仪态端庄的少女，头戴饰有星辰的嵌金宝冠，佩戴耳环和金质项链；她腰肢纤细，胸部丰盈，手臂白嫩，腕上佩戴手镯，脚穿金鞋，身着金线缝制的水獭皮外衣。[2]

图112 埃及女神易西丝－哈托尔哺乳荷鲁斯像

从她行使的庇佑生物丰饶繁盛的功能上看，阿娜希塔还带有作为一切生物之母的原母特征；而从波斯人赋予她的外观上看，她已经足以充当美神的角色了。

10. 乌尔伐希（Urvásī）。她是印度神话中又一位行使爱神职能的女神。据传，大神伐楼那搅海时见到乌尔伐希在海中游戏，性欲勃发，招她好合。她说太阳神从前就选中她作为交合对象。伐楼那恳求说：女神，我在你面前放弃英雄气概，拜倒在你足下，求你与我合欢。乌尔伐希同意了。太阳神得知后斥之为荡妇，诅咒她下地狱。女神在阴间生下一子，诅咒期满后又回到阳世。[3]

---

[1] 希罗多德：《历史》，中译本，第68页。
[2] M·J·德雷斯登：《古伊朗神话》，克雷默编：《世界古代神话》，中译本，第333页。
[3] 乌夏·布利·维特亚瓦吉斯帕蒂：《印度神话词典》，新德里国际图书出版社1985年版，第38—39页。这一材料为中国社会科学院外国文学研究所倪培耕先生提供，谨此致谢。

这位直到泰戈尔的诗歌中依然具有生命力的女神显然也是性爱功能的象征，这说明印度文化传统中保留了不止一位爱与美女神。

以上所列，确定了世界九个文明国度中的十位爱神或美神，这一女神群体足以说明：把爱欲和美的主题对象化到女性身上，构想成主管爱和美的女神，这绝不只是个别文化中的个别现象，而是一种相当普遍的人类现象。大凡发展到父权制文明早期阶段的民族国家，都在不同程度上具有产生类似观念与信仰的现实条件。获得这种认识的直接结果，必然是对中国有无爱与美之神的反思。

通过前面几章的比较研究，我们已经看到，产生爱与美女神的某些基本条件在上古华夏文明中均已具备。特别是与地母信仰相关的高禖、社稷崇拜礼仪等，还有与圣婚仪式模式完全相符合的蠟祭及仲春欢会的礼俗等，都是爱神美神观念的摇篮。凡此种种都在暗示着，中国上古时期神话信仰中应有一位爱与美女神，其功能和希腊、巴比伦、印度、埃及等各主要文明古国中的爱神别无二致。然而中国的这位女神却未能像异域女神们那样幸运，按照其原有面貌留传后世，她只能以隐形和幻化的形式依稀地潜存于民族集体无意识之中。这一方面是因为爱与美之神滋生的直接温床——性爱礼仪活动在华夏文明中受到较早形成的礼教文化的压制和改造，另一方面又由于饮食文化所铸就的味觉审美能力的异常发达和早熟，使美的观念首先与食（而不是性）发生了不解之缘。从《礼记》中所说"夫礼之初，始自饮食"的观念可知，中国先秦理性的政治化产物"礼"，本身就是对饮食活动的一种制度化和社会化。由"礼"所代表的扬食抑色的文化偏差正是导致爱神隐形的重要因素之一。张光直先生指出：

在《诗经》和《楚辞》里，我们可以看到许多对于宴饮和食物生产情况的生动描写，而且食物和饮食在《论语》《孟子》和《墨子》的许多有深刻意义的谈话里占显著的地位。但是在这方面是没有其他资料可以与三礼相比的。这些严肃的经书中几乎没有一页没有提到在祭祀中所使用的食物和酒的种类和数量。[1]

正是在对饮食欲望的全面合理化秩序化的"礼"的敬重与推崇之中,对爱欲的无形的阉割也就悄悄地展开了。爱神在中国不能以公开的、意识的形式得到社会集体的认可,她只能以潜隐的形式而私下存在于集体无意识中,那便是有关"神女"或"山鬼"之类的种族记忆吧。从这一意义上看,中国文化中没有一位像阿弗洛狄忒那样以裸体女性的健美形象为后人赞美的爱神形象,却有着潜隐在高唐云雨之中的巫山神女的悠久传说,她便是我们这个民族中隐形和幻化了的爱与美女神。

提出上述假说的理论根据在于,现代人类学已明确告诉我们,史前人类的精神发展具有普遍的模式,由于所处环境和基本生存需要的类似性,不同文化群体的成员在走向文明社会的进程中表现出许多趋同的思想和行为,对于性爱女神的崇拜便是一个显著的例子。在世界主要文明发祥地都不约而同地出现了爱神信仰及相关的仪式和神话,这绝非出于偶然的巧合,中国文明当然不会是例外。问题在于如何用比较文化的分析方法去考察已失传于后世的中国爱神,重新恢复她的本来面目。对此,郭沫若先生在1929年所著《中国古代社会研究·自序》中的一段话至今仍具有方法论的意义:

只要是一个人体,他的发展,无论是红黄黑白,大抵相同。由人所组织成的社会也正是一样。中国人有一句口头禅,说是"我们的国情不同"。这种民族的偏见差不多各个民族都有。然而中国人不是神,也不是猴子,中国

---

[1] 张光直:《中国青铜时代》,三联书店1983年版,第221页。

人所组成的社会不应该有什么不同。我们的要求就是要用人的观点来观察中国的社会，但这必要的条件是须要我们跳出一切成见的圈子。[1]

就本书所研究的课题而言，须要跳出的成见圈子就是"中国不可能有维纳斯"。问题在于如何结合中国文明的特性去考察中国式爱与美女神的特殊存在方式——隐形与幻化。

二、高唐神女：中国的维纳斯

在一位被社会舆论看作是无行文人的上古作家宋玉那里，笔者确信找到了有关中国的爱与美之神的仅有的珍贵资料：《高唐赋》和《神女赋》。在中国文学史上，这两篇赋以开创了突出而详尽地描绘、夸饰女性的外貌、形体和情态之美的传统而著称。女性美成为艺术表现的重要主题，在中国可以说是由高唐神女的形象的诞生为标志的。仅从这一层意义上说，她也足以相当于西方艺术史上的维纳斯女神了。

更值得注意的是，高唐神女虽然不是完全意义上的女神，只是半人半仙似的"神女"，但她完全具有阿弗洛狄忒-维纳斯所特有的那种在性爱追求上的主动性和自主精神。据《高唐赋·序》，楚怀王到巫山游览，因疲倦而入梦，见一女子对他说话："我是巫山之女，在高唐这里做客，听说大王来此游览，我愿与王同床共枕。"怀王于是便同此女做了露水夫妻。临别时女子对怀王说："我在巫山南面高山的险要处，清晨为云，傍晚为雨。朝朝暮暮，在阳台之下。"怀王在清晨时观望巫山，果然如她所说的那般光景。为了永久纪念这次性爱奇缘，怀王为高唐女建立了庙宇，号称"朝云"。后来

---

[1] 郭沫若：《中国古代社会研究·自序》，人民出版社 1964 年版。

怀王的儿子襄王亦来此游玩，并想重温先父的旧梦，与神女交合，但这次神女似乎只用自己的美炫耀了一番便飘然而去，弄得楚襄王神魂颠倒，怅惘不已。这次未成的性爱欢会便构成了《高唐赋》的续篇《神女赋》的题材。

除了外在的美和性爱方面的独立自主这两个表面特征之外，高唐神女同维纳斯还有更深层的类同之处。

首先，她们都代表着一种超功利的性爱美学观念的发生。所谓性爱美学观念，即以审美愉悦的眼光去看性爱活动，而不考虑性爱活动的原始的功利性目的——人类个体的再生产。对于上古时代的人而言，这种非功利目的的性爱只能发生在为了功利目的而实现的两性结合——婚姻——之外。维纳斯经历了一次又一次的婚外热恋却依然不失其集性神与美神于一身的崇高地位，高唐神女主动与楚王发生了非婚性质的性爱关系，却也没有因此而减损她在文人笔下的荣光与美艳。在她们的风流故事中确实蕴涵着一种伴随文明进化而来的新思想：两性的性爱关系可以建立在无利害的基础上，仅以当事的双方共同获得性活动本身所带来的审美享受为主要目的，毫无疑问，这种性爱美学观念无论是在受本能驱使而进行性交的高等动物那里，还是在以繁衍子孙为性生活唯一目的的原始人那里，都是无法想象的。它的产生是两个必要条件叠合为一的结果。一个条件是非功利的审美意识的自觉，另一个条件是非功利的性观念的发现。人类在从野蛮迈向文明之际，恰是这两个条件同时成熟的时候。事实上，也只有在这时，性爱神与美神才能成为一而二、二而一的感性存在。

女性美的发现和夸饰在《诗经》中已揭开序幕，最为人称道的莫过《卫风·硕人》中的一段：

> 手如柔荑，肤如凝脂，领如蝤蛴，齿如瓠犀。螓首蛾眉，巧笑倩兮，美目盼兮。

此外，《陈风·月出》用美丽的月光比喻"佼人"，《郑风·有女同车》用盛开的鲜花形容美人之颜，也都是人们熟知的例子。所有这比喻模式在对高唐神女的夸饰过程中全都派上了用场：《神女赋》中的"眉联娟以蛾扬""皎若明月舒其光""晔兮如华"等句分明透露出宋玉对前代文学中的美女表现了若指掌，且全盘继承了下来。

但他还远远不能满足于此，除了竭尽全力发掘已有的比喻语汇，他还用了"直言之"的"赋"法，意在突出强调一种无以复加的、无可挑剔的绝世之美：

茂矣美矣，诸好备矣。盛矣丽矣，难测究矣。上古既无，世所未见。瑰姿玮态，不可胜赞。

即便如此，宋玉还觉得未能有效地传达出神女本身具有的活力和魅力，不得不从神女的各个细部上和情态上展开详尽的罗列式描绘：

貌丰盈以庄姝兮，苞温润之玉颜。眸子炯其精朗兮，瞭多美而可观。眉联娟以蛾扬兮，朱唇的其若丹。素质幹之酞实兮，志解泰而体闲。既姽婳于幽静兮，又婆娑乎人间。宜高殿以广意兮，翼放纵而绰宽。动雾縠以徐步兮，拂墀声之珊珊。望余帷而延视兮，若流波之将澜。奋长袖以正衽兮，立踯躅而不安。澹清静其愔嫕兮，性沉详而不烦。时容与以微动兮，志未可乎得原。意似近而既远兮，若将来而复旋。

看过这样的浓墨重彩、绘声绘色的描绘之后，《诗经》中的美人图顿时成了粗线条的速写草稿了。钱钟书先生在谈到《诗经》中对女性美的表现时曾与《楚辞》做了简略的对比，他写道："然卫、鄘、齐风中美人如画像之水墨白描，未渲染丹黄。《郑风·有女同车》：'颜如舜华'，'颜如舜英'，着色矣而又不及其他。至《楚辞》始于雪肤玉肌而外，解道桃颊樱唇，相为映发，如《招魂》云：'美人既醉，朱颜酡些'，《大招》云：'朱唇皓齿，嫭以姱只。容则秀雅，稚朱颜些'；宋玉《好色赋》遂云：'施粉则太白，施朱则太赤'。色彩烘托，渐益鲜明，非《诗》所及矣。"[1]

这里需要补充的是，宋玉的美女刻画同《诗》相比，不仅仅是黑白照片和彩色照片的区别，更重要的是发现和表现女性之美的自觉程度上的飞跃。如果说《诗经》的作者们半自觉地为他们刚感觉到的女性之美寻找比喻词汇时还显得稚拙和单调的话，那么宋玉已经是在高度自觉地用艺术表现的种种手段对达到极限程度的女性美做全方位多层次的理论论证了。在这一论证过程中，宋玉还创造性地运用了一种特殊的否定句式，日本学者藤原尚对此做了如下说明：《神女赋》中一些描写句式如"盛矣丽矣，难测究矣"；"瑰姿玮态，不可胜赞"；"五色并驰，不可殚形"；"其象无双，其美无极，毛嫱障袂，不足程式，西施掩面，比之无色"等等，同《高唐赋》中夸饰自然景观所运用的否定句式如出一辙，意在表明，要想写出神女美丽的语言是不存在的。"作者想要极力拿出表述手段上的全套解数，可是却拿不出来。为此就反复使用否定式表述手法。他把神女当作自然所产生的最美丽的东西来描写。从'何神女之姣丽兮，含阴阳之渥饰'二句看，神女含有超越人间的性质甚明"[2]。大自然所产生出来的最美的造物既是以人类女性的美为模型的，又是超人类的神秘存在，高唐神女作为中国的美神，在汉民族集体无意识中确实积淀为一个具有永久生命力的原型，从曹植的《洛神赋》一直到《金瓶梅》和《红楼梦》，每当文人欲表达女性的性爱和美艳时，总是自觉或不自觉地回溯到这个原型。这一事实表明，宋玉对高唐神女是女性美之极致，

---

[1] 钱钟书：《管锥编》第1册，中华书局1979年版，第92—93页。
[2] 藤原尚：《骚赋与辞赋的分歧点》，《楚辞资料海外编》，湖北人民出版社1986年版，第293页。

因而也是美之极致的艺术论证，至少在华夏文明范围内是完全成功的，有充分说服力的。

后人借用这一原型就好像引用普遍公理一样，已经无须对不证自明的东西再加论证了。这种情况与维纳斯在西方文明和艺术传统中的情况又是不谋而合，两相辉映的。

然而，中西美神的出现虽然共同标志着人类审美意识从实用的功利领域和宗教意识中脱胎出来了，但维纳斯的前身阿弗洛狄忒作为世间最美的存在，却没有像高唐神女这样得到完全令人信服的论证。她的美最初不是通过诗歌语言来描绘的，而是通过神话所叙述的故事得到象征性的论证，其说服力显然略逊一筹。帕里斯王子的选择与金苹果的归属故事已在前章中涉及了。这个故事好像说的是一位登徒子的错误抉择，从逻辑上看，阿弗洛狄忒成为美神完全出于偶然。帕里斯的评判并未依据三位女神的形貌优劣，只是出于自己的好色之心。不过，用发展的眼光来看，这个好色的王子同宋玉笔下的《登徒子好色赋》分别出现在希腊和中国，似乎不能简单地讥之为轻浮，因为这是文明的产物，原始人并不知道好色，甚至有些不辨美丑。这一点，只要留心一下所谓"史前维纳斯"女神像，便很清楚了。"色"在古代曾专用来指女性美，所以"好色"故事的背面透露着的仍是对美的自觉和对美的追求。帕里斯宁可舍弃万人之上的帝王宝座和万代景仰的英雄荣耀，甘愿去追求世上最美的人，取舍之间暗示出的不正是把美视为人生最高价值的古希腊理想吗？

三、从爱神到美神：高唐神女的文学分身

究竟是神话时代的人坦率呢，还是后代文人虚伪呢？帕里斯丝毫也不隐晦自己的好色，对他来说，对美的渴求是超乎一切之上的；而宋玉却一方面

竭力渲染美的无上价值和魅力，另一方面又羞于承认自己"好色"。他对曾在楚王面前攻击他好色的登徒子反唇相讥，把这顶好色的帽子回扣到登徒子头上。这种对美色的自相矛盾的态度似乎表明，宋玉写作的时代已同逝去的神话时代有了一定距离，刚刚觉醒的性爱美学观念同实用性、功利性的伦理观念发生了冲突。因为伦理观念总是社会性的，并且必然同一夫一妻的家庭婚姻制度相适应，所以一切婚外的性吸引、性结合都被视为淫邪和非礼，受到权力和舆论的严密监视和强烈谴责。[1]在此种基于婚姻家庭的社会伦理的压力之下，好色成为一种贬词，意指贪恋婚外的女性之美，显然是会导致"淫"的不良心性。如果将维护一夫一妻婚制的道德标准视为善，那么超越婚姻之外的一切异性间的好感和美感都是"恶"的。在这里，我们看到了美和善的冲突，即非功利的审美态度同功利的道德观念的冲突。宋玉既爱美，又唯恐违背了善的原则，终于陷入了矛盾的困境。

从这种美和善的冲突所导致的矛盾心态出发，我们还可进一步解释高唐神女形象在宋玉作品中的前后不一致之处。把《高唐赋》和《神女赋》略做比较，便不难看出，两赋中出现的神女除了在美的程度上相同之外，在性格和性道德观念方面有很明显的差异。简言之，《高唐赋》中的神女是一位以自荐枕席的主动行为委身于陌生男子的女性，而《神女赋》中的神女却在施展了美的诱惑之后打消了被她所吸引的男性的非礼之欲念。因而正如赋中所言，她是一位"不可乎犯干"的守礼的女性，致使楚襄王重温父王云雨梦的热烈愿望全然落空。用"发乎情，止乎礼"的传统伦理模式来衡量，《神女赋》是相当吻合的。明代学者陈弟曾发挥此赋的道德讽谏意义说：

楚襄王闻先王之梦巫山女也，徘徊眷顾，亦冀与之遇，玉乃托梦告之，

---

[1] 参看福柯：《性欲史》第1卷《引论》，赫尔利（R.Hurley）英译本，纽约，精选书屋，1980年版，第2部分第2章。

意谓佳丽而不可亲,薄怒而不可犯,亟去而不可留,是真绝世神女也。彼荐枕席而行云雨,无乃非贞亮之洁清乎,王之妄念可以解矣。是玉之所为讽也。嗟夫!不特梦寐神女为然,物有贞而不可觊,事有淫而不可成者,皆此类也。[1]

照此解释,《神女赋》已成了戒好色、止淫念的寓言了。

我们撇开这种道德的说教,从另一角度来看,可以说宋玉在《高唐赋》中塑造的性爱神女到了《神女赋》中已被消解了。宋玉借讲楚怀王艳遇的机会发挥了由他本人的欲望(本我,好色)所激活的想象,写出一位主动与男子性交的神女,但只是点到为止,让《高唐赋》中的大部分篇幅用于自然景物的描绘。这也许是出于对伦理压力的顾虑,而不得已才"顾左右而言他"的吧。到了写《神女赋》时,社会伦理(礼)借宋玉心中的超我压抑了本我之欲(性爱神的本质特征),神女也就摇身变化成了守身如玉的贞洁美人了。从《神女赋》中大半篇幅用于刻画主人公之美这一事实来看,神女已经由性爱女神转变为美神了。

切莫小看了这一变化的历史蕴涵,它预示着中国式的无性文化的到来,也宣告了中国性爱女神的过早退隐。自此以后,中国的维纳斯实际上已分身为二:主动与男子性交的性爱女神因不见容于无性文化的核心道德——"男女授受不亲"——而失去了原有的神性,被正人君子们斥为"奔女",这一称呼直到20世纪的现代学者笔下仍然沿用;[2] 发情止礼的美神虽有以自己的美色惑乱男性的举动,但此种诱惑的实际目的被解释为惑而不乱的守礼考验,正像印度教神话中常用降凡的天女来考验仙人们的道行一样。因此在爱神因蜕变为奔女而隐没之后,美神则因化身为贞女而得以保全下来,女性美不仅自身具有价值,而且由于道德检验的作用又具有了善的价值。就这样,封建

---

[1] 陈弟:《屈宋古音义》卷三,商务印书馆丛书集成本。
[2] 参看闻一多:《高唐神女传说之分析》,《闻一多全集》第1册,第107页。

伦理用以判定女性人格的两个根本对立的尺度——淫奔与贞洁，终于将中国的维纳斯割裂、肢解了。从此，中国只有美神而没有了爱神。

把美和爱结合在一起的是宋玉；把美和爱分离开来的还是宋玉。

宋玉功莫大焉；宋玉罪莫大焉。

当我们回过头来再看看西方维纳斯的命运时，或许就不会再过分地责备宋玉了。因为爱与美的结合同爱与美的分离一样，是以人类文明史的必然进程为深层原因的，而绝非哪个个人主观意志所能左右。如前所述，帕里斯的选择和三女神的金苹果之争同时反映了古希腊人对美的强烈欲求，由于此种欲求出于性爱本能，所以性爱女神阿弗洛狄忒理所当然地在争夺中获胜，兼任了美神。然而，神话时代一旦逝去，伦理规范必然随着文明社会的发展而日趋成熟起来，美与善的冲突不可避免地要提上思想家们的议事日程，爱与美女神也在新的道德要求的压力下分身为二了。"柏拉图经过哲学沉思，将纯洁和婚姻之爱神阿弗洛狄忒·乌拉尼亚（Aphrodite Urania）同自由性爱及享乐女神阿弗洛狄忒·潘得摩斯（Aphrodite Pandemos）区别开来。"[1]

为了替这一区别寻找根据，泡赛尼阿斯又举出了下述理由：

如果阿弗洛狄忒只有一种，爱神也就只有一种；如果她有两种，爱神也就必然有两种。

谁能否认这位女爱神有两个化身呢？一个是最古老的，没有母亲，只有天是她的父亲，所以我们把她叫做"天上女爱神"；另一个比较年轻，是天神宙斯和狄俄涅的女儿，我们把她叫做"人世女爱神"。所以两个爱神，作为两个女爱神的合作伴侣来看，也应该一个叫做"天上爱神"，一个叫做"人世爱神"。……我们不能对一切爱神都不分皂白地说："他美，值得颂扬。"

---

[1] 汉斯·利希特：《古希腊的性生活》，英译本，第198页。

只有驱遣人以高尚的方式相爱的那种爱神才是美，才值得颂扬。[1]

在这位智者看来，人世女爱神引起的爱情是凡俗的肉欲之爱，它只能导致异性间的性交关系，导致社会风气的荒淫放荡；而天上女爱神只鼓舞对少年男子的爱，亦即男性之间的同性恋，雅典的男性同性恋比希腊各城邦都强，因而是美的和值得颂扬的。不难看出，泡赛尼阿斯用区分两个爱神的方式为雅典的男色关系做辩护。[2] 这同柏拉图为维护一夫一妻制婚姻道德而区分两个爱神的初衷并不一致。然而，不论哪种区分，都说明古希腊城邦中两性之间的性爱关系发生了变化。爱神的分解背后是女性的社会地位和性爱要求受到了前所未有的贬低和压抑。"虽然巴比伦和埃及的男人在谈女人的'性'问题时，常有一些不悦之词，而希伯来人对不贞的妻子亦相当憎恶。不过，这比起希腊人来都算相当温和的；到了公元前3世纪，希腊人开始指责'所有的女人'都是非理性的、对性做过度的要求，而且有道德上的缺陷"[3]。在这种现实土壤上，神话时代留传下来的性爱女神形象已经使道德家们摇头不已了。同高唐神女在中国的命运十分相似，主动追求男性的那位爱神得到了比"奔女"更可怕的恶骂——"发情的母狗"；而道德家们理想中的爱神也像《神女赋》中的女主人公一样，摇身一变反倒成了节制情欲的贞女典范：

爱神不仅有正义，而且有节制。大家公认节制是快感和情欲的统治力。世间没有一种快感比爱情本身更强烈。一切快感都比不上爱情，就由于它们都受爱神的统治，而爱神是他们的统治者。爱神既然统治着快感和情欲，他不就是最有节制吗？[4]

---

[1]《柏拉图文艺对话集》，第210页。
[2] 汉斯·利希特：《古希腊的性生活》，英译本，第411页以下。
[3] 妲娜希尔：《人类情爱史》，中译本，第45页。
[4]《柏拉图文艺对话集》，第230页。

爱神本是欲望即本我方面的代表，现在被说成是情欲的统治者，也就等于成了节制本我的超我化身了。联想到社会伦理（礼）通过宋玉心中的超我压抑了高唐神女的性爱自主性，可以看出，爱神的变质和消解的原因在东西方是相同的。

黑格尔在论及美的生成条件时认为，美是自由与无限的，超然于人的欲望和征服之外[1]。爱神的消解作为欲望与节制冲突的结果，使美神从爱神的躯体中抽象出来，这就与哲学家们玄思中的"美的理念"相去不很远了。就此而言，文化压抑一方面要求改变爱神，使之与社会现行伦理规范相吻合，另一方面又开辟了非性欲化的美的表现传统。在西方思想史，关于"美本身"或"美的理念"的研讨长久不衰，在中国文学中，美人香草的政治寓意传统也是这样一种非性欲化的折中产物。

四、中国维纳斯的升华形式

我们知道，神灵世界是现实世界的变相投影。原始人构想出的天上诸神，实际上是他们对尚未认识其必然性的自然现象和社会现象的一种因果解释：现实中所存在所发生的一切都是结果，原因只能求之于天界神灵。性爱女神的跨文化发生，正说明她是人类各民族祖先对人的基本欲求——性欲——的一种不约而同的解释。而神灵世界中性爱女神的变质和消解，又说明伴随文明而来的压抑已经大大改变了人的心理结构，使人们不能再像神话时代的祖先们那样无拘无束地面对性爱问题了。这种现象可以用精神分析的文化哲学加以概括："人的本能需要的自由满足与文明社会是相抵触的，因为进步的

---

[1] 参看黑格尔：《美学》第1卷，朱光潜译，商务印书馆1979年版，第145—147页。

先决条件是克制和延迟这种满足。弗洛伊德说：'幸福绝不是文化的价值标准。'幸福必须……服从一夫一妻制生育的约束，服从现存的法律和现存的秩序制度。所谓文化，就是有条不紊地牺牲力比多，并把它强行转移到对社会有用的活动和表现上去。"[1]由此看来，爱神作为人类力比多的神话代表，实际上在文明社会中是在替人类受过，或者更确切地说，是在替人类的过去受过。

不过，压抑的程度毕竟因社会的和文化类型的差异而有所不同。在民主制的希腊城邦，性爱女神只不过是在社会超我的代言人们——思想家和道德家——那里受到了指责或改造，但这不能从根本上消除民族集体记忆中的神话遗产，更不能改变无数尊爱与美女神的裸体或半裸体雕像在观者心目中引起的审美反应或性反应。借用精神分析学的术语，美神像的突出刻画和普遍欣赏，不妨看作是性欲的一种"升华"，其实质在于将力比多的强大冲动转移向对社会现行法律道德无害的精神享受方面。这种从肉欲的享乐到女性美的欣赏的发展线索，在前述《高唐赋》到《神女赋》的主题变化中已有所揭示。这里还需指出的是，在周秦汉三代相沿的专制政治统治下，在早熟的先秦理性主义及其最初的产品——礼教的严格控制下，中国爱神的命运远远不如阿弗洛狄忒那样幸运，她的升华与转移形式要复杂得多，择其要者，有以下几个方面：

第一是政治化。这是爱神最主要的升华方式，也是爱神在华夏文明中隐形的根本原因。本书前面章节中多次提到的"社稷"，作为封建国家政权的象征，本身就是地母和爱神神话非人格化后的一种抽象。原始的生殖崇拜主题在文明伊始之际就逐渐被抽象范畴"社"所承接和转换，并一步步走向政治化的方向。像维纳斯与阿董尼那样的恋情故事自然随着理性取代神话的历

---

[1] 马尔库塞：《爱欲与文明》，美国灯塔出版社1974年版，第3页。

史进程而湮没无闻了。性爱女神的这种政治化的升华，可以说与"无性文化"的生成是有同步关系的。

爱神升华的第二种途径是哲学化。对此，中外学者多有涉及。中国古代独特的阴阳哲学究竟是怎样形成的，通行的观点认为是对两性性爱交合原理的抽象。江家锦在《性器崇拜与易理》中说："有谓伏羲氏考出哲学的《易》理，认为男性器象征——为奇数，女性器象征——为偶数而画卦，奇偶之数在卦称曰爻，是阴阳二元，又称两仪，二元合一，'负阴抱阳'基于'太极'一元之气，为宇宙万有生成之理。"[1]英国人类学家拉德克利夫·布朗也指出："在古代中国的阴阳哲学思想里是可以找得到这种最精辟的观念的。那就是'一阴一阳之谓道'的观念。'道'字在这里最好的解释是'一个秩然有序的整体'。男女结合成为夫妇一体，昼夜相续而为时间一体。……这种相反而成的对立观念，在古代中国的哲学思想上出现得非常广泛。整个宇宙，包括人类社会在内，就看成了是基于这种阴阳对立的关系而成的一种'道'。"[2]从上述观点中可以看出，阴阳哲学的宗教基础是以两性交合为中心的生殖崇拜，主管生殖功能的性爱之神在哲学思维中被抽象为"道"，一旦道的原始意义被遗忘，它就成了一个似乎与性毫不相关的概念，并且可以反过来压抑性了。这或许可以说是性爱神的自我异化吧。当孔子发誓说"朝闻道，夕死可矣"的时候，人们已经普遍忘记了道的本义正是一阴配一阳，也就是爱啊！

爱神升华的第三条途径是宗教仪式化。西周所确立起来的一大套官方宗教礼仪制度，其中有许多内容都源出于史前宗教和远古神话。礼书中规定的每年春季由天子亲自主持祭祀的高禖神，无疑也是由性爱女神演变而成的。陈梦家早已考定，高禖又称郊禖，其实就是社的别称。《墨子·明鬼篇》说："燕之有祖，当齐之社稷，宋之桑林，楚之云梦也，此男女之所属而观也。"

---
[1] 转引自凌纯声：《中国古代神主与阴阳性器崇拜》，台湾"中央"研究院《民族学研究所集刊》1959年第8期。
[2] 转引自凌纯声：《中国古代神主与阴阳性器崇拜》，台湾"中央"研究院《民族学研究所集刊》1959年第8期。

陈氏对此论证说："属者合也，谓男女交合也，观疑是馆。云梦是楚之高禖，故社亦高禖也。"[1] 由此可知，高唐神女出没的楚之云梦，同《诗经》中男女欢会的宋之桑林，原来都是高禖即性爱女神庙所在地。这自然使我们联想到古希腊等地盛行的于性爱女神庙中自由性交的民俗，以及以此为职业的所谓"圣娼"或"庙妓"。[2] 弗雷泽写道："在同样崇拜阿都尼斯的塞浦路斯，所有的女子在婚前都须按照习俗在名为阿弗洛狄忒或阿斯塔忒或其他什么女神的神庙中向陌生人献身。类似的风俗在西亚的许多地区流行。不论这类风俗的动机是什么，其活动总是被明确认为对西亚的伟大母神服务的一种神圣的宗教义务，而不是情欲的放纵。这位女神在不同地区有不同的名字，而其性质却到处都一样。"[3] 在此还须补充说，中国的高禖神也具有同样的性质。所不同的是，西方的性爱女神不仅在宗教仪式上曾是祭祀的对象，而且流传着许多关于她的人格化的故事，而中国的高禖作为性爱女神的仪式化抽象物，只空有其名，人们不知她长相如何，更想不到她会有什么风流韵事。唯有她的名称中略微透露了一丝与高唐神女的关联，如郭沫若所指出："高唐者，余谓即高禖或郊社之音变。禖古亦读鱼部，音如《小雅·巷伯》六章谋字，与者、虎为韵，即其证。鱼阳、阴阳对转，故禖若社，音变而为唐也。是则楚之游云梦，与《月令》之祀高禖，燕之驰祖，齐之观社，宋之祀桑林正同。"[4] 从性爱女神的宗教仪式化的背景出发，为我们进一步理解高唐神女传说的发生提供了另一条线索。

高禖祭典的意义在于祈求生育，保证国家人丁兴旺。与官方的高禖礼仪相对应，在中国民间还盛行类似的对子孙娘娘、妈祖或临水夫人的崇拜，其

---
[1] 陈梦家：《高禖郊社祖庙通考》，《清华学报》第12卷第3期。
[2] 汉斯·利希特：《古希腊的性生活》，英译本，第388—393页。又：柯迪（A.Cody）：《圣娼》，《宗教百科辞典》，华盛顿，1979年版，第2906—2907页。
[3] 弗雷泽：《阿都尼斯的神话与仪式》，叶舒宪译，《神话—原型批评》，陕西师范大学出版社1987年版，第60—61页。
[4] 郭沫若：《释祖妣》，《郭沫若全集》考古编I，第63页。

功能仍然集中在求子一项上。这可以说是"无后为大"不孝的中国伦理对上古性爱女神的单向度改造。从性爱美学观念到传宗接代狂，说明了伴随着文明的进展，国人对性爱的认识反而再次堕入了愚昧。人类学家概括出的性爱的十种功能[1]，在中国传统意识中只强调其中的一种，无怪乎中国的维纳斯不见容于官方意识形态，只能蜕变为子孙娘娘之类流传至今。这与其说是爱神的一种"升华"，不如说是向史前维纳斯信仰的"倒退"。

爱神升华的第四条途径在于艺术化。由于艺术与现实之间距离稍远，现实中不允许存在的东西在艺术中仍有存在的可能。在现实中受到压抑而进入无意识领域中的东西，也可以借艺术家的想象和创造再度提升到意识层次上来。正因为这样，我们才能在宋玉的《高唐赋》中看到最接近性爱女神本来面目的人格化形象。不过，进一层的分析还会使我们看到，宋玉通过文学作品再现中国性爱女神的动机并非没有受到阻碍，迫于社会伦理即超我的压迫，他非常巧妙地做了两个安排，使《高唐赋》成功地逃脱了"检查官"的严密监视，得以在中国文学史上广泛流传。

对宋玉用艺术化手法使爱神隐形和幻化的研究，将构成后面两章的基本内容——"云雨"与"昼梦"；对这两种特殊的艺术处理方式——同时也是中国维纳斯存在和流传的基本形式——在中国文学史上的地位及影响的考察，将构成本书下篇的专题内容。

---

[1] 莫里斯（D.Morris）：《人类动物园》第3章，周邦宪译，贵州人民出版社1987年版。

第八章

云雨
——欲望与幻想的比较神话学

> 一自《高唐》赋成后，
> 楚天云雨尽堪疑。
>
> ——李商隐
>
> 天若守贞，则雨不降。
>
> ——《太平经》
>
> 我先前还以为雨水是宙斯从筛子里撒的尿呢！
>
> ——斯瑞西阿德斯

高唐神女与维纳斯

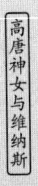

一、引论

本章拟从一个文学原型的生成及其在不同文化中的转换过程着眼，考察一下人类欲望在中西文化的不同幻想（神话）中的表现形态与特征，希望能为研究中西神话与文学的关系提供一些参考。

本章中使用的"欲望"一词，不拟作宽泛的理解，仅限于从心理分析学的意义上去理解，即指"力比多"（libido）或性爱之欲。鉴于马尔库塞等学者已将爱欲概念与爱神之名相认同[1]，我们结合着隐形于云雨象征之中的中国性爱女神——巫山神女的古老传说来探讨这一问题，也许更能从比较中确认中国文学和文化的某些潜在特质。

本章从作为文学原型的"云雨"典故入手，着重解析欲望主题在汉族文化中的两重遭际——以云雨原型的广泛流传为代表的幻想性遗存，和以儒家诗教"淫诗说"为代表的道德谴责，希望从表面的对立之中寻找出深层的对应和统一，从而辩证地理解问题。

从前两章所讨论的爱与美的关系出发，又可以把爱欲主题在中国古典文学中的幻想性遗存看作是某种朝向艺术美的升华转换，下文将从实证角度进一步说明这种升华转换的机制和过程。

二、古典文学中的"云雨家族"

中国文学史上表达性爱主题的最流行的隐喻是"云雨"，中外学者一致认为云雨原型是最有代表性的中国式的"性学语汇"。荷兰汉学家高罗

---

[1] 参看马尔库塞：《爱欲与文明》，该书爱欲（Eros）一词即为希腊神话中小爱神之名。

佩所著《秘戏图考》一书后附了一篇题为《汉语中的性语汇》（Chinese Terminology of sex）的文章，文中讨论了《文选》所载宋玉《高唐赋·序》，指出该序中出现的"云雨""巫山""巫阳""高唐""阳台"这五个合成词在后世文献中均可用来暗指性爱行为。[1]另一位英籍汉学家周艾里所著介绍中国性文化的《龙与凤》一书中"性爱语汇"（The Language of Love）一节也持类似观点：云雨是此类暗语中流行最广的一种，起初尚限于文人和学者之间，后来终于普及到民间。[2]验之于古典文学，可知以上所论大致确然。较为常见的表述方式有如下四十多种，弥漫在两千年来的诗、赋、词、曲和话本、小说之中。

1.云雨　李商隐《有感》诗："一自《高唐》赋成后，楚天云雨尽堪疑。"说的是自宋玉作品之后，凡是诗文中写到楚地的云雨都不免有隐喻楚王和神女性爱的嫌疑。如应玚《侍五官中郎将建章台集诗》："欲因云雨会，濯翼凌高梯。"杜甫《咏怀古迹》诗："江山故宅空文藻，云雨荒台岂梦思。"杜甫《雷诗》："何须妒云雨，霹雳楚王台。"崔涂《巫山庙》诗："江山非旧主，云雨是前身。"杨维桢《西湖竹枝歌》："南高峰云北高雨，云雨相催醉杀侬。"《二刻拍案惊奇》卷三五："孙小官抢住要云雨，闰娘羞阻道：'妈妈昨日没些事体，尚且百般羞骂，若今日知道与哥哥有些甚么，一发了不得。'"吴伟业《赠荆州守袁大韫玉》诗之四："使君滩急风涛阻，神女台荒云雨多。"《金瓶梅》第二十三回写惠莲与西门庆私通，有二句诗为证："莫教襄王劳望眼，巫山自送云雨来。"《红楼梦》第六回写贾宝玉初次性体验，回目题为"贾宝玉初试云雨情"。以上诸例表明，自先秦至清代，云雨原型在古典文学中一直具有不衰的生命力和万古长新的意趣。

除了"云雨"之外，还有由"云雨"加上地名所组成的变体措辞，如：

---

[1] 高罗佩（R.H.Van Gulik）：《秘戏图考》，英文手写影印本，1951年版，第229—230页。
[2] 周艾里（Eric Chou）：《龙与凤》（The Dragon and the Phoenix），伦敦，1973年版，第275页。

2. 巫山云雨　李白《江上寄巴东故人》诗："汉水波浪远，巫山云雨飞。"《杏花天》第七回诗："妙计安排鸳鸯阵，巫山云雨到阳台。"

3. 云雨巫山　李白《清平调三首》之二："一枝红艳露凝香，云雨巫山枉断肠。"

4. 阳台云雨　李白《出妓金陵子呈庐六四首》之一："楼中见我金陵子，何似阳台云雨人。"胡曾《咏史诗·阳台》："楚国城池飒已空，阳台云雨过无纵。"

"云雨"还可以和其他词语组成各种不同的措辞，如：

5. 朝云暮雨　李白《寄远》诗："美人美人兮归去来，莫作朝云暮雨兮飞阳台。"陆游《三峡歌》之二："朝云暮雨浑虚语，一夜猿啼明月中。"关汉卿《望江亭》第一折："都只爱朝云暮雨，那个肯凤只鸾单。"

6. 云朝雨暮　贺铸《断湘弦·万年欢》词："不闻云朝雨暮，向西楼，南馆留连。何尝信，美景良辰，赏心乐事难全。"叶阊《摸鱼儿》词："红裙溅水鸳鸯湿，几度云朝雨暮。"

7. 行云行雨　辛弃疾《水龙吟·爱李延年歌淳于髡语合为词庶几高唐神女洛神赋之意云》词："看行云行雨，朝朝暮暮，阳台下，襄王侧。"

8. 为云为雨　《二刻拍案惊奇》卷二九："此时正作阳台梦，还是为云为雨时。"

9. 云情雨意　高明《琵琶记》第五出："官人云情雨意，虽可抛两月之夫妻；雪鬓霜鬟，竟不念八旬之父母。"《金瓶梅词话》第五回："云情雨意两绸缪，恋色迷花不肯休。"

10. 雨意云情　《浪史奇观》第三十六回："佳人才子乍相逢，雨意云情两无已。"

11. 行雨行云　贺铸《鸳鸯语·同前（七娘子）》词："行雨行云，非花非雾。为谁来为谁还去。"

12. 暮雨朝云　温庭筠《答段柯古见嘲》诗："尾生桥下未为痴，暮雨朝云世间少。"贺铸《小梅花》词："愁无已，奏绿绮，历历高山与流水。妙通神，绝知音，不知暮雨朝云、何山岑。"

13. 为雨为云　刘禹锡《有所嗟二首》之一："相逢相笑尽如梦，为雨为云今不知。"李商隐《深宫》诗："岂知为雨为云处，只有高唐十二峰。"韦庄《谒巫山庙》诗："朝朝暮暮阳台下，为雨为云楚国亡。"

14. 云雨高唐　明人张景《飞丸记·坚持雅操》："云雨高唐无心梦，良缘自挫甘磨弄。"

15. 尤云殢雨　柳永《锦堂春》词："待伊要尤云殢雨，缠绣衾不与同欢。"《齐东野语·降仙》记宋怪之《鹊桥仙》词："銮舆初驾，牛车齐发，隐隐鹊桥咿轧。尤云殢雨正欢浓，但只怕，来朝初八。"

16. 翻云覆雨　李渔《十二楼·拂云楼》第五回，能红道："翻云覆雨之事，他曾做过一遭。"

17. 云雨荒唐　吴梅村《赠武林李笠翁》诗："江湖笑傲夸齐赘，云雨荒唐忆楚娥。"

18. 卧云韵雨　孙楷第《中国通俗小说书目》卷三《明清小说部甲》收有题为《卧云韵雨》的小说一篇。

19. 云雨缘　孙楷第《中国通俗小说书目》卷八"附录一"收有题为《云雨缘》的作品。

20. 雨散云飞　《云溪友议》引慎氏《诗》："当时心事已相关，雨散云飞一饷闲。便是孤帆从此去，不堪重过望夫山。"

21. 雨收云散　《杏花天》第七回："早已雨收云散而睡去。"还可以把"云雨"颠倒为"雨云"，含义大致不变：

22. 雨云　方干《赠美人》诗之一："才会雨云须别去，语惭不及琵琶槽。"洪昇《长生殿》第七出："春宵里，春宵里，比目儿和同，谁知得雨云踪？"

较为隐晦的用法还可对"云雨"作字面上的省略,即单说"云"或单说"雨"。这种以云概雨的措辞有如下多种:

23. 行云　刘禹锡《和乐天题真娘墓》:"吴王娇女坟相近,一片行云应往来。"刘筠《代意二首》之一:"明月自新班女扇,行云无奈楚王风。"王实甫《西厢记》第一本第二折:"虽不能够窃玉偷香,且将这盼行云眼睛儿打当。"

24. 楚云　丁谓《代意》诗:"玦带珊瑚佩解琼,楚云无定好伤情。"

25. 楚山云　《古今小说》卷三五:"眼昏一似秋水微浑,发白不若楚山云淡。"

26. 峡云　李商隐《离思》诗:"峡云寻不得,沟水欲如何?"晏殊《寓意》诗:"油壁香车不再逢,峡云无迹任西东。"

27. 楚峡云　柳永《倾杯》词:"楚峡云归,高阳人散,寂寞狂踪迹。"

28. 巫山云　李群玉《同郑相并歌姬小饮戏赠》诗:"裙拖六幅湘江水,鬓耸巫山一段云。"向子諲《减字木兰花·韩叔夏席上戏作》词:"想得横陈,全是巫山一段云。"

29. 阳台云　骆宾王《忆蜀地佳人》诗:"莫怪尝有千行泪,只为阳台一片云。"李白《捣衣篇》诗:"明年若更征边塞,愿作阳台一段云。"李商隐《代元城吴令暗为答》诗:"荆王枕上元无梦,莫枉阳台一片云。"

30. 巫云　刘孝威《拟古应教一首》"双栖翡翠两鸳鸯,巫云洛月乍相望。"贺铸《小梅花》词:"梦中寻,卧巫云,觉来珠泪,滴向湘水深。"程式《小重山》词:"玉笙犹记夜深闻,湘水杳,寂寞隔巫云。"

31. 高唐云　萧绎《古意》诗:"妾在成都县,愿作高唐云。"

32. 朝云　阮籍《咏怀》诗之十一:"三楚多秀士,朝云进荒淫。朱华振芬芳,高蔡相追寻。"黄庭坚《次韵周德夫经行不相见之诗》:"朝云高唐观,客枕劳梦思。"元好问《芳华怨》诗:"一片朝云不成雨,被风吹去落谁家。"

33. 神云　张说《和丽妃神道碑铭奉敕撰》："楚宫选美，纳良袂于神云；汉掖求才，进团扇于明月。"

34. 仙云　萧诠《巫山高》诗："别有仙云起，时向楚王宫。"

35. 神女云　卢照邻《巫山高》诗："莫辨啼猿树，徒看神女云。"

以雨概云的措辞也有许多变化，如：

36. 行雨　宋之问《内题赋得巫山雨》诗："裴回作行雨，婉恋逐荆王。"丁谓《再赋》诗："笑倾行雨国，香返梦兰魂。"苏轼《苏州闾丘江君二家雨中饮酒二首》之一："已烦仙袂来行雨，莫遣歌声便驻云。"

37. 神雨　张说《道家四首奉敕撰》之二："作赋看神雨，乘槎辨客星。"

38. 楚雨　李商隐《梓州罢吟寄同舍》诗："楚雨含情皆有托，漳滨多病竟无憀。"温庭筠《寒食节日寄楚望二首》之一："心断入淮山，梦长穿楚雨。"薛昭蕴《浣溪沙》词之六："正是断魂迷楚雨，不堪离恨咽湘弦。"

39. 峡雨　李贺《恼公》诗："蜀烟飞重锦，峡雨溅轻容。"韩偓《锡宴日作》诗："清商适向梨园降，妙妓新行峡雨回。"杨亿《再赋》诗："巴天迷峡雨，楚泽映江枫。"

40. 巫峡雨　张谓《扬州雨中张十七宅观妓》诗："不知巫峡雨，何事海西边。"

41. 巫山雨　萧纲《咏风》诗："已拂巫山雨，何用卷寒灰。"

42. 巫阳雨　白居易《发白狗峡次黄牛峡登高寺却望忠州》诗："巴曲春全尽，巫阳雨半收。"

43. 高唐雨　李商隐《岳阳楼》诗："如何一梦高唐雨，自此无心入武关。"

44. 阳台雨　陈允平《垂丝钓》词："鸳俦凤侣，重记相逢处，云隔阳台雨。花解语，旧梦还记否。"

45. 暮雨　卢照邻《益州城西张超亭观妓》诗："落日明歌舞，行云逐舞人。江前飞暮雨，梁上下轻尘。"洪昇《长生殿》第二一出："险把个襄王渴倒阳台下，恰便似神女携将暮雨归。"

46. 夜雨　《浓情快史》第一回写魏玉卿赋绝句二首之二："情深梦亦艳，夜雨赴高唐。想我意中人，只在水一方。"

以上四十多例表明云雨家族在古典文学中是怎样根深叶茂，兴旺发达，这也反过来证明了宋玉作品的原型意义。如弗莱所说，原型就是文学中可交际传播的象征，它必然会在文学史上反复出现，使每一部作品同其他作品联系起来，有助于整合统一我们的文学经验。[1]云雨原型在表达方式上的种种变化也验证了弗莱关于"诗歌产生诗歌，小说产生小说"的文学生成原理。

不过，古典文学中出现"云雨"并不都暗指性爱。如庾信《纥干弘神道碑铭》中所言"北门梁栋，西州云雨"。杜甫《赠严八阁老》中所说"蛟龙得云雨，鹓鹭在秋天"等，就不含有性的隐喻意义。一般而言，暗示高唐神话的云雨措辞，在诗人笔下往往偏重表现"情"的方面，而小说家则多用这个原型表现"性"的方面。钱钟书先生据陈王植《文帝诔》"永弃万国，云往雨绝"等例，判定云雨在"六朝犹不以为亵词"[2]。不过从徐陵《玉台新咏》中已经收录的几首《巫山高》来判断，也可确认六朝时云雨原型已被广泛用于表达性爱主题了。如卷五所载庾丹《巫山高》诗：

巫山高不极，
白日隐光辉。
霭霭朝云去，
冥冥暮雨归。
岩悬兽无迹，
林暗鸟疑飞。

---

[1] 弗莱（N.Frye）：《批评的解剖》，普林斯顿大学出版社1957年版，第99页。
[2] 钱钟书：《管锥编》第3册，中华书局1979年版，第1071页。

枕席竟谁荐，

相望徒依依。

这里的"朝云"对"暮雨"，且与荐"枕席"事相属，无疑暗指楚王与神女好合之事。此外，《玉台新咏》卷六收费昶《巫山高》诗中有"朝云触石起，暮雨润罗衣"二句；卷九收沈约《会圃临春风》诗有"迎行雨于高唐"句，卷十收萧纲《行雨》诗等，均表明类似的用法在六朝时已相当普及。

三、云雨原型的跨文化发生机制

从发生学的角度看，云雨原型的发生既不是宋玉《高唐赋·序》的独创，也不是中国文学独有的现象，而是人类神话思维所创造的一种具有跨文化普遍性的象征。其构思基础在于以天为父、以地为母的神话类比，云和雨本身只不过是天父地母交合时的产物而已。《庄子·天下篇》中黄缭曾问"天地所以不坠不陷、风雨雷霆之故"。这表明"天地"是产生风雨雷霆的主体。《老子》第二十三章也说：

飘风不终朝，骤雨不终日，孰为此者？天地。

《老子》第三十二章所说就更切近天父地母神话本义了：

天地相合，以降甘露，……

这就等于把雨露看成是天地交欢的副产品了。可见单有天并不足以"降甘露"，关键在于天地阴阳的交合作用。因此，在神话思维中，风雨不时是因为天地夫妻闹了矛盾，有了"性冷淡"的苗头。治疗的办法在于重新燃起天父地母的欲火。按照以类相感的法术逻辑，人类自身的性爱活动足以激发天父地母的性冲动，促使他们制造"云雨"的活动。美国汉学家杰克·波德看到，中国汉代求雨仪式中有"令吏民夫妇皆偶处"[1]的记载，这正是以人间男女之性交诱发天地交合的一种"性交感法术"（sexual sympathetic magic）的表现[2]。《春秋繁露》中还有"凡求雨之大体，丈夫欲藏匿，女子欲和而乐"的说法。这显然是让人间的女性施展魅力以引发天父的性激情。

美国比较神话学家鲍威尔写道，古伊朗神话中的天神伐热那（Xvarnah）表现激情的方式便是射出精液。[3]从天父射精即为降雨这一神话隐喻出发，似可理解为何用女子的"和而乐"去求雨。甲骨卜辞中一个小问题也可迎刃而解：卜辞常将"媚"字与"雨"字相连，一般不知何解。日本汉学家白川静自创新说，以为"媚"指司雨的女神。他写道：

雨，亦属有情之物。使天降雨的，与云一样被视为女性神而称"媚"。"多媚屮从雨？"就是卜"媚将下雨吗？"的意思。其他如"媚雨？"（乙·五一九、前·六·七·四）的例子很多。[4]

白川静以为"媚"与"雨"之间有因果关系是对的，但媚似乎并非女神，而是女子的求雨祭礼活动。"多媚屮从雨"句中之"屮"就是卜辞中常见的祭名。况且媚若为雨神，"多媚"之说便难成立。我以为这里的媚字当按本义理解，指让参加求雨祭礼的女性施展媚态，诱发天父的激情，使之降雨。这些行使

---

[1] 董仲舒：《春秋繁露·求雨》第七十四。
[2] 杰克·波德（Derk Bodde）：《汉代中国的性交感法术》，载《中国文明论集》，美国普林斯顿大学出版社1981年版，第373—380页。
[3] 鲍威尔（Jaan Puhvel）：《比较神话学》，美国约翰·霍普金斯大学出版社1987年版，第227页注。
[4] 白川静：《甲骨文的世界》，温天河译，台湾巨流图书公司1977年版，第40页。

"媚"功能的女性实际上是代表"地母"而行动的。

李孝定先生认为，据《说文》等书，媚字当为会意兼形声字：

女之美莫如目，故契文特于女首著一大目，又并其眉而象之。[1]

卜辞中还常有"媚蛊""妄媚"联用之例，这些都表明媚字本义指女性特有的性吸引力。《述异记》中有这样一段记载：

并州妒女泉，妇人不得艳妆彩服至其地，必兴云雨。[2]

这里的妇人"艳妆彩服"正是"媚"的一种表现，作为神秘原因，引出了"必兴云雨"的结果。这是保留在民俗传说中的同一种神话"云雨"观。在古印度神话中，也有女子以媚诱惑鹿角仙人，从而招致云雨的故事。[3] 据传，有个叫洛马帕达的国王因怠慢了天神，因陀罗不让雨水降至其国，导致河流干涸，土地焦枯。洛马帕达招集明智的婆罗门共商对策。

一位仙人说，只有请来鹿角仙人（Rsyasrnga）才可使雨水落下。国王找来城中那些"精于情爱善于歌舞"的艺妓，命她们为国家的利益诱惑鹿角仙人出山。国王的养女、美貌盖世的尚塔主动承担了任务。她施展出自己魅力把鹿角仙人诱到国中都城，"顿时普降大雨，大旱解除"[4]。

要想破解这个求雨神话的底蕴，只要了解到鹿角仙人的诞生便足够了。鹿角仙人的父亲维宾达卡是山林中的隐士，一次在河中沐浴时为仙女优里婆湿的美貌所倾倒，将精液撒在河里。一只母鹿喝了这精液后孕育出一个头长

---

[1] 李孝定：《甲骨文字集释》，台湾省"中央"研究院历史语言研究所1970年版，第十三卷，第3645页。
[2] 张廷玉等编：《骈字类编》卷十引。
[3] 参看《罗摩衍那》第一篇，季羡林译，人民文学出版社1980年版，第57—64页。
[4] 黄志坤编译：《古印度神话》，湖南少儿出版社1986年版，第174页。

鹿角的孩子，他便是鹿角仙人[1]。可见鹿角仙人之所以能降甘雨，是因为他本身便是精液的化身。这个故事完全是按照雨水与精液之间的隐喻联系而展开的，故事中的美女诱惑母题则直接来自以"媚"为主要内容的女性求雨仪式。据人类学家的报告，此类求雨仪式具有跨文化的普遍性。

弗雷泽曾说到缅甸沙盖茵地区一个叫蒙尼莪的村庄，村民们认为雨灵常住在一棵最大的罗望子树上。他们的求雨活动除了祷告和献祭食物之外，主要的一项内容是：由三位身穿新衣的女性，戴着项链耳环，围在树前唱求雨之歌。[2] 这种情况简直是《述异记》所说"靓妆彩服"女性能兴云雨的注脚了。对比之中，卜辞中的"媚雨"之祭的本来面目似乎已完全明朗了。这个在后世引申为"媚惑""妖媚"等贬义的"媚"字，最初显然是具有宗教神圣意义的。钱钟书先生说：

《诗》三百篇言"媚于天子""媚于庶人""媚兹一人""思媚周姜""思媚其妇"，皆是美词。《论语》"媚奥""媚灶"，亦敬神之词，非有诟渎之意。[3]

从宗教人类学的意义上看，"媚"的原始活动乃是人类以美女取悦于神灵的一种礼仪行为，围绕着这种"媚"的礼仪，产生出了像《楚辞·九歌》这样的娱神文学，求雨的功利要求在娱神文学中当然占有着一席重要地位。了解到天父地母的神话类比心理，这些神秘现象便不难理解了。

从经验观察中可知，降雨的物质前提是云层。因而神话中的性欲主题就不仅仅隐喻为雨，有时也用云的隐喻来传达。古希腊神话中的伊克西翁（Ixion）要求与宙斯之妻赫拉做爱，宙斯造出一片乌云冒充赫拉，结果伊克西翁与乌

---

[1] 黄志坤编译：《古印度神话》，湖南少儿出版社 1986 年版，第 172 页。
[2] 弗雷泽：《金枝》上册，中译本，第 178—179 页。
[3] 钱钟书：《管锥编》第 1 册，第 121 页。

云交合，生下了半人半马妖怪。[1]英国诗人罗伯特·赫里克（R.Herrick）在《厄勒克特拉》中用"伊克西翁之云"的典故表现性爱之美，[2]俄国诗人К·Ф·迈耶尔的《安杰拉·鲍尔贾》却对此翁的虚假艳遇表示同情：

可怜的伊克西翁，
你拥抱的不是女神，
而是云朵。[3]

上述材料似可证明，云雨作为性爱之隐喻，植根于天父地母神话，它的产生具有跨文化的普遍性。宗教史学权威学者艾利亚德在《比较宗教学模式》一书第二章《天与天神》中综合了世界各地的材料，归纳出天父神的普遍特征，其中之一便是作为"授精者"（fecundators）和"原母神的配偶"（the spouse of the Great Mother）。艾利亚德指出：

天空首先是雷鸣云集之处，也是授予土地生殖力的源头；事实上，是天空确保了大地上生命的延续。天的超越性主要是通过风云雷雨的气候变换而表现出来的。天的"能力"只不过是一个无限的精子的储备所。这一事实有时从日常语言中也可看到。苏美尔语中的me意思是"男人，男性"，同时也指"天"。[4]

在澳洲土著神话中，天神白阿密（Baiame）为至上神，他的声音是雷，

---

[1] 参看鲍威尔：《比较神话学》，第64页。
[2] 丹·诺顿（Dan S.Norton）编：《英语文学中的古典神话》，美国普林斯顿大学出版社1952年版，第223页。
[3] 鲍特文尼克等编：《神话辞典》，中译本，第325页。
[4] 艾利亚德（M.Eliade）：《比较宗教学模式》，希德（R.Sheed）英译本，希德与沃德出版公司1958年版，第91—92页（括弧内为原著者的话）。

他降雨使大地获得绿色和生机。非洲土著语言中至高神的名字 Nyankupon 同时指天空和雨水。埃维人（Ewe）的主神 Mawu 以云为其衣衫，主管下雨，他的名字本身就指雨[1]。"毫无疑问的是，对天神的崇拜是极其普遍的，他创生了宇宙并且确保大地的受孕（通过向她倾泻雨水的方式）"[2]。从这种普遍模式出发去看中国古书的下述记载，就可以洞若观火了：

服天顺地，合藏精注，天露云雨，何草不茂。[3]

在这十六字中已经充分揭示了云雨原型的发生与天父地母性神话主题的渊源关系，甚至隐约透露出"云雨"为天父地母之"精注"的象征对应关系。

四、宋玉与欲望的诗化

以上探考表明，云雨原型是神话时代的派生物，如果说天父地母是本，那么云雨只是末。为什么古人总爱"舍本逐末"，将云雨原型的发源上溯于宋玉呢？我想这同宋玉在文学史上的特殊地位和独特贡献有关。在上一章中，曾经把宋玉在文学史上的这种作用做了初步的说明和评估，认为宋玉以高超的艺术技巧完成了性文学主题在华夏礼教文化中的"升华"，从而为后世开辟了"无性文化"中的"性"表现传统。现在看来，这一认识可以落实到云雨原型得到具体的说明。宋玉让高唐神女向楚王说出"妾在巫山之阳，高丘之阻，且为朝云，暮为行雨，朝朝暮暮，阳台之下"一番告别之辞，正是用"以

---

[1] 艾利亚德（M.Eliade）：《比较宗教学模式》，希德（R.Sheed）英译本，希德与沃德出版公司1958年版，第41页（括弧内为原著者的话）。

[2] 艾利亚德（M.Eliade）：《比较宗教学模式》，希德（R.Sheed）英译本，希德与沃德出版公司1958年版，第45页（括弧内为原著者的话）。

[3]《骈字类编》卷十引《黄庭外景经》。

末代本"的技巧,将完全诗意化的"朝云""行雨"意象代替了那场非礼的交媾行为本身,使这种"升华"之后的性意象成为间接隐喻性主题的一种"典故"和"廋语"。高罗佩对宋玉巧妙运用"以末代本"的方法表现性主题做过如下评论:

> 有一种经久不变的古老象征保存下来,即天地在暴风雨中交媾。"云雨"至今仍然是性爱的标准文言表达。这种观念本身可以追溯至远古。不过就中国文献而言,作为典故是大约公元前三世纪的产物,出现在大诗人宋玉《高唐赋》序中。……这里天地交媾的古老宇宙论的意象已经被转化为一个优雅的故事。还应当注意的是这里女性作为性交的指导者而出现。中国的性学文献和色情文学都把"云"解释为女性的卵子和阴道分泌物(the ova and vaginal secretions of woman),把"雨"释为男性的射精(the emission of semen of the man)。后代小说也常用"云收雨散"之类措辞描述性交的完成。[1]

高罗佩在此既指出了云雨原型发生的神话背景,又充分估价了宋玉在将这一原型转换升华为文学典故的过程中所起到的关键作用,可谓精当之论。不过,他将"云"和"雨"的隐喻完全落实到卵子和精子,未免过于拘泥了。另一位美国汉学家在破解"云"的隐喻意义时也许走得更远:"云表示男女的交融一体,雨表示达到性高潮。"[2] 这位学者套用20世纪西方性学研究最热门的"性高潮"说来阐发古老的东方隐喻,不免有过于摩登之嫌。至于他把"云"解为男女交融一体,似乎较之高罗佩的卵子说略胜一筹。因为这大致吻合先云后雨的因果程序;从空间位置上看,云的表象也总是介于天父地

---

[1] 高罗佩(R.H.Van Gulik):《中国古代房内考》,莱顿,布里尔出版公司1974年英文版,第38—40页。
[2] 爱伯哈德(W.Eberhard):《中国象征词典》,陈建宪译,中译本名为《中国文化象征词典》,湖南文艺出版社1990年版,第62页。

母之中间的。

要想充分估价宋玉在诗化表现欲望方面的独创性，还必须了解在他的高唐典故形成之前，云雨原型的使用情形。对此，中外学者已经提出了一些有价值的见解。傅道彬先生认为，云雨一词在《周易·小畜》中已有性的隐喻意义。《小畜》卦卦辞谓："密云不雨，自我西郊。"其卦巽上乾下，乾为老男，巽为长女，老男遇长女自然交欢不悦，所以九三爻辞谓："夫妻反目。"[1] 何新先生也指出，《周易·乾·彖辞》中"云行雨施，品物流形"的说法也是对阴阳交合关系的象征性描绘。[2] 美国威斯康星大学的周策纵教授则将云雨原型追溯到《山海经·大荒南经》所述"云雨之山"，认为这座在昆仑西南不远的云雨之山就是高唐神女出没的巫山。宋玉以夸张描绘女性美为特征的赋作可能受了古代巫医传统的影响。巫山云雨的性象征与高禖求子祭俗有关。周先生甚至认为，宋玉本人乃是从巫医传统中发展出美文学的奠基人：

再看宋玉名"玉"：正如上文所说，巫本以玉奉神；甲骨文巫字实是从玉字转化而成；并且后世玉往往被通俗道教用为男女的性象征，这都适合于说明宋玉作品的浪漫风格。所以我很怀疑他的名字也许透露有巫文化的影响。[3]

赋这一诗文体制，也许本来就是由巫医登高作歌招神女或女神而发展起来的。[4]

这些见解对于确认宋玉在文学史上承前启后的重要地位不无启示，但要从根本上说明宋玉将性主题浪漫化和诗化的原因，还得考虑道德质疑对他的

---

[1] 傅道彬：《中国生殖崇拜文化论》，湖北人民出版社1990年版，第301页。
[2] 何新：《诸神的起源》，三联书店1986年版，第140—141页。
[3] 周策纵：《古巫医与六诗考》，台北联经出版事业公司1986年版，第152页。
[4] 周策纵：《古巫医与六诗考》，台北联经出版事业公司1986年版，第153页。

影响。

五、道德质疑：希腊的"过多"与中国的"淫"

黑格尔在谈到印度神话中的关于自然生殖的描述时指出："我们只有在熟悉了这种观照方式之后，才能获得打开许多描绘的秘密的钥匙。这些描绘简直要搅乱我们的羞耻感，因为其中不顾羞耻的情况达到了极端，肉感的泛滥也达到难以置信的程度。"[1] 黑格尔举出的例子便是湿婆与乌玛交合的故事，其中最令他震惊的乃是对男性生殖力和精液的夸张表现：

> 湿婆和乌玛交媾，一次就达一百年之久，中间从不间断，使得众神对湿婆的生殖力感到惊惧，替将来的婴儿担忧，就央求湿婆把他的生殖力（精液）倾泻到大地上去。英国翻译者没有敢照字面把这段话译出，因为这段描绘把一切贞洁和羞耻都抛到九霄云外了。湿婆听从了众神的央求，不再进行生殖，以免破坏了整个宇宙，就把精液倾泻到地上；经过火炼之后，这堆精液就长成了白山，……[2]

不论怎样看待这种描述都不如把它看成欲望在幻想中的无拘束的展开。黑格尔在19世纪所体会到的"维多利亚时代"的"羞耻心"对于神话幻想时代的印度人来说，也许是根本就不存在的。[3] 只有在幻想受到理性制约之后，欲望的表达才由文明道德的"羞耻心"加以监控和查禁。若从象征意义上去理解，天神向大地泄精的表象似乎只能理解为天下雨这一自然现象的人格化

---

[1] 黑格尔：《美学》第2卷，中译本，第56—57页。
[2] 黑格尔：《美学》第2卷，中译本，第57页。
[3] 参看迈耶尔（J.J.Meyer）：《古代印度的性生活》（*Sexual Life in Ancient Inda*），伦敦1930年英文版。

表现。在幻想相对来说不很发达的上古华夏文明中，由于"羞耻心"的作用，天神、生殖力、精子的三位一体关系往往不能向人格化的故事方向发展，却以某种非性化的哲理抽象的形式加以表达。如《吕氏春秋·审分览·君守篇》所云：

> 天无形而万物以成，至精无象而万物以化。

这里讲的万物化生化成之理显然仍以"天"和"精"为其原型意象的。但与印度神话相比，原型意象已接近于抽象观念，幻想被推理所取代，欲望的成分几乎完全被哲学抽象所消解殆尽了。考察这一变化的过程和原因是极为有趣的。现代思想家并不满足于黑格尔所暗示的那种原因——羞耻心，他们试图找到使羞耻心得以在文明中形成的更深层的原因。[1]

法国当代哲学家福柯在这方面领先了一步，且独树一帜。他本着"知识考古学"的思路与方法，为自己提出了与众不同的问题：

> 性欲（sexuality）是怎样（how）、为什么（why）、以何种方式（in what forms）被设定为一种道德范畴的？尽管道德关注有不同的形式和强度，但它为什么会如此持久地存在？为什么会有（对性欲的）这种"质疑"（problematization）？[2]

在福柯看来，这类问题的解答正是思想史的重要课题。他在对古希腊哲学和医学文献做了广泛而深入地探讨后发现，性欲之所以在文明社会中受到

---

[1] 参看马尔库塞：《爱欲与文明》，1974年英文版；卡尔弗顿（V.F.Calverton）编：《文明中的性》，花园城出版公司1935年英文版；杰克·波德：《中国文明中的性》，见《美国哲学学会会刊》。

[2] 福柯（M.Foucault）：《性欲史》第2卷《快感的享用》，第10页。

持久地质疑，主要由于"人们通常从男性的射精这一角度来看待性行为"[1]，从而把过度的性欲同人的精力衰退乃至死亡联系在一起了。于是，主要出于养生学方面的动机，文明社会对个人的性行为加以监控，要求节制对快感的享用。福柯说："性快感中的不道德总是同放纵、过多和过度联系在一起的，这种思想在《尼可马可伦理学》第3部中也可看到。亚里士多德解释说，对于人人具有的自然欲望而言，人们可能做出的唯一冒失行为实际上是量的问题：它们均与'过多'有关。"[2] 福柯的这一洞见使我们自然联想到中国古代思想中作为道德质疑而存在的"淫"的概念，它不也是同"过多"、同性欲联系在一起的吗？

自从孔子在《论语》中两次用这个道德质疑的概念对文艺作品进行评价[3]，"淫"与"不淫"竟然成为儒家诗教的基本尺度，由此派生出的汉儒"淫诗"说，同云雨原型一样，在古代文学史上流行了两千年而不衰，形成对性爱主题的致命性的道德质疑传统。

从辩证的意义上看，儒家诗学的"淫诗"说首先针对的是《诗经·国风》中直接表现性爱婚恋主题的作品，其质疑和压抑作用却反过来促进了对同类主题的间接的诗意表达，也就是说，为云雨原型在古典诗词小说中的繁衍发展开辟了空间。就这层意义而言，可以将云雨原型同"淫诗"说看成文学史上关于性爱主题的两个相互对立又相互依存的发展线索。

当我按照福柯所提示的方法和思路，去追问"淫诗"说得以产生的思想史前提时，发现"淫"概念的语义发生竟然同云雨原型有着非常隐秘的同源关系。探讨这种同源关系，有必要回到那个神话隐喻，进一步展开比较神话学和语义学的交义分析与破译。

---

[1] 福柯（M.Foucault）：《性欲史》第2卷《快感的享用》，第136页。
[2] 福柯：《性欲史》第2卷《快感的享用》，英译本，第45页。
[3] 一是《卫灵公》中所说"郑风淫"；另一是《八佾》中所说"《关雎》乐而不淫"。

在鹿角仙人的神话中，我们已经看到在自然现象与人的欲望之间的隐喻关系如何成为叙述的基础。晋人王嘉《王子年拾遗记》中所收《淫渊浦》故事也是建立在这种关于"淫"的本义与隐喻义之间的对应关系之上的。故事说：

日南之南，有淫泉之浦，言其水浸淫从地而出，以成渊，故曰淫渊也。或言此泉甘软，男女饮之则淫。其水小处可滥觞褰涉，大处可方舟沿沂，随流曲直，其水激石之声，似人之歌笑，闻者令人淫动，故俗谓之淫泉。[1]

六、"淫"的隐喻与宙斯神话

美国芝加哥大学比较神话学家奥弗拉赫蒂（O'Flaherty）对印度神话中性的象征问题做了深入探究，著有《性液体在吠陀和吠陀之后的印度》一文，其中涉及精液及其象征表达的一段这样写道：

精液（Semen）
精液，男性的本质，在《吠陀》中经常出现，通常作为仪式的隐喻。Retas是意指精液的最重要的一个词，其本义为"精液的射出""精液的流溢"；从这些实例看，它原有含义不指作为物质的精液，而指一种过程，……然而精液还有一种引申的、隐喻的用法，指从天降下的雨露，"云气的种子（精子）"（《梨俱吠陀》9·74·1；1·100·3）。这样，意指下雨或流注的词根 vrs 就派生出了两个名词：vrsti，雨；vrsan，一个雄健的、性欲旺盛的、淫荡的男人，或一只公牛。是精子连接起天与地：男人的性别由神圣的精子所

---

[1] 据吴曾祺编：《旧小说》甲集二，上海书店《万有文库》本。

确定(《梨俱吠陀》9·86·28)。火神之火焰所燃烧的是上天的精子,注入圣火中的苏摩酒(Soma)也被认为是精子(《梨俱吠陀》1·71·8;5·17·3;4·73·7)。[1]

这一段引述中涉及的语言学素材对我们极有帮助:梵语中指代下雨和指代性欲强烈的男人的两个词原来是同根同源的;汉语中的淫这个词既指多雨又指淫欲和淫荡,这二层意义之间的关系看来并不是先后产生的本义和引申义的关系,而是以天父射精为雨这种原始的神话观念为原型的,建立在神话思维类比逻辑之上的互为隐喻的关系。可以断言,早在文字发生以前的神话时代,这种隐喻关系已经固化在语言的口头运用之中了。了解到这一深远的神话背景,我们首先可以确信:属于印欧语系的梵语和属于汉藏语系的古汉语虽分别产生在不同时空、不同民族的文化之中,但制约语词意义构成及隐喻转换的早期人类神话思维的机制却是完全相通的甚至是完全一致的。这一发现将为跨文化比较的破译方法提供坚实的理由和根据,并鼓舞我们通过这种异中求同的探讨,寻求某种普遍适用于早期人类的象征语法,使《淫渊浦》之类故事的发生得到理性观照。

下面将按照深远的神话背景所提供的雨与精液的隐喻编码模式,重新阐释汉语中"淫"概念的语义网络。

翻开一部《中文大辞典》,让人吃惊的是,"淫"字的释义竟有三十种之多[2]。然而可惜的是,与该字本义最为贴近的多雨之意,却被排在了第二十四位,同样与本义相互为喻的性欲过多之意也只侥幸名列第八。该辞典所列前七种意义及举例依据分别为:

---

[1] 奥弗拉赫蒂(Wendy Doniger O'Flaherty):《性液体在吠陀和吠陀之后的印度》,收入《女人,双性同体和其他神话动物》,芝加哥大学出版社 1982 年版,第 20 页。

[2] 参看《中文大辞典》第 19 册,台湾中国文化研究所印行,1968 年版,第 401 页。

1. 浸淫随理也。据《说文》等。
2. 润也。据《楚辞·七谏·自悲》注。
3. 侵也。据《文选》注。
4. 染也。据《周礼》注。
5. 过也。据《尚书·大禹谟》传。
6. 大也。据《尔雅·释诂》。
7. 过奢侈也。据《礼记·王制》疏。

从语义演变由具体到抽象的通则来看，所有这七种意义都是经过了不同程度的抽象之后而出现的引申义，而只有被列在第二十四位的"久雨为淫"才是与具体的表象联系在一起的、尚未抽象化的本来意义。

造成"淫"字语义阐释混乱的始作俑者不是别人，而是许慎先生。其《说文解字》卷十一上水部云：

淫，侵淫随理也。从水坙声，一曰久雨为淫。

许慎在这里恰恰颠倒了先后次序，把抽象的引申义"侵淫随理"当成了淫字本义。好在他还能以宽容的态度在正统阐释之后附上了另一种流行说法，使我们千载之后仍能按照"礼失而求诸野"的原则，从这可贵的"一曰"附录中窥见"淫"字真正的古义：久雨即多雨也！正是从过多的降雨这一现象中才派生出"淫"字的诸多抽象意义来，如"大""过""过奢侈""浸""润""没"（《小尔雅·广诂》）、"水淤泥土"（《周礼·考工记·匠人》注）、"放滥"（《国语·周语》注）、"放恣"（《左传·昭公六年》注）等等。

从字形结构上看，构成"淫"字主体部分的"坙"绝不仅仅充当形声的角色，它同时也表示意义，而且这个坙字的原有意义正是淫字得以产生的隐喻基础。《说文》八上爪部：

巠，近求也。从爪壬。壬，儌幸也。

段玉裁《说文解字注》发挥说："爪壬，言挺其爪妄有所取，儌幸之意。"这已涉及了贪欲之意。《广韵》和《集韵》不约而同地把这层意思点破了："巠，贪也。"爪下之"壬"，《说文》有"一曰象物出地，挺生也"的解释，似指刚破土而出之物。这样，妄取之对象乃萌芽一类幼小生物。巠字作为人之贪欲的会意符号，实在够形象的了。这个字的意义在由它作为结构素的"淫"字中依然保留着：《左传·隐公三年》："骄奢淫泆"句疏云："淫，谓嗜欲过度。"《礼记·坊记》"示不淫也"句注："淫，犹贪也。"据此，我们显然不能附和许慎将"淫"当作形声字。巠字加上氵旁，正是将人之过多贪欲隐喻类推到天父的过多性欲上，使"淫"字为多雨的本义得以成立。

这一类比恰恰符合神话思维以人为万物尺度的"自我中心"[1]性质，是将作为自然现象的天加以神话拟人化之后的必然结果。古希腊神话中作为天空拟人化代表的宙斯不也是兼任雨神的吗？弗雷泽写道：

据说在多多纳，雷雨比欧洲其他任何地方都要多，这就表明这块地方最适宜作为宙斯的家园……在阿卡迪亚的莱西埃斯山，作为橡树之神和雨神宙斯的特性，在他的祭司施行求雨巫术时（祭司手持橡树枝在圣泉中沾水），清楚地表现出来。由于宙斯具有降雨的能力，所以希腊人经常向他求雨，这是再自然不过的了。他的圣所虽然并不总是，却也常常是在高山深处、云气弥漫、橡树生长的地方。雅典的阿克罗波利斯卫城上塑有宙斯的形象供人们向他求雨。每逢干旱，雅典人祈祷说："降雨吧，降雨吧，亲爱的宙斯，给

---

[1] 参看俞建章、叶舒宪：《符号：语言与艺术》第4章第2节《神话思维的混沌性、自我中心性及其与原始信仰的关联》。

我们的麦地里和平原上普降甘霖吧！"[1]

若按照中国的伦理标准，希腊的天父兼雨神宙斯是世界神话之林中最符合"淫"概念的男性神之一。他的性欲和贪欲之旺盛，私通的女神与女人之多，[2]常常会使羞涩的东方读者们摇头不已：希腊人怎么会把这样一位色情狂式的贪淫者奉为崇拜对象，甚至成为众神之主，高居于奥林匹斯山顶的荣耀宝座上？

问题的答案似乎仍在于神话思维的逻辑本身。如果主管云雨功能的天父宙斯没有天生的超常性欲和充足的精液储备，像中国的柳下惠那样对女色视而不见，见而不乱的话，那么希腊境内的土地恐怕就会因久旱无雨而变成大沙漠了。《太平经》中所说的"天若守贞，则雨不降"的神话原理，事实上已经预先注定了一切天父雨神超常性欲与贪欲的必然性。只不过在作为宗教崇拜对象的宙斯身上，人们所寄希望于他的是"淫"之本义：多下雨；而到了发达的神话叙述之中，宙斯多下雨的本义按照精液与雨的神话类比向另一隐喻方向极端发展，终于造就了这位天神世界中的多情种。"淫"的隐喻意义在希腊神话得到了自然合理的引申，这恰恰从反面说明希腊神话在尚未遭到道德理性的压抑和局限之前已经获得了充分的发展，也就等于从一个角度说明了希腊神话较其他民族更为发达和完整的一个重要原因。对照之下，中国的天父早在先秦理性的作用之下就丧失了其原有的充分人格化的形态和形象，早在《周易》中就已被抽象为干巴巴的概念"乾"，天父降雨即为射精的原始类比只能以准理论的即非叙述故事性的形式而出现，所谓"天地絪缊，万物化生"[3]云云，正是这种受伦理观念抑制而流产后的神话怪胎。伦理压

---

[1] 弗雷泽：《金枝》上册，中译本，第240页。
[2] 参看罗伯特·格雷福斯（R.Graves）：《希腊神话》第1卷，鹈鹕丛书，1960年版，第55页以下。
[3] 《周易·系辞上》。

抑的另一结果是使本义完全是中性的"淫"概念发生了迅速的价值倾斜，其隐喻意义的负价值在正统意识形态中迅速膨胀，变为一个道德谴责的贬义词。这一过程只要考察一下正统意识形态的代表作《尚书》便可明了。《尚书》中"淫"字凡二十见，比《论语》《孟子》中"淫"字数量之和还多4倍，[1]几乎都用于道德谴责的场合，如：

> 罔淫于乐。（《大禹谟》）
> 朋淫于家。（《益稷》）
> 天道福善祸淫。（《汤诰》）
> 敢有殉于货色，恒于游畋，时谓淫风。（《伊训》）
> 唯王淫戏用自绝。（《西伯戡黎》）
> 淫酗肆虐。（《泰誓》）
> 作奇技淫巧以悦妇人。（《泰誓》）
> 诞唯厥纵淫泆于非彝。（《酒诰》）
> 其唯王勿以小民淫用非彝。（《召诰》）
> 大淫泆有辞。（《多士》）
> 诞淫厥泆。（《多士》）
> 乃大淫昏。（《多方》）
> 骄淫矜侉。（《毕命》）
> 羲和湎淫。（《书序》）

如果将"天道福善祸淫"一句同《左传·襄公二十八年》所说的"善人富谓之赏，淫人富谓之殃"相互参照，那就不难看出，早在公元前5世纪时，

---

[1]《论语》中淫字二见，《孟子》中三见，都用做贬义词。

汉语中"淫"概念已经可以作为"善"概念的对立面，也就是成了"恶"的同义词了。这对于追溯正统意识形态中"万恶淫为首"这一命题的由来提供了语言线索。

"淫"概念的价值倾斜在汉儒那里得到进一步发展，一个突出的表现形式便是在解经时妄加评判，指责古人"淫佚"。俞正燮《癸巳存稿》卷一《鲁二女》篇指出：《春秋》僖公十四年季姬及鄫子遇于防，公羊、穀梁二家都释为淫通，从《左传》所记可知，这是类似于诬陷的不白之词。俞氏讥之云：

季姬盖老矣，遭家不造，为古贵妇人之失势者，不料汉人恕己度人，好言古女淫佚也。[1]

用更通俗的话说，汉儒们的这种"以己度人"伪道学面孔，相当于戴上了"淫"的有色镜。用这种眼光去看《诗经》，便有了所谓淫诗说。

七、淫诗说与云雨原型的对立统一

淫概念的道德贬值在正统意识形态中虽然已成定局，但民间亚文化中似乎并未马上接受这种作为贬词的淫概念。这一点在将《尚书》和《诗经》对比之后便不难看出。《诗经》中几乎找不到这个字，唯一的例外见于《周颂·有客》，末二句为：

既有淫威，降福孔夷。

---

[1] 俞正燮：《癸巳存稿》卷一，商务印书馆1957年版。

从上下文判断，这里的"淫威"是褒义，与后世所说滥施淫威大不相同。毛传训此为"大威则"。郑笺："既有大则，谓用殷正朔，行其礼乐如天子也。"这些解释同"降福孔夷"联系起来看还是吻合的。可见《诗经》中唯一的一个淫字还是未遭伦理改造的中性概念，其意义为从多雨大雨引申而来的"大"。这一事实告诉我们，《诗经》中诸多吟咏婚恋性爱之作品在后世被斥责为"淫声"或"淫诗"，完全是后起的正统意识形态的作用结果。淫概念的道德谴责意义在儒家诗教中的恶性膨胀，已经足以使汉儒至宋儒（以朱熹为代表）的解诗传统完全遮蔽和替代了国风恋歌所代表的上古性文化传统。于是可知，以礼教为准绳的儒家诗教的官方倡导和普遍流行，是对神话思维时代性主题及其隐喻表达方式的一种全面"解构"（deconstruction）。把"窈窕淑女，君子好逑"硬解释成对"后妃之德"的赞叹，这种空前的意义转换过程，一方面使性文化消解，从而彻底阻碍了欲望（作为神话叙述的深层动力因素[1]）向幻想方面展开的可能性，另一方面又在被消解的初民文化废墟之上构建起一种新的、非性（欲望）化的伦理本位的诗学传统。正是这样一种"消解"与"建构"的双重作用，使我们有理由用"解构"这个术语去概括这场性文化及其隐喻表达方式向伦理本位文化转换的历史大变革。

从细微处着眼，"淫"字的语义变迁已可作为这场文化转换的一个窥斑见豹之例吧。东汉的许慎已将"淫"字古义列为附录的异说，而"雨"与"精液"的隐喻对应关系也自然随着古义的退隐而逐渐被人们所忘却。淫概念的道德引申意义竟然喧宾夺主般地成了主要意义，以至于人们在表达"久雨为淫"的本义时不得不再造一个词组"淫雨"。《礼记·月令》云："淫雨蚤降"，便显示了这种叠床架屋式用法。

---

[1] 弗莱说：神话世界"是一个充满情节虚构和主题构想的非实在的或纯粹的文学世界，它不受应该真实地符合日常经验这条规则的制约。就叙述方面而言，神话乃是对以欲望为限度或近乎这个限度的动作的模仿。神喜爱漂亮女人，以惊人的力量你争我斗，……神话表现人类欲望的最高水平并不意味着神话所表现的世界就是人类已获得的或可以获得的。"（《批评的解剖》，中译文见叶舒宪编的《神话—原型批评》，第175页。

反观古希腊，同样的隐喻关系由于在宙斯神话中已经自然地朝向幻想方向全面展开，所以产生了宙斯下金雨使女人怀孕的故事：

阿哥斯王阿克里西奥斯（Acrisius）的女儿达那厄（Danae），因神谕她将生子杀害父王而被囚禁，宙斯化作黄金雨和达那厄幽会，怀孕后生下珀耳修斯。[1]

在这个故事中，能使女性致孕的黄金雨从表层叙述上看是宙斯的化身，但实际上却是男性精液的隐喻。作为天神的宙斯即是雨的来源地，又可视为天光（日光）的来源地，而黄金雨（the golden rain）这一合成意象恰恰综合了这两方面的意思。在神话思维中，光和雨同样充当着精子和种子的作用，其例不胜枚举。[2] 看来在达那厄故事中，宙斯作为男性性欲望与性能量之本源的象征地位已由"黄金雨"这个意象充分表达出来了。从欲望与幻想的关系着眼，希腊神话发达和完整的原因于此可见一斑了吧。

德国比较神话学家施密特指出："在整个印度日耳曼区域中，许多地方都说天是地的丈夫，他借着雨使地生育；这种天与地结合的关系，远在雅利安的太古时代即已存在了。"[3]

从人类学提供的材料看，施密特的这一观点是有充足论据的。"古代日耳曼人，跟希腊罗马人一样，也把橡树之神当作雷神，而且还认为它有强大的生育繁殖能力，可以降雨并使大地丰产。不来梅的亚当（德国编年史家）告诉我们说：'雷神托尔统辖太空，职司雷电风雨和五谷生长。'因此，在这些方面，日耳曼人的雷神又同南方的宙斯和朱庇特相似"[4]。基于这种神话类比的普遍性，我们已可确认云雨原型的成立条件在中西文化中大致相同，

---

[1] 参看迈克尔·格兰特（M.Grant）：《希腊罗马神话》（Myths of the Greeks and Romans），纽约，新美图书公司1962年版，第163、213页。

[2] 参看克劳利（E.Crawley）：《神秘玫瑰：原始婚姻及相关的原始思想研究》，伦敦，1932年版，第166页；叶舒宪：《英雄与太阳：中国上古史诗的原型重构》，上海社会科学院出版社1991年版，第105—107、214—220页。

[3] 施密特：《原始宗教与神话》，中译本，第60页。

[4] 弗雷泽：《金枝》上册，中译本，第242—243页。

这一原型绝非中国的国粹。钱钟书先生撰写《管锥编》时有一部分未刊行的手稿，其中涉及云雨原型的一段说：

> 希腊古传天地交欢，乃有雨露，滋生万物。文艺复兴时意大利脚本中一妇久旷，自言曰："雨泽不降，已逾七月矣。"读近世欧美小说，时复一遭。如或记婚仪中女呼男为"己之雨"而男呼女为"己之土"。或言沛然下雨，俨如洪荒之世，天地欲生育男女而欢合；霖降注河又如牝牡交接。故知"云雨"之"牵合"，匪独吾国为然。[1]

不过，从普及流行的程度来看，云雨原型在西方文学中远不如在中国文学中那样繁荣和发达。我曾就此一问题讨教于若干外国的英语文学研究者，他们大都对这个原型的用法感到陌生。难怪汉学家们对中国文学中性爱主题的这种诗化密码表达方式津津乐道，甚至有人以《云雨》命名自己研究中国性文化的专著。[2]

这里，一个挥之不去的疑问再度出现了：为什么产生云雨原型的神话基础中西皆然，而唯独在中国文学史上演化出庞大的云雨文学家族呢？对此一疑问的回答，前文中已略有提示：是以道德理性的强烈质疑为内核的儒家"淫诗"说从反面促进了云雨原型的文学泛滥。

在对"淫"概念本义的破译中已经显示出：中国文化中对性欲的道德质疑的主要范畴同中国文学中对性欲主题的升华表现的主要方式都源出于精液与雨的同一个神话隐喻，正所谓"本是同根生，相煎何太急？"

本章最后一部分拟从中西非神话化倾向的对比之中进一步透析理性质疑

---

[1] 钱钟书：《钱钟书论学文选》第2卷，花城出版社1990年版，第281页。
[2] 贝乌德利（M.Beurdeley）等：《云雨：中国的爱之术》(*The Clauds and the Rain, the Art of Love in China*)，安伯（D.Imber）英译本，哈蒙德出版公司1969年版。

"解构"神话隐喻的不同方式，对上述疑问做出理论上的总结。

八、"恶"与"假"的发现
——云雨原型的非神话化

所谓"非神话"（demythology）化又可译为"消解神话"，指的是对神话思维的理性批判及其结果。这种非神话化的倾向伴随着文明的发生而出现，在古代中国和古代希腊表现出某些不同的倾向。仅以神话和文学中的性爱主题为例，理性质疑在中西社会中的不同方式或许正可解答云雨原型在东西方文学中不同际遇的一方面原因。

福柯指出，古希腊哲学和医学中对性欲及性快感的质疑虽然有道德方面的意义，但其根源却只是量的问题，而不是善与恶的价值问题。"从来没有人把这种行为及快感说成是坏的；相反，这种行为和快感有助于人类恢复那曾经获得的最高存在境界"[1]。"从一般特征看，性快感不是恶的化身"[2]。与此形成鲜明对照的是中国古代思想家的态度。

当老子提出"去甚、去奢、去泰"的人生准则时，仍同古希腊思想家一样着眼于量的考虑。这三"去"实际上均指避免"过度"。但是当孔子提出"吾未见好德如好色者"的命题时，量的问题已转化为质的问题了。如众所知，"色"作为性欲、性行为的代称，同"淫"概念有相通之处。孔子将"色"与"德"对立起来的做法表明，性本身在儒家圣人眼中已经成为道德的对立面。"色"与"德"的这种人为的对立正如前文所述及的"淫"与"善"的对立，二者均表明道德理性已经在性欲中发现了潜伏着的"恶"。

云雨原型在神话思维时代衰落以后，必然因其隐喻的性的蕴涵而遭到道

---

[1] 福柯：《性欲史》第2卷《快感的享用》，赫尔利英译本，第48页。
[2] 福柯：《性欲史》第2卷《快感的享用》，赫尔利英译本，第48页。

德理性的责难,于是这个原型便同对性行为进行道德谴责的专用术语"淫"发生了联系。中国上古文献中最早表明这一联系的当是《庄子·天运》中的一段问话:

天其运乎?地其处乎?日月其争于所乎?孰主张是?孰维纲是?孰居无事推而行是?……云者为雨乎?雨者为云乎?孰隆于是,孰居无事淫乐而劝是?

这段问话已充分显露出理性对神话观念的质疑。神话将天地日月设想为人格神,将云行雨施解释为天神放纵性欲的表现。在庄子的质问中,云雨现象并未自然现象,而是天神"淫乐"所造成的后果。这种用语本身已表明了问者是以神话观念来质问神话观念的。这一事实告诉我们,中国的哲学理性常以神话思维的方式加以表达,因为那是一种从神话隐喻中成熟起来的理性。

云雨原型在中国古代的非神话化表现为道德化,即与"淫"的概念相联系。而在古希腊,伴随着理性取代神话的进程,云雨原型的非神话化却是按照另外一种方式——科学化的方式而展开的。这种科学的非神话化所造成的结果绝不像在中国那样,形成性的隐喻与道德谴责之间的二元对立,而是发展出一种神话认识与科学认识之间的喜剧性冲突。这种冲突在喜剧大师阿里斯托芬的剧作《云》中表现得极为鲜明。在这里,理性对神话的质疑同《庄子》中一样,也是以问答的形式展开的:

斯瑞西阿德斯:让宙斯出来,他是神,这是无疑了;来,你是不能否认这点的。

苏格拉底:什么宙斯!哪里有什么宙斯,快不要说傻话了。

斯瑞西阿德斯:在天上难道没有宙斯吗?那么你必须向我解释,雨是谁送下来的？否则我一定认为你是错了。

苏格拉底：那自然只是这些云把雨送下来的，我可以给你一个强有力的证明。请问，你在什么时候看见晴空万里无云就会下起雨来？依照你的说法，在一个晴日，云都散开了，只有宙斯才可以送下雨来。

斯瑞西阿德斯：是的，坦白地说，这真是一个有力的答复，你的话我不得不信。可是我先前还以为雨水是宙斯从筛子里撒的尿呢！但是现在请问，我的朋友，雷是谁放的呢？那声音真叫我们发抖！

苏格拉底：那也是她们（云）在卷动空气的时候放出来的。

斯瑞西阿德斯：云是怎样卷动空气而产生了雷呢？你能正确地告诉我吗？

苏格拉底：噢！当她们（云）载满了雨水，她们必然散开，并被一种必然的力量悬挂在空中，在她们下降的途中，她们以巨大的力量相互冲撞，于是发出无边无际的雷声。

斯瑞西阿德斯：难道不是他强迫如此的吗？这种必然的力量不是宙斯派遣下来的吗？

苏格拉底：不是宙斯，而是空气的转动力所造成的。

斯瑞西阿德斯：什么！空气的转动力？这种东西我已经知道。不过以前我还不知道，宙斯已经完蛋，空气的转动力代替了他的宝座！[1]

在科学理性的作用之下，原有的神话观念宙斯降雨被当成虚假的"傻话"。这种非神话化造成的喜剧效果是一种智慧的讽刺：同宙斯化作黄金雨使达那厄受孕的神话幻想相比，宙斯撒尿的情节将显得多么荒唐，多么没有诗意。可见非神话化也就是幻想的解体，而幻想的解体又使欲望的表现由神圣变为

---

[1] 阿里斯托芬：《云》(*The Clouds*)，第 538 行以下。

滑稽。此种由科学取代神话而产生的喜剧性冲突,此种伴随着"宙斯完蛋"而来的幽默、讽刺和滑稽,可以说在中国式非神话化进程中不可出现,因为那里占中心位置的永远为激烈的理和欲的冲突、道德和"淫"的对立。矛盾的主导方面即道德方面永远不可能产生出喜剧效果,只有到了《牡丹亭》的时代,人欲战胜天理而夺取主导地位之时,喜剧性效果才在陈最良之类"淫诗说"的顽固捍卫者的形象上闪现出来。

由庄子和阿里斯托芬所构成的以上对比有相当的启示意义,二者典型地代表着非神话化倾向在中西文化中的不同轨迹。在庄子笔下,云雨原型的背后透露着天神"淫乐"的表象,从"云者为雨乎?雨者为云乎?"的问句看,自然的因果关系并未被认识到。理性赖以成立的轴心不是对自然必然性的正确认知,而是对道德合理性的执着追求。道德理性以善的概念为基本尺度,由此出发,云雨原型必然因其与"淫"的不解之缘而被视为"恶"的表现。以云雨原型为隐喻的高唐神女虽然经过宋玉的幻想处理(梦)而获得过昙花一现的诗意之美,可在以后几千年的历史中,却一直被正人君子们斥为"淫奔之女"。这一恶谥自身蕴涵的毁灭性力量足以将中国的爱神打入历史的冷宫,就像阿拉伯故事中被封进瓶中的魔鬼,无望地等待着重见天日的那一天来到。远古性文化遗产流传在后世的只剩下一个非人格化的云雨典故,以其半明半隐的含糊特征为历代骚人墨客所喜用。

在阿里斯托芬所代表的希腊的非神话化倾向中,理性的核心是对客观事物的自然原因的解释。这本是希腊哲学的特征,却也充分体现喜剧的创作之中。这种科学理性的基本尺度是"真",所以神话在这种新的尺度面前不免露出了"假"的一面。不过,在滑稽的笑声中被宣告"完蛋"的宙斯只是"撒尿"的宙斯而已。原有神话中那位风流无敌的主神宙斯正是由于幻想的力量而获得永恒的生命,此种幻想不但不因科学理性的勃兴而贬值,反而成为与科学理性并行的一种制衡性力量。[1]

"真假"与"善恶"的发现，分别构成理性批判与质疑在中西文明中的不同关注焦点，促使非神话化过程朝着不同的方向展开。在古希腊，欲望在幻想中的结晶形式——神话并不因为科学和哲学的兴起而被埋没和遗忘，对"真"的追求并不妨碍对"假"的虚构与欣赏，哲学与文学分道扬镳，并行不悖。神话的消解是以叙事文学（如史诗、戏剧等）的繁荣为补偿的。在古代中国，道德理

图 113 古希腊宙斯头像

性的早熟过早地窒息了欲望向幻想方向生长的可能性，这一方面导致了神话的发育不全，另一方面也过早地使欲望在文学中的直接表现宣告结束。欲望作为"善"的对立面与"恶"相认同，"淫诗"说作为道德理性在文学批评中的代表，必然在质疑欲望的同时也质疑欲望的表现形式——虚构和幻想。其结果，神话的消解没有史诗和戏剧等叙事文学作为后继和补偿，但却为抒情文学——诗歌的繁荣留下了肥沃的土壤。如我在另外的著述中所说，"比兴"即隐喻的思维模式正是神话思维的最宝贵遗产。[2]

对云雨原型不同文化际遇的思考至此可以暂告一段落了。对欲望与幻想之间唇齿相依之关系的体认，对中国文学中找不到淫神宙斯却洒满了"巫山云雨"的原因之追问，终于把我们引向对中西神话与文学的本体差异的思索。

---

[1] 参看俞建章、叶舒宪：《符号：语言与艺术》第 8 章《艺术符号的生态意义》，上海人民出版社 1988 年版。
[2] 参看《符号：语言与艺术》第 4 章第 5 节《从神话思维到艺术思维》。

第九章

昼寝
——宋玉的幻想心理学

THE NINTH PART

> 曾留宋玉旧衣裳,惹得巫山梦里香。
> ——李群玉《赠人》
>
> 其寐也魂交,其觉也形开。
> ——《庄子·齐物论》
>
> 昼梦是深层心理学最好的学校。
> ——乔治·巴什拉

高唐神女与维纳斯

一、昼寝与白日梦：儒道分野

在神话的宇宙观中，白昼与黑夜的对立构成了两种具有质的差异的时空背景，这两种时空背景乃成为表现一切对立价值的基础和坐标尺度，引申出二元对立的观念模式：

图 114 塞浦路斯女神陶像（前 2500）

白昼：光明、生命、醒觉、阳世、善
黑夜：黑暗、死亡、睡梦、阴间、恶

从此种被赋予了强烈价值倾向的模式出发，形成了种种社会规范、制度和禁忌，即要求个人在某种特定的时空背景中必须做什么和不能做什么。人类学家报告说，由于太阳在白昼和夜晚的运行方向在原始人心目中是正相反的，即在白昼自东向西，在夜晚自西向东，所以地上阳世与地下阴间也是按照完全相反的价值立身行事的不同场合。巴比伦史诗《吉尔伽美什》的主人公曾告诫将去冥间的朋友说：

你切莫穿洁净之衣，
……
脚上的鞋子，你不能绑紧，
你不能从阴间发出声息。
你不要吻你心爱的妻子，
你不要打你憎恶的妻子，
你不要吻你亲爱的儿子，
你不要打你憎恶的儿子。[1]

这里说的一连串的"你不能"和"你不要"，表明了在不同时空背景中所应遵守的社会禁忌。在这部古老的史诗中，还透露出另一个重要的神秘观念，即睡梦与死亡的象征性认同：

睡着了的人和死者是那么近似难分，
他们岂不是正将死的影像描摹。[2]

根据此种观念，"日出而作，日入而息"的行为模式就不仅仅是顺应自然的结果，同时也是与原始的价值观念模式相吻合对应的。中国自古就有皇帝早朝的传统，让"天子"模仿太阳，在曙光初露之际便端坐在明堂"阳位"之上，同样是以神话宇宙观为准则的。

---
[1]《吉尔伽美什》，赵乐甡译，辽宁人民出版社1981年版，第100页。
[2]《吉尔伽美什》，赵乐甡译，辽宁人民出版社1981年版，第81页。

按照现代精神分析学的看法，人在白天的醒觉状态是意识占统治地位的时刻，而夜晚的睡梦则是无意识心理活跃的时刻。准此，昼与夜的自然交替同作与息的人类行为的交替就形成了同一循环运动模式中的对应准则。弗莱说："经验中每一种重要的周期性，如黎明与黄昏……诞生、入社、婚配和死亡都产生了与之相应的仪式。仪式的影响力直接导致了纯粹的循环叙述，那是一种自动的和无意识的重复。在所有这类重复出现的事物中央却是睡眠与醒觉生活的中心复现循环，白昼是自我的骚动，夜晚是强大的本我的觉醒。"[1]

如果有人打破这种循环规范，让本我在白昼便获得觉醒，那一定会被视为异常的或病态的行为。"昼寝"在中国古代文化中便是这样一个典型的实例。

根据天人合一，人法天道的哲学观，儒家礼法把"昼寝"即大白天睡觉视为不道德的，乃至非礼的行为。孔子对其弟子昼寝行为的谴责之严厉，在历史上早已传为佳话。据《论语·公冶长》记载：

宰予昼寝。子曰："朽木不可雕也，粪土之墙不可圬也；于予与何诛？"

为什么孔子对宰予白天睡觉如此反感，乃至认为他已经无可救药了呢？让我们先看看古人的解释吧。刘宝楠《论语正义》写道：

江氏声《论语俟质》：《说文》："昼，日之出入，与夜为界。"是日出后为昼。凡人鸡鸣而起，宰我日出后尚寝寐未起，故责之。……《释名·释宫室》："寝，寝也，所寝息也。"昼非寝时，故《礼》言，君子不昼居内。若昼居内，虽问疾焉可也，夫昼居内不可，矧昼寝耶？[2]

---

[1] 弗莱：《批评的解剖》，中译文见《神话—原型批评》，第159—160页。
[2] 刘宝楠：《论语正义》，中华书局1957年版，第95页。

由此可知，古代礼法把昼寝列为应受谴责的非礼行为，孔门弟子宰予犯下如此过失，实在令孔子痛心疾首，因为这已经从根本上违背了取法于天道阴阳的人类行为准则。

类似的将昼寝视为异端行为的例子又见于汉儒所著《韩诗外传》卷六，其中提到"卫灵公昼寝而起，志气益衰"一事。如果说昼寝对于常人来说已属非礼，那么对于充当人间小太阳神的君王来说，就更是一种"昏"的征兆了。难怪直到白居易写《长恨歌》的时代，"君王不早朝"仍是公众舆论所谴责的对象。

从跨文化的视野上看，正统意识形态对昼寝的谴责，正如意识对无意识的监控一样，并非中国文化所独有。古印度礼法的经典《摩奴法典》第七卷"国王和武士种姓的行为"甚至把"昼寝"同赌博、酗酒、好色等并列为十大恶德。[1] 甚至中国道教也力戒白昼间性行为[2]。

值得注意的是，昼寝行为在古代中国虽然遭到以儒家礼法为代表的正统意识形态的排斥，但却并未因此而销声匿迹，反倒借助于无意识心理的强大后盾力量，不断出现在非儒家的文献之中。《庄子》和《列子》作为与儒家相对立的道家思想的代表作，表现出对昼寝的完全不同的态度和认识。

《庄子·知北游》讲到婀荷甘与神农一起求学于老龙吉。神农靠着几案，大白天关门睡觉。中午时婀荷甘跑来报告说"老龙死了"。神农放声大笑说："先生知道我孤僻陋慢，所以撇下我去了，还没留下启发我的狂言就仙逝了啊！"[3] 在这两位学道于老龙吉的弟子中，白日睡觉的神农比婀荷甘远为高明，因为他已经悟出"道"是不可言传的。这一点，在下文中关于"所以论道，

---

[1]《摩奴法典》，中译本，第149页。
[2] 周守忠：《养生类纂》卷上人事部引《云笈七签》云："夫妻昼合，不祥。"
[3] 参看郭庆藩：《庄子集释》，中华书局"新编诸子集成"本。

而非道也"的议论中再作说明。神农的开悟也许正因为他的昼寝——在无意识的作用下以非语言的直觉方式去体悟。如《庄子·齐物论》所说："其寐也魂交，其觉也形开。"有人据此认为庄子在历史上第一次从理性高度认识到睡梦和醒觉的区别：

《庄子》所谓"形开"，就是说人在清醒时肉体和各个门户都面向外界而开放。相对应，所谓"形闭"（庄子并未用此概念——引者），就是说人在睡眠做梦时，肉体的各种门户则对外关闭起来。……正是在这个比喻中庄子接触到了一个很重要的问题，就是睡梦和醒觉各有不同的生理基础。[1]

从认识论的意义上说，庄子以为"昭昭生于冥冥，……精神生于道"（《知北游》）；他又将昼寝叫作"昼瞑"，两相对照，不是说明只有白日睡梦才是认识道的最佳途径吗？这同儒家斥责昼寝为非礼的态度形成尖锐的对立。

在《列子·黄帝》篇中所讲的黄帝在昼寝之梦中神游华胥氏之国，醒来悟出了治国之道的故事，可以看作是对庄子的昼梦认识论原理的最佳注解：

黄帝既寤，怡然自得，召天老、力牧、太山稽，告之，曰："朕闲居三月，斋心服形，思有以养身治物之道，弗获其术。疲而睡，所梦若此。今知至道不可以情求矣。朕知之矣！朕得之矣！而不能以告若矣。"又二十有八年，天下大治，几若华胥氏之国，而帝登假。[2]

《列子》中的黄帝同《庄子》中的神农一样，是靠了昼寝（或昼瞑）做

---

[1] 刘文英：《梦的迷信与梦的探索》，中国社会科学出版社1989年版，第167页。
[2] 杨伯峻：《列子集释》，中华书局1979年版，第42—43页。

梦的方式才体悟到至道之妙理的，这种特殊的无意识的直觉认知功能是醒觉和意识根本无法理解也无法达到的。从"而不能以告若"一句看，也是非语言符号所能传达的，这也正好对应于庄子所说的"所以论道而非道也"。

李约瑟先生曾经引用一位博士的话，把道教称誉为"世界上唯一不强烈反对科学的神秘主义"[1]。他还将道家与儒家相对比，指出前者在科学思想史上远比后者重要，而这一点正是中外学者普遍忽略了的。

道家思想曾经在种种原因下，被大多数西方的译者和著者完全误解了。他们不但忽略了道教的重要，甚至以道家方术为迷信，以道家哲学为纯粹的宗教文学和神秘主义，他们十分忽视了道家思想中科学的成分……

……道家思想既是现代科学的先驱，他们势必对各色各样的事物感到兴趣，即使儒家不屑一顾的东西——如看起来毫无价值的矿物，野生的植物、动物，人体各部和人类的产品等——也在道家研究的范围之内。[2]

这里讨论的昼寝问题，正是儒家给予强烈的道德谴责而道家却高度推崇的一例。道家对昼寝的强调并不在于其"寝息"的意义，而是着眼于睡眠中出现的梦境，突出表现昼梦特有的心理学价值和认识论意义。今天看来，道家在这一问题上的科学认识要比西方心理学界早了不知多少个世纪，只是这种认识被神秘化了而已。如李约瑟所言，道家的科学洞见主要因为没有"一套技术名词"和没有建立"一套严密的系统"，[3]所以滞留于经验主义水平，难免沦为神秘主义。有鉴于此，剥落道家圣人们故弄玄虚的神秘外衣，挖掘潜存的科学认知的最简捷的途径，莫过于用现代科学语汇重

---

[1] 李约瑟（J.Needham）：《中国古代科学思想史》，陈立夫主译，江西人民出版社1990年版，第40页。
[2] 李约瑟（J.Needham）：《中国古代科学思想史》，陈立夫主译，江西人民出版社1990年版，第42页。
[3] 李约瑟（J.Needham）：《中国古代科学思想史》，陈立夫主译，江西人民出版社1990年版，第195、194页。

新译解道家的寓言。

于是，可将《庄子·知北游》中的"昼瞑"和《列子·黄帝》中的"昼寝"之"梦"译为现代心理学所说的"白日梦"（day dreaming）。白日梦简称为日梦，在心理学中通常与另一术语"幻想"（fantasy）相互通用。[1] 由于受西方传统的逻各斯中心主义的影响，心理学曾一直被定义为"研究意识"的学科。20世纪以来，这种理性至上的偏颇得到了纠正，包括梦在内的各种幻想形式均受到前所未有的重视和大规模的实验研究。新出版的心理学著作不但不忽视幻想的地位和作用，而且大都倾向于把它看成是人类创造性思维即认知活动的一种特殊形式。美国心理学家查普林和克拉威克合著的《心理学的体系和理论》一书第十一章《思维和语言》中对幻想的认识价值做了如下描述：

在幻想、空想和梦（不论白天和夜晚）中，流经意识的联想是不受思想者有意识的努力所指导的。然而，在这一类思维中，思维模式之间要比自由联想中的思维有较高的组织程度相互联系。可以说，有一个主题在思想者的脑海中奔驰。……大多数心理学家相信，幻想、想象和梦中的主题和故事是和思想者的动机过程有关联的。往往这种观念活动，就个人在想象中才能得到而在现实中得不到满足这一意义说，都是愿望的实现；或者，如在幻想中常见的，这种作用可能纯属娱乐性质。一个人不能所有的时间都盯着现实。[2]

幻想或梦所具有的双重意义在这段论述中都得到了说明：一是思维—认知方面的；一是欲望的虚拟性实现方面的。关于前一方面，当代哲学中的现象学派与道家思想在认识论上殊途同归，影响所及，乃至掀起一场反对统治

---

[1]《云五社会科学大辞典》第9册《心理学》"幻想"条，台湾商务印书馆1973年版，第243页。
[2] J·P·查普林、T·S·克拉威克：《心理学的体系和理论》下册，林方译，商务印书馆1984年版，第8页。

思想史两千余年的逻各斯中心主义的哲学革命。关于后一方面，则主要是精神分析学家们关注的对象。在这一领域中，首先应该提到的自然是弗洛伊德的理论贡献。他继《梦的解析》之后于1908年发表的论文《作家与白日梦》奠定了精神分析派美学的理论基础。

然而，正像庄子早在两千年前就以非理论的形式表达了当今现象学哲学的认识论观点，战国时代的天才诗人宋玉也早已用诗化的形式表现了白日梦所特有的欲望宣泄的心理学功效。可惜的是，至今尚未有人能从精神治疗的角度去充分揭示《高唐赋》《神女赋》两大幻梦杰作的心理学蕴涵。

如果说，孔门弟子宰予的昼寝因受到儒家圣人的批判而恶名昭彰，庄子笔下神农的昼瞑因神秘化的表达而埋没不传，那么中国上古史上唯有宋玉笔下的楚王昼寝才真正获得了永久的美学上的生命力，成为世世代代不断激发着灵感与幻想的一种精神源泉。而这一切首先应当归因于宋玉作为前科学时代的一位心理分析大师所具有的深刻洞见。

我在这里称宋玉为心理分析大师，这并不意味着要把弗洛伊德的理论贡献溯源于中国古代诗人，我只想以现代的眼光重新审视宋玉的梦幻文学创作，看一看其中究竟蕴涵着哪些与20世纪西方精神分析学理论息息相通的观念与思想，进而做一点沟通中西古今的尝试。

二、宋玉的幻想治疗术
——《高唐赋》心理分析

法国哲学家乔治·巴什拉说："昼梦是深层心理学最好的学校"。

下面将以弗洛伊德的《作家与白日梦》为参照[1]，分析宋玉的白日梦文

---

[1] 对这篇短文的经典分析，可参看保罗·利科（Paul Ricoeur）《艺术与弗洛伊德的系统论》，《弗洛伊德与哲学》，萨维奇英译本，耶鲁大学出版社1970年版，第163—177页。

学所留给后人的种种教益。在弗氏那篇短文中,主要的观点大概有以下六个:

(1)诗歌的功能与起因都与白日梦即幻想密切相关。

(2)幻想起因于在现实中未能满足的愿望。

(3)愿望主要有两类目标——雄心与性爱。

(4)自我在幻想(文学)中可以按照分身的方式多重投射。

(5)诗人与一般白日梦者的差别在于:他对梦进行加工改造,使之获得美的形式。

(6)读者从文学作品中欣赏到的正是自己的白日梦,从而收到心理释放的效果。[1]

在考察了《高唐》《神女》二赋之后,可以毫不夸张地说,以上六点在宋玉的创作中都有意或无意地表现出来了。

《高唐赋》之作,按照序文所记载,乃是针对楚襄王这一位读者的要求。当时宋玉陪同襄王游云梦台,宋玉在回答关于高唐观上方云气的问题时,讲述了先王即楚怀王的一个白日梦神话:怀王在游高唐观时感到疲惫,白天睡觉休息,梦到一个自称巫山之女的美人主动前来求欢。怀王与神女做爱之后,神女辞去,化作朝云和暮雨,永远徘徊在这欢会之地。

宋玉所讲的怀王梦神女之事有没有可信性,根据故事的内容就可知答案只能是否定的。充其量不过是一种神话传说吧。那么,宋玉编制这个神话的目的是什么呢?

原来是为了当时唯一在场的读者楚襄王解决心理问题——帮助他释放好色的欲望与情感。作为受王者宠幸的近臣,宋玉自然对襄王的内心世界了若指掌。襄王之所以带他出游云梦,显然是想放松一下心身,于是宋玉针对他好色的特点,投其所好地创作出这个先王的白日梦,恰可让襄王从中毫无愧

---

[1]《作家与白日梦》,《弗洛伊德全集》,英文标准版,第9卷,伦敦,霍迦斯出版社1953年版,第141—154页。

色地欣赏自己的美人幻梦，这其实是一种高妙的"借花献佛"。

对于身居王位的帝王来说，好色乃普遍现象。弗洛伊德所说构成幻想的两种欲望——雄心与性爱，在帝王身上只偏重于后一种，因为他们处于万人之上的地位已足以使雄心得到最大限度的满足了，但对于美女的追求却总是永无止境的。《高唐赋》的构成主要有两大部分：开篇之序和后面的韵文。前者以叙述形式表达美人梦幻，宣泄襄王的好色之欲；后者以描写形式创造一种气象万千的自然幻相，使襄王从中进一步宣泄他的雄心和志向。二者合起来，无异于一次精心设计的诱导性心理治疗。作为"医师"的宋玉巧妙地利用襄王的步步追问，在层层答疑的过程中把他的全部注意力引向那美妙动人的梦幻境界：

王曰："朝云始出，状若何也？"

玉曰："其始出也，晫兮若松树；其少进也，晰兮若姣姬，扬袂障日，而望所思。"

……

王曰："寡人方今可以游乎？"

玉曰："可。"

王曰："其何如矣？"

玉曰："高矣显矣，临望远矣；广矣普矣，万物祖矣。上属于天，下见于渊。珍怪奇伟，不可称论。"

王曰："试为寡人赋之。"

从这些对答之中可以看出，襄王的欲望和好奇心都很强，但他的想象力却很有限，必须一步步按照"医师"的暗示方可进入幻相。这样，主动权就完全操在宋玉手中了。他先让白日梦中的神女化形为朝云，当襄王表现出对朝云的浓厚兴趣时,他又说朝云就像妖艳的美人(姣姬),她扬起长袖遮挡着阳光,流盼的目光在期待着意中人的到来……这样一种亦虚亦实、若隐若现的变化写法不正是一种欲露故藏的引诱法吗?类似的诱导,宋玉在《登徒子好色赋》《讽赋》等作品中已不止一次地运用过。它对楚襄王好色之心的强烈效果,从《讽赋》结尾处可以看得一清二楚。在《高唐赋》这里,襄王本来的目的是身游云梦台,但在宋玉的诱导之下,却完全变成了魂游。宋玉以心理医师的洞察力和智慧将不可一世的君王变成梦游患者,这样一来宋玉本人也从一个卑贱的侍从摇身一变成了高高在上的梦游导师。从此种意义而言,宋玉在制造幻想满足君王的欲望的同时,也通过幻想的制造满足了自己在现实中受压抑的欲望;他在给患者进行心理宣泄治疗的同时也成功地完成了一次自我治疗。在襄王问话"寡人方今可以游乎"那可怜巴巴的乞求语气声中,反仆为主般地掌握了"游"的主动权的宋玉,似乎完全可以获得精神上的莫大满足了——不论是作为实际上的宫廷文人,还是作为虚拟中的心理医师。

弗洛伊德指出,一般的白日梦若直接讲出来并不能给人以愉悦的感觉。"我们听到这些白日梦会感到厌恶,或者至少无动于衷。然而,当一个天才诗人描述他的游戏,或叙述在我们看来是他个人的白日梦时,我们会体会到来自多方面的巨大乐趣。诗人怎样做到这一点,是他内心深处的秘密。诗艺的本质就在于消除我们对白日梦的反感所用的技巧。可以推知的是这种技巧中的两个方法:诗人经过变换及伪装,使白日梦的自我中心特征不再明显和突出;与此同时,赋予它以纯粹形式的(即美学的)乐趣,以此吸引我们。诗人提供给我们的这种(审美)愉悦是为了使我们从心理深处释放出更大的快乐。就此而言,可以给这种增值快感命名为'直观快感'(fore-pleasure)或'诱导酬谢'(incentive bonus)。我以为一位诗人提供给我们的所有的美的享受都具有此种'直观快感'的性质,对富有想象力的作品的真正欣赏来自我们内心紧张的松弛。"[1] 从楚襄王对宋玉所述白日梦的即时反应来看，弗洛伊德对幻想的美学表达与审美欣赏的上述见解，至少就以白日梦为题材的作品而言，还是相当精辟的。宋玉正是以移花接木的变换和伪装，把自己的梦转移到先王身上，从而打消了襄王对梦的真实性所可能产生的疑虑与反感，进而以虚实交替的诗化技巧使一场性梦获得形式美的外观，诱导襄王在步步入幻的欣赏过程中忘乎所以，从内心深处不自觉地投射出自己的幻想，达到充分宣泄欲望、充分舒展情志的目的。事实上，宋玉的主动诱导确实使想象力并不丰富的襄王从被动地接受暗示终于发展到主动地参与幻想。正由于这一转变的完成，宋玉便可以结束问答式的暗示工作，只管尽情地去绘声绘色地描述那高唐幻境了。一篇声情并茂的写景佳作《高唐赋》便由此而问世了。

常言说"看景不如听景"。为了切身体会高唐奇景，我曾带着十分向往的心情游三峡观巫山，谁知所获视觉印象与《高唐赋》所描绘的相比，简直有天壤之别。或许这其中有二千多年的风雨沧桑所造成的生态环境变异方面的原因，但是，无论如何，也见不到一点"猛兽惊跳""虎豹奔走"之类的影子，更不用说能够发出"清浊相和""回肠荡气"之声音的树木了。对照之下，始知《高唐》《神女》二赋之作，本来并非写景，而是在"造景"，即制造足以诱人进入超现实冥想的幻境。后世那些极尽夸饰之能事的赋作也都大抵如此。再看《文选·高唐赋》题下李善注："此赋盖假设其事，风谏淫惑也。"译为白话则是，宋玉假造幻境，以达到引诱和讽谏的目的。由此观之，宋玉作此赋的心理学动机已被李善的慧眼看穿了几分。

当我们把心理分析的观照方式从《高唐赋》序转向该赋本身的时候，不难看出宋玉所创造的这篇赋文完全适应进一步加深幻觉、宣泄情志的心理需

---

[1] 弗洛伊德：《作家与白日梦》，《弗洛伊德全集》，英文标准版，第9卷，第153页。

要。首先表现在叙述的节奏上，作者巧妙地安排所描述的对象的展开顺序，做到惊险与平静、刺激与放松、紧张与舒缓的反复交替变换，形成一波三折，回肠荡气的情感效应。第一段着重表现登高望水的幻象，竭力突出那种百川汇聚，风疾浪涌的气势；附带描绘了陆上的虎豹豺狼、空中的鹰鸟和水中的鱼鳖那惊恐万状、四散而逃的情状，形成第一次紧张。第二段笔锋一转，进入了幽静的山林，繁花绿草，红茎白蒂，又别是一番缤纷世界；接着奏起悲凉的调子，让人叹息而垂涕，构成情感张力的消解与宣泄。第三段转向描绘险峻山势，那奇峰怪石，高崖峭壁，顿时形成第二次张力。与前次相比，更为惊心动魄。第四段再度化险为夷，转写高唐观侧的平地，花香鸟语中再传凄凉之声，术士仙人们却在聚餐享乐。第二次的情感张力在此又被化解。第五段虚拟出盛大的祭神礼仪和游猎场面，形成第三次情感高峰。第六段即末段为楚襄王设身处地构想出亲临一游的程序和仪节，让他能在整个白日梦的终结之前最后全身心投入，以期获得最大限度的欲望满足和幻想陶醉。

全篇结束之后，那位好奇多问的襄王再也没有一言半语，的确，他似乎已被宋玉制造的幻想彻底征服了。

三、发蒙：性梦的精神启悟功能

《高唐赋》最末一段虚拟襄王魂游高唐的描述是所谓"曲终奏雅"的部分，原文是这样的：

> 王将欲往见之，必先斋戒，差时择日，简舆玄服，建云旆，蜺为旌，翠为盖。风起雨止，千里而逝。盖发蒙，往自会。思万方，忧国害，开贤圣，辅不逮。九窍通郁，精神察滞，延年益寿千万岁。

这里尤值得注意的是"盖发蒙，往自会"一句，它表明宋玉对性梦特有启悟功能已经有非常自觉的意识，而整个作品的创作动机也与这种认识密切相关。李善注说：

《素问》：黄帝曰：发蒙解惑，未足以论也。会，与神女相会。[1]

据此可知，"往自会"说的是襄王模拟先父，亲自去会高唐神女；"盖发蒙"则当为与神女交合之后的结果：发蒙解惑。原文为了押韵，颠倒了二者的次序，因为"会"与下文中的"害""逮""岁"相对应协韵。正确的逻辑表述当为：往自会，盖发蒙。

今人有将"发蒙"释为"启发蒙昧"[2]。我以为这当是精神上的一种启悟，它同下文所说的"九窍通郁，精神察滞"的宣泄效果有关，含有深刻的心理医学内涵。

古人早已认识到，性爱活动不只是动物的肉体结合，同时也是真正属人的精神活动过程。公元前三千年代产生的人类第一部史诗《吉尔伽美什》中就描述了处于蒙昧状态的野人恩启都经过同神妓（神女的另一种表现形式）的性爱结合，完成了精神上的发蒙启悟，成为一位有益于社会、造福于人民的英雄。

恩启都被神初造成时，尚处在与野兽为伍的原始野蛮状态，史诗中说他茹毛饮血，人性未通：

他浑身是毛，头发像妇女，……
他不认人，没有家，

---

[1] 萧统：《文选》卷十九。
[2] 朱碧莲：《宋玉辞赋译解》，中国社会科学出版社1987年版，第83页。

他跟羚羊一同吃草，

他和野兽挨肩擦背，同聚在饮水池塘，

他和牲畜共处，见了水就眉开眼笑。

一位猎人，常在这一带埋设套索，

在饮水池塘跟他遇到，

一天，两天，三天都是在池塘（跟他遇到）。

猎人望望他，他脸色僵冷，

他回窝也和野兽结伴同道。

猎人吓得颤抖，不敢稍做声息，

他满脸愁云，心中烦恼。[1]

此情此景，自然使人联想起现代人屡见报告的发现野人的状况。恩启都也许是世界文学中最先描绘的一位"野人"原型吧。猎人把他的可怕发现告知父亲，父亲建议他到城邦神庙中去请来一名神妓，用主动的诱惑促使野人与她性交，并认为这样就能使恩启都与兽性相告别。猎人按照父亲的指教去行事，带领神妓守候在池塘边，看到野人同野兽来饮水，神妓就脱去衣服，展现出女性的魅力，恩启都"被自己的性欲所俘获"，[2] 因与神妓结合：

六天七夜他与神妓共处，

她那丰肌润肤使他心满意足，

他抬头望了望野地的动物。

羚羊看见他转身就跑，

那些动物也都纷纷躲开了恩启都。

---

[1]《吉尔伽美什》，中译本，第18、21页。
[2] 胡克（S.H.Hooke）：《中东神话》，企鹅丛书1963年英文版，第51页。

恩启都很惊讶，他觉得肢体僵板，
眼看着野兽走尽，他却双腿失灵，迈不开步。
恩启都变弱了，不再那么敏捷，
但是如今他却有了智慧，开阔了思路。[1]

这里描述的神奇的性爱启蒙过程似可与宋玉在《高唐赋》结尾语焉未详的"发蒙"原理相互发明，揭示出一个被埋没至今的精神医学和性心理学的潜在主题：通过与神女（神巫、圣妓、神娼等）的性爱结合达成精神上的自我更新。

这一潜存在中外上古文学中的深刻思想，可以借助于心理分析学的现代术语得到更好的理性归纳。我曾在1985年写的一篇讲稿中对恩启都的人性化启蒙转变做过这样的评价："他的人化是同神妓结合的结果，这一细节亦含有深刻的象征意义。它以两性的结合象征着家庭生活之始，象征着生物的人走向社会的人。"[2] 在五年以后的另一著作中，我又引用维柯的一段见解，对这一问题做了进一步分析。维柯在《新科学》第二卷中谈到野蛮人的社会化时写道：

野蛮状态中的人们既然凶残而又未经驯化，究竟有什么办法才能使他们由野兽般的自由转到人道的社会呢？因为要使那些原始人达到原始的社会，也就是有婚姻制的社会，他们就既要有野兽般淫欲的刺激，又要有可怕的宗教来加以严厉的约束。因此，婚姻作为世间最初的一种友谊而出现。所以荷马为着表示天神和天后在一起睡觉，就以英雄式的严肃态度来说："他俩庆

---

[1] 胡克（S.H.Hooke）：《中东神话》，企鹅丛书1963年英文版，第51页。
[2] 叶舒宪：《巴比伦史诗〈吉尔伽美什〉》，收入《东方文学五十讲》，贵州人民出版社1987年版，第10页。

祝了他俩的友谊。"[1]

维柯在此将"社会"称为"有婚姻制的社会",看似画蛇添足——没有婚姻和家庭,当然也就不会有社会赖以构成的最基本单位,实际上却意在强调社会以婚姻为构成起点和条件。对此,当代人类学家列维-施特劳斯做了进一层的强调:两性关系的建立及相应的性禁忌(乱伦禁忌)构成人类社会的基础,或者干脆说构成了社会。[2] 按照维柯的看法,野蛮人的社会化过程包括两个相反的层面:一个是"野兽般淫欲的刺激",另一个是"宗教的严厉约束"。前者的作用在于通过对兽性冲动的宣泄释放,使人告别野性,走向"人道"和社会;后者的作用似乎在于使扬弃了兽性的人升华其本能冲动,服从于社会的需要和制约。从维柯的这一思路出发,《高唐赋》中性爱欢会与宗教祭祀礼仪这两个本来风马牛不相及的离心主题,便可以在由生物的人到社会的人这一启悟过程中获得统一了。古籍中所说的伏羲"始嫁娶,以修人道"(引见《拾遗记》),不也是把两性的结合作为走向"人道"的条件吗?

看来维柯的这种"人道"观并非他个人的发明,而是对古老的民间智慧的一种理论总结。回看野人恩启都的启悟过程,为什么偏偏由神妓来完成这一使命呢?据史诗注解中说,神妓是以性事服务于神庙中的巫女,这同巫山神女在身份和职能上的对应绝非出于偶然。巴比伦的神庙巫女在历史上是很出名的,现代宗教史家和人类学家研究神妓圣娼问题已经积累了大量成果,[3] 参照之下,中国的巫山神女之谜亦将得到现代眼光的跨文化破解。宋玉虽然

---

[1] 维柯:《新科学》,朱光潜译,人民文学出版社1986年版,第271页。

[2] 列维-施特劳斯:《乱伦与神话》,叶舒宪译,《神话—原型批评》,第234页。

[3] 分别参看:费尔南多·亨利科斯(F·Henriques):《爱欲行动:性社会学》,美洲虎丛书1964年版,第411页以下;费尔南多·亨利科斯:《娼妓与社会》第1卷《爱的呈现》,美洲虎丛书1965年版,第8章《近东》;默林·斯通:《上帝为女性时》,朱纹纳维克出版公司1976年版,第7章《神圣性风俗》;冯·布洛(Vern Bullough)与波尼·布洛(Bonnie Bullough):《妇女与娼妓:一个社会史》,普罗米修斯丛书1987年版;科迪(A. Cody):《圣娼》,《宗教百科全书》,全书出版公司,华盛顿,1979年版,第2906—2907页。

是创造白日梦的千古奇才,但他所虚拟的那位托梦与王者欢会的神女却绝不是凭空杜撰出来的。作为宋玉创作构思之基础的,很可能是后来完全失传了的一种职业性的神妓兼巫医的古老治疗传统。"很可能神妓在一些巴比伦男性那里被当作性的治疗师。提出这一观点的依据是一组题名为SA.ZI.GA.的苏美尔文献集,其字面意义是'心灵的激发',意译的话应该是性能量的激发"[1]。我们已经知道,性能量的活力状况与人的整个身心状态尤其是精神状态之间密切关联,不论是古老的东方智慧还是当今西方新兴的性医学都已有大致相似的肯定意见。

甚至在禁欲色彩相当强烈的中国佛教典籍中,也可看到这种从性能量的刺激与释放开始,以精神上的宗教皈依为终结的启悟程序。这突出表现在有关观音菩萨的传说中。《维摩诘所说经·佛道品》说观音有诸般现身施法的方式,"或现作淫女,引诸好色者,先以欲勾牵,后令入佛智。"这话说得再明白不过,所谓"先欲"而"后智"的因果程序,同《高唐赋》中的"往自会"与"盖发蒙"的模式相对照,确实如出一辙,真所谓"条条大路通罗马"。公元前2000年的巴比伦人史诗,公元前3世纪的中国辞赋和公元后传自印度的汉译佛经,在性爱的发蒙解惑功能这一认识上,就这样神奇地契合了。

所不同的是,巴比伦史诗以神话的叙述来表达这一认识,宋玉以梦幻形式来寄寓这一认识,而佛经则把它体现为观音菩萨的化身施法方式。如果从实质上判断,那么,神话与梦幻本来就是相通的,[2] 而菩萨的幻化变形也还是神话思维的表现,所以可以说这三种不同的表达方式都将一种科学认识包裹在幻想形态之中了。唯其如此,其美文学的一面就大大超过了科学认识的一面,以至于被埋没千载,至今未能得到普遍的意识和接受。

---

[1] 冯·布洛、波尼·布洛:《妇女与娼妓:一个社会史》,普罗米修斯丛书,纽约,1987年版,第20页。
[2] 参看约瑟夫·坎贝尔(Joseph Campbell)编:《神话、梦与宗教》,达顿出版公司,纽约,1970年版;科克(G.S.Kirk):《神话:其意义和功能在古典和其他文化中》,剑桥大学出版社1971年版。

当20世纪的西方小说家D·H·劳伦斯在其作品中自觉地表达性爱的人性启蒙意义这一哲理主题时，大概没有人意识到，他只不过是以现实主义描写的新形式在重复和发扬着人类在四千年前就创造出的幻想主题而已。

四、神妓与巫女
——白日梦中幻化的女神

曾经沧海难为水，
除却巫山不是云。

自从唐朝诗人元稹在悼念亡妻之作中写下这千古传诵的诗句，巫山神女作为一种男性理想中高不可企及的女性典范，已经大大超出了宋玉赋作中的原有意义范围。唐代诗人对自己过去人生伴侣的虔诚追念之情已经使这个惯用来隐喻性爱的古老典故变得纯洁化、神圣化了。假如元稹多少了解一些巫山神女的本来面目的话，也许他就不再情愿把自己的亡妻比拟于她了。

为了真正弄清巫山神女的真实面目，还是让我们先来看一看她的巴比伦对应者——神庙巫女吧。正如巫山神女给楚王上了性启蒙的生动一课，巴比伦的神妓也实在不愧为恩启都的启蒙导师。在完成了六天七夜的性爱实践以后，神妓对野性刚消的巨人开始了进一步的智力启发：

"恩启都啊，你是个聪明人，如同天神一般，
何必跟野兽在荒野游玩。
走吧，我领你到那拥有环城的乌鲁克去，
去到那阿努和伊什妲尔居住的神殿；……"
如此这般一说，她的话有了效果，

他满心欢喜，正希望有人做伴。[1]

　　神妓在此以城市文明所特有的神庙为号召，在接下来的诱导之辞中，神妓还特别提到宗教仪式方面的情况："到那穿着祭服的人们中间，那里每天都举行祭典。"这些话题暗示人们，神妓之所以不同于一般的娼妓，主要由于她们具有神职人员的特殊身份。因此，神妓既以自己的肉体为施行"人道"启蒙的工具，刺激和释放男人们"野兽般的淫欲"；同时又代表宗教的神圣方面，对被启蒙者施行教化和约束。"史诗把经过神妓启蒙的恩启都描绘为减弱了野性的新生者，他开始吃人饭，懂人言，实际上即开始接受人类教化的约束。在这里，通过巴比伦史诗的象征表现和维柯的理性阐述，我们终于悟到了古人所说的'始嫁娶'和'修人道'这两者之间深刻的内在联系"[2]。

　　现在还可以补充的是，通过对神妓—巫女职能的考察，我们也附带解决了《高唐赋》中一个相关的疑点：为什么宋玉在提出会神女的"发蒙"功效之后，马上讲出一番治国与忧民的大道理呢？孤立地看，这几句大话完全是说教性的，似乎同全赋所表现的性爱与魂游主题并没有任何联系。现在才明白，原来这正是神女通过性爱而实现的对襄王精神启迪的目的所在。这可真是所谓"曲终奏雅""发乎情，止乎礼"了。宋玉之所以未能明确述说神女的这一意向，正因为他本人替代神女充当了精神启悟的指导者，那番教诲之词也就未能出自神女之口，而由他——作赋者兼造梦者代为转达了。理由似乎很简单，宋玉自己就充当了巫的角色。

　　叙述者对剧中人职能的这种僭越产生了两种直接效果。对宋玉来说，他本来只是一个性爱白日梦的编造者，现在却成了全社会的代言人。对楚王进行精神启悟的功绩也完全可归他一人所有了。不幸的是，高唐神女却失去代

---

[1]《吉尔伽美什》，中译本，第22页。
[2] 叶舒宪：《英雄与太阳》，第41页。

神行事的宗教神圣性，显得只是一个春情荡漾的浪漫女郎了，难怪后世道学先生毫无例外地把她叫作"奔女"，这个名称虽然有别于"妓"，但毕竟是相差无几了。如此一个恶名传扬后世几千年，有谁还能透过宋玉的微言大义窥见她原有的神圣一面呢？

男性中心的汉文化就是这样将一位性爱女神先贬为巫女，再贬为奔女的。巴比伦史诗却由于埋藏地下数千年，在19世纪末被重新发现和破译时依然保留着本来面貌，其中的神妓当然也没有失去其宗教圣职的身份和性启蒙导师的社会角色。用一位西方学者的话说："正是（神妓）的女性生殖器的桃红色诱导恩启都脱离了野蛮状态，开始走向人类社会。"[1] 从比较的意义上说，也只有借助于巴比伦史诗中保留原样的神妓职能，才能有效地恢复巫山神女的原有真相。

关于神妓所供职的神庙，在史诗中叫"圣埃安那"。作者在开篇之际先夸赞了乌鲁克城墙，接着就夸赞到神庙：

到伊什妲尔居住的埃安那瞧瞧，
它无与伦比，任凭后代的哪家帝王！

住在这豪华神庙中的伊什妲尔（即易士塔），是巴比伦宗教神话中最重要的女神，掌管性爱、生殖和丰产，正相当于中国古代的高禖神。据郭沫若、陈梦家等现代学者的考证，高禖、高唐、高阳、高密等等不同的名目其实都是一回事。由此看来，在高唐神庙中供职的巫山神女与在伊什妲尔神庙中供职的神妓之间，又多了一层可比较的理由。

由于中国神话的过早散佚和历史化，高禖神在现有记载中早已失去了人

---

[1] 威廉·汤普森（W·I·Thompson）：《堕落的时间，肉体的曙光——神话，性爱与文化起源》，纽约，圣马丁出版社1981年版，第189页。

格化形态，近乎一个抽象的祭祀概念，遗留在礼书的条文规定之中。关于高禖祭典，我们只知道有祈求生育和丰产的性质。伴随着该祭典的还有象征性的性爱活动。[1]与此相对应的古代西亚两河流域的生殖女神崇拜情况，自希罗多德和《圣经·旧约》的时代就已反映在文献中，近代以来的考古发现使这一地区的上古宗教和神话得以重构，使人们看到围绕着生殖女神印南娜、伊什妲尔（易士塔）、米利塔、阿弗洛狄忒的一系列人格化故事和崇拜习俗。

最初，当希腊历史学家希罗多德记下巴比伦神庙风俗时，他出于文明人的偏见，带着道德谴责的情绪写道："巴比伦人有一个最丑恶可耻的习惯，这就是生在那里的每一个妇女在她的一生之中必须有一次到阿弗洛狄忒的神殿的圣域内去坐在那里，并在那里和一个不相识的男子交媾。许多有钱的妇女，她们自视身份高贵而不屑于和其他妇女混在一起，便乘坐着双马拉的带围帘的马车到神殿去，她们身后还要跟着一大群仆从。但是大多数妇女是坐在神殿的域内，头上戴着纽帽；这里总是有大群来来往往的妇女。在妇女们中间，四面八方都有用绳子拦出来的通路，而不相识的人们便沿着这些通路行走来做他们的选择。一经选好了位子的妇女在一个不相识的人把一只钱币抛向她的膝头并和她在神殿外面交媾之前，她是不能离开自己的位子的。但是当他抛钱的时候，他要说这样的话：'我以米利塔女神的名字来为你祝福'，因为亚述人是把阿弗洛狄忒叫作米利塔的。钱币的大小多少并无关系。妇女对这件事是不能拒绝的，否则便违反了神的律条，因为一旦用这样的方式抛出去的钱币便是神圣的了。"[2]希罗多德在记录这一神庙性习俗的最后还提到，妇女在履行这一神圣职责时因相貌美丑而有不同际遇：颀长貌美者很快就能完成义务，而丑陋者不得不长时间等待，以至于在神殿圣域内滞留三四年。

从希罗多德的这一记载中可以看到，较晚期的巴比伦神庙性习俗与巴比

---

[1] 叶舒宪：《探索非理性的世界》，四川人民出版社1988年版，第33—34页。
[2] 希罗多德：《历史》第1卷，中译本，第100页。

伦史诗中所反映的有所不同，这主要表现在圣娼的普遍性和临时性服务上。见于《旧约·次经·巴录书》第6章第42—43节的一段记载也表明当时有妇女坐在神庙外路边上等待尽性义务的习俗。默林·斯通指出，古代文献中记载的这一习俗只反映着后期的情况，而且难免带有宗教的或道德的偏见。她写道：

在迦南人中被传述的"性放纵"涉及古代宗教的神圣风俗，亦见于近东和中东的其他地区。到了《圣经·旧约》时代这种习俗依然存在，但其渊源却是苏美尔和巴比伦，早在迦南人之前就有了数千年历史。众多妇女居住在神庙共同体之中，这种共同体是早先时代社会的真正核心。神庙拥有大量可耕土地和家畜，保持着文化的和经济的记录，并且发挥着中央统治机构的作用。住在神庙中的女性在本社会的男人中间获得情人，同那些到庙中来敬拜女神的人做爱。在当时人们中间，性行为被视为神圣和崇高，因为它发生在创生了天地和一切生命的女性造物主的圣殿之中。作为这位女神的诸多职能之一，她也被视为一位性爱的保护神。[1]

默林·斯通的这种态度使我们想起恩格斯于1891年为《家庭、私有制和国家的起源》所加的一个注中对歌德的委婉批评：

……歌德在关于神和舞伎的叙事诗中，说到妇女在寺院献身的宗教义务时也犯了同样的错误，他过于把这种风俗习惯比做现代的卖淫了。[2]

恩格斯的这种历史主义的观照方式对于讨论神伎的宗教性义务极为重

---

[1] 默林·斯通：《上帝为女性时》，朱纹纳维克出版公司1976年版，第168—169页。
[2] 恩格斯：《家庭、私有制和国家的起源》，《马克思恩格斯选集》第4卷，第32页。

要,当今西方学者研究卖淫起源问题仍大段引述恩格斯《家庭、私有制和国家的起源》一文作为参照,这里所涉及的中国古俗中的奔女、尸女等问题,当然也应从历史主义的立场出发,才不至于重蹈以今观古的错误。

那么,巴比伦及西亚地区的神庙娼妓习俗的特殊宗教意义究竟何在呢?为什么与女神崇拜相联系的这种性风俗被视为一种必要的、神圣的东西呢?显而易见,对这一问题的解答将间接说明巫山神女献身于楚王的宗教信仰背景。

人类学家弗雷泽从巫术信仰原理出发对这一问题的解释至今仍然具有不可动摇的权威性。首先,弗雷泽对比了来自不同地区的相似报道,以便从传说的原因背后发现真正的动机。

据说在雷底亚(Lydia),所有的姑娘都得自己去卖淫以便挣得嫁妆。但是我们可以推测这一风俗的真正动机不是经济方面的,而是为宗教信仰而献身。在雷底亚的垂尔斯(Tralles)所发现的一块希腊铭文证实了上述推测,根据铭文可知,宗教性的卖淫活动在那个地区一直延续到了公元2世纪。那上面还记载着一个名叫奥瑞利雅·艾米利雅的真实女子,不仅她自己要按照神的特别吩咐作为娼妓侍奉神,而且她的母亲和其他的女祖先也早在她以前同样侍奉过神。刻在一个用于献祭的大理石柱上的这段公开记述表明,对于这样的生活和这样的血统关系,当时人丝毫不以为羞耻。[1]

从这一记载中可以看出,神妓首先是侍奉神的,她们神圣性正来源于此。弗雷泽接着考察了亚美尼亚、塞浦路斯的类似习俗,从而推论说:"类似的风俗在西亚的许多地区流行。不论这类风俗的动机是什么,其活动总是被明

---

[1] 弗雷泽:《阿都尼斯的神话与仪式》,中译文见《神话—原型批评》,第60—61页。

确认为对西亚的大母神服务的一种神圣的宗教义务，而不是情欲的放纵。这位女神在不同地区有不同的名字，而其性质却到处都一样。"[1]

对于这位女神的性质，布洛夫妇依据克拉莫尔的《苏美尔神话学》所提供的材料做了如下归纳："在整个这一地区的历史上，她始终是一个未婚的和色情的（erotic）形象，有无数的情人。她还被认为是维纳斯星座、晨星和晚星，能够激起所有男性的激情和本能。"[2] 看来侍奉这位女神的神妓们也当具有类似的未婚身份和性吸引力，这完全是自然而然的。这位生殖母神虽没有固定的丈夫，却有许多情人。她的情人"或为神或为凡人，他们年复一年地结为配偶，这种结合被认为是各种动、植物繁殖的关键；而且，这二神夫妇的传奇般结合又为地上的人类所仿效，繁生出在女神神庙中真实的，虽然是临时的两性结合，以便借此确保大地的丰产，人畜兴旺"[3]。

五、瑶姬、巫儿与处女祭司

经过上面一番对比考察，高唐神女的宗教背景似乎逐渐从巫山云雾中清晰地呈现出来了。在这位中国的爱与美女神的背后，我们看到的是在神庙中以肉体奉献于神的圣妓原型，正像在伊什妲尔和阿弗洛狄忒崇拜的背后那些不知名的神娼们。

不过，如果简单地把与楚王交合的神女视为一般的妓女，那就大错特错了。尽管从行为模式上看，她的言行确实类似于后代妓女题材作品中的女主人公。[4] 布洛夫妇在分析巴比伦妓女的不同等级时指出：

---

[1] 弗雷泽：《阿都尼斯的神话与仪式》，中译文见《神话—原型批评》，第60—61页。
[2] 冯·布洛、波尼·布洛：《妇女与娼妓：一个社会史》，第15页。
[3] 弗雷泽：《阿都尼斯的神话与仪式》，中译文见《神话—原型批评》，第61页。
[4] 后人咏妓诗常用高唐典故，如梁朝阴铿《侯司空宅咏妓》等。

处在最低一层的是神庙中的和其他地方的女奴，她们需将收入全部交给神庙或者她们的主人。地位稍高一些的是客店和卖淫场所中的妇女。再高一些的是艺伎或家伎，她们具有娱乐其主人的特别才能。地位最高的是神庙中的圣娼，她们是神的夫人……除过圣娼以外，看起来一般的娼妓们构成了具有特殊身份的妇女群体，这一群体被割离于社会之外，因此丧失了正常的社会地位。作为补偿，娼妓们也获得了其他妇女所没有的相对自由。[1]

这样看来，无论是《吉尔伽美什》中的神妓还是宋玉赋中的神女，她们的地位只能是作为神的夫人的圣娼，而不是一般的以卖淫为生涯的妓女。这一推断的理由，除了她们与神灵和宗庙的特殊关系之外，还因为她们都是以纯洁的处子之身而奉献于神的。

如前所说，巴比伦神庙中的神妓即供职于神庙之女巫，其另一种称呼是"女祭司"（priestesses）。根据罗伯特·布里福特在影响深远的巨著《母亲：情操与制度的起源研究》中的论证，女祭司的出现并非偶然，在世界各地早期宗教中这是一个值得注意的普遍现象。女祭司产生的共同历史条件在于高度发达的神圣王权：男性帝王们总是以现世之神的身份君临世界，他们也需要具有神的身份的女性作为配偶，通过仪式性的神婚结合，确保宇宙自然的生命延续和动、植物的繁衍与多产。[2] 女祭司的最初职能便是代表女神同圣王在仪式上进行交合，这正是亦人亦神的所谓"神女""巫女"观念的发生根源。她们以凡人之身扮演性爱女神的角色，因而充当神女、巫女的女性首先应该同伊什妲尔女神一样是未婚者。她们具有的神性特征表现在巫术和预言的能力，获得这种超自然力的代价则是她们永远失去了同凡人结婚的资格。

布里福特的上述研究使我们立即联想到中国古代文献中记述的"巫儿"，

---

[1] 冯·布洛、波尼·布洛：《妇女与娼妓：一个社会史》，第21—22页
[2] 布里福特：《母亲：情操与制度的起源研究》第3卷，麦克米兰公司1927年版，第210—213页。

她们也是不得出嫁的神职人员。《汉书·地理志》讲到古齐国风俗时说：

> 始桓公兄襄公淫乱，姑姊妹不嫁，于是令国中民家长女不得嫁，名曰"巫儿"，为家主祠；嫁者不利其家，民至今以为俗。痛乎！道民之道，可不慎哉！

这一记载十分宝贵，它足以说明处女祭司这一早期宗教现象同样出现在华夏。尽管班孟坚戴上后代的道德有色镜对这一风俗大发感慨，并且错误地将它的起源归咎于齐襄公的"淫乱"，但是借助于人类学的眼光，今人不难看出巫儿风俗的实质同以处子之身奉献于神的神妓圣娼十分接近：这些不得出嫁的"长女"们所承担的宗教职能是"为家主祠"，这不正是与人类学家们所说的"处女祭司"完全吻合了吗？如此的风俗在班固作《汉书》的公元1世纪依然盛行于齐国故地，可见其源远流长的性质。

事实上，类似于"巫儿"的处女祭司并非只流行于齐国一地，只是在不同的地域有不同的称呼罢了。像古代传说中屡见的所谓"佚女""游女""瑶女"以及古文献中提到的"尸女""女尸"等似乎均有巫儿的性质。这里特别值得注意的是，高唐神女本人又称"瑶姬"和"女尸"，这表明她正是充任神婚仪式的处女祭司。

瑶姬之名，始见于《文选》所载江淹《杂体拟潘岳述哀诗》李善注引《宋玉集》，其所述之事与《高唐赋·序》基本一致，但细节略有出入：

> 楚襄王与宋玉游于云梦之野，望朝云之馆有气焉，须臾之间，变化无穷。王问："此是何气也？"玉对曰："昔先王游于高唐，怠而昼寝，梦见一妇人，自云：'我帝之季女，名瑶姬，未行而亡，封于巫山之台，闻王来游，愿荐枕席。'王因幸之。去，乃言：'妾在巫山之阳，高丘之阻，旦为朝云，暮为行雨，朝朝暮暮，阳台之下。'旦而视之，果如其言。为之立馆，名曰朝云。"

与《高唐赋·序》相比,《宋玉集》中原有的这段记述关于巫山神女的由来做了更多的交代,这里所说的瑶女为帝之季女,未行而亡之事又见于《文选》载江淹《别赋》"君结绶兮千里,惜瑶草之徒芳"句李善注引宋玉《高唐赋》:

我帝之季女,名曰瑶姬,未行而亡,封于巫山之台。精魂为草,寔曰灵芝。

看来《高唐赋》除了现存《文选》本和已佚《宋玉集》本外,还有另外一种版本流行于唐代。李善在此所引便与前两种版本又有不同,多了"精魂为草,寔曰灵芝"一个细节,在《水经注·江水二》引《高唐赋》和《渚宫旧事》卷三引《襄阳耆旧传》中,也都有这个魂化灵芝草的说法。由此观之,瑶姬之名称的由来与这种神草灵芝有关。江淹《别赋》中称之为瑶草,用的是出自《山海经·中次七经》中的䔄草典故:

又东二百里,曰姑媱之山(李善注《别赋》引《山海经》作"姑瑶之山")。帝女死焉,名曰女尸,化为䔄草,其叶胥成,其华黄,其实如菟丘(李善引作"菟丝"),服之媚于人(李善引作"服者媚于人")。

郭璞对"服之媚于人"句的注解说:"为人所爱也;一名荒夫草。"大概女性服食䔄草后会有特别的性魅力,这一神话的观念的直接联想指向了"荒夫",似乎在暗示这种女性不可能有名正言顺的丈夫吧。这种联想自然又可以联系到瑶姬的"未行而亡"一事。什么叫作"未行"呢?闻一多、陈梦家皆认为是"未嫁"之意。陈氏申论云:

余考瑶姬未行而亡,未行未嫁也,亡逃也,谓未嫁而私奔。……瑶姬者,佚女也：古繇姚音同，《说文》引《史篇》"姚易也"，故姚亦转为佚，帝喾之二佚女，即少康之二姚，姚嬛（嬥）瑶佚皆一音之转，瑶女亦即姚女嬥女游女也。是巫山神女，乃私奔之嬥女，其侍宿于楚王，实从高禖会合男女而起。[1]

陈先生还将古齐国巫儿风俗用来作为瑶姬未嫁而奔的参证："不嫁而曰巫儿，犹宋《赋》未行而为巫女，……庄公如齐观社，《穀梁》以为尸女，……而巫山神女为帝之季女，又名女尸（即尸女），是神女即尸女，尸女即巫儿，高唐即社之确证。"[2] 以上论述表明了这样一个事实，在上古中国社会中曾广泛流行未嫁女子献身宗教的礼俗，为确认她们的特殊身份——既不同于社会上的一般女性按时出嫁，又不同于一般卖身的娼妓——不同地区的人们给她们起了许多名号，如巫儿、游女、佚女、尸女、女尸、瑶女、嬥女、姚女等。她们之所以身份特殊，并不像陈、闻等先生因循古之传说所认为的那样是"私奔"的结果，而是她们承担着在当时被视为神圣的"处女祭司"的宗教职责。她们尽职的主要方式是与现世神——帝王们进行仪式性的象征结合，这正是高唐神话所产生的宗教仪式背景。这似乎还可以解释，为什么在美人梦幻文学中为神女所光顾的对象首先是帝王，其后才轮得上凡夫俗子。

"一般说来，女祭司是那些献身于神的女性。人们设想她们至少到了绝经期以后仍然保持着处女之身，那时在个别情况下她们或许能够被允许讨个丈夫。女祭司的行为是受到严格制约的，假如她们当中有谁去了客店就将被处死。在这些处女祭司周围，神庙中还有另一个女性集团，叫 qadiltu，这些人是真正的庙妓。某些庙妓扮演一年一度的植物再生，方式是与城邦的首领

---

[1] 陈梦家：《高禖郊社祖庙通考》，《清华学报》第 12 卷第 3 期，第 446 页。
[2] 陈梦家：《高禖郊社祖庙通考》，第 455 页。周策纵先生也认为，巫山神女即是"女尸"或尸女，也就是齐俗所谓"巫儿"。见《古巫医与六诗考》，台北联经出版公司 1986 年版，第 150 页。

或男祭司性交"[1]。这是巴比伦的情况。在中国,商周以前的情况无从得知,至少就现有的春秋战国时的情况来判断,处女祭司与一般的庙妓之间的界限已不是十分明确了。换句话说,反映在扑朔迷离的楚辞民俗礼仪中,真正的神巫与一般参加仪式活动的舞女之间,已经很难做截然的区别了。越是远离最初的史前宗教背景,对于此类表演大自然阴阳两种元素结合的神婚礼仪及相关的性放纵习俗的指责和误解也就越严重。更何况在仪式上的象征的交合一旦演化为实际的性行为,所谓"处女祭司"自然难免首当其冲地遭到道德指责。把《高唐》《神女》二赋比较的结果表明,只有后者所表现的"不可犯干"的神女才更为接近处女祭司的原始身份。谁说这不是宋玉在驰骋幻想写出让处女祭司失身于楚王的《高唐赋》后所做的一种补救呢?

"高禖之祠,颇涉淫邪"。从后代的正统礼教眼光去看上古的宗教礼俗,不免会不自觉地戴上恩格斯所说的那种"妓院的有色眼镜"。在一代又一代统治者大声疾呼地"禁淫祀"运动以后,高唐观与朝云庙便被历史彻底冷落了,远古盛行的宗教礼仪只能转化为神话和梦,继续存在于文人们的幻想之中。与此相应,处女祭司的真相也就随着时光的迁移而被埋没,而齐地的巫儿古俗也被世人看成一种"淫风"之征了。神妓圣娼时代的结束是以凡妓俗娼的流行为补偿和接替的,只不过在后人眼中妓就是妓,娼便是娼,并没有什么圣俗之分罢了。

罗素曾针对神娼在西方社会中的蜕变发表过如下见解:"卖淫并非一直都被视作是受鄙弃的和见不得人的事。其实卖淫的起源是够高贵的,妓女原来是献身于神或女神的女祭司,扮演被崇拜的角色,为过往路人服务。那时,她受人尊敬,男人们利用她,也尊敬她。基督教牧师连篇累牍地对这种制度进行抨击,说这显示了异教崇拜的淫荡,是魔鬼的奸计。于是庙

---

[1] 冯·布洛、波尼·布洛:《妇女与娼妓:一个社会史》,第18—19页。

宇被关闭了，但许多地方已经存在的卖淫不仅没有消失，而且变成了赚钱的商业机构——不是为妓女们赚钱，而是为了她们的道德奴隶主。"[1]由于世人对娼妓的普遍鄙视，就连远古时代的游女、巫儿们也终于被视为同类下贱女子。看来妓在东西方的产生和演变轨迹，也是大体上一致的。从希罗多德的时代起，西方人已经用"妓院的眼镜"看待宗教性的神妓了，如卡莫迪博士所分析的，"神娼"（sacretprostitutes）这个词本身就包含着对卖淫的谴责色彩，而在西文中除此而外再没有更合适的指代有别于一般娼妓的词汇了。[2]相比之下，古汉语中倒是保留着这样的词汇，如巫儿、佚女、游女之类的通称和姚女、瑶姬之类的特指。可以肯定，这些概念在最初使用时并不带有任何贬义，反而是为人们所艳羡的美的对象。这一点，只要了解一下巫与舞相通、佚与美互训的语言现象，再看看郑交甫遇游女传说的美妙诗意，就可以心领神会了吧。

六、萧统《文选》与《高唐赋》的历史命运

然而，当以"好德"反对"好色"的儒家思想一旦成为占统治地位的官方意识，巫儿瑶姬们的命运就不再那么美妙了，她们唯一活跃的场所从高禖礼仪活动转入地下，也就是被驱赶到骚人墨客们的潜意识中去了。就连对儒教多少表现出反叛态度的开明诗人阮籍，也不免要对瑶姬与汉水游女区别对待了。后者大概符合"好色而不淫"的诗教，阮籍在《咏怀诗》第二首中便畅然重温郑交甫的美梦：

二妃游江滨，

---

[1] 罗素（B.Russell）：《婚姻与道德》，谢显宁译，贵州人民出版社 1988 年版，第 102—103 页。
[2] 卡莫迪：《妇女与世界宗教》，中译本，第 25 页。

逍遥顺风翔。
交甫怀佩环，
婉娈有芬芳。
猗靡情欢爱，
千载不相忘。

对照之下，巫山神女瑶姬只因将"情欢爱"的界限突破，毅然走向了"性爱"，阮籍便在《咏怀诗》第十一首感叹楚国兴衰的同时对她发出微词：

三楚多秀士，
朝云进荒淫。

这样一顶"荒淫"的大帽子在传统逻辑中总是与"误国"联系在一起的，于是瑶姬成了妖姬，不幸同妲己、褒姒之流混同一体了。原来这位"见礼俗之士以白眼对之"（《晋书·阮籍传》）的佯狂者阮嗣宗，在骨子里仍深深为占统治地位的礼教意识所浸染。尽管他曾公开做出醉眠美妇人之侧[1]的惊世之举，看来也只不过是叶公好龙式的"意接""神会"而已。诚如鲁迅先生所言：魏晋的破坏礼教者，实际上还是内心承认礼教的。[2]仅以"朝云"与"荒淫"的联系这一事为证，亦可知阮籍与他竭力对抗的"名教"实有千丝万缕的联系。

由于高唐神女早自魏晋时代就同"荒淫误国"的价值联想发生了联系，所以她在后人潜意识之中的反应也就变得越来越微妙。诗人们在运用这一原型的时候也自然要顾忌到意识的"检查官"的作用，从而使出改头换面、乔

---

[1] 参看刘义庆：《世说新语·任诞》。
[2] 鲁迅：《魏晋风度及文章与药及酒之关系》，《鲁迅全集》第3卷，人民文学出版社1982年版，第515页。

装伪饰等种种隐晦的办法，试图让高唐神话原有的性爱色彩变得淡化或朦胧化。唐诗宋词中屡见不鲜的"楚雨""楚梦""楚云""梦王""梦台""峡云""峡雨""云女""巫娥女"等说法，都是这方面的例子。

尽管如此，以"淫"的眼光去看高唐原型的情况还是层出不穷的。最典型的例子也许要算《集仙录》中被改头换面的瑶姬故事《云华夫人》[1]了。在此，"朝云"之名被道教化后变为"云华夫人"，是王母第二十三女，太真王夫人之妹，名瑶姬。这就使远古宗教中的处女祭司改编进道教神仙家族的谱系中去了。接着叙述这位瑶姬练神飞化之道，游东海而返，在巫山流连久之。恰逢大禹在那里治水碰到困难，向瑶姬求助。后者赐给禹召鬼神之书，使之完成大业。当禹前来造访她时，却见她——

崇巘之巅，顾盼之际，化而为石。或倏然飞腾，散为轻云。油然而止，聚为夕雨。或化游龙，或为翔鹤，千态万状，不可亲也。

禹怀疑她变化多端，可能不是真仙。后来问了童律，才知道这种变云化雨的特征正是云华上宫夫人"与道合体"的真功夫的表现。

且气之弥纶天地，经营动植，大包造化，细入毫发，在人为人，在物为物，岂止云雨龙鹤，飞鸿腾凤哉！

经过童律的这番阐释，宋玉关于"朝云暮雨"的五彩幻想完全被改造为道教神学的一种图解材料了。不仅如此，《云华夫人》篇末还煞有介事地控诉宋玉，认为他歪曲了瑶姬仙女的神圣本质：

---

[1]《太平广记》卷五十六引。

其后楚大夫宋玉,以其事言于襄王。王不能访道要以求长生,筑台于高唐之馆,作阳台之宫以祀之。宋玉作神仙赋以寓情,荒淫秽芜。高真上仙,岂可诬而降之也。有祠在山下,世谓之大仙。隔岸有神女之石,即所化也。

在道教徒把奔女瑶姬改造为贞女大仙的同时,原来那顶"荒淫"大帽子就只有由宋玉本人来戴了。这位改编古神话的道教徒还能利用民间关于神女石的传说来为瑶姬的仙化寻找实物证据,与宋玉的痴人说梦式创作相比,更显得有来历且有出处。

或许正是考虑到儒家的贬斥和道家的仙化这两种不同的倾向,《文选》所载《高唐赋》序中关于瑶姬身世的一段交代才莫名其妙地被编者或传抄者略掉了吧。

当萧统把《高唐》《神女》《登徒子好色》和《洛神》这四篇均写性爱主题的赋作收录到他的《文选》中时,可以想见他是颇费了一番斟酌功夫的:"自非略其芜秽,集其清英,盖欲兼功太半,难矣!"[1] 既然宋玉赋作已被前贤指为"荒淫",更有道教方面的"荒淫秽芜"之责,那么照实收录的话自难免后人之讥。好在选家本人也是真正的诗人,他的艺术素养和审美鉴赏力都不允许他把《高唐》等赋贬为"秽芜"一类,于是它们终于侥幸躲过了意识检察官的监控,作为从"卷盈乎缃帙"的大量作品中精选出来的"清英"之作而完整地保留在中国第一部官修文学总集之中。

不过,为了尽量减少遭非议的可能,萧统还做了两方面的苦心安排(正像当年作赋人宋玉用了两个伪装技巧):一是把这四篇性爱文学作品编排在占《文选》篇幅三分之一的"赋"类的最后一个子类,即位于第十九卷的"赋

---

[1]《文选序》。

癸"之中，而让那些歌功颂德味道较浓的汉代大赋去充斥"赋甲""赋乙"……的优先位置。这就使这几篇有"好色"之嫌的赋作不至于太引人注目，它们似乎只是作为赋史的一种附录文献，悄悄地躲在数十万言的赋类作品之最后。第二个安排是为这四篇赋归类时的命名。《文选》共收赋 57 首，按照所写题材或主题划分为 15 类，如京都、郊祀、田猎、纪行、游览、宫殿、江海、物色、鸟兽、志、哀伤等。这四篇则被命名为"情"类。萧统使用这个含义异常宽泛的概念为这些有"诲淫"之嫌的作品罩上一层伪装。倒是李善注毫不客气地指明了伪装背后的实质：

《易》曰："利贞者，性情也。性者，本质也；情者，外染也。"色之别名，事于最末，故居于癸。[1]

我们已多次提到，"色"在古汉语中是唯一可与西文中的"性"（sex）相对应的概念。李善说萧统用以分类的"情"是"色"之别名，显然是着眼于《高唐赋》等所涉及的性爱内容。在李善看来，写"色"的作品被列在赋类的最后是理所应当的，因为性爱之事早已被正统意识形态排斥到"事于最末"的次要位置上了。

不管怎么说，作为"好德"的儒家标准之对立面的"好色"之作终于因为见录于《文选》而传扬后世了。如果当时萧统把它们当作"芜秽"而淘汰的话，它们是否能够幸存下来，是很值得怀疑的。唐时尚可见到的《宋玉集》在宋以后湮没无闻一事便可作为这种怀疑的有力依据吧。这样看来，尽管有"事于最末"的委曲之处，《高唐赋》等毕竟因萧统的慧眼而留传至今。从更深远的意义上说，萧统是继宋玉之后为中国的爱与美神的保留和幸存贡献

---

[1]《文选》卷十九李善注，着重号为引者所加。

最大的人，其承前启后之功，大概怎样估价都不会太过的。

以后一千多年的中国文学史充分表明，这四篇被列于最后的赋恰恰是 57 篇赋中影响最大的。其中性爱主题最鲜明的《高唐赋》可以说是三十卷的《文选》中流传最广泛、影响最深远的作品。虽然瑶姬这一名称因《文选·高唐赋序》的省略而被相对淡忘，但是高唐神女这位中国的维纳斯却已经不可磨灭地矗立在民族集体无意识的深层，在唐诗、宋词、元曲和明清小说中留下写不尽的"暮雨"和"朝云"。

这难道不是对封建正统意识形态为她安排的"事于最末"这一位置的绝好反讽吗？

第十章

幻梦

THE TENTH PART

> 昨夜夜半，枕上分明梦见。
>
> 语多时，依旧桃花面，频低柳叶眉。
>
> 半羞还半喜，欲去又依依，觉来知是梦，不胜悲。
>
> ——韦庄《女冠子》
>
> 一方面从正常意识状态的眼光看梦的状态是无意义的，另一方面许多研究者却证明梦的意识并不缺乏意义，恰恰相反，用一种不同质的方法去考虑是可以理解的。那就是说，梦中的事件可能构成一种特殊的语言或思维风格，和正常意识状态中所通用的不相同，而且关于我们自己的非常重要的信息也许就是用这种语言来表达的。
>
> ——克雷齐等《心理学纲要》

高唐神女与维纳斯

一、引论

人类对梦的认识同对文学的认识一样由来久远，甚至更为久远。早在原始蒙昧时期，梦就被看作是有重大启示意义的神秘现象。从巫师占梦到现代的心理学和脑科学，人们对梦的看法已经发生了翻天覆地的变化。

古希腊著名占卜家阿尔特米德路斯（Artemidorus）著有《梦的解释》一书，他把梦划分为两类。一类是命题式的（theorematic），这种梦的含义与梦中意象直接对应；另一类是寓意式的（allegorical），这类梦的表现是象征性的，梦中的意象是"言此及彼"的替代符号。阿尔特米德路斯的释梦著作在西方影响深远，法国当代哲学家福柯的《性欲史》第三卷曾专辟一章，题为《快感的梦想》（Dreaming One's Pleasures），集中探讨这位古希腊人的遗产。

把梦幻现象同文学创作联系起来做系统的研究，可以说是人类在20世纪中的一项智力创举。这首先同心理分析学的创始人弗洛伊德的贡献密切相关。弗洛伊德发表《梦的解析》这部具有划时代意义的著作是在1900年，而他首次运用心理分析学的释梦理论分析文学作品是在七年以后，研究的对象是简生（Wilhelm Jensen）于1903年创作的小说《格拉蒂瓦》（Gradiva）。后来的心理分析学者们发现，弗洛伊德所选择的这部作品并不典型，它的故事情节取自戈蒂耶于1852年创作的小说《阿莉雅》（Arria Marcella），这才是弗洛伊德释梦理论的最好说明。今天，站在跨文化的立场上，把《阿莉雅》同中国古代的《高唐赋》加以对照，也许对于幻梦与文学之间的联系能有更普遍的理解。

小说男主人公屋大维斯在博物馆中看见一块熔岩，是在一个女人的胸上冷却的，还保留有该女子胸部的形状。他爱上了这早已逝去的女子，因为他是一个异教徒，梦想着未受到基督教道德浸染的古希腊罗马艺术中的女性形象。在一天晚上的睡梦中，他被带回到罗马时代，在一家剧院中观看普劳图斯的剧本演出，竟碰到了期望之中的那位化作熔岩的女人。她是罗马名妓，名叫阿莉雅。她叫奴隶把他引入家中，对他说，她恢复生命就为了他在博物馆中渴望遇见她。他清醒生命中的愿望在梦幻中实现了。谁知好景不长，一位基督教教士用驱邪的办法使阿莉雅离去。屋大维斯醒来，昏了过去。他终生爱着她，结婚以后也无法在内心忠于妻子，因为那梦魂牵绕的古罗马美女总是活在他心中。

心理学家莫达尔对这篇作品发表了如下看法：主人公屋大维斯就是作者戈蒂耶本人的化身，他借此表达了自己的异教思想，认为基督教反对爱与美的主题，梦中的罗马名妓则代表着这一主题，整个故事是潜意识愿望的实现。不仅阿莉雅，还有她那时代的整个世界就变成事实，屋大维斯通过幻想回到崇奉爱与美的异教世界里，而基督徒的干涉则使整个美梦化为泡影。作者以过去的美来反衬和对抗现在的丑恶，表现出压抑和反压抑的内心斗争。[1]

相形之下，《高唐赋》中的楚襄王虽然没有明确意识到压抑与反压抑的斗争，但他追想先王之梦从而达成自己愿望的动机是显而易见的。屋大维斯对于梦中所会的罗马美人终生不忘，而楚襄王对于高唐神女也表示出无限眷恋的情思，他派人修筑起高唐观，使飘忽易逝的梦中美神得到世人永久性的追念。两部东西方不同时代的作品在借梦幻实现愿望方面显示出共同的性质，这就使梦幻与文学之间的对应关系具有了某种全人类性的心理基础。这，正是弗洛伊德把他的释梦理论推广到文艺美学领域的主要依据吧。诚如保罗·利科所言，精神分析学家尝试梦的解释时，"能够被阐释的并不是被梦见的梦，而是梦所叙述的本文；分析就是要用另一个可称作欲望的原始语言的本文来取代这个本文"[2]。对于文学本文的阐释来说，这种欲望的原始语言的本文

---

[1] 莫达尔：《爱与文学》，郑秋水译，湖南文艺出版社 1988 年版，第 34 页。
[2] 利科：《弗洛伊德与哲学》，英译本，第 5—6 页。

依然是行之有效的吗？

本来，在《梦的解析》1900年初版序言中，弗洛伊德十分谨慎地声明，他是作为一名医生而研究梦的，"相信在这么做的时候，我并没有超越神经病理学的范围。因为心理学上的探讨显示梦是许多病态心理现象的第一种；其他如歇斯底里性恐惧、强迫性思想、妄想等也属于此类现象，并且因为实际的理由，很为医生们所看重。"[1]可是，为什么没过多久，弗洛伊德便不满足于仅仅从医生的立场、在神经病理学的范围之内研究梦了呢？理由很明显，他从对梦的解析之中发现了人类潜意识心理的奥秘，从而获得了一种重新审视人类意识及其产品（包括文学、宗教等）的全新的角度和出发点。

如果说梦是病态心理现象的第一种，那么一定还有第二种、第三种……就这样，没过多久，文学创作就同病态心理联系上了。到了1908年发表的专题论文《作家与白日梦》，弗洛伊德终于在文学与梦幻之间画上了等号，相应地，写出文学作品的那些作者也就统统被视为"白日梦"患者了。

对于弗洛伊德的这种以偏概全的方法论失误，中外学界均早已有所认识和批判。不过，如果就此而完全否定弗洛伊德的文艺观，把它说得一无是处，也不是实事求是的态度。如果说把一切文学等同于梦的观点在理论上无法成立，那么至少可以说有一部分文学作品确实具有梦幻的性质。弗洛伊德从其神经病理学的有色眼镜中去看待文学，自然不免这种以部分代全体的理论错误。假如我们吸取这一教训，在有限的作品范围之内借鉴心理分析学及其释梦原理，确实可以获得某种用别的方法所不能得到的认识和发现。在确定这种方法论立场时，我们必须看到，现代心理学对梦与幻想的研究已经获得了超越弗洛伊德病理学的新发展，越来越多的人意识到，梦幻是人类意识的一种特殊形式，其价值和心理作用是不能用常规和传统意识的尺度去衡量和判

---

[1]弗洛伊德：《梦的解析》，中国民间文艺出版社1986年版，第1页。

断的。本章题词所引用的美国心理学家克雷齐等人的教科书中的意见便是这方面的代表。另一位心理学家埃米特则提出，对普通梦和清醒梦的区分具有重要意义。在清醒梦（即做梦时能意识到自己在做梦）中，思维并未停止运作，相反，有意识的心理活动继续进行，不同的是，这种活动与外部现实没有关联。由于不再执着于正常意识对真实与虚构的区分，梦中的一切经历都被当作真实的体验，就像《红楼梦》所说的"假做真时真亦假"[1]。从这种划分来看，文学中的幻想和梦一样，都应是作家有意为之的"清醒梦"。因此，它不仅不是什么病态现象，而且具有尚待开发的未知的认知价值和心理价值。

二、中国文学中的"美人幻梦"

从比较文化的立场上看，中国传统文化以强调现世生活的务实精神而著称于世。自文学的发生期开始，这种重现实而轻幻想的文化偏向就已发生作用，其结果，一方面表现为神话幻想力的相对萎缩——上古神话零碎而不成系统，既不像古希腊神话和印度神话那样具有横向展开的神谱体系，也不像日本神话那样具有纵向展开的逻辑脉络；另一方面表现为以"不语怪力乱神"的儒家训条为代表的官方倡导的处世态度。神话幻想世界的不发达使许多古神失去了原有的人格化故事形态，化作枯槁的偶像或干巴巴的名号，爱与美女神的隐形便是其中的一例。神话的委顿又使叙事文学先天发育不良，汉族未能贡献出驰骋幻想的大史诗，却从一开始就偏爱上纯纪实性的史传文学，形成举世罕见的史书系统。与此相应，中国哲学的实践理性特征，中国科学的经验性和实用性特征，也都不约而同地指向一种定型的文化价值观：以实为正，以虚为妄。

---

[1] 埃米特（K.Emmett）：《梦中的精神活动》，美国《哲学研究》杂志，1980年卷。

然而，遭到正统思想排斥的虚构幻想并未完全窒息，它以梦幻的形式附着在经书和正史之上，默默无言地在礼教现实的缝隙中争取自身的存在和显现权力。作为文化底层的一种潜流，幻梦文学就这样由小到大地发展起来。到封建社会中期以降，随着佛教传来的印度民族想象力的刺激加大，叙事文学体裁在讲唱文学中的成熟，幻梦主题终于脱颖而出，形成蔚为大观的空前势头。在封建社会后期文学中占据着不容忽视的地位。孙楷第《中国通俗小说书目》中收录的以梦为名的作品，就有《黄粱梦》《扬州梦》《钱塘佳梦》《三梦僧记》《梦中缘》《梦月楼》《终须梦》《幻梦集》《破梦史》《巫梦缘》《寻梦记》《惊梦啼》《情梦柝》《生花梦》《梦幻姻缘》《风月梦》《催晓梦》《醒梦集》《青楼梦》《红楼梦》《红楼再梦》《红楼后梦》《红楼续梦》等等四十余种；而《中国丛书综录》中子目书名梦字打头的更多至近百种（尽管有些书并未写梦），更不用说，还有多不胜数的写梦记幻之作并未以梦或幻为标题，像《游仙窟》《枕中记》《牡丹亭》《聊斋志异》，以及冯梦龙《情史》卷九情幻类、卷十九情疑类和卷二十情鬼类所收作品百余篇，皆为此类。

　　荣格说，梦是个人的神话，神话是集体的梦。如果我们接受这种神话观，那么可以说中国文学中的幻梦创作随着时代的发展由个别到普遍，由个人到集体，在明清之际已形成整个民族特有的神话，这绝不是套用西方的"浪漫主义"概念就可以概括和解释的。

　　在西方，文学发展从神话和史诗开始，大致上经历了一种由幻想到写实的演进过程，至19世纪中后期的自然主义达到写实的极致。在中国，我们看到的情形似乎很不相同：神话的散碎和史诗的阙如使文学发生期的幻想世界未能充分展开，倒是少数个人的幻游或记梦之作如《离骚》和《高唐赋》相对弥补了这一缺失。随着文学史的进程，幻想成分不是随着神话时代的逝去而日渐减弱，反倒因幻梦创作的普及而日趋繁荣，终于在《聊斋志异》和《红楼梦》这里构成新的神话体系。这是一种非常值得深思的文学和文化现象。

本章探讨中国幻梦文学发展中一个占有中心地位的原型——美人幻梦，分析这一原型在文学史上的生成，追溯其隐蔽的宗教仪式背景，描述其发展演变的过程和线索，概括和解释其常见的置换模式，以期从一个角度窥测中国幻梦文化的生成原因。

所谓"美人幻梦"，指用幻境或梦境表达情思与性爱主题的创作类型。读过施蛰存的《梅雨之夕》或张贤亮的《男人的一半是女人》的读者对此都不陌生。冯梦龙曾把梦解释为魂之游，认为除了"至人"和"下愚"以外，常人都能在自造的梦中遇到美人。张贤亮则把这种美梦的范围扩大到一切男人，不论上智或下愚。他笔下那劳改犯住的土房里，"所有的梦中都有女人，如静电的火花，在这些男人的脑海中荧荧地闪烁"。这种说法虽有夸张之嫌，却无意中道出了美人幻梦原型在现实生活中的基础。荣格认为文学作品乃至商业广告中一切美女都受欢迎，其根源在于男性无意识心理中美人原型（Anima）的投射作用。[1] 然而，这种近乎生物主义的解释并不能说明，为什么希腊王子梦见的是海伦，而《聊斋》中书生梦见的却是嫦娥或西施、杨妃。可见，做梦虽是人类现象，梦的内容还是受到文化因素制约的。由于中国文学中的美人幻梦原型异常发达活跃，在民族集体无意识中已经催生出一种女神神话，它一方面代表着给男性带来幻梦满足的超自然力量，投射为作品中形形色色的女神、神女或仙女，如巫山神女、洛水女神、汉水女神、天上玉女、织女、玄天女、谷神女、白螺天女、后土夫人、荡口仙姝、蓬莱宫娥、洞箫美人、麻姑、湘夫人、山鬼、洞庭君女，等等；另一方面，它还借助于文化的同化作用（acculturation）改造着外来的神，使之改变性别，更适合于本民族集体无意识的需要。佛教中的观音大士在印度本为男性，传入中国后逐

---

[1] 参看叶舒宪：《探索非理性的世界》，第60—62页。

渐莫名其妙地变成一位美女，[1] 这可以说是中国文学中美人幻梦原型的文化特质及同化作用的最好说明。

美人幻梦文学中的女主角作为爱与美女神的置换变形，随着叙事文学的成熟而发展起新的神话体系，这就足以弥补了文学发生期女神神话的缺失所造成的文化空白。

三、从《高唐赋》到《洛神赋》
——美人幻梦的文学原型

探讨中国文学中情恋性爱主题的梦幻式表现传统，最具有原型价值的一部作品无疑首推宋玉的《高唐赋》。关于这篇作品和宋玉其他赋作的真伪，乃至宋玉这位作家的存在与否，正如中国文学史上对许多作家作品的聚讼一样，曾经有人提出怀疑并由此而构成一桩公案。[2] 不过，从原型批评所倡导的人类学视野上看，《高唐赋》主题的形成和它在文学史上的地位及深远影响都是必然的。即使真的不存在宋玉这样一位爱写"好色"主题的职业辞赋家，也还会出现其他的类似作家来完成类似《高唐赋》这样的作品。在从神话到文学的演变转化这一规律过程中，真正值得深思的问题也许是：为什么《高唐赋》能在中国文学史上获得惊人的成功和永久不衰的魅力？宋玉的这篇作品又是怎样为源远流长的美人幻梦文学传统开辟道路，提供表现原型的？

在以上各章中，我已指出宋玉塑造的这一神女形象在中国文学中填补了爱与美之神的空缺，造就了以幻梦形式叙写非婚性爱的创作模式，给以后两千年的中国文人留下了做不完的白日梦。现在让我们再从文学史的实际来验

---

[1] 参看张沅长：《观音大士变性记》，陈鹏翔主编：《主题学研究论文集》，台北东大图书公司1983年版，第351—362页。

[2] 参看陆侃如：《宋玉评传》；刘大白：《宋玉赋辨伪》，均见郑振铎编：《中国文学研究》上册。

证一下上述假说的可信程度吧。首先要加以列举的实例是古典文学中与云雨原型同样常见的、以"梦"字直接显示原型联系的各种典故措辞。粗略的统计便可发现如下二十多种:

1. 荆梦。谢朓《七夕赋》:"晒阳云于荆梦,赋洛篇于陈想。"

2. 荆王梦。孔范《赋得白云抱幽石》诗:"能感荆王梦,阳台杂雨归。"阎立本《巫山高》诗:"荆王梦里爱依华,枕席初开红帐遮。"周紫芝《五月二十日晚雨忽晴》诗:"荆王晓梦只须臾,神女乘鸾逐云散。"

3. 郢梦。李群玉《送萧十二校书赴郢州婚姻》诗:"马穿暮雨荆山远,人宿寒灯郢梦长。"

4. 楚梦。李白《惜馀春赋》:"披卫情于淇水,结楚梦于阳云。"李贺《巫山高》诗:"楚魂寻梦风飒然,晓风飞雨生苔钱。"刘筠《槿花》诗:"吴宫何薄命,楚梦不终朝。"

5. 楚王梦。孟浩然《送王七尉松滋得阳台云》诗:"婵娟流入楚王梦,倏忽还随零雨分。"

6. 楚殿梦。李中《云》诗:"帝乡归莫问,楚殿梦曾频。"

7. 楚国梦。李商隐《圣女祠》诗:"肠回楚国梦,心断汉宫巫。"

8. 巫阳梦。杨亿《无题》诗:"巫阳归梦隔千峰,辟恶香销翠被浓。"

9. 巫峡梦。韩琮《牡丹》诗:"云凝巫峡梦,帘闭景阳妆。"韦庄《奉和左司郎中春物暗度感而成章》:"今日尚追巫峡梦,少年应遇洛川神。"杨亿《再赋七宫》:"云气乍回巫峡梦,水嬉犹记曲池图。"

10. 云雨梦。李商隐《少年》诗:"别馆觉来云雨梦,后门归去蕙兰丛。"温庭筠《经李处士杜城别业》诗:"不闲云雨梦,犹欲过高唐。"李群玉《醉后赠冯姬》诗:"愿托襄王云雨梦,阳台今夜降神仙。"

11. 高唐梦。钱唯演《又赠一绝》:"不知谁有高唐梦,翠被华灯彻曙香。"刘鹭《槿花》诗:"虢国妆初罢,高唐梦始回。"

12. 行雨梦。贺铸《减字浣溪沙》词之六："连夜断无行雨梦，隔年犹有著人香，此情须信是难忘。"

13. 行云梦。杨亿《前槛十二韵》："行云愁梦彻，初日妒妆妍。"陈允平《水龙吟》词："妒月魂凄，行云梦冷，温柔乡闭。"

14. 雨梦。贺铸《减字浣溪沙》词之七："欹枕有时成雨梦，隔帘无处说春心，一从灯夜到如今。"

15. 襄王梦。李商隐《有感》诗："非关宋玉有微辞，却是襄王梦觉迟。"又《过楚宫》诗："微生尽恋人间乐，只有襄王忆梦中。"胡曾《咏史诗·阳台》："何人更有襄王梦，寂寂巫山十二重。"

16. 阳台梦。江总《杂曲三首》之二："阳台通梦太非真，洛浦凌波复不新。"袁郊《云》诗："荒淫却入阳台梦，惑乱怀襄父子心。"陆游《连日云兴气浊雨意欲成西南风辄大作比夜月明如昼》诗："封姨漫妒阳台梦，却付长空与素娥。"无名氏小说《杏花天》第七回："相逢恐是阳台梦。"

17. 蜀山梦。李贺《洛姝真珠》诗："金鹅屏风蜀山梦，鸾裾凤带行烟重。"

18. 巫山梦。李群玉《赠人》诗："曾留宋玉旧衣赏，惹得巫山梦里香。"陈亮《转调踏莎行·上巳道中作》词："洛浦尘生，巫山梦断。"

19. 神女梦。钱唯演《宋玉》诗："神女梦灵因赋感，屈平魂怨待招回。"王逢《宫中行乐词》："君无神女梦，妾有楚王心。"

20. 梦云。贺铸《浪淘沙》词："回首恋朋游，迹去心留，歌尘萧散梦云收。"

21. 梦雨。李商隐《重过圣女祠》诗："一春梦雨常飘瓦，尽日灵风不满旗。萼绿华来无定所，杜兰香去未移时。"杨亿《无题》诗之一："才断歌云成梦雨，斗回笑电作嗔霆。"洪昇《长生殿》第二出："此夕欢娱，风清月朗，笑他梦雨暗高唐。"

22. 梦瑶姬。唐人《巫山一段云》词："楚王曾此梦瑶姬，一梦杳无期。"

以上实例不约而同地表明一个事实：中国的爱与美女神未能像西方的维

纳斯那样以裸体雕像的明确造型固定在文化的意识层次中，而是以若隐若现、若有若无的梦幻形式潜存在亚文化的无意识层次中。每当人们试图表达类似的性爱主题时，这个幻梦原型常常是首选的最佳手段。

在这些以高唐幻梦为原型的种种措辞之中，人们不难发现另一个足以同《高唐赋》《神女赋》相提并论的重要作品也常常被涉及，那就是曹植所作《洛神赋》。上引诸例中与"阳云荆梦"相对的"洛篇陈想"；与"阳台通梦"相对的"洛浦凌波"；与"巫山梦断"相对的"洛浦尘生"，都是指同高唐神女相伉俪的洛水女神宓妃。这一形象在美人幻梦文学的发展过程中起到了推波助澜的作用，但从曹植的创作自述中可知，《洛神赋》是自觉模拟《高唐赋》的产物。尤其是用幻梦形式表达与神女欢会这一主题，曹子建可以说用尽了他那"天下八斗之才"。后人甚至把两个典故并列起来，创制出"巫山洛浦"或"巫山洛水"这样以地喻人的双重换喻，用来夸饰和描绘一种无以复加的女性美。

明杨景贤《西游记·女王逼配》："待谁来挂念，早则是桃腮杏脸，巫山洛浦皆虚艳。"清纪昀《滦阳续录·江南举子》："（女子）自是夜半恒至，妖媚冶荡，百态横生。举子以为巫山洛水，不是过也。"这两个例子都是借高唐神女和洛水女神的形象去反衬女主人公的女性魅力，其写法同西方作家笔下借用维纳斯女神反衬人间美女是如出一辙的。

不幸的是，同宋玉的"好色"之作一样，曹植的《洛神赋》在古代也曾受到怀疑和曲解，许多人认为这篇赋虽然表面上写的是与女神的幻中相会，但实际上却是作者"寄心君王"的政治寓言。宋人刘克庄《后村诗话》卷一说："《洛神赋》，子建寓言也，好事者乃造甄后事以实之。"这里所说甄后事指曹植爱恋他的嫂嫂、身为魏王曹丕王后的甄氏的传闻。所谓"子建寓言"指的是作者托词宓妃向魏王表示臣子之心。清人何焯《义门读书记》用屈原作《离骚》的政治用意来比曹植此作，他写道："《离骚》：'我令丰隆乘云兮,求宓妃之所在。'植既不得于君,因济洛川作为此赋,托词宓妃以寄心文帝,其亦屈子之志也。"[1]

在我看来,不论是自述隐情的"感甄后"说,还是"寄心文帝"的"寓言"说,都不能透彻地阐释这篇以古老神话为背景的《洛神赋》。既然作者在序中已经明言,"感宋玉对楚王神女之事,遂作斯赋",我想只有联系宋玉的《高唐》《神女》二赋,并上溯其深远的宗教礼仪和神话背景,才能从本源上求得透彻理解。

四、圣王与圣婚仪式
——美人幻梦原型的发生

在道学家们眼中,《高唐赋》与《洛神赋》虽然文辞华美,构想新奇,但都是表现非道德性爱主题的。尽管宋玉让楚王有幸在昼梦中同神女结欢,而曹植却自叹"人神道殊",不得与宓妃交接,二者表现的这种人神之恋同样发生在婚姻之外,因此都不免有"非礼"之嫌。在这种普遍的道德忧虑之下,《高唐赋》和《洛神赋》同神话礼仪相关的一个共同要素——君王之恋便被人们完全忽略了,而这一要素对于充分理解中国文学中美人幻梦传统的发生根源却是至关重要的。在下文中我们将看到,早期的美人梦幻型作品大都不约而同地让君王或与君王相关的男主人公充当同超自然的神女或仙女相恋的角色。《洛神赋》的作者曹植仅为王侯——当初本有立为太子继承曹操王位的可能,只因"任性而行,不自雕励",才被二哥曹丕夺去了这一殊荣。尽管这样,他还是在幻梦之作中以君王自居的。宓妃临别时对他所说"虽潜处于太阴,长寄心于君王"一句,便是明证。回应《洛

---

[1] 何焯:《义门读书记》,崔高维点校本,中华书局1987年版,第883页。宓妃又作"虙妃"。

神赋》序中"感宋玉对楚王神女事",曹植自拟君王以会神女的潜在意图不是和盘托出了吗?

从《洛神赋》上溯至《高唐赋》,关于同神女相会的美梦梦主是谁,也还是个历来有争议的问题。《高唐赋》序明言宋玉对楚襄王讲述的是"先王"之梦,一般认定为楚怀王。但《神女赋》作为《高唐赋》的续篇,又把楚襄王说成是高唐梦的梦主。其序云:

楚襄王与宋玉游于云梦之浦,使玉赋高唐之事。其夜王寝,果梦与神女遇,其状甚丽。王异之,明日以白玉。玉曰:"其梦若何?"王曰:"晡夕之后,精神恍惚,若有所喜,纷纷扰扰,未知何意。目色仿佛,乍若有记。见一妇人,状甚奇异。寐而梦之,寤不自识。罔兮不乐,怅然失志,于是抚心定气,复见所梦。"王曰:"状何如也?"玉曰:"茂矣,美矣,诸好备矣!盛矣,丽矣,难究测矣!上古既无,世所未见……"王曰:"若此盛矣,试为寡人赋之。"玉曰:"唯唯。"

从这段文字看,梦神女的是楚襄王,讲述这梦的还是楚襄王。最后襄王却让宋玉为之作赋。宋玉本人没有梦神女的体验,竟然也写出了洋洋大观的《神女赋》。自宋代沈括起,有一种意见认为这篇序中的几个"王""玉"弄错了位置,真正梦见神女的应是宋玉而不是襄王。时至今日,学者们似已普遍接受了这一看法。[1] 20世纪60年代初,俞平伯和袁珂二先生分别写了《宋玉梦神女,非襄王梦神女》和《宋玉〈神女赋〉的订伪和高唐神女故事的寓意》两篇文章,赞同并发挥了沈括等人的观点。我以为,《高唐赋》序和《神女

---

[1] 俞平伯:《宋玉梦神女,非襄王梦神女》,《光明日报》1961年5月21日;袁珂:《宋玉〈神女赋〉的订伪和高唐神女故事的寓意》,《光明日报》1962年8月19日;杨炳校:《楚襄王梦神女辨》,《古典文学知识》1988年第4期。

赋》序虽然都写高唐神女事，却是发生在两个不同时空中的两件事，前者写楚国先王在"云梦之台"梦神女，后者写楚襄王在"云梦之浦"梦神女。这是现存文本中记述的实况，我们没有足够的证据推翻这些记载。当然，宋玉写的这两次君王幻梦是否真有其事，是大可怀疑的。我觉得说宋玉自己像曹植一样假冒君王以梦神女，也许更能说明问题。关键之处在于，为什么曹植、宋玉都要把与神女相恋的男主人公假托为君王呢？

这个问题的破解意味着中国的美人幻梦型文学的发生之谜的揭示。让我还是从"云梦之台"和"云梦之浦"这两个相关的地点开始探讨吧。台即阳台、高台，是古代举行宗教仪式的圣地；浦即水边，同《洛神赋》故事发生地洛浦一样，也是春祭地母、高禖神的场所。宋玉让两次幻梦都发生在楚国的宗教圣地，无形中暗示了神女传说的仪式背景。在这里更富有启发性的是"云梦"这个地名。虽然当今的历史地理学家们对云梦的地望和区域范围尚有争议[1]，但先秦古书却曾把它作为楚国宗教圣地的专名。《墨子·明鬼篇》说：燕之有祖，当齐之社稷，宋之桑林，楚之云梦也，此男女之所属而观也。

这一记载十分重要。它不仅指明了当时各国祭社先祖、社稷、高禖的圣地所在，而且透露了在那些圣地曾盛行的宗教礼俗的一大特征——男女之所属而观也。陈梦家先生解释说："属者合也，谓男女交合也。观疑是馆。云梦为楚之高禖，故社亦高禖也。"[2]这就说明了当时各国的祭祀或高禖礼俗中包含着鲜明的性活动内容，无怪乎《诗经》中许多表现男女欢会主题的作品总是把背景放在具有圣地性质的桑林、桑间、桑中，或类似洛浦的水边之地，如溱与洧、淇上与淇奥、汝坟等等。不过，陈梦家把"属而观"

---

[1] 参看谭其骧：《云梦与云梦泽》，《复旦大学学报·历史地理专辑》，1981年；石泉：《先秦至汉初"云梦"地望探源》，《楚文化新探》，湖北人民出版社1981年版。
[2] 陈梦家：《高禖郊社祖庙通考》，《清华学报》第12卷第3期。

的"观"释为"馆",却难以服人。其实这里的"观"就是观看、围观的意思。《诗经·郑风·溱洧》和《老子》都反映了这种"观"的盛况。《老子》第二十章说:"众人熙熙,若享太牢,若春登台。"河上公注本作"如登春台"。这里说的"春登台"或"登春台"反映着春日祭礼异常热闹的群众性围观场面。如俞樾《老子平议》所注:"春阴阳交通,万物感动,登台观之,意志淫淫然。"民众们争先恐后去观看的是什么呢?《溱洧》一诗说是男女欢会的无限快乐:

溱与洧,方涣涣兮。士与女,方秉蕑兮。女曰"观乎?"士曰"既且。""且往观乎!洧之外,洵訏且乐。"维士与女,伊其相谑,赠之以芍药。

《诗序》谓此诗"刺乱。兵革不息,男女相弃,淫风大行"。朱熹则说是"淫奔者自叙之词"。清人方玉润试图从地方风俗的角度说明此诗是"郑风淫"的活标本,他说:"此诗人自叙其国俗如此,不必言刺而刺自在。想当郑国全盛时,士女务为游观。莳花地多,耕稼人少。每值风日融和,良辰美景,竞相出游,以至兰芍互赠,播为美谈,男女戏谑,恬不知羞。则其俗流荡而难返也。在三百篇中别为一种,开后世冶游艳诗之祖。圣人存之,一以见淫词所自始,一以见淫俗有难终,殆将以为万世戒。不然,'郑声淫'为圣王所必放,而又何存乎?"[1]这些评语虽道学气十足,毕竟还点到了一个事实,即春季的男女欢会与游观是上古留传下来的风俗,"流荡而难返也"。从诗中所言"观"的内容,对照《老子》和《墨子》所记,可以确证"男女之所属而观"指的就是春祭礼仪上男女交合及众人围观的习俗。

在后人眼中,此类礼俗的原有宗教意义早已湮没无闻了,因此难免被视

---

[1] 方玉润:《诗经原始》,中华书局 1986 年版,第 226 页。

为"淫风"的表现。如果我们放弃这种传统的道学有色眼镜，参照人类学所提供的跨文化材料，也许能够真正理解这种性爱礼仪活动的实质。

弗雷泽在追溯维纳斯女神的原型时发现，其前身为西亚地母兼爱神易士塔。巴比伦人祭祀易士塔及其配偶神阿都尼斯的新春礼仪活动便以男女交合为重要内容：

人们常常在同一时间内，用同一行动把植物再生的戏剧表演同真实的或戏剧性的两性交媾结合在一起，以便促进农作物的丰产，动物和人类的繁衍。对他们来说，生命和繁殖的原则，不论就动物而言还是就植物而言，都只是一个不可分割的原则。[1]

按照交感巫术信仰，农作物的丰产与人类自身的生产不仅遵循着同一原则，而且二者之间可以彼此促进，相互感应。因此，古巴比伦每年春分举行新年庆典之际，部落男女集合于野，一方面是保证人类社会的生殖绵延和大地回春、万物复苏的集体性交，另一方面是象征参加庆典者死而复活的成年人社礼[2]。参照西亚的这种情况，我曾把中国"社稷"崇拜看成是易士塔与阿都尼斯神话在华夏文明中的对应物。"可见，农业社会的宗教仪式虽因文化区域的不同而有不同的名目，但其实质仍然是相通的。可以推测，上古华夏一定也有过类似易士塔与阿都尼斯的神话，只是由于先秦早熟的理性精神，这类神话被政治化和历史化了，而对这男女二神的崇拜却延续下来，成为封建国家的象征。[3]"社稷一旦被政治化抽象为国家的象征，其原有的性爱礼仪活动也自然逐渐消解，只剩下《周礼》中关于仲春男女相会、奔者不禁的

---

[1] 弗雷泽：《阿都尼斯的神话与仪式》，中译文见《神话—原型批评》，第50页。
[2] 叶舒宪：《神话·仪式·风俗·文学》，《广州师院学报》1985年第1期。
[3] 叶舒宪：《探索非理性的世界》，第32页。

干巴巴条文,以及《诗经》中士女相戏的情诗,《楚辞》中游"春宫"和"求女"的文学母题。凡此种种,当然都是发生在"云梦"的梦会神女故事的有效参证,因为墨子已告诉后人,楚之云梦恰相当于齐之社稷和宋之桑林,那都是保留春祭古礼和性爱欢会习俗最突出的地方。

值得注意的还有,春祭礼仪虽然伴随有集体性的男女交媾,但是仪式表演的核心人物却只有两位,那就是模拟谷神或天父、代表着宇宙间阳性生命力的国王和模拟爱神或地母、代表着宇宙间阴性生命力的女祭司。由于他们二人的性结合是整个春祭礼仪的核心内容,所以人类学家和宗教史家们给此类春祭仪式起了一个美好的专名——圣婚仪式(Sacred marriage)。如果说圣婚仪式外围的集体性欢会是理解《诗经》情诗发生的民俗土壤,那么圣婚仪式上的男女主角则是透析美人幻梦文学起源的最佳起点。[1]

至此可以解释,早期美人幻梦创作总是让君王充当男主人公,原来是有其仪式根源的。至于幻梦中的女主人公,我已在上章中讨论巫儿与处女祭司时做了说明,这里可补充的是,古时所谓"游女""佚女""尸女"或"女尸"等等,似乎多少都有巫儿的性质。尤其值得深思的不是那些无名的巫儿们,倒是美人幻梦文学中最早的两位女主人公——巫山神女与洛神宓妃。

且不论巫山神女能化形为云雨的超自然能力正相当于女巫呼风唤雨的特殊功能,仅从"巫山"这一命名上就已暗示了她与"巫儿"的内在联系。她的另外两个别名瑶姬与女尸,更加清楚地显示了她是充任圣婚仪式主角的处女祭司。《文选》所载江淹《杂体拟潘岳述哀诗》李善注引《宋玉集》一段文字,与《高唐赋》序相似,唯多了一句神女自我介绍:"我帝之季女,名瑶姬,未行而亡,封于巫山之台……"这里的"未行而亡"是什么意思呢?陈梦家释为未嫁而逃亡;闻一多解为未嫁而死,化为䔰草。两种说法虽异,

---

[1] 关于"圣婚仪式"的论述,参看本书第3章第5节。

但在确认瑶姬的"未嫁"身份上仍是一致的,这就从旁证明了巫山神女完全符合处女祭司的条件,从而为考察美人幻梦文学的远古仪式根源又提供了一条线索。

瑶姬之瑶,据闻一多说与婬、嬲相通,"言以淫行诱人也"[1]。看来这个名字本身便是以圣婚仪式的性爱内容为喻的象征符号。瑶姬的后继者宓妃之名也是如此。曹植《洛神赋》只说她是"河洛之神",并未交代她的出身。李善注引《汉书音义》补充了这一缺憾:"宓妃,宓羲氏之女,溺死洛水,为神。"这同"未行而亡"化为神女的瑶姬何其相似。更为要紧的是宓妃的出身,她的父亲宓羲正是与女娲相配的大神伏羲。"伏羲之伏一作宓,羲一作戏,当以宓戏二字为正,后世所谓秘戏图,是其义也。唯宓当训合,非隐密之谓。"[2] 宓戏既然是性交的隐语,他的女儿宓妃不也就是性爱的象征符号吗?难怪《洛神赋》的抒情主人公因不能同她"交接"而深以为憾。随着象征隐义的逐渐淡化乃至失传,宓妃就从一位性女神转化为古人理想中的女性美之标本了。

五、帝王性爱与凡人情恋
——美人幻梦原型的前期发展模式

在审美意识已高度自觉的汉魏之际,美人幻梦的代表作《洛神赋》最突出的特色,显然正是对女性美的诗化表现,其中的性爱因素相比之下已退居次要地位了。不过,同一位宓妃女神,在上古神话中至少同一位君王有过梦中的性爱关系,记载这次梦中欢会的文字虽然极为简略,但从男主人公的生活年代上看,可以视之为文学史上第一位梦交神女的圣王,他就是善射大英

---

[1] 闻一多:《古典新义》,《闻一多全集》第2卷,第552页。
[2] 闻一多为陈梦家《高禖郊社祖庙通考》所作跋,《清华学报》第12卷第3期。

雄后羿。《楚辞·天问》中有这样一个疑问："帝降夷羿，革孽夏民，胡射夫河伯，而妻彼雒嫔？"王逸注："雒嫔，水神，谓宓妃也。……羿又梦与雒水女神宓妃交接也。"为什么冒充君王的曹植未能与之"交接"的宓妃水神，善射的英雄羿就能与之"交接"呢？这一问题关系到美人幻梦文学的两种前期表现模式，我试将它们概括为"帝王性爱型"与"凡人情恋型"。

造成这种性爱与情恋之差别的是幻梦男主人公的身份：只有具备帝王身份的男性才有资格在梦中与神女交合。这种身份的限制完全是由远古圣婚仪式所决定的，直接脱胎于这种仪式的早期美人幻梦作品也未能突破这一界限。同《高唐赋》中的楚先王一样，后羿本人也是天帝从上天派下来"革孽夏民"的圣王。据《左传》等古书的说法，他曾在夏朝时的有穷国当国君，后来被臣下寒浞所害。其实就连他的善射本领，也可以看作是某种性特权的隐喻。他除了曾"梦与宓妃交接"外，还曾强占了一位叫纯狐的黑美人。屈原《离骚》把羿的这一行径看成是贪淫者失王位的历史教训：

羿淫游以佚畋兮，
又好射夫封狐。
固乱流其鲜终兮，
浞又贪夫厥家。

此处所言"射封狐"不指狩猎，而指猎艳。封狐乃化身美人的狐精，即《天问》所说的玄妻纯狐。"射"字在此作为性爱的隐语，参照《楚辞·招魂》中"二八侍宿，射递代些"一句钱钟书先生的解释可以为证。[1] 此外，高禖祀典上弓矢的象征作用也可说明这一点。

---

[1] 钱钟书：《管锥编》第 2 册，中华书局 1981 年版，第 631 页。

高禖祀礼的这种象征性表明它的原始形式就是圣婚仪式，而弓矢的象征意义也有助于理解善射英雄君王羿的神话：这位先于楚王而充当了美人幻梦文学中第一位男主人公的夏代帝王，他的名字"羿"，从造字表象看，就是两支并列向下的箭，他的神射手身份也是阳性生命力的象征。[1]这对于认识"帝王性爱型"美人幻梦作品的特征是不无启示的。

属于帝王性爱型的早期作品还可以举出关于赵武灵王的传说。据《史记·赵世家》记载，赵武灵王有一次出游大陵：

他日，王梦见处女鼓琴而歌曰："美人荧荧兮，颜若苕之荣。命乎命乎，曾无我嬴。"异日，王饮酒乐，数言所梦，想见其状。吴广闻之，因夫人而内其女娃嬴，孟姚也。孟姚甚有宠于王，是为惠后。

这个传说之所以远不如高唐神女故事那样为后人所艳称，大概是帝王梦中的美人化虚为实，成了王后的缘故吧。这样一种世俗的结局虽然为帝王们本人更加喜爱，却完全破坏了美人幻梦文学特有的虚幻和浪漫气氛，这正是诗人和史家两种不同的处理方式的结果。赵王梦处女的传说充其量只是史传文学中一段小插话，其艺术感染力是无法同宋玉之作相提并论的。

若从占梦术的角度看，赵武灵王梦会美人是他实际得到美人一事的预兆。日本学者出石诚彦把这个传说看作是"与后来事实关联的梦的故事"[2]，正是着眼于梦与梦的应验之间的因果关系。梦的现实应验阻碍了幻想发挥的可能性，也就等于预先堵塞了读者的"阅读期待"对故事进行幻想再造的途径。史家试图利用占梦心理来解说历史事件的神秘原因，这是使帝王性爱型美人幻梦作品后来流于平庸的一个不利因素。

---

[1] 叶舒宪：《英雄与太阳》，第105—106页。
[2] 出石诚彦：《中国上古史籍中梦的故事》，《支那神话传说研究》，中央公论社昭和十八年版，第645—668页。

这种平庸化的另一个例子是北魏圣武皇帝遇天女的故事。它的开端颇似高唐故事，但结尾却大异其趣。故事说圣武皇帝率数万人马田猎于山泽，看到天车列队而下，中间拥着一位美人：

帝异而问之。对曰："我天帝女，受命相遇。"遂同寝宿。旦请还，曰："明年周时，复会此。"言终而别去，如风雨。及周岁，前所田处，果复见天女，以所生男授帝曰："此君之子也，善养视之，子孙相承，当世为帝。"语讫而去，子即世祖也。[1]

故事中的帝王白日做梦般的看到天女降临的幻景，天女同高唐神女一样，也是主动要求与王好合的，不过却把她的主动性解说为"受命相遇"，似乎比单纯的欢会更显得有一种神圣使命感。两人之间没有经过任何情感上的交流，为完成使命而直接进入"寝宿"阶段。如此一位天女，实在不能给读者多少美的感受。临别时嘱王明年再会，并非出于恋情，而是为了送交儿子，为帝王家世传承香火。这不能不说是生殖崇拜的原始主题在美人幻梦文学中的"借尸还魂"。在这种思想情趣的平庸化之中，幻梦故事蜕变成为帝王世系确认神圣血统的感生传说，生育主题已把原有的性爱主题几乎吞没殆尽了。

以上两则平庸化的帝王性爱型作品从反面说明了高唐故事作为这类作品高不可及的范本，是怎样奠定了它在文学史上的地位的。这两个次生的帝王传说还表明，这一类型的作品已经走向了末路，改变这种不利局面的唯一希望在于：破除由圣婚仪式遗传下来的陈规，使凡人也像帝王一样有幸梦会神女。这，正预示着美人幻梦文学在六朝以降的后期发展趋向。

---

[1] 张英、王士禛等编：《渊鉴类函》卷三百二十引《后魏书》。

初期的美人幻梦文学还有另一种类型：凡人情恋型。前文中提到的《洛神赋》当属此类最杰出的代表。作者虽然在赋中自拟君王，但毕竟未能如愿同神女交接，这正表明了凡人情恋型美人幻梦的普遍特征：着重描写对神女或美人的倾慕与痴恋，而不去直接表现性爱活动。唯其如此，此类作品往往用不着罩上白昼做梦的伪装，而是突出一种可望而不可即、如梦又如幻的境界。尽管曹植承认了他对宋玉赋作的自觉继承，但是这类凡人情恋型的幻梦作品却还有另外两个潜在的源头：一是《诗经》中游女之恋，另一是《楚辞》中的"求佚女"。二者的共同点在于男主人公身为凡人，求女未得。

游女之恋的最著名作品是《诗经·周南·汉广》。全诗分三章，首章写男主人公对朝思暮想的汉水游女的可望而不可求，二三章编织出婚娶游女的幻想以求自慰，然后再让"不可求"的现实打破自造的美梦：

南有乔木，不可休思。汉有游女，不可求思。汉之广矣，不可泳思。江之永矣，不可方思。

翘翘错薪，言刈其楚。之子于归，言秣其马。汉之广矣，不可泳思。江之永矣，不可方思。

翘翘错薪，言刈其蒌。之子于归，言秣其驹。汉之广矣，不可泳思。江之永矣，不可方思。

对于诗中所求游女，历来有不同看法。有人认为是人间女子，更多人认为指汉水女神。本诗的背景是汉水之滨，同洛浦或云梦之浦一样，是举行社祭或高禖礼的所在。这里的游女具有类似于巫儿、高唐神女的宗教身份是可想而知的。据推测，江汉之间古时曾有大片洪积区，形成了很大的水网地带。本诗所叹无法逾越的"汉之广"和"江之永"，连同《大雅·江汉》所说"江汉汤汤"，都是古时云梦泽的真实写照。[1]可见《汉广》求游女同《高唐》《神女》二赋梦神女的事件都发生在同样的宗教背景之中，以同样的原始圣婚仪式为幻想源头。楚先王之所以同神女有了性爱关系，而《汉广》男主人公只能望江兴叹，原因还在于圣王与凡夫之间身份的不同。好在无缘与游女"圣婚"的凡夫能够在想象中安排一场迎娶游女的俗婚幻相，在"之子于归"的假想情境中陶醉片刻。这也可看作是对圣王性特权的一种间接挑战吧。

凡人情恋型的美人幻梦把不可求的性爱置换为男主人公单向度的倾慕思恋，这就开辟了美人幻梦原型的诗化表现先例，其影响之深远似不亚于高唐性爱型。汉儒三家诗说引出的《汉广》一诗的故事依据"郑交甫遇汉水女神"，在我看来并非《汉广》所本，反倒是诗化的美人幻梦的一种派生传说。《诗大序》评《汉广》说："化行乎江汉之域，无思犯礼，求而不可得。"显然是把这种求而不得的情恋写法看成符合礼法道德的了。朱熹《诗集传》就此发挥说："文王之化自近而远，先及于江汉之间，而有以变其淫乱之俗。故其出游之女，人望见之而知其端庄静一，非复前日之可求矣。"[2] 从前日之"可求"到今日之"不可求"，在朱熹看来是由"淫"到礼的进化，这倒从反面透露出凡人情恋型幻梦作品产生和流行的一个重要契机：礼法道德对任何非婚姻之爱的排斥与禁锢。正因为性爱的自由（可求）在礼教现实中被完全排除，所以只能在现实原则的彼岸——幻梦艺术中求得代偿性的表现。这种代偿表现的根本置换原则就是以情代性或以情喻性，以免"犯礼"的嫌疑。黄永武先生在《诗经中的"水"》一文中提出，周人崇尚礼乐，《诗经》中的水，除了少数直赋自然景象者外，大都具有比兴象征作用，即作为"礼"的象征。《汉广》所咏不可越过的汉水江水，正是不可犯的礼之象征。由于江汉的阻隔，反使游女婷婷的风神，神圣地

---

[1] 宋焕文：《试谈云梦泽的由来和变迁》，《求索》1983年第5期。
[2] 朱熹：《诗集传》卷一，上海古籍出版社1958年版，第6页。

可望而不可即。追求者的低回流连，游女的贞洁绰约，都因"礼"的自制，才显得整个风气如此淳美。至于那吟唱着"在水一方"的伊人的《秦风·蒹葭》，用水代表礼教大防，意旨更为玄奥灵妙。[1]这一见解对于思考凡人情恋型幻梦文学的入幻机制，从反面提供了有益的启示。

从以上讨论中可以明显看到，美人幻梦文学前期发展的两种类型同周秦礼教的兴盛具有同步关系。帝王性爱型作品的庸俗化倾向和凡人情恋型作品的诗意化倾向同样与礼的制约作用密不可分。事实上，就连"礼"本身也经历着由"淫"向"不淫"的转化。现存礼书中所记载的圣王籍田礼，在我看来正是原始圣婚仪式到了礼教文明中的一种象征置换形态。原有的圣王与女祭司之间实际的交合行为变成了象征性的天父地母婚配行为。《礼记·月令》说，在孟春之月，东风解冻，"乃择元辰，天子亲载耒耜……躬耕帝籍。"还说："是月也，天气下降，地气上腾，天地和同，草木萌动。"可见在古人心目中，孟春之月是"天地和同"的时候，大自然生命的萌动也被视为天地交合的作用结果。"天子"作为阳性天父在世间的代表要"躬耕帝籍"，这正是与地母交配的象征表现。如原型理论家威尔赖特所言，耕田、播种与性交之间的象征对应关系具有跨文化的普遍性，在各农耕文明中均有表现。据此不难看出，圣婚仪式是怎样经过象征替换，转化为排除了实际性爱内容的籍田礼仪的。

结合着圣婚仪式演变为籍田礼仪的过程，可以更透彻地理解美人幻梦文学的早期发展。其中最关键的一点便是性爱主题的象征化或虚幻化。凡人情恋型作品如何以情换性，从而使性主题掩藏到象征的背后，已如上论。就连帝王性爱型作品也还是遵循象征化的置换原则的，因为梦幻本身就是一种象征，正像籍田礼也是一种象征那样，只不过其隐显程度有所差异而已。

---

[1] 黄永武：《诗经中的"水"》，《诗经研究论集》，台北黎明文化有限公司1981年版，第405—415页。

在转入美人幻梦原型的后期发展之前，我们可以用图解的方式对其发生和前期发展的主要线索概括如下：

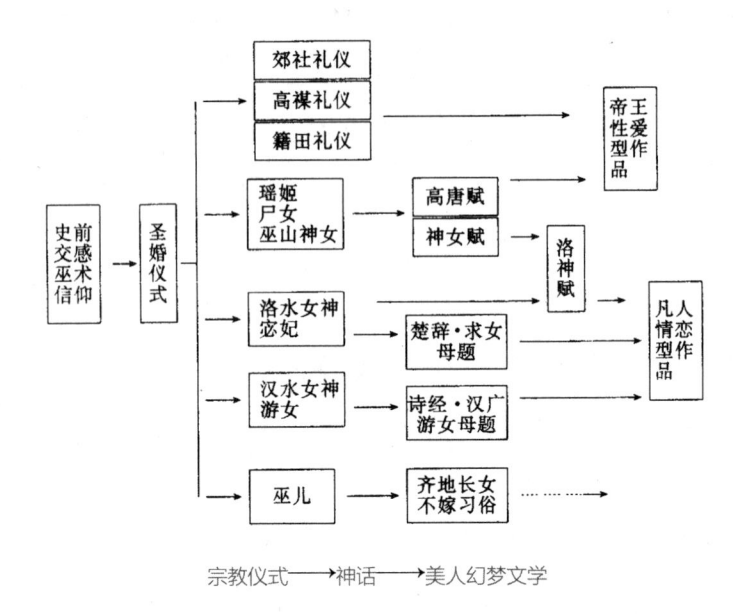

```
                    ┌─ 郊社礼仪 ─┐
                    ├─ 高禖礼仪 ─┼──────────→ 帝王性爱型作品
                    ├─ 籍田礼仪 ─┘
                    │
                    ├─ 瑶姬／尸女／ ──→ 高唐赋 ┐
                    │  巫山神女        神女赋 ┼→ 洛神赋 ┐
史前交感巫术信仰 → 圣婚仪式 ┤                          │         │
                    ├─ 洛水女神 ──→ 楚辞·求女母题 ──────┤         ├→ 凡人情恋型作品
                    │  宓妃                                      │
                    ├─ 汉水女神 ──→ 诗经·汉广游女母题 ───────────┘
                    │  游女
                    └─ 巫儿 ──→ 齐地长女不嫁习俗 ……→
```

宗教仪式 ──→ 神话 ──→ 美人幻梦文学

六、隔水伊人与异女荐枕
——美人幻梦原型的发展演变

美人幻梦原型的后期发展大致可以从汉魏至南北朝的交替时期算起，至今已有约1700年了。这期间的作品与前期相比有很大的变化，出现了错综复杂、难以归类的局面。不过从原型批评的"置换变形"（displacement）原理着眼，美人幻梦文学的千变万化，归根结底主要是男女主人公身份的改变和性格的多样化。梦会神女的男性不必再是君王皇帝，而是形形色色的凡夫俗子。他们所幸会的女主人公也不再限于具有宗教背景的神女、游女，而可以是仙女、龙女、女鬼、狐女、妖女、花精、民女或妓女。这些女主人公虽然在身份、地位、性格、气质诸方面有着千差万别，但是那些知名或不知名的作者总是有意识或无意识地按照美神原型所提供的范本，将她们描绘为足以使男主人公为之倾倒、获得超常满足的美女形象。就此而言，所有这些出现在男人梦中或幻觉中的美人，大都可以视为高唐神女的后代分身、化形、投射或再现。

与前期的两种类型相联系，可以按照文学体裁形式上的主要差异，把后期美人幻梦文学大致划分为二类：一类是在诗、词等抒情作品中表达的美人幻梦，它基本上直接承袭着前期的凡人情恋型而发展，演变为一种更为成熟和诗意化的表现传统，我借用《诗经》中的语汇，把它命名为"隔水伊人"型。另一类是在小说等叙事文学中表达的美人幻梦，它主要上承帝王性爱型作品而展开，其根本特征是不满足于情恋的抒写，而刻意表现男主人公性爱欲求的幻梦中实现，因此可称之为"异女荐枕"型。

隔水伊人型的美人幻梦作品或是直接借题发挥，围绕着几部具有原型性的前期作品展开幻境；或是自创新境，着重抒发一种"美人如花隔云端"的思慕怅惘之情。前者如梁武帝《戏作》：

宓妃生洛浦，游女出汉阳。妖闲逾下蔡，神妙绝高唐。绵驹且变俗，王豹复移乡。况兹集灵异，岂得无方将。长袂必留客，清哇咸绕梁。燕赵羞容止，西妲惭芬芳。徒闻珠可弄，定自乏明珰。[1]

后者如李白《古有所思》：

我思佳人乃在碧海之东隅。海寒多天风，白波连山倒蓬壶。长鲸喷涌不可涉，抚心茫茫泪如珠。西来青鸟东飞去，愿寄一书谢麻姑。[2]

---

[1] 徐陵编：《玉台新咏》卷七。末句"珠"原作"殊"，今据吴兆宜注改。
[2]《李太白全集》卷四，中华书局1977年版，第240页。"佳人"一作"仙人"。

诗中所说"麻姑"是道教理想中的美丽仙女，王琦注引《神仙传》说她"年可十八九许，于顶上作髻，余发散垂至腰，光彩耀目，不可名状"。李白为创造出美人幻梦的新奇境界，借用了这位仙子。与梁武帝《戏作》中一味回想原有的美人原型相比，自然显得别具一格。唐代诗人在发展这种"隔水伊人"型的美人幻梦创作中，可以说是八仙过海，各显神通。

尤其以李贺和李商隐二人的诗作最富有特色。就连以写实见长的诗圣杜甫，也不免偶尔加入美人幻梦的创作行列中来，试看他的《寄韩谏议》一诗：

今我不乐思岳阳，身欲奋飞病在床。美人娟娟隔秋水，濯足洞庭望八荒。鸿飞冥冥日月白，青枫叶赤天雨霜。……[1]

杜甫和李白的诗作表明，发端于《诗经》的隔水伊人型表现手法已经得到进一步的改造和补充，特别是在表现美人远隔的时空距离方面，原来的实写变成了极为汪洋恣肆的夸张式描写，这自然使幻想的世界变得更加阔大和雄奇。与此同时，幻中美人的性爱色彩逐渐淡化，日趋变为某种理想境界的象征，这种高度诗化和理想化的美人幻梦同传奇小说中那些突出表达性幻想的美人幻梦作品恰恰构成强烈的对照，呈现为两极分化的不同走向。

异女荐枕型的美人幻梦创作最初是以重温高唐旧梦的形式在魏晋辞赋和南朝宫体诗中传承下来的。志怪和传奇这样的叙述体裁一旦出现在中古以降的文学史上，便很快取代了辞赋和宫体诗，把这一类型的美人幻梦推向新的境界。重温高唐旧梦一类的辞赋在建安时代流行一时，当时至少有四位知名

---

[1]《全唐诗》，上海古籍出版社1986年版，第526页。

作家因袭宋玉而作《神女赋》，他们便是杨修和建安七子中的王粲、陈琳、应玚。可惜他们的四篇《神女赋》无法企及宋玉的同名作，在后世没有什么影响。

梁朝太子萧统在编《文选》时，在众多的取法《高唐赋》和《神女赋》的后代作品中，唯独选中的一篇便是《洛神赋》。大约同时的徐陵所编《玉台新咏》诗集中，倒是收罗了不少回味高唐梦的宫体诗。如沈约的《梦见美人》：

夜闻长叹息，知君心有忆。果自阊阖间，魂交睹容色。既荐巫山枕，又奉齐眉食。立望复横陈，忽觉非在侧。那知神伤者，潺湲泪沾臆。[1]

与隔水伊人型作品不同的是，异女荐枕型作品虽然也表现好梦难再的惋惜和感伤，但那是性爱欢会之后的回味与追想，绝不同于单向度的倾慕爱恋。

表现欢会后的追想之情的著名作品是刘义庆《幽明录》所记刘晨、阮肇入天台山逢仙女故事。他们二人在仙境中过了半年多，享尽了口福与艳福。回到人世才发现已过了七代，物是人非。于是再上山寻觅仙境，却无法第二次如愿了。李商隐《无题》诗说"刘郎已恨蓬山远，更隔蓬山一万重"，就把欢会后的追想与求之不得的"远隔"母题结合在一起了。在唐宋以降的诗词中，这个幻中逢仙女的故事被人们反复引用和吟唱，其影响之广，大概仅次于高唐洛浦和汉皋解佩的传说。好事者还专门制成了题为《阮郎归》的词牌，对这一次难以追回的美梦做永久性的纪念。

传奇小说历来被看作是与高雅的诗词相对的低俗文学。像荐枕侍宿这样有伤大雅的韵事却更适合在小说中出现。本来在抒情性作品中无法直接表现

---

[1] 徐陵编：《玉台新咏》卷五。

的情节终于在叙述的展开中得到充分的表现，这也许可以从一个侧面说明美人幻梦原型在唐传奇中空前受欢迎的原因吧。另外一个更重要的原因是：异女荐枕型的幻梦创作彻底打破了它的前身——帝王性爱型作品对男主人公身份的限制，使无数平民百姓均能享有昔日帝王的美梦。《云溪友议》中关于李德裕的一段佳话很能说明这种要求打破禁忌的呼声如何回响在一代又一代平民男子的心中。李德裕镇渚宫时曾作诗云："自从一梦高唐后，可是无人胜楚王！"句中取楚王而代之的无意识动机已经呼之欲出了。段成式读此诗后竟不顾面子点破了李公的用心，使他顿觉"大惭"。然而，不像李德裕那样好面子的男子却大有人在。六朝时贾善翔作《天上玉女记》，便记述了魏济北郡一位小官员同天帝派下凡的玉女梦中相会，并且有胆量把这一婚外性关系保持了七八年之久。《八朝穷怪录》所记南齐贵公子萧总在游明月峡时所遇美女不是别人，正是楚王当年幸会的巫山神女。在一夕云雨缘之后，巫山神女还以玉指环相赠，对萧总说："此妾常服玩，未曾离手，愿郎穿指，慎勿忘心。"楚王之灵地下有知，可真会大生妒心了。

唐代的作家为自己争取做美人梦的权利比六朝人更进了一步。作者不仅自为梦主，而且在选择对象上也似乎随心所欲，无所顾忌。沈亚之作《秦梦记》，讲他本人在梦中遇见秦穆公的女儿弄玉，让弄玉的丈夫死去，自己被招为乘龙快婿。托名牛僧孺的《周秦行纪》也是自扮主角，叙述他如何幸会薄太后和杨贵妃的亡灵，宴饮之后召来王昭君伴寝。这美梦确实做得有些出格了。李群玉《黄陵庙诗》就更大胆了，公然与上古圣王舜的二妃调情，这是古人想都不敢想的。宋人刘克庄《后村诗话》批评说："庸人叙述奇遇，……唯沈下贤《秦梦记》、牛僧孺《周秦行纪》、李群玉《黄陵庙诗》皆揽归其身，名检扫地矣！"看来礼教名节不仅仅监控着士人的现实生活，就连他们释放潜意识冲动的梦想也是要受干预的。

礼教意识对幻梦的控制和干预直接导致了一种妥协性的叙述结构：男女

主人公以幻梦中的奇遇或云雨之欢开始,以为社会所认可的婚姻的缔结而告终。这种发乎奔止乎婚的变体故事在前引赵武灵王与娃嬴的传说中已露端倪,到了唐传奇中发展成熟,出现了一些影响较大的作品,甚至传为后人常用的典故。如裴铏《传奇》中的《薛昭》一篇便是此例。故事中的男主人公是负罪在谪途中的犯人,因受用天师所赐药丸而致幻,夜宿当年杨贵妃故居兰昌宫时,有三美人来访并宴饮,席间一美人提议:"今夕嘉宾相会,须有匹偶,请掷骰子,遇采强者,得荐枕席。"结果杨贵妃侍女云容(鬼魂)获胜,后与薛昭结为一对人鬼夫妻。这部作品成功地将"露水夫妻"的性奇遇引向了白头偕老的大团圆结局。这一改动对于那些苦叹艳遇难再、幻梦易逝的男性心理来说,确实提供了让幻想延续、以假为真的持久保证。与此同时,人神幽会的母题也向奇幻姻缘的故事方向转化。婚外的私通关系在被纳入合法婚姻的正轨之后,可以免遭礼法舆论的指责,获得更大范围的传播和再创造的机会。宋话本中的《兰昌幽会》、金院本中的《兰昌宫》、元杂剧中庾天锡的《薛昭误入兰昌宫》,都是直接从《薛昭》中获取的题材和灵感。从原型置换的角度看,从高唐云雨到兰昌幽会,不过是同一主题的重心转移,即从性爱转向婚配而已。唯"荐枕席"的原始细节依然丝毫未变。这种发乎奔止乎婚的变体故事,可以看作是发乎情止乎礼的正统诗教对美人幻梦的一种改造吧。

美人幻梦小说在唐代发展的又一特征是,除了性爱欲望的满足之外,又增添了满足其他人生欲求的副部主题。试看《阎陟》一篇:

> 阎陟幼时,父任密州长史。陟随父在任,尝昼寝,忽梦见一女子,年十五六,容色妍丽,来与己会。如是者数月,寝辄梦之。后一日,梦女来别。音容凄断,曰:"己是前长史女,死殡在城东南角。明公不以幽滞卑微,用荐枕席。我兄明日来迎己丧,终天永别,岂不恨恨。今有钱百千相赠,以伸

允眷。"言讫，令婢送钱于寝床下乃去。陟觉，视床下，果有百千纸钱也。[1]

  这部作品的叙述模式依然脱胎于《高唐赋》序。男主人公先"昼寝"，后借昼梦入幻境，美人主动"来与己会"，性爱获得满足后照例是美人诀别，其中"用荐枕席"似为"愿荐枕席"之误，连语汇都沿用高唐神女，可谓唯妙唯肖了。所不同者，在此主动"荐枕席"的女主人公虽也"容色妍丽"，但其身份已由神女置换为"鬼女"了，传统的人神恋主题也因此而变形为"人鬼交"，在后来的小说创作中又派生出若干亚型，影响之深远，尤其表现在《聊斋》和《阅微草堂笔记》之中。再者，美人辞别时以钱相赠的新增情节，同高唐神女同楚王以"朝云暮雨"相期的原有情节相比，显然是失之毫厘，差之千里。在此一改动中失落的是诗意盎然的浪漫情愫，而得到的只是现实功利的庸俗考虑。与其说这是"浪漫"被"现实"替换，不如说是"实惠"对诗化梦幻的亵渎。一旦"铜臭"的气息侵入到幻梦之中，必然会在性爱满足之外增加新欲望——金钱的获得，科举的成名，仕途的升迁等等。所有这些欲求，可以说是除了美人之外，封建社会中每一个男人都曾朝思暮想的，而在现实社会之中又绝非每人都能得到的，这些实现不了的功名富贵之欲求，梦幻文学当然责无旁贷地要给予兼顾，附带加以解决。

  唐代小说《李湜》比前举《阎陟》在这个方向上大进了一步。故事说：

  赵郡李湜，以开元中谒华岳庙，过三夫人院。忽见神女悉是生人。邀入宝帐中，备极欢洽。三夫人迭与结欢，言终而出。临诀谓湜曰："每年七月七日至十二日，岳神当上计于天，至时相迎，无宜辞让。今者相见，亦是其时，故得尽欢尔。"自尔七年，每悟其日，奄然气尽。家人守之，三日方悟。

[1] 戴君孚：《广异记》；又见《太平广记》卷二百八十。

说云灵帐璃筵，绮席罗荐。摇月扇以轻暑，曳罗衣以纵香。玉珮清泠，香风斐亹。候湜之至，莫不笑开星靥，花媚玉颜。叙离异则涕零，论新欢则情洽。三夫人皆其有也。湜才伟于器，尤为所重，各尽其欢情。及还家，莫不惆怅呜咽，延景惜别。湜既悟，形貌流液，辄病十来日而后可。有术士（语）湜云："君有邪气，为书一符。"后虽相见，不得相近。二夫人一姓王一姓杜，骂云："酷无行，何以带符为？"小夫人姓萧，恩义特深，涕泣相顾，诫湜三年勿言，"言之非独损君，亦当损我。"湜问以官，云"合进士及第，终小县令。"皆如其言。[1]

　　封建社会中的一夫多妻制在西方人心目中似乎以中国为最，但实际情况差别甚大。有唐一代多妻制格外发达。"法律允许纳妾，并且不限人数；纳妾在社会上十分普遍，即使小家小户，一妻一妾也是常有的事。法律之外，还有蓄养外室——'外妇''别宅妇'的风气，也就是不居于主家的妾；唐玄宗时曾多次下诏禁止置'别宅妇'，并将官员们的别宅妇没入宫中作为惩诫，可见风气之盛。"[2] 受到这种世风的直接浸染，美人梦幻文学把男主人公的艳遇对象从一扩充到三，也就是情理之中的了。李湜看来出身贫贱，莫说三妻六妾，就连一妻一妾也与他无缘吧。如白居易诗所说："黄金不惜买蛾眉，拣得如花三四枝。"如花似玉的美人原来是需要大量"黄金"去买的。黄金的获得除了继承遗产之外，主要靠官场腾达。而像李湜这样初出茅庐的一介寒士，如何拼搏方能按部就班地走完"科举—升官—发财—美女"的现实人生之路呢？传统的梦幻文学为李湜提供了一条终南捷径：不是用仕途和金钱去获得美女，而是借与美女艳遇的机缘去求取仕途的成功。这可真是欲望达成的一种倒因为果和倒果为因！于是乎，寒士李湜不仅仅在一次谒华岳庙的

---

[1] 戴君孚：《广异记》；又见《太平广记》卷三百。
[2] 高世瑜：《唐代妇女》，三秦出版社1988年版，第74页。

偶然机缘中同时与三位神女夫人"迭与结欢",一夕之间实现了"多妻"美梦,而且因此而得到神女的福佑,考中了进士,当上了县令。这不能不说是做梦人的一箭双雕或锦上添花。

现实人生的经验通过代代相传的俗语不断告诉人们:福不双至,祸不单行。可是美人梦幻文学却反其道而"成"之,在性爱的虚幻满足之上又添加了仕途的虚幻成功。这种变结果为原因的叙述模式一旦定型,就自然发生了反客为主、后来居上的作用,使美人梦幻文学原有的性主题退居为副部主题,金榜题名和飞黄腾达反倒成了第一主题。这两个主题彼此之间的相互照应和相互依存,成为唐以后小说戏剧的中心内容之一。元杂剧中以马致远《青衫泪》和郑光祖《王粲登楼》为代表的恋爱与功名的幻梦模式,便应溯源于唐传奇中的二重主题。到了明清之季小说创作的高潮时期,这种美人加功名的二重主题已经成为众所遵循的基本叙述法则,像蒲松龄《聊斋志异》这样的文言小说集,完全可以视为美人幻梦文学传统的集大成之作。对此,我将在下章中做个案分析,这里仅就另一篇著名作品略加评述。

七、《辽阳海神传》:美人幻梦的后期标本

明人蔡羽所作文言小说《辽阳海神传》可视为美人幻梦文学的后期标本。从中可以清楚地看到宋玉的赋序如何经历千载传承之后,仍然能派生出洋洋洒洒的叙事佳作。小说开端讲述商人程宰经营不利赔了钱,无颜面归家见父老亲人,只好屈尊为他人当伙计以糊口度日:

辽阳天气早寒,一夕风雨暴作。程已拥衾就枕,苦寒思家。揽衣起坐,悲歌浩叹,恨不速死。时灯烛已灭,又无月光,忽尽室明朗,殆同白昼。……少顷,又闻空中车马喧闹,管弦金石之音自东南来。初犹甚远,须臾已入室

矣。回眸窃视，则三美人，皆朱颜绿鬓，明眸皓齿，约年二十许。冠帔盛饰，若世所图画后妃之状。遍体上下，金翠珠玉，光艳互发，莫可测识。容色风度，夺目惊心，真天人也。前后左右，侍女数百，亦皆韶丽。或提炉，或挥扇，或张盖，或带剑，或持节，或捧器币，或秉花烛，或挟图书，或列宝玩，或荷旌幢，或拥衾褥，或执巾帨，或奉盘匜，或擎如意，或举殽核，或陈屏障，或布几筵，或奏音乐。虽纷纭杂沓，而行列整齐，不少错乱。室才方丈，数百人各执其事，周旋进退，绰然有余，不见其隘。门窗皆扃，不知何自而入。俄顷，冠帔者一人前逼床，抚程微笑曰："果熟寝耶？吾非祸人者，子有凤缘，故来相就。何就疑若是？且吾已至此，必无去理，……"程私计此物灵变若斯，非仙则鬼。果欲祸我，虽卧不起，其可逭乎？且彼已有凤缘语，抑或无害。遂推枕下榻，匍匐前拜曰："下界愚夫，不知真仙降临，有失虔迓，诚合万死，伏乞哀怜。"美人引手掖程起，慰令无惧。遂与南面同坐，其二人者东西相向，皆言今昔之会，数非偶尔，慎勿自生疑阻。遂命侍女行酒进馔，品物皆平生所未睹。才一举箸，珍美异常，心胸顿爽。……酒阑，东西二美人起曰："夜已向深，郎夫妇可就寝矣。"遂为襄帷拂枕而去。其余侍女，亦皆随散。凡百器物，瞥然不见。门又尚扃，不知何自而出。独留同坐美人，相与解衣登榻，则帷褥衾枕，皆极珍奇，非向之故物矣。程虽骇异，殊亦心动。美人徐解发绾髻，黑光可鉴，殆长丈余。肌肤滑莹，凝脂不若。侧身就程，丰若有余，柔若无骨。程于斯时神魂飘越，莫知其所为矣。已而交会才合，丹流浃藉，若喜若惊，若远若近，娇怯宛转，殆弗能胜，真处子也。程既喜出望外，美人亦眷程殊厚。因谓："世间花月之妖，飞走之怪，往往害人，所以见恶。吾非若比，郎慎勿疑。虽不能有大益于郎，亦可致郎身体康胜，资用稍足。倘有患难，亦可周旋。但不宜漏泄耳。自今而后，遂当恒奉枕席，不敢有废。"[1]

---

[1] 吴曾祺：《旧小说》第十四卷，戊集一。

小说接着叙说程宰与美神如此夜夜欢会达七年之久，因程失言归乡省亲，美人挥泪离去，行前相约来生再聚蓬莱仙岛。从发展的眼光来看，《辽阳海神传》将传统的美人幻梦推向了一个新境界：作者把男性欲望在白日梦中的幻想性扩张完全如实记述下来，甚至连想象中的具体细节亦毫发毕现，无所不至其极。仅仅罗列美人的侍女阵容就一连用了18个"或"字，不厌其烦地渲染铺张，给读者以身临其境之感，以期达到同享美梦之功效。至于先写口舌之尝珍馐，后叙人神之性奇遇，乃将人类"食色"二欲的幻想满足表达得无以复加。作者叙事描写之间虽不免流露出一种市民的庸俗之气，但他能将人神之间的性与爱表现到如此程度，确实颇费了一番苦心。从全篇悲欢离合，先惊后喜，继而乐极生悲的情感变幻来看，可以说是美人梦幻文学史上不可多得的作品之一。

从性心理学的高度来判断，《辽阳海神传》比之一般的幻梦类作品显然具有更强烈的宣泄和疏导作用。男主人公同超凡绝伦的神女连续七年夜夜欢会，这种近乎狂妄的幻想在作者笔下有如历历在目。篇末交代写作经过时，作者叙说早先听闻这个故事尚且半信半疑，后来在不同场合屡有所闻，甚至有机会与梦主程某面谈，于是完全确信此事并非子虚乌有。他还举出眼见为实之证说："程故儒家子，少尝读书，其言历历，具有原委。且年已六旬，容色仅如四十许人。足征其遇异人无疑。"我看大概是由于该传的强烈感染力和宣泄功能才使得当时人信以为真的吧。如霭理士所言，就性梦的作用来看，"梦境越是生动，而色情的成分越是浓厚，则生理上引起的兴奋越大，而醒后所感觉到的心气和平也越显著。"[1]

《辽阳海神传》对于探讨女神神话在中国文学中晚生现象亦不无启示。

---

[1] 理士：《性心理学》，潘光旦译，三联书店1987年版，第132页。

如前文所说，上古女神神话残缺且过早地趋于非人格化，但是通过幻梦文学的长期积累，女神神话越到后来越发完整和成熟，蔡羽的这篇小说便是明证。本章引论部分所涉及的幻梦的认知价值问题，似可结合这部作品得到进一步说明。就叙述境界的扩大和描写的逼真细致而言，有意识的幻想能力在这里发展到相当惊人的程度。它通过对神女原型的激活，创制出新的海神形象并使之得到唯妙唯肖的人格化表现，这就足以显示"清醒梦"即自觉幻想所特有的"造神"功能。清人钱绮《鬼神论》对于人心的这种致幻造神功能做了如下解释：

鬼神生于人心，自为不易之论。……然人心至灵，心之所结，无形而若有形，无声而若有声，古圣王因人心而制为祭祀，以作其不忍不敢之心，俾无形无声中犹且致其爱敬与畏，以报生成之德，以严幽独之防。[1]

钱氏此番议论可谓中国古代的宗教和神话心理学的观点，正可与现代心理分析派的"投射"说相对应。幻想中的神女仙女鬼女们都可由此而解释为"心之所结"的产物了。从宋玉的赋作到《辽阳海神传》和《聊斋志异》，中国文人的幻想造神能力确实已经获得了长足的发展，达到了令人瞩目的境界。与此同时，从理论上认识和总结这种幻想心理能量的尝试也在明清之季普遍出现了。除了上引钱绮之说，明代冯梦龙在这方面亦颇有卓见。他在《情史·汰王滩诗》篇后评曰："古云'思之思之，鬼神通之'，盖思生于情，而鬼神亦情所结也。使鬼神而无情，则亦魂升而魄降已矣，安所恋恋而犹留鬼神之名耶！"[2] 冯梦龙在此把心结致幻说具体化为情结致幻说，这无异于一种以情为基础的神话心理发生观点，其与心理分析学的情结说似乎多少有些近似

---

[1] 钱绮：《钝砚卮言·鬼神论》。
[2] 冯梦龙：《情史》，岳麓书社1986年版，第248页。

之处了。

八、《红楼梦》：美人幻梦的消解

用中国封建社会末期最伟大的文学著作《红楼梦》来结束本章对美人幻梦文学的历史描述，也许是最恰当不过的了。

一个显著的理由是，《红楼梦》既是以写幻梦而著称的长篇小说，又是实际上消解了幻梦文学传统的划时代作品。这里不拟对它的方方面面展开讨论，仅就它在美人幻梦文学史上的特殊意义略做说明。尽管在《红楼梦》之后，各种各样的仿作、续作层出不穷，乃至在清代后期掀起幻梦之作的小高潮，但是从文学发展的原型意义和自身逻辑上看，《红楼梦》堪称封建社会中的文人幻梦创作的登峰造极之作。曹雪芹巧妙而深沉地运用了以梦解梦、以幻消幻的方式，从实质上完成了现实与虚构间的等同。

从叙述规模上看，《红楼梦》中的女儿国大观园，作为一种虚幻世界，[1]实际上乃是美人幻境的发展极致。作品的整体结构暗寓着一场空前惊人的破灭之梦，但在叙述展开过程中又不时地穿插着种种具有预兆或暗示意义的具体的梦。第五回贾宝玉神游太虚幻境，表面上看是以新奇的形式重述传统的美人幻梦——那美貌非凡且"司人间风情月债"的警幻仙姑分明是爱与美女神高唐神女的仙化置换，她让宝玉所受启蒙教育也是以性启蒙为核心内容的——实际上却在幻梦之中暗含着对幻梦的解构：警幻仙姑虽然有着道教仙女般的外在形象，并且像高唐神女那样授人以"云雨之事"，但骨子里却是佛教色空观和宿命论的化身。她为宝玉举行的缤纷多彩的启蒙仪式的实质在于，用以欲止欲的方式教他看破红尘：

---

[1] 参看余英时：《红楼梦的两个世界》一文，《中国思想传统的现代诠释》，江苏人民出版社1989年版，第340—356页。

今……引子前来，醉以美酒，沁以仙茗，警以妙曲，再将吾妹一人，乳名兼美表字可卿者，许配与汝。今夕良时，即可成姻：不过令汝领略此仙闺幻境之风光尚然如此，何况尘世之情景呢？[1]

可惜宝玉对这深奥的人生哲理不可能一下子领会，梦醒后照旧在情天孽海中挣扎，直至小说结束前，才由一位和尚的催眠致幻术拯救过来。那是第一百一十六回，和尚使宝玉陷入睡梦，这睡梦之深沉使全家人都误以为是死神降临了。梦中的宝玉再次目睹了太虚幻境中的景象，重新体验了性启蒙的初次经历。在象征着死而复活的梦醒之际，大彻大悟的宝玉终于脱胎换骨般变为一个新人："他的念头一发更奇僻了，竟换了一种，不但厌弃功名仕进，竟把那儿女情缘也看淡了好些。"[2]

就这样，《红楼梦》在结局处自我解构了它自己编织的人生美梦；非但如此，《红楼梦》的自我解构也同时宣告着古典文学中美人幻梦传统的消解：在蒲松龄那里尚且是幻梦追求对象的"功名仕进"与"儿女情缘"，在开悟的宝玉眼中已经失去往昔的价值和吸引力，变成若有若无的镜花水月了。两千年来主宰着男人幻梦的那些美色与功名，那些洞房花烛和金榜题名，那些颜如玉和黄金屋……在《红楼梦》的终场时均已化作白茫茫大地一片真干净！

《红楼梦》便是这样用幻梦的形式消解了幻梦，又在传统幻梦消解的废墟之上，构造出人生若梦的新神话。无论是《聊斋》的欲遂人愿式入世神话还是《红楼梦》的以欲止欲式出世神话，作为反映着集体之梦的两种人生出路，同样具有十足的中国特色。

---

[1] 曹雪芹：《红楼梦》，人民文学出版社 1964 年版，第 65 页。
[2] 曹雪芹：《红楼梦》，人民文学出版社 1964 年版，第 1465 页。

九、文化与心理的阐释

在结束本章之前，我还想从文化与心理两方面对中国古代美人幻梦文学做总结性阐释。

就人类学意义而言，以幻梦形式表达爱欲主题并非中国文学所独有。古希腊文学中有一类写性爱的"梦书"（dream books），其大胆程度令后人赧颜。[1] 不过，后世西方文学中幻梦之作并不十分发达。

为什么美人梦幻型的作品在中国古代异常发达兴旺？也许《圣经》伊甸园神话所暗示的"禁果效应"可以权且充当最简便易得的现成回答。如英国哲人罗素所言，从心理学角度看，人对性的欲望完全与对食物和水的欲望相似。"人对性的欲望由于禁欲会大大增强，由于满足会暂时得到减轻。一个人的性欲望急迫时，他会将世界上其余的一切都排除在精神领域之外，而其余的一切兴趣都将暂时褪色。"[2] 中国古代文学中梦幻题材的突出表现也许正可以归因于礼教文化禁欲倾向的结果吧。在以"存天理，灭人欲"为公开号召的正统意识形态中，性爱主题自然会被视为淫邪猥亵，因此而遭到社会官方舆论的强烈谴责，为一切道貌岸然的正人君子们所不齿。但是社会礼教的这种过度压抑并不能从根本上灭绝人的自然欲望，只能迫使其改变方向和方式，以更加强烈的反抗性要求得到释放和宣泄。而梦幻文学恰恰在礼教初起的先秦时代应运而生，这似乎绝不仅仅是偶然的巧合。正当儒家圣人们精心炮制服务于父权制封建社会的伦理纲常之际，在孔子公开宣布"女人与小人"难养的性别歧视信条之后不久，被讥为"无行文人"的宋玉却偏偏塑造出一个主动要求同男子性交的美神形象，并且对她的诗意存在表现出无限的

---
[1] 汉斯·利希特：《古希腊的性生活》，英译本，第258页。
[2] 罗素（B.Russell）：《性在人类价值中的地位》，《婚姻与道德》，中译本，第196页。

倾慕和向往。可见礼教道德同美人梦幻的同时共生性确实暗示着二者之间在逻辑上似有某种因果或依存关系。

　　从当代女权主义的立场上看，不论是礼教道德还是美人梦幻，其最终的根源都在于父权制文化中男人的心理需要。一方面，男人出于对女性性欲的恐惧和憎恶，要求把女性视为尤物或妖魔，对她们严加提防和压制，制造出一系列性别歧视的伦理规章，如三从四德之类；另一方面，男人又希望能尽情地满足自己的性欲，不论这种满足是现实的还是梦幻的。于是，在帝王们合法地拥有三宫六院和士大夫们合法地占有三妻四妾的同时，在梦境或幻觉之中与神女、仙女、妖女或妓女艳遇的浪漫故事也就一个接一个地被创制出来了。又由于礼教纲常的现实压迫已经在相当程度上改变了女性的人格，驱使她们走向"贞"和"烈"的病态趋向，所以男人特别需要在梦幻中期遇与现实中不同的女性形象，希望她们体现出那种未经礼教摧残和扭曲的自然天性，尤其是在性和情感方面的主动与奔放。于是乎，自巫山神女以降，"愿荐枕席"型的美人在幻梦文学中代不乏人，形成男性幻想定势中渴求的对象。像《白蛇传》中的白素贞、《聊斋》中的狐仙和鬼女，直到现代小说家苏曼殊笔下的所谓"西洋型女子"，乃至当代作家塑造的种种"诱惑型新女性"，均可投合这种定型化的无意识期待。如美国性学家佩珀所说："在男人的观念和经验中，女性大都说'不'而不说'是'；对于大多数男人来说，真正倾注性爱和情感的女性实际上为数极少。"[1]

　　现实与幻想就这样成比例地齐头并进。一方面是女性在礼教现实压迫下日趋被动和麻木；另一方面是美人在幻梦投射中愈发主动和奔放。一方面是官方正史中烈女数量的与日俱增；另一方面是稗官小说中奔女形象的层出不穷。中国古文化史上，为贞女烈妇所树起的表彰牌坊与文人幻梦中异常发达

---

[1] 佩珀（T.Perper）：《性别符号：爱的生物学》（*Sex Signals: The Biology of Love*），美国 ISI 出版公司 1985 年版，第 176 页。

活跃的妖姬美人，数千年来相映成趣，构成有充分"国粹"价值的两大文化奇观。

从心理功能上看，美人幻梦的意义也只有同礼教现实相联系才能更好地揭示出来。现代心理医学认为，梦幻现象具有自我治疗和心理整合的作用，它能弥合愿望与现实间的鸿沟，维持意识与无意识间的平衡态。[1]从这一意义上看，中国的美人幻梦文学正是在满足广大读者心理需要的前提下才得以存在、延续和繁荣的。那些大同小异的梦在文学意义上优劣有别，但其心理功能却大致相同：以虚构情境宣泄被抑制的人生基本欲求，使主人公——更确切地说是作者和读者——克服内心张力，消解焦虑，恢复或重建人欲与天理之间的平衡。就此而言，在文化上相互对立的美人幻梦与礼教道德在心理整合的意义上却是彼此依存的。詹天游《赠粉儿词》有句云"不曾真个也销魂"。从某种意义上说，美人幻梦以虚幻的满足替代了现实的不满，无形中也多少起到了维护礼教现实的作用。

当然，也有例外的情形。那就是过度耽溺于幻梦以至于无法同现实相妥协。除了人们熟知的《红楼梦》中的贾瑞，还可举出宋人洪迈《夷坚甲志》卷十八所记黄汝能少子为例。这位青年因思念巫山神女而患上妄想偏执症，变得状若痴呆，最终竟然"跪膝于窗下，以衣带自绞死"。看来，美人幻梦虽如良医名药有自我治疗之效，但掌握不好度量也会致人死命的。

---

[1] 帕罗波（S.R.Palombo）：《梦怎样运作：心理治疗中梦的功能》（*How the Dream Works: The Role of Dreaming in the Psychotherapeutic Process*），斯里普（S.Slipp）编：《动力心理医学中的治疗因素》，纽约，1982年版，第223—242页。

第十一章

补偿
——《聊斋》神话解读

> 漫向风尘试壮游，天涯浪迹一孤舟。
> 新闻总入《鬼狐史》，斗酒难消磊块愁。
> ——蒲松龄《感愤》
>
> 一个健康的人，即一个没有意识到自己有病的人。
> ——J·罗曼《医学的胜利》
>
> 当弗洛伊德在他七十岁的诞辰庆祝会上被誉为"无意识的发现者"时，他放弃了这个权利，认为无论自己对系统理解无意识做过怎样的贡献，荣誉都应归功于那些文学大师们。
> ——特里林《艺术与精神病》

THE ELEVENTH PART

高唐神女与维纳斯

一、狐鬼与性爱：原型的改造

读过《聊斋志异》的人都对作者创造的那个狐、鬼世界留下深刻印象。那是一个与现实世界十分相似的，但又有着本质差别的虚构世界。公式化的文学史书籍总是把蒲松龄构想的这个奇异世界说成是"浪漫主义"的表现，而西方学者们则倾向于把这个狐、鬼的世界视为"神话"和"超自然"的幻想世界。英国汉学家沃纳（E.C.Werner）所编《中国的神话与传说》（1922）便收录了《聊斋》故事的英译文五篇；1976年由牛津大学出版社出版的本杰明（Benjamin Chia）选译的《聊斋》则题为《中国的超自然（supernatural）故事》。

有迹象表明，《聊斋志异》这个现在通用的书名并非作者最初的命名，而是后人所附会而成的。康熙十年（1671）春，蒲松龄应邀在江苏宝应县做幕宾，其间写了一首题为《感愤》的诗（见本章题词），其中提到的书名是《鬼狐史》，可见这才是《聊斋志异》一书的本名。乾隆三十一年（1766），山东赵起杲在浙江睦州为州判时刊刻《聊斋志异》，其例言中也说："是编初名《鬼狐史》，后先生入棘围，狐鬼群集，挥之不去。"看来早在作者生前时就已同鬼狐结下了不解之缘：写《鬼狐史》的人竟成了狐鬼们"群集"、投奔的真正知音。

在《聊斋志异》的幻想世界中出现了种种超自然存在形式：神、仙、精、妖、灵怪、狐、鬼。其中最引人注目的恐怕还是狐与鬼，这不仅仅表现在狐与鬼的题材在400多篇故事中所占的比例较大，更突出地表现在狐、鬼与蒲松龄的中心主题——性爱之间的关系至为密切。

狐、鬼、性这三者的相互关系在中国文学中是一种由来久远的原型性联系。而蒲松龄却通过他的幻想世界的构造对这种原型性联系进行了一场具有革命性的改造，使之获得了完全不同的价值倾向和思想蕴涵。因此，要真正领会蒲松龄的苦心孤诣，还需首先了解狐、鬼与性的原型性联系的发生和演变情况。

作为男性中心文化中的一种文学现象，狐、鬼与性的联系首先是从男人的角度提出的，带着强烈的性别歧视和偏见。这种性别偏见的最典型表现在于，狐、鬼与性之间的意义关联是通过狐、鬼与女性之间的相互混同来表达的。在这种三位一体的表达模式中，狐与鬼作为超自然存在物的两种形式，本来就是一而二、二而一的。因为这里所涉及的与"性"有关的狐，已经不是纯粹自然意义上的一种动物，而是一种类似于鬼怪或妖精的超自然生灵。为了区别起见，人们通常称之为"狐精"或"狐狸精"，偶尔也有"狐仙"或"狐神"的雅号。

那么，这种超自然的狐如何同鬼发生了关联呢？许慎《说文解字》释"狐"字时隐约透露了一点消息：

狐，妖兽，鬼所乘也，有三德。其色中和，小前大后，死则丘首。从犬瓜声。

从许慎的解说中可知，至少在汉代狐已被当成了妖兽，而且是鬼的行动之媒介。狐就这样与鬼结下了不解之缘。《山海经·海内经》说北海之内的幽都之山有玄狐蓬尾，则是把玄狐与阴间地狱相联系的例子，因为幽都在上古时又是阴间的别称。阴间作为鬼的活动区域，中外皆然，无须论证。此外，坟墓也是鬼蜮的主要处所，亦与狐的出没密切相关。干宝《搜神记》卷十八提到燕昭王墓前的斑狐，像鬼一样能化形变幻。有一回化作一位"总角风流"的书生，同大学者张华讨论文章，张华叹曰："天下岂有此年少，若非鬼魅，则是狐狸。"[1]这里的狐狸已经几乎是鬼魅的同义语了。《本草纲目》集解

---

[1] 干宝：《搜神记》，中华书局1979年版，第219页。

引陶弘景语云："狐出北方及益州，形似狸而黄，善为魅。"这就把狐与鬼的一个本质上的相同之点"魅"把握住了：狐和鬼都能化做人形以迷惑人。这正是一切狐鬼故事的构思基础。

就常情而论，狐或鬼的化做人形本来是两种性别都有的。但与性主题相关的化形者却大多为女性。这大概同"媚"这个专属于女性的概念与"狐"和"鬼"的定向联想有关。就与性爱相关的早期的鬼故事而言，学者们已经发现了这一现象：

这些爱情故事的女主角一定是鬼，男主角一定是人；从来没有一篇男鬼与女人的爱情小说，或女鬼与男鬼的爱情小说。[1]

与性爱相关的狐魅故事也有完全类似之处，即总是狐化为女人同男主人公发生关系。在这类故事中，作者所表达的价值倾向和主题思想也相对形成了固定的模式。如美国汉学家爱伯哈德所说：

……它（指狐）最主要的特点是作为色情的象征。两千多年来，数百个故事讲到有个书生在夜晚读书时，一个迷人的美丽少女来到他房间，与他相爱。她每日朝逝夕来，书生便越来越虚弱。直到后来，一个道士告诉书生，这美女是个狐狸精，她要吸干他的精气，以变成仙狐。[2]

按照这种常见模式创作出来的狐鬼性爱故事已经给化形美人的狐鬼们赋予了特定的价值联想：狡猾、淫荡、阴险、媚惑。明代小说家许仲琳在民间

---

[1] 叶庆炳：《魏晋南北朝的鬼小说与小说鬼》，卢兴基选编：《台湾中国古代文学研究文选》，人民文学出版社1988年版，第251页。

[2] 爱伯哈德：《中国文化象征词典》，中译本，第123页。

传说和讲史话本基础上创作的《封神演义》，便将导致商纣亡国的美人妲己塑造成这样一种具有妖媚和惑乱本性的九尾狐精。影响所及，现代汉语中的"狐狸精"一词，已经成为专指淫荡妖媚女子的隐喻了。袁珂先生曾指出，《封神演义》的这种观念在六朝时期便已定形。他举出的例子是，流行的童蒙读物《千字文》"周伐殷汤"句李逻注，已将妲己解作九尾狐[1]。李为六朝时人，可见美女与狐的文学认同由来已久。再往上溯，甚至在先秦时代便可看到这种观念的端倪了。《左传·昭公二十八年》所述"鬓黑而甚美"的黑美人玄妻，先为夔的妻子，后来夔被后羿所灭，又做了后羿的妻子，最终与寒浞合谋杀了后羿。这位害夫的妖女在《天问》和《路史·后纪十三》中都被称做"纯狐"。闻一多说"纯"字与"玄"字声近意同，均指黑。顾颉刚等先生认定这个玄妻纯狐便是个黑色狐精。[2]这自然使我们想到《山海经》所述幽都之山的那个玄狐，她作为阴间力量的化身，自然要当阳界英雄们的天然克星。蒋骥《山带阁注楚辞》引纬书《湘烟录》云："嫦娥，小字纯狐。"如果此说不诬，那么窃不死之药而奔月的美女嫦娥原来就是致英雄后羿于死地的黑狐精[3]！如此看来，狐狸精化美人的观念早自神话时代已经产生了。

葛洪《抱朴子·玉策记》云："狐及狸狼皆寿八百岁，满三百岁暂变为人形。"按照此种"变形"规律，谁知世间美女有多少是狐狸所变的呢？鉴别的主要标准大概就是媚或淫与否了吧。《搜神记》卷十八引《名山记》云：

狐者，先古之淫妇也，其名曰"阿紫"，化而为狐。

《初学记》卷二十九引郭氏《玄中记》亦云：

---

[1] 袁珂：《中国神话传说词典》，上海辞书出版社1985年版，第14页。
[2] 参看顾颉刚、童书业：《夏史三论》，《古史辨》第7册。
[3] 叶舒宪：《英雄与太阳》，第103页。

千岁之狐为淫妇，百岁之狐为美女。

《太平广记》卷四四七引《玄中记》云：

狐五十岁，能变化为妇人。百岁为美女，为神巫。或为丈夫与女人交接。能知千里外事。善蛊魅，使人迷惑失智。千岁即与天通，为天狐。

这些说法大同小异，但足以表明狐的形象在古人心目中既有神秘的色彩，更多的是与美女和淫妇的联想。如钱钟书先生谓，古来以狐为兽中黠而淫之尤，传虚成实，已如铁案。[1]

值得注意的是，在这一千古冤案"传虚成实"的过程之中，一些赫赫有名的男性大诗人也起到了添油加醋或落井下石的作用。唐代的白居易就写过一篇通俗易懂的《古冢狐》，其词曰：

古冢狐，
妖且老，
化为妇人颜色好。
头变云鬟面变妆，
大尾曳作长红裳。
徐徐行傍荒村路，
日欲暮时人静处。
或歌或舞或悲啼，

---

[1] 钱钟书：《管锥编》第 2 册，第 822 册。

翠眉不举花颜低。
忽然一笑千万态，
见者十人八九迷。
假色迷人犹若是，
真色迷人应过此。

这首诗用以讹传讹的方式突出了狐妖变美女并且"假色迷人"的传统主题。宋代诗人苏舜钦作《猎狐篇》时，虽主要是写实叙事，却也再度因袭了这一传统主题：

老狐宅城隅，
涵养体丰大。
不知窟穴处，
草木但掩蔼。
秋食承露禾，
夏饮灌园泒。
暮夜出傍舍，
鸡畜遭横害。
晚登埤堄坞，
呼吸召百怪。
或为婴儿啼，
或变艳妇态。
不知几千年，
出处颇安泰。
古语比社鼠，

盖亦有恃赖。

……

鉴于狐女特有的这种妖异害人的联想，民间总是将狐作为与人类为敌的恶的化身。在西方，与女人相联系的恶的动物化身主要是蛇。鹰蛇之战的原型主题反映着西方文化中男性战胜妖女的古老传说。与此相对应的中国传说则有鹗狐之战的寓言性故事：

尝目异鸟击丰狐于中野。问名于耕者，对曰："此黄金鹗也。岂不快哉？"因让之曰："仁人秉心，哀矜不暇，何乐之有？"曰："是狐也，为患大矣！震惊我族姻，扰乱我闾里。喜逃徐子之庐，不畏申生之矢。皇祇或者其恶贯盈，而以鹗诛之。子非斯禽之快也，而谁为悲？"[1]

这个故事典型地表达了狐在古代民间观念中的罪恶性质，人们对鹗胜狐的现象当然要拍手称快了。这使人想到偷窃不死药、置英雄后羿于死地的嫦娥，她既与狐精有关，又曾被汉画像石表现为人首蛇身，二者大概同出于男性的恐惧吧。参照对比之下，无论西方传说中的鹰击蛇还是中国传说中的鹗击狐，都可以看作是体现着无意识的性别偏见和报复心理的寓言。由"皇祇"化成的黄金鹗诛杀了恶贯满盈的妖狐，这似乎是替代英雄后羿向与男性为敌的女狐嫦娥报了"不共永生"之仇。从耕者的辩白"子非斯禽之快也，而谁为悲"，不难看出在中国文化中男性对狐女的恐惧和敌视已经扩展为全民性的意识，甚至凌驾于"仁人之心"以上，成为善恶分明的道德试金石了。

德国学者汉斯-约尔格·乌特在《论狐狸的传说及其研究》中指出，世

---

[1]《渊鉴类函》卷四百三十一引唐人李华《鹗执狐记》。

界上许多地方都将狐狸视为文化英雄。如南美的多巴狐是为人类带来火种的动物,它们还帮助治疗令人恐惧的蛇咬的伤口;这种狐的形象类似于希腊神话中的普罗米修斯。不过,在基督教文化中,狐狸是一种恶魔类的动物。希腊和罗马的民间传说中也把狐狸当作反面典型,象征着鬼怪等邪恶势力。不过在上述场合都未突出狐狸化身的性别特征,而只有在东亚文化圈范围里,才强调狐与女性的联系。这位德国学者写道:

> 狐狸作为一种神或恶魔的动物也出现在中国、朝鲜和日本的童话中。这种动物在行为和心理方面的特征植根于这样一种信念,即认为狐狸能变为一个具有诱惑力的女人。母狐(=情妇)作为传统婚姻体制的反面形象出现。她的美丽与贪婪和欺骗相连,与立于社会标准之外的美丽妇女的表现相似。
>
> 在中国,狐鬼至迟于二世纪就以人的面貌出现了。它们是造成疾病与死亡的根源。四世纪以来,狐狸以妇女面貌出现的故事日益增多。[1]

从狐鬼与美女这一文学原型的发展史的角度去看,蒲松龄在《聊斋》中构建的狐鬼世界非但不是偶然的特异现象,反而是高度传统化的产物了。他的独创性并不在于写了狐鬼化美女的题材,而在于如何在表现这一传统题材时推陈出新,打破千年流行的"铁案",为美女狐鬼们彻底翻案。试看《莲香》这篇典型的翻案之作:

穷书生桑生接连碰到两个在夜晚来访的美女,一位叫莲香,另一位叫李氏,前者自称"西家妓女",后者自诩为"良家女"李氏。桑生先后与二女"绸缪甚至"。莲香因视桑生神气萧索,相约十天后再会。李氏却每夜必至。后来莲香告诉桑生,李氏是鬼;李氏则揭明莲香为狐。桑生与李氏欢会日久,

---

[1] 汉斯-约尔格·乌特:《论狐狸的传说及其研究》,许昌菊译,《民间文学论坛》1991年第1期。

身体日衰。莲香送药为他治病，一天夜里与李氏相遇，二女争吵时，桑生才明白她们分别是狐与鬼。莲香让李氏用嘴给桑生喂补药，使他亏损元气的身体逐渐恢复。李氏有愧于自己的性放纵给桑生带来的损害，暂告回避。她的魂灵附到一个有钱人家的女儿燕儿身上，使之化为一个同李氏酷似的美女。莲香安排桑生娶燕儿，自己也为桑生生育一子，三人共享家庭之乐。不久莲香染疾而亡，死前与桑生约定十年后再来。数年后桑生应试中举，家境由贫转富。有一天遇到一老太婆卖女儿，买回后才想起这美貌姑娘就是前世的莲香。桑生与莲香、李氏三人再次欢聚一堂，世人对这种奇巧姻缘无不感叹。

蒲松龄的这篇小说明显脱胎于狐、鬼与生人恋爱的传统模式，但是作为狐精与鬼魂之化身的两位女主人公却不再是男性的敌人。狐女莲香不仅不是淫荡和狡猾的象征，反而是节制与忠贞的典范。她发现桑生身体衰弱后主动停止了与他的性交往，同时劝阻李氏，并且为桑生找药治病，关怀得无微不至。她不仅为桑生解除了独居之苦和性寂寞，而且为他带来了事业上的好运气，使这个父母双亡的穷书生竟能兼得"洞房花烛夜"和"金榜题名时"的双重果实，实现其人生之梦想。无怪乎王阮亭读罢此篇后要赞叹："贤哉莲娘！巾帼中吾见亦罕，况狐耶！"[1]

在狐鬼形象的发展史上，虽然唐传奇作家已经塑造出少许向男主人公报达知遇之恩的狐女形象，如沈既济《任氏传》中的任氏和裴铏传奇《姚坤》中的夭桃，但是像《聊斋》中的莲香这样近乎完美的狐女还是前所未有的。蒲松龄通过这一形象为狐精翻案的自觉意识，以戏剧化的形式表现在莲香与桑生的对话中：

（桑生）戏莲香曰："余固不信，或谓卿狐者。"

---

[1] 见《铸雪斋抄本聊斋志异》第二卷，上海古籍出版社1979年版，第98页。

莲亟问："是谁所云？"

笑曰："我自戏卿。"

莲曰："狐何异于人？"

曰："惑之者病，甚则死，是以可惧。"

莲香曰："不然。如君之年，房后三日，精气可复，纵狐何害？设旦旦而伐之，人有甚于狐者矣。天下病尸瘵鬼，宁皆狐蛊死耶？……"

莲香这番辩驳已将狐女吸食男人精气的神话彻底揭穿，把父权制文化强加在狐妖美女身上的诬蔑不实之词全然推倒了。莲香把性生活的频率问题提出来，认为这才是关系到身体利害的关键，而不在于狐与人的差异。并且举出事实作为反证：天下病弱男子多有，并不都是"狐蛊"所致，可见狐女完全是无辜的。莲香在为自己辩白的同时，实际上也为天下狐女们翻了千年"铁案"。

比她的语言更能说明问题的是她的行为。莲香察觉桑生因与李氏放纵性欲而衰弱，便使用补药疗救："顷刻，洞下三两行，觉脏腑清虚，精神顿爽。莲香夜夜同衾偎生；生欲与合，辄止之。数日后，肤革充盈。欲别，殷殷嘱绝李。"这位用自己的体热温暖情人，并让他节欲保身的"狐狸精"的所作所为，已经足以使天下薄情人与淫荡者羞愧万分。作为蒲松龄心目中的性道德的化身，狐女莲香与桑生之交虽出于性欲，但又超越了性欲，上升为挚爱。

与莲香相比，李氏的形象尽管略逊光彩，但也能知错就改，以口对口的方式给桑生喂药。桑生康复后，她既想同他再续欢爱，又恐自己鬼身有害于他，于是毅然离去，化身于生人燕儿，再与桑生结百年之好。这样的鬼女与传统文学中的吸血鬼已相去甚远，可见作者已经不再以偏执的眼光去看狐与鬼，而能表现出一种区别对待的开明态度。

在《青凤》《婴宁》《聂小倩》《汾州狐》《红玉》等名篇中的女主人

公，虽为狐鬼，也都被塑造为有情有义、德才兼备的佳人，同样体现了蒲松龄超越传统模式的翻案精神。在蒲氏眼中，狐鬼精怪等超自然生灵和人一样，也有七情六欲，但却不像人那样受到现实礼法规范的束缚。人与异类相爱的故事被表现为以性爱始，以情爱终的格局，其中深蕴着作者在世俗礼法之外自己构建的性爱道德标准。判断男女主人公的优劣，不在乎他（她）是人或是狐鬼，而在于他们是否能够发乎欲而达乎情，在礼教羁绊之外建立两性相爱的小世界。从这一意义上看，传统观念中作为男人克星的狐妖鬼女们，在蒲氏笔下反而成了男人的救星，成了无数穷困无望的书生的保护女神，也充当了作者构拟理想中的性爱乌托邦的媒介和化身。《聊斋志异》中属于这一类型的狐鬼美人形象蕴涵着的价值，实已接近真正意义上的性爱女神。

二、"爱情三部曲"中的性别偏见

《聊斋》中以狐鬼美人形式出现的性爱女神与其说是对神话遗产的有意识继承，不如看作是男性无意识心理的原型投射。更简单地说，就是男性惯有的白日梦的呈现。

如果说中国封建社会末期下层知识分子的苦闷、酸楚和失意彷徨在吴敬梓的《儒林外史》中得到了真切的写照，那么，《聊斋志异》则同样真切地描绘了他们的潜意识中的幻想世界。在现实世界中的失意书生们到了这个幻想世界中，竟能借助于狐鬼的超自然力，幸运地获得在性爱、家庭、功名、金钱诸方面的满足。就此而言，《聊斋》已不只是作者个人的幻梦，而是清代社会中处于民族压迫、科举毒害之下的广大下层知识分子达成愿望的集体之梦。换言之，这是那个时代特有的神话。[1]

---

[1] 蒋瑞藻：《小说考证》卷七引《负暄絮语》说《聊斋》"几于家弦户诵，甚至用为研文之助，其流传之广，盖可知矣。"

《聊斋》的近 500 篇故事按照素材来源大致可以分为两类：第一类是非独创的作品。如《促织》《续黄粱》《姊妹易嫁》《莲花公主》等，属于点化前人之作；《阳武侯》《妾击贼》《林四娘》《邵士梅》等，王士禛《池北偶谈》中也有记述；《泥鬼》《萧七》《诸城某甲》《蛙曲》等是友人提供的；《水灾》《地震》《口技》《山市》诸篇是当时社会事件、风俗的客观记录。第二类是体现作者独创性想象的作品，如《婴宁》《葛巾》《红玉》《小翠》《叶生》《罗刹海市》《娇娜》《香玉》《晚霞》《莲香》《阿宝》《翩翩》《黄英》等。相对而言，正是第二类作品构成了《聊斋》的主体和精华部分，它们真正体现着蒲留仙的苦心"寄托"。

　　在这类寄托着作者幻想的爱情故事中，主人公通常不外两类：青年男子和青年女子。作者对不同性别的主人公有完全不同的处理方式。一般来说，男子所用笔实，女子所用笔虚；男子所用笔弱，女子所用笔强；男子所用笔冷静客观，着意于现实性；女子所用笔奔放自由，着意于幻想性；男子多苍白、平庸，在现实中软弱无力，需借助于外力才能改变自己命运；女子多具有神秘力量，能主宰自身命运并佑助他人改变命运。造成男女主人公表现差异的原因主要在于，美人幻梦文学从来就是男性幻想的产物，而男性特有的性别期待也总是让女性充当爱与美之神的角色。就连佛教中原有的男性观音，也因为具有救苦救难和满足幻想的能力而被男性中心文化改变成了美女菩萨。[1]

　　美国汉学家韩南曾在《中国白话小说史》中把鬼怪小说的结构归纳为三个演员和四个行动："三个演员，按其出场的先后排列：一个未婚的青年，一个伪装成年轻妇女的鬼或怪，一个驱邪人（大多是道士）。四个行动是：相遇，相爱，接近危险，驱邪。最先是那个青年春日到郊野出游，遇见一位漂亮的妇女，相爱通奸，后来青年发现她威胁自己的生命，就求助于驱邪人作法，

---

[1] 参看赵翼：《陔馀丛考》卷三四"观音像"条。

使鬼怪现出原形并加以惩罚。有些小说的情节较复杂，四个行动，特别是接近危险的那一段，往往多次反复。"[1] 参照韩南的归纳法，我们略加修正即可构拟出《聊斋》爱情小说的结构模式：两个演员演出的爱情三部曲。

由于蒲松龄笔下的狐鬼未必具有邪恶的性质，所以传统白话鬼怪小说的结构就得到了简化：人物由三个减至两个，去掉了驱邪者；行动由四个减至三个，略去了驱邪和惩罚。蒲氏惯用的叙述套路是：穷书生独居时有美女夜间来访并愿荐枕席，二人达成性爱结合并试图维持这种私通关系，遇到种种障碍或磨难，最后获得美满结局（通常是中举、发财、得子）。这种叙述常规可以概括为如下三部曲程序[2]：

艳遇（性的满足）→磨难与变化→幸福（人生的满足）

由此看来，性爱的奇遇常是作为叙述开端和改变整个人生的契机，性欲的梦幻满足只是更大的人生愿望——白日梦的序曲或引子，关键角色乃是行使性爱女神职能（或者说是观音救世职能）的狐妖鬼女们。

《聊斋》故事的开篇总是写男主人公处在一种孤苦无依、穷愁潦倒的境况中。《娇娜》中的孔生——

有执友令天台，寄函招之。生往，令适卒，落拓不得归。寓菩陀寺，佣为寺僧抄录。

《莲香》中的桑生——

少孤……就食东邻，……

---

[1] 韩南（Patrick Hanan）：《中国白话小说史》，尹慧珉译，浙江古籍出版社1989年版，第45页。
[2] 可参照坎贝尔（J.Campbell）《千面英雄》归纳的英雄奇遇程式：出发、启蒙式、回归。"与女神相遇"作为"启蒙式"下属的子母题，与主人公的命运转变密切关联。

《侠女》中的顾生——

博于材艺而家綦贫……唯日为人书画,受赞以自给。行年二十有五,伉俪犹虚。

《书痴》中的郎生——

家苦贫,无物不鬻。

《翩翩》中的罗生因患疾,被家人

逐而出,丐于市,市人见辄遥避。

《胡四娘》中程生——

父母俱早丧,家赤贫,无衣食业,求佣为胡银台司笔札。

《蕙芳》中马生——

以货面为业,家贫无妇,与母共作苦。

《褚遂良》中赵生——

病症结,又素孤贫,难自给,奄就危殆。

《竹青》中鱼生——

家綦贫，下第归，资斧断绝，羞于行乞，饿甚，暂憩吴王庙中，因以愤懑之词，拜祷神座。

其他如《神女》中米生，《锦瑟》中王生，《阿宝》中孙生，《连城》中乔生，《柳生》中周生，《细侯》中满生，《薛慰娘》中丰生，等等，无不如是。这种近乎千篇一律的以苦难现实作为开端，正是引发幻想的有利条件。这也使我们联想到蒲松龄本人屡试不第的落魄经历，为其梦幻文学的创造找到了心理动力。套用古代文学理论中的"穷而后工"说，可以把《聊斋》中的这种情况概括为"穷则思变"或"穷而后幻"。

幻境的出现总是以化身美女的超自然生灵的降临而开始的，随后的经历因人而异，磨难和变化在各篇中无一雷同，复杂多趣，但有一点是万变不离其宗的，那就是美人爱上了男主人公，并使他摆脱困境，获得或多或少、或短暂或永久的幸福。

首先，女子大都是不期而来，主动上门。《小翠》写王元丰"绝痴，十六岁不知牝牡，因而乡党无与为婚。王忧之，适有妇人，率少女登门，自请为妇。"《蕙芳》："忽有美人来……女笑曰：'我以贤郎诚笃，愿委身母家。'"《褚遂良》："既醒，见绝代佳人坐身旁，因便诘问，女答云：'我特来为汝作妇。'"《霍女》："有黄生者，故贫士，无偶，女叩扉入，自言所来……惊惧不知所为，固却之，女不去。"《红玉》："忽见东邻女自墙上来窥，视之美，近之微笑，招以手，不来亦不去，固请之，乃梯而过。"这些充分显示出性爱主动性的女子与唐神女的自由精神一脉相承。小说开端的这种叙述也同流行的鬼怪故事别无二致，但随后展开的情节则大异其趣了。

女主人公在同男子们相遇以后，并不直接导致他们的不幸和死亡，反而用神异能力为男子带来意想不到的幸运：或以金钱相赠，或暗中使情人获得财富。《神女》中女主人公赠米生一枝"可鬻百金"的珠花，后又赠白金二百，为进取之资，"生由此用度颇充然"。《蕙芳》中的马生自从得妇，"顿更旧业，门户一新，笥中貂锦无数，任马取著。"《嫦娥》中的宗生"自娶嫦娥，家暴富，连阁长廊，弥亘于路"。《阿宝》中的孙生遇阿宝后，"居三年，家益富"。《柳生》中则写"女持家逾于男子……数年，伙商盈百，家数十万矣"。《白秋练》中女主人公自道："妾在君家，谋金不下巨万。"《阿纤》中的女子"出私金，日建仓廪，而家中尚无儋石，共奇之，年余验试，则仓中盈矣。不数年家大富。"这类描写在《聊斋》中多不胜举，使人想起阿拉伯故事《一千零一夜》中的神奇致富模式：男主人公借助于外来的神秘力量摆脱穷困。

发财致富是伴随着商品经济而来的普遍的市民愿望，而娶妻生子则是更为古老的中国传统理想。《聊斋》中的异类女子也能为男主人公满足这一梦想：帮助穷光棍娶妻生子或亲自为他们做生育工具。《毛狐》《蕙芳》《锦瑟》《霍女》《神女》《房文淑》《嫦娥》《荷花三娘子》《葛巾》《侠女》《花姑子》等均是如此。在帮助男主人公婚娶方面，异类女子甚至超脱于女性特有的嫉妒之外，显示出先人后己的品德。而那些亲自为男主人公传宗接代的女子，则更体现出舍己为情人的崇高精神。如聂绀弩先生评价《侠女》时所说："我以为这个女子之所以崇高，不在别的，而在她以自己的身体，自己的贞操报恩，自己为一个贫不能娶，自己又不与他结婚的恩人生子延祧。这样就是她做了自己的身体、贞操的主人，有了自己的人身的自由。《聊斋志异》的作者写了许多有人身自由的女性，好像女子一有人身自由，这世界就美好了。而这妇女应有人身自由的思想，是与中国几千年的礼教思想反对的，……是不折不扣的民主思想。"[1] 在此需要补充的是，《聊斋》中的女子人身自由是十分有限的，就实质而言，作者并不是出于妇女解放的民主意识而赋予女性们人身自由，而是出于有利于男主人公摆脱现实困境的目的，出于帮助和服务于男性的需要。因为只有超脱于礼教道德束缚之外的女性，才有可能完成非婚姻之内的性交和生育任务。为此，作者必须借助于幻想，使女主人公获得某种超现实的虚幻特征。就此而言，女性的人身自由只不过是达成男人梦幻满足的一种必要条件，这自由之中是包含了某种性别奴役的因素的。与其说"《聊斋志异》的民主内容被它的文言文和鬼神妖异的形式反对掉了"[2]，不如说是被作者的男性中心的封建文化立场消解掉了。如《嫦娥》篇末异史氏曰："阳极阴生，至言哉！然室有仙人，幸能极我之乐，消我之灾，长我之生，而不我之死。"[3] 原来女性的诸般幻化和神通，都只是为了孤独无助的男性的"我"的利益而设想出来的，是男主人公们达成其欲望的媒介、手段和工具。除了发财和传种之外，女性们还以其神秘能力为男子治愈恶疾，如《粉蝶》《翩翩》《娇娜》和《巧娘》；使男子登科做官，如《红玉》《聂小倩》《阿宝》和《书痴》等；或使男子成仙得道，尽享长寿，如《胡四娘》《竹青》《锦瑟》《褚遂良》诸篇。凡此种种，足以使人们意识到蒲松龄改造狐鬼与性爱这一原型主题的潜意识动机：从突出表达男性的恐惧转向突出表现男人的愿望。在实现这一转变的过程中，狐鬼美人的形象虽然发生了一百八十度的价值转换——从妖精吸血鬼到福佑女神，但这一切变化归根结底并未代表女性自己的利益和愿望，只不过随着男性的爱憎情感的转移而变换着不同的面具而已。

　　从以上分析中可以看到，蒲松龄有意识地改造狐鬼原型所编织出的爱

---

[1] 聂绀弩：《侠女、十三妹；水冰心》，收入《蛇与塔》，三联书店1986年版，第160页。
[2] 聂绀弩：《侠女、十三妹；水冰心》，收入《蛇与塔》，三联书店1986年版，第162页。
[3] 《铸雪斋抄本聊斋志异》第八卷，上海古籍出版社1979年版，第458页。

情三部曲虽然不乏天才的独创，但又无意识地回到了美人幻梦文学的覆辙，终究未能超脱男性本位的文化怪圈。此中奥秘似可由《性别诗学》（The Poetics of Gender）的一个基本原理得到说明：从事肉体生产的是女性，从事精神生产的是男性。[1]《聊斋》中反封建的和"民主的"因素，终因做梦者的性别偏见而自我解构，消失殆尽了。

再以《聊斋》之中对女性之美的描绘和赞赏为例，我们几乎看不到作者的具有个性化特征的喜好和趣味，所能看到的无非是传统的男性本位文化早已铸就的套式化美女描绘。她们几无例外、清一色地属于"绝色姝丽"之列。究竟如何绝色，各篇中做了不尽相同的形容和比较。或是"弱态生娇，秋波流慧，人间无其丽"（《青凤》）；或是"窈窕秀弱，风致嫣然"（《阿纤》）；或被比较为"芳容韶齿，殆类天仙"（《花姑子》）；"光艳溢目，停睇神驰"（《邵九娘》）；或被形容成"若芙蕖之映朝日"（《仙人岛》）。凡此种种，终未超出宋玉《高唐》《神女》、曹子建《洛神》诸赋的写法。至如《嫦娥》篇中女主人公能模拟"飞燕舞风"和"杨妃醉态"，做到"长短肥瘦，随时变更；风情态度，对卷逼真"，使丈夫宗生发出无限满足之概叹：

吾得一美人，而千古之美人，皆在床闼矣！

这就更流露出男性本位文化以女性美为玩赏对象的庸俗趣味，以及效法帝王的幻想定势。更令人失望的莫过于篇中偶尔显示出的一种"阳物中心主义"[2]的自豪。试看《伏狐》中所叙的两场性别之战：

---

[1] 参看南希·米勒（Nancy K. Miller）编：《性别诗学》（The Poetics of Gender），纽约，哥伦比亚大学出版社1986年版，第42页。
[2] 关于"阳物中心主义"的理论解说，请参看塔特尔（Lisa Tuttle）编：《女权主义百科全书》（Encyclopedia of Fiminism），存真出版社，纽约1986年版，第247页。

太史某，为狐所魅，病瘠。符禳既穷，乃乞假归，冀可逃避。太史行，而狐从之。大惧，无所为谋。一日，止于涿。门外有铃医，自言能伏狐。太史延之入。投以药，则房中术也。促令服讫，入与狐交，锐不可当。狐辟易，哀而求罢；不听，进益勇。狐展转营脱，苦不得去。移时无声，视之，现狐形而毙矣。

昔余乡某生者，……夜宿孤馆，四无邻。忽有奔女，扉未启而已入；心知其狐，亦欣然乐就狎之。裣襦甫解，贯革直入。狐惊痛，啼声吱然，如鹰脱鞲，穿窗而出去。某犹望窗外作狎昵声，哀唤之，冀其复回，而已寂然矣。此真讨狐之猛将也！宜榜门"驱狐"，可以为业。

看来狐女们若不能充当保佑和拯救男主人公的角色，就只能按照传统的规定被视为淫邪妖物了。男人在同她们展开"性战"时的凶狠和英勇，足以使蒲先生为之击节叹赏，誉之为"讨狐猛将"。这两段百余字的记述，几乎要将蒲留仙为狐鬼美人所翻的"千年铁案"之功重新消解了。《伏狐》神话所突出表达的阳物崇拜，实际上反映着一种极为原始的性虐待狂心理，人类学家在澳洲土著神话中就发现过极为类似的母题：

摩恩金神话中的一个人物进一步强调了生殖器崇拜，他把自己的阴茎当做矛使用。在一段情节中，他那巨大的生殖器使他在性交时折断了一个姑娘的腿骨，刺穿了她的心脏。在对男孩做精神分析时，梅拉妮·克莱恩（德国精神分析学家——引者）把这一行为称为性虐待狂症状。男孩"想象自己的阴茎具有毁灭性的力量，并把它比做凶猛残暴的野兽及对付死亡的武器等"。[1]

---

[1] 海斯（H.R.Hays）：《危险的性——女性邪恶的神话》，孙爱华等译，上海人民出版社1989年版，第85—86页。

相形之下，太史某借助于房中助阳术击毙了狐女，某生则以天然禀赋战胜狐女，从所谓"锐不可当""贯革直入"这类措辞上看，同样表现着以阳物为攻击性武器的古老信念。前者的"伏狐"之战，原本出于恋生恶死的自卫本能。纵使狐女已战败乞降，太史某仍然乘胜攻击，必置对方于死地而后快。狐虽一命呜呼，凶手尚可以防卫过当免罪。后者则明知对方为狐，"亦欣然乐就狎之"，自恃秘密武器之凶狠，对已败逃的狐女犹作"狎昵声"，甚至"冀其复回"，再度施虐。如此"讨狐猛将"，实未免流于下作。精神分析学家霍妮说得中肯：无论在哪里，男人总是通过对女性的攻击使自己从对女性的恐惧中挣脱出来。[1] 男性白日梦的代言者蒲留仙看来也终究未能彻底摆脱男性文化强加给他的恐惧与忧虑。[2]

三、幻想与现实的象征投射机制

在《聊斋》爱情故事的三部曲结构中我们已经看到，女主人公使男主人公以不同方式获得爱、子、家、财、官、寿，这是故事最常见的结局。从现实与幻想的关系着眼，这种结局可以说是幻想对现实的取代或超越：使男子摆脱悲苦的现实困境，获致本来不敢奢望的意外幸福。带来这种幻想结局的通常是首先与男主人公建立性爱关系的异类女性。从情节展开的程序看，异类女性的出现也就是幻想取代现实的开始，是整个白日梦的序曲。故事的发展背景虽然并不变化，但故事本身的现实性却随着女主人公的作用而一步步减弱，幻想成分则一步步增强，直至终局，现实彻底消失，幻想的满足达于极致。

---

[1] 海斯（H.R.Hays）：《危险的性——女性邪恶的神话》，孙爱华等译，上海人民出版社1989年版，第57页。
[2] 关于男性作家如何将笔与阳物相认同，通过写作而伸张男性中心主义，可参看施温格尔（P.Schwenger）：《阳物中心批评》（Phallic Critiques），罗特累齐公司1984年版，第4章《笔与阳具》。

《聊斋》爱情三部曲由开端到结尾的这种神话式逆转，首先取决于白日梦文学的实质：依靠虚拟的幻想中的力量去改变和拯救在现实中受压抑、遭挫折的欲望。男女主人公在叙述开端时的相遇和结合，实际上象征着现实屏障的打破和幻想力量的渗入，标志着扶危济困、化解现实悲苦的过程的开始。用进一步抽象的结构主义的眼光去看，《聊斋》中的男主人公和女主人公实际上是两种不同的叙述功能——现实与幻想——的人格化。在这里，男子大都代表着孤苦、贫困的现实存在，女子则代表着使现实存在得到改变和拯救的幻想功能。

　　幻想对现实的干预和改造有时不是一次就能完成的，需要经过反复和曲折的磨难历程。有代表性的例子可以举出《红玉》等篇。

　　《红玉》中的广平冯生一开始很穷，"家屡空"便是主人公所处的悲苦现实。一天有狐女红玉来，象征着幻想功能的介入。冯生与红玉一见倾心，自此以后"夜夜往来"，不巧被冯生父亲撞见，大加斥责。于是女子对男子说："此处有一佳偶，可聘也。"冯生"告以贫"。第二夜，女子来，"出白金四十两"，冯生遂用之娶卫氏女为妻，夫妇间"琴瑟甚好"，两年后又得了儿子。这可以说是狐女所代表的幻想功能对冯生现实处境的第一次拯救。随后情节出现了反复：乡绅宋某看中卫氏女，派人抢去，女不从，自杀。冯生图救不成，反蒙冤下狱，儿子也不知所在。获释后再度陷入悲苦现实：

　　生归，瓮无升斗，孤影对四壁。幸邻人怜馈食饮，苟且自度。念大仇已报，则辄然喜；思惨酷之祸，几于灭门，则泪潸潸堕。及思半生贫彻骨，宗支不续，则于无人处大哭失声，不复能自禁。

　　……悲怛欲死，辗转空床，竟无生路。

　　第二次面临的悲苦现实比第一次更难忍受。不过按照"阳极阴生"的变化逻辑，红玉再度出现，幻想功能又发挥作用，直接促成冯生的"否极泰来"——不仅冯生失去的儿子又回到他身边，而且红玉本人也充当贤妻角色，"乃剪莽拥彗，类男子操作"。她还告冯生"但请下帷读，勿问盈歉"。"遂出金治织具，租田数十亩，雇佣耕作"，不到半年光景，冯生又重振家声，"人烟腾茂"。红玉还帮冯生安排科举仕途，使他"遂领乡荐"。由狐所化的红玉虽能像农妇一般劳作，却又生得"袅娜如随风欲飘去……手腻如脂。自言二十八岁，人视之，常若二十许人"。冯生就这样一一满足了人生各方面的需求，达成了蒲松龄时代的平民男子所能有的诸般愿望。

从叙述学的层面上看，红玉乃是叙述者的幻想的人格化。从她的两次出现中，可以清楚地看到幻想力量对现实界限的突破和对现实苦难的拯救。作为现实存在的人格化，男主人公冯生命运的起落升降构成叙述的展开，美满团圆的结局则以幻想对现实的替代为绝对前提。

从对《红玉》叙述过程的分析可以概括出《聊斋》爱情故事的性别象征机制：叙述者意识中的现实存在在故事中投射为男性主人公；叙述者无意识的幻想功能则投射为女性狐鬼或花精神仙等。若从叙述的表面层次着眼，这确实是些带有神幻色彩的爱情故事，但如果从叙述得以展开的象征投射机制来看，故事的重心并不在于两性之间的性或爱的纠葛，而在于男主人公借此种性爱而彻底改变命运。就此而言，作为幻想功能的性别投射，狐鬼美人的出现实际上充当着男主人公变泰发迹的媒介手段或工具。

在《聊斋志异》的非恋爱故事中，幻想功能的象征性投射也照样有效，只是不再按照性别尺度投射为与男主人公发生性爱关系的美女，而是投射为具有神幻色彩的异类，如《王成》中的狐仙祖母，《聂政》中的聂政鬼魂，《酒友》中的狐侄，《义犬》中的义犬，等等。这些神幻异类照例要为主人公解除现实苦难（《聂政》《义犬》），或使主人公变泰发迹（《酒友》《王成》等）。用原型批评的理论术语去表述，这些鬼魂或动物在叙述中的功能乃是爱情故事中异类美女的"置换变形"（displacement）。

即使在一些琐记趣闻类的故事中，《聊斋》叙述者的象征投射机制也会发生某种程度的作用，从而使故事更加切合梦幻满足的惯有模式。《小猎犬》一篇即是其例，这个故事并非蒲松龄所独创，王士禛《池北偶谈》中亦收录，王文不长，兹录如下：

八座某公未及第时，夏日尝昼卧，忽见一小人骑马而入，人马皆可寸余。腰弓矢，臂鹰，鹰大如蝇。继至一小人亦如之。牵猎犬，犬如巨蚁。二人绕屋盘旋。久之，甲士数千沓至。星旄云罕，缤纷络绎，分左右盂合围，大猎室中。蚊蝇无噍类。其伏匿者，辄缘壁隙掘出之。一朱衣人下辇，坐别榻，众次第献伏获已。遂上辇，肃队而去，甲士皆从，如烟雾而散。起视一无所睹，唯一小猎犬彷徨壁间，取置篋中，驯甚，饲之不食，卧则伏枕畔，见蝇蚋辄啮去之。[1]

把王士禛的记述同《聊斋》的文字相比，可以看到蒲松龄对故事的加工改造。这首先表现在开端的"现实苦难"描写："山右卫中堂为诸生时，假斋僧院。苦室中蜰虫蚊蚤甚多，夜不成寐。"其次是更加生动、逼真地描述幻境，最后照例是幻想力量消除了现实苦难——"自是壁虫无噍类矣"。类似的话在王文中也有，不过处在叙述中间，而蒲文则用它来结尾，这就突出了苦难化解的意义。对比之下，王文着意记述一个离奇的异闻，而蒲留仙则有意无意之中把这个异闻纳入了他自己的梦幻象征投射模式，使之在较小的规模上再次表达幻想功能对现实的拯救这一中心主题。

以上考察表明，《聊斋》创作中的梦幻投射机制是深入理解这部奇书的

---

[1] 王士禛：《池北偶谈》，上海古籍出版社 1981 年版。

关键因素之一。叙述者把悲苦现实投射为男性主人公，这在爱情故事和非爱情故事中是相对不变的；幻想功能的投射对象则是相对变换的：在爱情故事中总是投射为与主人公有性爱关系的异类美人，而在非爱情故事中又投射为其他同性或异性的超自然生灵。万变不离其宗，蒲松龄反复讲述的总是一场男人的圆满美梦。

四、秋虫自热：一颗寒心的疗救本能

中国古代文论中早有"使穷贱易安，幽居靡闷"（钟嵘《诗品》）的文学功能说；现代心理分析又告诉我们，梦幻投射的实质在于以虚构的满足补偿现实中的不满足，这有助于排解因压抑而引起的紧张状态，使受挫的心理恢复平衡。

在《聊斋》故事的叙述者背后，我们分明看到了一颗因现实挫折而紧张、愤懑、失去平衡，因而急待纾解和抚慰的心灵。由此入手，《聊斋》为什么要以狐鬼花妖的形式不断重复着同一种幻梦的问题，也就找到了心理方面的原因。知人论世，本是传统文学批评的固有原则；注重从作者个人生活经历方面透视作品构成，更是当今心理分析批评的一大特色。然而，蒲松龄个人身世与《聊斋》的幻想创作方式之间的微妙关系，似乎还没有得到充分的理解和认识。这样，作者究竟在《聊斋》数百篇故事中"寄托"了什么，仍是一个虽然众说纷纭却依然朦胧不清的问题。

确认《聊斋》中主体故事的梦幻性质，是我们从心理分析角度解决问题的第一步，接下来的分析自然要转向梦幻的制造者，看看他是怎样通过梦幻式喜剧实现"寄托"，完成了一次恢复内心平衡的自我治疗的。有幸的是，关于蒲松龄悲苦落魄的一生，古今学人已有相当充实的记述和考证。根据这些材料，我们知道"先生居乡里，落拓无偶，性尤怪僻。为村中童子师，食贫自给，不求于人"[1]。他之所以长居乡野，并非效陶潜归隐之志，而是由于"屡试不利"的现实挫折所致。他年少时便怀抱济天下之雄心，十九岁时初露锋芒："初应童子试，即以县府道三第一，补博士弟子员，文名籍籍诸生间。"[2]谁知刚刚显示出过人才智的蒲公却从此一蹶不振，屡试不中，一直到七十二岁垂老之际，才始"贡于乡"，补为岁贡生。这一生五十多年的光景都是在汲汲功名的执著努力和不断的失败、挫折和打击之下度过的。难怪他故事中的男主角总是处在无可奈何的悲苦境地之中，等待着奇迹的降临。蒲松龄一生中没有遇到现实发生的"奇迹"，但在他创作的狐鬼故事中，奇迹却总是从天而降般地落在男主角身上，谁说这不是蒲公借他笔下的人物而实现自己未竟的愿望呢？

用现代人的眼光去看，《聊斋》中的书生们通过奇迹而获得的人生满足，如中举、艳遇、发财、娶妻、生子等等，实在算不上宏伟理想的实现，甚至有些庸俗。不过，考虑到叙述者本人的挫折心理的需要，我们说这些都还不是他要表现的实质。尽管蒲氏本人也一生坎坷、孤独、贫穷、失意，但是这并不是他最为痛切的，真正时时刺激着他，使他痛不欲生、死不瞑目的是在这些现象之下所显示的一个有抱负有才华者的个人失败和社会冷落，是对自身命运的不服和自我证实的渴望。

潦倒年年愧不才，

春风披拂冻云开。

穷途已尽行焉往？

青眼忽逢涕欲来。

一字褒贬华衮赐，

---

[1] 蒋瑞藻：《小说考证》卷七引《三借庐笔谈》。
[2] 张元：《柳泉蒲先生墓表》。

千秋业付后人猜。

此生所恨无知己，

纵不成名未足哀。[1]

蒲公这首《偶感》诗可说是他五内深忧的一次公开表白。他"少负艳才"，文章曾受施闰章称赞，"观书如月，运笔如风"，他对自己的才华其实早有自觉的认知，所谓"愧不才"云云当然是反话。"他日勋名上麟阁，风规雅似郭汾阳"（《树百问余可仿古时何人作此答之》），是他的志向。可是现实为他安排的只是一次次受挫，"三年复三年，所望尽虚悬"（《寄紫庭诗》）。结果呢，"落拓名场五十秋，不成一事雪盈头"（《蒙朋赐贺》）。自我的价值就这样被荒废冷落，他怎能不耿耿于心呢？

世人原不解怜才。（《九日有怀张历友》）

世上何人解爱才？投珠犹使世人猜。（《访逯济宇不遇》）

世上相逢唯按剑，明珠此夜向谁投？（《偶感》）

义气相逢清夜悔，艰难深历壮心灰。与君共洒穷途泪，世上何人解怜才！（《中秋微雨，宿希梅斋》）

良马非不骏，盐阪徒悲鸣。美玉非不贵，抱璞为世轻。（《咏史》）

把蒲公这些近乎同义反复的诗作同他那些有所"寄托"的幻梦小说两相对照，确实可以收到相互阐发的功效。在诗中，他不断申说着自己怀才不遇的苦衷：无人注意，无人理解，无人欣赏，无人器重，这是个体生命的大浪费，自我价值的大埋没，也是科举制度对人的废弃和毁灭。"世事茫茫何其

---

[1] 路大荒编：《蒲松龄集》上。以下引诗未注明者均出自此集。

傎，拍手大叫沧溟宽！"(《庚午九日登豹山》)社会的冷遇已几乎使人疯狂，蒲松龄对"寒"与"冷"形成了近乎病态的敏感和焦虑，试看《聊斋自志》中这一段感叹：

少羸多病，长命不犹。门庭之凄寂，则冷淡如僧；笔墨之耕耘，则萧条似钵。每搔头自念：勿亦面壁人果是吾前身耶？盖有漏根因，未结人天之果；而随风荡堕，竟成藩溷之花。茫茫六道，何可谓无其理哉！独是子夜荧荧，灯昏欲蕊；萧斋瑟瑟，案冷疑冰。集腋为裘，妄续幽冥之录；浮白载笔，仅成孤愤之书；寄托如此，亦足悲矣！

"自志"中连续说到"凄寂""冷淡""萧条""荡堕""萧斋瑟瑟""案冷疑冰"，已经把社会对个人的冷落和自然物理上的寒冷完全认同为一体了。出于此种铭心刻骨的心理感受而"寄托"在故事中的"孤愤"，当然是对暖和热的强烈要求了。能使蒲公之"寒心"得到温暖的绝不只是物质欲望的满足，更主要在于精神上的自我确证和自我实现。这便是《聊斋》寄托的实质所在。"自志"的最后两句话往往为人们忽略：

嗟乎！惊霜寒雀，抱树无温；吊月秋虫，偎栏自热。知我者，其在青林黑塞间乎！

这话中的比喻实已完全交代了蒲公寄托的本义：他以寒雀秋虫自喻，更反衬出社会冷遇对他的伤害之深，而"偎栏自热"四字足以说明《聊斋》创作的全部底蕴：那正是一颗备感寒冷的心灵自我化解、自我温暖、自我救治的幻想努力！

当代挫折心理学研究表明，个体心灵因受挫折而接近精神病态的边缘时会自发地产生自我保护和自我疗救的努力,而艺术创作便是自我疗救的有效途径之一。[1]如果不是绝对地划分精神异常与正常的标准,那么艺术家也常被列入与普通人有别的"异常"一类。美国批评家特里林在《艺术与精神病》这篇著名论文中指出:"近年来,不仅那些公开或暗中敌视艺术的人,就连那些坚决支持艺术的人们也都众口一词地认可了艺术与精神病这两者之间的关系。这些艺术的支持者情愿甚至热衷于接受这样一种观点,即艺术家是精神异常者,他们把患病当做促使自己吐露真情的一个条件。"[2]

相对而言,这其中的道理早已在中国古代的"发愤著书"说和"穷而后工"说中有所揭示了。因为"愤"和"穷"的现实挫折达到一定程度,自然会引发精神上的异常状态。这种状态对艺术家个人来说无疑是痛苦难耐的,但是随之而来的解除痛苦的冲动和释放性的想象却成了艺术创作的有利条件。"我们可以认为:我们所说的精神病毫无疑问是心理知识的源泉。一些精神病患者比正常人有着更强的理解力,因而能够更透彻地观照现实的某些部分,在观照之中,他们的思想和感情也更加敏锐和投入。许多精神病患者在某些方面与无意识的现实相接触的程度远比正常人更为密切。进一步说,精神病患者对于现实观念的表述,也很可能比正常人更为激进。"[3]在这里,蒲松龄之所以热衷于狐鬼之说、幽冥之录的心理根源似可得到新的理解。南邨《聊斋志异跋》云:"聊斋少负艳才,牢落名场无所遇,胸填气结,不得已为是书。余观其寓意之言,十固八九,何其悲以深也!"可谓知情之论。他说的"不得已为是书"同蒲公自述的"秋虫自热"两相对应,都点出了《聊斋》成书的心理动因。用更明确的语言说,那就是"穷而后幻",通过幻想和虚构情

---

[1] 蒲先生不仅有"自热"之喻,在《周生》篇末"异史氏曰"中还透露了艺术家"自快"之说:"恣情纵笔,辄洒洒自快,此文客之常也。"
[2] 莱昂内尔·特里林(Lionel Trilling):《艺术与精神病》,亚当斯(H.Adams)编:《自柏拉图以来的批评理论》,美国卓凡诺维克出版公司1971年版,第958页。
[3] 莱昂内尔·特里林:《艺术与精神病》,亚当斯编:《自柏拉图以来的批评理论》,第962页。

境实现自我确证、自我肯定和自我慰藉，从而收到自我治疗的效果。

我在这里使用"治疗"这样的词汇，并无意把蒲松龄贬为精神病患者。事实上，既然划分正常与异常的标准只能是相对的，[1] 那么如果把那些志满意得、高官厚禄的文人心态视为正常的话，蒲公似只能归入"异常"一类了。[2] 反过来不也是一样的吗？

由这种认识出发，《聊斋》故事中那些反复出现的奇迹和神迹，便如德国大诗人歌德《浮士德》中所说，乃是"神助自助者"的表现了。蒲松龄让他笔下的落魄男主人公们不断得到幻想力量的帮助和拯救，原来是蒲公"不得已"的"自热"之举——一种心灵上的自我疗救。

五、穷而后幻：蒲松龄的自我确证术

感觉到的东西，未必能够理解；理解了的东西，定会加深感觉。从心理分析的角度，我们确认了《聊斋》主体故事，是一个身心备受"穷"和"愤"压迫的艺术家的自我疗救之产物，这就为解开作者竭力要求"自我确证"的寄托之谜找到了重要线索。在结束对《聊斋》的讨论之前，让我们最后再以一个具体的故事为例，进一步去体会和感受蒲松龄的自我确证之术吧。

这一次我选中的篇章是第十一卷中的《织成》。故事叙说一位考场失利的书生柳某，醉卧在洞庭湖中一船上，睡眠中进入幻境，看到满船的美人儿，其中有一位叫织成的，穿着翠袜紫鞋，那双小脚让柳生爱恋不舍，于是用牙在翠袜上咬了一下，惊动众人，被绑到龙王面前问罪。柳生申辩说，唐时柳

---

[1] 参看福柯（M.Foucault）：《疯狂与文明》，此书已有浙江人民出版社出的中译本；又阿瑟·克雷门（Arthur Kleinman）编：《中国文化中正常与异常行为》，跨文化比较研究丛书之一，英国雷斗出版公司1981年版，《导论》部分。

[2] 把《聊斋》同《阅微草堂笔记》对照，便很能说明问题。二书虽均涉狐鬼怪异之事，但后书作者身居显位，为清代官方学术泰斗之一，曾主持"四库全书"编纂，所以绝无蒲松龄那样的孤愤与寄托。李慈铭《越缦堂读书记》说纪昀此书实为"考古说理之书"，极是。

毅也是落第者，得遇龙女而成仙，我也姓柳且落第，却因醉戏一侍女而将死，世上的幸运与不幸为何如此悬殊啊！龙王闻知他落第，便让他作赋。赋成后龙王一看，大赞"真名士也！"即赐以珍馐美酒。临别时又赐黄金十斤、水晶界方一握。他后来凭此水晶宝物又得到神女为偶，原来正是在船上被柳生咬了袜子的绝色美人织成。以后二人不断得到龙王妃赐的金帛珍宝，结局是"生家富有珠宝，每出一物，世家所不识焉"。

小说主人公是科场失利的落第秀才，这就使开端的悲苦现实照应了蒲公屡试不中的人生大挫折，突出了精神上的失败。幻想力量的救助过程除了表现获得财富与美女之外，特别加上了龙王对柳生才华的赏识与恩赐这一情节。也正是由于龙王的别具慧眼和"仰慕鸿才"，落魄秀才才得到财宝与神女的双重恩赐。在这里，现实的失败和幻想中的成功形成鲜明的对比，这就使本篇的神助主题更侧重在对穷书生的才华与价值的肯定，这无异于蒲公自我疗救幻想中的一次强有力的自我确证。故事的结局如同《聊斋》爱情三部曲的常见模式，现实受挫者在幻想世界中获得全面彻底的人生补偿。珍宝的贵重，神女的超凡绝伦，其实都是对被科举社会所冷落和埋没的才俊之士的特殊报答与奖赏。作者越是突出龙王的赏识与肯定，越是描绘织成的美丽动人和珍宝的稀世罕见性，就越能体现神意的公正足以抵消社会的不公正，从而使作者自己那颗经历了一生冷遇的寒心得到最大限度的温暖。蒲松龄就是这样替代了神明上苍，在自己的心灵幻想中另立起一套奖惩标准，为自己所创造的小人物们安排着令世人羡慕的命运转折。这既是处在那个"世人原不解怜才"的有清社会之中的蒲公的无可奈何之举，又是他对那个不公正的社会所能做出的最激进的反应。[1]小说结尾处所写的"每出一物，世家所不识焉"，似乎有些夸张过分，敏感的读者或许会从中体味到，作者无意识的自我欣赏和

---

[1]《天宫》"异史氏曰"一段话足以说明蒲松龄的这种逆反心理："高阁迷离，香盈绣帐……非权奸之淫纵，豪势之骄奢，乌有此哉？……空床伤意，暗烛销魂。……遂使糟丘台上，路入天宫；温柔乡中，人疑仙子。"

自我满足未免也太强烈了吧。

《织成》在故事叙述完以后又画蛇添足般地加上一段关于柳毅的佚事，似乎有意让人们注意到这个故事与唐传奇《柳毅传》有着某种原型性的联系。故事中的柳生确实折射着柳毅的影子，这不仅仅表现在故事的背景正是洞庭君柳毅所出没的洞庭湖，而且也表现在主人公作为落第书生的特殊身份上。《聊斋》的这种写法使我想到精神分析学和儿童心理学大师贝托海姆先生在他的获奖著作《愉悦之术：童话的意义与价值》(The Use of Enchantment)中对《一千零一夜》中《辛伯达航海故事》的解读：该故事的原文标题涉及两个同名主人公——《航海家辛伯达和脚夫辛伯达》，前者穿丝绸，吃美味，曾七次出海远游探险，每一次都能幸运归来，获得巨大的财富；后者却终日劳苦不堪，仅能勉强糊口。贝托海姆指出，两个同名主人公实际是一个人物内心世界的双重投射：航海家代表着按照快乐原则而行动和享受的幻想方面，脚夫代表着遵循现实原则的意识方面。"故事旨在告诉人们，只要我们生存着，我们的人格中就有两个不同的侧面，正像两个辛伯达既相同又不同那样，一个在现实中过着艰苦的生活，另一个则有奇异冒险的生活。对这种二分现象还可做另一种解释：把两种对立的生存方式视为生命的白昼与夜晚，视为清醒的和梦境的、现实与幻想、有意识的存在和无意识的存在。故事主要表明了这样的事实：当我们从自我和本我这两种不同立场出发时，生活将是怎样的不同呀"[1]。

把《织成》中的两个柳生之间的对应同《辛伯达》故事中两个辛伯达之间的关系加以比较，似可更真切地体会《聊斋》作者的用心。当脚夫辛伯达不堪忍受肩头的重负，面对航海家辛伯达豪华享乐的宅院发出对命运不公的感慨时，他也是通过两个同名人之间的认同和对比来质问神灵的：

---

[1] 贝托海姆 (Bruno Bettelheim)：《愉悦之术》(The Use of Enchantment)，美国精选书屋1977年版，第84页。

谁都是出自父精母血，

我和他本为一体，

实质上并无差别，

可是彼此间却隔着一条鸿沟，

其距离远如酒和醋的区别。

回顾《织成》中现实柳生对龙王的质询，竟然有异曲同工之妙：

闻洞庭君为柳氏，臣亦柳氏；昔洞庭落第，今臣亦落第；洞庭得遇龙女而仙，今臣醉戏一姬而死：何幸不幸之悬殊也？

对命运不公提出质疑的都是代表现实苦难的主人公，而用来认同和对比的又都是代表幻想存在的同名主人公。脚夫辛伯达发出质疑之后被航海家请进宅院，连续七天听他讲述自己的七次航海冒险生涯，这无异于亲自进入那个幻想世界，获得无意识的欲望满足。柳生发出质疑之后也同样受到龙王礼遇，自己也同唐传奇神话中的柳毅那样，借幻想的力量荣享财宝与神女，把神话中的"幸"与现实中的"不幸"之间的悬殊差别完全抹平了。如此看来，《织成》一篇之所以有意识地影射《柳毅传》，正是因为作者要有意识地借助于神话原型人物特有的幻想力量，为现实柳生的命运转变寻找逻辑的根据，两篇故事的一个重要差异是，脚夫辛伯达在听完了航海家的七天幻想故事之后，带着满足的、恢复平衡的心理重新回到了他原有的现实生活——继续为人负重搬运，而航海家辛伯达则继续他的享乐生活。贝托海姆十分遗憾地指出："这个故事的缺陷就在于此：结局时没有象征性地表达出化身为两个辛伯达的我们人格的对立方面最终结合起来的需要。如果这是一篇西方的童话，它将以两主人公永远愉快地生活在一起而告终……这样一种象征性地表达人物心理的成功整合的结尾显然将会更有意义。"[1] 对照之下，《织成》虽然不是西方的童话，却真正做到了心理学家所期望看到的那种现实与幻想、有意识与无意识、自我与本我之间的象征性整合。不过，这种结合的方式不是现实柳生与神话柳毅的并列相处，而是现实柳生同神话柳毅的实际认同：他自己也步入了神话仙境，完全彻底地把现实苦难抛到九霄云外去了。蒲松龄在讲完柳生故事之后再附上一段关于柳毅的传说，正是为了进一步模糊两位柳生之间的若隐若现的界限，使这种合二为一式的结合表现为幻想对现实的完全吞没。看来，作者不能容忍他心爱的主人公柳生像脚夫辛伯达那样，经过有限的幻想满足后再回到悲苦的现实之中，所以他必须让柳生同柳毅一样在幻想世界中永存下去。

可惜的是，贝托海姆先生并未读到蒲公的"孤愤之书"，否则的话他一定会另眼相看，不再固执抱守那"西方优越"的偏见了。阿拉伯人的幻想能力早由于《一千零一夜》的成就而闻名于世了，但是脚夫辛伯达最终还是告别了幻想重返现实。华夏民族素以务实著称，幻想能力本不发达，已从古代神话的零散简略这一事实中得到了体现。然而，到了 17 世纪的清代初叶，一位连续 50 年不能金榜题名的乡间寒士蒲松龄，却借助于"穷而后幻"的辩证法获得了前所未有的惊人想象力。[2] 他为了永久实现在现实社会中永远得不到的自我确证，竟能同他笔下的穷书生和众多小人物们耽溺于狐鬼仙怪的

---

[1] 贝托海姆：《愉悦之术》，第 85 页。

[2] 关于科举考场如何使应试人趋向精神病态，从而培育出特异的幻想能力，蒲先生在《王子安》篇末"异史氏曰"中已有生动的交代，兹引录如下：异史氏曰："秀才入闱，有七似焉：初入时，白足提篮，似丐。唱名时，官呵隶骂，似囚。其归号舍也，孔孔伸头，房房露脚，似秋末之冷蜂。其出场也，神情惝怳，天地异色，似出笼之病鸟。迨望报也，草木皆惊，梦想亦幻。时作一得志想，则顷刻而楼阁俱成；作一失志想，则瞬息而骸骨已朽。此际行坐难安，则似被絷之猱。忽然而飞骑传人，报条无我，此时神色猝变，嗒然若死，似饵毒之蝇，弄之亦不觉也。初失志，心灰意败，大骂司衡无目，笔墨无灵，势必举案头物而尽炬之；炬之不已，而碎踏之；踏之不已，而投之浊流。从此披发入山，面向石壁，再有以'且夫''尝谓'之文进我者，定当操戈逐之。无何，日渐远，气渐平，技又渐痒；遂似破卵之鸠，只得衔木营巢，从新另抱矣。如此情况，当局者痛哭欲死；而自旁观者视之，其可笑孰甚焉！"

世界而不惊不惧，反而倍觉亲切温暖，流连忘返，难道不正是由于那个"不解怜才"的现实世界待他太冷酷，终于使他彻底厌弃的缘故吗？

如果并不存在一个仁慈公义的上帝，那么个人拯救的唯一希望就在于借助幻想去自己充当上帝。如果冥冥之中没有一种赏善罚恶的神圣力量，那么我们只有以意念去制造这种力量。这就是《聊斋》神话所要传给世人的至高真理。

《聊斋》作者用搜集和改造故事的方式所告诉世人的这个道理，在德国的哲理诗人歌德那里表现为明确的理论信条，那就是诗剧《浮士德》中所说的"神助自助者"。为了更加深入地理解这个信条所蕴涵的哲学意义，让我引述罗素《西方哲学史》中的如下一段话：

在人间万事的安排上，似乎并没有任何合理的东西。那些顽固地坚持要在某个地方能找出道理来的人们，就只好返求于自己并且像弥尔顿的撒旦那样认定：心灵是它自己的园地，在它自身里可以把地狱造成天堂，把天堂造成地狱。[1]

罗素、弥尔顿和歌德的不谋而合之处在于：人的"自助"心理是神话产生的一种动力因素。

文学史家常常为中国汉民族上古没有留下体系性的完整神话而感到遗憾和困惑。我以为，在历史迈向近代之际，能够产生像《聊斋志异》这样由数百篇作品构成的神话体系，也许是一个同样值得深思的文化奇迹吧。多诺西·伊根在《神话在个人梦幻中的应用》一文中指出，霍皮印第安人的神话与民间传说历久不衰地存活于霍皮人社会中，特别是反复出现在该社会个体

---

[1] 罗素：《西方哲学史》上卷，何兆武、李约瑟译，商务印书馆1963年版，第286—287页。

成员的梦境之中，做梦者利用神话传说将自己认同为文化英雄，使欲望超越自然的限制得以伸展开来，因此而减少内心的焦虑。[1] 从这一意义上，我们可以深入理解"梦是个人性的神话"这一心理学命题，从而为揭示《聊斋》一类幻梦文学的文化特质做出相应的努力。

---

[1] 多诺西·伊根（Dorothy Eggan）：《神话在个人幻梦中的应用》（*The Personal Use of Myth in Dreams*），西北欧克（T.A.Sebeok）编：《神话论文集》（*Myth: a Symposium*），印第安纳大学出版社 1958 年版，第 107 页。

第十二章

色与美
——《金瓶梅》性爱主题的复调变奏

THE TWELFTH PART

> 春女思，秋士悲，知物化矣。
>
> ——《淮南子》
>
> 皓齿蛾眉，伐性之斧。
>
> ——枚乘《七发》
>
> 无论在哪儿，男人通过对妇女的攻击使自己从对女性的恐惧中挣脱出来。他说：她是猛兽、吸血鬼、欲壑难填。她是恶兆的化身。
>
> ——霍妮《我们的内心冲突》

高唐神女与维纳斯

一、掩耳盗铃
——《金瓶梅》研究史的偏颇

《吕氏春秋·自知》中说到一个窃运大钟的人，想将钟打碎以便搬运，又怕砸钟的响声惊动别人，就急忙捂住自己的耳朵，以为自己听不见钟响，别人也不会听见。唐代史学大师刘知几在《史通·书志》中用"掩耳盗钟，自云无觉"八个字概括了这个故事，后来又演变成了尽人皆知的成语"掩耳盗铃"，用来讥讽那种置客观事实于不顾、自欺欺人的行为。

当我们回顾号称"天下第一奇书"的明代小说《金瓶梅》的研究史时，竟然获得了同上述故事所传达的十分相同的印象，所以我想借用"掩耳盗铃"这个成语来概括《金瓶梅》的研究史及现状。当然，这种概括可能会得罪许多人，不过我要首先声明的是，我之所以借用这个贬义的成语，并不是要抹煞前人研究《金瓶梅》的成果，或针对研究者个人，而是要指出以往的《金瓶梅》研究的巨大偏向，以及造成这种偏向的文化的和历史的原因。

众所周知，《金瓶梅》向来被视为中国文学史乃至整个世界文学中最著名的"淫"书。《金瓶梅》之所以得此恶名，就因为书中赤裸裸地描述了男女主人公的性爱活动。在描写性生活的篇幅之大以及逼真、细致的程度等方面，《金瓶梅》都是"前无古人"的，这是任何人也无法否认的客观事实。自从此书的第一个读者董思白发出了自相矛盾的"读者反应"之后，"淫"书之名便随着《金瓶梅》的流传而流传，至今仍像驱不散的阴影一样，萦绕在每一位读者和研究者的头脑之中，这正是造成《金瓶梅》研究中的巨大偏向的本质原因。让我们先来看一下董思白对《金瓶梅》的反应究竟是怎样自相矛盾的吧。

明末文学家袁中道曾于万历四十二年（1614）记下了他同董思白讨论小

说的一段话，可以视为《金瓶梅》批评之滥觞：

> 往晤董太史思白，共说小说之佳者。思白曰："近有一小说，名《金瓶梅》，极佳。"予私识之。后从中郎真州，见此书之半，大约模写儿女情态俱备，乃从《水浒传》潘金莲演出一支。……追忆思白言及此书曰："决当焚之。"以今思之，不必焚，不必崇，听之而已。焚之亦自有存者，非人力所能消除。但《水浒》崇之则诲盗；此书诲淫，有名教之思者，何必务为新奇以惊愚而蠹俗乎？[1]

从这仅存的关于《金瓶梅》一书最早的反应来看，董思白针对这部小说的批评只有六个字，即"极佳"和"决当焚之"。这六字评论中实际上蕴涵着两种截然相反的价值判断：极端的肯定与极度的否定。既然是一部"极佳"的小说，又为何要"焚之"呢？董氏自己没有解释这一矛盾，而袁中道也只解释一半，即否定此书的理由在于"此书诲淫"，有悖于"名教"。至于问题的另一半——小说"极佳"指的是什么，则没有说明。

一部《金瓶梅》研究史便是以这样两种或褒或贬的对立态度为线索而发展下来的。然而不论是褒还是贬，都毫无例外地回避了《金瓶梅》一书最为突出的性描写问题，形成了一种因袭至今的"王顾左右而言他"的研究传统。从明代末年起，沈德符、李日华、袁照等人相继从封建道德观念出发，指斥《金瓶梅》为"坏人心术"[2]"不堪入目"[3]的"极秽"[4]之作；清朝统治者将《金瓶梅》作为淫书查禁之后，否定派的咒骂之声更是一浪高过一浪。郑光祖惊呼该书具有"弃礼灭义""诱为不轨"的教唆作用，梁恭辰在《劝戒四录》

---

[1] 袁中道：《游居柿录》，侯忠义、王汝梅编：《金瓶梅资料汇编》，北京大学出版社1985年版，第220—221页。
[2] 沈德符：《万历野获编》，《金瓶梅资料汇编》，第222页。
[3] 袁照：《袁石公遗事录》，《金瓶梅资料汇编》，第465页。
[4] 李日华：《味水轩日记》，《金瓶梅资料汇编》，第223页。

中记述了这样一种传说：某书贩因家藏《金瓶梅》版而身患重病，且有断子绝孙之虞。

综观对《金瓶梅》持否定态度的所有批评，几乎都是从道德立场出发的斥责或叫骂，它们所能传递给后人的信息只有一个：《金瓶梅》触犯了封建礼教，是"诲淫"之书。至于书中的性爱描写，本是这些以正人君子自居的卫道士们所不齿的，因此根本谈不上什么研究。

肯定派的观点虽多种多样，但大致不外两类，一类根本不谈小说中的性爱描绘，完全避开这容易犯忌讳的一面，只就小说的某些枝节方面加以称道和赞赏。如《今古奇观序》的作者笑花主人称赏《金瓶梅》"书丽"，《金瓶梅词话序》的作者欣欣子说《金瓶梅》"语句新奇，脍炙人口""文墨绰有可观"；谢肇淛在《金瓶梅跋》中盛赞小说中的人物刻画"不徒肖其貌，且并其神传之"，称作者为"稗官之上乘，炉锤之妙手"。这类看法虽或可取，但毕竟绕开了《金瓶梅》的关键问题，因此显得宽泛而不着边际，若移用于评价其他小说，也无不可。另一类肯定的观点可称为"寓意说"，其首倡者为袁宏道，他曾从董思白处得到不完全的《金瓶梅》抄本，观后写下了十余字的评语——

……云霞满纸，胜于枚生《七发》多矣。[1]

这评语的前四字"云霞满纸"同董氏的"极佳"同类，是非常含混的赞语，

图 115 中国古代小脚崇拜图

---

[1] 袁宏道：《与董思白》，《金瓶梅资料汇编》，第220页。

除了表明一种高度肯定的态度之外，并不能说明什么。评语的后八个字将小说同枚乘的《七发》相比，称赞它比《七发》还要高明得多，这比较中便间接透露了如下观点：《金瓶梅》的写法与《七发》同类，借夸张渲染的声色描写表达戒声色的寓意。这种看法得到了后代许多人的附和或发挥。东吴弄珠客在《金瓶梅序》中写道：

然作者亦自有意，盖为世戒，非为世劝也。如诸妇多矣，而独以潘金莲、李瓶儿、春梅命名者，亦楚梼杌之意也。盖金莲以奸死，瓶儿以孽死，春梅以淫死，较诸妇而更惨耳。借西门庆以描画世之大净，应伯爵以描画世之小丑，诸淫妇以描画世之丑婆净婆，令人读之汗下。盖为世戒，非为世劝也。

这样的看法无形中替《金瓶梅》书中的性描写做了曲折的辩护：那些描写不是为了"宣淫"教唆，而是为了惩戒的目的而不得不写的。到了清代康熙年间大评点家张竹坡，寓意说发展到登峰造极的地步。他在《竹坡闲话》《寓意说》《苦孝说》《第一奇书非淫书论》等文中，将《金瓶梅》说成是仁人志士的"悲愤"之作，作者因"不得于时""而作秽言以泄其愤"，寄寓于书中的主旨乃是"唯孝可以消除万恶"。他同时还批驳了"淫书"说："夫微言之而文人知微，显言之而流俗知惧，不意世之看者，不以为惩劝之韦弦，反以为行乐之符节，所以目为淫书，不知淫者自见其为淫耳。"这样一来，《金瓶梅》从违背封建道德之书一变成了符合封建道德之书，连同书中的性爱描写，也被说成是惩恶劝善的手段。

当代的读者反应批评理论认为，"一个人把自己的经验当作读者来与它商量的时候，经验所具有的形式就将是一套特定的感觉的类型所造成的后果，这些类型并不反映世界而是构成了世界，描述一部作品的特征……就是给予作品以一种解释。因此，任何特征只要能被人指出曾经引起这种或那种反应，这些特征本身就是一种特定的解释框架的产物。这种框架创造了材料和反应，也可以说重新制造了作品。"[1]张竹坡指出的"淫者自见其为淫"的阅读现象，正是这种以"淫"为解释框架重新制造《金瓶梅》的结果。而张竹坡等人出于自己的阅读经验来强调《金瓶梅》的寓意特征，实际上又按照另一种解释框架重新向道德化的方向制造了作品。由于这种解释既肯定了《金瓶梅》的存在价值，又不致触犯占统治地位的封建意识形态，所以赢得了更多的附和者。这种解释的框架在长时期里支配了众多的读者对《金瓶梅》的反应，这似乎是作者的障眼法，以使书中大段大段的性生活描写免遭"诲淫"之恶名。以下让我们看一看，不同时代的读者和研究者是怎样不谋而合地被寓意说的解释框架重新塑造出自己的反应的。

清末小说家吴趼人说：

……《金瓶梅》《肉蒲团》，此著名之淫书也。然其实皆惩淫之作。此非独著者之自负如此，即善读者亦能知此意，固非余一人之私言也。[2]

今人侯健先生认为，东吴弄珠客对《金瓶梅》"盖为世戒，非为世劝"的看法切中该书的本旨，他在为台湾出版的万历本《金瓶梅》书前写的《金瓶梅论》中发挥说：

……《金瓶梅》有正确严肃的主题，写的是讽刺兼寓言，由人到物的可笑可悯可怕现象……专以道德意义说，它应当优于《红楼梦》——那确是一部反社会的巨构。说它是秽书不错，因为它是要以秽去垢的，如佛陀向阿难

---

[1] 汤普金斯（J.P.Tompkins）：《读者反应批评导论》，《读者反应批评》（Reader Responses Criticism），约翰·霍普金斯大学出版社 1980 年版，第 X Xii 页。
[2] 吴趼人：《杂说》，《金瓶梅资料汇编》，第 481 页。

说摩登伽女。斥之为淫书便是冤枉的，因为它写淫，但不诲淫。[1]

苏联汉学家里弗京（李福清）在俄译本《金瓶梅》书前也照例施用了类似的预防针：

作者不止一次地谴责自己笔下的人物，号召人们在生活中要节制和严肃。他清楚地懂得：他描写西门庆的情场恶行，并不是津津乐道于阴私的细情，而是为了给那些在官场享乐中不知分寸的人们发出警告和训诫。因此，色情描写在小说中并不是目的而是揭露的手段。[2]

不论是张竹坡的"寓意"说，还是吴趼人的"惩淫"说，其功能都是类似的：使《金瓶梅》中触犯封建道德的性爱描写披上符合道德的"惩戒"外衣。这或许可以说是用掩耳盗铃法去看《金瓶梅》的一种较为高明的方式，因为兰陵笑笑生在他的创作构思中确实给自己笔下的性放纵故事罩上了一层保护性的"惩戒"外衣，他也许未曾料到，这外衣所造成的买椟还珠效应是多么持久。

现代以来的《金瓶梅》研究几乎是肯定派观点的一统天下了。人们公认这是一部杰出的，甚至是伟大的写实主义巨著，至于书中的性描写只不过是局部的败笔，或有不妥，仍是瑕不掩瑜，只要将这些"淫秽"的部分尽行删除，一部古典艺术名著便可被"挽救"出来了。[3]于是乎，各种美其名曰为"洁本"的《金瓶梅》相继问世，而研究者们也只好将错就错，围绕着这些被阉

---

[1] 石昌渝、尹恭弘编：《台港〈金瓶梅〉研究论文选》，江苏古籍出版社1986年版，第10页。
[2] 里弗京：《兰陵笑笑生和他的〈金瓶梅〉》，胡文彬编：《金瓶梅的世界》，北方文艺出版社1987年版，第62页。
[3]《金瓶梅资料汇编》的前言中一段话可以作为这种"挽救"苦心的代表："《金瓶梅》中赤裸裸地表现动物性本能的性行为描写，固然是因社会颓风影响所致，目的是为了暴露西门庆之恶，但在描写表达上的琐细而夸张、繁多而千篇一律，不能不说是糟粕，而必须加以扬弃和批判。如果删去这部分内容，并不影响我们了解《金瓶梅》的艺术成就和认识价值，反而会使它的地位更加突出。"

割过的所谓洁本去作文章。除了上面提到的掩耳盗铃式研究的高明方式外，更多的是较不高明的掩耳盗铃式研究，即完全撇开小说中最突出的也是最敏感的性问题，大谈小说揭露和批判社会黑暗的功绩，小说塑造人物形象的技巧，小说语言方面的特色等等。新中国成立以来学术界对《金瓶梅》的几次争论始终离不开作者究竟是谁的考证问题以及西门庆的阶级成分问题，这不能不说是研究方向上的一大偏差。鉴于"红学"蜕变为"曹学"的教训，面对着诸如《从〈金瓶梅词话〉看明人的饮食风貌》《金瓶梅中"金华酒"非"兰陵酒"考辨》之类的论文日渐增多的趋势，我们是否应该意识到，掩耳盗铃式的《金瓶梅》研究可以告一段落了。

我们的先哲早就告诉人们：食和色都是人的本性。可是几千年后的人们，面对着《金瓶梅》这样一部写尽了人的本性的小说，却只敢奢谈其中的"食"，而不敢谈其中的"色"，谁说这不是一种现代的虚伪呢？

当然，现代的虚伪并不是个人原因所造成的，至少可以确认它来源于过去的虚伪——封建道德。正因为在我们这样一个封建传统异常深厚的国度，对性的问题才会讳莫如深。一方面由于教育的滞后，国民中较普遍的性愚昧；另一方面学界之人生怕会触犯了"万恶淫为首"的禁忌，沾上"诲淫"的嫌疑，至今不能客观地对待《金瓶梅》这样的作品。殊不知，"顾左右而言他"式的研究非但不能有助于问题的解决，反而会使小说中被回避掉的性问题变得更加神秘化，而那些被阉割了的"洁本"表面上看似乎是为了"戒淫"，但其实际作用却恰恰是"诲淫"，因为接受美学已经充分说明：文学文本中的空白和省略本身就能形成一种"召唤结构"，诱使读者发挥自己的想象力去填补和再造作品中的空缺。从这一意义上讲，出于道学考虑的删节就从"掩耳盗铃"转换成"欲盖弥彰"了。更何况出版者还在每处被删的地方用脚注交代了所删去的字数，似乎在暗示读者猜谜的线索和发挥想象力的幅度。笑笑生若地下有知，一定会有哭笑不得之感吧。

二、系铃解铃：笑笑生的自我解构与性主题变奏

当我们尽量排除以往的《金瓶梅》评论所造成的解释框架及成见，直接面对作品原文的时候，会逐渐体会到这部小说作者的一种矛盾心态，更确切地说，是作者对性问题所持的一种自相矛盾的态度。随着阅读过程的展开，我们对作者的这种矛盾心态的体会也愈来愈加深，在掩卷深思之后，不得不为作者开创的性美学而惊叹。

为了把握笑笑生通过自相矛盾的表达透露给我们的性美学，必须从对表达形式的分析入手。在开始这种分析时，首先要明确的是，作者对性的问题究竟抱着怎样的矛盾态度？简单的回答是：那是一种既指责又赞赏，既津津乐道又深恶痛绝的态度。正是这种态度构成了《金瓶梅》独特的张力结构和复调蕴涵，并由此引发出了后人对小说的种种矛盾反应及褒贬不一的评价。

（一）色：性主题在男权文化中的道德换喻

《金瓶梅》是中国文学史上以性为主题的最重要的作品，同其他类似主题的作品一样，作者不可能完全超越中国文化传统去无拘无束地表达这一主题，这就造成了小说中一种奇怪的现象：对性问题的公开抨击与暗中赞美。这种矛盾心态先体现在小说的文体差异上：大凡作者直接发出道德议论的时候，总是摆出一副道学先生的冷面孔，把性欲的罪恶作用宣讲给人听，要求人们节制欲望，免受性的诱惑以至灾难临头；但是一到具体描写男女主人公性活动时，作者就好像摇身一变，换成了另一个面目全非的热心人，用各种生动的或象征性的语汇对性行为做全方位的表现和尽可能的美化。这样一来，小说中具体的性描写就对小说中抽象的议论做出了暗中的否定。由于作者往往将抽象议论安排在先，而具体描写安排在后，这样一种秩序，实际上形成

了一种表达上的"自我解构"。

所谓"解构"（deconstruction），按照这个词的本义来理解，既有消解、拆散结构的意思（de），又有重新建构（construction）的意思。笑笑生的"自我解构"战略，即指他在《金瓶梅》中运用的修辞之术：让后面的文字成为前面述说的大道理的消解和重建，而在众多的绘声绘色的性活动描绘中重建起来的，正是作为抽象的说教之对立面的性美学。当然，如果按照解构批评家们通常的看法，作者在本文中实现的自我解构并不是一种有意识的自觉行为的结果，而是无意识地被他所使用的语言及修辞术驱使的结果。那么，究竟笑笑生的自我解构是有意识的呢？还是无意识的？让我们通过以下的具体分析来寻求解答吧。

《金瓶梅》第一回开篇的大段议论，表面上是对全书的思想说明，历来为寓意说的倡导者们所看重。这段议论围绕"财色"二字展开，重在控诉"色"给人带来的危害。控诉是以四句诗构成的《色箴》开始的：

二八佳人体似酥，腰间仗剑斩愚夫；
虽然不见人头落，暗里教君骨髓枯。[1]

在引述了此诗之后，笑笑生告诉我们，此诗作者是唐朝时一位道号纯阳子祖师的仙长所作，此人姓吕名岩。

从道教文献中可知，这位唐末道士在北宋以后被神化了，民间奉他为八仙之一。此人的道号不是随便拈出的，正像《金瓶梅》中许多人物的名字隐含有象征意义一样。"纯阳子"一名放在中国阴阳文化背景中，其隐喻意蕴不难悟出：阳正是与阴相对的一极，也就是同黑暗、寒冷、女性相

---

[1]《金瓶梅》，齐鲁书社1987年版，第10页。以下凡引此书，只于引文后标明页码，不另加注。

对的一面：光明、温暖、男性。"阳"字以"纯"来修饰，意在突出两极之间对立的一面，而不是统一和相互转化的一面。与女人相对立的是男人，纯阳子不妨看作是作者理想之中的"纯男人"——一般男人免不了要同女人发生关系，而这种理想中的"纯男人"则是女人的对立面，他永远不近女色，用作者的话说，吕纯阳是"一个修真炼性的英雄，入圣超凡的豪杰"，由他向世人发出《色箴》，才有充分的表率作用。细察四句诗的内容，可以说是用耸人听闻的可怕比喻将性爱导致死亡的老调加以新的诗化表现。用当代女权主义批评的眼光来看，这是典型的父权文化的产物，而充当作者代言人的"纯阳"先生显然又无意识地充当了传统的男性中心社会的代言人，从这一层意义上说，"纯阳子"之号的命名与其真实身份吻合得天衣无缝了。

在男性中心文化的特制语汇中，中国学者找不到与西文 sex 一词相同的概念。性的问题，从造字时代起就同男性偏见联系在一起了。从男性的立场出发去看性，形成了古代中国特有的概念——"色"。不了解这个概念在男权文化中的发生过程，便难以深入理解由纯阳子（男性对性问题的观点的代言人）所作的《色箴》诗的实质。日本学者笠原仲二曾从审美意识的角度研究过"色"的语义演变，他指出"色"的几层意义分别为：

（1）"男女交媾"，即今人所说的"性"。根据是马叙伦《说文解字六书疏证》中对"色"字原始字形的说明：该字形是人在人上，表示男女性器官相合。

（2）引申为性欲，即《礼记·礼运》所谓"男女之大欲"。

（3）年轻美丽的面貌，女性特有的各种各样的性的魅力，如丰艳的肉体、纤丽的四肢、迷人的容姿、温柔娴雅的举止、动听的声音、夺目的衣裳、芳香的脂粉等等，总之，意味着所谓"美人"所具有的一切主要方面。

（4）指女性。与女性有关的或意味着性欲的话，也都称作"色""女色""好色""渔色""淫色""色事""色情"等。[1]

从"色"的语义衍生过程中,我们发现了两个值得注意的现象,首先是"色"概念的价值发生了变化,从中性的"性"或"性欲"转化成了贬义的"女色""色情"。由于后人在谈性问题时总是拈出已经带有贬义的"色"这个词,所以在这种特殊的换喻表达中,性也就自然成了让人望而生畏的东西,同污秽不洁、低下卑劣等负价值发生了联系。由此看来,《色箴》作为《金瓶梅》开篇点题之作,其实就是《性箴》,就是从男性中心立场出发对性欲的控告书。又由于男性的性欲发生根源在于女性,所以,从男性立场出发控诉性的危害也就理所当然地表现为对女人的控诉了:那些足以使男性君子们"骨髓枯"的"二八佳人",就这样被封建的父权道德推上了被告席,成了"杀人不见头落"的凶手。事实上,这种男性偏见的逻辑早已表现在"色"概念的价值转换中了。"色"的本义指男女间的性事或性欲(中性词)。后来却引申为男性的性欲对象,女性的性欲无形中被抹杀和否定了。女性只是作为男性性欲对象而存在,"色"便是专指这种存在的词汇(贬义词)。对男性而言,一个女子越是具有性魅力,就越符合"色"的标准。《金瓶梅》中与男主人公有染的诸多女子,恰恰都符合这一标准。看来作者好像要把这部长篇小说写成一部叙事体的"色箴"或"性箴",他确实在小说开端处就纯阳子的诗大加发挥。他先标举出历史上"三个不怕色的人做好样"(张竹坡语):坐怀不乱的柳下惠,闭门不纳的鲁男子,秉烛达旦的关云长。慨叹从古到今这样的人太少;后举出"两个不胜色的人做歹样"(张竹坡语):就如那石季伦泼天豪富,为绿珠命丧囹圄;楚霸王气概拔山,因虞姬头悬垓下。真所谓"生我之门死我户,看得破时忍不过。这样人岂不是受那色的利害处?"(第12页)在这段议论中,英雄男儿"受色的利害处"被具体落实到女人的性器官上了。

---

[1] 笠原仲二:《古代中国人的美意识》,魏常海译,北京大学出版社1987年版,第7—9页。

女阴，既是"生我之门"，又将是"死我之户"，也许古今中外再也没有比这更刻毒的诋毁性和女人的咒词了。在这种男性中心偏见的逻辑公式中，性被等同于女人的性感特征，女人的性感特征由于具有对男性的诱感作用。又被等同于死亡的召唤：

　　朱唇皓齿，掩袖回眸，懂得来时，便是阎罗殿前鬼判夜叉增恶态。罗袜一弯，金莲三寸，是砌坟时破土的锹锄；枕上绸缪，被中恩爱，是五殿下油锅中生活。（第12页）

　　在这一段关于色即女人性感等于死神使者的比喻论证中，特别提到了"三寸金莲"及其换喻对象"罗袜一弯"。当代性心理学家指出，男人对女性的脚及与脚相关的鞋、袜可以有一种特殊的兴趣，其极端者即可称为"足恋"或"拜足狂"。"在足恋者，足或履不只是一个工具，而是一个真正的象征，是不惜顶礼膜拜的东西，是一个理想化的对象，摩挲时固须极其虔敬之诚，想象时更不免忘餐而废寝"。[1] 从心理实质上看，男人对女人脚的特殊敏感是由于文化原因造成的一种性欲倒错，在中国文化中特别推崇的女人小脚实可视为变态性心理的典型对象。英国性学家卡纳（H.Cutner）即认为，拜足狂是男性被虐狂的一种潜在方式。在对女人身体的最低下的这一部分的眷恋与膜拜中，深深地潜藏着男性的自卑情结或一种被异性践踏的欲望。[2] 由此看来，当笑笑生扮演道学先生控诉"色"之危害时特别提出"金莲三寸"，并把女人小脚比做给男人掘坟的锹锄，就绝不是偶然的了。

　　研究中国文化中性问题的专家高罗佩（Van Gulik）指出，从10世纪开始了中国女性裹足的风俗，这一方面标志着人们性观念的变化，另一方面也

---

[1] 霭里士：《性心理学》，潘光旦译，三联书店1987年版，第210页。
[2] 卡纳：《性崇拜》，方智弘译，台湾国际文化事业有限公司1985年版，第118—119页。

造成了自先秦时代以来盛行的女子舞蹈艺术的终结。[1] 在统治阶级所认可并竭力倡导的缠足之风的背后，潜藏着中国封建士大夫们的变态性心理。基于此种心理：女人最大的魅力就在于脚，不是自然生成的脚，而是人工改制了的反自然状态的"小脚"。于是，三寸金莲便渐渐成为在中国文化中被扭曲了的男性性欲的直接对象物。判定一个女人是否有性感，首先要看她是否具备这样的一双小脚（阿Q幻想革命成功后为自己挑选女人，也嫌吴妈脚不够小）。尽管此种变态性心理对于已废除裹足风俗多年的现代人来说难以理解，但是《金瓶梅》的作者及书中的男人们却都是可以心领神会的。作者为他的这部叙事体"性箴"选择中心人物时特意看中了《水浒》故事中现成的角色潘金莲，这样的选择真是苦心经营的啊！原来这个女人的名字本身便意指着潜存于男人心底的性欲目标，由她来扮演"暗里教君骨髓枯"的性爱神话剧的第一女主人公，真是再合适不过了。[2] 按照中国传统医学的观点，男性的精子的重要来源是骨髓，而精子又是男性的生命之源。骨髓枯乃是因性交过多而导致死亡的隐喻说法，笑笑生在小说第七十九回写"西门庆贪欲丧命"时完全兑现了他的"髓竭人亡"预言，同时也完成了小说开篇提出的道学主题的三段论证：

金莲（女人小脚）=女性性感（色）=男性性欲的对象=男人死亡的原因也许有人会怀疑，《金瓶梅》女主人公潘金莲的名字是否同传统文化中对三寸金莲的推崇有必然联系？这种怀疑在下述事实面前或可立时冰释：笑笑生在炮制出三寸金莲等于掘坟锹锄的奇妙比喻之后不久便写到潘金莲的出场，特意点明的一点是：

---

[1] 高罗佩：《中国古代房内考》，莱顿，1966年英文版，第222页。
[2] 第四回写西门庆与潘金莲初识，两人最早的接触便是西门庆借拾箸之机捏潘氏的小脚。两人再度欢会时，西门庆的性欲又一次因潘氏的小脚而触发。

> 这潘金莲……因她自幼生得有些姿色，缠得一双好小脚，所以就叫金莲。（第32页）

这一笔便将"色"、小脚与金莲之名的三位一体关系和盘托出了。小说中除了西门庆外，直接被金莲的无形"色"（性）剑所斩的"愚夫"还应包括武大郎，特别是张大户：

> 大户自从收用金莲之后，不觉身上添了四五件病症。端的哪五件？
> 第一腰便添痛（骨髓枯的征兆），第二眼便添泪，第三耳便添聋，第四鼻便添涕，第五尿便添滴。（第32页）

后来张大户虽将金莲嫁与武大，却仍同她保持性关系，作者让他当了小说中第一位被女色暗杀的男人："忽一日，大户得患阳寒病症，呜呼死了。"（第33页）不少学者指出过，《金瓶梅》的一大特色是写死亡。孙述宇先生便说："中国小说家中，关心死亡所反映的人生终极意义的只有本书作者一人。他虽只有一本书，但在这些篇幅中细细写了许多死事：宋惠莲、官哥、李瓶儿、西门庆、潘金莲、庞春梅……从前的人大概觉得这本书淫猥之外，又不吉利。"[1] 我们若细细分析书中人物的死因，便不难看出其中最突出的一点：性生活过度。

对男人们来说，小说中第一个死去的张大户便是因色亡身的榜样。所谓"生我之门死我户"的咒词实为作者构思时为书中人物预设的可怕宿命。西门庆之死只不过以更为夸张的形式重复张大户之死而已。

与《金瓶梅》书名相关的另外两位女性——李瓶儿和庞春梅，虽然在人

---

[1] 孙述宇：《金瓶梅的艺术》，《台港〈金瓶梅〉研究论文选》，江苏古籍出版社1986年版，第75—76页。

格上与潘金莲有高下之别，作者对她们的态度中也含有更多的同情，但作为以色（性）谋杀男人的凶手，却同金莲并无二致。这部从男性立场出发控告性之罪恶的小说用她们三位"淫妇"的名字来命名似乎也可以说明作者的写作主旨。

精神分析学家们早已告诉人们，瓶子之类的中空容器和花卉一样，在人类的潜意识中象征着女性生殖器。弗洛伊德写道：

女性生殖器则以一切有空间性和容纳性的事物为其象征，例如坑和穴，罐和瓶，各种大箱小盒及橱柜、保险箱、口袋等。船艇也属此类。有许多象征是指子宫，而不是指其他生殖器官：例如碗柜，火炉，尤其是房间。房间的象征在此和房屋的象征相关联，而门户则代表阴户。[1]

尽管国内外许多人都对精神分析学不满，甚或将弗洛伊德视为"泛性象征贩子"，但仅从《金瓶梅》一书中的实例就可确证其说不诬。反过来则可以说，精神分析提供的性象征语汇对于理解这部中国古典作品亦大有助益。在弗洛伊德的上述提示之下，我们首先悟出了瓶儿的命名奥义：子宫的象征。这不仅因为她同金莲一样用其性放纵加剧了西门庆的暴亡，而且因为她用自身的容器（瓶儿＝子宫）为西门庆孕育出了孩子。这一层意思并不是笔者的推测，而是笑笑生精心设计的。不信，请看第二十七回的如下情节：

时值六月初一，骄阳似火，西门庆在花园用喷壶浇花，恰逢潘金莲与李瓶儿同时来到花园——

金莲看见那瑞香花，就要摘来戴。西门庆拦住道："怪小油嘴，趁早

---

[1] 弗洛伊德：《精神分析引论》，高觉敷译，商务印书馆1984年版，第117页。

休动手，我每人赏你一朵吧。"原来西门庆把旁边少开头，早已摘下几朵来，浸在一只碎瓷胆瓶内。（第410页）

  关于这段文字的象征性预示作用，苏联学者里弗京已有敏锐的揭示："作者利用这些细节把读者引导到一个几分钟之内完成的重要事情上，引导到李瓶儿承认自己已经怀孕的事情上。因此，这里提到了花瓶，'瓶'就是暗示花瓶，暗示妇女的天性。在主人公的直接话语中，用了一个不寻常的动词，他不说把花插进花瓶或放进花瓶，而用了一个'浸'字，这个字是'陷入''滋润''灌满'的意思，他还用了一个我们看来不大美的花瓶的样子来掩藏自己的思想。他讲的是一种细长脖，大肚子的，样子像悬挂着胆囊的花瓶。胆囊在中国人看来是存放着胆量和勇气的容器。显然，作者想要说的是子孙后代的生育问题。……金莲想要摘一朵花装饰自己的发髻这也不是偶然的。她懂得什么叫作把花'陷入'绿色花瓶。西门庆用这种方式表示自己要与李瓶儿生一个儿子（不是与金莲或其他妻子）的愿望，因此，他阻止金莲从灌木上摘下那种与他插在瓶里的相同的花朵。西门庆为了与李瓶儿交欢，把金莲打发走了，瓶儿才告诉他自己已经怀孕。"[1] 里弗京的这段分析虽有过于穿凿之嫌，但毕竟把握住了花瓶的象征与生子的关系。（参看本书第二章所论女性躯体与容器的神话认同。）我们知道，"瓶儿是西门庆妻妾中唯一没有借助巫药给西门庆生下孩子的人（虽然孩子的父亲血统可疑）。"这个短命的孩子的真正父亲其实不是西门庆，而是瓶儿的前夫花子虚，这一层奥义笑笑生没有直写出，却在花子虚名字上给我们以象征性的暗示。张竹坡早已看出"瓶儿本是花瓶"（第六十一回回前批语），他的前夫姓"花"，并已在花瓶中插上了花。这意味着象征子宫和生育能力的瓶儿所怀的孕本属花子虚

---

[1] 里弗京：《兰陵笑笑生和他的〈金瓶梅〉》，胡文彬编：《金瓶梅的世界》，第60页。

幻化之鬼胎。[1]而前夫名"子虚"，这已暗示出瓶儿的孩子不可能活下去，必然要化为子虚乌有。李瓶儿本人三易其夫的行为本身亦埋下了她的死因，如果读者还记得她死前胡太医等人乱下药的大段描写，就不能不佩服评点式批评家张竹坡的独到眼力：

瓶儿本是花瓶，止为西门是生药铺中人，遂成药瓶。而因之竹山（蒋竹山亦开药铺——引者）亦以药投之，今又聚胡、赵、何、任诸人之药入内，宜乎丧身黄土，不能与诸花作缘也。（第899页）

可惜竹坡未受过精神分析的熏陶，否则他一定不会放过瓶的双重象征性：子宫与怀孕。现在看来，若不从性象征语言入手，《金瓶梅》是无法获得透彻理解的。

除了瓶的象征之外，把子宫乃至母体喻做瓶子，在中国传统文化中，早有先例。《后汉书》卷一百《孔融传》载路粹枉奏融有云："又前与白衣祢衡，跌宕放言，云：父之于子，当有何亲？论其本意实为情欲发耳！子之于母亦复奚为？譬如寄物瓶中，出则离矣。"弗洛伊德所开列的象征女性生殖器的其他"有空间性和容纳性的事物"，如壶、瓢、船、鞋等，均在《金瓶梅》中派上了用场，并且成为小说中塑造人物性格，预示情节发展，扩大叙述容量的有机成分。限于题旨，笔者将另文探讨这些性象征在《金瓶梅》中的重要作用，这里只提出与书名中第三位女主人公庞春梅有关的花的象征略做讨论。弗洛伊德特别指出，在各种性象征物中：

花卉代表女性生殖器，特别是处女的生殖器。关于这一层，你们要记得

---

[1] 为了照应这一点，小说第六十回特别写到李瓶儿死前梦见亡夫花子虚来向她索要儿子官哥一事（第890—891页）。

花原为植物的生殖器官。[1]

《金瓶梅》多次用"花心"象征女阴的事实（源自《牡丹亭》）表明，弗洛伊德的上述看法具有跨文化的普遍适应性，花的象征同瓶、壶、鞋等一样，可视为世界性的文学原型。按照原型理论家威尔赖特的定义，原型指"对于人类或至少对大多数民族来说具有相同或类似意义的象征"，原型之所以会有跨文化的语义普遍性，在于作为语言符号生成基础的人类感觉和联想的共通性。[2]

在中国文化中，春花象征女性的纯洁与美，早自《诗经》时代就已形成传统：花开意味着女性青春的成熟，是"色"即女性性魅力的较高雅的表达，而花败或花落则意味着"色衰"或早逝。处女的象征常用含苞待放的花或未被采摘的花。与此相对，说一个女人是"残花败柳"，意味着她已非处女或不再具有魅力；把她称为"路柳墙花"，等于说她不是良家妇女。不唯汉语如此，英语"破除童贞"（defloration）一词便源自口语"折她的花"（take her flower）。有趣的是，这个短语竟与汉语的"采花"不谋而合。民间偷情亦叫采花。《中文大辞典》释"采花"："强盗深夜入人宅，强奸妇女，谓之采花，多见于小说中。"了解到花的多重象征功能，再来看春梅的命名，便可一目了然了。《金瓶梅》写到的与西门庆有性关系的女子有十多人，而庞春梅在这情妇群体中的确显得卓尔不群。这显然与梅花在中国花卉的群芳中的独特地位以及历代文人对梅花品格的特别欣赏有关。夏志清先生说："几乎所有西门庆的情妇都出身不正，在接触他之前就都已背上了淫妇的恶名。王六儿和林太太放荡乱交，早已淫名四布。甚至惠莲——仆人来旺之妻，西

---

[1] 弗洛伊德：《精神分析引论》，中译本，第119页。
[2] 参看叶舒宪：《探索非理性的世界》，第207页。

门庆手下最可怜的牺牲者——也有不清不白的历史。"[1]春梅却不是这样，她虽是潘金莲的丫头，却"性聪慧，喜谑浪，善应付，生的有几分姿色"。看来用"色"的标准去看，她同金莲、瓶儿等并无高下之分，但从德的标准看，作者有意让她高出一等，只是到了小说后半部，她才变得同样"淫"起来，并照例因纵欲而丧生。这很可能与春梅本是处女的身份有关。"本来，在作者的构想中，庞春梅一定是位很突出的女性。她有一种自然的尊贵；……生下来就有傲气和身价。那时她在西门府里的地位，与玉箫、迎春、兰香相等，四人是挑出来一起学弹唱的，但她总是鹤立鸡群，瞧那三人不起，骂她们贪吃贪玩；也骂她们好与僮仆狎混……至于男女之事，虽然她先后也失身于西门庆与陈经济两翁婿（都是潘金莲命令的），但是教弹唱的李铭在第二十回想动她的脑筋，她马上疾言厉声相向，使李铭十分狼狈。大抵就是这样与生俱来的身价感，使吴神仙来西门宅看相之时，从一群淫贱的媵妾之间，认出这婢女长着个贵相。"[2]不言而喻，笑笑生有意把她表现为残花败柳丛中一枝有傲骨的冷梅，但只因她有"色"，也就难免要照例被列入以色杀人并自杀的"二八佳人"这行列。她的死在小说最后一回写得十分草率，不过其致死原因，依然按照"生我之门死我户"的逻辑，让她同十九岁的情夫周义在色事之后"鼻口皆出凉气，淫津流下一洼口，就呜呼哀哉了。"

　　从金、瓶、梅三人的命名来看，作者分别用了不同的性象征来突出表现她们各自的性格与身世，但所有这些象征的实质都直指女性的性器官——"金莲"虽是对女人脚的比喻代称，但莲本为花，其象征仍为女阴，况且小说第四回赞美潘金莲性器官一诗的头一句便用这种象征"湿紧香干口赛莲"。[3]整个小说用三个女主人公的象征性名字为题目，用她们的性事暗杀男主人公

---

[1] 夏志清：《〈金瓶梅〉新论》，《金瓶梅西方论文集》，第154页。
[2] 孙述宇：《金瓶梅的艺术》，见《台港〈金瓶梅〉研究论文选》，第87页。
[3] 在这里可以透彻理解封建的男权文化推崇女性小脚（金莲）的实质：那是女性生殖器崇拜的委婉的换喻。

并以性事自戕的故事为论据，完成了对性爱与死亡之间因果关系的全面论证。由小说整体构成的这种诗体论证，二者在结论上两相吻合，分毫不差，那么，我们是否可以总结说，《金瓶梅》以象征性地控诉女性生殖器（色之源泉）的方式表达出了封建的男性中心文化对性（sex）的诋毁与否定？

（二）美：性主题在"无性文化"中的美学换喻

如果肯定了上文的总结，我们便会发现，自己无形中又回到了《金瓶梅》研究史上的"寓意"说或"手段"说。尽管我们在讨论性主题的道德化换喻表达和象征的功能方面或许比前人进了一步，但似乎还得附和古已有之的看法，把《金瓶梅》当成一部"为世戒，非为世劝"的"惩淫"之书了。然而，以上的分析只是针对小说性主题二重奏的道德化变调而展开的，所涉及问题只是作品的一个主要方面，即笑笑生"系铃"的一面。除此之外，《金瓶梅》还有另一个重要方面，即性主题二重奏的另一重旋律——美学变调。在倾听了这一重旋律之后，我们不得不承认，笑笑生在系铃的同时，也在不断地"解铃"，通过这种"解"的过程，小说构思总体中预设的道德惩戒目的实际上落了空，蜕变为蒙在性美学之外的虚伪的道德外衣，留给读者心中的乃是小说本文的张力结构所造成的一种困惑：笑笑生究竟要告诉人们什么？

作为一个艺术家来看，笑笑生的审美意识和审美趣味同他的道德家的立场大相径庭，甚至是针锋相对的。《金瓶梅》的张力结构充分表明：作为道德家的作者所痛恨、所控诉的，正是作为美学家的作者所激赏、所赞叹的同一种东西——性。

这样一种伦理标准同审美标准的内在冲突，使《金瓶梅》呈现出独特的艺术风貌。表现在人物形象的塑造上，可以看出，用道德尺度去看是善良的人物，却在审美意识表现中成了丑的形象，而恶的化身——男主人公西门庆却被作者赋予了美的形象。聂绀弩先生在替武大郎打抱不平的时候，似乎也看出了这种不合情理现象，他写道：

潘金莲这种人的爱情，永远无例外地向着西门庆，永远无例外地不向着武大郎。当然，武大郎穷，社会地位又低，样子又丑，人又老实，不会也没有工夫温存老婆，有什么可爱呢？至于西门大官人，那太不相同了，怎样的一表人才，怎样的一身穿着，怎样的一派谈吐，怎样的知情解趣呀！[1]

若不是这样一丑一美两个对比强烈的人物原型出自《水浒》，也许读者会以为笑笑生有意采用了类似雨果《巴黎圣母院》中的浪漫夸张手法。然而，与雨果借丑陋的敲钟人加西莫多表现纯朴善良的人性不同，武大在中国文学中与其说是一位被同情的受害者形象，不如说是作者不大喜欢的、被丑化和嘲讽的弱者形象。笑笑生甚至借了乔郓哥之口嘲骂武大是鸭，而鸭在古人眼中相当于后人所说的乌龟。《金瓶梅》写武大主要是从潘金莲的角度来着笔的。但作者在竭力突出武大之愚笨与丑陋的时候，似乎完全认可了潘金莲的感觉。这种情况很像福楼拜认可包法利夫人对包法利医生的不满和厌恶之感一样。小说第一回叙述张大户将金莲嫁给武大时，曾设身处地描写金莲的委屈："原来这金莲自嫁武大，看他一味老实（可谓善矣！——引者），人物猥獕，甚是憎嫌，常与他合气。报怨大户：普天世界断生了男子，何故将我嫁与这样个货！每日牵着不走，打着倒退的，只是一味味酒，着紧处，却是锥钯也不动。奴端的那世里悔气，却嫁了他！是好苦也！"（第33页）接下来，笑笑生又为金莲拟作了一首《山坡羊》，向读者进一步证实女主人公的冤屈与苦闷。在这首词中用了种种具体的比喻来说明美与丑的不协调组合：乌鸦配鸾凤，真金埋在土里，顽石抱玉体，粪土中长灵芝，等等。这样还嫌不够，作者干脆站出来替潘氏说话，表达对武大的憎嫌：

---

[1] 聂绀弩：《论武大》，《蛇与塔》，第87页。

看官听说，但凡世上妇女，若自己有些颜色，所禀伶俐，配个好男子便罢了；若是武大这般，虽好杀，也未免有几分憎嫌。自古佳人才子相配着的少，买金偏撞不着卖金的。（第33页）

看了这段议论，谁能相信，这里替"有颜色"的"佳人"鸣冤的人竟会是写下《色箴》的同一位作者。由于笑笑生对潘金莲的性苦闷事先表示了理解和同情，接下来叙述她见到武松时的性爱冲动也就顺理成章了。这一次，作者又一次设身处地体验了潘氏的感觉："一母所生兄弟，怎生我家那身不满尺的丁树，三分似人，七分似鬼，奴那世里遭瘟，撞着他来？如今看起武松这般人物壮健，何不叫他搬来我家住？想这段姻缘却在这里了。"（第35页）从后文发生的情节来判断，潘金莲苦闷的根源在于性爱的饥饿，当她满足这种饥饿的期望在不近女色的武二郎身上落空之后，有心拈花惹草的西门庆自然成了她最及时也最合适的对象。假若从一夫一妻制的道德出发，对这两人的偷情可以给予最严厉的谴责，可是笑笑生却用了艺术的眼光去看这对情人的"幽欢"，在挖苦和讽刺的同时也流露出明显的庆幸与赞赏。特别是在用美学的范畴去描绘他们的性器官和性享受的时候，这种赞赏的态度尤为鲜明。这就使我们不得不得出这样一种认识：作者心目中实际上并存着两种判断人物优劣美丑的尺度，一种是封建传统意识形态所认可的道德尺度，另一种是作者潜意识中的美学尺度，这后种尺度的出发点和根基在于人物的性能力。按照道德尺度，凡是能够以"礼"或"天理"节制性欲、远离"色"之诱惑的人物，便是英雄好汉，如柳下惠和武二郎等；凡是为色所迷、耽于肉欲享乐的人物，便非好汉，到头来必然为色欲所丧命，如西门庆及三位女主人公。然而，按照作者潜意识的美学尺度，凡是欲望强烈、性能力旺盛的人物，便被赋予突出的地位和美的外形，使之成为审美表现的中心；相反的是，凡是欲望委顿的性无能者，几乎没有例外都被加以丑化的表现，突出他们的迂腐、软弱、痴呆和可笑的一面。正是由于作者潜意识中的这种以性为出发点的美学尺度的作用，《金瓶梅》表面上公开申明的道德惩戒意图才被众多的性描写逐渐消解和溶化，具体的形象体系昭示给人们的乃是一种性的崇拜和性的美学世界。在这个世界里，道德上所谓善与恶的尺度已不再起作用，性能力的强与弱成了划分美丑对立的唯一标准。按照这一标准，与传统道德格格不入的"淫夫淫妇"们，如西门庆、潘金莲、李瓶儿和庞春梅等，只因性欲的旺盛和放纵，倒成了审美观照的对象，小说着力刻画的中心人物，其他人物尽管可能在道德上比他们高出许多，但因为在性方面不如他们表现得强烈突出，反倒成了周围的陪衬人物或道具人物。下面让我们通过一二实例来看一看笑笑生是怎样丑化和嘲笑性无能者的吧。

小说中出现的第一个性无能者是张大户。他本来在性能力方面还是正常的，只因私下霸占了年轻美貌的潘金莲后，逐渐变成了性无能者，作者让他得了五种奇怪的病，最后一命呜呼。潘金莲的第一任丈夫武大郎也是个性能力有限的人，作者如何通过潘金莲的性饥渴和性苦闷表达对丈夫的不满，已如前论。小说在写到潘金莲与西门庆在王婆床上初次偷欢时特意插入一段议论，一方面夸耀西门庆的风月能力，一方面辛辣地讥刺张大户与武大郎：

却说这女妇自从与张大户勾搭，这老儿是软如鼻涕浓如酱的一件东西，几时得个爽利！就是嫁了武大，看官试想，三寸丁的物事，能有多少力量？今番遇了西门庆，风月久惯，本事高强的，如何不喜。（第80页）

这里的"看官试想"四个字表明，作者不仅自己能够设身处地地体会潘金莲对性无能者的厌恶，而且也希望"看官"和读者能够认同潘氏的性感觉变化，和她（潘氏）与他（作者）共同分享性美学世界的"滋味"。紧接下来的一首赋是《金瓶梅》中首次描写性爱的文字,作者运用了多种文学原型及象征语汇来构筑性美学世界。

但见:交颈鸳鸯戏水,并头鸾凤穿花。喜孜孜连理枝生,美甘甘同心带结。……星眼蒙胧,细细汗流香百颗;酥胸荡漾,涓涓露滴牡丹心。直饶匹配眷姻谐,真个偷情滋味美。 (第80页)

这首赋是《金瓶梅》中第一段性交的描绘,由于采用了象征性虚写的手法,所以同后面的直接性实写不同。值得注意的是,作者在这种本应避免重复词语的文体(赋)中两次使用了"美"一词,这足以说明,即使从抽象道德观念出发应该把性同色、恶、死联系在一起,但面对具体的性活动和性满足,笑笑生无疑是持赞美态度的,并且认为那是产生美的源泉。正是在这一意义上,可以说他试图构建一种以性为中心的审美观。

这种性美学观念在小说第二女主人公李瓶儿那里得到了进一步强化。自从瓶儿在西门庆那里体尝到了性高潮的美,其他的男性在她眼中就都黯然失色了。她的丈夫死后,未能如愿嫁到西门庆家,却招赘了个"文墨人儿"蒋竹山,这是小说中又一个典型的性无能者,或许是专为反衬西门庆性本领而设置的对比人物,被丑化得不成样子:

却说李瓶儿招赘了蒋竹山,约两月光景。初时,蒋竹山图妇人喜欢,修合了些戏药,买了些景东人事、美女相思套之类,实指望打动妇人。不想妇人在西门庆手里,狂风骤雨经过的,往往干事不称其意,渐生憎恶。反被妇人把淫器之物,都用石砸得稀碎,丢吊了。又说:"你本虾鳝,腰里无力,平白买将这行货子来戏弄老娘!把你当块肉儿,原来是个中看不中吃的蜡枪头,死王八!"常被妇人半夜三更赶到前边铺子里睡。于是一心只想西门庆,

不许他进房。（第287页）

　　谁能想到第十九回中描写的这个泼妇般的瓶儿，自从嫁给西门庆后很快变成了温柔宽厚的妻子呢？笑笑生有意告诉读者的是：性美学世界的遨游足以改变人的性格和道德面貌。对此，夏志清先生已有精辟之见："李瓶儿对西门庆的伟大爱情同她对前两个丈夫的残酷是不容易调谐的：她在性格方面的改变主要出自故事情节的需要，这样她可以作为好争强而自私的潘金莲的衬托。但从心理方面讲，她能有这样的改变不是完全不可能的，因为她一再地告诉西门庆，她从他得到了性的满足。他能满足她，而以前无人能够。从她这分感激中她成为一个关怀丈夫的好妻子。"[1] 在这里，小说通过女主人公性格的转变颂扬了性爱的神秘功效。李瓶儿继潘金莲之后又一次替作者确证了以西门庆的阳性力量为中心的美的世界。而西门庆本人也在娶了瓶儿之后改变了自己粗暴邪恶的习性，在专注于多种多样的性生活追求、在一次又一次体验"畅美不可言"的高潮的同时，逐渐变得"有人性了"。

　　从《金瓶梅》中的男主人公与女性人物之间的施受关系着眼，可以看出笑笑生构拟的性美学世界仍是一个男性中心的世界，他所流露出来的性崇拜实质上是一种阳具崇拜。这种情景同西方学者对劳伦斯小说性爱主题的看法不谋而合。《第二性》的作者西蒙娜·德·波伏瓦曾引用劳伦斯的作品阐释阳具崇拜现象：

　　按照劳伦斯的解释，由于阳具方面是盲目而有攻击性的，所以高擎生命之旗的只能是男性……男人不只在性生活中扮演主动的角色，他还能主动地出乎其外；他立足于性爱世界，但他又能避开这个世界，而女人始终

---

[1] 夏志清：《〈金瓶梅〉新论》，《金瓶梅西方论文集》，第159页。

身陷其中。思想和行动植根于阳具，没有阳具，女人便无可奈何，她可以扮演男人的角色，甚至演得很卓越，但那不过是一种虚假的游戏。"女人实际上是指向地心的向下的一极，其内在的力量在于向下的水流和月球的引力之中。男人则是向上的一极，他指向太阳和白昼的活力"。（《无意识幻想曲》）[1]

在《金瓶梅》中西门庆不只是性爱之美的源泉，还能"主动地出乎其外"，三天晚上置新娶过门的李瓶儿不顾，以至后者在羞忿与无奈之中去寻死。在每一次描绘性活动时，笑笑生总是让西门庆扮演主动者的角色，他既是性之美的创造者，又是这种美的第一位体验者和观赏者。更值得考虑的是，西门庆的阳性力量在作者构思中占有主导作用，他被有意地认同为宇宙间的阳性力量之本源——"耀太虚"的"赤帝"，也就是太阳或日神、火神，而他的众妻妾则被认同为宇宙间的阴性力量，这一层隐意早已被作者埋伏在西门庆正妻吴月娘的命名之中了。这种具有深层象征意蕴的原型语汇的运用使小说整体结构的安排恰恰与一种世界性的原型模式完全吻合，即按照太阳朝升夕落的运行曲线来安排主人公命运的升降变化。[2] 如果从原型模式着眼，大致说来，这部总计一百回的作品，前半部表现阳性力量的增长与昌盛（表现为男主人公在经济实力和情场两方面的发迹，以及他在不断地娶妻增妾的同时不断增强的男性权威——第四回中对西门庆阳具的赞美诗和第二十七回中"赤帝当权耀太虚"的唱词便是对这种权威的直接或间接地颂扬），后半部表现阳性力量的衰退与没落（表现为男主人公性能力的衰竭及由此导致的死亡）。正如张竹坡所点出的那样，《金瓶梅》前半"热"，后半"冷"。然而张氏未能意识到，这种前热后冷的变化不是出于社会原因，而是作为叙

---

[1] 波伏瓦：《第二性》，英文本，第247页。
[2] 参看叶舒宪：《英雄与太阳》，第2章第4节。

事文学之基础的原型模式的宇宙象征意义使然。按照中国传统的阴阳对立转化的宇宙观，阳性力量的增长必然伴随着阴性力量的衰退，反之亦然。我们在小说前半部中屡屡看到男主人公对女主人公们施加暴虐的场面，包括对潘金莲和李瓶儿的性虐待，而在小说后半部中却又看到了女主人公反过来对西门庆施以性虐待并使之阳竭而亡的可怕景象，这可以说是作者有意无意地遵循着原型模式的必然逻辑而安排的。

　　由于《金瓶梅》的总体结构是依据阳性力量的兴衰升降为线索而展开的，以阳具为中心的性美学世界也自然表现为一种先喜后悲的动态世界。根据人们的日常经验，太阳在每天的正午至天空中最高位置，随后便自然下跌。一百回的《金瓶梅》恰恰在第四十九至五十一回写到西门庆开始使用助阳药物的情节，绝不会是偶然的。阳性力量的自然衰败正如业已西斜的太阳一样，是无可挽回的。因此，人为地使用助阳药以增强性能力和性快感，并不能扭转宇宙变异的进程，反而会导致非自然的灾祸。笑笑生在小说后半部中写西门庆用春药强化性美学追求的同时，已经在主人公近乎疯狂的性行为背后透露出喜中之悲。小说第七十九回写西门庆死的时候，这个纵欲而亡的主人公被作者表现为一个悲剧人物。而从实质上说，作者所悲的与其说是这个吃喝嫖赌五毒俱全的恶棍，不如说是寄寓在这个人物身上的性美学世界。西门庆像太阳落山一般不可逆转的败亡命运使作者潜意识中的理想境界——性美学世界随之解体，小说后二十回情节与文笔均显得拖沓草率，无怪乎人们要推测说：“作者写完西门庆的故事后，已经兴致阑珊了。”[1] 若按照加拿大批评家弗莱归纳出的四阶段原型模式，《金瓶梅》的后二十回正同冬天、夜晚的模式相对应，那里是"没有主人公的世界"，已不存在喜剧和悲剧，剩下的只有嘲讽。不过，从循环变易的动态过程着眼，冬天过后又是春天，日落

---

[1] 孙述宇：《金瓶梅的艺术》，《台港〈金瓶梅〉研究论文选》。

之后又有日出，正是从这种宇宙哲学的逻辑出发，笑笑生在写西门庆死亡的同一回文字中写到"吴月娘丧偶生儿"的情节，而且在最后一回写到孝哥的幻化出家。从表面上看，这种安排似在宣传佛教世界观，但从原型模式的深层指向来看，又何尝不是对阳性力量再生的潜在期望，对性美学世界重临的寄托呢？或许正是为了表达此种寄托，作者又让西门庆托生于富豪沈通之家，把性美学的追求延续到来世？

在同西方文化相对的意义上，学者们倾向于把中国文化看成是一种"无性文化"[1]。不论这种说法是否有夸张之嫌，性主题在中国传统文化中极受压抑和排斥的事实是不容否认的。封建伦理把性功能仅仅缩减为生儿育女，传宗接代，把一切不是为了生育目的而进行的性爱活动视为多余的即"淫"的行为，又把"淫"列为"万恶之首"。在这种"谈性色变"的文化氛围中，除了借房中术之类准宗教形式而流传的著述之外，文学作品直接表现性爱主题的十分稀见，更谈不上对性爱体验、性高潮的正面描绘和歌颂了。而在西方，从古希腊时代起，美便是同性结合在一起的感性范畴，这一点，只要看一看性爱女神阿弗洛狄忒又兼美神这一事实便足够了（参看本书第六章《美神》）。"在性与美学的关系上，希腊人不仅基本破除了性羞耻心，而且发展为一种独特的性美观念，并为罗马人所继承。其基本原则就是：性本身就是高度的美。无论外生殖器的第一性征，还是体型与风度的第二、第三性征，都可以单独或共同构成美。……无论是性器官、性欲、性吸引力的表现形式、具体性行为，还是对性高潮中特有心理状态的追求、体验和表达，都是美感这一整体感受的有机和谐组成部分。"[2]从古希腊人的裸体雕像到奥维德的《变形记》与《爱经》，性美学的追求成为西方文艺的一种传统，尽管在中世纪和维多利亚时代两次受到挫折，这一传统仍然不绝如缕地发展下来，置换出柏格森的哲学

---

[1] 参看孙隆基：《中国文化的深层结构》，香港壹山出版社1983年版，第4章第1节。
[2] 潘绥铭：《神秘的圣火：性的社会史》，河南人民出版社1988年版，第240—241页。

与劳伦斯的创作。相形之下，中国文化中性主题与美的结合不仅比西方晚出，而且还经过了一个转换中介——食。

在本章第一部分，笔者曾引用中国古代思想家中最早肯定性的一句名言："食色，性也。"这一名言道出了人生两个基本的欲望，食欲与性欲。可是在传统文化中，对食的肯定和讲究同对性的否定和排斥形成了鲜明的对照。中国人关于美的观念便不像希腊人那样得之于性，而是得之于食。按照《说文解字》的释义，美字从羊从大，其本义是表示口味的"甘"。段玉裁进一步指出，所谓羊大为美，是指"肥胖的羊"的肉味是可口（甘）的。笠原仲二则说：

中国人的美意识，简单地说，在其初期阶段，一般是起源于味、嗅、视、听、触所谓五觉。就"美"字的《说文》本义来考察，它最初是表达"甘"这样的味觉——味觉的悦乐感，与此同时，作为和这种悦乐感关系最密切的感觉的、感情的体验，嗅觉美和视觉、触觉美，接着是听觉美也都被意识到，都用"美"字来表达了。尽管这些美的感受就其内容、本质而言是互相有所不同的，他们仍然用同一个"美"字来表达。[1]

笔者在此要补充的是，在《金瓶梅》构筑性美学世界的时候，本来由食欲的体验中引申出的"美"概念又被用来表现性欲的体验，笑笑生描写性活动时所用的语汇，如前文中已举出的"美甘甘""滋味美"等，显然都是形容吃的，而李瓶儿痛骂蒋竹山性无能的话中，同样用了这种以食代替性的"换喻"修辞法："银样蜡枪头，中看不中吃。"这种特殊的换喻模式表明，对于古代中国人来说，美同性本是无缘的，美同食才是有缘的；笑笑生在美同

---

[1] 笠原仲二：《古代中国人的美意识》，中译本，第18页。

性相结缘的时候，不得不经过食的转换，尽管这种转换对他而言完全是无意识的，是由"无性文化"的深层结构所决定的。

同样道理，当潘金莲抱怨自己的"羊脂玉体"被"顽石"所抱的时候，她也不会意识到自己所运用的比喻正是从"羊大为美"的中国传统美学观中汲取原型语汇的。

这样一种以吃为荣，以性为耻的传统文化，这样一种"食不厌精"却谈性色变的传统社会，究竟是中国人的有幸，还是不幸？

三、结语：文化精神分析的阐释

从以上的研讨中我们已经看到，在处理《金瓶梅》的性主题时，笑笑生是怎样同时充当"系铃人"和"解铃人"的双重角色，在本文中通过修辞战略实现"自我解构"的。在结束本章之前，还有必要解答一下作品的"所以然"问题，即：为什么会出现这样一种看似自相矛盾的张力结构和复调主题呢？《金瓶梅》一书的作者究竟是怎样进行构思和写作的呢？笔者认为，如果把《金瓶梅》的问世放在中国文化的特定时空之中，借用精神分析学的思路和术语，可以对上述疑问提供一种理性的阐释。

从作品的客观存在来判断，小说中既明确表白了禁欲戒淫的思想宗旨，又到处充满了对放纵性欲的美化描写。我们已经指出，作品本身的这种矛盾出于作者主观意识上的矛盾，现在可以进一步说，作者主观上的矛盾心态又是中国传统的"无性文化"发展到明代中后期这一特定历史阶段的产物。古今学者众口一词地说，明代中后期是一个礼崩乐坏，"淫风大盛"的时期，伴随着商人和市民阶层的兴起，儒家的正统意识形态受到了追求享乐的新的世界观和生活方式的挑战，性的压抑相对减缓，社会上房中之术流行，方士献房中术而骤贵，为世人所钦慕。"尤其与《金瓶梅》的产生最接近的笔记文献《辍耕录》中出现'若阉宦然'即'春药助阳剂';《素女经》的'四季补益''外台秘方';《野获编》中也出现过'宦寺宜淫''进药''男色之摩''宫词''秘方见本''嘉靖间诸佞进方最多,其秘者不知的红丸秋石''穆宗循用此药物,阳物昼夜不倒',这些都说明《金瓶梅》中有关性描写并不是笑笑生臆造的,也不是在明代开始有房中秘药、性交具的。这些描述或记载在《夷坚志》《清异录》《阅微草堂笔记》,还有《野获编》中都能见到。"[1] 在此种背景下,笑笑生在《金瓶梅》中对性活动加以审美的换喻表现就不难理解了。但是,他为什么还要打出道学旗号,大谈色的危害,并让男女主人公一个个纵欲而亡呢?

答案在于,作者操笔写作之时受到了两种原则的制约,这两种对立原则就是精神分析所说的快乐原则和现实原则。弗洛伊德指出,潜意识心理的愿望和需求像婴儿一样,对社会的法律和伦理一无所知,生活中的"可以"与"不可以"对它没有任何意义。这种强烈的冲动在每个人心理深层造成一种要求满足的固定需要,这就是快乐原则,它是潜意识心理所遵从的"最高指南"。但是,受快乐原则刺激而产生的欲念必然会遭到另一个相反的力量监察和控制,这便是现实原则,它同样存在于每个人的心中,但与之相结盟的不是潜意识和本能,而是意识和超我,现实原则永远听从社会传统规范的指挥。快乐原则和现实原则之间的关系就好像严厉的父亲同任性的孩子,永远处在对立统一之中。根据精神分析提供的这种思路,可以对中国无性文化与该文化成员的性心理建构作动态的剖析。无性文化的传统意识形态以种种借口压抑性的冲动,使一般人心理中的现实原则异常强大,快乐原则相对软弱。借用法国学者福柯的说法,社会权力总是借压制性来维持,对一切不以生育为目的的性行为横加指责。权力对付性的主要手段

---

[1] 池本义男:《关于〈金瓶梅〉的主旨》,《徐州师院学报》1987年第2期。

之一是"循环式禁忌"（the cycle of prohbition），它要求人们："你不应接近，不应触及，不能享有，不能体验（性）快感，你不应谈论，你不应表现自己。总之，除了在见不得人的隐蔽之处以外，你根本不应存在。权力唯有用禁规来对待性，其目的在于让性否定自己。所用的压制手段是恐吓，要对性施以惩罚，要么是你自己否定自己，要么是遭受被压制的惩罚。假如你不想消失就不要出现。"[1]在这种循环式禁忌的作用之下，中国传统文学中的性爱主题根本无法得到正当的表达，非法律许可的性爱生活——这里主要指婚外性行为，只有经过梦的伪装才能得以表现，自宋玉《高唐赋》序中的楚王白日梦之后，不知有多少作家通过这种梦幻形式来表达代偿性的性满足，从而为快乐原则的伸张找到一条稳妥的途径。除了梦中云雨的原型之外，性主题的另一种表现形式是性变态，如《醒世姻缘传》和《野叟曝言》等，被禁锢和扭曲的性能量以畸形的性虐狂的方式得到极端的宣泄，快乐原则表现为痛苦中的快乐。然而常见的还是作为权力所否定、所指责的对象的性。由于"权力对性的压制要通过语言"[2]，所以中国文化炮制出了"淫"和"色"这样一些贬义词来指代性，传统伦理围绕着这些语词制造出种种观念和学说，这些可以说都是权力借外在的力量用语言强加给每人的现实原则，它要求人们只能以否定的态度去看待性，当《金瓶梅》的作者围绕着《色箴》大做文章的时候，其实他说的并不是他想说的东西，而是现实原则让他不得不说的东西。

事实也正是如此，关于女人祸水的说法，关于色可迷人致死的故事，关于尤物妖人妖身的观念，关于纵欲亡身败家败国的奇谈，等等，在中国自古有之，而且在每一个朝代都不断地产生。早在汉代就有赵飞燕诱惑汉成帝纵欲丧生的传说，托为汉伶玄作的《飞燕外传》已写出了成帝因吃了过量的助

---

[1] 福柯：《性欲史》第1卷，纽约，1980年版，第84页。
[2] 福柯：《性欲史》第1卷，纽约，1980年版，第83页。

阳药而精流不禁致死的情节，《金瓶梅》写西门庆饮药过量，脱阳而死，竟仿佛是《飞燕外传》的注脚。[1]至于以诗词体的形式控诉"色"的危害，用道德化的换喻表达论证性与死的因果关系，更不是笑笑生的独创了。班固《汉武帝内传》就假借真元之母的口向男人们发出过"淫则使精漏而魂疲，是故精竭而魂消"的告诫，并把胎性淫等五事说成是"截身之刀锯，刳命之斧斤"。东汉的杨秉也标榜过"酒、财、色"三不惑的美德，王祎《华川卮辞》称"色者戕身之斧"。到了宋代以后，戒色作为"四戒"（酒、色、财、气）之一，简直成了多数作家众口一词的套语，什么"百年身，千年债，叹愚夫痴绝"（滕斌：《中吕·普天乐》），什么"绿珠娇人无比，石崇富祸有余，全家儿老幼遭诛戮"（范康：《仙吕·寄生草》），什么"休道红妆美如花，色胆天来大。倾城倾国价，不是耍"（《盛世新声·快活年》）等等。在元明散曲俗调中唱了又唱，直到冯梦龙编《古今小说》，仍把戒色警世的议论作为许多作品的开场白。正如郑培凯先生所说，这种讽诫的表达方式，在当时早已深入社会人心，成为习以为常的观念，《金瓶梅》在这方面完全因袭当时通俗文学的四戒模式。[2]

以上实例说明，《金瓶梅》性主题的道德化换喻表达完全依照着现实原则所规定的"超我"语言，重复着传统意识形态所认可和赞许的谈论性的否定形式。就此而言，不论在思想意识上还是在表达方式上，笑笑生都不得不把自己打扮成旧的道学先生。可是，强有力的现实原则在明中叶以后的世风冲击下毕竟大大削弱了，这就使笑笑生在写作的具体过程中有可能间或地摆脱其监察和控制，放任快乐原则所策动的欲望与想象，潜意识中认同了"本我"的宣泄需要和语汇，完成超越世俗道德标准之外的性美学世界的建构。从这一意义上说，笑笑生对性活动的欣赏与美化反倒使他成了传统意识形态

---

[1] 沈雁冰：《中国文学内的性欲描写》，郑振铎编：《中国文学研究》下册。
[2] 郑培凯：《酒色财气与〈金瓶梅词话〉的开头》，《台港〈金瓶梅〉研究论文选》，第138—163页。

的叛逆者。如福柯《性欲史》所言,由于权力对性的压迫关系,所以发现性、谈论性、解放性,也就是反抗权力的一种形式,尽管这种形式包含着低级和庸俗的东西。

从作品中性描写的单调性和重复性着眼,似乎作者是在对他描写的一次又一次的做爱活动加以不厌其烦地品味和咀嚼,他实在不愿意轻易放过这些经过精心伪装,能够显示他潜意识中的阳具崇拜幻想的机会,哪怕这些性描写千篇一律,足以让读者生厌,他也在所不惜。

他就像一个球迷激动不已地观看球赛一样入迷般地观看他想出的男女主人公的每一个做爱场面,分享着他们的性快感和性满足,并且随时用"畅美不可言"之类的情不自禁的议论将主人公的性快感转化为艺术的美感。如保罗·利科所言:"一部艺术品的最大目的在于使我们可以尽情享受自己的幻想而不会感到耻辱或羞愧。完成这个目的需要两个步骤:作者通过适当的改变或伪装,减弱了白日梦的自我中心色彩,他创造出一种附属于他的幻觉表象的纯形式的快感并以此来贿赂和诱惑我们。"[1]笑笑生在《金瓶梅》的创作过程中非常出色地完成了这两个步骤,他的伪装是那样的逼真,不知瞒过了多少后人。自从袁宏道将此书同枚乘《七发》相比,道德寓意说成了《金瓶梅》评论中一派主要观点。现在看来,这一派上了作者伪装技巧的当。笑笑生在写作过程中借助于无意识幻想所完成的性快感和性美学的白日梦同样成功,这又使后世的无数读者陷入快乐原则与现实原则相冲突的矛盾境地,其中诚实些的难免要流露出对快感和幻想的肯定与认同,但现实原则却又逼迫着他们马上改口,正像迄今所知《金瓶梅》最早的读者董思白在他那自相矛盾的六字评语("极佳""决当焚之")中所表现的那样。至于那些道学家们,自然要矢口否认《金瓶梅》启动了深藏在他们心底的快乐原则,不会

---

[1] 保罗·利科(Paul Ricoeur):《弗洛伊德与哲学》(Freud and Philosophy),英译本,耶鲁大学出版社1970年版,第116页。

说出一句哪怕是失语性的赞叹之词,只能完全因袭现实原则规定的语言,大骂它为"淫"书了。

或许作者本人在小说完成之后也多少意识到自己在快乐原则之路上走得太远了些,于是在后怕之余不得不再一次"系铃",给他这部始料未及的奇书加一道伪装:抹去作者真名实姓,伪造一个寓意深长的假名"兰陵笑笑生"。

我之所以把这个化名看成是作者的最后伪装,是因为"笑笑生"几个字已经欲露故藏地暗示出了这一点。可惜的是数百年来关于笑笑生究竟是谁的猜测和考证层出不穷,却没有人对这个假名进行过深层的心理透视。弗洛伊德在他那篇著名论文《玩笑及其与无意识的关系》(1905)中告诉人们,玩笑是一种语词技巧,它同梦的运动规则十分相像,二者都是无意识的快感得到伪装显现的方式。由此看来,笑笑生正是为了把自己装扮成一位善开玩笑的先生,才拟定了"笑笑生"这个假名的,其用意同曹雪芹编织"红楼之梦"相仿,是想告诉世人这部《金瓶梅》只不过是我同世人开的一个玩笑,其中的一切都是当不得真的。

这样一道最后伪装的设置比之曹雪芹杜撰"贾雨村"(假语)"甄士隐"(真事隐)之类的谜语性人名显然高出一筹,因为它既经济实惠,又简便易行,对于小说的艺术整体没有丝毫损伤,只需在外在的署名上稍做改动,就使整个作品变得同玩笑或梦一般,真假难辨了。

就这样,《金瓶梅》的作者巧妙地为自己开脱,他打消了后怕,重新恢复了因为在笔下放纵快乐原则而失去的心理平衡,他根本不必再担忧后人的指责和咒骂,因为他在九泉之下也能理直气壮地反驳说:谁说我诲淫?谁叫你们当真呢?我不是在作品署名中告诉了你们,我是在开玩笑嘛!

我们每个人大概都有这样的日常经验,当你同朋友言谈时伤了和气,红了脸,只消说一句"开玩笑,何必当真",便可立刻缓和紧张局面,和好如初。

可见玩笑正是以其亦真亦假的特征而超离于现实原则的监控之外的。笑笑生深知此中奥秘，懂得人们是不计较玩笑的，正像曹雪芹懂得人们不会计较梦幻中的得失一样。

第十三章
孝与鞋
——俄狄浦斯情结与反俄狄浦斯情结

夫孝，德之本也，教之所由生也。

——《孝经》

鞋者谐也，夫妇再合；脱者解也，既合而解，亦当永诀。

——蒋防《霍小玉传》

儒家的父子关系观念阻止除了顺从之外的任何俄狄浦斯情结的矛盾情感。这样一来，这种顺从归根结底不是顺从个人，而是顺从人们认为具有最高效力的个人关系模式。

——罗伯特·贝拉
《基督教与儒教中的父与子》

高唐神女与维纳斯

一、引论

俄狄浦斯情结的主体是父母子三角关系中的儿子。由于情结的作用，儿子无意识地拒斥父亲的权威，反抗乃至企图从肉体存在上消灭父亲；同时，儿子还本能地亲近并试图从肉体上占有母亲。尽管有各种争议，俄狄浦斯情结这个心理分析学的概念还是进入了人类学的视野。

反俄狄浦斯情结是一种文化设置而非本能，其主体是父母子三角关系中的父母，其功能在于消解儿子对双亲抱有的潜意识中的攻击性。中国文化之所以是典型的反俄狄浦斯文化，这首先可以从该文化特有的语汇中得到证明：汉语中特设了两个针对俄狄浦斯情结的字（词），一曰"弑"，它是针对儿子仇视并企图取代父亲的无意识冲动的人为恐吓：你不能有这样的念头，更不能有这样的行为，否则就是大逆不道，罪不容诛。二曰"烝"，它是针对儿子对母亲所抱有的无意识的性攻击欲望而设置的人为恐吓：你不能有此念头，更不能做出此类行为，否则就成了禽兽，必从人类群体中剪除。

弑与烝二概念的结合，构成了对俄狄浦斯情结的强有力的镇压，这一种以严厉的肉体惩罚为后盾的镇压，从实质上看，也就是原始社会中的乱伦禁忌在文明社会中的法律化表达。

然而，文明社会不同于原始社会，它对俄狄浦斯情结的抑制除了依靠外在于人的禁忌法规之外，更要依靠内在于人心中的超我的声音，在中国文明中，孝的要求便代表了这种超我的声音。弑与烝的概念，意指着已经变成现实的俄狄浦斯冲动，更确切地说，意指杀父娶母的行为事实。可见，作为乱伦禁忌的法律化表达，它对俄狄浦斯情结的抑制是以事后的惩罚为威胁恐吓的。孝则不同了，它对于俄狄浦斯情结的抑制不是以事后惩戒为威胁，而是以事前的心理消解为手段，起到防患于未然的作用。中国文化成为反俄狄浦斯文化，孝实在是最关键的因素。

最能代表西方文化特征的《圣经·旧约·创世记》中的禁果神话告诉人们：外在的禁忌有时恰恰会导致相反的结果，变成主体试图冲破禁锢、以身试法的内在追求。古希腊的俄狄浦斯神话又告诉人们：迫于外在禁忌的威胁而竭力逃避乱伦的主体怎样无意识地走向了禁忌的反面，成了乱伦的罪人。从深层结构着眼，可以说古希伯来人的禁果神话和古希腊人的俄狄浦斯神话讲的是同一个故事，即"禁忌→破禁→惩罚"的三段式故事。倘若我们接受列维-施特劳斯的观点，认为神话的深层结构对应于人的心理结构，那么从以上两个神话似可透视西方文化的超我构成——那是一种"罪与罚"的文化。换句话说，西方文化赋予每个个体的超我主要体现为一种"罪感意识"，它以事后惩罚为威胁，迫使主体不要犯罪。然而正如禁果神话所揭示的那样，罪感意识往往导致物极必反的结果。

与此相对，中国文化由于有了"孝"的观念，便成功地将一种"褒奖型"而非"惩戒型"的超我注入每一个体的内心：孝是一种正面提出的理想目标，又是一种切实可行的目标，它既不同于西方文化从反面提出的惩戒目标——罪，又不同于西方文化从正面提出的理想目标——人道主义，因为后者绝不像孝那样切实可行，不像孝那样易于落实到社会与家庭中的每一个个体成员。

中国传统思想中的"孝"一直被看成是一种得自生物遗传的人类天性。《孟子·尽心上》云：

人之所不学而能者，其良能也；所不虑而知者，其良知也。孩提之童，无不知爱其亲也；及其长也，无不知敬其兄也。

在这里，孟子明确申明，孩童爱父母和敬兄长都是"不学而能""不虑而知"的，孝与悌就这样被解释为出于人的本能了。中国古代伦理学说完全建立在这种未经证明的"孝悌本能"假说之上，儒家思想的核心范畴"仁"便以这种虚假的本能论为基础。如《论语·学而》中孔子的弟子所确认的那样："孝弟也者，其为仁之本与。"孟子亦主张："仁之实，事亲是也。"[1]"君子亲亲而仁民，仁民而爱物。"[2]《孝经》更是依此本能而立论，提出"夫孝，始于事亲，中于事君，终于立身"的系统孝道。孝真的是人类与生俱来的情感吗？

精神分析学的创始人弗洛伊德的"俄狄浦斯情结"学说为我们推翻在中国文明史中讹传了三千年的孝本能假说提供了一种新的研究角度。从精神分析学和人类学的立场出发，重新审察孝及其与中国文化的关系，是极富启示意义的。它将告诉人们，孝非但不是人的本能，而且是一种"反本能"的文化产物，是中国文化中特有的"反俄狄浦斯情结"的宗教化，是中国文化塑造出的中国人的"第二天性"。作为反俄狄浦斯情结的孝，一方面改变了中国人的性格，另一方面又通过中国人的性格构建成中国式的宗法社会结构。按照帕森斯的文化与个人关系理论，孝对于个体中国人来说，乃是传统文化通过父母而内化到每个个人心理中的"超我"。简言之，孝是中国文化内化于个人的超我，其功能在于压制个人的本能欲望。从文化总体来说，孝对于建立个人与家庭及社会的和谐关系，起到了不可或缺的调节作用。换言之，孝是中国文化成功地调解父子冲突、个人与社会冲突的不二法宝。如果把中国家族社会的历史看成是一个大家庭的家史，那么使这个大家庭维系千年而不致解体的至上家规就是孝。

本章拟从整体上观照作为反俄狄浦斯情结的孝在中国传统文化构成中的作用和意义，并从这种独特的文化背景中考察俄狄浦斯主题在古典文学中的潜隐曲折表达方式——鞋喻。

---

[1]《孟子·离娄上》。
[2]《孟子·尽心上》。

二、代际冲突与人伦观念的起源

尽管俄狄浦斯情结说在心理学、人类学等领域中尚未获得一致的认可,但是这个术语本身已经牢固地确立了它在当代人文科学知识体系中的地位,以至于任何一本专科工具书或百科全书都不能忽略这一词条。

近年来新兴社会生物学理论在很大程度上为弗洛伊德的学说提供了证据和补充。如社会生物学之父E·O·威尔逊便在《新的综合》一书中论述了进化过程中性问题所必然导致的代际冲突问题,从而说明了产生俄狄浦斯情结的生物学依据。威尔逊认为,在进化过程中,性是一种反社会的力量。"雄性如果能给更多的雌性受精,将会传播更多自己的基因,从遗传进化的适应标准看,无疑是有利的;但在许多物种里面(人类恰好属于这样的物种),雌性需要雄性的大力帮助,因此本能地否定和反对雄性的额外交配。"这种本能不仅导致了两性之间的利益冲突,同时还诱发了代际间的冲突:"子代需要亲代更多的服务,而亲代则试图尽可能生育更多的后代——传播更多的基因。这种需要上的差别导致了亲代与子代之间利益上的矛盾冲突。在解决这类冲突时,亲代甚至不惜对子代进行必要的惩戒性侵犯。"[1]由于亲代在社会中的地位永远高于他们所繁衍出的子代,所以在人类文化的各个群体中,几乎毫无例外地存在着长者的权威,而法律和道德也总是帮着亲代统治或惩戒子代,而不是相反。我们说,中国文化中的孝便是以此种社会生物学的代际冲突为其发生根源的。

在这种由来已久的代际冲突中,性的因素起着十分重要的作用。如威尔逊所说:"由共同的对异性的需要而引起的同性(往往是雄性)间的激

---

[1] 威尔逊:《新的综合:社会生物学》,李昆峰译,四川人民出版社1985年版,第54页。

烈竞争,那就更普遍了。不仅在较高等的脊椎动物中,性竞争司空见惯,就连虫豸一类的低级动物中,性竞争的激烈程度也是颇为可观的。"[1] 人类学的观察表明,男性之间为争夺异性而进行的本能的争斗几乎惨烈到足以毁灭种群的生存的程度。"来自英国本特号(18世纪)双桅船上的叛逃者在皮特克恩岛上建立的侨民区的最初历史阶段,就可以作为这种后果的明显的例子。它表明,由于缺乏调节两性关系的规范和规则,甚至在现代人的社会中也会导致这样的后果。在这个小小的最初由九个本特号海员、八个塔希提男人和十个塔西提女人组成的人类社会中,主要是为了女人而发生的冲突一直继续到十七个男人中只剩下两个人活着的时候为止。"[2] 由此可知,即使在最为简单的社会构成中,为了约束男性之间的性竞争而采取某些法的或道德的性禁规是必不可少的。

人类学家一致认为,人类进化过程中所采用的最早的性禁忌乃是旨在消除亲代与子代之间性竞争的乱伦禁忌。事实上,关于"伦"的观念只是在产生了这种代间性禁忌之后才逐渐确立下来的。换言之,在乱伦禁忌产生以前,并不存在什么"伦"的规定。汉字"伦"的本义,据《说文解字》,便是"辈"的意思,辈恰恰相当于今人所说的代。由此可知,汉民族关于乱伦的观念,正是起源于不同辈分之间禁止性关系的原始禁忌,至今仍为我们信奉和遵守的人伦关系,原来出自史前时代非同辈不婚的乱伦禁忌。根据这种禁忌,只有同辈分的男女之间方可有性关系,所以"伦"字又引申为类、比、匹配等义。所谓"不伦不类",指的是乱了类别,所谓"伦匹",则既可指同辈,又可指配偶。伦字的语义演变足以说明,汉民族史前时期曾盛行非同辈不结配偶的乱伦禁忌。

著名历史学家吕思勉也曾推测:"浅演之世,无所谓夫妇。男女妃耦,

---

[1] 威尔逊:《新的综合:社会生物学》,李昆峰译,四川人民出版社1985年版,第154—155页。
[2] 参看谢苗诺夫:《婚姻和家庭的起源》,中译本,第80页。

唯论行辈。同辈之男，皆其女之夫；同辈之女，皆其男之妻。我国古代似亦如此。《大传》：'同姓从宗合族属，异姓主名治际会。名著而男女有别。其夫属乎父道者，妻皆母道也。其夫属乎子道者，妻皆妇道也。谓弟之妻为妇者，是嫂亦可谓之母乎？名者，人治之大者也。可无慎乎？'曰'男女有别'，曰'人治之大'，而所致谨者不过辈行，可见古者无后世所谓夫妇矣。"[1]

按照相反相成的辩证法，乱伦禁忌的产生和发展正是由于普遍存在代际间的即非同辈的性竞争，具体来说，也就是儿子同父辈乃至祖辈的性竞争。某一个社会愈是强调乱伦禁忌，

也就说明该社会成员潜在的乱伦欲望愈是强烈，俄狄浦斯情结的作用愈是普遍。在这类社会中，乱伦禁忌正是充当了反俄狄浦斯情结的作用。在较次要的意义上，乱伦禁忌还同时充当了反厄勒克特拉情结（Electra complex，即恋父情结）的作用，因为禁止非同辈之间的性关系，必然抑制父亲对女儿或女儿对父辈的乱伦冲动，使此种冲动同俄狄浦斯冲动一样，要么被打入无意识领域，要么就转变方向，置换为符合"伦"的性冲动。

有迹象表明，在前文明阶段的中国社会中，曾存在过相当强烈的俄狄浦斯式乱伦冲动，社会为了抑制此种冲动亦曾发展出严格细密的乱伦禁忌系统。与《大传》中以辈行为尺度的男女之别的记载相对应，在汉语中依然保留着不只一种关于辈际乱伦的专用名。《小尔雅·广义》说：

男女不以礼交，谓之淫。上淫曰烝，下淫曰报，旁淫曰通。

这里的烝与报，均为非同辈的乱伦专名，通则为同辈的兄妹或叔嫂乱伦

---
[1] 吕思勉：《中国制度史》，上海教育出版社 1985 年版，第 318—319 页。

之专名。相比之下,西文凡乱伦皆称 Incest,其间细则并无区分,可知古汉语中所反映的远古乱伦禁忌远较他民族更为细密。"上淫曰烝",指的是子代的男或女主动与亲代的异性乱伦,包括俄狄浦斯式三角关系中的儿子和厄勒克特拉式三角关系中的女儿的乱伦行为。"下淫曰报",指的是亲代的男或女主动与子代的异性乱伦,包括俄狄浦斯式三角关系中的母亲和厄勒克特拉式三角关系中的父亲的乱伦行为。在中国文化中,这些行为均历来被斥责为禽兽之行。

烝字的造字本义为火气上行(见《说文解字》),至今还说蒸蒸日上。所以儿子同母辈通奸的行为命名为烝,是取烝字的本来意义而类比引申到以下淫上的性行为,自不难理解。《左传·桓公十六年》:"卫宣公烝于夷姜。"注:"夷姜,宣公之庶母也。"相对而言,报的意义便不是那么明确了。《小尔雅》说"下淫曰报",可是古文献中却有相反的情况。如《左传·宣公三年》:"文公报郑子之妃,曰陈妫。"服虔注云:"郑子,文公叔父子仪也。报,复也。淫亲属之妻曰报。汉律:淫季父之妻曰报。"孔颖达在《毛诗正义》疏中引此例发挥说:

……则报与乱为类,亦鸟兽之行也。

这样看来,报就不只是"下淫"的代称,同时也兼指"淫亲属之妻"类的越辈分乱伦行为。在汉代以后,报的这种通用法反而使"下淫"的古义淹没不闻了。报可以专用于叔嫂间的乱伦,谓之报嫂,这种用法始见于《后汉书·明帝纪》,《晋书》因之。报还可以同烝组成合成词,泛指长幼不分的乱伦行为。

仲长统在《损益篇》中说:"于是骄逸自恣,志意无厌,鱼肉百姓,以盈其欲；报蒸骨血，以快其情。"[1]

至于上古文献中指代乱伦行为和一般私通的用语差异及特例，《毛诗正义·雄雉》疏言之甚详：

> 正义曰：淫谓色欲过度，乱谓犯悖人伦。故言荒放于妻妾以解淫也，烝于夷姜以解乱也。大司马职曰：外内乱，鸟兽行，则灭之。注引王霸记曰：悖人伦外内，无以异于禽兽，然则宣公由上烝父妾，悖乱人伦，故谓之乱也。《君子偕老》《桑中》皆云淫乱者谓宣公上烝夷姜，下纳宣姜，公子顽通于君母，故皆为乱也。《南山》刺襄公鸟兽之行淫于其妹，不言乱者，言鸟兽之行，则乱可知。文势不可言乱于其妹，故言淫耳。若非其匹配与疏远私通者，直谓之淫。故《泽陂》云：灵公君臣淫于其国。《株林》云：淫于夏姬。不言乱是也。言荒放者，放恣情欲，荒废政事。故《鸡鸣》云：荒淫怠慢。《五子之歌》云：内作色荒，外作禽荒是也。言烝者，服虔云：上淫曰烝。则烝，进也。自进上而与之淫也。《左传》曰：

> 文姜如齐，齐侯通焉。服虔云：旁淫曰通。言旁者，非其妻妾，旁与之淫，上下通名也。《墙有茨》云：公子顽通于君母。《左传》曰：孔悝之母与其竖浑良夫通，皆上淫也。齐庄公通于崔杼之妻，蔡京侯为太子般娶于楚，通焉，皆下淫也。以此知通者总名，故服虔又云：凡淫曰通是也。[2]

由于"伦"即辈分等级观念的发展，文明时代的人不断扩展和引申着原始的"伦"的含义，并以此作为人兽之别的最重要标志：伦既为人类所独有，故又称"人伦"，凡违反人伦的行为，自然被社会舆论视为禽兽之行；而确认和强调"人伦"，则是稳定社会秩序，强化统治的必要条件。《孟子·滕

---
[1]《后汉书·仲长统传》，中华书局1965年版，第1650页。
[2]《毛诗正义》卷二，《十三经注疏》，中华书局影印本，第302页。

文公上》："人伦明于上，小民亲于下。"《管子·八观》："倍（背）人伦而禽兽行。"《庄子·渔父》："人伦不饰，百姓淫乱。"《汉书·礼乐志》："象天地而制礼乐，所以通神明，立人伦，正情性，节万事者也。"可见人伦在正统意识形态中的重要地位是自上古时期便已确立的。至于伦的观念的扩展和相对固定化，可以从《吕氏春秋·壹行》中关于"人伦以十际为安"的说法中窥见一斑：

> 四曰：先王所恶，无恶于不可知。不可知，则君臣、父子、兄弟、朋友、夫妻之际皆败矣。十际皆败，乱莫大焉。凡人伦，以十际为安者也。释十际，则与麋鹿虎狼无以异。

这段话表明，从区别不得婚配的辈分关系的"伦"的本义到文明社会中的"人伦"观念，原始的性禁忌成了中国式礼法道德建立的基础。在所谓"人伦十际"中，君臣、兄弟、朋友、夫妻八际都是从父子二际——即社会生物学所说的代际关系中类推出来的，如列维-施特劳斯所说。"乱伦禁忌乃是人类社会的基础：在某种意义上它就是社会。"[1]

从发生学的意义上看，伦即长幼之别的确立为其他社会关系奠定了基础，所以古人常说什么"亲亲，子子，君君，臣臣"，说什么"亲亲，尊尊，长长，男女之有别，人道之大者也"，都是强调不要忘记最基本的"伦"乃在于代际关系。从这一意义着眼，"伦"字又引申为理、秩序、社会关系。《礼记·学记》"此七者，教之大伦也"句郑玄注：

> 伦，理也。

---

[1] 列维-施特劳斯：《乱伦与神话》，中译文见《神话—原型批评》，第234页。

《淮南子·要略训》：

经古今之道，治伦理之序。

《说文解字》：

伦，一曰道也。

《诗经·小雅·正月》"有伦有脊"句传曰：

伦，道也。

把伦同理相联系，就有了三纲五常之类的中国式伦理道德，把伦同道相联系，则是将最基本的代际关系哲学化、抽象化。明乎此，则中国文化之精髓、中国思想之枢纽便不难把握了。柳诒徵先生说，以人伦道德而非宗教信仰为立国之本，乃"吾国独异于他国者也"。"是故吾国文化唯在人伦道德，其他皆此中心之附属物。训诂，训诂此也。考据，考据此也。金石所载，载此也。辞章所言，言此也。亘古及今，书籍碑板，汗牛充栋，要其大端，不能悖是。"[1]

值得注意的是，人伦十际即五伦的先后次序。中国人早已习惯先君后民，所以《吕览》将君臣二际作为十际之首，历代相沿称君臣、父子、兄弟、夫妇、朋友为五伦或五常。董仲舒立三纲也是先君臣，后父子、夫妇。但探源求本，父子关系才是人伦之始，故《孟子·滕文公上》说："使契为司徒，教以人伦：

---

[1] 柳诒徵：《中国文化西被之商榷》，《学衡》第27期，1924年3月。

父子有亲，君臣有义，夫妇有别，长幼有叙，朋友有信。"比孟子更早的人伦观见于《左传·文公十八年》提到的"五教"，那时尚局限于家庭内部的人际关系。

三、"孝"与教：孝的宗教化

对中国人关于"伦"的观念的发生学考察告诉我们，在这个典型的父权制宗法社会中，一切的规范性伦理道德、法律和政治思想都同"伦"有关，都是从最根本的人伦关系——父子之间的代际关系派生和引申出来的。

那么，中国关于父子之间关系的最早的伦理规范是什么呢？无疑是"孝"。

孝，作为中国文化中特有的核心范畴，正是为了调解原始的俄狄浦斯情结所造成的危及社会生存和延续的代际冲突而产生的，由于它在中国文明之始就受到了极度重视和强调，故在中国传统思想中发挥着至关重要的作用。可以说，作为反俄狄浦斯情结的孝，对于塑造中华民族的民族性格，铸塑中国人的思维模式和行为、生活模式，比之基督教对于西方人，尤有过之而无不及。对于国人来说，"孝为百行之原，发于至性"[1]，用现代术语来说，孝实在可以说是传统文化模铸出的中国人的第二天性。历史上那些层出不穷的孝子们充斥着每一个朝代的正史、野史乃至小说和笔记，诸如割股、刳肝、卧冰、尝毒、陈纪画像、丁兰图形、陆绩怀橘、杜孝投鱼等等至孝愚孝的行绩，大概世界上也只有中国人才做得出来，并为社会舆论所称道，为统治者所提倡和表彰。顺治十三年，清世祖还亲自撰成《御注孝经》一卷。雍正五年，清世宗也效法先帝，搞了个《御纂孝经集注》。这些御注《孝经》虽然未必像英皇詹姆士一世钦定本《圣经》那样闻名于世，却可以说明中国历代统治

---

[1]《四库全书总目提要》卷一三三《孝史类编》。

者已经把"孝"当成我国之国教来推行了。

这样看来，柳诒徵先生关于西方人以宗教立国，而震旦以人伦为立国之本的观点就需要加以修正了：中国文化的"人伦"核心由于以孝为本，实际上的功能正是一种宗教功能。在孝的信仰的熏陶之下培育出来的孝行孝绩，往往也表现为一种宗教狂热行为。"甚至中文中代表'文化'或'宗教'的'教'字，也是从孝演变而来的。即'孝'字加一表示使役的偏旁，'攵'，意思是'使……孝。'"[1]

杨荣国先生曾考察过孝的思想的产生，他提出在商代已有孝的思想和由此派生出的孝的行为。武丁为父守丧三年，武丁之子孝已被后代奉为孝的楷模。卜辞中"考"字和"老"字均与"孝"相通用。"另一方面，卜辞中有'教'字。'教'字据《说文》：从'攴''爻'，下一'子'字，据宋戴侗的《六书故》说，即是'孝'字。在种族奴隶制国家里，'政'与'教'是合一的，行政即所以施教，施教亦即所以行政。殷人既以'孝'来达到某种行政上的目的，亦即以'孝'为教。"[2]

"教"不论是作为宗教还是作为教育，其本义在于"使……孝"，这一点从字源上看是无可怀疑的。假若按照儒家的看法，孝是"发于至性"的自然遗传，是伴随婴孩出生就已存在的人之天性，那么旨在使人孝的"教"也就成了画蛇添足。根据这种自相矛盾的情形，我们可以推断：孝为人之天性的说法是没有事实根据的虚假命题。这一假说在缺乏逻辑证明的条件下由古代的圣人确认为真理，竟能瞒过后人达数千年之久，简直有些不可思议。其实，孔子早已在"吾未见好德如好色者也"[3]一句感慨中，就透露出了这样的思想：性爱（即好色）因为是以生物本能为动力源的，所以才是人的真正天性，与

---

[1] 林语堂：《中国人》，浙江人民出版社1988年版，第154页。
[2] 杨荣国：《中国古代思想史》，人民出版社1973年版，第11—12页。
[3] 《论语·子罕》。

生俱来，不学而成。相比之下，好德（当然包括作为道德本源与核心的孝）因为缺乏生物学方面的动力源，仅仅是一种后天的、需要人为地加以提倡和学习的道德目标，所以不如好色那样具有普遍性和自发性。

由此可见，儒家的圣人们本来是知道什么才是真正的"良知良能"的，只是出于倡导和论证儒家学说的迫切需要，才不得不掩耳盗铃，把纯精神性的爱（孝与仁）说成是与生俱来的生物性情感。

儒家为什么要如此推崇孝及以孝为基础的仁呢？有的学者认为孔子仁学旨在继承与发扬原始氏族社会以亲子血缘为核心纽带和心理基础的温暖的人情风味，使华人社会保存和享有传统的心理快乐。[1] 我以为这种看法尚停留在问题的表面，如更进一层分析，似可透视以孝为出发点的准宗教——儒教的基本教义的精神实质。

比较宗教学的研究表明，宗教的发生基于人类试图超越宇宙和人生永恒难题的努力。难题之中最重要、最基本的一个乃是生命与死亡的问题。[2] 所有的人为宗教体系都毫无例外地面对这一难题而提出超越的可能及途径。德国现代哲学家斯宾格勒甚至强调死亡意识是人类整个世界观的基础和前提：

死是每一个生在光中的人类的共同归宿。对死，有关于罪恶与惩罚的观念，有生存是一种赎罪的观念，有在这一光的世之外的新生活的观念，有结束对死的恐惧的超度的观念。在关于死的知识中产生了我们作为人类而非兽类的世界观。[3]

---

[1] 李泽厚：《孔子再评价》，《中国社会科学》1980年第2期。
[2] 参看艾利亚德（M.Eliade）：《比较宗教学模式》第1章；艾利亚德：《死亡神话导论》，《神秘主义、巫术和文化风尚》，1976年英文版，第32—46页。
[3] 斯宾格勒：《西方的没落》，中译本，商务印书馆1963年版，第101页。

无论是基督教的天堂地狱说，还是佛教的灵魂转世说，其实都无非是克服死亡难题，缓解生之焦虑的心理慰藉。如果将儒教视为一种宗教或准宗教，那么它起码也应当具有类似的宗教心理功能。事实正是如此，当我们从解决死亡难题的角度出发重新审视孝的思想时，发现这思想正是使儒教获得某种宗教性的重要前提。

古今对孝的理解，往往局限于亲子血缘关系所特有的情感方面，而很少透过儿女孝顺父母的表面现象去深究孝的宗教、哲学功能。从"不孝有三，无后为大"的著名古训中便可看出，宗教化的孝的实质不在于儿女亲情方面，而在于家族香火的永恒延续和族类生命的无限传递方面，这正是个人超越有限的死亡，使其生命获得无限延伸意义的途径。由此看来，在孝的伦理学要求背后，潜存着巨大的宗教心理学的动因。以孝为核心教义的儒教由此而获得了它的独特性：人生在世的意义即不是像印度教那样追求精神的自我解脱与不朽，也不是像基督教那样为来世享福而赎罪，而是充分实现生命的现世价值——生命的再生产，完成传宗接代的世俗义务，从而将有限个体生命转化为族类生命无限延续的具体环节和保证。孔子说，未知生，焉知死。这话充分体现了孝的宗教有别于其他宗教的现世主义态度，这种以尽忠尽孝为己任而不问来世的人生态度，对塑造我们的民族性格、推动中国人口的繁衍与增长，实在是功不可没。

孝的宗教既然以生命延续为宗旨，那么在儒家关于"天地之大德曰生"的观念与原始生殖崇拜之间似乎存在着某种一脉相承的思想联系。周予同先生曾大胆地提出"孝起源于生殖器崇拜"[1]的见解，正是准确地把握住了这种思想联系的轨迹。"在儒家的意见，以为万物的化生，人群的繁衍，完全在于生殖；倘若生殖一旦停止，则一切毁灭，那时，无所谓社会，也

---

[1] 周予同：《孝与生殖器崇拜》，《古史辨》第2册。

无所谓宇宙，更无所谓讨论宇宙原理或人类法则的哲学了。所以'生殖'，或者露骨些说'性交'，在儒家是认为最伟大最神圣的工作。《中庸》说：'君子之道，造端于夫妇；及其至也，察乎天地。'"[1]这里需要补充说明的是，儒家提倡孝道，与其说旨在赞美生殖或性交，不如说旨在强调生殖或性交的结果——生命之持久延续，而不在于生殖或性行为本身的过程。这种强调走向极端以后，反过来压制了性行为，剥夺了性行为本身具有的身与心的快感美感享受。换句话说，在中国传统文化中，孝发源于性，又反过来压抑、剥夺了性。正是在对性与生殖崇拜的抽象化改造中，孝走向了宗教化和绝对化：

夫孝，德之本也。（《孝经》）
民之本教曰孝。（《礼记·祭义》）
众之本教曰孝。（《大戴礼记》）

从"天地之大德曰生"的原始观念到"孝为德之本"的抽象教义，清晰地展现了孝升华为"本教"的转变过程。

研究孝的宗教化，自然要涉及中国宗教史上的突出现象——祖先崇拜问题。儒教以孝为核心教义，又特别重视包括丧葬礼仪在内的祭祖活动，这二者之间的内在联系是什么呢？对此，谢幼伟先生已有精到论断，他写道："孝道不单要对吾人健在之父母，并且要对已故与遥远之祖宗尊敬。祖宗崇拜乃是尊敬父母之自然结果。"周礼中要求人们祭祖配天，这表明古人视已故之父亲为一种值得崇拜的超自然力量，这也是孝的情感的一种延伸表现。"中国祖先崇拜之主要情感在于追念吾人之根源——吾人生命之源泉——与

---

[1] 周予同：《孝与生殖器崇拜》，《古史辨》第2册。

回报吾人所欠祖宗之恩情……因此，儒家之祖宗崇拜，一方面并未掩藏吾人之欲某一超自然力量之赐福，而一方面则欲避免灾难。"[1] 此种祈福避难的宗教需求在中国落实到已故的家长族长身上，而未落实到超自然的上帝身上，这说明孝的宗教化结果，直接把孝的对象超自然化和绝对化了。而在孝的对象——活着的和死去的家长与孝的本义——家族生命延续，这二者之间最理所当然的联系乃是续香火。只要家族香火不断，祖先崇拜就能永远继承下去。"断子绝孙"在中国之所以能够成为全民性的最大忧虑，同孝的情感与思想的宗教化是分不开的。

儒教以孝为核心教义，要求每一个信徒首先成为自己家族的"孝子贤孙"，并且由此出发树立起一整套人生规范。单个的男男女女只要将自己的个性泯灭，把自身视为效法天地之道的家族社会之一员，按照孝的要求完成生命再造的现世使命，便可望达到"与天地同德"的境界，实现个体生命的价值与意义。相反，如果未能有效地完成生育责任，使祭祖祀宗的香火断绝，那么不论怎样注重道德修养、怎样为社会群体做出贡献，也都难免被社会视为未尽到生命职责的人，因而愧对家族的列祖列宗，被归入"不孝"之列。由此观之，孝的道德要求是典型的宗教道德。作为本小节的结语，我愿引用功能派人类学家马林诺夫斯基关于宗教的一段话：

> 人类对于生命继续的坚定信念，乃是宗教的无上赐予之一；因为有了这种信念，遇到生命继续的希望与生命消灭的恐惧彼此冲突的时候，自存自保的使命才选择了较好的一端，才选择了生命的继续。[2]

对于孝的宗教心理作用，这段话可以说完全适用。

---

[1] 谢幼伟：《孝道与中国社会》，《中国人的心灵》，台北联经出版公司1984年版，第152—153页。

[2] 马林诺夫斯基：《巫术科学宗教与神话》，李安宅译，上海文艺出版社1987年版，第33页。

四、"孝"的法律化：中国文明中的乱伦禁忌

乱伦禁忌作为原始社会共同体的第一法则具有跨越种族、地理和文化的普遍性。即使在最为边远的与世隔绝的原始村落，也照样可以发现某种形式的乱伦禁忌。[1]在对乱伦禁忌起因的解释中，过去流行的理论是所谓退化说：近亲婚配所繁衍的后代在体质上发生退化。设置乱伦禁忌的目的在于人种和优生方面。不过这种解释在下列问题的挑战之下已露出了破绽：为什么许多社会禁止平表兄弟姐妹通婚，却又允许甚至要求表兄弟姐妹联姻呢？从生物学意义上判断，二者同样是近亲。弗洛伊德本人曾试图避开退化说解释的不足，借鉴达尔文等早期人类学家有关人类原始状态的推测，提出一种新的假说性解释。《图腾与禁忌》宣称这是一种"历史的"解释：原初的人类生活在某种半社会化的小型群体之中，统治该群体的是一位父亲，他独自享有群体中所有的女性，包括女儿和母亲，并强迫任何性成熟的青年男子离开群体，以免他们染指分享他所独占的女性。在父亲的这种性独裁统治下，男孩们对父亲抱有既敬畏又憎恨的矛盾情感。这种情感被代偿性地转移到某种动物身上，于是产生了图腾。图腾制的两大原则——禁止屠杀图腾和禁止与相同图腾的妇女发生性关系——正好与俄狄浦斯的两大罪恶相对应。由此可知，图腾制及与之相关的禁忌是俄狄浦斯情结所造成的结果。更确切地说，图腾与禁忌是针对俄狄浦斯情结而产生的社会性控制手段。[2]对于弗氏这一假说，人类学家已有许多反驳，以为想象多于实证。其实，用反俄狄浦斯情结来解释一切图腾与禁忌固然是以偏概全，不过若只用于解释乱伦禁忌一项的话，

---

[1] 怀特（L.A.White）：《乱伦的定义与禁制》（The Definition and Prohibition of Incest），麦克迪（D.W.McCurdy）编：《文化人类学读本》，美国小布朗出版公司1979年版，第95页以下。

[2] 弗洛伊德：《图腾与禁忌》，布瑞尔英译本，纽约1919年版，第209—218页。

仍不失为深刻的洞见。以大卫·阿伯勒（David F.Aberle）为首的研究小组在实证性实验研究基础上提出的报告《乱伦禁忌与动物的择偶模式》[1]表明，任何一个社会中的乱伦禁忌都是由一系列防止各种不同的亲属关系之间的性结合的禁条所组成的，它们包括父女之间、母子之间和兄弟姐妹之间的性禁忌，由此扩展到非直系亲属之间的性禁忌。乱伦禁忌成功地阻止了家庭内的性竞争，并确保家族人口的优生率。作者还确信，"只要作为社会秩序的重要组成部分的家庭依然存在，乱伦禁忌便会以这样或那样的形式而存在。"[2]

孝在中国文明中作为反俄狄浦斯情结的社会规范而得到极端的强调，因而早已超出了纯粹伦理道德的范围，具有了法律化的倾向。儒家把孝确认为人伦之首，与此相对的行为被视为违反人伦，因此又被斥责为禽兽行为，不仅受到社会道义与舆论的严厉谴责，而且还会导致刑法的惩罚。这种道德与法律相互渗透和作用的情形，如美国汉学家金勇义所描述："就广义上来解释法这个术语，人们可以说，法作为人们行为的范式或标准乃是中国古代诸子百家共同的观点。在此广义上，法作为人们的行为标准包括伦理的原则和规则，恰如孔子学说中调整人们社会行为礼和义的概念所体现的，不论是儒家的礼（适当的行为规范），还是法家的法都是人们行为的范式。前者靠社会的约束力来保证实施，而后者则靠带有国家强制性的法律制裁予以实施，但两者都得靠同样的人来加以实现。"[3]时代愈古，这种礼与法的区分就愈不明确。原始的风俗与禁忌，从其社会制约功能及相应的惩罚方式上看，是具有法的性质的。古语所说"出于礼者入于刑"，多少透露了礼与法（刑）之间的渗透关系。

《孝经·五刑》曰："五刑之属三千，而罪莫大于不孝。要君者无上，

---

[1] 麦克迪编：《文化人类学读本》，第111—122页。
[2]《乱伦禁忌与动物的择偶模式》，麦克迪编：《文化人类学读本》，第120页。
[3] 金勇义：《中国与西方的法律观念》，辽宁人民出版社1989年版，第8页。

非圣人者无法，非孝者无亲。此大乱之道也。"这里把家庭关系中的孝视为整个社会秩序的基础和根本，把不孝视为罪恶之首和"大乱之道"，显然是原始社会中作为至上规范的乱伦禁忌在文明社会中的延续与变种。五刑之说，相传始于唐虞之世，其实也就是中国史前的原始氏族社会。五刑之中针对性犯罪的是"宫刑"——

宫，淫刑也。男子割势，妇人幽闭。次死之刑。以男子之阴名为势，割去其势与椓去其阴，事亦同也。妇人幽闭，闭于宫，使不得出也。[1]

这种残酷的阉割之刑正是原始社会中对乱伦行为进行惩罚的常见形式，它在中国文明中一直延续到隋朝开皇年间，而对妇女的幽闭则延续得更久。

《周礼·秋官》规定大司寇的职责是以五刑纠万民："一曰野刑，上功纠力；二曰军刑，上命纠守；三曰乡刑，上德纠孝；四曰官刑，上能纠职；五曰国刑，上愿纠暴。"大司徒的职责是以乡八刑纠万民："一曰不孝之刑。二曰不睦之刑。三曰不姻之刑。四曰不弟之刑。五曰不任之刑。六曰不恤之刑。七曰造言之刑。八曰乱民之刑。"可知在周代礼法制度中，不孝与不弟（悌）都是犯法的罪名。孝与悌在儒家思想中作为血缘亲情而受到大力提倡，其原初的防止家庭内部性竞争的意义也就逐渐被掩盖了起来，倒是在历代律法条文中，仍可看到对乱伦性行为的种种惩罚，这实际上乃是对原始意义上的"不孝"的惩罚。

瞿同祖先生所著《中国法律与中国社会》指出：性的禁忌在父系家族团体以内非常严格，不但包括有血统关系的亲属，也包括血亲的配偶在内。历代法律对于这种乱伦行为处分极重。汉律称之为禽兽行。定国就是因为和父

---

[1] 邢昺：《孝经正义》疏引孔安国语。

亲康王的姬奸生子一人，又夺弟妻为姬，并与子女三人奸，被公卿议为禽兽行，乱人伦、逆天道，当诛，而畏罪自杀的（《汉书·燕王泽传》）。唐以后的法律借乱伦罪与凡奸罪的比较，也可看出对前者加重治罪的情形。"至于期亲之伯叔母，姑、姊妹、侄女，以及子孙之妇，则亲等更近，灭绝伦纪的事更为社会、法律制裁所不容许，有死无赦。汉律淫季父之妻曰报。晋律奸伯叔母弃市。唐、宋律处绞。元律与侄女奸与媳奸皆处死，……明清律和奸期亲及子孙之妇皆处斩。"[1] 相形之下，俄狄浦斯在犯下杀父娶母罪后的自我惩罚——自刺双眼及流放，不仅罪过比一般的乱伦为重，而且刑罚也是相当轻的了。无怪乎乱伦主题在西方传统文化中历久而不衰，而在中国文学史上却十分罕见，社会法律的强大惩戒作用或许是一个重要因素。怀特曾就西方文学史中的俄狄浦斯主题做过如下论断："从索福克勒斯到尤金·奥尼尔，乱伦一直是所有文学主题中最为流行的主题之一，人们对它似乎从不厌倦，不断地发现它是永远新颖，引人入胜的。"[2] 这或许正是因为西方文化中没有像中国的"孝"这样的强有力的反俄狄浦斯情结的存在，更不用说宗教化和法律化的孝了。在西方文明的另一思想源头《圣经》之中，乱伦主题同样格外引人注目。按照英国人类学家利奇（Enmund Leach）的分析，仅《创世记》中犯有乱伦罪的人物就有亚当、夏娃、该隐、亚伯（同性恋的近亲相奸）、挪亚、含、罗得与两个女儿、亚伯拉罕和撒莱、以扫，等等。这些类似的乱伦故事说明了以下三点：

第一，近亲的同族婚姻优先于其他的婚姻。

第二，神圣的英雄祖先亚伯拉罕实践了这一行为，和同父异母的妹妹结婚。这一点为埃及法老所仿效，埃及法老也就有了和自己的同父异母的姐妹结婚的习惯。

---

[1] 瞿同祖：《中国法律与中国社会》，中华书局1981年版，第50—51页。
[2] 怀特：《乱伦的定义与禁制》，《文化人类学读本》，第95页。

第三，与纯粹的雅各（以色列）血统相比，以色列人的邻近部族因带有原始祖先的缺陷而被置于劣等地位。[1]

以上的对比材料似可说明，在由原始向文明的社会转变过程中，原有的乱伦禁忌在不同文化中受到了不同的待遇。大体而言，乱伦禁忌在西方文明中有所松动，近亲之间的性关系相对不会受到毁灭性的惩罚；而在华夏文明中，乱伦禁忌发展为宗教化、法律化的社会规范，从汉至清两千多年的国家法律一直对乱人伦者处以极刑，这可以说是社会化超我对于本我乱伦冲动的最严厉的镇压，其结果自然是整个文化人格的改观。

那么，孝的法律化究竟是在什么时代完成并付诸实施的呢？已知在殷周金文中孝已作为重要概念得到突出的强调了。殷商时代就出现了以孝作为地名、人名的现象，但当时关于孝的思想如何，尚无据详考。"西周早期，最高统治者提倡孝，孝的内容比商代具体了。他们要求必须'孝养厥父母'（《尚书·酒诰》），父、祖死后，还应当'以孝以享'（《诗·周颂·载见》），'继序思不忘'（《诗·周颂·闵予小子》）。能这样做的，便是'孝子'，就能'受天之祐（大福）'（《诗·大雅·下武》），所谓'孝子不匮，永锡尔类……'（《诗·大雅·既醉》）。周王还把有没有孝行列为能否参与政事的一项重要标准，凡'不孝不友'的，不许参与政事，这在金文中也有反映。"[2] 也就在孝道大兴的周代，我们看到针对不孝之罪用刑的记载。《尚书·康诰》云：

> 王曰：封，元恶大憝，矧唯不孝不友。子弗祗服厥父事，大伤厥考心；于父不能字厥子，乃疾厥子；于弟弗念天显，乃弗克恭厥兄；兄亦不念鞠子哀，

---

[1] 利奇：《作为神话的〈创世记〉》，中译文载叶舒宪编《结构主义神话学》，陕西师大出版社1988年版，第127—144页。

[2] 李裕民：《殷周金文中的"孝"和孔丘"孝道"的反动本质》，《考古学报》1974年第2期。

大不友于弟。唯吊兹,不于我政人得罪,天唯与我民彝大泯乱。

曰:乃其速由文王作罚,刑兹无赦。

这段话表明周统治者开始对不孝者处以重刑,并将不孝之罪视为"元恶大憝",也就是万民痛恨的罪恶之首。[1]尤值得注意的是,不孝之罪在此只涉及家庭中的男性成员:子不服父事是不孝,父不爱子亦是不孝,这显然暗示着从子与父两方面出发调解代际冲突的倾向。与此相关的是不友之罪,实际上就是不悌,同样是从弟与兄两个方面提出要求的,旨在调解同辈之间的冲突与竞争。从"刑兹无赦"一句判断,孝与悌(友)已经不仅仅是伦理上的义务,同时也是法律上的责任了。从主要针对家庭中男性成员的乱伦禁忌到同样针对男性成员的孝与悌的法律责任,原始的性禁忌已经大大超出了原有的责任范围,成为针对社会基本单位——家庭——而设置的调解冲突、维持秩序的重要法律手段了。

五、"孝"的政治化:由孝到忠的隐喻类比

孝的观念在起源之际主要针对由俄狄浦斯情结所引发的代际间的冲突竞争,这一点已如前论。不过,孝的观念不断强化,在中国几千年历史上受到所有统治者的不懈倡导,终于发展为全民性的准宗教,这就不仅仅是针对俄狄浦斯情结的结果了。统治者,特别是国家最高统治者之所以特别看重孝的功用,主要着眼于孝与忠之间的隐喻类比关系。

《孝经》明言:"夫孝,始于事亲,中于事君,终于立身。"从事亲到事君的过渡也就是从"齐家"到"治国"的过渡,这在中国宗法社会中一直

---

[1] 参看《香港中文大学学报》第10卷下所刊《尚书中的孝》一文(英文)。

是为舆论所赞许的人生道路。

孟子曰:"道在迩而求诸远,事在易而求诸难:人人亲其亲,长其长,而天下平。"[1]

孟子曰:"事孰为大,事亲为大。……孰不为事,事亲,事之本也。"[2]

其为人也孝悌,而好犯上者,鲜矣;不好犯上,而好作乱者,未之有也。[3]

儒家圣人的上述推理正是基于这样一种隐喻类比,子之于父,同于民之于君;子女对父母尽孝,相当于臣民对君王尽忠。这种隐喻的现实基础在于把帝王认同为父的普遍信仰。古人惯于君父联称便是此种信仰的明证。子辈对父辈的尽孝也培养着忠于君王的顺民,孝的实践正以反俄狄浦斯的心理训练逐渐消磨掉个人潜在的"犯上"冲动,使每个子民视君为父,唯命是从,把"作乱"的可能性消灭在萌生之前。由此看来,提倡孝道确实可以起到弱化攻击欲,稳定君主专制的统治,防患于未然的重大战略功效。

近年来学术界从各不相同的角度探讨中国封建社会延续如此长久的原因,已经提出了各种理论。或许从孝这个意识形态的核心概念出发,从孝的政治化作用着眼,可以做出介于文化与人格之间、社会与心理之间的某种动态解释。自古以来,国人把子杀父和臣杀君同称为"弑",视之为罪大恶极、不可饶恕的行为,这实际上无异于对"犯上"冲动的一种全民性心理阉割。儿子从幼年起就全面接受以孝悌为主的纲常伦理的灌输,这等于对攻击性冲动的慢性心理阉割的开始。由这种反俄狄浦斯式文化规范所陶铸出来的人格,自然会在个性和创造性方面有所减弱。这种情况在杜维明先生的《儒学思想

---

[1]《孟子·离娄上》。
[2]《孟子·离娄上》。
[3]《论语·学而》。

中的自我性态与他人》一文中已得到如下概括：孝心既然是儒家学说的根本价值准则，那么，父子关系的突出特征便是儿子对父亲权威的无条件顺从。"儿子的自我修养就在于他必须学会压抑自己的欲望，预先满足父亲的愿望，而把父亲的指派则看作神圣的命令。于是听命于父亲，乃是顺从父亲的意愿，努力实现超我内化的结果，最终要达到自动地受良心促使去按父亲的意愿从事的程度。儿子内心对父亲的攻击性，早在信念和态度上就完全受到压制，在行为上也受到压制，更不用说对父亲的仇恨了。由此不难理解，儒学传统中的儿子完全被父亲的权威所压倒，成了软弱怯懦，优柔寡断，依赖顺从的人物。"[1] 这种柔弱顺从型的人格，就个体来说，未免有发育不全之嫌，但就社会整体而言，却大大有利于维系统治和秩序，这不能不说是封建专制在中国历千载而不衰的一个重要因素吧。换句话说，无数个体以创造力的萎缩和个性的弱化为牺牲，换来了封建国家集体的长治久安。

对于孝的这种政治化作用，统治阶级的御用知识分子早有所领悟，并试图加以理论论证。明代黄道周作《孝经集传》，把《孝经》宗旨概述为五点，其中二三两点均说到孝对于统治秩序的积极维护作用：

约教于礼，约礼于敬，敬以致中，孝以导和，为帝王致治渊源，二也。则天因地，常以地道自处，履顺行让，使天下销其戾心，觉五刑五兵无得力处，为古今治乱渊源，三也。[2]

这里所说的"销其戾心"与"帝王致治"两方面，已经将孝的政治功用完全点透了。可见自统治阶级的立场上看，提倡孝也就是间接培养愚忠人格、

---

[1] 安东尼·J·马赛拉（Anthony J.Marsella）等：《文化与自我》，九歌译，江苏文艺出版社1989年版，第240页。

[2]《四库全书总目》卷三二经部，中华书局影印本，1965年版，第265页。

巩固封建秩序的必要统治术之一。所以，早自先秦时代起，"忠"便凌驾到"孝"之前，构成一个合成词"忠孝"，成为统治阶级观人用人的至上标准。《吕氏春秋·劝学》云："先王之教，莫荣于孝，莫显于忠。忠孝，人君人亲之所甚欲也；显荣，人子人臣之所甚愿也。"看来个人要想出人头地，求得"显荣"，首要的条件不是个性的突出和才华的出众，而是按照人君人父所要求的那样，一心一意向"忠孝"人格靠拢。

在先秦文献中最能体现由孝到忠的隐喻逻辑的恐怕要算《韩非子·忠孝》一篇。韩非在此提出了用忠顺孝悌之道衡量人的行为时应遵奉的原则，对时人推崇的尧舜和汤武进行了批判，认为他们都从根本上违背了忠孝之义，开了破坏伦常秩序的先河。"尧为人君而君其臣，舜为人臣而臣其君，汤武人臣而弑其主、刑其尸"，这些越礼乱伦之举"反君臣之义，乱后世之教"，实在不应效法。韩非接着按照类比逻辑提出正面主张：

臣事君，子事父，妻事夫，三者顺则天下治，三者逆则天下乱，此天下之常道也。明王贤臣而弗易也，则人主虽不肖，臣不敢侵也。

如此看来，忠孝从一种人为提倡的道德要求上升为代表宇宙秩序的"常道"，也完全是为了政治统治的需要。即使昏君当道，臣子也只能俯首听命，而不得有任何非议或批评，更不用说造反弑君了。就在孝与忠的这种政治性联姻之中，原来旨在调节代际冲突的社会规范已蜕变为治人者的愚民策略了。《汉书·晁错传》云："知所以忠孝事上，则臣子之行备矣。"《北史·于仲文传》："九岁，尝于云阳宫见周文帝。文帝问曰：'闻儿好读书，书有何事？'对曰：'资父事君，忠孝而已。'"这种以忠统孝的政治倾向并非没有受到过怀疑。著名的忠孝不能两全的论辩便是坚持二者区别的一种努力。《唐书·韦陟传》记载，永泰元年，赠尚书左仆射太常博士程皓，议谥忠孝。

颜真卿出来反对，认为许国养亲不能两立。《封氏闻见记·定谥》中保留了颜氏的原话：

> 出处事殊，忠孝不并。已为孝子，不得为忠臣；为忠臣，不得为孝子。故求忠于孝，岂先亲而后君？移孝于忠，则出身而事主，所以叱驭而进，不惮危险，故王尊为忠臣。思全而归，恐有毁伤，故王赐为孝子。

这种尖锐的辨析无形中揭示了孝与忠隐喻类比的逻辑缺陷，[1] 在家族伦常与国家政治之间划开了界限，对愚忠愚孝观念形成潜在的理性质疑。

六、咒骂与宣泄：夸大的乱伦幻相

宣泄（catharsis）的概念在西方思想史上由来久远。亚里士多德《诗学》中用这个概念说明悲剧艺术特有的心理学功效，现代精神分析学家用这个概念阐释无意识心理的表现方式。于是，宣泄成为从动态平衡的角度考察人的心理结构及自我调节功能的一个重要术语。从宣泄的角度看问题，可以避免机械地理解本能欲望与压抑之间的关系，深入透视意识与无意识之间的相互作用以及由此产生的自我平衡机制。弗洛伊德的一系列著述反复申明，宣泄有如高压容器的减压阀或排气装置，它能有效地缓解过度压抑所造成的精神崩溃的危机，使受压控的本能欲望可以找到相对安全的发散方式与排放渠道，减轻内心的张力与焦虑，化解本我与超我之间的冲突和对立。从这一意义上看，宣泄对于维护人类个体的身心健康具有不可或缺的作用。宣泄的方式主要在于幻想——通过主动制造出的幻象或幻觉，使在现实中无法满足的本能

---

[1] 关于隐喻作为一种认识论的逻辑缺陷，可参看保尔·德曼（Paul de Man）：《隐喻认识论》（The Epistemology of Metaphor），《批评探索》（Critical Inquiry）第5卷第1期，1978年秋季号《隐喻专集》。

欲望在纯虚拟的情境之中获得代偿性的满足。

鲁迅先生所塑造的阿Q形象对于理解精神分析学的宣泄概念提供了生动的实例。阿Q在挨打之后用"儿子打老子"的咒骂聊以自慰，这实际上正是利用当老子的幻象宣泄自己被压抑的攻击欲，从而获取在现实中挨打之后的代偿性满足。这个例子表明，咒骂作为语言活动的特殊产物，同梦一样具有制造幻相并通过幻象宣泄本能欲望的功能。在不登大雅之堂的骂人脏话后面，潜藏着人类意识与无意识之间的自我调节机制。骂人并不仅仅是个道德教养的问题，从实质而言也是宣泄郁结，恢复平衡的无意识心理学问题。遗憾的是，弗洛伊德本人在考察宣泄的主要方式时，专门论述过玩笑（《玩笑与无意识的关系》，1905）、幽默（《论幽默》，1927）、艺术创作（《作家与白日梦》，1908）等，却相对忽略了咒骂。在此，我们有幸借助于对骂人哲学有深刻领悟的鲁迅先生的作品，对弗洛伊德的忽略做出某种补偿。

鲁迅非常敏锐地发现，中国人骂人话中总是把攻击的矛头引向母亲，即所谓"骂娘"。鲁迅把中国大众口头上使用最频繁的骂人话"他妈的"命名为具有民族性的"国骂"[1]，这确实是独具慧眼。鲁迅所塑造的阿Q形象，作为国民劣根性的现实写照，便是"国骂"不离口的粗鄙之人。不过，鲁迅虽然捕捉到了"国骂"现象，并尝试从历史上的等级制方面追索其起源，却未能从深层心理学方面寻求解释此一现象的原因。

我以为，从作为反俄狄浦斯情结的孝这一视点出发，或可以找到国人惯于"骂娘"的深层心理基础，那就是制造变相的乱伦幻相，从而宣泄在以孝为教的中国文化中受到严酷压抑的乱伦欲望。弗洛伊德的分析认为，在俄狄浦斯情结的作用之下，男孩于无意识中将母亲作为自己的性欲对象，同时，"男孩用把自己与其父亲等同起来的方法来对待他的父亲"[2]，弗洛伊德把

---

[1] 鲁迅：《论"他妈的！"》，《鲁迅全集》第1卷，人民文学出版社1981年版，第231页。
[2] 弗洛伊德：《自我与本我》，《弗洛伊德后期著作选》，林尘等译，上海人民出版社1986年版，第180页。

后一现象称为"自居作用"。随着自居作用的发展，男孩希望取代父亲在父母关系中的地位。尽管这种取父亲而代之的愿望因现实原则的阻碍无法实现，但自居作用本身却在男孩性格发展中加强了男子气质。

透过骂娘的表象，我们似乎看到了男人们取父而代之的潜在欲望，这样一来，以妈、娘为攻击对象的脏话就成了有效释放俄狄浦斯冲动，宣泄受阻的乱伦欲望的最便捷的渠道了。无怪乎骂人者总是或隐或显地以母亲的性伙伴自居——或是直接用"×你妈"的幻象制造试图充当父亲，或是用"你妈×""娘希屁""妈的八字"等隐语暗示母亲的性器官，间接达成乱伦幻相。值得注意的是，与男孩潜意识的自居作用不同，骂人者的自居作用并不表现为充当自己的父亲的角色，而是表现为充当别人的父亲的角色。换言之，脏话中性攻击的对象不是自己的母亲，而是他人的母亲。据此可以说，骂人话中的乱伦欲望通常是经过改装和转换的形式加以表达的。当然也有例外的情况。[1]

既然俄狄浦斯情结的存在具有跨文化的普遍性，通过咒骂宣泄乱伦欲望就不只是中国文化的特有现象。英语中有 motherfucker 一词，直译即为"×娘者"，类似的骂人词汇还很丰富，像 motherflunker, motherfouler, mothergrabber, motherhugger, motherjiver, motherjumper, motherlover, motherraper 等以母亲为词根的脏话，都暗指同一个意思。乔纳森·格林（Jonathon Green）所编新版《当代俚语辞典》对 motherfucker 一词的释义是：

1.（正常用法）极度的侮辱／咒骂之意基于乱伦禁忌。

2.（黑话用法）含义广泛，从好到坏，常作为黑话中的亲爱术语；也用

---

[1] 一首以百家姓前四句起兴的苏州儿歌代表着直接表达的乱伦行为。这首儿歌歌词是："赵钱孙李，先生没理！周吴郑王，先生没娘！冯陈楚卫，先生做龟！蒋沈韩杨，先生×娘！"引自建功《读歌札记》，《歌谣周刊》95号，1935年6月版。

于仅指"事物"。[1]

由此可见，在现实世界中被禁忌的事物，在语言世界中会得到反向发展。被社会视为极端罪恶的乱伦行为，在语言表达中也成了最强烈的咒词。由于现实中所允许的乱伦行为极少见，在语言中的骂娘行为就无限扩大化，因使用频率极高而逐渐减弱了诅咒的强度，反过来可以泛指一切"事物"了。从比较的意义上看，西方脏话中最能显示男性气概的一词 fuck，在使用中一般是独立出现的，并不常与母亲相关联。而在"国骂"中却出现了相反的情形，表示性行为的动词（相当于 fuck 者）常常被省略，而性攻击的对象"妈"或"娘"则往往单独出现。这种现象或可做如下解释，由于反俄狄浦斯情结的强大作用，乱伦冲动在中国文化中受到的压抑显然比西方为重，[2] 因而宣泄的强度也相应地扩大。

孝的宗教的长期浸染，使男性对母亲的爱恋完全排除了性的内容而接近纯粹的宗教情感，这就使作为宣泄口的咒骂成了唯一可以集释、放乱伦冲动的场合——这一场合虽然不文雅，却毕竟还是社会习俗所允许的，而且不至于触犯法律和禁忌。这样，母亲就在"国骂"之中成了主要的攻击对象。扩大化的结果，连代姐妹、姑姨，乃至奶奶、姥姥等家族的女性成员也都成了达成乱伦幻相的潜在对象。

在现实中，性攻击的对象往往是年轻女性，甚至是未成年的少女幼女，而在咒骂之中，性攻击对象的年龄越大，辈分越高，攻击的程度也就越重。这一点除了用乱伦欲望的夸大幻相加以解释，是难以理解的。在骂人话与现实之间的这种反比关系，还可以从跨文化的材料中得到说明。马林诺夫斯基

---

[1] 乔纳森·格林：《当代俚语辞典》，潘图公司 1984 年版，第 183 页。
[2] 不同文化对人格压抑的差异性问题，可参看克雷曼（A.Kleinman）等编的《文化与压抑》（Culture and Depression），加州大学出版社 1985 年版。

在南太平洋岛的土著社会中发现，用乱伦形式来咒人是常见现象。超卜连兹人的骂人话中有三种乱伦的说法："与你妈去睡"；"与你姊妹去睡"；"与你妻去睡"。三种骂法之间有分寸上的差别：对母亲乱伦是较缓和的骂法；以姊妹乱伦来骂人，乃是严重的触犯；与某人妻乱伦，是最坏的侮辱，比之前二种骂法，相对罕见。那么，究竟为什么以姊妹乱伦骂人要比以母乱伦骂人分量更重呢？马林诺夫斯基认为，这是因为在该土著社会中，对同辈之间乱伦的禁忌比对越辈乱伦的禁忌更为严格。[1]这种情形与中国恰恰相反。

性学家们在考察淫秽语言（obscene words）同文化的关系时得出的一般看法是："淫秽语言与其他淫秽文化一样，原则上都是针对社会风俗对性压抑的某种反抗或破坏，故淫秽语言的范围与社会文化背景有密切关系，即不同社会文化体系其所说淫秽语言有所不同。一般地说，社会和习俗对性的压抑越强，限制禁忌越高，淫秽语言的范围越大，其刺激性就越强；反之，社会和习俗对性的压抑较弱，则淫秽语言的范围相对较窄，其刺激性就较差。"[2]这一认识对于理解中国人"国骂"现象的社会文化成因还是有帮助的。需补充的是，一旦这种以母亲为攻击对象的秽语在乱伦禁忌最严格的文化中作为集体性的无意识宣泄渠道，获得了普遍的流行之后，其刺激性也就随着频率的增多而逐渐减弱了。

诚然，秽语与压抑的反比关系只能理解为大致的情况，在没有大规模跨文化的抽样比较或普查之前，尚不宜做绝对化的判断。人类学家杜波依斯曾深入印尼东部的阿洛尔岛土著村落做长期的问卷调查，有关性生活方面尤为详尽。他发现这个原始村落在性道德方面并不亚于文明人，亲属间的婚配受到严格禁止，母子乱伦的事几乎闻所未闻。[3]但在骂人话中却呈现相反的情况，

---

[1] 马林诺夫斯基：《两性社会学》，李安宅译，中国民间文艺出版社 1986 年版，第 101—102 页。
[2] 刘燕明等编：《性偏离及其防治》，天津科学技术出版社 1990 年版，第 240 页。
[3] 杜波依斯（C.Dubois）：《阿洛尔人》(The Pepople of Alor)，明尼苏达大学出版社 1944 年版，第 104 页。

"与你母亲睡"之类秽语司空见惯，不足为奇，甚至男性儿童之间也常用"阴户"（hoiy）和"你妈阴户"（ea hoiy）之类话相攻击。[1]在另一位人类学家所考查的澳洲土著门金（Murngin）部落，情况略有不同。俄狄浦斯冲动主要不是通过骂人话，而是通过神话故事得到有效释放的。然而其表现方式又同希腊神话的隐晦曲折大异其趣，显得格外直截了当。下面就是吉泽·若海姆在他的著作中举出的一个例：

当初的神话时代，一个男孩在帐篷中呻吟。他的母亲问他怎么了，他只是呻吟，却不作答。"我给你些蜂蜜好吗？"母亲说。"不"，他还在呻吟着。"你想要袋鼠肉吗？"母亲又问。回答又是"不"。就这样持续问答了一系列话题之后，母亲终于提出了最后一问："那么你想我的阴户吗？""对了！"男孩大叫道："那正是我想要的。"[2]

有了原始社会中这天真的一幕，再回头考察中国文学中重新编码的俄狄浦斯主题，也许会看得更加真切。

七、鞋喻：俄狄浦斯主题的中国编码

前述怀特的看法已经表明，乱伦主题如何成为西方文学从古到今的流行主题之一，不断地花样翻新，激励着一代又一代作家的灵思。与怀特同时的其他学者还发现，在西方以外许多民族文学中也存在着这样或那样类似俄狄浦斯神话的作品，如上文引用的澳洲土著故事及列维－施特劳斯分析的美洲

---

[1] 杜波依斯（C.Dubois）：《阿洛尔人》（*The Pepole of Alor*），明尼苏达大学出版社1944年版，第72页。
[2] 吉泽·若海姆：《梦幻的永恒者》，1969年英文版，第209页。

印第安故事。[1] 于是人们提出了俄狄浦斯主题的"国际性"问题，认为这是一个覆盖整个新旧大陆的世界性文学现象。[2] 然而令人惊异的是：源远流长的中国文学长河中却未能找到名副其实的对应角色。

由于反俄狄浦斯情结的作用，中国文学中像希腊的俄狄浦斯神话那样具有母子乱伦主题的作品是极罕见的，同样的主题只能以异常隐蔽和重新编码的形态表现出来。好在精神分析学提供的性象征谱系可以有助于此类隐蔽的、改了装的乱伦主题的鉴别和解码。清纪昀《阅微草堂笔记》卷十三记述了如下故事：

凤凰店民家，有儿持其母履戏，遗后圃花架下，为其父所拾。妇大遭诟诘，无以自明，拟就缢。忽其家狐祟大作，妇女近身之物，多被盗掷于他处，半月余乃止。遗履之疑，遂不辩而释，若阴为此妇解结者，莫喻其故。[3]

乍看起来，这只是个荒诞不经的怪异故事，但若用原型与精神分析的批评眼光去看，就不是那么简单了。故事中的三个出场人物恰好构成父母子三角关系，其中的母子关系表现为"儿持母履戏"，导致母亲失贞之嫌疑，遭到丈夫的严厉"诟诘"，遂求自尽。这个情节自然使人想到俄狄浦斯神话中的母亲伊娥卡斯忒无意中失贞于儿子后自尽。相比之下，中国故事中的母亲与儿子并未发生实际的性爱关系，乱伦主题没有直接地出现在叙述的表层，但精神分析学家弗罗姆已指出，神话、童话、小说常常像梦一样，用象征语言表达"灵魂的内在经验"和"宗教与哲学的观念"，故事的表

---

[1] 还可参看列萨（W.A.Lessa）：《大洋洲的俄狄浦斯型故事》，《美国民俗学杂志》1956年第69卷，第63—73页。

[2] 参看艾德蒙（L.Edmunds）：《俄狄浦斯：古代传说及其后代类缘》，约翰·霍普金斯大学出版社1985年版；斯特芬（W.N.Stephens）：《俄狄浦斯情结：跨文化的证据》，纽约，1962年版。

[3] 纪昀：《阅微草堂笔记·槐西杂志（三）》，上海古籍出版社1980年版，第297页。

层只是这种潜在意义的象征外壳。[1] 从这个角度再看,"儿持母履戏"就值得深究了。由于履是母子之间关联的媒介,是否可以由此入手破译故事的象征隐意呢?

弗洛伊德在《释梦》中说,一切中空的物体在梦中均可作为女性生殖器的象征;在《精神分析引论》中又特别指出:鞋和拖鞋是女性生殖器的象征。[2] 准此,儿子玩弄母亲的鞋这一细节,显然隐蔽地影射了儿子与母亲发生性爱关系,可以视为乱伦主题的象征性置换表现。

这样理解之后,父亲的暴怒和母亲事后求自缢的情节也都顺理成章了:这是一个变了形的中国式俄狄浦斯故事。[3]

也许有人会怀疑,照搬弗洛伊德的性象征学说解释中国故事是否合理?当我们考察了鞋的性象征意义在中国文学中其他表现之后,这种怀疑便顿然冰释了。中国的民间故事或民间歌谣中,常有以鞋象征性爱的情况,这同西方没有什么不同。如陕西凤县民歌《情哥带信要做鞋》的歌词:

老鸦飞去又飞来,
情哥捎信要做鞋,
半夜子时打梢子,
半夜子时来取鞋。

这里的"半夜取鞋"显然是性爱的象征,若真是取鞋,怎么会安排在半夜子时呢?这对情人在尚未明媒正娶缔结婚姻的情况下,要想结合只能私下

---

[1] 参看弗罗姆:《被遗忘的语言》(*The Forgotten Language*) 第7章《神话、仪式、童话与小说的象征语言》,纽约,1976年版;此书有叶颂寿译本,题为《梦的精神分析》,光明日报出版社1988年版。

[2] 弗洛伊德:《精神分析引论》,中译本,第118页。

[3] 坎贝尔指出,脚在神话中即可作为性象征,俄狄浦斯这名称意为"肿脚的"。见《千面英雄》(*The Hero with a Thousand Faces*),纽约1956年版,第79页注。

进行，民歌中用"取鞋"来表达他们的私通，正好可借表面意义去瞒过社会礼法道德的"检查"作用，使此歌不至于因"公开诲淫"之罪名而被弃。若将这首民歌中的鞋的象征用法视为"比"，那么《金瓶梅》一书中鞋的象征用法则可视为"兴"。按照朱熹对"比兴"的权威性解释，兴是一种"先言他物以引起所咏之词"的表现手法。《金瓶梅》的作者成功地把这种传统诗学的手法移植到小说中，在第二十八回《陈敬济侥幸得金莲》中以鞋起兴，敷演出许多文章来。本来陈敬济与潘金莲二人有心勾搭，却无良机，适逢潘金莲将一只大红睡鞋遗失在后花园葡萄架下，为陈敬济所得：

这敬济把鞋褪在袖中，自己寻思："我几次戏她，她口儿且是活，及到中间，又走了。不想天假其便，此鞋落在我手里。今日我着实撩逗他一番，不怕她不上帐儿。"正是：
时人不用穿针线，那得工夫送巧来？[1]

陈敬济袖着此鞋来见潘金莲，要求潘氏将袖中的汗巾作为信物交换这鞋，纠缠良久，

妇人笑道："好个牢成久惯的短命！我也没气力和你两个缠。"（张竹坡批语：口诺心许矣。）于是向袖中取出一方细撮穗白绫挑线莺莺烧夜香汗巾儿，上面连银三字儿都掠与他。有诗为证：
郎君见妾下兰阶，来索纤纤红绣鞋。
不管露泥藏袖里，只言从此事堪谐。
这陈敬济连忙接在手里，与他深深地唱个喏。妇人吩咐："好生藏着，

---

[1]《金瓶梅》，第425页。

休教大姐看见，她不是好嘴头子。"（张竹坡批语：何啻山盟海誓。）敬济道："我知道。"一面把鞋递与她……[1]

这一段关于鞋的情节象征性地完成了缔结私情的任务，作者特意点明"从此事堪谐"，即二人得遂鱼水之欢。由此看来，拾鞋的情节正是作者为引出后文中的私通而预设的起兴之笔，兰陵笑笑生对于鞋与女性性器的象征联系无疑是了然于心的，如张竹坡在此回回批中所言："因金莲之脱鞋遂使敬济得花关之金钥，此文章之渡法也。""此回单状金莲之恶，故唯以鞋字播弄尽情，直至后三十回，以春梅纳鞋，足完鞋子神理。细数凡八十个鞋字，如一线穿去，却断断续续、遮遮掩掩"[2]。

其实，张氏批语虽颇具眼力，表达却也是"遮遮掩掩"，因为他运用了另一种性象征来说明鞋的性象征蕴涵。所谓敬济因鞋而"得花关之金钥"，说的正是两人的性关系。弗洛伊德多次指出，花是女阴的象征，而钥匙则为阳具的象征。在作家和批评家这种层层遮掩之下，鞋在《金瓶梅》中的性象征功能迄今尚未得到充分的认识，倒是冯梦龙《童痴二弄·山歌》一书中收集的一首吴中山歌《鞋子》，可以引出作为笔者上述解释的旁证：

姐儿生来鞋子能，
身上花苗颜色精，
吃个搭袜缠个情，
郎看见了我，
整日在面前引了引。[3]

---

[1]《金瓶梅》，第427—428页。
[2]《金瓶梅》，第420页。
[3] 冯梦龙：《山歌》卷九，《明清民歌时调集》，上海古籍出版社1987年版，第411页。

这位夸耀自己"生来鞋子能"的姐儿，实在是用象征语言夸耀自己的性感特征，与《金瓶梅》中的起兴相比，这里的鞋的意义显豁多了。可见在明代民间，早已流行了鞋的这种象征用法，《金瓶梅》只不过从文学传统中袭用了这个原型。谁知这一用不要紧，鞋这个象征又成了乱伦性爱的媒人！陈敬济本是西门庆的女婿，因而把潘金莲叫"五娘"，在她面前自称"儿子"。"儿子"拾了"五娘"的鞋，遂与"五娘"私通。这一写法恰恰为《阅微草堂笔记》中的前引故事之作者所继承，甚至连遗鞋的地点——"后圃花架下"，都同《金瓶梅》中的"后花园葡萄架下"遥相呼应，谁说这只是偶然的巧合呢？

所不同者，《金瓶梅》中的鞋，是"先言"的"他物"，为后文中的乱伦起兴；而《笔记》中的鞋则是乱伦本身的象征。前者堪称亦虚亦实，虚实相映，后者则是避实就虚，以虚代实，因而也就更为曲折隐晦，单从字面上看不出来了。按照精神分析的理论，这种隐晦的表达说明作者的俄狄浦斯冲动因过度压抑而潜藏得更深，其编织故事的创作过程也就是无意识地释放此一情结的过程，恰如梦的运作一样，为逃避检察官而不得不给梦中达成的欲望饰以种种伪装，鞋这个原型因其固有的象征蕴涵而被作者的无意识所选中，充当乱伦主题的表层伪装。即便如此，作者还怕伪装得不够，所以又给乱伦故事加上狐妖作祟的怪异结尾，使"遗履之疑遂不辩而释"，实在是为有乱伦嫌疑的母子双方彻底开脱了责任。

若从原型批评的视野上看，鞋在中国古代文学中以其特有的性象征意义而占据着引人注目的地位。特别是女性人物的鞋，在作品中层出不穷，总是或比或兴地与女主人公构成隐喻或换喻的关系。最典型的编码规则莫过于"太上老君的拐杖错插进西王母鞋中"一类民间笑谈。这种情况甚至直接表现在作品题目上。清同治七年，江苏巡抚丁日昌查禁的淫词小说中就有两种以鞋为题：《十双红绣鞋》和《偷鞋戏美》。[1] 后者一听名称便可知照样用鞋为引子去预表性行为的达成。蒋瑞藻《小说考证》卷三有《分鞋记》和《易鞋记》，也都是由鞋的比喻作为展开叙述的线索。在这篇《分鞋记》中，男女主人公夫妻离散三十余年，以分别时互赠的鞋一只为信物，竟然在历经沧桑之后（女主人公已出家为尼）凭鞋相认，重为夫妇。[2] 在这里，鞋似乎成了婚配关系的唯一见证者和守护神。而在《聊斋志异·莲香》中，女子之鞋的起兴作用真的带有了神幻色彩：桑生与女鬼李氏相好，李氏表示愿常侍枕席。

鸡鸣欲去，赠绣履一钩，曰："此妾下体所著，弄之足寄思慕。然有人慎勿弄也！"受而视之，翘翘如解结锥，心甚爱悦。越夕无人，便出审玩。女飘然忽至，遂相款昵。自此每出履，则女必应念而至。[3]

这位李氏的绣鞋能像《一千零一夜》中的宝物神灯一样，让主人公随时如愿，可以说是"神鞋"了。桑生"审玩"此鞋，且"心甚爱悦"的细节，则更明显地揭示了中国男性心理中对女人之鞋的特殊敏感。对此，高罗佩曾称之为"恋鞋癖"（Shoe-fetich-ism），并认为只有从心理分析角度才能求得解释。[4] 我以为此种说法大致不错，但也不能一概而论。在有些场合，"恋鞋癖"是不足以解释现象的，如《聊斋志异·阿宝》中的孙子楚魂化为鸟与阿宝相会，衔走阿宝的一只鞋。阿宝的母亲为她择婿，"女以履故，矢不他"。最终仍与孙子楚结缘。这种以鞋为神圣信物的现象恐怕就不是"恋鞋癖"所能概括得了的，从中可以依稀感觉到鞋的某种神化偶像化倾向。追溯下去，至少在六朝时代即女性缠足习俗流行之前，这种鞋的神化现象已经存在了。

---

[1] 见王利器辑注：《元明清三代禁毁小说戏曲史料》，上海古籍出版社1981年版，第146、147页。
[2] 参看蒋瑞藻：《小说考证》，上海古籍出版社1984年版，第94—95页。
[3]《铸雪斋抄本聊斋志异》，上海古籍出版社1979年版，第92页。
[4] 高罗佩：《中国古代房内考》，莱顿，1974年英文版，第219页。

且看晋陶潜《搜神后记》中的《李仲文女》一篇：

> 晋时，武都太守李仲文在郡丧女，年十八，权假葬郡城北。有张世之代为郡。世之男字子长，年二十，侍从在廨中。夜梦一女，年可十七八，颜色不常，自言："前府君女，不幸早亡。会今当更生。心相爱乐，故来相就。"如此五六夕。忽然昼见，衣服薰香殊绝。遂为夫妻，寝息，衣皆有污，如处女焉。后仲文遣婢视女墓，因过世之妇相问。入廨中，见此女一只履在子长床下。取之啼泣，呼言发冢。持履归，以示仲文。仲文惊愕，遣问世之："君儿何由得亡女履耶？"世之呼问，儿具道本末。李、张并谓可怪。发棺视之，女体已生肉，姿颜如故，右脚有履，左脚无也。子长梦女曰："我比得生，今为所发。自尔之后遂死，肉烂不得生矣。万恨之心，当复何言！"涕泣而别。[1]

鞋作为两性关系见证的这种原型意蕴在这篇小说中已经显而易见了。而所谓"恋鞋癖"在此时也刚露端倪，如《玉台新咏》卷五所收《脚下履》一首，专咏女人绣鞋，其膜拜之情已溢于言表。从该诗末句"见委入罗床"和前引小说中女鞋一只在子长床下的细节，可以看出鞋与性的隐喻关联也同暗示性行为场所的"床笫之间"密切相关。发现某人的鞋在床下，这自然喻示着某种非婚的两性关系，这是鞋喻原型在古典叙事文学中常见的表现手法。由此可知，鞋作为两性关系的见证和某种意义上的守护神，它所象征的总是婚姻规范之外的某种性关系，当然也包括母子间的乱伦关系。这样，考察中国文学中俄狄浦斯主题的特殊隐蔽形式，首先涉及鞋喻也就是理所当然的了。

从鞋在床下的特别意蕴着眼，薛仁贵故事可能是表达俄狄浦斯主题的较早作品，其中的一个戏剧性场面，也可以获得原型性透视。薛仁贵出征，与

---

[1] 陶潜：《搜神后记》，汪绍楹校注，中华书局1981年版，第27页。

妻柳迎春阔别十八年，回家后发现妻子床下有一双男人的鞋子，当下怀疑她有了外遇，因此盘问不止。柳迎春心里明白那是她们儿子薛丁山之鞋，但薛仁贵并不知道他当年离家时妻已有身孕，所以一心想找出妻子的情人。柳氏见丈夫如此醋意大作，也想故意气他一气：

柳：这穿鞋的人儿比你强得多啊。

薛：自然比我强啊，如今我有了这个讨厌的东西（指胡须），就不喜欢了啊。

柳：不但比你强，自从你去后，我还靠着他吃饭呢。

薛：自然哪，你要是靠着我啊，一十八载，饿也把你饿干了。

柳：薛郎，还有一件稀奇的事儿呢。

薛：还有什么稀奇的事啊？

柳：我与他白日一同吃饭，到了晚上，我还搂住他在一起睡觉呢。

薛：哎吓吓，真真的不要脸，难为你说得出口来，好！你不死啊，待我来碰。[1]

柳氏调侃丈夫至此，不得不说明真相：床下鞋子的主人是儿子薛丁山的。薛仁贵急于见儿子，柳氏说出外射猎未归。薛仁贵想起自己回家前在半路上射杀了一个青年猎人，原来正是自己的儿子。以上是演义薛仁贵故事的民俗小说和平剧《汾河湾》的主要纠葛，其中父母子三人间的俄狄浦斯式冲突十分明显。在表达这种冲突时，中国民间文学照例选用了鞋这个原型。

这同希腊俄狄浦斯传说的直接冲突有所不同：中国故事中的乱伦主题只能是间接地、暗示性地加以曲折表达。此外，希腊传说里是三角冲突中的儿子一方杀死父亲，《汾河湾》中则是父亲射杀了儿子。不过据《薛仁贵征西》

---

[1] 平剧《汾河湾》台词，《平剧戏考》，台湾文化图书公司版。"平剧"，即今通称的"京剧"，清代又称"皮黄戏"。

这部较晚出的小说，薛丁山被智者王禅老祖救活，后随父西征。薛仁贵兵败被围，儿子领救兵解围后至山头与父相会，不料误射了化为白虎的父亲，致薛仁贵死命。[1] 这个补充情节倒是与俄狄浦斯传说中的子误杀父的母题完全吻合了。不过中国故事中毕竟完全回避了"娶母"的情节。

颜元叔先生指出，薛仁贵故事中的俄狄浦斯模式是民间想象力可靠传达具有全人类性的原型冲突的例子："在这个模式中有两个特别显著的现象：父子之间的冲突；母子之间的性影射和父亲的性妒忌。父子冲突起始于薛仁贵……射杀薛丁山。"这是较易看出的一层，另外一层则较隐蔽曲折。"薛丁山是否如俄狄浦斯一般，直接表现恋母的行为，故事中了无陈述。但是，柳迎春的恋子倾向，在《汾河湾》中却是有意无意地显了出来。恋母与恋子，其实就是一个铜板的两面。柳迎春的恋子意情，在不自觉的调侃话语中，全部暴露了出来。"[2] 这是很有见地的看法，使我们进一步认清了中国文学中俄狄浦斯主题的间接曲折表现形式。

需要补充的是，鞋喻在这种间接的编码式表达中所起的作用。换句话说，构成俄狄浦斯主题的两大要素：杀父与娶母在中国文学中均有所体现。杀父（或父杀子）母题同希腊传说一样是直接叙述的，而娶母（烝母）母题则是通过母亲床下儿子之鞋的换喻方式间接暗示出来的。这种鞋喻所特有的性意蕴，在上文的原型考察中已经十分清楚了。联系本节首先举出的儿子持母鞋戏的故事，可以确认鞋喻在中国式母子乱伦主题故事中的特殊的编码改装和转换作用。

至于为什么总是让鞋来充当暗示乱伦的换喻，我想这一问题的答案已经包含在上文对孝（反俄狄浦斯）和鞋的分析之中了。母子之间的性影射，如

---

[1]《薛仁贵征西》，台湾大东书局1963年版，第89页。
[2] 颜元叔：《薛仁贵与薛丁山》，古添洪编：《比较文学的垦拓在台湾》，第171—181页。原文"俄狄浦斯"作"伊底帕斯"，由引者改。

果没有鞋做比喻性的转换,是很难直接出现在中国文学的前台之上的。这个以孝持家立国的文明传统不会允许像西方俄狄浦斯传说那样演示儿子娶母亲的公开戏剧。下面一个例子说明,儿子即使在无意识中与母亲有了性的影射关系,也难免感到由衷的恐惧:

顾琮为补阙,尝有罪系诏狱,当伏法。琮一夕忧愁,坐而假寐。忽梦见母下体。琮愈惧,形于颜色。流辈问琮,以梦告之,自谓不祥之甚也。时有善解者,贺曰:子其免乎?问何以知之。曰:太夫人下体,是足下生路也。重见生路,何吉如之?吾是以贺也。明日门下侍郎薛稷奏刑失入,竟得免。琮后至宰相。[1]

这个故事中的儿子梦见母亲下体后的恐惧和不祥之感足以说明:为什么俄狄浦斯主题无法在中国文学中催生出娶母情节。故事中的善解梦者把梦见母下体解释为"重见生路",这就彻底消解了儿子梦见母下体后的性联想,把那里看成是自己生命的神圣来源了。这正像高禖取代爱神那样,生育主题再次遮蔽和消解了性爱主题。

---

[1] 戴君孚:《广异记》,收入《旧小说》乙集三。